JN197574

歴史と文学

歴史家が描く日本近代文化論

成澤榮壽
Eiju Narusawa

花伝社

歴史と文学――歴史家が描く日本近代文化論◆目次

I

II

I

序章　「歴史と文学」を先達に学ぶ——第1章・2章のプロローグ

東京の下町人間の会の歴史講座で「江戸下町の庶民の生活」と「明治期・東京下町の庶民の生活」を話したことがある（一九九八年七・八月）。前者では井原西鶴（一六四二〜九三）の浮世草子『日本永代蔵』・『世間胸算用』を、後者では広津柳浪（一八六一〜一九二八）の短編小説「今戸心中」・「雨」他を史料の一部として用い、江戸・東京の中下層民の家族と経済の内面を語った。心の内（人情・精神）は文学なればこそ、リアルに描かれているのである。前者は商品経済が発達をみた凡そ元禄期の、後者は松原岩五郎の『最暗黒の東京』（一八九三年）や横山源之助の『日本之下層社会』（一八九五年）という、東京の下層社会を扱ったノンフィクションの力編が世に出た明治二、三〇年代の優れた「現代史」なのだ。

歴史学（歴史科学）は一般に人文科学の一分野とされるが、例えば社会経済史学は社会科学でもある。歴史学の眼で小説を始めとする文学を見ると、良質の史料となり得る作品は無数にある。同時代史と言い得る小説、何々時代史と呼べる歴史小説・時代小説も多い。文学研究者・文芸評論家の中には文学は歴史の一級資料たり得ないとの見解があるが、そんなことはない。

紫式部（生没年不詳）の『源氏物語』は、西尾実後掲「歴史と文学」がその序の部分で取り上げている通り、卓越した平安中期の同時代史である。紫式部は自負の念を込めて主人公光源氏に玉鬘《たまかずら》への言として「骨《こち》なくも聞こえおとしてけるかな。神代より世にあることを記しをきけるなり。日本紀などはたゞかたそばぞかし。これらにこそ道〳〵しくくはしき事はあらめ」と語らせている。[1] 与謝野晶子訳で示すと、「不風流に小説の悪口を言ってしまいましたね。神代以來この世であったことが、日本紀などはその一部分に過ぎなくて、小説のほうに正確な歴史が残っているのでしょう」と言っているのである。[2]

わが恩師西岡虎之助先生は住井すゑの『橋のない川』第一・二部（一九六一年）が刊行された頃に「すぐれた現代史じゃあ」と言った。当時は帝国主義成立期からを現代史とする理解が一般的であった。また、先生は深沢七郎の武田氏滅亡を描いた『笛吹川』（一九五八年）を「百姓の立場からみた戦国時代史」だとして高く評価した。[3] そして、先生は「『笛吹川』のような日本通史を書こうと」「あらためて思い」たったが、一九七〇年に他界した。先生の早稲田大学における門下筆頭の鹿野政直氏が先生との共著の形を採って上梓したのが『日本近代史　黒船から敗戦まで』である。[4]

このような訳で、以下、歴史と文学、殊に両者の関係について、思考する基礎的なところを綴ることにしたい。

1　「歴史と文学」の関係についての出会い

歴史と文学の関係を筆者が考え始めたのは一九五〇年代半ば、学部学生時代のことである。屈指の西鶴研究者暉峻康隆先生の「近世文学」の講義を通して、西鶴の浮世草子が一七世紀の日本現代史だと知った。先生の講義は河内平野の換金作物である小豆栽培など、商品経済の発達だけで一回の大半が終わることもあって、文学作品を史料として用いることが出来ると衝撃的に教えられた。

同じ時期に津田左右吉の愛弟子栗田直躬先生の一事を全方位から追究する講義「中国思想」を通して人文

科学の研究方法を学び、卒業論文「幕末の尊王論と穢多身分還元論——帆足万里と千秋有磯の場合——」を書く際に、[5]先生から津田の膨大な『文学に現はれたる我が国民思想の研究』を繙《ひもと》くことを教示された。津田の諸作に学ぶ過程で、『荘園史の研究』上・下全三冊（一九五三・一九五六年。朝日賞受賞）などを著した、日本社会経済史の泰斗西岡虎之助先生の文学史料を多用した『民衆生活史研究』（一九四六年）、『文学に現われた生活史の研究』（一九五四年）、『日本女性史考』（一九五六年）等と出会い、大学院では西岡先生に学ぶことになった。『民衆生活史研究』の巻末論文「社会結合における階級と身分」は『民族学研究』復刊第二号（一九四六年）の巻頭論文である。この論文は旗本と非人の娘との男女関係を描いた「おこよ源三郎」を史料に用いた戦後における部落問題関係の最初の学術論文で、封建的身分の崩壊から部落問題の解決の展望を示唆している。この論文を読んで感銘を受けたことも西岡門下を志望した要因の一つであった。

歴史と文学をテーマにした論文を筆者が最初に読んだのも、暉峻・栗田両先生の講義や津田や西岡先生の諸著作と出会った時期のことだ。上原専禄・西岡虎之助監修の戦後最初の歴史講座『日本歴史講座』第一巻『歴史理論篇』（一九五二年、河出書房）所載の西尾実「歴史と文学」及び西岡虎之助「歴史と文学」（『国文学』第三四巻〈一九五五年〉[6]）がそれである。この両論文は歴史と文学との関係を直截に論じた考察として、今日でもなお、学びうるところが大きいものと思われる。

2　西尾実「歴史と文学」

国文学・国語教育学者西尾の論文は「日本文学研究の一学徒」であるから「歴史と文学」を論じられないと断った上で、「文学の歴史」を取り上げると述べ、その上で「古代文学」では「形態《ジャンル》の創造」が、「中世文学」では「様式《スタイル》の創造」[7]が、近代文学では「主義《イズム》の創造」が「中心課題」になっており、それぞれの関連には「一種の歴史的必然」があるのではないかとの「見通し」をもっていると認め、各時代をある程度詳述した文学史の概観に多くの紙幅を当てている。

重点になっている近代の内容に少し触れる。西尾は「われわれの近代文学」は「坪内逍遙の小説神髄の啓蒙」、「二葉亭四迷のリアリズム」、「文学界同人を代表とするロマンチシズム運動を経て」、「日露戦争後に一大勢力をなした自然主義文学の興隆によって土台が築かれ」、「新ロマン主義」、「新理想主義を経て新現実主義の発展となり」、「新感覚派」、「行動派等々を派生させ」、「プロレタリア文学の台頭を見るにいたるまで」、「文学創造の中軸」が「主義の隆替」にあると論じている。日本国憲法第九七条が基本的人権について「人類の多年にわたる自由獲得の努力の成果」と言っているように、本来、個人の自由の伸張を追求していくのが近現代社会であり、同第一三条の「すべて国民は、個人として尊重される」の精神から、近代文学の根幹を独立した個人の自由な「主義」だと主張する西尾の論は首肯出来る。

同時に西尾論文は「文学はすべて歴史だといえそうである」との仮説を立て、この推定を断定に近づけていく。「歴史は、文学の素材に、したがって媒材でもある用語に反映し、さらに、その世界観を規定する。その限りにおいて、文学は、あらためて歴史学者の資料になってきた。しかし、歴史が文学を規定する」のはそれだけではなく、「その文学が、いかなる形態を創造し、その形態が、さらにいかなる様式を創造し、その様式が、さらに、また、いかなる主義《イズム》を創造し得ているか」についてもそうであり、「いわば、文学の文学たる完成条件を規定する」と論じ、「文学は歴史のなかにある」、「これは事実としての立言」であり、「歴史は文学のなかにある」、「これは認識としての立言」であると、歴史と文学の関係について結論している。

この結論を「プロローグ」に示した筆者の二つの見解に演繹すると、第一に文学は歴史学研究の史料となり、第二に、『源氏物語』の主人公が言っている通り、文学の叙述は歴史叙述そのものということになろう。

3　西岡虎之助「歴史と文学」

西岡の「歴史と文学」は、まず、「この二つは少なくとも形態的には、ちがったものとして」捉えられているが、実は「はっきりと区別づけること」が「むつかしい」と書き出し、「実例」として「古事記」を挙げ、「日本文学」の「一つの作品」だが、一方では「七世紀後半に、当時の史観にもとづいて、つくられた天皇家の来歴を主軸とした国史だとされており」、「大鏡・今鏡・水鏡・増鏡なども同様」だと述べている。また、「源氏物語をはじめとして」「物語と名のつくものは、みな文学上の作品かと思っていると、栄花物語のように」「当時の歴史をのべたものもある」が、「栄花物語は一方では文学上の作品とされて」おり、「こうした二重性格を持つものには、平家物語」などもあるとも認めている。

その上で西岡は、「こうした歴史と文学との一体化は、古いころほど濃厚に現れているようであり」「そうにちがいない」が、「かならずしもそうとばかりいえない」と述べ、近世の荒木田麗女《れいじょ》（一七三二〜一八〇六）の『月の行方《ゆくえ》』・『池の藻屑《もくず》』などの文学作品を例示して、「あれは、麗女なりの史観にもとづいて、平安末期から鎌倉初期にかけての歴史を取扱った」「歴史書」であり、「精密にまた深く考察すればするほど、両者のあいだにおける区別を立てにくくなってくる」と論じているのである。

次に西岡論文は「文学と歴史との区別」が「虚構（フィクション）の有無だとされている」点を問題にする。西岡は、「この場合」、「虚構」とは「文学作品に盛りこまれた」「作家の創造した想像のこと」とされるが、「創造的想像＝虚構」が「歴史においては、ないものであろうか、どうか」と問い掛ける。

問い掛けつつ、西岡は「二た通りに用いられているとおも」われる「歴史」の「概念」について論ずる。

その第一は「過去の人生を歴史という場合」で、「これは叙述の便宜からそう規定したまでである」と言う。「過去の人生」は「抽象的なもので」、「経験外のもので」あるから「正体がわから」ず、「ばく然たるもの」なのだ。第二は「過去の人生にたいして、時代・時代になされた解釈」、換言すれば「研究の成果」、すなわち「抽象的なものを具体化し」、「ばく然たるものを正確化してその正体をあらわしてゆき、そこに成立した」場合で、これが「普通に理解されている歴史」であると言う。

一般に歴史の概念は後者である。西岡はこの歴史概念を更に追究し、「時代・時代の歴史家（広義の）が、過去の人生にたいして、歴史学的操作を行って」「経験できない過去の人生を、時代・時代の経験界にもって」きて、「そのもってきた過去の人生を歴史だというのである」から、「操作のいかんによって」、「過去の人生像に」「はばができ」「把握される具体化度や正確度」も「ちがってくる」と論じ、鎌倉幕府三代将軍源実朝（一一九二～一二一九）の没後、後の関白藤原（九条）道家の子頼経が将軍として鎌倉に迎えられた経緯を事例として挙げて考察する。同時代の歴史書『愚管抄』（一二二〇年）の著者と南北朝期成立の歴史物語『増鏡』（一三七〇年前後）の著者の「解釈」の相違を取り上げているのである。

将軍頼経の出現を歴史書とされる前者が「八幡大菩薩ノナサセ給ヒヌ、人ノスル事ニアラズ」、すなわち「神のしわざ」としているのに対して、物語である後者が「故おとゞ（大殿《おほとの》の転とされる。実朝を指す）のは、北のかた二位殿（平政子）といふ人」、「君だち（公達《きんだち》）一ところくだしきこえて、将軍になしたてまつらせ給へと、公経（藤原〈西園寺〉公経）のおとゞに申のぼせければ、あへなん（良いとしよう）とおぼす所に、九条右大臣（道家）どの、うへは、このおとゞ（公経）の御女《むすめ》也、その御はらのわが君（頼経）の、二《ふたつ》になり給を、くだしきこえんと」云々、すなわち「人のしわざ」としているのが、それだ。

このように指摘した上で西岡は、「ともに歴史書であると同時に文学書でもある」両書のうち、少なくとも「頼経将軍」の件については、「文学的性格に富んでいる」はずの後者の方が「正確度」、したがって「真実性が高く」、歴史書とされる前者の方が「正確度がひく」く、「虚構性が強い」と論じ、「虚構は、歴史の上にもないわけではない」と認めている。

更に西岡は、「文学なり歴史なりに盛りあげられる人生は、現在なり過去なりの人生を、さながらに描出したものではなく、文学的方法なり歴史学的方法なりの操作によって、編成替えされた人生に外なら」ず、「操作方法の差異によって、編成替のもとに成立する人生像は雑多な様相をとって出現する」と論じ、平氏打倒で活躍した源義経（一一五九～八九）を例示して「編成替の操作で経験される義経は多数＝複数」あり、それは「少しも差支えな」く、「素材」の「組合せなどがちがっているに過ぎない」ので、「いずれも義経として受取ることができる」と言う。そして、「その場合に組合せないし操作のちがいは」大別すると「文学的方法」と「歴史学的方法」とがあるが、両者は「どうちがうのであろうか」と論を発展させる。

西岡はこの論を「解明することとは、歴史と文学との差異をはっきりさせること」にも「触れる」と言う。そのことが目的なのである。「人間は、時代・時代の現在における社会的生活を形成する要素」を「自分に妥当する規模と措置とのもとに、捕捉し案配し集結して、生きぬいて」おり、「そうした状態」を意識面から見れば「各人の心のうえに知覚された覚醒状態」にあると言える。「時代・時代の現在的社会を生きぬくため」には「共通したもの、最大公約数的なものがある」が、各人の生活手段の相違で「特殊ないし独特の知覚・覚醒・意識」があり、「文学を志向して生きれば、そこに文学的意識があり、歴史学を志向すれば、そこに歴史的意識（厳密には歴史学的意識）がある」。

このように論じた西岡は文学と歴史との意識面のちがいを追究し、「素材または要素」のうち、「どれを捕捉するか」（「選択上の差異」）、「捕捉された素材・要素をどのように配列し」「結集するか」（「組織上の差異」）を問題にして、これらの「差異」は文学のうちでも歴史のうちでも細かくさまざまな違いがあるが、「割り切って」両者の間に「一線」を引くと、「時間と空間（地域）」の「制約を受けるかいなか」にあると認める。言うまでもなく、歴史が二つの制約を厳しく受けるのに対して、「文学の場合は、時間も空間も、できるだけ正確であるほうがよいといった程度の制約しか受け」ず、「時には全くその制約を無視しても差支えないとさえされる」。

このように歴史と文学における時空の制約の差異を常識的に叙述した西岡は、最後に歴史と文学が共に「必ず添加する」「人物」について論ずる。

歴史の場合、明治維新のリーダーの一人西郷隆盛（一八二七～七七）を例示して、「時空上の制約」とは異なり、「特定の人物でなくとも、差支えないと、極言」出来、文学の場合には「なおさらのこと」だと結論している。人物を特定しなくても「その目的を達成することができる」からである。

この結論から、西岡は「歴史も文学も、その目ざすところ」が、「同一である」ことを導き出す。「素材・要素の選び方や組み立て方が、ちがっている関係から、一方が文学となり、一方が歴史となっただけのことである」から、両者に「接しての受取り方」は「ちがわない」と言うのである。そのため、『平家物語』は、一面から言えば、「平家の興亡を対象として取上げた歴史の研究」だと言え、「西鶴の作品」もその「時代という時限の現在」における「生活を描写した」「現代史」であり、「同じことは、今日の文学についても、あてはめられ」るので、「文学の作家たち」は「歴史家とはちがったやり方」で「現代史という歴史をえがいているわけである」。西岡論文はこのことを一番主張したかった訳である。

冒頭に認めた筆者の「歴史と文学」についての見解は、暉峻の講義に始まり、津田・西岡の著作、殊に西尾・西岡の「歴史と文学」論から学んで述べたものに他ならない。

【注】

1 『源氏物語　二』（『新日本古典文学大系』第二〇巻、一九九四年、岩波書店）。「これら」とは「物語」を指す。

2 『全訳　源氏物語』中巻（一九七一年、角川文庫）。原文では晶子訳の「小説」に当たる「物語」が省略されている。

3 西岡虎之助・鹿野政直『日本近代史　黒船から敗戦まで』（一九七一年、筑摩書房）の鹿野「共著者の一人によるあとがき」）。

4 同右書。

5 成澤榮壽『日本歴史と部落問題』（一九八一年、部落問題研究所）。原題は「幕末の尊王論と部落解放論——帆足万里と千秋有磯の場合——」。

6 『西岡虎之助著作集』第三巻（一九八四年、三一書房）収録。

7 西尾は「歴史と文学」の中で「中世末期（わたくしの時代区分によると）の劇作である仮名垣魯文」と記しているから、近世をも中世に加えているのである。

第1章　島崎藤村の『破戒』をめぐって

一　島崎藤村『破戒』の分析と実証

はじめに

島崎藤村（一八七二～一九四三）の最初の長編小説『破戒』は、牧夫として山中に陰棲している父親が主人公の瀬川丑松に出自を「隠せ」と厳命したにも拘わらず、「我は穢多なり」と弁説する社会思想家猪子《いのこ》蓮太郎に邂逅して触発され、父の戒めを破る物語である。

藤村が『破戒』を自費出版したのは一九〇六（明治三十九）年三月のことである。

藤村は日露開戦間もない一九〇四年四月に五年近く前から勤務していた小諸義塾のある長野県北佐久郡小諸町《まち》で『破戒』の執筆を開始し、翌年四月に東京の郊外（当時）に転じて戦場に赴いているような背水の陣を敷き、戦後の〇五年十一月に一応書き上げた。全二十三章。

この作品は、長野県下水内郡飯山町《しもみのちまち》を主要舞台に、千曲川沿いで一八九一（明治二十四）年の秋から初冬にかけての凡そ三ヶ月間に展開された物語である。但し、主人公瀬川丑松らの渡米や丑松の同僚だった代用教員風間敬之進の長男の戦死、テニスの場面は作品執筆時の実態を反映していると言えよう。

『破戒』は、一九〇〇年起稿、一一年脱稿の『千曲川のスケッチ』（以下、『スケッチ』）の中間点で書かれた作品である。

藤村は十歳上の森鷗外や五つ年長の夏目漱石に引けを取らない美術通の作家であった。

彼は仙台の東北学院在職中（一八九六～七年の一年弱）に美術論で自然主義にアプローチした英国の評論家ジョン・ラスキン（一八一九～一九〇〇）の『近代画家論』（一八四三～六〇年）の一部を翻訳し、同僚の画家布施淡《あわし》（一八七三～一九〇一）らとの交流を通して美意識を高め、小諸義塾在職中には英国屈指の画家で印象主義の先駆者の一人だったジョセフ・ターナー（一七七五～一八五一）の作品研究に勤んだ。

同時に藤村は、義塾で同僚の三宅克己《こっき》（一八七四～一九五四）とその後任丸山晩霞《ばんか》（一八六七～一九四二）という日本を代表する水彩画家で山岳画家の二人の影響を受け、文章で風景・事物を写生した『スケッチ』を著し、その一半を『破戒』執筆に活用した。その描出の濃《こま》やかさは、他の長編小説に比して、この作品の特長である。

『破戒』には、必ずしも時代的制約とは言い難い穢多身分の成立に関する臆説《おくせつ》に基づく叙述を始め、数々の記述内容に瑕疵があるが、紙幅の都合で指摘を一切割愛する。但し、それらの瑕疵は素直に『破戒』を読んだ多くの人々に感動を与え、出版当初から若い世代の社会的関心を高めてきた大きな影響に照らし、許容出来ることであると思考する。

本章は標題についての一歴史研究者の小考である。文中の「　　」内の字句は『破戒』本文及び引用文献に記されている語句に限定した。

1　『破戒』の同時代を写す普遍性と社会性

①長野県尋常師範学校出身の瀬川丑松の同僚だった代用教員風間敬之進に見る士族の没落

士族の没落は藤村にとって終生のテーマであった。彼は明治期の大問題の一つに士族の滅亡を挙げている。この問題意識は少し形を変えて『夜明け前』の執筆（一九二九～三五年）まで持ち続けた。そうした執念をもって最初に取り組んだ長編小説が『破戒』である。

藤村は、小諸義塾で最も親しかった二十歳上の理数科教員鮫島晋《すすむ》（一八五二～一九一七）の生き様をヒントに、飯山藩士だった風間敬之進が先妻の死を回顧しては嘆き続ける様相を描き、没落士族の悲しさの一典型を描出した。

鮫島は越後高田藩切っての英才で、東京大学（帝国大学の前身）理学部仏語物理学科卒の最初の理学士でわが国の理科教育創始者の一人。東京物理学講習所（東京理科大学の前身）の設立メンバーでもあった。エリート文部官僚、ついで官立学校教官となったが、「鉄道唱歌」で知られる国文学者・詩人の大和田建樹（一八五七～一九一〇）、洋画家で明治美術会創立者の一人である小山正太郎（一八五七～一九一六）らと共に、一八八八年、文部大臣森有礼《ありのり》から非職を命ぜられた。

藤村は鮫島と酒を酌み交わして、彼から愚痴話を聞き、風間の造形に活かした。藤村の作品「貧しい理学士」の「斎藤先生」が写されているのである。しかし、鮫島は酒に溺れる人ではなかったから、酒で身体を壊し、退職に追い込まれた風間の自堕落ぶりは彼を描出した表現ではない。藤村が参考にしたのは、ドストエフスキー『罪と罰』のヒロインであるソーニアの父親、飲んだくれのマルメラードの様態であろう。

②旧主家に忠実な音作が仕切る年貢納入の光景の歴史的意義

風間の後妻が殆ど一人で行った農作業のうち、稲の収穫の場面で例示すると、日本のミレーと称された浅井忠《ちゅう》（一八五六～一九〇七）の重要文化財「収穫」（一八九〇年）を連想させる詳細な描き様である。農耕風景描写に見られる普遍性のあるリアリズムは実に見事だ。

年貢納入の場面は微細に入った叙述である。年貢を多く取り立てようとする地主との交渉は風間の「細君」には無理で、代理の音作が横暴な地主にヒステリックに反応する旧主家の「奥様」を宥《なだ》めつつ、地主と粘り強く駆け引きをする。丑松が見た両人の問答の描出も見事だ。

「可憐《あわれ》な小作人の境涯を思いや」る丑松の眼差は作者自身のあたたかい目である。

藤村は義塾のために尽力する「小使」半田辰太郎の小作人生活を『スケッチ』に描き、それを参考にして音作を造形したのである。藤村は半田の父から地主に対する小作人達の抵抗や小作争議を聴き取り、『スケッチ』に詳述した。『破戒』には争議は見えないが、その努力が反映していると言える。

若き日の藤村はジャン・ジャック・ルソーの『懺悔録』やトルストイの小冊子『労働』を英訳で読み、その語を丑松の心の師猪子蓮太郎の著作の書名として活用させた。藤村は労働とその言葉が本来好きで賛美していたが、用心深い彼は国家主義が一段と強まり出した一九二九年の『破戒』改訂・再版の際にその語を削除してしまった。

『破戒』は明治中・末期の年貢収奪を描き、半封建的寄生地主制に迫っている。小説の末尾近くに記されている、実子四人中、下の三人を連れて「生家《さと》」へ戻った後妻の行動は、士族家の崩壊を示している。士族の滅亡の典型的な事件である。

③「二十三年目の天長節」の「式」が描いているもの

『破戒』は一八九一年十一月三日の天長節（天皇誕生日）の一日を、「飯山学校」を退職する風間を送別する「茶話会」を含め、詳述している。

「飯山学校」の「式」は学校儀式を規定した小学校祝日大祭日儀式規定（一八九一年六月布告）に基づく内容で恙なく挙行されている。

なぜ、藤村は九一年の「式」にしたのか。

一八八九年二月に発布された大日本帝国憲法の施行の前月（九〇年十月）、教育を憲法と別立てにして、天皇の言葉で忠君愛国の精神を直接に小学一年生から脳裡に刷り込むべく、教育勅語が発布された。これを機に右の規定が布告され、宮中祭儀が国家と万民の祝祭日に拡大し、学校儀式で教育勅語が奉読されることになったのである。藤村はその記念すべき第一年を叙述した。

しかし、それだけなのか。作中の「大祭の歓喜《よろこび》の中」という一般的光景の記述の後に、猪子の病状悪化の新聞報道に接した「丑松の心」に「新しい悲痛《かなしみ》を感じさせた」とある件《くだ》りが気に懸かる。「悲痛」は作者の本音の反映ではなかろうかと、愚考する。

九一年一月、内村鑑三（一八六一～一九三〇）の不敬事件が惹起した。第一高等中学校で教育勅語の宸署《しんしょ》に対して丁寧に拝礼しなかった廉《かど》で、内村が、依願退職の形で、事実上解雇された。内村は藤村の第一の師で小諸義塾の塾頭（校長）である木村熊二（一八四五～一九二七）を日本のキリスト者の先達、明治女学校の創立者として崇敬していた人で、藤村の知己である。その上、義塾は木村のもとでこの種の儀式と無縁であったから、事件は藤村にとっては甚大な衝撃であったに違いない。

『破戒』が描出した「式」は首席訓導の瀬川丑松の「凛」とした号令「気をつけ」で始まったが、校長の「勅語」奉読を「朗読」と、御真影を仏教諸宗の開祖並《なみ》に「御影《みえい》」と記すなど、天皇神権化に即応していない。のみならず、この日、「忠孝」を「演説」した校長は丑松放逐の策謀を開始した。藤村は『破戒』で教育界の欺瞞性を追及しているのだ。しかし、同時に、この作品は同時代の教育界の、彼の勤務先だった小諸義塾を含む、進歩的な動向を反映しているとも言えるのである。

④蓮華寺住職の好色問題と女性の労苦・悲哀

既成仏教教団や個々の寺院住職の腐敗ぶりを、小作人の苦境、教育界の不義や猪子が支援する代議士候補市村弁護士の「政敵」高柳利三郎の堕落など、悪しき社会的諸問題の一環として、丑松の下宿先の住職を当てて、風間の娘で養女の風間志保への横恋慕《よこれんぼ》を叙述した。蓮華寺に模した真宗寺の住職の実像は飯山の仏教界で人望を集めた宗教者で、好色とは無縁であったが。

藤村は浄土真宗本願寺派の僧侶で、仏教界の革新浄化運動で活動していた高嶋米峰《べいほう》（一八七五〜一九四九）に『破戒』を贈呈し、この件でも彼の支持を得ているが、藤村は仏教界の動静のある程度を承知しており、その腐敗に強い関心を持っていたものと想われる。

蓮華寺の「奥様」は夫の好色行為に忍従し、養父の好色に苦悩する志保は実父の家に迎えてもらえず、甲斐性のない夫のもと、勤労しても生活が苦しく報われない風間の後妻は家を出、「根津」小県《ちいさがた》郡祢津村〈現東御市〉の「向町《むかいまち》」（部落）の娘は金持の父六左衛門の虚栄のために代議士候補の悪徳政治家高柳利三郎と結婚させられる。

『破戒』は、半封建的地主・小作制と共に、絶対主義的天皇制（明治憲法体制）の支柱である家父長的家制度の男権（父権・夫権）支配のもとで犠牲を強いられた女性の労苦と悲哀を描出している。このうち、志保だけは、主人公丑松の親友らの協力を得つつ、しかし、主として自らの意志で苦難を克服していく。進歩性が叙述されている。

２　『破戒』が示す部落問題解決への展望

①主人公瀬川丑松の開眼と「告白」の意義

丑松は自らが「先輩」と呼称する心の師猪子蓮太郎の横死（高柳の手の者による暗殺）に遭遇して、彼我の思想を掘り下げ、それまでの彷徨から脱却して開眼し、「先輩」のように「我は穢多なり」と「男らしく社会に告白するのが好いではないか」と、出自の「告白」を決意した。

この決意は一九二三（大正十二）年三月の全国水平社の宣言の思想と、古めかしい表現までもが、通底している。

丑松が開眼して決意した内容を読み飛ばしたり、読み違えたりすると、丑松の「告白」の中身と態度を誤解することとなる。

誤解すると、丑松が「素性」を隠して「告白」しなかったことを生徒達や教職員らに「詫び」、「跪」く行為が土下座となる。

しかし、『破戒』には土下座という語は存在しない。結論を言えば、作者は丑松に土下座をさせたとは思考していないのである。

土下座とは如何なる行為か。

福沢諭吉（一八三四～一九〇一）が『旧藩情』で述べている「下座平伏」、高村光太郎（一八八三～一九五六）が『暗愚小伝』に収めている詩「土下座（憲法発布）」に見られる通り、土下座は、元来、尊卑・上下の秩序維持のために上から強制された行為である。丑松の場合はそれとは違う。内発的行為なのだ。

では、なぜ、丑松は「跪いた」のか。

「告白」を決意した丑松の内心には卑屈さは微塵《みじん》もない。「告白」は前向きに生きていく決意の表明なのである。キリスト教的精神を持っていた当時の藤村は、懺悔と再生を願求する行為として丑松に「跪」かせ、古臭いが「男らしく」打ち明けたとか、「毅然《しっかり》した」態度とか、表現しているのだ。正しいことを「教師」自らが行為で示さなかったことを「恥」じ、誠意をもって「詫び」、「跪いた」と、ルソーに学んだ藤村の教育観からして、そう言える。

②生徒達と土屋銀之助の意識変革の意義

高等科四年の生徒達は受持の丑松の「告白」と「跪」く行為を誠意ある態度と受け止めて感動し、校長に受持の留任を求めて嘆願することを自主的に決意して集団で校長室へ行く。

「現に生徒として新平民の子も居る。教師としての新平民に何の不都合があろう。是はもう生徒一同の心からの願いである。頼む」と「級長は頭を下げ」、「校長先生、御願いでごわす」と「一同声を揃えて、各自《てんで》に頭を下げ」た。結果は狡猾な校長に丸め込まれる生徒達であったが、高等科三年にいる「新平民」の子仙太を、平素、擯斥《ひんせき》してきた生徒達の意識変革が表現されている。軍国主義教育が台頭しつつあった時期の学校を描出しながら、生徒集団の言動には『破戒』の進歩性が窺える。

丑松と師範で同期の次席訓導の土屋銀之助もまた、猪子は例外として、「新平民」を侮蔑していたが、丑松の「告白」以降、苦境に立つ親友への友情を一層深めて親身に接し、人間を個人として理解する態度を獲得した。

生徒達と土屋の言動に部落問題解決への展望を覗くことが出来る。

③丑松に対する風間志保の変らぬ態度

志保は校長の共謀者である訓導で郡視学の甥の勝野文平から蓮華寺で、丑松の「告白」以前に、彼の「素性」を既に聞かされていた。そうとは知らず、土屋が彼女に丑松の「告白」について語り始めた時、志保は「新平民だって何だって毅然《しっかり》した方《かた》の方が」勝野のような「口先ばかりの方よりは余程《よっぽど》よい」と言い、土屋が丑松と結婚する意志はないかと問うと、「私はもう其積り」だとはっきり答えた。当時、一般的には「新平民」との結婚は並大抵ではなかったから、土屋は彼女の余りにも明快な返答が理解出来ず、尋ね返した。すると、志保は「はあ」と頷き、土屋の「心を驚《おどろか》した」。続けて志保は丑松が熟読している猪子著『懺悔録』を読みたいと土屋に告げた。

藤村はかような筆致で志保の覚悟を認めた。丑松を好ましく想い続けていた彼女は丑松の「告白」を機に彼と一生を共にする意志を明確にしたのである。彼女の不変な態度に感動を禁じ得ない。

④丑松の米国行＝逃亡・敗北論の誤り

丑松の「告白」の中身と態度を卑屈と捉え、「跪」く行為を土下座と見做すと、丑松の米国行は逃亡・敗北となり、逃亡・敗北と規定すると卑屈・土下座だとの解釈が成立する。

このような解釈は、時代の実際に照すと、誤っている。『破戒』はそんな誤った叙述はしていない。

米国についての藤村の基礎的知識は少年時代から目を懸けてくれていた恩師木村熊二に負うところが大きかったようだ。明治初年に渡米した留学生の一人だった彼に藤村は多くを学んだ。

わが国で渡米論が盛んになるのは一八八〇年代半ばである。渡米論の嚆矢は福沢諭吉で、その代表的主張は『時事新報』一八八四年三月二十五日付掲載の「米国は志士の棲処《すみか》なり」である。

楽天的なこの呼びかけに応ずるかのように八四年に渡米した人達の中に片山潜（一八五九～一九三三）がいた。彼は、苦学生援護の日本力行会《りっこうかい》を設立した神田基督教会と「苦学力行」する青年を対象にした力行教会の牧師島貫兵太夫《ひょうだゆう》（一八六六～一九一三）と共に、当時の最も有力な渡米論者で渡米の支援者だった。

片山は米国で十一年間苦学し、九六年末に帰国。翌年、キリスト教主義の社会事業、殊に渡米して苦学しようとする青年達を支援するキングスレー館を設立した。ついで一九〇一年（同志五人とわが国最初の社会主義政党社会民主党を結成し、翌々日、結社禁止にされた年）、最初の移民関係著作『学生渡米案内』（労働新聞社）を上梓し、同年、増補版出版の際に書名を『渡米案内』に改称、五年間で十四版を重ねた。更に〇二年に自ら組織した渡米協会から『続渡米案内』を刊行した。

片山が渡米を奨励したのは、福沢が力説した「独立自尊」、民権の哲学者中江兆民（一八四七～一九〇一）が強調した「リベルテー」（リバティ）、訳して「自立・自由・独立不羈」、日本国憲法第十三条を借りれば、「個人」の「尊重」（独立）を獲得するための最良の道だと認識したからである。

『破戒』執筆当時、米国移民は知識人間では常識的な話題であった。丑松は、文学作品の虚構的存在だが、右のような目的意識をもって太平洋を渡った人達の一人だったのであり、米国移民を逃亡・敗北と見做すのは誤りである。

⑤テキサス農業移民の合理性と部落住民の移民

『破戒』の冒頭に出てくる飯山の病院、ついで「扇屋」（丑松が蓮華寺の前に下宿していた）から追い出された未解放部落の「大尽《だいじん》」大日向《おおひなた》の一行に加わった丑松のテキサス行は、当時盛んになり始めていた米作中心のテキサス農業移民の実際を反映している。

片山潜は日露開戦直前の一九〇三年十二月に二度目の渡米をし、日本人労働者や社会主義者の組織化に努めると共に、テキサス州で米作中心に調査を行った。その際、土地を購入して実地研究を試みた。管見では彼以外に実地研究をした渡米・移民論者はいない。その成果は五冊目の『渡米之秘訣』（一九〇六年、出版協会）に結実している。

これより先、片山のテキサス農業移民と米作に関する論述は、渡米中の〇四～五年、『東洋経済新報』に六回掲載されている。人道主義を基調とする社会主義者だけに、経営破綻しないための経理や渡米女性の留意点などを注意深く書き込んでおり、他者の叙述に抽《ぬき》ん出て先見性があり、行き届いていた。丑松のテキサス行は大日向が資本金を出す移民への参加であるが、片山はそれに類する事例も『東洋経済新報』に紹介している。

『破戒』のテキサス農業移民は合理性豊かな片山レポートに凡そ即した叙述であると言える。

大日向・丑松一行の中に北佐久郡から参加した「相応の資産ある家に生れて、東京麻布の中学を卒業した青年」がいた。この点について片山は『東洋経済新報』に『時事新報』記者ら二名が出資した一行に札幌農学校出身者が加わっている事例を伝えている。

藤村が麻布中学という実在校を記しているのは、同校出身者の米国移民が事実に基づいていると推測出来る。と言うのは、同校の創立者・初代校長で木村の親友の江原素六（一八四二～一九二二）が米国移民に精通した人物だからである。

未解放部落住民の米国移民が事実であったかどうかは作品の主題と係わる重要な問題だ。部落住民の米国移民が明治期に少なくなかったことは既に明らかにされているが、問題は『破戒』執筆当時の藤村がそのことを承知していたか否かである。

この点は詳らかではないが、藤村は、真宗寺住職夫妻の娘婿《むすめむこ》で国文学者の高野辰之（一八七六～一九四七）が件《くだん》の蓮華寺住職の好色問題で論難した際に、藤村が多くの事実を調べ確かめていると反論している。したがって、部落住民の移民を確認せずに叙述したとは考えられないのである。

⑥丑松の新たな出発と見送る人達の態度

猪子の遺骸は「扇屋」で弔われた。志保や大日向を残し、丑松が遺骨を抱いた猪子「未亡人」と共に先に東京へ行くことになった。見送りは土屋が仕切った。来春、帝国大学農科大学へ助手として赴任することが内定していた彼が丑松を先に見送ることになった。「主人思いの音作」は風間の世話をし、残された女児を育てる心算だと言い、丑松を安心させた。音作は志保と弟の省吾（高等科四年）を丑松に頼んだ。省吾も姉や丑松らと共に渡米するようである。千曲川対岸の「休茶屋」で土屋を「亭主」に「お見立《みたて》」（見送り）の酒を酌み交わしていると、「次第に高等四年が集って来た」。前日、校長が「生徒一同」を講堂に集め、丑松の人物を批難し、その行為を攻撃したにもかかわらず。

生徒達は霙《みぞれ》の降る中で丑松との別離を惜しんだ。出発の時が来た。三台の橇《そり》の後押棒を生徒が攫んで「先生、そこまで御供しやしよう」と言った時、校長の命令で準教員が見送りの制止に来て、土屋と押し問答となり、丑松は先への見送りを辞退した。「御機嫌よう」。これが志保に対する暫の別れの言葉だった。

この末尾は、いつ読んでも感動せずにはおられない。殊に生徒の群像がすばらしい。餞別を寺男の「庄馬鹿」に持たせた蓮華寺の「奥様」にも「扇屋」の人々にも侮蔑の態度はない。旧主家に仕え続けようとしている音作や「庄馬鹿」も心から別離を惜しんでいる。

自主的な部落改善運動が一定の発展を見せ、部落外の人達の中にも理解者が少なからず生まれた明治中期に部落問題解決の展望を垣間見せたのが、土屋、音作、蓮華寺の「奥様」、「庄馬鹿」、殊に志保と少年の群像である。

丑松に勇気を与えた志保は後から東京の猪子夫人の所へ行く設定になっている。大日向は猪子宅へ丑松を訪ねる。丑松は、憲法第十三条の文言を借りれば、「個人」の「尊重」（独立）を実現すべく新たに出発するのである。志保も然り。大日向も然り。省吾もまた、然りなのであろう。そのことを藤村は、最終章の（三）で、出発の日の早朝に「庄馬鹿」の撞く鐘の音《ね》が「白々と明《あけ》初《そ》めた一生のあけぼのを報せるようにも聞える」と暗示的に表現したのではあるまいか。

おわりに

『破戒』に描かれた一八九一年前後に、藤村が叙述した半封建的地主・小作制と家父長的家制度を主な支柱に天皇制絶対主義体制（明治憲法体制）が確立し、基本的には封建的身分の残滓を属性とする部落問題が社会問題として成立した。後述するが、藤村はそのような部落問題の動向を察知して『破戒』と取り組んだことは間違いない。部落問題の成立を最も早く相当程度認識したのは中江兆民であった。彼は明治憲法制定の前年（一八八八年）に論説「新民世界」を発表し、「新平民」を忌避・侮蔑する者に、自らの自由と平等はあり得ないと論じ、士族をも含む勤労国民に「新平民」と共に「新しい人民」（新民）の「世界」（社会）をつくろうと呼びかけた。しかし、その声は藤村の耳には届いていなかったから、兆民の理論水準は残念ながら『破戒』に反映されていない。

「1」「2」の内容が示している通り、『破戒』は日本近代史研究・教育の資料として活用することの出来る作品である。このことは強調しておきたい。

小稿は拙著『島崎藤村『破戒』を歩く』上下（二〇〇八・九年、部落問題研究所）を踏まえ、主として一八九一年に展開された物語だと断定するなど、新たな知見を加えた小考である。

二　島崎藤村『破戒』の写実性と同時代性

1　『破戒』の評価

島崎藤村が『破戒』を自費出版した二年後の一九〇八年、夏目漱石（一八六七〜一九一六）は「自然主義とローマンチシズムとは氷炭相容れざるものと云ふ思想を打破する事」、「紛らはしい自然主義とかローマンチシズムとかの名に束縛されて、それに拘泥する弊を」「除」くことに腐心してきたとの談話を発表している。[1]このように狭い文学史の枠組みに囚われない漱石は『破戒』を同時代の文学全体のなかに巨視的かつ的確に位置付けて捉えていた。弟子森田草平宛の書簡で「第一に気に入つたのは文章であります。普通の小説家のように人工的な余計な細工がない」、「夫《それ》から気に入つたのは事柄が真面目で、人生と云ふものに触れて居ていたづらな脂粉《しふん》の気がない」（四月一日付）、「破戒読了。明治の小説にして後世に伝ふべき名篇也」、「明治の代に小説らしき小説が出たとすれば破戒ならんと思ふ」（五月五日付）と絶賛したのが、それである。[2]漱石の談話の文学観と森田宛書簡の『破戒』評との思想は同一である。彼のこの思想は『破戒』刊行以前からのもので、『破戒』の出現で一層確信が深められたものと考えられる。

漱石は、藤村が『破戒』を出版した前年に『ホトトギス』誌に『吾輩は猫である』を連載しており、同じ年に中編『坊っちゃん』を同じく『ホトトギス』誌に、中編『草枕』を『新小説』誌で発表していたが、藤村が教職を辞して『破戒』執筆に専念したことに衝撃を与えられ、それが彼の東京帝国大学を始めとする一切の教職辞任の一契機となり、作風にも影響を及ぼした。藤村が『破戒』で示した新しい小説の創作法を認めた漱石は、尾崎紅葉ら「普通の小説家」（文士）の小説を克服していこうとしている点で一致している藤村に期待を込め、東京朝日に入社した後、藤村が尊敬している大阪朝日の二葉亭四迷（一八六四～一九〇九）の推薦という形を採って、藤村に漱石自身と二葉亭に次ぐ朝日第三の新聞小説、朝日社外の作家の第一作を執筆するよう社から依頼した。

藤村は一九〇八年四月から長編第二作『春』を『朝日新聞』に連載を開始した。しかし、実はこの作品、一月から連載する予定になっていた。藤村の執筆が大幅に遅れたのである。そこで、漱石は、一～四月、藤村の代役を務め、彼の新聞小説第二作、中編の『坑夫』を掲載した。漱石は「朝日新聞に小説が切れて、島崎君のが出るまで、私が合ひの楔に書かなきやならん事になつた」と談話している。[3] 藤村は漱石が穴埋めをしたことは承知していたが、二葉亭の世話で『朝日』に書いたと記しており、この件については漱石は何も言っていないから、彼は自らが他界するまで事情を知らなかったのではあるまいか。藤村は漱石追悼の文章を尊敬の念を込めて認めているが、この件には何も触れていない。こうした経緯を知って、筆者は漱石の卓越した人格に想いを新たにしたが、同時に彼の藤村に対する並々ならぬ期待感をも理解した。なお、筆者には『坑夫』の社会性の強さには藤村の刺激が感じられ、漱石の『破戒』ないし藤村に対する意識のしすぎもありそうに想えるが、それは彼の『破戒』に対する高い評価の反映に他ならないと言えよう。

『破戒』は信州の風物や学校・下宿・飲み処・農作業・年貢取り立て・牧場・屠場などの様相を、藤村の他の小説に比べ、際立って写実的に豊かな表現で、詳細に書き込んでいる。藤村は「一　島崎藤村『破戒』の分析と実証」で既に述べた通り、美術通の文学者であった。『破戒』の自然描写は藤村の風景画に対するこのような徹底した研究の上になされているのである。

2　『破戒』叙述の些細な瑕疵

次に、『破戒』の叙述内容の瑕疵を挙げる。北国谷街道を「北国街道」と呼び、烏帽子岳を「烏帽子ヶ岳」と称するなどの類の誤りは省略する。

その一は近世賤民身分と明治維新後における封建的身分の残滓による未解放部落問題の成立とについて、藤村が穢多身分の人びとの地域の「お頭」、正確にはその嫡男である弥右衛門から聴き取り、彼の憶説を鵜飲みにしたことから生じた誤りである。

穢多身分を始めとする近世賤民身分は明治維新の改革で廃止された。部落問題は封建的身分の問題ではなく、その残滓による災禍の問題である。旧賤民身分の人びととその子孫に対する迫害や忌避・侮蔑、短絡的にまとめて言えば差別は、半封建的地主・小作制や家父長的「家」制度（法律的には一八九八年施行の明治民法で確立）などに支えられた大日本帝国憲法制定（一八八九年）を柱とする絶対主義的天皇制（明治憲法体制）の確立によって、意図的に解消・改廃を図っていくべき社会問題として認識され始めた。小作人や女性が差別されていて、元賤民とその子孫が平等に扱われることなど、あり得ないことが、一八九〇年前後に明白になってきたのである。

このような部落問題の成立と解決していくべき方途を最初に明確に示したのが明治憲法制定の前年に自由民権の思想家中江兆民が発表した本格的な部落問題解決論「新民世界」である。当時はまだ「部落問題」という用語はなかったが、兆民は部落問題を「封建世代の残夢」、今日の言葉で言えば封建的身分の残滓とその本質的属性を正しく捉え、かつ「残夢一掃」即ち解決の方途を既に論じていた。[4] しかし、それから十数年経った『破戒』執筆当時はまだ、部落問題に関する歴史的研究の発展とその普及が乏しく、『破戒』は当時の水準を反映しているのである。しかし、この点は、『破戒』が読者に感動を与え、特に出版当初から若い世代の社会的関心を高め、彼らをして社会問題に開眼させてきた大きな作用に比すれば、取るに足らない瑕疵に過ぎないと言えるだろう。

その二も恐らく弥右衛門からの聴き取り調査の際に聴き違えたと思われる瑕疵である。全二十三章中の第弐拾壱章第六節で主人公瀬川丑松が出自を告白する場面に出てくる言葉、旧「穢多は『御出入』と言って、稲を一束ずつ持って、皆さんの父親《おとっ》さんや祖父《おじい》さんのところへ一年に一度は必ず御機嫌伺いに行きましたことを、御存じでしょう」についてだ。信州の穢多は刑吏・警察の下役人足に従事させられ、その報酬として、

「一束稲」と言って、門毎に稲一束を貰い受ける規定的習慣があった。藤村はそれを逆さまに誤解していたのである。

未解放部落民が百姓家へ行って煙草の火を貰う際に、「投げ貰い」と言って、家人が刻み煙草の火玉を煙管から掌《てのひら》に移して土間に抛り、穢多がその火玉を貰って喫煙する江戸時代の同火禁止（別火）の掟が風習として昭和初期まで残存し、別椀の掟が習慣化されて戦後初期のＰＴＡの会合で部落の親達には別の湯飲み茶碗が用意されていた事例が幾つも報告されているように、忌避の因襲は根強いものがあった。明治末期、仮に部落民が稲を持参しても、それを精米して炊飯し、食べる部落外の地域住民はほとんどいなかった筈である。

その三は物語の主要な舞台である下水内《しもみのち》郡飯山町《まち》（現飯山市）で稲の裏作として麦が栽培されているという誤りである。全国屈指の豪雪地帯である飯山では麦作を試験的に行ったことはあったが、それは経費と労力が嵩《かさ》み過ぎて採算割して、実際には不可能であった。その四は高社山《こうしゃさん》が見えない場所からみえることになっている点である。山容の表現からすると、飯山の大股山《おおまたやま》を高社山と誤認しているのだ。いずれも自然も事物もリアリズムで描写している藤村らしからぬ調査の不足だが、これも些細な間違いである。

その五は浄土真宗本願寺派寺院である瀬川丑松が下宿している蓮華寺が他宗のように描かれていることである。例えば寺の「奥様」は浄土真宗では「坊守」なのに「大黒」と呼称されているのがそれだ。「一」で触れた僧侶、高嶋米峰《べいほう》は「墨染めの衣に金襴の袈裟」は「掛けない」、「仏壇に」「観音の彫像」を安置しないなど、少なからざる過誤を指摘している。しかし、彼は「これしきの事で、この長篇大作の価値が、一毛も減ずる訳ではない」と、『破戒』の作品評価を高く認めているのである。[5]

３　主要登場人物のヒントとされた男性の選択

次に主要な人物のヒントとされた人びとの選択が、きわめて適切である点について記す。この適切さは『破戒』の同時代性を規定する最重要要素である。まず、男性を認める。

その一は南信伊那地方の非人系身分出身者の大江磯吉（一八六八〜一九〇二）という長野県尋常師範学校（現信州大学教育学部）の教諭が一八九二年に飯山で開催された下水内教育会の講習会に講師として出席した際に、宿の寺院から擯斥された一件についての僅かな情報をヒントに（藤村は「動機」と言っている）、穢多身分の「お頭」の子孫で、飯山尋常高等小学校（作中には「飯山学校」とある）を辞職する主席訓導の青年瀬川丑松と、同じく穢多身分の子孫で長野師範の教諭職の辞任を余儀なくされた丑松の師である社会思想家猪子蓮太郎を造形した同時代性である。ほんの僅かなヒントで主人公と主要人物を適切に構想した努力と力量には脱帽する。

その二は藤村が小諸義塾で同僚の数学・物理・化学教員鮫島晋から聞いた新潟県高田町《まち》（現上越市）の未解放部落の「紫屋」という分限者が病院から放逐された実話を作品の冒頭の下高井郡から来ていた「大日向」と称する部落の「大尽」が飯山病院と下宿から追放される物語に移し、丑松が急にその下宿から蓮華寺へ転居する、時期を超えた普遍性である。部落出身者が出自の露見を怖れて宿替えする事実は一九七〇年前後まではある程度一般的に存在した。

その三は藤村が彼に『破戒』執筆の一契機を与えてくれた鮫島の生き様を丑松の同僚の代用教員風間敬之進に置き替え、その生活ぶりのヒントにした同時代性である。この点については「１」の①に既に述べた。

その四は小諸義塾の「小使」一家の小作人生活を丹念に観察し筆記した藤村は『千曲川のスケッチ』に「小作人の家」として執筆し、風間一家の生活描写に活かしているのはローカル色豊かな適切な同時代性である。

「小作人の家」に登場する藤村と親しくした「小使」半田辰太郎は義塾のために尽した人で、元主家の風間家のために忠実な音作を連想させる。小諸義塾の教職員を模して群像を描いた短編小説「岩石の間」の半田と思《おぼ》しき人物は「音吉」となっている。[6]「小作人の家」の半田の父親は話ぶりが「剽軽《ひょうきん》」な「隠居」として表現されており、風間とはタイプを異にする。同じ小作人生活でも一方は湿っぽくなく、もう一方は陰気で、同時に刺々《とげとげ》しい。『破戒』は「小作人の家」の様相を半ば移し、その雰囲気はほとんど変えているのである。

その五は藤村に『破戒』執筆を決意させ、藤村が尊敬の念を抱いた弥右衛門を丑松の父親の人格像設定のヒントにした適切な同時代性である。

弥右衛門（世襲名。本名弥文太。一八五九〜一九一七）は、一八八〇年、部落学校（未解放部落の子どもだけの学校）の惟善《ゆいぜん》学校を設立して自ら教鞭を執り、北佐久郡北大井村（現小諸市）で部落から唯一人の村会議員として、旧身分意識がとりわけ強いと言われる小諸地方で部落を代表し、部落住民の向上に努力した元小諸藩穢多頭の嫡男であった。[7]進取的な信条を貫いた彼は牧夫として山中に隠棲する丑松の父親とは生き方が対照的であり、部落問題に対する態度も異にするが、丑松の父がわが子を念《おも》う真心や佇《たたず》まいに弥右衛門の人格が投影されている。なお、筆者は末尾に出てくる「大尽」大日向の造形にも弥右衛門が参考にされていると理解する。

その六は猪子蓮太郎の親友で丑松の知人でもある代議士候補の市村弁護士の造形に自由民権運動の流れを

汲む弁護士で代議士の立川雲平《たつかわうんぺい》（一八五七〜一九三二）の人格と活動が参考にされていることである。

立川は「一」で既述した藤村の第一の恩師で、かつ、小諸義塾塾頭にして藤村を義塾に招いた木村熊二と親交のあった人である。

木村は幕臣出身で剣術の達人。明治維新期の戦争（戊辰戦争）で活躍して明治新政府の「お尋ね者」となり、偽名を用いて一八七〇（明治三）年に渡米し、苦学すること十二年、改革派の福音伝導の許可証と牧師任命書を与えられて帰国した。翌八三年から教会牧師として活動する一方、八五年には外国のミッションに頼らない日本人の手で設立した最初のキリスト教主義の女学校明治女学校を創立し、初代校長に就任した。藤村は木村のキリスト教の弟子である巌本善治《よしはる》校長時代に二度、短期間、同校に勤めた。木村は無教会主義のキリスト教思想家内村鑑三からキリスト教の先達としてもっとも尊敬された人物である。

立川は温厚な性格の人にして正義感が強く、進歩的思想の持ち主で、一九〇五年二月の衆議院本会議では社会主義者が正当な法的手続に則って提出した新聞の発行届を受理しなかった警視庁の憲法違反の不法行為を列挙し、言論・出版を弾圧した政府を問責する演説を雄弁滔々《とうとう》と行った政治家である。日露戦争中であるにもかかわらず、ロシアがトルストイという「御爺さん」の言説を容認していることを是としながら。その翌年三月の小諸義塾閉塾に際しては、立川は前年から木村に協力してもいる。市村弁護士は同時代性の強い人である。

その七は種牛に角で突かれて重傷を負い、牧場で命終《みょうしゅう》した父の初七日が済んだ後、丑松に届いた長野師範同期で同僚である土屋銀之助の手紙の内容にかかわることである。手紙には「長野の師範学校に居る博物科の講師の周旋で、いよいよ農科大学の助手として行くことに確定したから」「喜んでくれ」と認められている。

水野都沚生《としお》氏の論文がこの手紙の内容と似かよった経歴の持ち主を紹介し、「銀之助のモデルなりと断」じている。その人物は田中貢一と言い、一八八一年、東筑摩郡広丘村（現塩尻市）に生まれ、長野師範の博物科に入り、一九〇三年に卒業し、長野市近在の小学校へ赴任したが、翌年、博物科の教諭の斡旋で東京帝国大学農科大学（現東京大学農学部。当時は現在教養学部のある駒場に所在していた）に勤務し、後に世界的な植物学者になった牧野富太郎助手のもとで研究に従事した。水野氏は田中が「助手」であったと記しているが、『文部省職員録』等で調べると田中は登載されておらず、正式な助手身分ではなかった。その後、田中は一二年に退職し、水野論文とは異なって、牧野・田中共著『科学検索　日本植物志』（一九二八年、大日本図書）に記されているように、帝国駒場農園長になっている。[8]

田中は、水野論文が記している通り、藤村と面識がないが、藤村は、『破戒』執筆の前と後、二度に亘って田中の著作に協力している。前の場合について認めれば、田中は自著『植物美観　信濃の花』（一九〇三年、朝陽館）を刊行するに際して、菫の花に関する西洋の詩を引用すべく、藤村にその選定を懇願した。藤村はこれに応じた。田中は懇願するに当たって熱誠を込めて自己紹介をしたと想われ、藤村は農科大学に勤務するに至る彼の履歴を知っていたことはあり得よう。

田中は、丑松が「羨んだ」銀之助と同様、自らの人生を選択出来た人であり、「家」の柵《しがらみ》に苦しめられた藤村は自らを丑松に投影させたと同様に、銀之助を造形する上で田中を参考にしたかも知れない。いずれにしても、銀之助と田中との場合は師範出の教員がさまざまな手段を用いて勤務の義務年限を待たずに転進していた青年が少なくはなかった同時代の典型的な事例であると言えよう。

その八に、市村弁護士の政敵で丑松追放の策略を巡らし、暴漢に猪子を襲わせて死に至らしめた高柳利三郎、同じく丑松放逐を企んだ小学校長と郡視学、彼らの策謀に一役買った教員勝野文平はおそらくヒント・

参考にした人物はおらず、完全な創造であろう。当時の飯山小学校長は進取の精神に富んだ教育者で、作中の校長とは逆だと言える人格の持ち主であった。しかし、猪子の横死は別として、教職員間における新旧の思想的対立は現実に少なからず存在したことであり、丑松追放の理不尽な策謀も大江の事実を踏まえており、一般性があると言える。

その九に、娘に高柳との「政略結婚」をさせた「根津」の部落の「大尽」六左衛門のヒントになった「お頭」（正確にはその嫡子）は存在する。藤村は、小県《ちいさがた》郡祢津《ねつ》村（現東御市）に出生し居住していた丸山晩霞の同道を得て、彼に面会した。彼は世襲名与右衛門を名告《なの》る教養ある人で、孫や曽孫には絵画・彫刻にすぐれた人物や書家がいる。彼は策謀家でもなく、金持でもなかったのである。信州の部落には高利貸や皮革関係で巨利を蓄えた大資産家はいなかった。しかし、全国を俯瞰すると存在するので、六左衛門の存在も一般性があると言えるだろう。

その一〇に、蓮華寺のモデルになった浄土真宗本願寺派真宗寺の当時の住職井上寂英（一八四二～一九一六）は、肖像画を見ると、容貌が作中の住職と似ていると言えそうだが、明治維新期の神仏分離令によって起こった廃仏毀釈騒動から飯山の寺院を護った中心人物で、決して、「好色坊主」などではなかった。しかし、『破戒』は創作だ。真宗寺の住職をそのまま作中に移している訳ではないので、一般的にはあり得ると諒解すればよいことである。この点は後に触れる。

その一一に、風間敬之進の息子省吾、未解放部落からおそらく唯一人高等科に上っているらしい仙太は完全に創造だろうが、二人の個性が描かれている。忌避と侮蔑、迫害さえ厳しかった当時のことで、部落の子どもが高等科へ通学することは、経済的には富裕ではあっても、きわめて困難であった。仙太の意志の強さも表現されており、同時代性が窺える。

その一二に、不慮の死を遂げた丑松の父の遺言を守り、丑松は勿論、自らの出自が明るみに出ることを恐れながら気を配って生活している叔父夫妻である。二人の言辞や態度には当時の部落関係者一般の普遍性が見られる。

4　登場する主な女性の造形

丑松の義理の叔母を除く、登場する主な女性はどうであろうか。『破戒』のヒロインである風間敬之進の娘お志保は主として「5」、殊に「6」で取り上げることとして、他の女性たちを見ていこう。

その一は蓮華寺の「奥様」である。彼女は住職の好色に苦悩しながらも、根は優しく大らかであるが、藤村が面会したことのある真宗寺の坊守は、その娘婿《むすめむこ》である高野辰之の文章によると、「男優りという評判もある程の人」であった。

先に晩霞と飯山へ取材旅行をした藤村は、『千曲川のスケッチ』の「千曲川に沿うて」に書いてある通り、二度目には師範学校の講習を受ける二人の「少女」と同道し、真宗寺を訪問した。若い女性は小諸で藤村の知己の娘で、二人は小学校の準訓導の資格を取得するために講習会に長期間出席していた。彼女達の下宿先が真宗寺であった。二人は年末・年始の休暇で帰省し、飯山へ戻る際に藤村と同行したのである。高野文章には藤村の真宗寺訪問について「講習に出てゐた」「佐久地方」の「二名程の女子」が「ある時」「一人の男を伴《つ》れて来た」、「世事に熟達した老奥様は直《ただち》に何者かと女学生に尋ねると、荷背負《にしょい》だとか送りの者だとか誤魔化さうとする。『ではあるまい。あの手足を御覧、決して骨身の折れる仕事をする人ぢゃない。本当の所をお言ひ。』とつきこまれて」「藤村だと知れたのだそうだ」とある。[9]

両者は、容貌・風体はいざ知らず、人格は随分違うと想われるが、住職の場合と同様のことが言える。

その二は風間敬之進の「細君」である。彼女は陋屋に住まい、小作地を耕作する働き者だ。音作とその「女房」からは、元主人の後妻なので、「奥様」と呼ばれている。彼女は実子四人に継子の省吾を加えた一家の生活苦を余り省みようとしない夫に対応すべき人物として設定され、感情がささくれ立った性格に創造されている。

その三は、彼女とは対照的に設定されたのが音作の妻で、夫と同様、彼女は元主家に心配りし、前掲「小作人の家」の辰太郎と共に義塾に尽すその妻を連想させる。第二・第三は共に時代性を如実に反映している。

その四は猪子蓮太郎の連れ合いである。彼女も風間敬之進の後妻や音作の女房と同様に名前が付けられていない。夫の生前は「細君」、没後は「未亡人」である。筆者は猪子夫人に対する藤村の造形には大いに不満をもっている。藤村は彼女について丑松にさっぱりした「気象」の人だと観察させ、「普通の良い家庭に育った人が種族のちがう先輩に嫁ぐまでの二人の歴史」を想像させているると叙述しているだけで、それ以外は外見的な諸点を記しているのみである。

彼女と蓮太郎との結婚は明治中期の筈だ。身内の反対、世間の冷眼視、忌避と侮蔑、更に厳しい迫害に晒されながら、それらに耐え、克服していく強い意志を持つことなしには、彼女は蓮太郎と共に生きてはいけなかったに相違ない。丑松が想像した「二人の歴史」はそのような内容であったかも知れないが、藤村は何も書いていない。性格に触れているだけである。お志保が丑松と結婚する意志を明らかにした後、猪子夫人は志保に「同情」したが、藤村は「女は女同情《おもいやり》の深いもの」と、一言で片付けてしまっている。

しかし、藤村の周辺には木村鐙子・若松賤子・清水紫琴ら、苦難の克服に努めて自立して生きた女性が、おそらく誰よりもと言える程に多く存在していたのであり、彼は猪子夫人の造形のヒント・参考にこと欠かなかった筈である。にもかかわらず、藤村は彼女達の精神を活かし、猪子夫人の内面を深く追求していかなかった。勿論、蓮太郎と並び立たせてしまっては小説にはならないが、秘めた内心の強さを表現して欲しかった。残念なことである。同様のことは、比較出来ることではないが、敬之進の「細君」が、「さすがに後のことを考えた」のであろう、比較的「温順《おとな》しい」三番目の娘を残し、三児を連れて下高井の「生家を指して」家出をした心の苦しみについても言えるだろう。この点には、大正期になってからの藤村とは異なって、『破戒』の執筆当時における彼の女性観のレベルの低さが反映されているのである。[10] それ故に大要としては、猪子夫人は夫に付き従っていく女性としてしか描かれていない。彼女についての叙述内容は本来あるべき筈の主体性に乏しく、同時代性も欠けていると言わざるを得ない。

その五は六左衛門の娘、したがって高柳の新妻である。主体性が全くなさそうな女性に描かれていることは人物設定のためで已むを得ない。時代の制約から、残念ながら、当時はそのような女性が少なくなかったのである。

その六は丑松の「根津」で生活していた、師範学校へ入る以前の幼馴染《おさななじみ》のお妻である。彼女は数えの十六歳で同年の学校友だちと結婚し、五人の子に絡《まと》い付かれている農家の嫁だが、丑松の「初恋」の人である。藤村は自らの若い女性との経験や詩作を踏まえて彼女を描いている向きが窺われる。その傾向は丑松が恋心を抱いているお志保の場合に更に強く見られることである。

5　同時代を写す普遍性と社会性

続いて『破戒』の同時代を写す適切な普遍性と社会性について記す。但し、小作人の生活など、「一」節の「1」項で叙述した内容は省く。したがって断片的になるが、寛恕を乞う。

その一は、労働についてである。

藤村は『スケッチ』の「農夫の生活」に「幾度《いくたび》の農家を訪ね」「農夫に話し掛け」「彼等の働く光景《さま》を眺め」「多くの時を送った」、「もっともっと彼等をよく知りたい」と認め、「彼等の生活」は「見たところ、Openで、質素で、簡単」そうだが、実は「複雑」で、それは「極く地味な灰色」だが、「その灰色に幾通りあるか知れない」と書き、「百姓の好きな私は」「彼等に近づくことを楽みとする」と述べ、『スケッチ』の「序」には「私は信州の百姓の中へ行って種々なことを学んだ」と記している。藤村が長男楠雄を郷里に帰農させたのも、自身が「百姓」を「好き」だったことに一つの理由がある。

しかし、藤村には中に十分分け入ることの出来なかった「下層」の人々がいる。上田の屠場で屠夫達が労働する様子は、一見、詳しく活写されているようだが、一人一人は類型に陥っている。小諸の飲み処の客など、藤村が日常的に深く接触出来なかった人達もそうである。そのため、藤村は「労働」を愛しており、『破戒』には汗して働く「下層」の庶民を意識的に沢山登場させてはいるが、その全般をリアルに描いているとは言えない。けれども、小作人の生活はそうではない。殊に明治末期における年貢収奪の本質はリアリズムに徹して捉えられており、『破戒』は優れた農民文学の側面をもった作品になっている。

その二は、「天長節」の式典が「赤十字社の社員の祝賀をも兼ねた」とある通り、一八九四～五年の日清戦争後における学校行事に合わせた催しを落とさずに記述していることである。

西南戦争が引き起こされた一八七七年に創設された博愛社を前身とする日本赤十字社は、博愛慈善主義を趣旨とする欧米の赤十字とは違って、忠君愛国の精神に基づく報国恤兵を目的とする天皇制軍国主義の傾向が強く、殊に戦争中の主な業務は召集令状による従軍看護婦の確保にあり、日赤出身の看護婦は従軍する義務があった。日赤長野県支部でも日清戦争中から社員が増加し、戦後の九六年に下高井郡の郡委員部が設置されているから、隣の飯山を中心とした下水内郡にも同じ頃に組織が発足したことであろう。「来賓を代表した高柳」は天皇制軍国主義に協賛する日赤社員らを前に挨拶したのである。

その三は、この日、退職する「老」教員風間敬之進を送別する校内での形ばかりの茶話会と教育「功労」者として金牌を授与された校長の料亭での祝宴会とが開かれた点についてである。『破戒』には日清・日露戦争は出て来ないが、省吾が丑松に尋ねられて返事をした中に「一番年長《うえ》の兄さんは兵隊に行って死にやした」とあり、敬之進は戦争で長男を失った犠牲者なのだ。式典での校長の「忠孝」の演説は、日赤社員の祝賀は、高柳の挨拶は一体何だ。深読みの嫌いはあるが、欺瞞以外の何物でもないことを『破戒』は考えさせる。

また、「大君《おおきみ》の生まれ給ひし」「今日の佳き日」（天長節の歌）に、校長は金牌受賞にも冷淡な「異分子」丑松対策を高柳と連携した教員勝野文平と謀り、部落差別を利用して丑松追い落としを開始する。藤村は丑松に、彼が受持の生徒たちに学校を去ることを伝える際、「あの穢多の教員が」「天長節が来れば同じように君が代を歌って、蔭ながら自分等の幸福《しあわせ》を、出世を祈ると言ったッけ――こう思出して頂きたいのです」と語らせているので、「天長節」を否定的に捉えているとは言えなかろうが、一方では丑松追放策動がその日に始まることが偶然の一致とも思えないのである。

その四は、「天長節」の日の出立《いでたち》が教員は勿論、高等科の生徒達も普段と違い、丑松も「柳行李の中から」取って置きの「羽織袴を出して着」ているし、「悪戯《いたずら》盛りの男の生徒」は「羽織袴でかしこま」り、「女生徒」は「海老茶袴、紫袴」姿であることだ。「飯山学校」は尋常高等小学校であるが、尋常科の児童一〜四年生はほとんど記述されていないのでわからない。しかし、この叙述である程度の生活水準にある家の子ども達が高等科の生徒になっている事実が表現されている。教員の場合、男性は、普段、丑松のように袴姿が多いが、勝野のようにハイカラな洋服姿もあり、筆者の中学生時分にも少なからずいた詰襟姿もあった。女性教員達は袴を付けているようだ。このように服装も時代をよく現している。しかし、精神の方は逆さまな場合があって、丑松は進歩的で誠実で、勝野の方が守旧的でかつ打算が働いた。藤村は姿・形で人を見ていないと言えるようである。

その五は学校内の教職員間の秩序・序列である。「忠孝」を説き、守旧的で何ごとも規則一点張りであるのに、よろしくない意味で要領のよい年配の校長のもと、師範学校出の丑松と土屋銀之助が主席訓導と次席で、郡視学の甥で検定試験合格者の勝野文平が三番目の訓導である。他に師範学校の講習を受けて準訓導の資格を取得した教員、風間敬之進のように、資格を持たない代用教員、「唱歌」など専科の教員もいた。それらの比率は不明で、記述の少ない女性教員の実態は何も分からない。尋常・高等一緒の教員室での会話の内容を見ると、平素、校長を除いては教員関係における上下関係はなさそうな雰囲気だ。このような自由な様相は小諸義塾などでの藤村自身の教員体験に基づいているのであろう。

その六は、「天長節」の日の午後、校庭で競技されたテニスの描写に同時代性がある点だ。但し、『破戒』の多くの内容が描かれている一八九一年当時ではなく、『破戒』執筆当時の時代性である。日露戦争当時はテニスが盛んであった。テニスはまず高等師範学校（東京）で始まり、ついで高師に学んだ教員を通して各府県の師範学校に拡がり、更に師範出身の教員達が小学校に普及させた。[11] 銀之助は「庭球狂《テニスきちがい》」で、丑松も上手だった。師範出ではないが、勝野は銀之助より強かった。丑松は組む相手がいなかった仙太と組み、勝野の組に「零敗《ゼロ》」した。勝野のネクタイが「襟飾《えりかざり》」と表現されているのに、「打球板《ラケット》」「触《タッチ》」「落《フォウル》」の語が用いられている。実際にそうであった。

その七は「一ぜんめし、御休所」（飲み処）の笹屋の光景である。笹屋は敬之進の「隠れ屋」で、丑松も一緒に入ったことがあり、出自の悩みで落ち込んだ丑松が一人で行き、後から敬之進が偶然来合わせたこともあった。ここは藤村が鮫島や晩霞と語らい合った小諸の一ぜんめし屋揚羽屋の光景を模している。『スケッチ』の「一ぜんめし」には「そこは下層の労働者、馬方、近在の小百姓なぞが、酒を温めて貰うところだ」とある。揚羽屋には今も藤村筆の「一ぜんめし　御休処　揚羽屋」の木の看板が大切に保存されている。「一ぜんめし」の家に「集まる近在の馬方や労働者なぞと一緒に焚火にあたりながら、山家らしい話に耳を傾けるのを楽しみました。あゝいふ土臭いことの好きなところでも、先生と私は一致したかと思ひます」、「先生に尾形君に、私——三人はよく集まりました」と藤村は回顧している。[12]「尾形君」は晩霞である。

「耳を傾ける」とあり、彼等に対する配慮もあって、おそらく汗して働く「下層」の人達と突っ込んだ会話はしていないようだ。そのため、彼等は『破戒』では余り活々と描かれているとは言えないが、鮫島が敬之進に、藤村自身が丑松に投影されていることは確かである。鮫島は藤村より二十歳年長で、敬之進は丑松と親子程の年齢差がある。ともあれ、笹屋の光景と雰囲気は当時の田舎町の飲み処の様相を巧みに写し出していると言える。

その八は、既に「一」の「1」で触れているが、蓮華寺住職の好色ぶりについてである。高橋米峰は前掲文章で『破戒』が取り上げている「政治家の堕落、教育界の汚濁、小作人の惨状」など、社会的問題のトップに「僧侶の腐敗」を当時の一般的事実として挙げている。[13]米峰は、仏教史家の境野黄洋《こうよう》（後に東洋大学長。一八七一～一九三三）らと共に、一八八七年に仏教清徒会（後の新仏教徒同志会。機関誌『新仏教』）を結成し、必ずしも大きな成果を挙げたとは言えないが、既成仏教団の腐敗堕落を批判し、仏教界の革新浄化を主唱して個人性に膠着した既成仏教に刺激を与え、社会性の発揮を促した功績があったと言われる。[14]当時、仏教界に存在した腐敗の一般状況が『破戒』には窺えるのである。

その九は、八と関連して、真宗寺住職の法話を聴いている藤村は丑松に作中の住職の説教を批判的に捉えさせていることである。住職は説教の第三部で、飯山の正受庵にあった「恵端禅師」という「高僧」、実は名僧ではあっても高僧ではなかったのだが、そのもとへやって来た、後の臨済宗中興の祖白隠でさえ、「自力で道に入る」ことは「容易で無」く、「吾《わが》他力宗は単純《ひとえ》に」「阿弥陀如来を頼み奉る」のだと、「毎時《いつも》」「同じような説教の型に陥る」とあるのが、それだ。

『破戒』が執筆され、出版されたのは、幕藩体制にとって不都合故に、ながい間、浄土真宗教団が非公開にしてきた親鸞（一一七三〜一二六二）からの聞き書き『歎異抄』が教団革新運動を進めた大谷派の清沢《きよざわ》満之《まんし》（一八六三〜一九〇三）らによって公開されて凡そ十年程後のことであった。[15] 藤村が、当時、『善の研究』で知られる西田幾多郎（一八七〇〜一九四五）を始め、少なからざる知識人達が読んだ親鸞直門の唯円（生涯年不詳）の編著とされるこの小冊子を手にしたか否かはわからないが、清沢と同じく教団改革、更に教団否定に及んでいった高嶋米峰に『破戒』を贈った藤村のことである、贈呈には教団批判の意志すら感じさせられ、少なくとも真宗教団改革の動静を知っていたものと思われる。また一方では、学生時代に木村熊二から洗礼を受けた藤村は、『破戒』執筆当時には既にキリスト者ではなくなっていたが、無教会主義の内村鑑三らの改革運動をよく知っていたから、住職の井上寂英のマンネリ化した説教を批判するくらいのことはあり得たことであろう。

その一〇は「奥様」が非行を為そうとする住職との離縁を決意したと知ったお志保が「寺を脱けて出ようと決心」して「父親《おとっ》さんの方へ帰っているらしい」と聞いた丑松は、「あの家へ帰って行ったとしたところで」「将来《さき》どうなるだろう」かと、彼女の死を予測する一方、わが「一生のことを思い煩いながら」、千曲川の「下の渡」（船橋）の方へ行き、自らも「放逐か、死か」「唯二つしかこれから将来《さき》に執るべき道は無い」

と考え、「父や、叔父や、先輩や」「下高井の大尽の心地を身に引比べ」ただけでなく、「終には娼婦《あそびめ》として秘密に売買されるという多くの美しい穢多の娘の運命なぞを思いやった」ことである。

当時、少なからざる部落の娘達が遠隔地の遊郭に身を沈めていたことは全国的な実態を反映し、信州でも事実であった。

このことを作品の中で叙述している一人にラフカディオ・ハーン（小泉八雲。一八五〇〜一九〇四）がある。ハーンは一八九〇年八月に島根県尋常中学校へ英語講師として赴任し、翌年六月に松江市の非人小屋系非人ではない元非人「山の者」の部落へ中学の英語を教える上席教員西田千太郎（一八六二〜九七）の案内で訪問し、ルポルタージュ「島根通信」を『ジャパン・ウィークリー・メイル』第一五巻第二四号に発表した。[16]ハーンはこのルポに「山の者」は、「襤褸・紙屑の回収の独占権を持って」おり、「あらゆる種類の廃物の仕入業者である」と認めると共に、「社会から除け者にされている他の階層にくらべて、彼らは全体的に暮らし向きがよい」「『山の者』のもっとも器量のよい娘たちがしばしば『女郎』になった」が、「地元は勿論、近隣の都市の『女郎屋』へもけっしてはいれ」ず、「遠隔地の遊郭へ売られた」と述べている。[17]

その一一は、先にも少々触れたが、教員室における教員間の新旧の思想的対立である。第拾八章の第四節、殊に第五節における丑松と勝野文平の二人に土屋銀之助が少し絡んだ会話の展開がそれを見事に描出している。紙幅を取るが、会話の展開を詳細に認める。

まず、第四節。銀之助が職員室へ入ると、丑松と文平が猪子蓮太郎のことで言い争っている。文平は丑松がなぜ猪子の著作を研究するようになったのか、その原因を問うた。丑松は詰って答えられない。文平は猪子の苦しんでいる様が丑松の目に着くのは丑松自身に深く心を傷めることがあるからではないかと突っ込む。そして丑松がそれを言えないのは、「僕は百も承知なのだがね」と付け加えつつ、「何故、言えないんだろう」と、「意味ありげに」また尋ねた。「持って生れた性分サ」と銀之助が口を挟んだ。すると、文平は「あの先生はどういう種類の人だろう」と話題を変える。銀之助「先生は新しい思想家さ」。文平「思想家?･」、「僕に言わせると、空想家だ、夢想家だ」、「一種の狂人だ」。文平が言う調子が「可笑しかった」ので「笑い声」が起こった。銀之助も笑った。「その時、憤慨の情は丑松が全身の血潮に交って、一時に頭脳《あたま》の方へ衝きかかるかのよう」になった。

ついで、第五節。丑松「勝野君は巧いことを言った」、「猪子先生」は「一種の狂人さ」、「世間体の好いような」ことばかりを並べて「自伝と言って他《ひと》に吹聴するという今の世の中に」、「狂人ででも無くて誰が冷汗の出るような懺悔なぞを書こう」、「先生の生涯は実に懺悔の生涯さ」。文平「高が穢多じゃないか」。「それが、君、どうした」と、今度は丑松が突っ込んだ。だが、文平も負けてはいない。「卑劣《いや》しい根性を持って」「僻《ひが》んだようなことばかり言うものが」「下手に社会突出《でしゃば》ろうなんて」「思想《かんがえ》を起すのは」「大間違いさ。獣皮《かわ》いじりでもして」「引込んでるのが」「適当しているんだ」。しかし、丑松がやり返す。「僕は今まで、君もあの先生も、同じ人間だとばかり思っていた」が、「御説の通りだ」、「引込んで」「黙っていれば好かったのに」「身体《からだ》のことも忘れて」「一日も休まずに社会と戦っているなんて――何という狂人の態《ざま》だろう」、「開化した高尚な人は、予《あらかじ》め金牌を胸に掛ける積りで、教育事業なぞに従事し」、「野蛮な、下等な人種の悲しさ、猪子先生なぞは」「はじめから野末の露と消える覚悟だ。死を決して人生の戦場に上っているのだ」、「悲しいじゃないか、勇ましいじゃないか」。「丑松は」「身を慄《ふる》わせながら歔欷《すすりな》くように笑った」。「鬱勃とした精神は体軀《からだ》の外部《そと》へ満ち溢《あふ》れて」「粗野な沈鬱な容貌《かおつき》は平素《いつも》より一層男性《もっとおとこ》らしく見える」。銀之助は「久し振で若く剛《つよ》く活々《いきいき》とした丑松の内部《なか》の生命《いのち》に触れるような心地《こころもち》がした」。文平は「頭ごなしに罵ろうとして、反《かえ》って丑松の爲に言敗《いいまく》られた気味」となった。文平は一人の教員に丑松が「自分で自分の秘密を自白したじゃないか」と「私語《ささや》い」た。

不条理な社会状況の改革をめざして闘う猪子の思想に共鳴・賛同する丑松と守旧的体制擁護に同調し、これを弁護しようとする文平との論争は当時の思想闘争の一端を窺わせており、圧巻である。同時にこの件《くだり》は猪子の横死を契機とする丑松が新たに出発する重要なステップにもなっている。

6　同時代史『破戒』の存在意義

藤村の『破戒』の執筆と自主出版は、部落問題サイドに軸足を置いて見ると、部落改善運動の日露戦争に起因する一時的滞留と新たな「発展」を迎える前段階の時期の出来事であり、部落問題を扱った文学作品の中に位置付けて見れば、明治初期の開化小説に始まり、『女学雑誌』有数の執筆者松の家みどり（男性）の小説『開明世界　新平民』（一八八八年、共隆社）や清水紫琴前掲『移民学園』を経て、『破戒』以後の、少なくとも第二次世界大戦の敗戦に至るまでの金字塔である。[18]
「少なくとも」というのは住井すゑの『橋のない川』という大作があるからだが、この作品は全体として大目に見ても、第七部に至って「現代史」とは言い難い文学としての劣化が目立ち、[19]筆者は『破戒』を第一の作品と評価する。しかし、この点は異論も大いにあることを承知しており、筆者は自らの見方に固執するものではない。筆者は住井の『橋のない川』執筆の早い時期から取材に協力した一人であり、この作品に愛着も持っている。巷間では、よく、作中のもっとも主要な人物は全国水平社の活動者だった木村京太郎がモデルだと言われているようだが、住井は、この人物だけでなく、モデル論を否定している。住井も、藤村と同様に、特定の人物をモデルにして安直に作中の人物を造形してはいない。ともあれ、『破戒』が第一か、

『橋のない川』が第一かというようなケチな量見ではなく、作品の存在意義が永く検討されていったらよい。

ところで、部落改善運動は、その運動内容からして、管見では山口県の部落の青年僧侶が一八八六年に立ち上げた仏教青年行道会がもっとも早い例である。兆民が論説「新民世界」を発表する二年前のことで、部落問題が社会問題として成立した明治憲法体制確立期の早い段階のことである。部落内部の自覚、勤倹貯蓄、教育の普及などと大旨自主的に取り組む部落改善運動は全国各地で勃興していき、一九〇〇年前後からは府県単位の団体も設立され、改善運動の発展の中で、一九〇三年には大阪市で全国団体大日本同胞融和会が創立総会を開催した。しかし、同胞融和会は活動を活発に展開した形跡がない。自然消滅したようである。日露開戦が活動を困難にしたのである。[20]

資本主義の発達によって、日露戦争後、個人主義的な傾向や享楽主義の風潮が強まり始め、労働者の闘争も激化し、社会主義も台頭してきた。支配権力は、一九〇八年に階級協調を説き、奢侈を戒め、国民教化を狙い、戦争で疲弊した町村行財政を「合理化」すべき戊申詔書を発布し、地方改良運動を遂行した。こうした政府の社会政策の一環として、同年、部落改善政策が開始され、その指導と奨励によって、各府県の部落改善事業も新たな展開を見せ、各地の部落に上からの指導を得た、したがって自主性の乏しい改善団体が設立されていく。『破戒』の執筆・出版に当たって藤村が多大な援助を受けた「二人の恩人」（『破戒』の扉に掲げられた「献辞」）の一人神津猛ら地域の名望家達が一九〇九年、北佐久郡岩村田町《いわむらだまち》（現佐久市）の部落に組織した矯風報徳社はその一つである。これより先、『破戒』の創作と係る北佐久郡北大井村（現小諸市）の部落では、一九〇七年、青年同志会が結成され、部落上層の青年を指導者に風俗改善に取り組んだ。[21]

このような事情を藤村がどこまで知っているのか、ほとんど何も知らなかったのかは不明であるが、『破戒』はこうした部落問題、殊に部落改善運動の動静の中で誕生した。ある程度、部落問題に対する国民の関心が高まった時期に刊行されたのである。

『破戒』は、さまざまな情報をもとに、多様な人物からヒントを得て、それを参考に、その人物像を投影させた適切な主要登場人物を造形し、猪子蓮太郎の「細君」や風間敬之進の「細君」のように、内心の表現には多少の難点はあるものの、彼等を活動させて、部落問題は勿論のこと、士族の没落や半封建地主・小作制、新旧の思想的対立、近代的自我の覚醒による内面的苦悩など、同時代を写す社会性を広く普遍性を持って叙述した長編小説になっている。漱石が「事柄が真面目」だと言ったのはこの点であろう。

猪子蓮太郎の横死を契機とする主人公瀬川丑松の開眼と告白、ヒロイン風間志保の部落の青年丑松に対する不変の意識と態度、生徒集団と親友土屋銀之助の意識変革を示す急展開は、殊に志保とその周囲の人々の状況変化を巧みに絡ませて、結末に向けて見事に描出している。このような点を漱石は「人生」に「触」れていると言っているのではあるまいか。そして最後の新たな出発は「個人」の「尊重」による部落問題の解決、広く捉えれば、人間社会の前進を展望しているとさえ言えるのである。

このような存在意義のある『破戒』は日本近代史として読み得る文学であり、同時代史として歴史叙述の史料として用いることの出来る内容のある作品である。にもかかわらず、こうした理解はあまり得られていない。部落解放運動団体の「声明」の呪縛と呪縛による自縛がその最大の要因である。その克服は歴史と文学の発展にとっての一つの課題なのではなかろうか。

三　島崎藤村『破戒』の批評について

小稿は、島崎藤村と『破戒』を軸とする日本近代史、部分的には現代史とも言うべき拙著『島崎藤村『破戒』を歩く』上・下巻（二〇〇八・九年、部落問題研究所）を踏まえつつ、部落解放同盟の『破戒』に関する声明に批判的分析を行い、作品の後部における主人公の告白を原文に即し、米国行を史実に照らして検討し、翻って幾つかの主要な『破戒』批評の論評を試み、最後に告白と跪《ひざまず》く行為及びテキサス農業移民に言及する批評・解説の瑕疵《かし》について論じようとするものである。

『破戒』は部落問題を題材、少なくとも素材にした小説である。部落問題の部落とは、封建的身分の最下位にあった賤民のなかで、主として、もっとも主要な部分を占めていた穢多《えた》を直接の先祖とする人々のうち、明治維新の改革で封建的身分が廃止された後も、その残滓《ざんし》を主要因として不当に人権を侵害されている人々が集中的に居住している地域を言う。

アジア太平洋戦争後、これは未解放部落または被差別部落と呼称された。[22] 一八七一年に「賤民解放令」が布告され、それまでの賤民は法的には平民となり、自由民権運動が発展する折から、彼らのなかから「解放令」を根拠とする平等を要求する動きが現れ、これを支持する動きも強まった。大審院（最高裁判所に相当）もその要求を支持する判決を出した。しかし、明治政府は民権運動を弾圧し、大日本帝国憲法施行の一八九〇年前後に絶対主義的天皇制を確立した。こうした反動化は封建的身分に起因する社会的差別の撤廃を困難にし、大審院も「新平民」の要求を退けた。かくして部落問題と称する社会問題は明治中期に成立した。

しかし、同時に自主的な部落改善運動がこの時期に開始された。[23]

右拙著を執筆して一番強く感じたことは『破戒』の批評・解説の恐ろしさであった。言うまでもなく、『破戒』のクライマックスは主人公の青年教員瀬川丑松が、師と仰ぐ「我は穢多なり」と明言して憚らない未解放部落出身の思想家猪子蓮太郎の横死を契機に、苦悩を吹っ切り、父の「戒《いまし》」めを「破」って出自を高等小学校の教え子たちや教員らの前で告白する場面だ。この場面が結末の米国テキサス州へ移民する主人公らの飯山からの旅立ちへと続く。二つの場面をどのように捉えようと、それが『破戒』という作品を決定付ける山場であることは確かである。

批評・解説の類《たぐい》を通覧すると、戦後に限定すれば、告白を卑屈と捉え、跪く行為を土下座と做《みな》し、テキサス行を敗北ないし逃亡とする解釈が有力だ。筆者はかつて「告白と跪く行為は結末のテキサス行と分かち難く結び付いていますね。卑屈と捉え、土下座と做すと、テキサス行は敗北・逃亡になりますし、テキサス行は敗北・逃亡と捉えると、もう片方は卑屈・土下座ということになります」と語ったことがある。[24] この有力な見解は正しいか。筆者は、前述の通り、学問的にこれを否定し、理解を誤っていると断言する。

なぜ、誤った理解が通念のようになってしまったのか。

そうなったのは、部落解放同盟の声明「『破戒』について」(一九五六年)の決定的とも言える程の強い影響に因るところが大きい。

1　部落解放同盟の『破戒』についての声明

アジア太平洋戦争前後を通して、『破戒』には受難の歴史があった。

まず、部落解放同盟の主たる前身である全国水平社の反動的分裂組織から不当な攻撃を受け、藤村と出版元の新潮社が一九二九年にごく一部分に姑息な改訂を加えた後、絶版にした。ついで、著者と出版社は、既に日中全面戦争激化の「非常時」に「即応」する声明を出していた全国水平社を主とする「支持」を得、一九三九年に時代性を重視する改悪を行い、『破戒』を再版した。

戦後になってからは、演劇・映画は省くとして、小説『破戒』の場合、詳細には触れないが、まず、新潮社が一九四八年に初版復元を企てて水平運動の元関係者と交渉した。しかし、思わしく進まず、再版本のまま出版した。ついで一九五三年に筑摩書房が初版本を復元刊行したが、部落解放同盟に改称する以前の部落解放全国委員会名の「『破戒』初版本復原に関する声明」で事実を誤り、歪めもした恣意的な批難を浴びせられた。この声明は、筑摩書房が、野間宏ら、部落解放運動関係者との折衝をもとに初版復元に踏み切ったのに対して、のちに反共・暴力・利権あさりに堕した「部落解放同盟」の中央執行委員長になる朝田善之助とその友人である京都市職員中川忠次（のちに民生局長）が怒り、中川が起草し、朝田が常任中央委員会の議に掛けて発表されたものとみて間違いない。当時の常任委では、構成メンバーから見て、きわめて個人色の強い声明案が余り議論にならなかったと、筆者は考えている。

全国委声明の問題点の一つは、『破戒』を「差別小説」と断定し、どのような内容がどう差別なのか、何も指摘せずに、その「差別性」を声高に繰り返し、例えば、「差別性の故に国民感情をいたずらに刺戟し、部落民に対する差別を、更に拡大することに重大な役割を果たした」と決め付け、明治期以来、多くの読者が瑣末な部分に拘泥せず、あるいは多少は拘泥しても、大きな感動と共に、差別の不合理を感得し、部落問題に素直な関心を寄せ、あるいは不当な社会的諸問題の解決をめざして取り組む契機にしている点を一顧だにしていないことである。

このような全国委声明に比べると、部落解放同盟の声明「『破戒』について」は、恣意的で声高な個人色の強い批難ではなく、少し抑制が利いている。

『破戒』について」は、初版復元刊行の経緯に鑑み、筑摩書房が解放同盟に依頼したもののようで、同社発行の『島崎藤村全集4　破戒』の巻末に掲載された。これが一種「お墨付」のような扱いになつて、文庫本に掲載され、解説に引用されるなどして、広く流布した。そのため影響力は以前は大きかったし、現在でも小さくはないようである。

声明の内容を分析すると、部落解放同盟の常任中央委員会（のちに中央執行委員会）で『破戒』をある程度評価しようとする役員とこれに反対する役員とが議論した跡が見え、声明が妥協の産物だと理解出来る。だから歯切れの悪い部分がある。

声明は冒頭で『破戒』が「わが国の文学史上きわめて高く評価されていることは、われわれも知っている。またその評価に反対もしない」と述べ、別の箇所でも「その文学的価値を尊重する故に、その出版にもあえて反対しない」との態度を明らかにしている。歯切れの悪い部分である。しかし、一方では「文学は」「人をきずつける権利までも、もっているであろうか?」とか、「われわれは、『破戒』が、どんなにわれわれを差別しているかを、これ以上論証することはやめよう」とか認められており、『破戒』の一般的「評価」や「出版」そのものに、よくぞ「反対」しなかったものだとさえ思う。

全国委声明と異なり、声明は、当否は別として、具体的な例を挙げて『破戒』の叙述内容に批判を加えている。その一つ一つを論評することは省くが、幾つかを取り上げてみることにする。

作品が「屠牛場」の「屠夫」について「下層の新平民に克《よ》くある愚鈍な目付」などと表現している点を、声明は「なぜ、こんなにまでわれわれをはずかしめるのか、と歯ぎしりする」と批判している。『千曲川のスケッチ』の「屠牛」もそうだが、藤村は見たままを客観的に描写する場合と思ったことを主観のままに叙述している場合とを作品のなかに混在させていることが多い。右の表現はその一例だが、「愚鈍な目付」とは、他者の目を見てトロンとしていても、誰彼なく言わなかろうから先入見を反映している。したがって、筆者は声明の感情的な表現には同意出来ないものの、「愚鈍な目付」という表現については前掲拙著『「破戒」を歩く』上巻に「侮蔑的だと言い得る」と書いた（『破戒』の再版では「けげんな目付」に改められている）。

次に声明が、「屠夫」の表現を含め、「いたるところで」「新平民」を「卑賤なもの、けいべつし差別すべきものとし」、「藤村自身が世人と同様に卑賤と見なしている」と指摘している点についてである。筆者は、この指摘とは異なって、藤村が多くの箇所で当時の未解放部落民の様態を客観的に描写していると理解している。藤村が『破戒』の取材をし、執筆した当時、少なくとも信州の未解放部落内においては旧身分の残滓に起因する著しい階層差、藤村の拘泥を視野に入れれば、旧頭筋とそれ以外の人びととの格差が存在していたから、藤村は皮相的に見て、「新平民」には一部の「開化した」「階級」と多くの「開化しない」「階級」があったと、「二通り」に分けていた。彼は丑松や猪子を前者に、「屠夫」を後者に分類し、後者については「新平民の二階級」という談話で「今日の人間社会にある最下層の生活の一つだろう」と未解放部落民だけを特殊化しないように配慮しながらも、「容貌も何となく粗野で、吾儕《われわれ》の耻《はず》かしいと思ふ事を別に耻かしいと思つて居ないやうですね。顔の骨格なんぞも吾儕と違つて居るやうに見えます。一番著るしい《（ママ）》のは皮膚の色の違つていることです」などと率直に語っている。この二分類は『破戒』第拾八章の職員室で教員たちが丑松の出自を穿鑿《せんさく》する会話のなかにも出ており、丑松の親友土屋銀之助が彼を弁護して「新平民の中から男らしい毅然《しつかり》した青年なぞの産れようが無い」などと言い、猪子については「彼《あれ》は例外さ」としてある。

問題は、なぜ、藤村には後者が前掲談話のように見えたのかである。彼には極貧と差別、詳しく言えば、忌避と侮蔑、当時はまだすこぶる多かった迫害の結果である厳しい労働や環境などの生活実態や対人的な態度に思い至る意識が欠如していたと言える。前掲拙著は藤村のこのような過誤を言外に明らかにするために、「愚鈍な目付」と描かれた人たちが居住していた地区の自力で経済生活を向上させ、居住環境を整備してきた子・孫世代の家を写真で示した。しかし、同様に当時の様態の客観的な描写をもはるかに後になってから「卑賤と見なしている」と批難する声明もまた、不当である。

第三は声明が、猪子の支持する代議士候補者市村弁護士の政敵である高柳利三郎が「金のために『新平民』の金持の娘」と秘密裡に結婚したことについて、彼が「あいつの女房は『えた』だ、とばくろすることは、民衆の差別観を煽動し、それを利用することであって、高柳よりもっと卑劣なふるまいではないか」と批判している点である。しかし、『破戒』の原文には「あいつの女房は『えた』だ」と演説したとは書いていない。もっと抽象化した叙述になっていて、声明の内容は不当だと言わなければならない。「我は穢多を恥とせず」とする猪子は高柳の行為を「新平民」と「人道」に対する「侮蔑」であると、憤って演説したのである（『破戒』第弐拾章）。

第四に声明は、告白後の丑松が「テキサスへにげてゆく」と記しているが、これはきわめて不当である。この点は分かち難く結び付いている告白の態度と共に後述する。なお、声明は告白した丑松に「不正な社会にたいする闘争を宣言する」ことを期待しているようだが、部落解放運動団体の声明であるから理解出来るものの、根本的には個人の生き方の問題であり、少なくとも信州における当時の部落問題の解決をめざす動向を鑑みる時、期待は先進的に過ぎる嫌いがある。

第五に声明は、「芸術作品として『破戒』を鑑賞し批評し出版」する人たちに部落解放の「闘いに、協力」することを「切望」している点である。一九五〇年代半ばはまだ国民間に部落問題に対する素直な関心が高まる前夜で、部落住民に対する忌避と侮蔑が厳しく残っていた時期であり、この要望は状況に照らして当然だ。事実、これに応えるような素直な動きがこの時点から始まっている。

２　瀬川丑松のテキサス行は敗北・逃亡か

部落解放同盟の声明とその影響を念頭において、最終的には丑松の告白とテキサス行を重点に『破戒』の批評・解説の瑕疵を考察する。テキサス行が敗北・逃亡か否かについては、既にこの章の「一」で否であることを明らかにしている。しかし、「一」は紙幅の関係で要点の記述であるから、『破戒』の批評の検討を主とするこの「三」では、ある程度詳述することにしたい。

まず、『破戒』の物語の進行とは逆に、テキサス行から検討を加えていきたい。その方が読者の理解を得易いと思うからである。

一八八四〜五（明治十七〜八）年頃からわが国で渡米論が盛んになった。その嚆矢は福沢諭吉（一八三五〜一九〇一）である。平素から「独立自尊」を高唱していた彼は、それを実現するための最良の道が渡米だと考えた。福沢は彼の代表的な渡米論の一つ「米国は志士の棲処《すみか》なり」において「無尽の沃土と人民の活発勉励とを併有する」米国で「奮って風雲に投ずるの計を為すべきなり」と青年に呼び掛けている。[25]

これに応えるかのように「志士の棲処」へ渡った一人に片山潜（一八五九〜一九三三）がいた。一八八四年に渡米した彼は苦学を重ねて一八九六年に帰国し、キリスト教人道主義の立場で社会問題に取り組み、社会主義に傾倒していき、人道主義を思想的基底とする渡米論・移民論を展開した。日本人米国移民史の研究者粂井輝子氏は移民論・渡米論で「社会的にも評価され、指導的役割を果たした」人物として日本力行会の主宰者島貫兵太夫《ひょうだゆう》（一八六六〜一九一三）と共に片山を挙げ、彼を渡米案内書ブームに「先鞭をつけた」と評価している。[26] 島貫は東京・神田の日本基督教会牧師で、「苦学力行」する学生の世話に尽力し、その一環として渡米を推奨した人であり、片山と親しかった。[27]

片山の渡米に関する著作は五冊あり、その最初のものは「学生渡米案内」（一九〇一年、労働新聞社）で、安部磯雄・幸徳秋水らと社会民主党を結成した年の出版である（同党は二日後に禁止）。必ずしも学生を対象としてはいないこの著は、同年、増補されて『渡米案内』と改題され、翌年の第六版に著者自身がこの本を読んで渡米した者は数百人に及んだと書いている。同年、『続渡米案内』も上梓された。『渡米案内』は五年間で十四版を重ねている。その間、片山は米国から帰国した翌年に東京神田に留学と植民を推進する事業のためにキングスレー館を設立し、事業の一環として渡米協会を組織した。[28] 更に彼は一八九八年に『渡米雑誌』を創刊している。

片山は一九〇三年末に二度目の渡米に出立した。その主な目的は、翌年夏にオランダで開催された第二インターナショナル（国際労働者組織）第六回大会に日本人社会主義者の代表として出席し、日露戦争の最中にあって、対戦国ロシアの代表と共に反戦平和を誓い、訴えた歴史的活動の陰に隠れて見え難くなっているが、米国で日本人社会主義者の組織化に尽力すると同時に、テキサスでの米作を含む日本人移民のための調査と土地を購入しての実地研究を行うことにあった。慶應義塾で福沢の教えを受けた青年たちが米国移民の先駆的役割を果たした点を明らかにしたユウジ・イチオカ氏は渡米奨励を日本における草創期の労働運動・社会主義運動と結び付けて実践したところに片山の渡米奨励の特徴があると強調している。[29] 一般的に言って、初期社会主義の指導者には社会主義者は志士仁人でなければならないと考える傾向があったが、片山潜はその最たる人物である。

片山のテキサスでの念入りな調査と実地研究はその後の渡米案内書に反映される。テキサスの米作に限定すると、一九〇三年に出版された吉村大次郎『渡米成業の手引』（岡島書店）・石塚猪男蔵『現今渡米案内』（石塚書店）で既に紹介されていたが、遅れること三年（一九〇六年）の片山『渡米之秘訣』（出版協会）の論述は先行両著と質を異にし、際立って先見性があり、内容が行き届き、かつ実際的である。奇しくも『破戒』と同年に刊行されたこの著書の特徴は第一に米国の社会組織を考察し、紹介していること、第二に植民の「最要件」が温かい家庭づくりにあると、渡米女性の留意点に触れながら、強調していること、第三に、類書にも記述されているが、テキサスへの農業移民と米作を奨励していることの三点である。第一・第二は人道主義を基底する社会主義者片山ならではの渡米論だ。

片山の『渡米之秘訣』には「テキサスの米作」の章がある。この章は、まず、広大平坦なテキサスの良土が南北戦争で荒廃して土地改良が進展しなかったが、東部からの移住者が米田を開発し始め、近年、米作が試験期から実行期に入ったと経緯を概観し、ついで米田の時価、売買や周旋など、土地取得の方法や注意点を述べ、経営面積や収支予算を細かい数字を挙げて算出し、論じている。その重点を二点挙げると、その一つは「十人組団体米作経営」と称する今日の企業協同組合に相当する組織づくりを提言していることである。その上で、耕作面積を一区分三二〇エーカー、一人分八〇エーカーを通例とする大農経営は行わず、体力が劣る日本人でも一人六〇エーカーの耕作は可能だが、初年は四〇エーカー（約一六ヘクタール）が適当で、十人組が二区分六四〇エーカーを単価二〇ドルで購入し、その代金を三年年賦で毎年均等に四二六〇ドル宛《ずつ》償還すると、初年は、四〇〇エーカー耕作した場合には、一八二七ドル四〇セントの赤字になり、第二年は、六〇〇エーカー耕作した場合、一万七四九八ドル四〇セント、第三年も同じ面積を耕作すると一万四八一三ドル二〇セントの黒字となり、第三年末には一人当たりの財産配当は六二四八ドル四二セントで、そのうち資本金二二八二ドル七四セントを差し引くと、一人当たり三九六五ドル六八セントの純利益が得られると、予算を試算している。その二は同著で説いている「渡米すべき人」の態度、即ち事業に忠実で、労働意欲があり、忍耐強く、敏腕にして積極的な態度を「進歩的」態度と定義し、「進歩的米田小作の設計」を提案していることである。片山は通常三二〇エーカーを一区分とする小作地の場合も、十人組の請負を前提にして、詳細に予算を試算している。

いずれにしても、片山はこのような「進歩的」態度を貫けない者には、米田小作は勿論のこと、農業移民は向いていない、行うべきではないと警告しているのである。

片山のテキサスへの移民と米作に関する論述は、同著より早く、一九〇四~五年に既に「米国通信」として『東洋経済新報』誌に六回に亘って発表されている。「テキサス米作と日本人」（第三〇五~八号〈一九〇四年〉）と「北米テキサスの重産」（第三四二~三号〈一九〇五年〉）がそれである（「重産」とは重要産業の意）。前述の米作予算についての『渡米之秘訣』の記事も「テキサス米作と日本人」を基にして書かれている。この「米国通信」は日本人移民が増加しているなかで有望視されているテキサス州の米作に関して州内各地における日本人の米作の実態を伝え、テキサスへ移民しようとする人たちに間違いなく目的を達成させるために参考に資するべく論述したものである。だから、事例紹介では成功者と共に失敗例を示し、渡航時期（秋）・土地選定・設備資金（多額）などについて詳細に注意を喚起している。吉村ら、他者の著書の不正確さを念頭においた叙述だと言える。

丑松のテキサス行は、『破戒』の冒頭に登場する飯山の病院と下宿から追い出された未解放部落のお「大尽」大日向に同行する移民である。多額の設備資金は大日向が用意しているのであろう。「テキサス米作と日本人」には一九〇三年にテキサスのウェブスター市へ入植した高知県人西村清東と福沢創刊の『時事新報』記者大西利平の両名が札幌農学校（現北海道大学農学部）出身者を含む被雇用者ら約三十人を伴って渡航した事例が紹介されている。大日向・丑松の渡米もこれに該当するだろう。

筆者は『破戒』の終章（第弐拾参章）に出てくる大日向が丑松にテキサスの日本人村について語った行《くだり》にも注目したい。「東京麻布の中学を卒業した青年」が先の渡航者の一行に加わって日本人村へ行ったというのである。なぜ、麻布中学（現麻布中学・高等学校）か。テキサスへ赴いた青年の出身校として実在の学校を藤村が『破戒』に記しているのは、同校出身者が米国へ移民している事実に基づいていると考えられる。[30]現在、全国屈指の進学校として知られる同校は、創立以来、自由な校風の伝統があると言われ、創立者で他界するまで初代校長を務めた幕臣出身の政治家江原素六（一八四二～一九二二）は教育勅語を批判し、労働者のストライキを容認するなど、リベラルな思想の持ち主であった。

彼は戊辰戦争で「死して又甦生せしもの」と言われる程の重傷を負った後、[31]一八七一（明治四）年に徳川宗家の静岡藩の命で渡米してプロテスタントのカナダ・メソディスト教会で受洗、伝道生活に入った前歴があり、管見では『破戒』が執筆・出版された明治末に彼が米国移民論を展開した事実は判明しないが、一九一三（大正二）年に政友会の派遣で渡米し、九十六回も日本人移民を激励する遊説を行い、子どもたちのために教育の目的と実践を米国に適応するものにすべきだと講演している。また、一九一五年には在米日本人会が二世に日本国籍離脱の権利を与えよとの日本国籍法改正を帝国議会に請願した際、自由民権運動出身で大隈重信麾下の同じくリベラルな代議士島田三郎と共に紹介議員として尽力した。国籍法は翌年に改正され、十七歳以上は兵役義務を果たした者のみに認める不十分極まりない内容だったが、十七歳未満については国籍放棄が認められた。[32]このように米国の国情や二重国籍問題に精通していた江原は移民問題にも明るく、彼が校長を務める中学から米国移民があっても不思議はなかったのである。

　江原は藤村が『破戒』の執筆を開始してから一年後（一九〇五年四月）まで教員をしていた小諸義塾の塾頭木村熊二（一八四五〜一九二七）とは「竹馬之友」で、二人は信州でも旧交を温め、江原の晩年まで親交があった[33]。木村は一八九三年創立の義塾に塾頭として招聘され、一九〇六年に閉塾するまでその任にあった。閉塾の要因の一つに日露戦争の軍事公債に「応募」することを彼が拒絶した一件があると、筆者は理解している。木村は江原と同じく昌平坂学問所に学び、学問所の第一人者と目された佐藤一斎に学才を認められた。しかし、その間、剣の達人だった彼は将軍徳川家茂の近侍を勤め、師一斎の曽孫田口鐙子《とうこ》（一八四八〜八六）との結婚間もない戊辰戦争で活躍し、「官軍」のお尋ね者となって妻子のある静岡（藩）に身を隠し、一八七〇（明治三）年に年少の少弁務使（公使相当）森金之丞（有礼）一行に偽名で随行して渡米した。米国で苦学すること十二年、修士の学位とプロテスタントの米国改革派牧師の任命書を与えられ、一八八二年に帰国した。翌年、下谷教会牧師に就任し、以後、断続的に東京や信州で日本基督教会の牧師を晩年まで務めている。木村は、実質的には自立した女性の先達だった妻と共に、一八八五年、明治女学校を創立し、一八九一年まで初代校長の任にあった。明治女学校は外国ミッションに一切頼ることなく日本人の手で設立された最初のキリスト教主義の女学校である。

　木村熊二は藤村が共立《きょうりゅう》学校生徒だった時期の英語教員であった。同校は、現在、全国屈指の進学校開成中学・高等学校になっている。木村は藤村に当代一流の碩学《せきがく》二人に個人教授を依頼して学ばせ、明治学院通学時には自宅への寄寓を認め、『女学雑誌』を主宰し、明治女学校の二代目校長を務めていたキリスト教の弟子巌本善治《よしはる》を紹介し、金銭面でも支援した。巌本への引合わせは藤村が『文学界』同人として活動し、明治女学校で教鞭を執る契機になっている。木村は藤村が少なくとも義塾を退職するまでは彼に甘えさせ、人事を含め、多くを語り聞かせているから、藤村にとって文字通りの恩師であり、父親代わりだった。筆者は木村と藤村との父子のような関係から、藤村は江原や麻布中学について木村から聴いている可能性は十分にあると推測している。

島貫兵太夫主宰の日本力行会に目を向けると、同会からの渡米者は一九〇七年までに千名を超えている。信州安曇野の研成義塾出身者の渡米も少なくはなく、八百名弱の入塾者のうち、四十～五十名に上っている。それは力行会からのオルグが契機であった。研成義塾は後に新宿の中村屋を創業した相馬愛蔵が強く勧め、彼が中心になって協力し、彼の親友井口喜源治が一八九八年に開塾した。相馬の妻は島貫にキリスト教で兄事した黒光で、愛蔵は力行会の顧問になっていた。[34]

島貫は一八九七年に渡米し、苦学だけでなく、一時的就労（出稼移民）・植民（永住移民）、即ち移民全般を調査して四冊の著書を刊行した。彼は、その最初の著書で、渡米を奨励する所以を「精神上の自由と平等と進歩と剛健とを欲するが故に」米国が「我同胞の最良の移民地たると認むるものである」と論じている。[35]この精神は福沢・片山と同じである。丑松らがテキサスに向かうのもこの精神を持ってであって、敗北・逃亡して行くのではない。

米国国勢調査によれば、在米日本人移民は一九一〇年には七万二一五七人に、二〇（大正九）年には十一万一〇二五人に達した。[36]農業移民は二四年まで続くが、順調なテキサス農業移民は短期間の事象であった。一〇年頃から、資金を持った植民の方途に米国側が脅威と受け留め、移民法制定へ動き始めたからである。片山・島貫の渡米奨励論は一九一二年に終止符を打つ。片山は一九〇七年に「南米未墾領土」を発表し、[37]早くも、南米移民に着目している。彼は南米移民論の先駆者でもある。右のような事情で、テキサス農業移民と米作は忘れ去られて久しいが、粂井氏の教示では、藤村の『破戒』執筆当時、日本の知識層の間では一定の常識と言ってよい程に話題にされていた。大日向・丑松らのテキサスへの農業移民は、米国への日本人移民史における出稼移民を主とした第一期（一八八五～一九〇七年）に行われたことになり、第二期（一九〇八～一九二四年）の初期から本格化した農業移民（永住移民）の先駆的なフィクション事例だと言うことが出来る。

米国移民は志を立て新天地に向かう実践である。農業移民は身を立てようとする行動だが、名を挙げる出世主義ではない。より人間らしく生きようとする新たな出発なのである。

このように論ずると、明治期、少なくない未解放部落民、殊に丑松のような青年層がより人間らしく生きようと東京や大阪へ出たが、その場合にそれぞれの出身地域における忌避や侮蔑、更に酷い迫害から逃避する意思があったことは否めないであろうから、他出の一形態である移民を敗北・逃亡だとする説は成り立つのではないかとの、反論が出てこよう。確かに逃避の意思をもって他出した事例は多いが、それを部落問題絡みの場合のみ、他出を逃避と見做し、逃亡説を強調することは正しくない。

部落問題は、他の差別の問題、例えば民族問題や女性問題と属性を異にする。部落問題は封建的身分に起因があり、封建的身分は明治維新で解消したが、明治以後もその残滓がさまざまな災禍をもたらした。残滓を除去すれば基本的には部落問題は解決する。封建的身分の残滓が部落問題の属性である。したがって、部落問題の解決とは残滓に苦しめられていた未解放部落民が未解放の状態から解放されて、そうでなくなることである。民族問題の場合、今日の歴史的段階ではまだ、ある民族を別のある民族と分離することが問題解決の不可欠要素であることが多いが、部落問題の場合、基本的には分離は解決に逆効果になる。属性を見誤って分離を強調する活動があったし、現在もあるが、こうした活動はマイナスをつくり出してきた。属性に照らせば、部落民が他出して他の地域住民になることも部落問題解決の一方途なのだ。明治期以来の事実を知見すれば、他出が果たしてきた役割の大きさは何人《なにびと》も否定出来ない。歴史的現在においては未解放部落またはかつての部落に他地域の住民が来住し、部落が解体した所がすこぶる多くなっている。この場合も解決の一方途である。そして移民は大掛かりだが、他出の一部分なのだ。木村熊二の身を立てる長期留学が逃亡ではなくて、何で丑松の農業移民が逃亡なのか。部落問題を特殊化すること勿れ。

３　瀬川丑松の告白と跪く行為をどう読むか

部落解放同盟の声明「『破戒』について」は、『破戒』の後部、即ち告白とテキサス行を次のように述べている。

「この小説の結末は、さらにわれわれをおどろかせる。丑松は、じぶんの出身を公衆に告白した。そして、かれはテキサスへにげてゆくのである！　こんな告白に、何の意味があるのか？　丑松の破戒は、不正な社会にたいする闘争を宣言し、封建卑屈の戒を破って人間の権利を宣言するのではなくて、敗北と逃避のわびごとにすぎないではないか。しかしこれにつづいて、一種のハッピー・エンドになっていることは、われわれをいっそうがっかりさせる。われわれにたいする差別と侮辱は、この結末にいたって絶頂にたっしている」。

この部分は声明のなかで最も抑制の利いていない文節である。告白、即ち「破戒」をテキサス行に結び付けて「敗北と逃避のわびごと」と捉えているのだ。

筆者はテキサス行をどう理解するかについては「２」で縷々述べた。丑松に闘争を期待することが時代的制約を軽視している点についても既に触れた。この「３」項も「２」項と同様、「一」節及び「二」節と重複する部分が多い。「批評」を主な対象としている記述なのでご寛恕いただきたい。

告白と跪く行為は『破戒』にどう叙述されているのか、原文を素直に読んでみよう。

まず、丑松は教室で「素性」を隠し、「告白け《うちあ》」なかったことを受持の生徒たちに心から詫び、廊下にいる「同僚」たちに謝った。確かに丑松は告白のなかで「私」は「穢多」だと言い、卑下する言葉を吐いている。しかし、彼は、「我は穢多なり」と公言し、一個の人間として生きた猪子の思想と人格に感化され、共鳴し、師の非業の死に遭遇して自らの生き方を選択した青年である。したがって、生徒たちが「立派な思想《かんがえ》」を持てるように教えてきた心算の「教師」がそのことを自らの行為で示さなかった事実を「恥」じて詫びたのである。ジャン・ジャック・ルソーの教育論に学んだ藤村の教育観からして、そう言える。

次に跪く行為である。原文には告白した丑松は「二歩三歩退却《ふたあしみあしあとずさり》して」「許して下さい」と繰り返し、「板敷の上へ跪いた」とある。しばしば言われる土下座という語は本文にはない。藤村には丑松に土下座をさせた意識はなかった。土下座とは、封建時代にせよ、絶対主義的天皇制の時代にせよ、尊卑・上下の秩序を維持する手段として、外から強制力を持って服従させる「下座平伏」（福沢諭吉「旧藩情」の文言）のことである。丑松の場合はどうか。外圧によるものではなく、内発的な行為である。跪かずに告白出来たはずだ。告白の場面に続く高等科四年生たちの行動が明らかにしているように、丑松の告白は誠意ある態度そのものだった。田山花袋からドストエフスキーの『罪と罰』を学び、メレジコフスキーの評論『トルストイとドストエフスキー』を読み、ドストエフスキー作品の精神描写や会話の仕方を『破戒』に応用することを決めた藤村だったから、「跪いた」のはその影響であることは確かだが、誠意ある態度から生まれた延長線上の自然な行為であったと言える。

丑松の告白に感動した高等四年生たちは「日頃慕って居る教師の為に相談の会を開」き、「生徒一同の心からの願いである」と、丑松の留任を校長に嘆願した。生徒たちは校長に言いくるめられて「手持無沙汰」

で引き下ったが、少年たちの意識は牢固な差別観念に囚われた大人たちと大きな隔たりがあり、彼らの自主的な決定と行動には国家主義的教育観の校長らと対立した丑松の平素からの生徒本位の教育実践、したがって藤村の教育観、小諸義塾の教育が反映していると言えるだろう。

　また、丑松の告白後の親友にして同僚の土屋銀之助と丑松が下宿する寺に奉公している風間志保との会話も、生徒たちの行動に劣らず感動的である。土屋は丑松が「手を突いて」「男らしく素性を告白《うちあ》けて行った」と言った。これに対して、丑松を憎からず想っている志保は、丑松の同僚で彼女に気のある勝野文平の態度を引き合いに、「新平民だって何だって毅然《しっかり》した方の方が、彼様《あん》な口先ばかりの方よりは余程好いじゃ御座ませんか」とわが意を伝えた。彼女の真情を理解出来ない土屋が遠回しに丑松と結婚しようという「思想《かんがえ》を持って下さることは出来ますまいか」と問うた。志保は「私はもう其《その》積りで居りますんですよ」と答え、「銀之助の心を驚《おどろか》した」。志保は丑松と一生を共にする意志を変えない、あるいは丑松の「毅然した」告白の態度を知ってその意志をいっそう強めたのである。志保は実家の貧困と複雑さなどに苦しみながら、自分をしっかり持って生きようとする若い女性として『破戒』に描かれている。

　藤村はようやく萌出していた当時の旧弊克服の精神と行動を志保と丑松、土屋の青年像に見出していたのであろう。そして同時に大切なことは、原文が告白を、卑屈ではなく、今日から言えば古臭いが、「男らしく」、ついで「毅然《しっかり》した」と表現している点である。

　『破戒』で特に評価したいのは、丑松と一生を共にする意志を変えない志保、友情の変らない土屋、受持の留任を校長に嘆願し、制止されたにも係わらず、丑松を見送りに千曲川畔の雪道を集まってくる高等四年生の群像である。いずれも部落問題解決の展望を示して感動的だ。蔵原惟人は『破戒』を「個人の自由」追求の作とし、そこに文学的価値を見出している。[38] 丑松らの渡米はまさに個人の自由を実現するための新たな出発なのである。

4　『破戒』論の幾つか――殊に伊藤信吉の論について

『破戒』の批評・解説と言えば、部落解放同盟の声明も批評の一つであるし、遡って夏目漱石の書簡三通も優れた同時代批評に数えられるかも知れない。[39]前者は、良悪《よしあし》は別として、最も影響が大きかったし、後者は、浪漫主義だとか、自然主義だとか、狭い文学の枠に囚われず、『破戒』を日本の近代小説全体のなかで巨視的に的確に位置付けた名品である。しかし、前者は既に検討済みであり、「5」でその影響だけを取り上げ、後者は如何に優れているとは言え、手紙に認められた短い感想であるからここでは取り上げないことにする。「4」で取り上げるのはアジア太平洋戦争期からの主として文芸評論家作家による批評である。なぜ、戦時中からなのか。取り上げるべき作品があるからだ。

同時代批評を取り上げないのは、時代の制約があって部落問題への理解水準が低く、全く問題にならないからである。例えば、部落改善政策が各府県にある程度広がった一九一三年に公吏が施策を誤りなく執行するようにとの慮りから学術論文「所謂特殊部落ノ種類」を『国家学会雑誌』第二十七巻第五号に発表した柳田国男でさえ、「納得出来ない点」の一つとして、「新平民と普通の平民との間の闘争が余り劇し過ぎるやうに思ふ」と述べ、「事実から遠い」ことを挙げている。[40]地域によって差異があるが、一般論で言えば、この認識は、事実に悖《もと》る。多くの地域では、社会的緊張は作品に描かれているよりは更に強かったのである。

なぜ、当時はこのように部落問題についての認識不足が存在したのか。それは、管見では、一八八六（明治一九）年に開始された地域の部落改善運動が勃興して一九〇三年に大日本同胞融和会が創立するまでに成長し、そうした情勢を背景に一九〇六年に『破戒』が刊行されたが、第一に日露戦争の影響で同胞融和会の運動が消滅し、改善運励が大正期半ば以後の部落解放運動（融和運動・水平運動）に比較してすこぶる弱かったこと、第二に微々たる政府・府県当局の部落改善政策・施策の開始すら一九〇七年まで待たなければならなかったこと、第三に、一八八八年、『朝日新聞』（大阪）に肉迫する程の発行部数だった『東雲新聞』に発表された主筆の中江兆民（一八四七〜一九〇一）の本格的な部落問題解決論（「新民世界」）に見られる正しい認識が、やや難解なこともあって、余り普及していなかったことが挙げられる。理論や運動、政策・施策の影響とそれを受容する能力がまだ小さかったのである。そうしたなかにあって藤村は、後に部落問題の歴史的研究に少なからざる影響を与えた柳田と比較すると、丹念に調べており、広い部落問題理解を持っていたと言える。第四に、より根本的には、未解放部落民が封建的身分の残滓に基づく忌避や侮蔑から解放されることを極めて困難にする、半封建的地主・小作制や家父長的「家」制度などに支えられた、社会構造が確固として存在していたことが挙げられる。地域の小作農が虐げられ、家と地域で女性が蔑まれて、未解放部落民だけが地域で個人として尊重されることなど、あり得なかったのである。このような社会構造の矛盾を、例えば兆民のように、これを徹底的に批判する自覚がなければ、部落問題に対する無理解や未解放部落民に対する偏見から自らを解放することはなかなか難しかったのである。偏見からの解放という点では藤村もこれに該当する。知識人を含め、無理解を克服し、偏見を払拭することが極めて困難な歴史的条件があったと言える。それ故に筆者は部落問題理解を余りにも欠く同時代批評を論難する気にはなれないのである。

戦中・戦後の『破戒』論のなかで一般によく知られている作品は平野謙『島崎藤村』所載の「破戒」[41]であり、学問的に精緻に追究しているとされる作品は吉田精一『自然主義の研究』上・下巻[42]であろうが、いずれも同時代批評を丹念に分析して論を構築している。

平野は、一方では『破戒』作中の「町会議員」を「村会議員」とし、藤村を「小学教師」とするなどの粗忽なケアレス・ミスを犯しつつ（『島崎藤村』収録に際し、「小学教師」を「田舎教師」と改めるなど、訂正を施したが、藤村のスポンサーの一人神津猛を「神津牧場」主とするなど、新たな誤りを生み出した）、同時代批評分析の結論として「当時の批評界」は「主として丑松の自意識上の相剋に著眼《（ママ）》してこれを是非し」、「ついに『破戒』一篇を浪漫主義的残滓と自然主義的萌芽との混淆になる過渡的習作として葬りさ」ったが、「そのやうな定説にもかかはらず、『破戒』が社会的抗議としての力を現実につかみ得たこともまた疑ひない」と捉え、その「一方にだけアクセントをうつことも、アクセントぬきでふたつをハイフンでつなぎあわせることも『破戒』にあっては許されない」と論じた。実際には同時代批評の多くは必ずしも『破戒』を過小評価していないが、彼は「過渡的習作」説を認めているのだ。しかし、重要なのは「社会的抗議」を強調した平野が後に『破戒』執筆の二契機とされる「自意識上の相剋」と「社会的抗議」の結合関係を最初に提起した批評家として注目されたことである。

これに対して、吉田精一は『破戒』を「それ以前の藤村の文業の大成」と位置付けた上で（上巻）、その「本質」を「社会問題を中心とする社会小説と見るか」、「自我の秘められた苦悩の告白を中心とした作品と見るか」については双方の「性質」を持っている小説だが、自分は「後者の見地を是とするものであ」ると論じて平野を批判し、故に『破戒』は「自然主義文学の先頭に立っ」た作品だと高評した。そして、この両論を踏まえ、比較的新しい『破戒』評を併論して、二契機の結合関係を明確にしたのが比較的マイナーな雑誌に発表された平岡敏夫「『破戒』私論」[43]であると、筆者は思う。氏は平野説を基に検討を加え、同時代批評は二契機が分裂しているとは言い難いと平野の誤りを明らかにすると同時に、「簡単に、一体とか統一とか」言えないと述べ、吉田説を援用して、「社会小説か、告白小説かではなく、告白小説たることによって社会小説たり得」、「『自意識上の相剋』を痛切に描くことで、『社会的抗議』を示している」のだと結論した。筆者は平岡論文に平野が提起した二契機の結合関係の到達点があると理解する。平岡論文は部落解放同盟の声明の影響力が拡大してからの作品だが、平野らと異なり、マイナーな雑誌に発表した所為もあろうか、それに超然としていたようで、その故に画期性のある論たり得たと言えよう。

　ところで、平野の前掲「破戒」は日中戦争開始の翌年の作で、その提起は戦争の最中故に、当時は余り影響力を持たなかった。この論文の原題は、平野前掲書に認められていないが、「明治文芸評論史の一齣《ひとこま》――『破戒』を繞《めぐ》る問題――」と言う。また、平野は書いていないが、掲載誌『学芸』は『唯物論研究』誌の後身である。『唯物論研究』は学問・研究に対する抑圧・弾圧で一九三八年四月発行の第六十六号から『学芸』に改題を余儀なくされ、更に十一月に続刊を不可能に追い込まれ、第七十三号で廃刊になった。平野論文はこの最終号の巻末に掲載された。しかし、彼はこの件を意識的に触れなかったようだ。平野は前掲自著に収録する際に些細な表現の相違や句読点の有無や打ち方の相違は別として長短四十箇所近く補筆している。しかし、『学芸』誌所載論文を「破戒」の初出とする支障となる程の加筆ではない。しかし、加筆は考察の深化、新たな知見による部分もあるものの、戦中にもかかわらず、日露戦争が小諸義塾の給料引き下げに影響を及ぼした事実を正当に記述していた箇所を、戦後になって削除してしまっている。平野の思想的変質がここにも窺える。

　このような平野と対照的な『破戒』論者が詩人で萩原朔太郎の研究で知られる伊藤信吉（一九〇六～二〇〇二）である。彼は日中戦争開始の前年に六部構成の『島崎藤村の文学』[44]を刊行した。全日本無産者芸術連盟に所属していた伊藤は機関誌『ナップ』の編集に携わり、一九三二年に検挙され、プロレタリア文化運動から退き、詩作も中断したが、藤村の『夜明け前』第一部と『破戒』初版本を読んで感銘を受け、一九三四年に藤村研究に着手し、この著を上梓したのである。彼はこの著作で文芸評論家として出発したが、間もなく戦後まで沈黙を余儀なくされた。藤村の詩については他者の先行研究があるが、それを除けば、この本は体系化された個人執筆の本格的な藤村に関する研究書の最初の著作である。

この本で『破戒』は第三部「作品論」中の「『破戒』をめぐる回顧と感想」の章で主として論じられている。他に第五部「作家意欲の社会性」中の「作品の社会性」の章にも「『破戒』の史的位置」という節があり、「時代的文学の創造」の項では「社会的関心」において『破戒』を自然主義文学の「他の卑小な作品と区別すべき」ことを強調し、「作家精神の民主性」の項では『破戒』の「社会性」が「人道性」と「結合した民主的精神に由来する」と主張すると共に、「二つの先駆的意義」の項では『破戒』の「社会性と歴史性」のそれを取り上げている。同じ章の「欧州文学との交渉」及び「ロシア文学との関聯」の二節でも勿論『破戒』は主要な作品として出てくる。右の内容から推察出来るように、平野がこの著を読んだ上で自説を構築したことは想像するに難くはない。二契機の統一的把握の論などからそのように想える。吉田もまた、伊藤の論を意識して丹念に研究したに相違ない。

伊藤は、「『破戒』をめぐる回顧と感想」の章で、『破戒』の「悲劇の発生」の要因を「文化程度の低さ」と「封建的観念の残存」及び「これに抵抗すべき自由民権運動の流産」だと論じている。この理解は、彼の「文化程度」を個人尊重の意識と置き換え、彼が自由民権運動の勃興が部落改善運動の萌芽を促した点に気付いていなかった点を除くと、筆者の見解とほぼ同じである。所謂大正デモクラシーの風潮下における進歩思想に学びながらも、間もなく天皇制軍国主義に蹂躙されていく伊藤と、戦後民主主義教育を受け、国政の反動化と「部落解放同盟」などの暴力主義的攻撃に少しは鍛えられもした筆者との一世代の違いがあるのに、である。敬服を禁じ得ない。

　また、伊藤は、水平運動や「官民協力」の融和運動によっても『破戒』の「悲劇性が稀薄化」したとは必ずしも言えないが、水平運動の台頭以前の方がより「深刻」だったと捉えている。これも筆者の理解と大略同じだ。要するに、彼は『破戒』成立当時の「新平民」に対する忌避と侮蔑の厳しい状況やその後の部落解放運動の展開を、おそらく出生地・居住地の群馬県を中心に事実に即して把握した上で論じているものと見られる。だから、丑松の告白する場面についても、柳田らと異なり、伊藤は「かつての時代にあつた事実として、この表現は執拗でも誇張でもないかも知れぬし、あるひは封建的観念にひそむ悲劇の集約的な表現とも言へよう」と、当時の「新平民」の置かれた実態を踏まえた理解を示している。その上で、彼は『破戒』を全体として「社会性を濃くした特徴的な先駆的な作品」であり、同時に作者の「文学道程に於けるロマンチシズムからレアリズムへの転化を具体化し、文学史的にも浪漫主義から自然主義へのみちびきとして、写実性を先駆し、この二つのものの機能を統一した作品」だと高評したのである。

　藤村詩の研究でも知られる伊藤が戦時体制下で『破戒』の持つ「社会性」を強調することは極めて強い説得力があると言える。ただ、藤村の長編物語詩「農夫」を日清戦争を背景にした厭戦詩だと指摘しているように、藤村詩イコール「主情性」でないことは伊藤自身の説くところであるが、筆者はその彼が「主情性」の濃さを『破戒』のマイナス要因にしている点は首肯出来ない。この点は平岡説を是とするものである。

　伊藤は、戦後間もなく、『島崎藤村』[45]を出版した。この著は前掲『島崎藤村の文学』の第三部「作品論」だけを独立させて単行本にしたものである。両著の「『破戒』をめぐる回顧と感想」を対照すると、次の七点の相違がある。即ち、一、「×××」四ヶ所が「新平民」に、二、徳田秋声の作品名の『足跡』二ヶ所が正しく『足迹』に、三、「色」が「眼色」に、「劇しい」が「著しい」に、「悲哀する」が「悲しみの」に、

「在つた」が「在つて」に変わり、四、「覚えさせるのだ」の「のだ」、「でも」の「も」、「には」の「は」を省き、五、脱字・脱記号三ヶ所を埋め、六、くぎり点を二ヶ所加え、七、くぎり点を六ヶ所取り、全体で瑣細な二十四ヶ所を改めたのがそれである。内容は一切変えられていない。彼の戦時体制下の作品がそのまま戦後の『破戒』論の先駆となるべき著作になっていることは驚嘆に価する。『島崎藤村の文学』の贈呈を受けた藤村は礼状に「こんなに自分の歩いて来た道を注意して下さつたことにも驚かれます」と認め、文芸評論家として出発した伊藤への期待を述べている。[46] 藤村も伊藤もうれしかったに違いない。伊藤は九十五歳で永眠するまで現役の群馬県立土屋文明記念館長であった。[47]

伊藤の『破戒』論は、「藤村の青春」を「丑松のそれ」と重ね合わせ、『破戒』を「たんに自然主義の先駆」としてだけでなく、「欧羅巴に於ける近世自然派」と「少なくとも同質の構想を、正面から試みた、明治文学史上例外的な記念碑であつた」と高評する中村光夫『風俗小説論』[48]へと続く。中村の『破戒』論は、伊藤を継承する側面があると同時に、件の漱石書簡が念頭にあるだろう。

5 部落解放同盟声明から影響を受けた批評・解説

部落解放同盟の声明がそうであるように、丑松の告白する態度やテキサス行と関連して彼や猪子を部落解放をめざす活動者として描くことを求める批評がある。

板垣直子「作品論『破戒』」[49]は、「主人公」が「苦悩」のなかで「真実を告白して精神の解放感と自由をかちとって生きたその勇気と真実を求めた行為」が「根本の感動」を与えると、告白する態度を卑屈とは逆の方向で認めながら、『破戒』の「致命的な欠点」として、「ヒューマニズムに立つ作家ならば」「まづ抗議する態度をとったらうとおもふ」、「そのような態度でかいた方が、作品をもつと生気をもち、現代風にも生きてゆく」と強調している。彼女が言う「抗議」は平野・平岡前掲両論文の『破戒』を貫いている「社会的抗議」とは別物の狭義のそれであり、部落解放同盟の声明の影響が窺える。引用文の後半は挫折させていると述べているのだから、蔵原前掲論文の文言を借りれば、「個人の自由」の精神で一貫している作品の後部で、前半と後半を矛盾させてしまっているのである。板垣論文のこの捩《ねじ》れは運動団体の声明を鵜呑みにしたことで生じたものに他ならない。

問題点だけを取り上げることになるのを寛恕願いたいが、この点を他者に見る。亀井勝一郎「島崎藤村論」[50]は、猪子について、「『考へる人』よりは、部落民の先駆者として、部落民の解放にあくまでも密着した実行家として描かれるべきであつたと思ふ」と書いた。部落解放全国委声明と同年に出た瀬沼茂樹『島崎藤村』[51]は丑松を部落解放運動家として描くことを期待し、テキサス行を「一種の社会外への小説的解決に終らせ」たと批判した。小稿の既述内容からして、時代錯誤とも言うべきこれらの論に改めて批判を加える必要はなかろう。ただよくもここまで安易に書けるものだとは思う。同様のことはテキサス行を「架空的な結末の破綻」と決め付けた平野前掲論文についても言える。のみならず、丹念な研究を重ね、平野・瀬沼に批判をも加えている吉田前掲書の下巻も『破戒』執筆当時の未解放部落を巡る時代状況を認識出来ず、侵略主義的傾向があった南進論に基づく部落民移民論を一面的に評価しているなど、問題点は少なくない。このように『破戒』論を見てくると、藤村自身に調査の不足は多々あるにしても、『破戒』そのものの部落問題理解の優位性がわかると言うものである。

岩波文庫『破戒』（二〇〇六年改訂第六刷）には野間宏「『破戒』について」が、新潮文庫『破戒』（二〇一二年第百三十八刷）には平野謙「島崎藤村　人と文学」・「『破戒』について」及び北小路健「『破戒』と差別問題」が、それぞれ、巻末に、「解説」またはその類《たぐい》として付されている。小稿の後に未だ影響力が少なくないこれらの解説を取り上げる。

野間前掲解説（一九五六年）は『破戒』を「日本にはじめてリアリズムによる人間追求の文学を確立した」小説だと高評する。だから筑摩書房が初版本に復元した際に協力し、部落解放全国委の朝田らに煮湯を飲まされる一人となった。しかし、彼は全国委や全国委が発展的に改称した部落解放同盟の中央委員を務めながら、その少なからざる幹部と同様に部落問題の属性を正しく理解していなかった。そのため、『破戒』を「日本の封建制のゆえに同じ人間でありながら他の人間から差別されるという封建的な不合理を日本の悲劇として取り上げている」作品だと、封建時代の身分差別が明治維新以後もそのまま続いているかのように誤った解説をしている。この解説を付した『破戒』は今日も店頭に並んでおり、これを真面目に読んだ高校生らが江戸時代のような身分差別がどこかで現存しているかのように錯覚しないとは限らない内容になっていると、論理的には言える。

その一方で彼は「封建制度をうち倒して成立した近代社会は、人間の平等の上になりたっている」との原理を示し、近代日本に人間の差別があるとすれば、「どこに原因があるのか」と問い掛けながら、『破戒』が封建的身分の残滓が厳存している地域社会構造に、例えば志保の父である下級武士出身の士族敬之進を家父長とする風間家の小作人生活などを通して、十分ではないにせよ、迫っているにもかかわらず、この点については何の言及もしていない。それでいて、野間は丑松の「心の悲しみを描いて日本の軍国主義、天皇制にするどくせまって行くのである」と書いている。天皇制軍国主義、絶対主義的天皇制は当時の日本の社会構造の主柱であった。しかし、丑松の告白の言葉にも「天長節が来れば同じように君が代を歌って、蔭ながら自分等の幸福《しあわせ》を、出世を祈ると言ったッけ――斯う思出して頂きたいのです」とあることから察せられる通り、『破戒』は「軍国主義、天皇制」を正面から追及しようとはしていないのである。にもかかわらず、彼は「するどくせまって行く」と記している。作品理解も論理も飛躍し過ぎているのである。

野間は『破戒』の最大の「弱点」として、丑松が「自分の教える生徒たちの前に土下座して自分の出身を告白し」「テキサスに渡るという」ように、部落問題を「本質的にはなんら解決しないところに結末を見いださなければならなかった」点を挙げている。部落解放同盟の声明と共通しており、このような理解の不当性は既に述べた通りである。

平野前掲「島崎藤村　人と文学」は同名の自著（一九五六年）所載の論文「藤村の生涯」を改題したものである。この論文で平野は、函館で生育した妻冬子について、「藤村は寒い山国の生活などまるで経験のない新妻をたずさえて、信州に赴いた」と、またもやケアレス・ミスの創作をした。その上で彼は、丑松の告白について、「亡父の戒め」と「先輩の勇気」の狭間で、「近代的な自我確立のためのたたかいが象徴されている」ような「苦悶動揺」を経て、「ついに破戒の決意をつかむにいた」ったが、しかし「その決意を板敷に額を伏せて許しを乞うみじめな姿においてしか、実現できなかった」と書いた。そして平野は、「みじめな」主人公の姿に丑松の「宿命的な暗さ」と「作者その人の運命感」が「陰密なうちに二重うつしされて」いることを見出し、そうした「丑松の設定こそ、近代小説の正当なゆき方にほかな」らず、「『破戒』が近代小説の白眉たる所以である」と、自然主義文学の「先頭」だとする吉田説への接近を見せつつ、まるで部落解放同盟の声明を逆手に取っているかのように纏めている。

平野前掲「『破戒』について」（一九六七年）は代表的な『破戒』論の幾つかをコンパクトに概観した解説である（但し故意にであろう、伊藤の論は取り上げていない。平岡前掲論文はまだ発表されていなかった）。この解説は、まず蔵原以来、その十年後の自論を含めて、「『破戒』を一個の社会小説としてうけとる視点がたえず存続していること」を「確認しておきたい」と述べ、先に筆者が批判的に引用した野間前掲解説をもって「代表的な意見」としている。

ついで平野はこの解説で、戦時体制下で発表した自論を本格的に批判した吉田前掲書の『破戒』論の検討に紙数を割いて論じつつ、自説の新たな展開を試みている。即ち『破戒』の近代性を社会の抑圧に対する主人公の告白に至る精神的苦悩の過程に見出そうとする吉田に「傾聴に価する」と一定の理解を示した上で、「部落民に対する社会的偏見をぬきにしては」「『告白』の決意」は「考えられ」ず、「厚い封建の壁にぶつかった一個人の苦悩という社会対個人の関係をぬきにして」「『告白』もあり得ない」と、従来の通り、社会性を強調し、中村前掲書を援用しつつ、二契機の分裂を克服させようとしているのが、それである。その一環として彼は、野間前掲解説が論じている「天皇制」に関して批判的に触れつつ、丑松の告白について次のような見解を示した。

「(野間の言う)底辺としての部落民、頂点としての天皇制などという日本独自のヒエラルキーを、丑松も作者も全然知らないのである。だからこそ、丑松は教え子の前に土下座するようなみじめなすがたでしか、その自己告白もよく遂行し得ないのだ」。「身をふるわせ、すすりなくように笑う丑松の男らしい『鬱勃《うつぼつ》とした精神』を一方で描きながら、作者は」「丑松をして教え子や同僚の前に謝罪させてもいるのである。矛盾といえば矛盾ともいえるこの描き方のなかに、『破戒』の弱点も長所もこめられているのであって、そのかけがえのないリアリティーは」「社会小説か自己告白かという二者択一的な視点からはうまくとらえられていないのである」。

平野前掲「島崎藤村　人と文学」の「みじめな姿」がここにも登場している。彼は原文にある丑松の「毅《しっ》然《かり》した」態度、「鬱勃とした精神」に基づく態度を見落としてはいないが、告白に続く行為をそれとは矛盾する卑屈な態度での「謝罪」と「土下座」、即ち「みじめなすがた」と捉え、表現しているのである。このような捉え方を否定する筆者の見解は繰り返さないが、平野はこの捉え方をすることによって、先の「島崎藤村　人と文学」よりも更に解放同盟声明との同一性を濃厚なものにしているのである。運動団体の声明に歩み寄りながらも、丑松の「毅然とした」態度を捨て切れない彼は原作にはあるとは言えない矛盾を自ら創り出しているのだ。そしてその「矛盾」を「かけがえのないリアリティー」として、だから「二者択一」は出来ないのだとの、ご都合主義の論理を展開してみせたのである。

それにしても、平野の言う『破戒』の「矛盾」した「描き方のなか」の何が「弱点」で、何が「長所」なのかは、曖昧でわからなくなっている。もし「日本独自のヒエラルキー」を「知」っていれば、藤村は丑松を部落解放運動の活動者にし、丑松はその戦列に加わってたたかったとでも言うのであろうか。そうだとするならば、余りにも人間の心を単純化し過ぎており、時代錯誤でもあるとしか言い様がない。もし「知らな」かったから「みじめなすがた」になる必然性があったと言いたいのならば、そのように書かなければならないだろう。また、「厚い封建の壁」の「封建」という歴史用語の使い方は曖昧だが、伊藤の「封建的観念」とは異なり、意識ではなく、障壁（実態）を言っているようだから、野間前掲解説と同様に正しいとは言えない。

北小路前掲「『破戒』と差別問題」は小稿の主題に沿って簡単に言及するに留める。北小路は、藤村は丑松を猪子に「導かれて、不十分ながらも目覚めていく人間」として構想しながら、作品の後部からを、彼と「その時代の限界」から、主人公に「卑屈な無態《ぶざま》さで告白」させ、「新生の願いをテキサスへの逃避行ということで果た」させたと纏めている。そして北小路は「なまやさしいことで、差別撤廃の時代はこないであろうとする」作者の「見通しから、丑松の将来は、日本にいては決して明るいものにはなり得ないという結論に達し、ハピーエンドを、テキサスへの逃避行と、お志保とのやがての結婚という」「安易な結末」へ「持っていった」と、恣意的想像をもって安易に結論付けた。このような彼の理解が部落解放同盟の声明に規定されていることは疑う余地がない。

部落解放同盟の意図がどうあれ、厳しく「差別」を追及する運動団体の声明「『破戒』について」は人びとを呪縛する作用を果たし、やがて人びとが自縛する傾向を助長した。

属性を見誤って部落問題を擬似民族問題的に理解し、民族問題の場合でさえ克服する兆候が見えるにもかかわらず、排他主義的に陥った「部落解放同盟」の反共・暴力路線が既に一部で開始されていた一九六九年、岩波書店が雑誌『世界』三月号に掲載された大内兵衛論文中の「大学という特殊部落の構造」なる字句を問題にされ、「解同」から厳しく「糾弾」された。筆者も、こともあろうに、大内が未解放部落のかつての呼称を悪質なアレゴリーに用いたことにショックを受けた。執筆した本人と編集者・出版社が厳しく批判されるのは当然のことである。しかし、批判によって曲れるを糺す（糺弾）のではなく、攻撃によって、相手を屈服・追従させる言動は不当である。この事件を一大契機として、一九七二年から「解同」が恣意的に「差別語」「差別表現」と決め付けた、新聞・放送・出版・映画・演劇など各分野への「糾弾」という名の攻撃が本格化した。[52] この時点から『破戒』における呪縛・自縛の傾向もより顕著になっていった。

一九六〇年代から本格化した高度成長に基づく正と負のある社会構造の急激な変化によって、そのプラスの側面としての部落差別解消が急速に前進した。[53] にもかかわらず、時代遅れになった『破戒』についての不当な声明を引用し、その影響が濃厚に反映した解説を付した文庫が書店に並び、一般読者に影響を及ぼしている。しかし、鸚鵡《おうむ》返しに「テキサスに逃げず、部落解放のために活動すべきだ」と、中・高校生らが読書感想文などで言ったところで、何になる。本人の血肉になるはずはない。それらに惑わされることなく、発刊以来、漱石を始め、読者に感銘を与えてきた原作を素直に読んでこそ、自己の生きる力にもなるというものである。鸚鵡返しを生み出すような批評や解説は御免蒙る。

【付記】

1　小稿はこの章の「一」及び「二」と重複がある。殊に「一」は枚数の制限が厳しく要点記述が多いので、小稿にはそれを補う役割もある。更に小稿は「批評」を論じているのであり、「一」「二」とは目的も異にする。ご寛恕願いたい。

2　部落問題とは何か、その解決とは未解放部落民がどうなることか、現在、問題はどこまで解決されたかが一応理解出来るように叙述してある。

3　部落解放同盟中央本部編『差別表現と糾弾』（一九八八年、解放出版社）の『破戒』についての記述は、一九五八年の「声明」より作品評価はやや高く、論調も平明だが、跪く行為とテキサス行に対する理解に変化はない。

【注】

1　夏目漱石「『坑夫』の作意と自然派伝奇派の交渉」（『文章世界』第三巻第五号〈一九〇八年〉。『漱石全集』第二五巻〈一九九六年、岩波書店〉）。

2　森田草平宛夏目漱石書簡（『漱石全集』第二二巻〈一九九六年、岩波書店〉）。

3 夏目前掲「『坑夫』の作意と自然派伝奇派の交渉」。

4 成澤榮壽『部落の歴史と解放運動　近代篇』（一九九七年、部落問題研究所）。

5 高橋米峰「小説『破戒』を読む」（『新仏教』第七巻第五号〈一九〇六年〉）。

6 島崎藤村「岩石の間」（『中央公論』第二八二号〈一九一二年〉。『微風』〈一九一三年、新潮社〉。『藤村全集』第五巻〈一九四二年、筑摩書房〉）。

7 成澤前掲『部落の歴史と解放運動　近代篇』。

8 水野都沚生「藤村著『破戒』に登場する土屋銀之助は生きている」（『国学院雑誌』第六四号第七号〈一九六三年〉）。

9 啞峰生（高野辰之）「『破戒』後日譚《ものがたり》」（『趣味』第四巻第四号〈一九〇九年〉）。

10 自立して生きた女性を例示する。

木村熊二の最初の連れ合い鐙子《とうこ》（一八四八～八六年）が、夫が「お尋ね者」になって以来、後に著名な経済学者・歴史家となる弟田口卯吉（一八五五～一九〇五）やわが子の世話をし、明治女学校の創立と経営に尽力した短い一生を、藤村が木村家に居候をした時期が彼女の没後であったとしても、彼が知らない筈はない。また、巖本善治の連れ合い若松賤子（一八六四～九六）が会津戦争の孤児であったことは知らなかったとしても、彼女が翻訳文学・児童文学で先駆的な役割を果たし、明治女学校で教え、女性の地位向上をめざして活動していたことは十分承知していた筈である。後に東京帝国大学農科大学長や総長になり、一八九二年、足尾銅山の鉱毒についての科学的な調査結果を良心的に報告したことでも知られる古在由直（一八六四～一九三四）の連れ合い豊子（清水紫琴。一八六八～一九三三）がかつて自由民権の女性闘士で女権拡張や「新平民」差別撤廃を論述・主張し、大井憲太郎（一八四三～一九二二）との間に一児を設けたことは知らなかったとしても、藤村がみずからをも愛読し執筆した『女学雑誌』の主筆兼編集長が女性ジャーナリストの先達である彼女であったことを知らない筈はない。

にもかかわらず、藤村がこれらの女性を念頭において猪子夫人を造形し得なかった。それは彼が高く評価し強い影響をうけた北村透谷（一八六八〜九四）の彼の有名な「厭世《えんせい》詩家と女性」（『女学雑誌』第三〇二・三〇五号、一八九二年）から衝撃を与えられたまま、女性蔑視の誹《そしり》を免れない恋愛論を始め、対等・平等な近代的な男女関係を成立させようとする意識・主張もなく、例えば清水紫琴の両性に関するすこぶる進歩性のある「同等同権」に遠く及ばないところの、この論説の呪縛から解放されていなかったからではなかろうか。藤村の次の長篇『春』における透谷・美那子（旧姓石阪。一八六五〜一九四二）夫妻をもとに造形された「青木」夫妻の描写に見られる彼の意識もまた、同様だと言える（藤村は透谷の結婚は早過ぎたなどとは述べてもいるが）。

紫琴については追記する。彼女は、一八八九年に植木枝盛（一八五八〜九二）らと中江兆民を大阪に訪問し、同年、兆民主筆の『東雲《しののめ》新聞』に「日本男子の品性を論ず」・「謹んで梅先生に質す」（梅先生とは兆民のこと）などを寄稿して男女の「同等同権」を主張した。彼女は、九一年、大井を巡る景山英子（福田英子。一八六五〜一九二七）との確執で憔悴《しょうすい》のうちに出産し、翌年、農科大学助教授だった古在と知己となり、過去の告白にもかかわらず、熱誠を込めて求愛する古在と結婚した。古在は、紫琴との交際を通じて、「女子」は「生意気にあらざれば鈍愚」と「暴断」していたことを誤認と自覚し、対等の人格の結合を求めて求婚したのである。全人格的な「同等同権」の結婚であった。

注10は、成澤前掲『部落の歴史と解放運動　近代篇』、成澤榮壽『人権と歴史と教育と』〈一九九五年、花伝社〉成澤榮壽『島崎藤村『破戒』を歩く』下、『「藤村」を歩く』〈二〇〇九年、部落問題研究所〉を参考にした。

11　稲垣正浩『スポーツを読む』（一九九三年、三省堂）。

12　島崎藤村「斎藤先生」（後に「貧しい理学士」と改題。『太陽』第二六年第四号〈一九二〇年〉。『嵐』〈一九二七年、新潮社〉。

13　高橋前掲「小説『破戒』を読む」『藤村全集』第七巻〈一九四二年、筑摩書房〉）。

14 吉田久一『日本近代仏教史研究』（一九五八年、吉川弘文館）・同『日本仏教社会史研究』（一九六四年、同右）・常光浩然『明治の仏教者』下（一九六九年、春秋社）。
15 廣瀬杲《たかし》『歎異抄の心を語る』（二〇〇四年、方丈堂出版）。
16 成澤榮壽「ラフカディオ・ハーンの日本文化論に関する小考察」（『長野県短期大学紀要』第四六号〈一九九一年〉）。
17 成澤榮壽訳「ラフカディオ・ハーンの無署名報告『島根通信』」（『ジャパン・ウイークリー・メイル―一八九一年六月一三日号―』〈『部落問題研究』第一一四輯、一九九一年〉）。西田の父は、土佐藩の中江兆民もそうであったが、六九年に士族の下位の卒身分とされ、世襲の卒であったため、七二年に士族に編入された（一代限りの卒は平民に編入され、卒は廃止となった）。西田は「新士族」と呼ばれ、士族から侮蔑され、その体験もあって彼は部落問題に対する関心を強め、ハーンに大きな影響を与えた。晩年のハーンの部落問題認識は偏見に汚染されて後退した（成澤榮壽「ラフカディオ・ハーンの作品に見る部落問題」〈『部落問題研究』第二二六輯、二〇一八年〉）。ハーンの部落問題ルポは、『破戒』の執筆とほぼ同時期のヒューマニズムの精神に富んだ作品であった。
18 成澤前掲『部落の歴史と解放運動　近代篇』。
19 成澤前掲「住井すゑさんに想う」（『部洛』第六二三号〈一九九七年〉。成澤榮壽『歴史と教育　部落問題の周辺』〈二〇〇〇年、文理閣〉）。
20 成澤前掲『部落の歴史と解放運動　近代篇』。
21 成澤前掲『部落の歴史と解放運動　近代篇』。
22 成澤榮壽「部落問題」（『日本百科大全書』〈一九九八年、小学館〉。『スーパー・ニッポニカ』ＤＶＤ－ＲＯＭ〈二〇〇四年、小学館〉）。
23 成澤前掲「部落問題」。

24 成澤榮壽「島崎藤村再発見」(「ラジオ深夜便」〈二〇一〇年六月十九日〉)。
25 『時事新報』一八八四年三月二五日付(『福沢諭吉全集』第九巻〈一九六〇年、岩波書店〉)。
26 粂井輝子『外国人をめぐる社会史　近代アメリカと日本人移民』(一九九九年、雄山閣)。
27 成澤榮壽「社会運動家難波英夫とその人道主義的源流」(『部落問題研究』第一〇三輯〈一九九〇年〉。本著第6章)。
28 成澤前掲「社会運動家難波英夫とその人道主義的源流」。
29 ユウジ・イチオカ『一世　黎明期アメリカ移民の物語』(粂井輝子他訳。〈一九九二年、刀水書房〉)。このイチオカ著は在米日本人の社会主義運動・労働運動の指導者である片山が、同時に卓越した日本人移民、殊に農業移民の指導者であったのは何故かについて、双方の関係を実に学問的に教えてくれている。

イチオカは日本移民の動向を歴史的に二期に区分した。

第一期には日本政府は永住移民を想定外とし、やがてハワイを除く米国とカナダへの移民を制限、更に世紀転換期に発生した日本人排斥運動に事実上の屈服をして出移民(移民には入移民と出移民がある)を一方的に停止した。そのため「棄民」とされた移民者は自力で奮闘し、とりわけ日本人労働者は、人種隔離主義を利用した米国労働運動の妨害の中で、米国雇用者の利潤追求に奉仕する人夫請負制度とその搾取と闘い、片山を中心とする指導のもと、日本人の労働組合の組織化に努力し、それを徐々に実現させた。第二期は世紀転換期における移民問題の情勢に対応した片山ら移民指導者が米国社会に経済的基盤を確保するためには農業が最適だと認識し、日本人移民者に農業を積極的に奨励、一九〇八年頃、多くの日本人労働者が農地に定着し出した時点に始まる。日本政府は在米日本人の実業家と農民には妻を日本から招致することを認めているのに、労働者には認めていなかった。しかし、労働者は職業を農業に転換することによってそれが可能となった。こうして農民化した移民達が家庭生活を営むことは日本人移民全体の経済的基盤を強めることにもなった(イチオカ前掲書)。

30　麻布学園百年史編纂委員会編『麻布学園の一〇〇年』第一巻（一九九五年、麻布学園）。
31　東京女子大学附属比較文化研究所編・刊『木村熊二日記』（一九八一年）。
32　イチオカ前掲『一世　黎明期アメリカ移民の物語』。
33　前掲『木村熊二日記』。
34　成澤榮壽「相馬愛蔵小考」（『長野県短期大学紀要』第五〇号〈一九九五年〉本著第7章「二」）。
35　島貫兵太夫『最新正確　渡米案内大全』（〈一九〇一年、中庸堂〉）。
36　日米新聞社（在サンフランシスコ）編・刊『在米日本人々名辞典』〈一九二二年〉）。
37　片山潜「南米未墾領土」（『成功』第十一巻第三号〈一九〇七年〉）。
38　蔵原惟人「現代日本文学と無産階級（二）」（『文芸戦線』一九二七年三月号。『蔵原惟人評論集』第一巻〈一九六六年、新日本出版社〉）。
39　『漱石全集』第二十二巻（一九九四年、岩波書店）。
40　柳田国男「『破戒』を評す」（『定本柳田国男集』第二十三巻〈一九六四年、筑摩書房〉）。
41　平野謙「破戒」（『学芸』第七十三号〈一九三八年〉。平野謙『島崎藤村』〈一九五六年、河出書房〉）。
42　吉田精一『自然主義の研究』上・下巻（一九五五・五八年、東京堂）。
43　平岡敏夫「『破戒』私論」（『東洋研究』第二十三号〈一九七〇年〉）。
44　伊藤信吉『島崎藤村の文学』（一九三六年、第一書房）。
45　伊藤信吉『島崎藤村』（一九四九年、和田堀書店）。
46　『藤村全集』別巻下（一九七四年、筑摩書房）。
47　成澤榮壽『島崎藤村『破戒』を歩く』下＝『藤村を歩く』（二〇〇九年、部落問題研究所）。

48　中村光夫『風俗小説論』（一九五七年、新潮社）。
49　板垣直子（『国文学　解釈と鑑賞』第二六二号〈一九五八年〉）。
50　亀井勝一郎『島崎藤村論』（一九五三年、新潮社）。
51　瀬沼茂樹『島崎藤村』（一九五三年、塙書房）。
52　成澤榮壽「部落問題を主として見た表現の自由と『差別用語』問題」（部落問題研究所編・刊『表現の自由と「差別用語」』〈一九八五年〉）。成澤榮壽「言論・表現の自由と『部落解放同盟』」（成澤榮壽編『表現の自由と部落問題』〈一九九三年、部落問題研究所〉）。
53　成澤榮壽・山科三郎「戦後日本の思想状況と部落問題解決への道程」（部落問題研究所編・刊『部落問題解決過程の研究』第二巻〈二〇一二年〉）。

【付記】

『破戒』で最も気に掛かっているのは、日露戦争を掻い潜って執筆されているのにもかかわらず、「天長節」の式典における校長の演説やそれと関連した赤十字社の祝賀に天皇制軍国主義が垣間見られるものの、日露戦争そのものについては丑松の問いに省吾が答えた中に兄の戦死が一言出てくるだけである。藤村は、恩師木村熊二と異なり、非戦思想の持ち主ではなかったから、その立場から作品の中での追求を期待することは無理な註文になる。想うに、日露戦争に深入りすれば、取り上げようとする内容についての普遍性のある文学性が損なわれると思考したのではあるまいか。

しかし、そのために『破戒』は、戦争のために働き手を失った小作人を始めとする農家が、下層労働者の家が、小商店が、そして未解放部落の人々がどうなったかについてあまり目を向けていない、その意味で日露戦争を描いているとは言えない日露戦争期の同時代史となった。だが、その点を除けば、やはり『破戒』は明治中・末期の優れた現代史だと言える。

第2章　谷口善太郎『綿』の普遍性と科学性

1　須井一（谷口善太郎）の『綿』との出会い

西尾実が「歴史と文学」を執筆した『日本歴史講座』の同じ巻に西岡虎之助が「史料批判の方法」を論じている。[1] この論文で西岡は紀伊国伊都郡天野村（現和歌山県かつらぎ町）の天野社の丹生都比売神《にうずひめのかみ》が天野の地に鎮座するまでの経緯を記した「天野告門《のりと》」（丹生都比売大神告門）を第一とする一〇の史料を例示し、科学的な検討を加えている。

「科学的な検討」とは、社会経済史学的な考察に民俗学的手法を加味しながら、西岡が、丹生都比売神を古代的な巫女《みこ》（丹生都姫）と解釈し、巫女は神の司祭者であると同時に神そのものを体現して伊都郡奄田村に丹生都比売神として現われ、この村を出発点に流浪生活を送り、各所に一時的に住み着き、ある所では田地を経営・耕作してその米で飯《いい》や酒を造って神に捧げ、ある所では土豪相手に娼婦的な生活を営み、その見返りとして神への寄進との名目で田地を貢がせるなどの仕方で紀伊・大和辺を巡って歩き、年齢を重ねて天野社に終の栖《すみか》を建て、神を祭って生涯を閉じ、その時点で最後の居所が、そこで誕生した娘を巫女とする、天野社として発足するという経緯を明らかにしていく過程を、筆者は言っているのである。

この「天野告門」は西岡が戦前の『唯物論研究』誌に発表した短い論文「上古巫女の土地経済史的考察」の史料にも用いられている。[2]

西岡前掲「史料批判の方法」の史料例示の第一〇は近代で、その史料には末尾に「加賀耿二《こうじ》著綿」と記されている。筆者が谷口善太郎（一八九九～一九七四）の中篇小説『綿』の存在を知る契機を与えられたのは、この西岡の長い長い引用からである。早速、『現代日本文学全集』86（一九五七年、筑摩書房）所収の筆名須《す》井《い》一《はじめ》の「綿」を読んだ。[3]『綿』との出会いである。

西岡論文が取り上げた「綿」は、論文の著者名・著書名表記からして、谷口善太郎の年譜類には記載されていないが、敗戦一一ヶ月後に出版された加賀耿二著『綿』（三一書房）所収作品である。一九五〇年七月「訂正」以前の作品であり、『現代日本文学全集』86所収作品と照合すると、作品末尾のソ連映画鑑賞後の部分が違っている。「社会主義建設」について、主人公が母に語った言葉が後者では「おいらあニッポンをもかういう風に……」とあるのに、前者では、敗戦前の作品を改訂せずにそのまま発行したからであろう、「かういう風に」とは書かれていない。その他では前者の「全国農民組合」が後者では「日本農民組合」に改められている以外は、「そいから」が「それから」、「さう〳〵」が「さうさう」などと変えてある程度で、大幅な改筆は行われてはいない。

著者名加賀耿二の『綿』には「綿」（一九三一年四月作）の他、「三・一五事件挿話」（一九三一年三月作）・「踊る」（一九三二年四月作）・「幼き合唱」（一九三二年七月作）・「樹のない村」（一九三二年九月作）の四編、谷善の初期の作品が収録されている。いずれも作品の末尾に執筆年月が記されているだけで、「まえがき」・「あとがき」も谷口善太郎の氏名もない。

この本に収録されている作品のうち、「踊る」と「樹のない村」は、「綿」と同様に、谷口善太郎が生まれ育った石川県の農村が舞台になっている。「踊る」は一九三二年一～五月、日本皇軍が中国人民の抗日運動を弾圧するために上海で引き起こした侵略戦争（上海事変）に熱狂的に「踊」らされていく村人の様相をリアル・タイムで描出した小説であり、「樹のない村」は昭和恐慌によって生活破壊に追い込まれていく農民達の貧窮と疲弊の実態を恐慌の真直中《まっただなか》で具体的に活写した作品である。西岡はこの二編の短篇小説も「綿」と一緒に読んでいるに相違ない。

西岡は戦前に左翼系の学術雑誌に論文を発表し、敗戦直後に、戦前、発売禁止にされた『綿』を読み、民衆生活史・社会経済史の優れた史料であるとして論文に紹介した。西岡は必ずしも左翼的とは言えないが、戦前から一貫して民衆が歴史の主人公だと主張して已まない碩学であった。その西岡が日本近代史の好史料に挙げた『綿』を筆者なりに読み解いていきたい。

筆者は第１章で島崎藤村が『破戒』を長野県の北信・東信地方という空間で生起した出来事をどこまで普遍性・同時代性のある作品に為し得ているかを考察してきた。谷口善太郎の『綿』も同様に、主として石川県は加賀平野東端という地域の日常的な社会経済生活の描写が普遍的なものになり得ているかを、『破戒』の場合とは異なる手法で問うてみたい。

長くなるが、方言による会話と抒情性の豊かな原文を出来るだけ活かし、若干のコメント（寸評・寸感）を付しつつ、愚直に『綿』の概要（梗概）も認めていく。[4]

2　日露開戦前の自給自足経済から脱け切れていない小作人生活

『綿』は五章から成る。

第一章は、まだ自給自足経済から脱け切っていない農村の、半封建的な地主支配を受けた小作人を中心とする農民の生活様態を取り上げている。

『綿』の書き出しは「白山山岳地帯の東端が所々で芋蟲のやうに喰ひ込んでゐた。その芋蟲の一つに私の生まれたT部落があつた」である。[5]「芋蟲」とは面白い。常食の芋に掛けると共に、地域での収奪・搾取を暗示しているようにも想われる。一九七七年の地元の谷善顕彰碑除幕式後の「偲ぶ会」で日本共産党兵庫県委員長を務めた谷善の友人多田留治が「『谷善さん』には、厳しい一面もあったが、いわゆる洒落っ気、諧謔、ユーモアもあり」云々と語っている。[6]その通りである。「芋蟲」はその一例だ。

次いで、主人公の私は綿花栽培と係わる思い出を語る。「私の幼年時代の記憶は」「不思議なことには、綿に関聯しているのだ」、「あの骨張ったガラガラの植物に白い綿が吹きだしてゐたのが、今も、明かに私の記憶に残ってゐる」と。綿の思い出は「耐え難い空腹との関聯」で、まだまだ続く。「綿畑には貧弱な綿の木が一面に」「立ってゐた」。この「枯植物の所所に」「白い綿が」「ポツカリと喰つついてゐた」、「あの綿が、白い大きい握飯ならどんなに嬉しいだろう、私はそんな事を妄想して一つ〳〵の綿を見つめてゐた。するとその一つ〳〵の綿が、何時の間にか白い大きな握飯となつて、私の脳裡へ迫つて来るのだつた」。

幼い主人公が白い綿花からお結びを連想することで、「綿」が極貧生活を象徴しているのである。「貧弱な綿の木」とあるのも地味が悪く痩せていて、収穫が少なく、貧困さを表現していると言えるだろう。

取り上げられている時期は、『綿』の執筆・発表から二七年前の日露開戦の以前、幕末・明治維新期に崩れ出していた自給自足の封建的経済生活から「まだ」「脱し切つてゐなかつた」頃で、当時の「北陸の寒村の風物には、絲車や手織機《ばた》の音や綿の木が、尚重要な生存を続けてゐたのだ」。

このように第一章の物語は、「部落百戸」の「経済生活」、殊に「私の家」を主とする小作人の生活を描いていく。「部落」とは未解放部落ではなく、所謂一般の部落・集落である。

「水呑小作の家では、薩摩薯と麦の炒粉《いりこ》が常食」で、時には「菜ッ葉と潰《つぶ》し大豆のお粥が食膳に」。誰も彼も「空腹を感」じない日は一日もなかった。わが家の「小作段別」は三反足らず。「父が劇烈なロイマチスで病臥してゐたから、三段を維持するのも精々だつた」。「収穫する六石余の米のうち、四石近くが地主の倉へ持つて行かれ」、「残つた二石余斗が親子五人の食代だつた」。「村にも近郷にも労働で現金儲ける術は一つもなかつた」から「村人は綿を作つて紡ぎ布と織つて自家の衣をこしらへ」、「椿の実や菜種で油が作られ、宵の口だけ細々と行燈《あんどん》が灯された」。「薪は山へ拾ひに行」った。「食ひ米以上を収穫する者は米を、山持ちは薪を里へ売り出して現金を握つた」。わが家は「田圃へ施す肥料代の出どころ」もなかった。

「村で唯一の地主たる坂村は、村の田地の三分の一を占有」する村の「帝王」であり、「冷酷な金貸しを副業とし」「村人を搾取した」。「村の小作達は、肥料代に困るとこの地主の家へ出かけ」、「三円五円の金を借りた」。坂村は「未納の小作料や、貸金の督促には冷酷極まる手段を用ひ」、「食ひ米や綿や芋や椿の実や薪を押さへ」、「時によると、宅地に立つてゐる樹木や竹藪さへも切り取つて行く事があつた」。「村人は」「暴慢な地主に対して団結する事を知らず、反対に反目と裏切りを以つて争ひながら地主に取り入る事に苦心した」。

「私の家」は坂村の「一番貧弱な人間以下の小作だつた」。「父は」「相当の『信用』を地主に持たれ」、「使ひ歩きや邸宅の草毟《むし》りに手伝はされた」。「小作米の残りや借金の追及を緩和して貰ふために」「喜んで実行した哀れむべき奴隷行為だつた」。しかし、「父は劇烈なロイマチスで倒れるに至つて、地主に対する感情を一変させたやうだつた」。

「私の三歳の年の夏の初め」、「十数日に亙る降雨」で「村ばなを流れる谷川が、氾濫した」。「この時の洪水」で「窪地をはなれた」わが家は「水に襲はれる恐れはなかつたが」「滔々たる水勢が、窪地にある家家へ押かけ」、「地主の豪壮な屋敷は水で一ぱいだつた。人々は雨と水の中を地主の家財を水のつかぬ箇所へ運」ぶべく「右往左往し」、「私の父も」「その中へ加はつた」。「道具や建具や畳の始末がつくと、もう夕ぐれに近かつた」。「酒が出たが」「まだ昨年の小作米を全部収めて居」ない「父はそこへ加はる事が出来なかつた」。

「で、父は恐る〳〵、雨と水に濡れたからだを主人の前へ運んで、次に行ふべき行動の伺ひをたてた」。「父はそれから約三時間余り」「太助（地主の下男）と一緒に」「水の底へ、何処にあるか判らぬ」「夥しい植木の鉢を探して庭中を這ひ廻つて歩いた」。「五十に近か」く「軽微なロイマチスでもあつた」「父の病気は急に悪化し」、「三日の後」には「全身を襲つて来た劇しい関節炎のために」「家の中でのたうち廻つてゐた」。「以来、数年間父は動けなかつた」。

「植木は地主にとつて大切な財産だつた」。「大事な財産を守つた父が、そのためにひどい病気になつたと知つたなら、必ず相当の手当をしてくれるものと信じてゐたらしい」。「だが、何時の時代にも地主や資本家」は「打算に生きる動物であつた」。父は「地主の『温情』に関する信仰を完全に失つてしまつた」。

「父はこれらの事を、時々私に語つて聞かせた」。「幼い私」は「根本的に理解する事は出来なかつたが、只、自分の家が非常に貧乏で」、「母一人が働いてみんなを育てて」おり、「貧乏や苦しみや父の病気が」「地主のためにもたらされたものだと」「おぼろげに知るやうになつて行つた」。

「母が人一倍健康で勤勉で、昼は野山を牛のやうに働いたからだを、夜は、当時唯一の手工業であつた綿繰り、絲紡ぎ、手機織《てばた》に他家の仕事までやらなかつたなら、私共はとうの昔に餓死してしまつて居ただらう」。

「早春」には「他人に雇はれて山へ行き」、「薪を切」り、「賃金として幾把かの薪を貰つて冬に備へ」もした。

「土の上に僅かに藁と莚を敷いた家畜小屋やうな家のなかで、細々とした行燈の光を頼りに母の夜の労働が勧められて行つた。或る時には、私はよく二番目の姉と」「種をぬいた繰り綿を巻きつけて」「母に渡す」「綿の棒をこしらえる仕事に従事した」。「車の音に交つて母の千篇一律の唄声が続いた」。「また或る時には、母は機の上にあつた」。その「時には、私達の仕事は綿繰りだつた」。

「父は」「時々癇癪《かんしゃく》を起した」。「業病が」「いらだたせたのだろう」。「父は」「世話」が「行き届かないと言つて母を罵」り、「耐えかねて母が罵り返すことがあつた」。「父は枕元の何かを母に投げつけた」。「おとなしい母は」「そこまで来ると諍ふのを止めてヂッと耐へて仕事に就くのだつた」。「私が」「手伝つてゐるやうな夜には流石に父の機嫌もよかつた」。親子の願望や愚痴の話も交わされた。

第一章は「間もなく私は学校に上つた」。「姉のうち、二番目のはるは既に死んでゐた。上のはつはその時十六歳で、子守か何かに他家へ行つてゐた」で終わる。

作品に登場する兄弟姉妹は私と二人の姉だけだが、谷善の実際上は本人の生まれる前に死去した長男、本人が幼時のうちに死亡した長女と四女、本人が小学校へ入学した頃に織物工場主に犯されて私生児を産み、京都へ行って間もなく結核になり、帰郷して他界した次女、それに三女と本人の六人であった。[7]

多くの評者は『綿』の自伝性を強調する。第一章を通覧すると、作者谷善の自伝的内容が豊富なことが容易に理解され、私とは谷善を投影させた人物だと言える。この章の末尾にある尋常科入学を谷善のそれに合わせると、日露戦争の終わった翌年の一九〇六（明治三九）年となる。[8]

ところが、飛んで第四章の冒頭には「明治が大正になつて二年過ぎた。その間に父が死んで、私も十九歳になつた」とある。改元は一九一二（明治四五・大正元）年の夏であったから、改元されて「二年過ぎた」のは一四年夏である。谷善はこの年の三月に高等科を出て、九月に満一五歳になっている。[9] 彼はこの年に数え一九歳にはなっていないのである。私と谷善とは凡そ三年の年齢差がある。したがって、私が小学校へ入ったのは、日露終戦の翌年ではなく、開戦の前年、一九〇三年となる。谷善の「年譜」を繙きながら作品を読むと大変な齟齬を来す。

しかし、自伝的要素の濃い部分があるとは言え、『綿』は小説なのだから食い違いがあっても一向に差し支えることはない。

第一章の寸感を認めよう。

「母一人の痩腕」が「家の一切の生活」を支えている点で『破戒』の風間家と共通している。母の農作業の情景は、風間敬之進の「細君」と同様に、働き者の農婦が苦労している様を如実に詳写している。しかし、風間の妻とは異なり、『綿』の「おとなしい」母は精神的にはとても確りしており、作品はその内面を鮮明に描出することに成功している。

『綿』の年貢取り立ての光景は『破戒』のようにリアリズムに徹して微細に活写してはいない。しかし、『破戒』と『綿』はどちらも一九〇〇年前後の半封建的地主・小作制度とその下での小作人生活の実態を描いているが、『綿』の方が『破戒』よりも遙かに写実的に鋭く制度の本質を衝いている。坂村を通じて地主の苛斂誅求と兼業の金貸しの手法の不人情さ、無償奉仕という経済外的強制の過酷さの描写は実に的確である。谷善出生の村には一八七〇年代半ばの時点では金貸しを兼ねる地主はいなかった。一九〇〇年前後に坂村のような金貸を副業にしていた地主が存在したとすれば、あくどい手段で経済的に急成長したことだろう。その地主は一八八四（明治一七）年の松方デフレによる深刻な農村不況で没落した自作農から農地を集中的に獲得したのであろう。[10] 坂村はそうした地主のフィクション事例となる。

第一章は幼い主人公の眼で主として見た序章的部分であって、自作農を含む農村の階級構成が明示され、日本資本主義発展下の諸矛盾が語られるのは次章以降である。

３　明治末期の商品経済の発展による小作人生活の激変

第二章は「何時のほどにか、私の地方では、綿を栽培しなくなつてゐた」で始まる。「十三の秋であつたか」と、やや確実性の欠ける表現に続くから、谷善が尋常科五年だった年の三年前、日露戦争終結の翌々年頃、一九〇七年頃のことである。[11] 第二章では、この時点からの明治末期、綿花栽培の消滅に象徴される自給自足経済の崩壊と商品経済の発展過程における村人、殊に小作人層の生活の激変を活写する。

「或る日私は学校で」「綿は」「遠い暖い外国から輸入されると聞かされた。勃然として」「幼い頃の綿畑の記憶」が「脳裡に蘇つた」。「綿畑だけでなく綿繰道具も絲車も手織機《ばた》も村の天地から姿をかくしてゐる事に気がついた」。「その日家に帰ると」「父母に」「訊」いた。父曰く「綿ア作つても引き合はんさけな」、「それよかその暇で労銀取りして買うた方が安いぢやわい」。母曰く「世《へ》ン中開らけてくツと」「何もかも変るざわれ」、「菜種油も手作草履もみな無うなつてしもた。これ見て見イ、こんな明るい洋燈《ランポー》がはやるしわれ」、「猫も杓子も、みんな下駄ぢや」。

父母の「説明」を「よく呑み込めなかつた」「私は学校で先生にも訊いて見た」。「先生は即座に答えた」。

「世の中が文明になつたからです」。「文明？　そうだ文明！」。「確に世間は私の幼い時より変つてゐた」。「三里ほど離れた海岸」沿いに「数年前に汽車が開通してゐた」。「南の谷の奥にY銅山が」、「村にも三年前から陶器工場と製絲場が出来て沢山の男女がそこで働いてゐる。村には呉服屋」「床屋」「雑貨屋」「菓子屋が出来た」。「私製煙草が影をひそめ、代つて、『お上《かみ》』の煙草が幅を利かせてゐる」。「手織着物が、縞や飛白《かすり》の『呉服』に変つた。絲車や手織機の代りに養蚕の棚が家の中を占領し、綿畑の代りに桑畑が出来た」。「確に『文明』はこの寒村へも這入つて来てゐる」。

しかし「部落の地主の坂村は、依然として大地主であつた。否、地主以上で」「有り余る金を、近郷近在に勃興する新しい事業に注ぎ込」み、「大資本のY銅山にも彼は相当の株主として参加してゐた。しかし、部落百戸の大多数は」「坂村に支配されてゐる水呑小作たる事に変りがなかつた。否」「坂村の小作人であると同時に、陶器工場や製絲場の雑役夫」「運搬夫」、「Y銅山の臨時雇」、「道路工夫であつた。彼等は小作田を耕作する暇々に」「働きに出るのだつた。小作人や貧しい自作農の神さんや娘達は、自村の製絲工場へ働きに」、「青年達は」「Y銅山や陶器工場へ職工となつて」共に「住み込んで行つた」。青年の「中には、遠い京都や大阪へさへ『成功を夢みて』出稼ぎに行つた」。なお、谷善は坂村を「大地主」と表現しているが、全国的に見れば、彼は中地主の上層である。[12]

自村や近在の工場へさえ、住み込みで働きに行くのだ。過酷な長時間労働を『綿』は言外に語っている。しかし、そうした「労働」で得た「成果」は「年に二回、盆と暮とに幾許《いくばく》かの現金を貧農の家々へもたらした」ものの、「それは一日と止まる事なしにすぐ他へ持つて行かれた」。「肥料代」、「金納へ転化した小作料」、「文明」への「消費料」、「借金の利子」等々。しかし「何処の家でも儲けて来た家族の労銀はその何分の一にしか当らなかつた」。「貧窮した生活は依然として続き、近代的な激労が再び彼等を引つさらつて行つた」。

「その反面」「地主と工場主は益々太つて行」つた。「私は」「『文明』とは変なものだと思つた」。

ここで『綿』は「日露戦争直後」の「当時」を振り返り、「日清・日露戦争」の「勝利」でと、用語が出て来るだけだが、初めて戦争に触れ、日本資本主義が発展期に入ってからの政府の資本主義「保護政策」やそれに伴う「古い秩序」と「生活様式」の激変を語り、「農村民衆全体の、資本主義への敗北が」「起つた」と論ずる。そして「資本主義」は「生活程度の低い農村」に「安い労働力を求め」、「古い地主」と「新しい資本家」が「結託して」「農村における企業」を新たに「展開」させ、「農村の青年男女」を「都会地」の「賃金奴隷に早変り」させたと記し、更に「金納制度を採用」した地主が「小作米」の「価格変動と売却の手数を小作人に転嫁した」当時の一大事に触れ、「資本主義」の「番犬」たる「政府とその地方出張所」が「高い税金」などを課して「道路」拡幅・「鉄道」敷設等々を行う、小作人達への「誅求」に及んでいると述べる。

第二章のこの部分は殊に理屈っぽい論調で、文学作品的ではなくなっていると言えそうだ。蔵原惟人（一九〇二～九一）は『綿』を「最近現われたプロレタリア作品の中で、断然光をはなっている」と高評したが、この部分については「資本主義発展の理論的説明は全然蛇足であって、かえって全体の芸術的効果を弱めている」と酷評している。[13]

こうした「明治四十年初頭」に「農村へもたらされた『文明』の正体」に苦しめられながら「母は」「耕作の仕事」の「外に」「『労銀』を求めて有りとあらゆる激労に従事し」、「姉は、近村の製絲工場の女工として、一家の支柱を司つてゐた」。「私は」「学校から帰つて来ると風呂敷包みを土間に投げ込んで」「母の居る田圃へ出掛けて行つた」。「父は」「ロイマチスのために人並の労働が出来」なかった。

「十一月に入」って「四俵の米」を取りに来た「地主の使用人」吉松が「今年からは坂村ぢや小作料は小

作人の勤め先で」年に二回払いの「労銀の中から天引しといて貰うことにしたでな」と言った。「父も母も小さな私も」「憤激と絶望に目の前が真暗になつた」。「小作人の息子や娘達の勤め先へ手を延ばしてその給料を天引する！」、坂村に「出来ない事はなかつた」。「年が迫」り、「吉松の宣言の通り、はつの給料は勤め先でそつくり地主の方へ渡された」。「はつだけで」も「はつ達の工場だけでもなかつた。陶器」工場でも「銅山でも」「坂村のために実行された。村の人々は、打ちひしがれたやうな絶望の心をもつて正月を迎へた」。

第二章は「労銀」「天引」の「実行」開始で終わる。しかし、主人公の家族はみんな地元で暮らしているから、この章も自伝的要素が濃厚だ。

だが、第二章で注目すべきは、日本資本主義の発展と商品経済の浸透によって、極貧農の子である主人公の姉は住み込みで工場へ行き、母も農作業の傍ら新たな「労銀」稼ぎを余儀なくされ、自作農下層の妻も住み込み女工にならざるを得なくなっていることである。農村の基本的矛盾が半封建的地主・小作制下における両者の対立関係にあることは言うまでもないが、この時期、小作農においても自作農間においても階層分化が激化し、農村社会に超低賃金・超長時間労働の労働者や農閑期に働く季節労働者が出現し、その一方で、横暴な賃金天引に見られるように地主の利益がますます増殖するという工合に、農村の階級構成の複雑化が進んだ。この章はそうした農村の矛盾の複雑・多様化と、加えてそれを見えにくくしている支配権力及びその出先の策動を叙述している。そして、寄生地主を始めとする地主の半封建的土地所有制が前近代的な労働関係に支えられた日本資本主義に擁護され、地主と半封建的関係にある小作人層が安い労働力の供給源となって日本資本主義を発展させていくという絡繰《からくり》的な社会経済構造を階級的見地から的確に描出しているのである。

4　姉の自由結婚の破綻と大阪での死

第三章には、前章で取り上げられた明治末期における商品経済の発展に伴う貧農層の生活の激変を継承し、同じ時期、彼らの子女がどのような苦難を背負わされるか、その典型的な創造された具体例が提示される。

この章は名を「源治」と称する私（やっと出てきた。姓は「川上」。まだ出て来ない）の小学校高等科卒業式から始まる。「講堂には」尋常「一年生を前に」「生徒」が「三百」。「来賓席」に今年「村長に就任した」坂村らがいる。「校長の訓示が済むと」、「私は卒業生を代表して『答辞』を読」んだ。「父兄達の中に、父の痩せた顔も交つていた」。「校門を出ると、校舎を振り返つて私は感慨無量だつた。八ケ年も通つた懐しい学校！　これで一生学校と云ふものに遠ざかつて行く自分の将来！　私の胸はいつしか熱く〳〵なつて来るのだつた」。

谷善の卒業は、先に見た通り、一九一四年三月。第三章で取り上げられている内容は谷善の実際より三年以前からということになる。

卒業式の当日、「山田のお父うと父」が「姉の恋愛——結婚の問題」を「話合つてゐた」。小耳に挟んで「私」は「母が朝から弁当持ち行つてゐる田圃へ出かけ」た。「父はその夜夕食が済むと話し出した」。「困つた話で……はつ嫁にやらんかちふ話や」。「またか？」」、「母は即座に」「云つた」。「まだ二三年、坊がせめて十八九になるまで何処へもやれんがや」。父曰く「はつは男ともう約束して坊の学校を卒業すンのを待つとつたちゆうがや」。「母は頗る当惑したやうだつた」。

「実際これは私の家の浮沈に関する大問題であつた」。「三段に足らぬ小作を維持するだけにでも、誰かが

『労銀取り』をやらねばならなかつた」。姉の「年額四十余円の労賃が」「肥料代」「税金」「小作料やらの信用の根源であり、財源であつた」。

「小作に生きる貧農の娘に恋愛や結婚の自由」は「無く、」「部落の娘達は」「晩婚へと追ひつめられ」、「婚期を失ひ、独身で世を送る娘さへあつた」。「資本家と地主はその貪欲な搾取を容易にするために村の娘達の結婚の自由さへ『不孝』と規定してゐた」。「階級意識の片鱗だに持たなかつた当時の貧農達には、彼等の生活の貧困におけると同じく」、「娘達の運命の拠つて来たる根源を見破ることが出来なかつた。彼等はこの運命を偏へに貧乏人に与へられた当然のものとして受取り、娘達に強制して来た。悲しみ、嘆き、苦しみ、喘ぎながらも、強制せずには居られなかつた」。

管見の狭さ故か、筆者は有力な経済主体たり得なかった当時の「貧農」の「娘達」が抱えていた「恋愛や結婚」の問題を階級的視点を持ってこれ程深く掘り下げた文学作品を知らない。

「娘達は」、「勿論」自らの「受難の根源を知ら」ず、「父兄の甲斐性無さを憾《うら》み」、「自身で」「荊の道を打開」すべく「反道徳的な行為として指弾」されていた「勝手な恋愛と出奔」の挙に出るに至った。「私の姉も同様な道を辿つ」ていく。

「姉は一日《ついたち》の休みに帰つて来た」。姉の縁談は「山田の親類」がある「海岸近くの」S村の「男の親元から申込んで来たもの」で、姉はそのことを「知つてゐた」様子。「父母が交互に姉を口説い」た。「今まで真面目な者ぢやと云はれて来てお前……もう二三年後指さゝれるやうな事をせんで置け」と母。「もう俺も二十四や。糸場ぢや婆さん、婆さんと云はれて……」と姉。「それでも父母は姉を説伏したらしかつた」。

「だが、一週間後、姉と一緒に働きに行つてゐる他の娘が十五日の休日に帰宅した時、私共は大変なことを聞かねばならなかつた」。「姉は三日も前に男と一緒に工場を出て行つたと云ふのだ」。「母は気狂ひのやうに逆上した」。私の話で「父も初めて事態の重大性に気付い」た。

「私は夕食を掻込《かき》むと、母に連れられて」「北方へ山越えして一里」向こうの「姉の勤め先たるＷ村まで夜道を追立てられた」。「母は」「他人の大事な娘を預かつてゐながら」「大事を仕出かした工場主が悪い、工場主に談判して無事に返して貰はな承知出来ん」と「云つて」「ヂッとしてゐられなかつたのだ」。「Ｗ村の加藤工場」では「何の要領も得なかつた」。「三日前に片山君と結婚するちうて」「暇取つて行つた」と「若い事務員に鼻で応対され」、「母が」「事情を話す」と、「此処の責任ぢやない。片山君のとこへ行つて云ひ給へ」と「取りつく島もなかつた。憤怒に燃えながら」「夜路を悄然と帰るより仕方がなかつた」。

「母は、姉の結婚延期問題について、常に父よりも積極的な意見を持つてゐた」。「病父と貧困を一身に背負つて」「子供達を大きくした」ことに対し、「子供が」「苦しみに耐へて来た親と家を救ふために」「婚期」を少し「延ばされた所で」「不服を云ふべきではない」と「常に主張してゐた」が、「主張を実行に移す」のに「威圧を用ひなかつた」。「頼みに頼んで来た」。「それが今、根こそぎ娘のために覆《くつがえ》されたのだ」。「母思ひ」の私は「母の憤激はむしろ当然であつたかも知れない」と思考した。

しかし、「この憐れな貧農の一家は、反抗すべき、憤激すべき、戦ふべき敵を間違へてゐた。一家の経済を破壊し、親子間の愛情を攪乱し、骨肉の醜い争ひを導いた真実の敵は、段に一石五斗も掠奪して行く地主その者ではなかつたか」。ここでも作者は悲劇の根源・本質を階級的視点で言及している。

「Ｗ村へ行つた翌日」、父・私と伯父が「持病の癪」が出て床に就いた「母の枕元に集」まって、「親族会議」を開き、「男の手から引き離し、女工を続けさすこと」を「決」めた。

次の日の「朝早く、私は伯父と一緒に、姉を引摺つて来るべく、Ｓ村へ出かけて行つた」。片山の「家の前に着くと」二人は「入口から声をかけた」。「声に応じて」「若い女が」「返事をし」た。「『自由結婚』をやつた姉だつた」。「家に這入つて、先方の親達と」「挨拶が済むと私共は直ちに用件に話を進めた」。

「先方の親達」は「娘をつれ出した息子の行為と、それを承認して勝手に結婚させた」「非」を「詫《あやま》つた後」、「はつさんを連れて帰つてくれと云ひ出した時」、それまで「姿を見せなかつた姉が泣き乍ら出て来」て「あんな情ねえ親達のとこへ帰らん」と言った。「私は」「あんな親たァ何ぢや！」と、「大声で」「叫び乍ら、姉の髪を引摺廻し、手当り次第に擲《なぐ》り続けた」。「憐れな姉弟は」「他人の家で恥しい争ひを曝露しながら」「一緒に家へ帰らねばならなかつた。夕方私共三人は黙黙として人目を避けながら家路へ急いだ」。

「家に着いてから、また一騒動」。「母が過日来の鬱憤を爆発させたのだ」。「よくも」「おめ〱と帰つて来くさつた」、「このどす女郎！　顔を見せ！　親の顔に泥を塗りくさつて、畜生！」、「どの尻で男とくつ付きやがつた！」、「母は」「姉を」「蹴倒し、跳びついて髪を摑んでなぐり廻した」。「父は」「あゝ、修羅《しゅら》ぢや！地獄ぢや！」と「涙をこぼすと、ふらふらと」「仏壇の前へ行く」。

「姉は間もなく淋しい姿をして大阪へ出かけて行つた」。「事件を仕出かした姉は」「郷里の近くに居るに耐へなかつたのだ」。「山路を遠くまで送つて行つた」「私は」「姉！　いつかの事堪忍してくれや！」と「云ひそびれてゐたその一言を、やつと姉の耳に入れて涙ぐんだ」。「姉は」後を「振り向かずに答へた」。「みんな仕合せア悪いがやわいな。お父うにもお母にもさう云うてくれや」、「また一生懸命で働くさけ安心してからだを大事にしてつて」。「私は」「嗚咽」を「我慢した」。

「姉は、郷里出身の女工を頼つて四貫島の紡績工場へ這入つた」。「私も間もなくＹ銅山へ、百姓の暇々に通ふことになつた」。

「憂鬱な収穫が」終りかけた「十一月の末」、「姉から」「電報が届いた」。「ハツキトクスグ　コイ」。「キトクと云ふ電文は、シスと云ふ言葉の代りだ」った。「直ちに米が一俵金に換へ」、「父は」「母を鞭撻して、停車場のあるK町へ急がした」。「果して姉は死んでゐた」。「姉は、恋愛に傷つけられた胸を、更に病気にとりつかれた」。「肺を冒されると、原始的な搾取の横行してゐた当時の紡績工場の猛烈な労働と、毒毒しい塵埃とは、急激に病気を昂進させずには置かなかつた」。「工場へ這入つて四ケ月」足らずで「大喀血をし、同時に工場と寄宿を追ひ出され」、「知人の、傾いた社宅の二階を借りて病床を移し」、「現状の故郷へ知れることを恐れて死を待つた」。留守番の「女の児」に「川上はつの母でござります」と挨拶して「二階へ上つ」た「母は」「線香さへも立」っていない「そこには娘の死骸が、只一人、淋しく横はつてゐ」るのを悲しくも目の当りにした。筆者も涙が出る。

「家でさ、やかな葬ひを済ました日」、「姉の荷物を開いて見た」。「持つて行つた着物は一枚も無かつた」。「売るか質入れしたものだろう」。「売れ残りらしい」「物のなかに、キチンと包んだ新聞包みがあ」り、「新聞や風呂敷やの幾重もの包装の中から、出て来たものは綿だつた」。「綿！」と「私も母も同時に叫んだ」。「広げて見る」と「綿と真綿でこしらえた粗末な綿帽子」。「無断で『結婚』した時」「姉が」「男の家で慌ててこさへ」た「ものに違ひな」い。「姉はそれを一生の思ひ出に死ぬまで大事にしまつて居たのだ」。「はつや！　可哀想な事をした！　堪忍してくれや！」と、「母は」「突伏《つっぷ》」して「泣き出した」。

第三章は一九一一年三月から一一月末あるいは一二月初めまでの物語である。

不幸な孤独な臨終を遂げた上の姉は谷善の六兄弟姉妹の次女をヒントにし、彼女を投影していると想われるが、あくまでも「創造的想像」で造形された人物だ。したがって、上の姉の束の間の「自由結婚」の解消や大阪での死と係わる母と私と父の行動や意識も多くは紛れもないフィクションである。だから、谷善の自伝的要素は色濃いとは言えない[14]。

作者は、姉の悲劇が貧農層の娘なら誰にも起こり得る不幸を普遍性を持って明らかにすべく、敢えて自伝的傾向から大きく離れたのである。それ故に第三章の姉に関する叙述は極めて説得力を持ち、読者に感動を与えずにはおかないものとなった。筆者は涙なしに読むことが出来なかった。しかし、センチメンタルな涙ではない。姉の悲劇を第二章で展開されている天皇制絶対主義とこれを支える反封建的地主・小作制と前近代的に人間性を極度に無視する日本資本主義の全体構造を踏まえ、その中で具体的に捉えて、しかも、理屈を捏ねずにそれを明らかにしている創作力に読者として共感させられるからである。

勿論、『綿』各章の繋がりの中で言えることだが、私には第三章が作品全体の中心をなし、もっとも光っているように想える。姉の悲劇に涙した作中の私と母は第四章・第五章において意識を変化させ、行動を発展させていっているのである。この作品の象徴的存在である「綿」の様態の中でも、この章の「綿帽子」の印象が特に強烈に脳裡に浮かぶ。

5　地主との論争に勝った私と母の離郷

第四章冒頭の文言は第一章を扱った「2」で既に記してある。第四章は私が数えで「十九歳」だった一九一四（大正三）年の前年から物語が始まる。「去年の夏」に他界した父の遺言が最初に取り上げられている。谷善の実父の死去は実際には二一年三月である。谷善の三番目の姉は父他界の後にすぐ結婚している。一方、この小説の最後まで元気に生存していることになっている母と異なり、谷善の実母は一七年六月に死亡している。谷善自身も尋常科三年生の三学期から放課後に毎日九谷焼の製陶所へ徒弟として通っており、高等科卒業後は同所の常勤になったが、その年に倒産したため、別の製陶工場へ就職した。[15] しかし、作品では、母に連れられて「陶器工場の薪運びに」「出かけて行つた」（第二章）以外に、製陶所に雇用されていたことには触れておらず、私は母の農作業を手伝い、高等科卒業後は、農業の傍ら、Y銅山に通っていることになっている。

　さて、作中の父は、作品の主人公（私）の翻案によれば、「貧乏人は、勝気で暮せ！」と「遺言」し、「あゝ、苦しい一生やつた……」と「云つて死ん」だ。「さうだ、私こそ、父が一生考へて実行出来なかつた事をやらねばならぬ」。「今や私は、五十四歳の老母と」「二人切りの者となつた」。

　「世は大戦前の不況の最中で」、「疲弊は農村において極度となり」、「自作の中に破産が続出し」、「小作人達は」「破産する何物をも持」たず、「首縊《くく》りが流行した」。「娘を近くの温泉へ酌婦に叩き売る者も出来」、「後から後から」「見習ふ親達が続いた」。

　「まだ私の父のゐ」た「昨年の春」、「部落に肥料共同購買組合が設立された。小作農も自作農も」「一組合員拾円宛の出資をし」、「K市の肥料問屋から直接肥料を購入しようと云ふ」ことで、「農民達の調べ」では「約二割方安」く「手に入る筈だつた」。「組合の信用を鞏固にするため」、坂村を「名目上の組合長に推選し」た。ところが彼は「地位を利用して密かに肥料問屋と結託し、莫大なコミッションを懐に」すると共に「殆んど小売商の手を経たほどの値段の肥料を、組合員に押しつけた」。「流石にこの時には」「主として自作農の層から」「蔭で」「不平」が出たが、「奴隷の観念に馴らされ切つてゐる」「小作農」は「これを当然の事として諦めてゐた」。だが「父は頗る憤慨して、自作達と一緒に組合を脱退した」。

　「父が死に」「貧しい乍ら一個の『戸主』として立つに至つて」「自然私も斯う云ふ事に敏感になつた」。「地主のために人一倍迫害を受けた家に育つた私は」、「階級的な意識からではなく、個人的な感情から」「地主を敵視してゐた」。「若い私は、何時か機会があつたら、横暴極まる地主を、一ぺん取つちめてやらうと云ふ気に次第になつて行」った。

「十九の年」の一月、「Y銅山で一人の『他国者』と知り会ひ」「刺激」を受けた。「私」は「方々を放浪した」「独身」の「その男」に「坂村の暴虐を話して見た」。彼は「足尾の銅山」の「坑内落磐」で「女房」を「惨死」させられ、「事務所へ呶鳴り込んで」「暴れ」、「金二十両を」「出させた」と話し、最後に「犬畜生のやうな奴にア、尾を巻くよりア跳びついてやる方が為めにならア」と言った。「この話は、私に非常に感動を与へた」。

「地主をやり込め」る「機会」が「間もなくやつて来た」。「この年の三月、部落に手押ポンプ購入の話が持ち上つた」。「区長」らが「例によつて」「坂村に相談を持ちかけ」た。「豪壮な邸宅を持つてゐる彼に異議」はなかった。

「購入費捻出」を決める「集会が持たれる事になつた」。「集会前の輿論は」「貧富等差」に「応じ」た「割当て」、「頭割」「寄附」と、「区々《まちまち》であった」。集会には「めづらしや地主の坂村」も出席した。「地主の手先」吉松が「うちの旦那の考へ」を説明した。「在所の共有財産」の「杉が沢山《たんと》ある」「古宮の森」を「売つて、その金でポンプを買」う、「うちの大将」は、「二百円」の「値打ちあるかどうか考へもんぢやが」、「損しても仕方はなえ」、「村のためなら買うてもよい」。「一厘も出す必要」がないので「すつかり賛成した空気」になった。「私は覚悟を決め」て「叫んだ」。「俺ア反対や」、「俺の考へア、矢張り等差割や」。私と坂村・吉松との応酬がしばらくあって、私は「あの森こそ、在所の共有財産や」、「在所の一軒々々同じ権利があるもんや」、「あれを売った金でポンプを買へア、頭割で銭出したも同じこつちや」と発言した。「この意見には誰も感嘆したらしかった」。しかし、坂村が先に私が言った「ポンプ」は「利益を目的としとらん」を取り上げて反論した。「家が焼けりア豪い損害ぢや、それを食止めりア利益と云ふもんぢや」。「私はグッと詰つたが」、「そんなら一層等差割にして貰はんならん」、「地主どんとこなんか、在所皆焼けたよりもつと太《で》かい損害やろ」と答えた。地主は無言。「討議終結！　明かに地主の敗北だ」。「某日」「等差割当徴収と決まつた」。だが、「翌日夕方私が銅山から帰ると」、「坂村の手紙が待ち構へてゐた」。「簡単」に「事情により本年以向小作田地貸借を解除仕《つかまつ》り候」とあった。「一読、私は総身の血が一度に引いて行くのを意識した」。「極度の狼狽と憤激が、私に来た」。「田圃返せ？……、そりアあんまりな」と、「母も蒼白に変じて叫」び、私にも「食つてか丶つた」。「詫つて来い！」と言う。「其の夜、私は母に連れられて坂村の邸へ出かけて行つた」。母は「出て来」た吉松に「地主どんにも吉松どんにも詫びんならん思うて」、「態《ざま》が太《で》かうてもまだ子供のこつちや。昨日の事は勘弁して」と謝った。吉松「昨日の事何とも云うとらんぞ」、「田圃の事か」、「立派な息子やさけ田圃なんかせんでもよかろ」。「そう云はんと、この通りや、なう」と、「母は」「タタキの上へ膝をついて、土下座をするように頭を下げた」。「私は涙が出て来た」。「これは屈辱以外の何者でもない！」。「おつ母ア、何度言うてもだちやかん。田圃はこつちやのもんや」、「なア源、癪にさはつたら、首でもく丶れ」と、「そう云」って吉松は「奥へ」。「煮返る思ひ」の「私は」「暫く立ちつくした後」「母に云つた」。「もう帰らう。相手は鬼や」。「暫くすると、吉松がまた出て来」て「帰つてくれ。誰も居らんとこに居つて貰ふと物騒や」。「私は思はず叫んだ」、「物騒た何や！」、「盗人《ぬすと》か何かと思うとるか！」。「何とでも云うとれ」と「吉松は冷笑した」。「この冷笑に」「泣いてゐた母」が「突然立ち上」って「女子供やと思つてあんまりぢや。理窟に負けたが腹立つたら、もつと学問さつせえ！」と「叫んだ」。「母は」「学問の無い」坂村を「罵倒したのだ」。

「明る朝、私は」「本家の伯父に相談に行つた」。「憤慨した」伯父の指図でその長男の兼吉が「区長」と「部落を五つに区分した」組の「代表者」である「五人組」に「寄合」を開くようにと要請に行った。私は

「前途に一縷の光を」「感じて、一寸軽い気持ちになつた」。「だが『在所』の人は起たなかつた」。「地主に畏服し、仲間同士がバラ〳〵に分裂して奴隷の生活を続けてゐた無自覚な農民として、これは誠に当然な処世術であつた」。

「一週間の後」「私と老いた母とは、生れ落ちるより住みなれたこの部落を、まるで盗人の逃げるが如くに落ちのびて行つた」。伯父と安吉（伯父の息子、兼吉の弟のようだ）が「送つて来た」。「山の端を曲る時、母も私も部落を振返つて見た。早春の部落は、まだ芽を出すには早い欅《けやき》の枝の灰色と、雪に圧《お》された藁屋根とをまとめて静かに屯《たむろ》してゐた」。

「我々を追ひ出した村！」「我々を見殺しにした村！」、「おゝ、だが、なつかしき村よ！　いつになつたらまたお前と笑つて逢へることか？」で第四章は終わる。最後の私の想いは第五章で叶えられることになる。

第四章は、姉の動向と死を扱った第三章と同じく、逸話・挿話とするには余りにも深刻であり、のみならず、この作品の本筋と密に関係している。私と母の、少なくとも、主として「創造的想像」の物語だ。作者が繰り返し叙述してきた半封建的な地主と小作の残酷な関係を主人公の体験として具体的にダイナミックな展開をさせたのがこの章だ。そこには極貧農の息子であった作者自身の農作業を始めとする体験を通して血肉化された精神が発露されている。

作中の私は、若気の至りとも言えるような言動を要因に、不当にも小作地を取り上げられ、母と共に故郷を追われる。彼は地域のポンプ購入費を巡って地主と論争して勝利したが、地主支配に対する反抗は地主に迎合する村人に支持されずに敗退し、孤立して出奔せざるを得なくなったのである。それ故に主人公は、横暴を極める地主に対しては勿論、地主に忍従する村人に対しても、煮え繰り返る程の個人的な憤懣を抱いている。作者は、それを当然視しているかのように、極めてリアルな筆致で描出した。

しかし、同時に要所要所で地主や農民達を階級的な立場で客観視した叙述もしており、大旨、均衡がとれていると言える。その中で、章の前方の肥料共同購買組合に触れた箇所は、小作人と自作農の意識と行動の違いが具体的に表現されており、注目に値する。

また、父の遺言、Ｙ銅山の「他国者」の話、地主家での母の態度の一変は、主人公が階級的自覚を明瞭にするに至る過渡期の入口における見逃せない事象として、重要である。

6　労働運動者から「地下」活動者へ進む私と母

第五章は「母と共に」「大阪へ出た」私が「ゴム工場の職工とな」り、「それから十七年の歳月が流れた」に始まる。「十七年の歳月」とは「綿」執筆・発表の時点までの年月である。この終わりの章は、大旨、頗る早いテンポで物語が展開していく。

冒頭に続く文言は「私は最初、地主や村や村人に対する反感から」「成功して必ず見返してやるぞ！」と「働きつゞけたが」、「それの不可能さに自覚し、熱心なプロレタリア運動者になつた」。「これは無理のない道出《みちゆき》であつた」である。

「無理のない道行」とは「欧州大戦とそれに続く永久的世界恐慌、プロレタリア運動の勃興と階級闘争の鋭化」、「世界革命の展開」の中で、「地主の暴虐と貧窮生活を満喫し」、「地主によつて」「反抗心を植ゑつけられ」、「続いて純粋なプロレタリアとなつた」「私にとつて、資本と労働の対立、階級闘争——革命運動の必然性を理解することは、そう大して六ケしい事ではなかつた」という経緯のことである。

一九二一年、「勤勉にしてためた八百余円」を「預金銀行の破産によつて吹き飛ばされて最初の『成功』

の夢を見終」り、「それを転機として完全に全生活をプロレタリア運動に捧げる戦闘的労働者の一人となつた」。「その頃私は同じ組合の一人の若い女と結婚した」。大切な連れ合いとの結婚なのに、大忙しの叙述である。いかにもプロレタリア文学らしく簡単だ。

ここで谷善の実際の経歴を見ると、作中の私が母と故郷を離れた数え一九歳の「早春」は第一次世界大戦（欧州大戦）勃発の直前で、丁度高等科卒業の時期である。一九一八年八月に大戦が終結し、周知の通り、二〇年三月に戦後恐慌が発生する。谷善は、この年の一月、勤務先の製陶所が倒産し、一旦は東京の製陶所に雇用されるが、心臓病と貧困に苦しみ、二一年三月、実父が死去し、三番目の姉を結婚させた後、郷里から京都へ行き、清水焼の工場へ就職した。翌年三月、取引銀行の破産で立命館大学入学の準備金二〇〇円を失った。「年譜」には「社会の矛盾を感じる」とあり、同年五月、清水焼の労働者がストライキを決行し、これを契機に谷善は日本労働総同盟京都連合会に加盟した。同月、彼は京都陶磁器従業員組合の結成に参加して青年部長に、京都合同労働組合を創立して組合長になり、七月、創立した直後の日本共産党に入党している。[16]

預貯金の損失の年は、小説の私と谷善の実際とは一年のずれである。第四章の私は章の内容からして一四、五歳の少年ではなりたたず、三年ずらしたが、取引銀行の破産を三年もずらす訳にはいかなかろう。仕事も大阪のゴム工場の職工と京都の清水焼の職人との違いはあるが、同じく労働者であり、小説での損害額は谷善の実際より四倍にしてあるものの、この一件がプロレタリア運動に献身的に取り組む「転機」になったという作品の叙述は作者自身の体験を反映させていると言える。しかし、谷善の徳野そととの結婚は一九二五年九月末で、知り合ったのは二三年だが、作品の私と定子との結婚とは三年程のずれがある。[17]

作品に移る。「三・一五事件の時、私は神戸で捕つた」。「母は当時既に六十九歳であつたが、私の忠実な妻であり且つ同志である妻と共に（私共には子供が無かつた。）不意に襲つて来た家宅捜査に驚かされながら一切を理解して息子の無事を祈つてゐた」。「母は旧時代の人間だつたので、私のプロレタリア運動への進出を理解するために余程困難を感じたらしかつた」が、「息子とその妻とを絶対に」「信頼してゐたがゆゑに」、「本能的には」「息子達に同化して来るのだつた」。「終ひには、どんな苦労」「迫害に逢はうとも、プロレタリアの母らしく希望をもつた笑ひの中にたへ忍ぶほどに訓練されて来た」。

谷善の実母は、前述した通り、彼が満一八歳になる前に他界しているが、敬愛する母を右のように叙述したかったのであろう、作品では母を生かし続けた。「私は母のその進化に限りない喜びを感じて戦ひつゞけた」とも書いている。

「刑が決まつて、私が四国の或る刑務所へ送られた後」、「若い私の妻が急に死んだ。私はそれを長い間知らなかつた」。「彼女は昭和五年の選挙闘争中に検挙され」、「ひどい拷問」で「腎臓と脚気とにたふれ、義母のもとへ帰つた日に死ん」だ。「階級闘争の人柱」。「それを思へば私の姉より彼女は幸福である！」。

谷善の実際はどうか。一九二四年に生物学者山本宣治（一八八九〜一九二九）らと京都労働学校を立ち上げ、翌年、総同盟の分裂で、日本労働組合評議会の結成に参加して中央常任委員・京都地方評議会主事に就任し、二八（昭和三）年、最初の普通選挙で奮闘、日本共産党の意向を伝えて決意した山宣を当選させた。しかし、自らは三・一五事件の際、無法の法たる治安維持法違反容疑で検挙された。その点は作品の私と同じだが、起訴はされたものの、下獄はしていない。拘留中に喀血して危篤状態に陥り、一一月に人事不省に至って責付出所となり、以後、五年に亘って特別高等警察の監視下で自宅療養の生活を送らされたのである。その間に山宣は右翼テロに斃れ、谷善は病床で磯村秀次というペンネームを用いて、山宣を悼みつつ、後述する『日本労働組合評議会史』を完成させ（一九三〇年）、そして、この小説を書いた。[18]

妻そとは実際には拷問がもとで病死はしていない。谷善没後も健在であった。しかし、谷善が彼女と知り合って「結婚を決意し、人を介して彼女の親類へもらいに行くと、社会主義者に娘はやれぬと、石川県の彼女の家から人がきて彼女を京都からつれ帰っ」たが、「彼女は家で頑強に抵抗して」「勘当」され、谷善検挙中に、彼が常任をしていた日本労働組合評議会京都地方評議会事務所へ来て活動していたという人である。[19]谷善が口述した『日本労働組合評議会史』を献身的に筆記したのも彼女であった。[20]そとは代議士初当選の谷善が、一九五〇年六月、朝鮮戦争勃発時点で連合国軍最高司令官マッカーサーに公職を追放された後、保険の外交業務に従事する夫に協力して経済的に支えもした。[21]彼女の人格を参考に定子が造形されたことは間違いない。

作品には夫妻に「子供は無かつた」とあるが、実際には男女一人ずつの子があった。中学生だった長男は、一九四二年一二月、特攻隊志願を拒否したため、配属将校の暴力で重篤となり、四四年三月に他界した。谷善にとって人生で最も辛かったのは、この長男の死であったと言われる。[22]

作品に戻る。「今年（昭和六年）の春、私は二年半の刑期を終へて○○刑務所を出獄した」。「早朝」「二人の特高だけが『迎へ』に来てゐた。私はスパイ達に附纏はれて先づ大阪に渡つた」。「築港の桟橋へは」「弁護士」の「畠山が只一人迎へに来てゐた」。「畠山の家に落ちついた後、私は初めて母の安否を訊いた」。「まだ知らなかつたのか。故郷へ行つてゐるよ」、「定子さんが死んだらすつかり呆然として仕舞つてね」、「君もまた第二の仕事へ這入らねばならんのだらうが、その前に一度無事な顔をお母さんに見せて来たまへ」と「畠山」は言った。「今度は郷里へ預つて貰はう。今度は百パーセント身軽な方がよい」と「私は即座に答へた」。

「一週間後、私は」「郷里への汽車に乗つた」。「四月中旬の昼の」「普通列車だつた」。「百姓姿の乗客」の

「語る話題は、誰も彼も皆な不景気の話ばかりだつた」。「皆んな苦しんでゐる、と私は思つた」。「大衆は燃え上る革命的エネルギーを身内に醗酵させてゐる」。「大変な不景気ですね」と「私は前の」「二人」に「話しかけた」。「まだこの不景気続きますかい？」。「まだ〳〵。イヤ、先刻の誰かの話ぢやないが何か一つドカンと来るまで停りませんね」、「都会ぢゃ労働者が」「大《で》かい争議をおつ始じめるし、幾千幾万の大示威運動が街ン中を氾濫するし」、「村々の百姓が農民組合を作つて地主と戦つてゐます」、「あなた方の村ぢやまだやりませんか？」。「やつた事アないがやとこ」。

「私は改めてあの軽蔑に価する姑息な盆地の部落を思つた」。「今の百姓達の話から推して部落の農民達も」「奴隷生活の袋小路に相剋の分裂を繰返してゐるに違ひない。母は兼吉の家で、どんな心持で暮して来たか」と。

「O町で汽車を降り」、「坂村の息子」らが「敷設」した「KT電車に乗換へた」。「私は」「部落の入口」にある「停留所」に「少なからぬ人間の集団を発見した」。「電車が停つた」。「私は電車を降りた」。「プラットに立竦《たちすく》ん」だ。「群集は私を見ると構内へ殺到して来たからだ」。「川上ツ！」。「待つとつたぞ！」。「赤旗が‼」、「日本農民組合の旗」だ。「私は一切を理解した」。「夢中で群集の中へ飛び込んで行つた。手当り次第に誰彼の手を握つた」。

「誰かが演説し出した」。「同志川上が今着いた」、「昔我々は川上をこの村から追ひ出した」、「ぢやが今の我々の姿を見たら、同志川上も許してくれるだらう！」。「続いて私も」「叫んだ」。「諸君！」「俺は何も云ふべき言葉を持たない！」、「よく起ち上つた。僕は全国のプロレタリアートの名でそれを祝福する！　××村農民組合ばんざアい！」。「万歳！」、「わあアッ！」。「人々に押されて私は構内を出た」。「人々に守られている母を見た」。「私は駆け寄つた」。「母は」「顔を輝かせて」「坂村をやつつけたぞ！」。

「T部落に農民組合の出来たのは、昭和二年の暮れ」。「東京の旧出版労働に居た部落の青年が、失業して帰郷してから着手した」。彼は「今」農民組合「県聯合会に働いてゐる」そうだ。私の歓迎は「KT電車の労働者と協同戦線を結んで坂村の」立入禁止「政策を叩き伏」して行われた。「私が帰つたので」「警察署から、巡査部長が駐在所へ派遣され」、ここへ巡査部長と駐在の「二人も来た」。「私のために秘密の座談会」が開かれた。「百姓達」の「聞きたがる事は百パーセントに党の話であつた」。作者は地主支配に屈服・忍従していた農民達が、昭和恐慌の荒浪の中で苦闘しつつ、農民組合を立ち上げ、戦闘的に蘇生していく姿を活々と描出している。

「母は」「すつかり元気だつた」。「川上の母ンねえ、在所みんなのおつ母アや云うつてな、可愛がつてくれた」と「ホク〳〵した」。「私は」「母を預つて貰ふべく兼吉に頼ん」だ。「母はそれを聞くと」「淋しい顔をした」が、「漸く承諾した」。母は「皆の為めなら仕方がねえ。定子の仇も討たんならんし」と言った。「闘争はこの辛さを踏み超えるべく我々に要求してゐる」。

「私は」「心を鬼にして再び故郷を出発した」。「私の今度の戦地」は「東京」だ。「母と」「三人の同志が私をこつそり送つて来た。地下の闘争へ潜り行く者にとつて、花々しい送別は禁止されねばならぬ」。

「早朝出発した私達一行は、母の最後の希ひを入れて、その日一日を△△市に遊ぶことになつた」。「夕食を済すと、私共は」「母の好物」の「映画に這入つた」。「ロシアの映画」「トゥルクシブ」。「字幕からスクリーンを凝視」すると、「輝かしく写し出された物は、大きな綿の木であつた」。「私も母も同時に小さな叫び声を挙げた」。「お、綿!」。「長い間忘れてゐたものに対する懐かしさの叫びだつた」。「社会主義建設」の「映画は終つた」。「私はかたはらの母」に「長生して下さいよ。おいらあニッポンをもかういふ風に」と言つた。「母」は答えた。「長生せいでか!」「俺のことア心配せんで、お前は元気で戦うてくれや、待つとるぞい！」。老いて健気な母である。「私は思はず母の肩を強く抱へた」で作品は完結する。

三・一五事件後の谷善はずっと病身で、一緒に逮捕され、起訴された同志達が有罪にされて獄中にあった時期には、大旨、自宅に監禁された生活をしていた。彼が事件の公判を受け、懲役三年、執行猶予五年の判決を申し渡されたのは一九三四年一二月のことだ。[23] 日本共産党活動者の中では特殊な経歴を持っていた谷善は、思想を始めとする人格が自らの分身であるとも言える作中の私を普遍性のある存在として造形したのである。彼は自分が病気でなかったならばどのような活動が出来たであろうかと、想像を深化させた上で主人公とその活動を創造したのであろう。

その場合に、地主支配に敗北し、故郷を追われる如く出奔せざるを得なくなった主人公が「××村農民組合」の結成を知り、組合旗を掲げて歓迎され、先に帰郷して大切にされている母を見る等々の、郷里の著しい変貌は作者にとって叙述せずにはおられない重要な事象であった。

最後に作品は、主人公が「地下」活動へ先進的に入って行く覚悟を母子で確かめている様を締まりのある簡潔な文体で表現し、その上で、第一～三章で象徴的に取り上げられている「綿」が登場するロシア映画「トゥルクシブ」を観、私の進むべき道を母子で再び認め合う様態をやや情緒的な、読者によっては通俗的に受け取るかも知れない叙述で終わる。人道から外れたスターリン独裁体制の確立期の映画を観て感激している叙述に接し、今日の筆者は複雑な気分になるが、小説そのものの末尾としては感動的である。流石は後に戦時下で映画人として生計を立てたことのある谷善だと言える。[24]

第五章の主人公には作者の思想と態度が色濃く投影している。しかし、主人公の活動内容や妻や母の動静を見ると、自伝性は皆無に近い。それを恰も全編が自伝性で貫かれているかのように論評している文章に接して首を傾げることがある。そうではなくて、自伝性のない叙述をすることによって、プロレタリアの階級性がより鮮明になっているのである。

『綿』の各章の梗概と寸感を終えるに当たり、二点言及する。いずれも『ナップ』誌掲載の原作に関することである。

その一。一九三一年八月号掲載は第一〜三章（二四頁）、九月号掲載は第四・五章（二一頁）である。

その二。『ナップ』誌発表の作品最末尾の二段組み二五字詰三行、「スクリーンにうつゝたあの美しい綿の木が私の眼にしみついてゐた。私は子供の時の綿の木を思つた。母も綿の木をみて今、綿の木を思つてゐるに違いない。（終）」が、加賀耿二『綿』所収作品では全て削除され、これに代えて、「私は思はず母の肩を強く抱へた。」で結んだのである。この点については「7」で取り上げる。

7　宮本顕治の『綿』批評を巡って

所用があって北陸本線によく乗車する筆者は、金沢で途中下車をして徳田秋声・泉鏡花・室生犀星の記念館や石川近代文学館へ立ち寄っている。残念なことに、近代文学館の加賀耿二のコーナーはなくなってしまったが、谷善は現在（二〇一八年追記）でも少なからざるスペースで紹介されており、彼は故郷石川県では地元に関係する近代文学の有力な作家の一人なのである。

コンパクトな『石川県の歴史』を繙くと、筆者の研究対象であった幕末に、再三、加賀藩政をリードした千秋《せんしゅう》藤篤（有磯《ありそ》。一八一五〜六四）の名はないが、僅か三六頁の8章で「近代化のなかの石川」（明治維新〜昭和恐慌）の中に「全国的に認知された石川県出身のプロレタリア作家」として「須井一（加賀耿二、のち《（ママ）》の谷口善太郎）の名が小説『綿』と共に挙げられている。[25] 同じく小さく纏められている『石川県の百年』の第五章「恐慌下の県民」の第五節「ひろがる文化活動」には、二項中の第二項として「須井一の描写した地域の人びと」がある。『綿』の内容が三頁に亘って紹介されており、『綿』の作者が一九三七年に「人民戦線事件でふたたび検挙され、過酷な拷問で廃人同様となって釈放されたが、執筆は禁止された」、「『谷善』の愛称」で「衆議院議員（京都一区）として活躍するのは第二次世界大戦後のことである」とも認められている。[26] 人民戦線事件は、日中戦争が全面的に拡大された後に国民総動員体制の確立を目論む軍部と政府が非同調者を徹底的に弾圧した事件である。

『綿』を最も高く評価した同時代評、否、管見では今日までの批評は、宮本顕治（一九〇八～二〇〇七）の論評である。宮本は『ナップ』一九三一年八月号で「綿」の第一～三章を読んで感動し、同誌九月号の「文芸時評」で取り上げるべく、同号に掲載される第四・五章を事前に編輯局から借用して読んだ。[27]

宮本は「文芸時評」に「綿」を二項中の一項としておこし、「全プロレタリア文学の中で近来のすぐれた収穫の一つである」と「はっきりと断言することが出来る」と高評した。[28] のみならず、彼は「一九三一年度のプロレタリア文学」においても「農民文学の発展」の項で「須井一の『綿』は、農民を題材にしたものであるが、作者の観点は、プロレタリア階級の立場に立っている優れたもので」、「この作品と、従来の農民文学との対比は、農民を取り扱う場合に際しての、プロレタリアートの観点と革命的貧農の観点の階級的差別をはっきりとみせるものであった」と論評している。[29] 画期的な作品だと評価しているのである。さらに、宮本は戦後に書かれた文章でも、「３」に引用した蔵原の評論を用いつつ、他者の作品に見られる農民層の階級的分析の不足や農民の労働描写の不十分さと「対比」して「秀作『綿』」に触れている。[30]

宮本「文芸時評」は『綿』の優れている点を四点挙げている。その第一では、この作品が「殆んど従来見ることの出来なかった」「資本主義治下の」農村における「半封建的搾取条件の描出」を「正確な観点からな」していること、第二では、「従来の農民文学の多く」では「取り扱われている対象が」「自足経済から、商品経済」へと農村が「歴史的」には「推移」していく「中でどういう位置に属しているかを」「読者」が「明白に受け取る」ことに「多くの困難」があったが、『綿』はその点に「大きな進展を」もたらしたと言っている。そして『綿』がそのような作品として成立した要因を、宮本は「事物の生ける連関において」「農村をプロレタリアートの眼をもって描くということの優位性を完全とは言えないまでも」「作者が獲得しているからである」と評価した。[31]

その一方で宮本は、「この小説の持つ全体として卓越した魅力を喪失さすものでないことは勿論である」と断りながらも、作品の欠点を大小幾つか挙げている。第一は「主人公の出郷を境として」「前半の世界と後半の世界」、「二つの部分に重心が分かれている感がある」と指摘し、これを「構成上の無理」であると批判している点である。第二は末尾の映画鑑賞場面について、「主人公の前進の感動を示す一つのモメントとして取り扱われている」と認《したた》めつつ、「結びに要求される強さが僅かとはいえ回顧的なものにそらす結果となり効果的ではない」と理解している点だ。第三は「前進する主人公の決意をはっきりと浮き彫りにする努力は、今少しなされてもいい」との註文である。第四は、「部分的な不足」と断った上で、Y銅山の「他国者」の影響と関連して、「主人公が農村から労働者として鉱山通いをする生活面は『私』の成長の過程において附随的なものとしてでなく取り扱われる必要はなかったか」と、これも註文だ。第五は「後半の部分」の「歩調が早すぎる」との批判である。[32]

右の五点の指摘はいずれもプロレタリアの階級的立場からの批判で、分かち難く結び付いているが、順不同にして筆者のコメントを個々に述べる。

まず、第四。宮本はやがて階級制豊かな労働者に成長していく主人公を「農村から」「鉱山通いをする」

少年労働者として描いて欲しいと註文しているのであろう。しかし、主人公は農耕に従事する合間に鉱山へ働きに出ているのであり、宮本の希望を否定するものではないが、「他国者」から刺激を受けた程度で已むを得ないのではないかと考える。それ故に、筆者は「５」の末尾に記した通り、主人公が階級的自覚をするまでの過渡期の入口の重要な事象の一つと位置付けた。

第五は、第一と関連するが、「６」に認めてある通り、宮本の批判に同感である。作者の急ぎ過ぎは多くの読者が感ずることであろう。しかし、「綿」は投稿作品だ。投稿原稿には字数に上限があるのが一般である。筆者はその点を念頭において、内容が豊かで深い意欲的な中篇の一部に「早すぎる」「歩調」があっても已むを得ないと考えた。ところが、宮本は第一の指摘の中で「小説の題材が要求する当然の紙数を、作者が用いなかったせいであろう」とも述べている。気になる文言である。この推量は紙数制限がないことを前提にしている。無頓着な言のようにも受け取れたので、投稿規定のようなものがないか、『ナップ』誌の前後の号を調べてみたが、そのような告知はなかった。投稿の呼びかけ文はあった。しかし、紙数制限の項目は見当たらなかった。紙数制限はなかったようである。そのことを前提にすれば、宮本は作者に、紙数にこだわらずにより完成度の高い作品を書くよう、期待したことは当然である。筆者は宮本の言に首肯する。

第一の「出郷」以前と以後とに分離の「感」ありとの指摘に対しては、筆者は異議がある。第一章を序章的部分と捉える筆者は、第二章における「文明」の洪水によって農民達、殊に小作人層が翻弄され、生活を激変させられ、第三章でその時期に姉の悲劇を体験した主人公が第四章で地主に反抗して陥れられて出奔を余儀なくされ、第五章において大阪で職工になってから急転していく生活を急テンポで物語ったのが『綿』であると理解する。

繰り返すが、第五章は「テンポ」が「頗る早」く、その一部は「大忙しの叙述」である。筆者はこれを是としない。しかし、筆者は、浅薄かも知れないが、今、短絡的に見た通り、第一〜四章と第五章との間には些かの分離も見出すことが出来ないのである。

第二の映画鑑賞の場面についての宮本の見解は第三に関するそれと固く結び付いている。第三の作者への註文はこれから厳しい「地下」活動へ進んで行く主人公の決意の程をより確かなものにして欲しいという要求である。要求には宮本自身の決意が反映されている。『綿』を読んで痛く感動した宮本だからこそ、結末の純度を高めるべく、「今少し」と控え目ながらも、要求を提示したのである。それと同時に第二の方も、「僅かとはいえ」と、これまた控え目に、マイナス要因に挙げたのである。第三の指摘は宮本だから出来たのだが、筆者には出来ない。第二・第三についての筆者の見解は「6」に認めた通りである。この見解は近年では三浦光則氏や川端俊英氏の批評と共通性があろう。[33]

しかし、宮本の『綿』批評は『ナップ』誌発表の作品に対するそれである。「6」の末尾に記した通り、『綿』の最末尾は『ナップ』誌掲載後に重要な部分が改筆された。作品の末尾で描かれている映画鑑賞の部分に対する宮本の批判についての論評は、復刻版を含めて、『ナップ』所載の作品に基づいて行わなければならない。また、改筆や削除のある『綿』に対する批評はテキストがどの版であったかを明記する必要がある。管見では、この点に『綿』批評の多くが無頓着である。

谷善は作中の主人公とその母が映画を観て思い出した綿についての原体験を駄目押し的に最末尾で叙述したが、宮本の批判を容れ、宮本が特に批判的に捉えたであろう決定的に回顧的な箇所を削除し、簡潔に改筆した。

谷善は、宮本の第五の批判と関連して、『プロレタリア文学』一九三三年一・二月号に須井一の名で小説「恐慌以後」を発表した。この作品は「春の銀行騒動——金融恐慌のあふりを食つて、Yの銅山が潰《つぶ》れた」

に始まる。主人公は『綿』で主人公私の従兄弟らしい川上安吉。小作人の安吉に加えて、部落から銅山へ通っている「百姓」は一七人。部落の人達はこの一七人の「仲間」を「銅山連《やまれん》」と呼んでいた。彼等はY銅山の資本家から「本職の坑夫等」のようには恐れられてはいなかったが、部落の支配構造へ抵抗しつつ、次第に覚醒していく過程を描き、作者が『綿』第五章の空白を埋め、農民組合結成に繋げようとする意図が窺える。自作農上層と共に「部落の中産階級を形成」する商店主等を地域の階級構成に的確に位置付けて捉え、彼等の支持のもと、坂村が圧倒的に優勢な政友会から県会議員に立候補し、「実弾」を播いて当選する様態も取り上げられている。しかし、宮本の批判に対する回答とも言うべきこの作品は二号に連載しただけで惜しくも未完に終わった。須井は四・五月合併号（小林多喜二追悼号）に「掲載中止」の言を記している。

宮本顕治が『綿』の欠点として挙げた五点はこの作品を秀作として最大限に評価した中での僅少な部分である。宮本の批判と要求は首尾一貫している。この作品に感動し、批判は作者に大きな期待を込めてなされたものである。谷善はそれに率直に応えたと言える。

8　『綿』と『日本労働組合評議会史』との関係

「谷口善太郎を顕彰する石川の会」の代表をされた方が『綿』を「貧乏と闘いながら生きる勇気をあたえる小説」だと記すと同時に、谷善の故郷「辰口町」（現能美市）「和気の山の情景も手に取るようにわかる小説でした」とも回想している。[34] 宮本顕治が『綿』の情景描写を「非常に簡潔な言葉をもって語られつつ、絵画的な鮮明さすら持ち得ている」と高評しているのと共通性がある。[35] 筆者が思うには、例えば、第四章末尾の、主人公が母と共に出郷する悲痛な情景描写の中にある、母子を出奔せざるを得なくした元凶である

「地主の豪壮な邸宅の白壁」を二人に「瞥見」させる光景はやや情緒的に読者に共感を覚えさせずにはおかないのである。

確かに谷善の情景描写は優れている。しかし、同時に『綿』の作者は作品中のさまざまな事象も事実の的確な把握の上で叙述している点でも卓越しているのである。歴史的事実に裏付けられていると言ってもよいだろう（不正確な箇所も皆無ではないが）。

そのような谷善の文章表現能力は、一九三〇（昭和五）年二・四～八月に磯村秀次の筆名で『社会問題研究』誌第一〇〇～一〇五号に連載された「日本労働組合評議会史」（未完）に既に十分発揮されていた。谷善が「評議会史」を秘かに執筆して発表した『社会問題研究』は、経済学者の京都帝国大学教授河上肇（一八七九～一九四六）が社会主義、殊にマルクス主義の研究を目ざして一九一九（大正八）年に創刊した個人雑誌である。河上は、一九一六年、『大阪朝日新聞』に断続的に「貧乏物語」を連載して好評を博し、翌年に刊行された単行本は入手困難な程の売れ行きで、多くの読者に共感をあたえていた。そのため、『社会問題研究』も当初は人気が高く、創刊号は一二万部も売れた。[36] しかし、一九二八年、河上が京大から追放されてからは下降を辿った。それでも谷善の連載中にも凡そ二万部が発行されたと言われる。だが、河上の都合で間もなく終刊となった。[37]

『社会問題研究』誌に六回連載された分の「評議会史」は、一九三二年二月、磯村秀次著『日本労働組合評議会史』第一分冊として京都共生閣から刊行された。出版まで一年半もかかったのは、一足先に発行された『評議会闘争史』の「著者のために乞われるまま」に「その著述の一材料として提供しておいた」ためである。[38] 谷善の人の好さが窺われる。「著者」とは評議会中央委員長だった野田律太《りった》（一八九一～一九四八）である。次いで同年四月、『社会問題研究』未掲載分を同著第二分冊として京都市の同じ出版社から刊行した。[39] しかし、『評議会史』は同年七月に発売頒布禁止処分となった。[40]

『評議会史』は日本の労働運動史の古典的名著と評価されている。例えば、労働運動史研究者の二村《にむら》一夫氏は「評議会が解散させられてから僅か二年後」にその「全体像を見事に描いた労作」であり、「日本労働運動史研究の最高の業績の一つである」と高評している。[41]

『評議会史』は評議会の重要な前史的部分である第一章「左右両派組合運動発生の社会的根拠」・第二章「総同盟の内紛と分裂」に始まり、一九二五年五月～二八年四月、三年足らずの評議会の活動を叙述し、最後の第九章「日本共産党の出現と評議会の解散」を、三・一五事件による大検挙後の解散命令による評議会の消滅にめげない「革命的労働者大衆」が「この弾圧の嵐の中から、わが国においては最初の非合法的労働組合たる、かの労働組合全国協議会（いわゆる「全協」）の樹立運動に着手した」と、不屈の言葉で結んでいる。[42]

全協は相継ぐ過酷な弾圧や分派組織の策動で衰退を余儀なくされていくが、『評議会史』最後の文言の意気と『綿』末尾の主人公の決意とは通底している。谷善は『日本労働組合評議会史』を執筆する精神で小説『綿』を叙述したと言える。[43]

９　『綿』の科学性の豊かさ

『綿』第一章が描いている時期は日露開戦（一九〇四年）以前の十数年間である。この時期における坂村の存在形態は高率小作料（地代）を収奪する地主であり、同時に高利貸資本であった。わが国の産業資本確立期は一九〇〇年代であり、この時期に地主は地代の産業資本への転化を行い、一般的には寄生地主制が確立し、一九一〇年代まで発展していくとされている。[44]石川県においても、一九〇二年に手織機を廃止して織機が導入され、特産品の羽二重を始め、織物生産が飛躍的に発展していくのは一九〇四年からであり、[45]坂村もその頃より以前には織物工場に投資してはいなかったと考えてよい。地主坂村のみに言及したが、その支配下にあった地域社会構造もこのような歴史的事実に基づいていると言える。

一九〇七年から明治末までを扱っている第二章は細かい部分から見るが、「お上」の「煙草が幅を利かせ」るようになったとあるのは、日露戦費調達の一環として煙草の専売制が実施されたのが一九〇四年七〜九月であるから、妥当である。しかし、小松・金沢間の鉄道が開通したのは一八九八（明治三一）年四月なので、「数年前」ではなく、「十年程前」であろう。もっとも倉田百三（一八九一〜一九四三）の戯曲『出家とその弟子』が親鸞（一一七三〜一二六二）の物語なのに鉄砲が登場するのだから拘泥することはあるまい。

肝心な事象に戻ろう。T部落でも「綿畑の代りに桑畑が出来」、養蚕が行われ、製糸工場へ女工が出、住み込み（出稼ぎ）で働いた件《くだり》である。周知の通り、製糸業は日本資本主義の発展に大きな役割を果たし、産業資本確立後も紡績業と共に輸出産業の中核であった。少し先回りするが、第一次世界大戦後も米国市場の好転による糸価高騰で生糸の生産高が急増し、工場規模が拡大し、反動恐慌後、短期的な生産の縮小はあったものの、中期的には生産高の増大が続き、昭和恐慌に至るまで好況であった。このような製糸業の発展を支えたのは、言うまでもなく、大量の若年労働者を主とする女性労働者であった。[46]この点は石川県においても同様である。[47]

『綿』は第二・三・四章と第五章の間に、事実上、一七年間の空白があり、製糸・紡績業の動向は途中までしか描かれていないが、加賀平野の東端でもその傾向があったことの一端、即ち農家経営における女工の低賃金が単なる家計補助的役割だけではなかったことが示されている。かつての同僚横山憲長氏は長野県における第一次世界大戦後の農業危機を労働市場論、就中、出稼ぎ女工論から説くべく『出寄留簿』を分析した論文の中で「女工賃金は、農家の生計補充のみならず、労働対象（肥料等）の確保にはじまって労働手段（自作地）の取得・拡充・経営の拡大にも充てられていたと想定され得る」と総括した。[48] この論文に見られる「労働対象の確保」等の役割を第二章の若い女性を始めとする農家の人達、殊に第三章の姉の賃金が果たしているのである。

第三章で姉は紡績工場へ行って死んだ。少し古い統計であるが、大阪を主とする関西の一六紡績工場の一九〇一年調査によると、女工が職工総数の七八・三パーセントを占め、男工の七五・三パーセントが二〇歳以上であるのに対して、女工は五三・〇パーセントが二〇歳未満で、そのうち、二一・六パーセントが一四歳未満であり、一〇歳未満も存在した。女工の大部分は狭窄・劣悪な条件の寄宿舎生活を強いられ、東京より関西の方がその割合は高かった。[49]

同時期の官庁報告によれば、紡績工場では一週間毎の昼夜交代制を敷き、労働時間は、男女・長幼を問わず、一一時間又は一一時間半で、二、三時間の居残り執業するのが通例だったが、一八時間通して労働する場合もあった。休業日は大祭日・年末年始・盂蘭盆会《うらぼんえ》・あるいは地方慣習による祭日及び起業記念日が一般であった。報告には「徹夜業ノ衛生上ニ及ホス弊害ノ恐ルヘキコトハ当業者ノ認ムル所」、「寄宿舎在住ノ職工ニシテ疾病ノ重症ニ及フモノハ皆之ヲ帰国セシム」（主人公の姉は「帰国」せずに死亡を待った）、「紡績工女中肺病患者ノ極メテ多数ニシテ其原因カ綿塵ヲ呼吸スルト徹夜業ヲナストニアルハ亦工場ニ経験アル者の認ムル所ナリ」（主人公の姉は「綿塵」で死んだ）と記述している。[50] 谷善はこの報告が示している実態を簡潔に、しかも、正確に叙述した。

第五章の一時帰省は一九三一（昭和六）年四月、昭和恐慌の真っ只中であった。主人公の嬉しかったのは二七年末にT部落に農民組合が結成されたことである。

三〇年に世界大恐慌が発生した一環としての昭和恐慌では日本資本主義の一番弱い部分である農業関係が最も厳しい痛手を蒙った。この点を『綿』は帰郷途中の主人公が車中で出会った農民に語らせている。「米が十六円五十銭位ぢや肥料代にもならんがや。今年もまた一円七十銭の蚕様《おこさま》作らんならんと思ふといやになる。俺の村ぢや税金の滞納者は半数以上やがの」、「機場《はたば》機場が休むもんやすけ、娘アひよう〲帰つてくるしさ」、「京大阪へ行つとつた息子の我鬼までどん〲戻つて来るし。何やいな、俺達せえ食へんとこへ何しに来た、ちゆと俺ア失業で仕事が無えとでけえ顔しとる」云々。

さすがは谷善である。今日の日本近代史概説書の記述内容の要点を方言の会話で叙述している。解説が必要なのは「米が十六円五十銭位」と「一円七十銭の蚕様」だろう。猪俣津南雄の昭和恐慌ルポルタージュの名著を参考にしよう[51]。

前者は一石当たりの米価である。昭和恐慌期の米価は均《なら》すと一俵八円位だったようだから、四斗俵だとすると、一石では二〇円である。後者は一貫目当たりの繭価である。好景気だった一九一八、一九年から二五年頃までは「お蚕様《こさま》のおかげで多少ともゆとりの出来た農家はあった」。しかし、二五年には「まだ十円もした繭」は二七（昭和二）年には四円に、三〇年には二円以下となった。会話した時期は春である。春繭は安価だから一円七〇銭だったのである。

農民運動・小作争議に移る。関連して労働運動・労働争議にも触れる。

戦前の労働争議の第二次高揚期が昭和恐慌期である。昭和恐慌期の労働争議は、参加人員で言えば、第一次世界大戦中とその直後の、一九一九（大正八）年の三三万五〇〇〇余人をピークとする、賃金アップを主な要求に掲げて積極的な闘争を展開した第一次高揚期と異なり、賃金減額反対・復職など、切実な要求を掲げた経済変動に規定された闘争であった。「満州事変」前後の政治的動向の影響も強く受け、争議件数では一九三一年に戦前のピークとなった九九八件を数えたが、参加人員では八万一〇〇〇余人の三〇年がピークで、第一次より小規模な争議が多かった。[52]

これに対して、農村の小作争議はどうであったか。件数においては昭和恐慌以前の一九二六年に二七五二件と最初のピークを迎えたが、その後一時的に減少し、昭和恐慌期に入って再び増加して、三一年には最初のピークを凌駕、三五年には六八二四件に達した。小作人の参加人員は二六年の一五万一〇〇〇人余が全体のピークで、その後ジグザグを辿りながら減少し、三三年には四万八〇〇〇人余までに下がったが、翌三四年には一二万一〇〇〇人余まで回復、件数最多の三五年は一一万三〇〇〇人余であった。また、小作人の要求について見ると、小作料減額が二三年には九七・六パーセント（件数一八七二）、二六年には八四・四パーセントだったものが次第に割合が減少し、三五年には四二・一 パーセント（件数二八七七）、三六年には三一・一パーセント（件数二一一七）にまで低下した。しかし、件数増加の中での小作料関係比の低下である。一方、地主の小作契約破棄に対する契約継続を要求する小作権関係の争議の割合は急増傾向にあり、二三年に全件数の〇・七パーセント（一五件）から三五年の四四・七パーセント（三〇五五件）、三六年の五三・九パーセント（三六七四件）へと増加した。小規模な小作権関係争議の激増から小作争議全体の規模が割合として小さくなる訳だが、小作料関係争議も絶対数は増加していたのだから、「左翼」系の有力農民組合の存在する各府県では持続的に大規模争議が展開されていた。[53]

労働争議と小作争議とでは、政治情勢を反映して、昭和恐慌期になると、より切実な要求に基づいて闘う共通点が見られる。しかし、争議の件数や参加人員のピークにはズレがある。農民運動には先進的な労働者の闘争に刺激を受け、それに学びながら自覚を高め、決意を強めて立ち上がる傾向があり、この傾向がズレと無関係ではないと、筆者には想える。もう一つは、貧農は地域社会の経済主体たり得なかったとは言え、小作人も自身で農業を経営し、米麦や繭など、小商品の生産者なのであるから、彼らが、本来、収穫物は自らの所有であると認識して自覚を高めるならば、彼らは地主が要求する高額現物地代との矛盾に気付くことになる。小作人達が労働者とは異なったそうした自らの利点を活かし、長期的に粘り強く闘っていった場合も少なくなかったこともまた、ズレを生じさせているのではないかと想うのである。[54]それでは、石川県はどうであったか。

『綿』第五章で車中の農民が主人公に語っているように、昭和恐慌で農村に襲撃したのは米価と繭価の暴落、都会の失業者の帰村が主であった。更に第二章に叙述されている農民の兼業の喪失、兼業労賃の暴落もこれらと重なった。農家は生活が成り立たず、借金を重ね、一九三二（昭和七）年の石川県下の農家の負債総額は五八三五万円にもなった。一農家の平均負債額は七一三円。当時（三〇年）の農家の年総所得は全国平均で自作農八三七円、自小作農六九八円、小作農五七九円であったから、七一三円の負債額は農家にとっては極めて過重な負担だった。農地を手放す自作農、のみならず地主さえも出現した。まして、高額地代を収奪される小作農の生活苦は一層酷かった。加えて、帰村者の激増で人口過剰になったから農地の争奪が惹起し、現物小作料を吊り上げる傾向が生み出され、それが経済的困難に拍車をかけた。[55]

このような状況から、守旧的な土地柄で、従来、他府県に比べて小作争議が極めて少なかった石川県でも農民運動の活発な地域も生まれ、小作争議が増加した。[56]

一九二五〜三四年、昭和恐慌以前と恐慌期の一〇年間に関する小作争議の動態を見ると、表1〜3（「注」の末尾＝一四四頁）の通りである。[57]

表2を見ると一目瞭然、発生件数が極めて僅少であることがわかる。しかし、先に記述した全国の統計数

字と照合して表1の合計欄を通覧すると、一時減少して昭和恐慌期に入る頃になると増加し、一九三二年に三九件に達する趨勢は全国の傾向に類似している。同じく表1の小作権関係件数が恐慌期に増加している全国と共通していると言えるが、全国の統計数字を見ると、恐慌期の小作権関係件数の割合が小作権関係件数比より低いのに対して、石川県ではそうとは言えない。全国的には大正末までの小作料減免を要求する争議から地主の小作地取り上げに対抗して耕作権を主張する小作権関係争議へと転換していく傾向が強いのに、石川県は恐慌期においても小作料関係争議が中心なのである。そのためもあって、表2に見られる通り、恐慌期になって、全国では一件当たりの関係小作人も関係地主も関係耕作面積も激減しているのに、石川県は減少の程度が小さく、全国と数字が逆転している。

そして、表3を見ると、恐慌期に入ってから争議件数が二・七倍に増加し、参加した小作人数は三・六倍になり、関係耕作面積は六・四倍と激増していることが理解出来る。恐慌下で石川県の小作争議も規模が拡大し、前進したのである。『綿』の主人公を郷里の農民達が農民組合の旗を掲げて私鉄電車の停留所で出迎える光景はその一端を叙述しているのだと言える。

石川県の農民組合の正式名称は全国農民組合石川県連合会である。一九三〇（昭和五）年七月の結成である。全国農民組合（全農）は二八年五月に結成されたが、全農総本部では合法無産政党を支持する右派と非合法の日本共産党を支持する左派が対立した。三一年三月の第四回大会の際、弾圧で左派が大量に検挙され、勢力関係が逆転して総本部を右派がヘゲモニーを握った。右派は政党支持の自由の原則を蹂躙して同年結成予定の合法政党の労農大衆党支持を決定し、左派組織の解散と幹部の除名を断行した。排除された左派は、八月に会議を開催し、自らを全農内革命的反対派と定め、全農改革労農政党支持強制反対全国会議と呼称した。ここに全農は、事実上、総本部派と全国会議派（全会派）に分裂した。全農全会派の初代委員長には全国水平社の中心的活動者の一人上田音市（一八九七～一九九九）が選出された。全国水平社で活動する各府県の小作農民は全農全会派に少なからず参加し、両組織は共同闘争関係にあった。[58]

全農石川県連は全農全会派に所属した「左派」系農民組合である。全農石川県連の農民運動は能美郡苗代《のしろ》村（現小松市）を中心的拠点として展開された。石川県の全農組織は一九二九（昭和四）年一一月に全農苗代支部の結成から始まった。結成の中心になったのは和田三次郎（一九〇二～八九）であった。彼は自作農の家に生まれ、地主家の養子となり、東京帝国大学生の実兄の影響で社会主義思想に触れ、京都で労働運動に参加し、二七年に帰郷して農民運動の活動を開始した。和田は、まず、神社の田二反を借りて小作人になり、二一（大正一〇）年に結成されていた苗代村三谷《さんだに》の単立の三谷小作組合に入り、この組合を全農組織にするよう努力したのである。苗代支部を拠点とする全農全会派の組合員は僅か八〇～九〇人程で、そのうち苗代支部員が約六〇人であったから、苗代村を除く、全農組織は県下に余り拡大してはいなかったようである。しかも、三一年一二月に県下の全農全会派関係者が一斉に弾圧され、全農県連の責任者として各地の小作争議を指導していた和田らの活動者達が逮捕された（石川共産党事件[59]）。

このように見て来ると、T部落に農民組合が結成されたのが一九二七年であり、結成に尽力したのが東京で出版労働をしていて失業して帰村した青年で、「その同志」は「△△市」に事務所のある県連で仕事をしているというのは全て虚構であることになる。

『綿』のT部落と苗代村の実際とは村の農民組合結成の時期にズレがあり、指導者の勤労・活動地が異なっているが、全農苗代支部の戦闘的な活動が歴史的事実としてあり、京都で谷善に指導を受けたと考えられる和田という秀れた指導的活動者も実在したのである。[60]それ故に『綿』の作者谷善は幼い時期からの農耕体験や焼物職人労働のみならず、社会主義運動の実践を踏まえて同時代性豊かなリアリズムにほぼ徹したと言い得る第五章を叙述することが出来たのである。

『綿』は社会経済史学・社会運動史学、科学に照らして、大旨、科学的要素豊かな作品である。島崎藤村『破戒』と同様に、谷口善太郎『綿』にも気になる部分が僅かにあるが、『綿』は明治中・末期から昭和初期を極貧家庭の幼年・少年、農業・鉱山労働等に従事する少年・青年、社会運動に携わる壮年（当時の）の目で活写した日本近代史、就中、日本近代社会経済史である。歴史研究の優れた史料としても有効に活用出来る作品だと言える。

【注】

1　西岡虎之助「史料批判の方法」（前掲『日本歴史講座』第一巻。西岡虎之助『歴史と現在』〈一九五六年、修道社〉）。

2　西岡虎之助「上古巫女の土地経済史的考察」（『唯物論研究』第三号〈一九三三年〉。西岡虎之助『日本女性史考』〈「古代巫女の土地経済史的考察――にうず姫の場合――」と改題。一九五六年、新評論社〉）。

3　須井一の「一」を「いち」と読む説がある（注６参照）。

4　「綿」は『ナップ』一九三一年八・九月号に発表され、翌年、プロレタリア作家同盟叢書第一篇として同作家同盟出版部から刊行されているので単行本として扱い、原則として表記を『綿』とする。

5　以下、『綿』からの引用は全て『昭和小説集』（一）（『現代日本文学全集』86。一九五七年、筑摩書房）による。但し、旧仮名遣いはそのままとし、漢字は大旨当用漢字に変えた。なお、『昭和小説集』（一）にそれぞれ一点ずつ掲載されている選ばれた二四人の作家中、三分の一の八人がプロレタリア作家である。西尾前掲「歴史と文学」の近代文学に関する史的概観は当時の文学界の実態を反映していると言える。

6　谷口善太郎を語る会編『谷善と呼ばれた人―労働運動家・文学者・政治家として』（二〇一四年、新日本出版社）。筆名「須井一」の由来について、「スイッチ」から来た名で、「スイッチをひねれば世の中が明るくなるという意味を込めたそうだ」と、「偲ぶ会」で語った地元の人がいた。「スイッチ」だから「須井一」は「すいいち」だという説の出所である。もう一つひねると「すいはじめ」だ。いずれにしても未来に希望を持っていた谷善らしい諧謔である。

7　谷口善太郎「わが経歴」（谷口善太郎『つりのできぬ釣師（随筆と小品）』〈一九七二年、新日本出版社〉）。

8　加藤則夫・補筆伊藤哲英「谷口善太郎年譜」（谷口善太郎を語る会編前掲『谷善と呼ばれた人――労働運動家・文学者・政治家として』）。

9　前掲「谷口善太郎年譜」。

10　成澤榮壽「『綿』に描かれた虚構の社会経済史的背景」5「地主・小作制における坂村の位置付け」。（『文華』第三七号〈二〇一四年〉）。

11　前掲「谷口善太郎年譜」。

12　成澤前掲「『綿』に描かれた虚構の社会経済史的背景」5「地主・小作制における坂村の位置付け」。（『文華』第三七号〈二〇一四年〉）。

13　蔵原惟人「芸術的方法についての感想（後編）」（『ナップ』一九三一年一〇月号。『蔵原惟人評論集』第二巻〈芸術論Ⅱ。一九六八年、新日本出版社〉）。

14　谷口前掲「わが経歴」・前掲「谷口善太郎年譜」。

15　谷口前掲「わが経歴」・前掲「谷口善太郎年譜」。

16　谷口前掲「わが経歴」・前掲「谷口善太郎年譜」。

17　谷口善太郎「しらみ退治」（谷口前掲『つりのできぬ釣師』・前掲「谷口善太郎年譜」）。

18　谷口善太郎・塩田庄兵衛「『日本労働組合評議会史』について――解説のための対談――」の谷口発言（谷口善太郎『日本労働組合評議会史』〈第四版・一九七五年、新日本出版社〉）、前掲「谷口善太郎年譜」。
19　谷口前掲「しらみ退治」。
20　谷口・塩田前掲「『日本労働組合評議会史』について」の塩田・谷口発言。
21　江口貫練「谷口善太郎師をしのぶ」（谷口善太郎を語る会編前掲『谷善と呼ばれた人』）・前掲「谷口善太郎年譜」。
22　谷口前掲「わが経歴」・江口前掲「谷口善太郎師をしのぶ」。
23　谷口前掲「わが経歴」・前掲「谷口善太郎年譜」。
24　前掲「谷口善太郎年譜」。
25　高澤裕一他『石川県の歴史』（二〇〇〇年、山川出版社）。
26　林有一他『石川県の百年』（一九八七年、山川出版社）。
27　宮本顕治「文芸時評（四）」（『宮本顕治文芸評論選集』第一巻〈一九七〇年、新日本出版社〉）。
28　宮本前掲「文芸時評（四）」。
29　宮本顕治「一九三一年度のプロレタリア文学」（前掲『宮本顕治文芸評論選集』第一巻）。
30　宮本顕治「あとがき」（前掲『宮本顕治文芸評論選集』第一巻）。
31　宮本前掲「文芸時評（四）」。
32　宮本前掲「文芸時評（四）」。
33　三浦光則「労働者出身の作家・谷口善太郎の『綿』」（『民主文学』第五三二号〈二〇一〇年〉）、川端俊英「『綿』の世界」〈谷口善太郎を語る会編前掲『谷善と呼ばれた人』〉）。
34　北口吉次「石川の誇り、谷口善太郎さん」（谷口善太郎を語る会編前掲『谷善と呼ばれた人』）。

35　宮本前掲「文芸時評（四）」。
36　金原左門『昭和への胎動』（『昭和の歴史』第一巻。一九八八年、小学館）。
37　谷口・塩田前掲「『日本労働組合評議会史』について」の塩田・谷口発言。
38　谷口善太郎「旧版〈第一版〉への序文」（一九三一年一二月付。谷口前掲『日本労働組合評議会史』〈第四版〉）。
39　谷口・塩田前掲「『日本労働組合評議会史』について」の谷口発言。但し、「共生閣」は「京都共生閣」が正しい（磯村秀次『日本労働組合評議会史』第一分冊〈一九三二年、京都共生閣。国立国会図書館所蔵〉）。
40　国立国会図書館編『国立国会図書館所蔵発禁図書目録』。処分理由は「安寧秩序妨害」である。発売頒布禁止は出版法第一九条に「安寧秩序ヲ妨害シ又ハ風俗ヲ壊乱スルモノト認ムルトキ」、新聞紙法第二三条に「安寧秩序ヲ紊シ又ハ風俗ヲ害スルモノト認ムルトキ」に処するとあった。
41　二村一夫「日本労働組合評議会史関係文献目録および解説」（『現代史資料月報』〈一九六五年一〇月、みすず書房〉）。この解説は今日の時点から見た『評議会史』の「欠陥」を幾つか紹介している。例示すると、評議会を実際に指導していた日本共産党との関係を的確に書いていないとの山辺健太郎の指摘がその一つである。しかし、この指摘は共産党が非合法下に置かれていた制約や過酷な検閲の事情を十分に考慮していない「批判」であると、筆者には読み取れる。谷口・塩田前掲「『日本労働組合評議会史』について」で、谷口自身は、一九二二年七月に非合法下で結成された日本共産党初期の一時期における党活動の連続性を否定しているなど、『評議会史』の記述の誤りや時代的制約を語っている。
42　谷善は『評議会史』の「第二版への序」（一九四七年霜月付）の中で、同著の結びの言葉と関連して、評議会の前史につき、「今日においては、プロレタリアートの指導部隊としての日本共産党が、合法的に、公然と、かつ大衆的規模において組織され活動しているのであるから、労働組合内部における社会民主主義の克服は、分裂的抗争によってではなく、どこまでも民主主義的な手段によってなされなければならないし、またなしうるであろう」、しかし「当時はまだ日本におけるプロレタリアートの指導部隊」の「日本共産党が公然化、大衆化されておらず。したがって」「革命的組合大衆は、総同盟の堕落を防ごう」、「自己階級の利益に忠実になろうとして総同盟の革新運動に奮起し」、「みずから組合内部で組織的に行動せざるを得なかった」、「労働運動内部におけるいわゆる『少数派運動』は必然的であった」と総括的に述べている（谷口前掲『日本労働組合評議会史』）。組織活動における原則を明確に示した言である。

43　「評議会史」を読み、自著執筆に活用した野田律太は、プロレタリア作家Kを同道して谷善を訪問し、Kが谷善に日本共産党と日本プロレタリア作家同盟との関係や労働者作家の必要性を説き、谷善がプロレタリア作家として出発する契機をつくった（谷口・塩田前掲「『日本労働組合評議会史』について」の谷口発言）。野田と谷善との同志的関係が窺われる。前掲「谷口善太郎年譜」は「K」を「貴司山治」としている。

44　中村政則『近代日本地主制史研究』（一九七九年、東京大学出版会）。

45　中村静治『地方特殊産業の構造』（一九五一年、石川新聞社）、林他前掲『石川県の百年』。

46　靭負《ゆきえ》みはる「第一次大戦後の製糸女工の析出基盤」（大江志乃夫編『日本ファシズムの形成と農村』〈一九七八年、校倉書房〉）。

47　林宥一他『石川県の百年』（一九八七年、山川出版社）。

48　横山憲長「第一次大戦後の農業危機と女工出稼ぎの意義」（横山『地主経営と地域経済　長野県における近畿型地主経営の一事例』〈二〇〇一年、御茶の水書房〉）。横山氏の調査・研究は農家経営の中進地域が先進地域の近畿型に移行しつつある実態を明らかにしている。加賀地域も耕地整理事業の進展などにより、同様の傾向が見られた。

49　農商務省商工局編・刊『職工事情』（明治三十六年版）。

50　農商務省商工局編・刊前掲書。

51　猪俣津南雄『踏査報告　窮乏の農村』（一九八二年、岩波書店）。

52　西田美昭『近代日本農民運動史研究』（一九九八年、東京大学出版会）参照。
53　西田前掲『近代日本農民運動史研究』。
54　西田前掲『近代日本農民運動史研究』参照。
55　石川県史編集室編『石川県史　現代篇』（一九六二年、石川県）、石川県社会運動史刊行会編・刊『石川県社会運動史』（一九八九年）、林他前掲『石川県の百年』。
56　石川県史編集室編前掲『石川県史　現代篇』、石川県社会運動史刊行会編・刊『石川県社会運動史』、林他前掲『石川県の百年』。
57　林他前掲『石川県の百年』。表のタイトルを修正し、表1・2の表現を一部変更し、表3を作成した。
58　成澤榮壽「水平社の小考察」（『部落問題研究』第七四輯〈一九八二年〉）、石川県社会運動史刊行会編前掲『石川県社会運動史』。
59　石川県社会運動史刊行会編前掲『石川県社会運動史』、林他前掲『石川県の百年』。
60　和田三次郎と谷善の関係について追記する。実兄の影響を受けて社会主義思想に触れた和田は、まず、一九二六年に石川合同労組の結成に参加して加入し、小松製作所の労働者を中心に能美合同労組を組織しようとして失敗した後、労働運動の理論と実践を学ぶべく、京都へ赴いた。農場で働きながら、『無産者新聞』京都支局員や評議会京都地方協議会の常任を勤め、友禅工場の労働者の組織化など、労働運動で活動した。翌年夏、帰郷して『第二無産者新聞』能美支局を設け、小松製作所の同志と共に労働者へのオルグを続け、弾圧されながらも、三〇年には全協日本金属労働組合小松製作所分会の結成を成功させた。その一方で前年には全農苗代支部結成に尽力したのである。（『近代日本社会運動史人物大事典』4〈一九七七年、日外アソシエーツ株式会社〉、石川県社会運動史刊行会編前掲『石川県社会運動史』）行動力があり、オルグ能力の高い和田の略歴を谷善の経歴とを重ね合わせて見ると、京都合同労働組合組合長だった谷善は二五年に評議会の創立と共に中央常任委員・教育宣伝部長になり、同時に京都地方評議会主事になっているから、和田の在洛中の活動、殊に京都の評議会で一緒に活動していたことがわかる（前掲「谷口善太郎年譜」）。年齢は三歳しか違わず、期間も僅か一年程であるが、和田が同郷の谷善から多くを学んだことは間違いあるまい。一方、谷善は和田にヒントを得て、第五章で、主人公を京都の清水焼工場ではなく、評議会の有力組合である大阪ゴム工組合と関係するゴム会社の職工にしたのと同様に、彼を「東京の旧出版労働に居た」村の「青年が、失業して帰郷してから」農民組合作りに「着手した」と描いたのではなかろうか（谷口前掲『日本労働組合評議会史』参照）。なお、内務省警保局保安課編『厳秘　特高月報』（昭和七年三月二十日発行）の「日本共産党及日本共産青年同盟の運動状況」中の「一、治安維持法違反起訴調（但二月五日迄ニ報告着分）」記載されている五六名の中に「川合三次郎　六・一二・三検挙　七・二・四起訴　党員昭和六・九・二入党（中略）学歴師範卒　職業無　年齢二三」とあるのが和田である。

「小作争議の動態」説明文（133～134頁）に関する表

表１　小作争議の動態（１）

年次（年）		石川県争議件数 合計（件）	小作料（件）	小作料／合計（%）	小作権（件）	その他（件）	参加人員 小作人（人）	地主（人）	関係耕地面積（町）
昭和恐慌前	1925	11	7	63.6	2	2	175	35	114.6
	1926	13	6	46.2	5	2	155	31	62.7
	1927	4	1	25.0	1	2	129	70	20.3
	1928	3	2	66.7	0	1	31	3	11.1
	1929	17	13	76.5	3	1	851	211	288.4
昭和恐慌期	1930	11	8	72.9	3	0	498	56	216.1
	1931	29	14	48.3	4	1	1197	241	600.0
	1932	39	35	89.7	3	1	1258	462	1051.1
	1933	18	9	50.0	6	3	560	159	308.4
	1934	33	26	78.8	7	0	1392	280	909.4

表２　小作争議の動態（２）

年次平均（年）	争議件数（件）	１件当たり関係小作人（人）	１件当たり関係地主（人）	１件当たり関係面積（町）
1925 ～ 1929	全国　2270	47	17	31.5
	石川県　10	28	7	10.3
1930 ～ 1934	全国　3828	19	5	13.4
	石川県　26	38	9	23.7

表３　小作争議の動態（３）

５年間総数（年）	石川県争議件数（件）	参加小作人（人）	参加地主（人）	関係耕地面積（町）
1925-1929	48	1,341	350 人	497.1
1930-1934	130	4,905	1,198	3185.0
30-34 / 25-29	2.7 倍	3.6 倍	3.4 倍	6.4 倍

終章　第1章・2章のエピローグ

藤村の『破戒』も谷善の『綿』も、優れた日本近代文学であると同時に、卓越した日本近代史だと言える。『破戒』は一九〇〇年代半ばに、信州北端の町飯山を主要舞台として、千曲川沿岸で展開された多面的な問題や事象を描いた三ヶ月程の短い期間の物語で、日露戦争中~直後に執筆した長編小説であり、同時代史である。『綿』は、日露戦争前の一九〇〇年代初め~一九三〇年代初めの昭和初期、但し、昭和初期までの十数年間の空白を加えた凡そ三〇年間に、主として加賀平野の東端の一村落を中心とする空間に生起した諸問題・諸事象を取り上げた中編小説であり、近代社会経済史だ。第五章は同時代史になっている。

『破戒』は言うまでもなく部落問題を少なくとも素材にされているとされている作品である。部落問題は日本国内固有の社会問題で、封建的身分の残滓に基づく日本民族内の差別問題だと言ってよい。こうした部落問題認識は明治憲法体制確立期において既に民権の哲学者中江兆民が新聞の論説で強調したが、流布するには程遠かった。時代的制約があって、藤村は未解放部落民を落人や異人種・異民族だとする不当な憶説に依拠する誤った叙述をしている。異人種・異民族説は「神国」「皇国」日本の人民から穢多を排除しようとする思想から生まれた先住民や渡来人の子孫だとする憶説だと考えられる。

しかし、藤村は一方で、『破戒』執筆と同時期のポグロム事件、即ちキシナウ（「キシネフ」）で引き起こされたロシアのユダヤ原住民に対する集団的略奪・暴行・虐殺事件やドイツ皇帝ヴィルヘルム二世（一八五九〜一九四一）主唱の黄禍論《こうかろん》、即ちアジア人、殊に日本人が台頭して災禍を為すという欧米人による差別的人種論に触れ、[1] 部落差別と関連させて、「嗚呼《ああ》、人種の偏執ということが無いものなら、『キシネフ』で殺される猶太人《ユダヤじん》もなかろうし、西洋で言囃《いいはや》す黄禍の説もなかろう」と認めている。

彼は排外主義的な穢多身分成立の憶説に惑わされた反面で、排外主義による世界の民族差別・人種差別の不当性をグローバルな視野で批判的に見ていたのである。後者が藤村本来の精神である。

それだけではなく、守旧的な教育者や地方政治の関係者の保身と退廃、俗悪政治屋の腐敗と暴挙、士族の没落と絡めた地主の無慈悲な収奪、仏教界の停滞と堕落などを進歩的な視角で捉えていたと言える。藤村は批判精神を持って社会を見ているのだ。

同時に藤村は半封建的地主・小作制と共に絶対主義的天皇制（明治憲法体制）の支柱である家父長的家制度の男権（父権・夫権）支配の下で犠牲を強いられた女性の労苦と悲哀を描いた。甲斐性のない夫のもと、勤労しても生活が苦しく報われず、家出する妻、実父に迎え入れてもらえない娘（志保）、養父の「好色」に苦悩する養女（志保）、夫の「好色」行為に忍従する妻、父の虚栄の犠牲となる娘がそれである。四人五例のうち、第一例と第五例は解決の展望は何も示されていないが、志保は、主人公の親友らの協力を得つつ、しかし、主として自ら苦難を克服していき、進歩性がある。

住井すゑの大河小説『橋のない川』が主に未解放部落の内から部落差別を捉えているのに対し、『破戒』はほとんど部落の外で部落問題を描いている。だからこそ、かえって主人公の苦悩をリアルかつ詳細に叙述出来たのだと、筆者は思考する。『破戒』は極めて心理描写の秀れた作品だ。主人公が葛藤しながら被差別意識を克服していく経緯は近代的な自我を覚醒させる過程そのものである。精神の自由を求める自己確立の普遍性を見出すことが出来る。それを藤村が為し得たのは、精神を患う父ら身内が存在した彼自身が『破戒』と取り組むことを通して苦悩と格闘し、克服に努めたからに他ならない。したがって、『破戒』は自己確立を希求する近代史だと言える。

先に『破戒』は部落問題を素材として扱ったに過ぎないとする批評があることを匂わせる表現をしたが、そのような理解は誤っていると、筆者は断言する。既に縷々と述べた通り、主人公の丑松は勿論、志保・銀之助や高等科四年生の群像の言動、その他、少なからざる人々の態度に示されているように、部落問題解決の展望を示し、その一方途をあきらかにしているのである。

それのみならず、解決の展望を示すに至る過程における部落民に対しての侮蔑と忌避、差別の描写とその不当性を示す叙述は多くの読者に、部落問題だけでなく、社会の不条理、殊に自由と平等の大切さを認識する契機を与え続けてきた。平等な社会は、単純化して言えば、全ての人間が個人として尊重され、自由に生きられる社会のことである。日本国憲法第一三条・第九七条の精神だ。藤村の『破戒』は、蔵原惟人が「個人の自由」追求の作だと言ったように、[2] その自由を標榜した小説であると言える。自由追求の近代史である。したがって、同時に『破戒』は日本近代史の良質な史料、殊に卓越した心理描写の部分をも用いれば、思想内容の追求はされてはいないが、思想史研究の優れた史料にもなる。

『綿』の場合、『破戒』における右のような総括的な叙述は既に「三」の各節で個々に為されているので繰り返さない。『綿』も優れた日本近代史であり、したがって、良質な史料、殊に近代社会経済史研究の史料になる。但し、第二章の論文調の叙述は史料として用いられないと考える。文学性が乏しいからである。

蔵原は、プロレタリア作家は「マルクスの例にならって資本家的生産過程の中における矛盾を芸術的に曝露すべきである」と主張し、『綿』をその優れた一例として高評した。しかし、同時に「現実に対する生産的労働の場面を具体的に描き出」し、「芸術的に示」していない部分を批判した。蔵原はこの評論で「戯曲（もしくは小説）で『資本論』を書かなければならない」ことを「意味しはしない」と述べており、書くことを不可だと言っている訳ではない。[3]しかし、『綿』には疑似『資本論』的箇所が僅かに存在する。

筆者はその箇所は史料には用いられないと言いたい。なぜなら、文学作品を史料として利用する場合には、当然、その文学性・芸術性を活かそうとする意思が働くからだ。文学作品を史料に用いる場合にはこの点を留意する必要がある。それ以外に特別な留意点はなさそうだ。なぜならば史料の吟味、取捨選択は他の史料の場合にも行われるからである。

『綿』はまた、「生産的労働の場面を具体的に描き」「芸術的に示」した内容が豊富だ。そうした部分は『破戒』にも存在する。しかも一方で、『綿』には科学的検証に耐え得る内容が多い。それは『破戒』にもかなりある。

『破戒』と『綿』を材料にして歴史と文学の関係のあれこれを考えてきた。歴史書と言い得る優れた文学作品は多数存在しており、それらの作品は歴史研究・歴史叙述の良質な史料となる。そのことは歴史的事実である。

【注】

1　ヴィルヘルム二世は、日清戦争後、日本の勢力拡大を警戒し、モンゴルやオスマン・トルコを念頭に、黄禍阻止の前衛になるようにとロシア皇帝ニコライ二世（一八六八〜一九一八）に要請し、自らがその後援者になることを確約した。露仏両国が日本に遼東半島を清国に還付することを要求する計画にドイツが加わったのも（三国干渉）、右の要請と関連してのことである。日露戦争後、黄禍論は米国に波及し、米国の排日的気運が高められた。

2　蔵原惟人「現代日本文学と無産階級（二）」（『文芸戦線』一九二七年三月号、『蔵原惟人評論集』第一巻〈芸術論Ⅰ〉一九六六年、新日本出版社〉）。

3　蔵原前掲「芸術的方法についての感想（後編）」。

II

第3章　原田琴子の反戦思想と家族制度批判

1　青鞜社『青鞜』誌と原田琴子

原田琴子は雑誌『青鞜』唯一の反戦小説「戦禍」の作者として少し知られている。[1]「戦禍」は、『青鞜』中、戦争に真正面から対峙した唯一の作品である。

原田が『青鞜』誌に登場したのは一九一四（大正三）年四月号（四巻四号）が最初である。[2]彼女は「小説号」と銘打ったこの号に「夜汽車」を書いた。同号の他の執筆者は野上弥生（弥生子）ら九人である。三十五枚のこの短篇は、東京のS女学校を卒業して校長のM先生の厄介になっていた「杉野敏子」が、姉の死後、杉野家の養子である義兄と結婚させようとする家族のうち、出京した祖父が我意を変えたので帰郷することになった、その過程を綴った自伝的小説である。少女期の回想を交えたこの作品は家父長的「家」制度をも問題にしており、のちの短編小説「をとめの頃」の原形の一部をなしている。

『青鞜』誌における青鞜社メンバーとしての原田の初見は「夜汽車」発表前年の十一月号（三巻十一号）である。彼女は『青鞜』には結婚前の本名斎賀琴で発表していた。彼女は青鞜社の補助団員で、その「名簿」に平塚明《はる》（らいてう）らとともに名が記載されている。しかし、一四年五月号（四巻五号）の「補助団員名簿」によれば、彼女は『青鞜』誌だけを贈呈される一ヵ月会費五十銭の乙種会員（甲種は一円）であった。

さらに正確を期すれば、一三年十月号（三巻十号）所載の「補助団員名簿」に「斉藤琴」とあるのは斎賀琴と見て間違いない。とすれば、青鞜社の補助団は前月九月号（三巻九号）の「編輯室より」で予告され、九月二十日付で「規約」が発表されたから（十月号所収）、新組織の発足を機に、彼女は主だった社員ら十八人とともに補助団員になったのである。

この社則改正は『青鞜』の女性文芸誌からの脱皮を意味し、青鞜社の新たな出発点であった。したがって、彼女は後半期のスタート時点からの正式メンバーだということになる。「小説号」の発行は前月の三月号（四巻三号）に予告された。彼女は、同号記載の「既に確定せる」数人の作家とともに、「夜汽車」を発表したのである。

しかし、彼女の青鞜社活動への参加は早く、一九一一（明治四十四）年九月の同社誕生の八ヵ月程のち、研究会に出席したことにはじまる。彼女は女子大の友人に誘われて参加し、らいてうと生田長江のモーパッサン作品や阿部次郎のダンテ『神曲』の講義を聴いたが、後者に「閉口」して出席しなくなった。しかし、らいてうは彼女を「常連」の一人に数えており、研究会そのものが長続きしなかったようである。[3]

斎賀琴は、『青鞜』に寄稿していたと同時期に作品を発表していた文芸雑誌『我等』、ついで短歌雑誌『潮音』には斎賀琴子を、結婚後しばらくしてからは原田琴子を筆名として用いた。「青鞜」誌上の原田琴（琴子）は別人である。雑誌『青鞜』の二つの索引が斎賀琴を「原田琴子」としているのは誤りであり、[4] 野田宇太郎が「原田琴子」が結婚して「斎賀琴子」になったと記しているのも勿論正しくない。[5] はなはだ紛らわしいが、小論では原則として原田琴子と表記する。彼女の代表作と言える二つの長編小説をはじめ、晩年の歌集に至る創作活動が、ながい間の発表の中断はあるにもせよ、原田琴子の名でなされているためであり、その彼女が若き日に「戦禍」をはじめとする諸作を『青鞜』誌ほかに次々に発表したと見るのが妥当だと思うからである。

原田琴子（斎賀琴）は、「夜汽車」のあと、『青鞜』に次の諸作を発表した。

一九一四年六月号（四巻六号、革新記念号）
「万人は如何ともあれ」（短歌一七首）
同年七月号（四巻七号）
「夏の花」（短歌七首）
同年八月号（四巻八号）
「暗中より」（短歌十六首）
同年十月号（四巻九号、三週年紀念号）
「未練」（短歌十六首）
同年十一月号（四巻十号）
「わかれ」（短歌九首）
一九一五年二月号（五巻二号）
「冬のうた」（短歌十四首）
同年五月号（五巻五号、特別号）
「昔の愛人に」（小説十六枚）

同年六月号（五巻六号）
「松原より」（短歌二十五首）
同年七月号（五巻七号）
「断章」（詩八節一章）
同年九月号（五巻八号）
「山にて」（短歌二十一首）
同年十一月号（五巻十号）
「戦禍」（小説二十二枚）
一九一六年一月号（六巻一号）
スコット・ニーアリング「婦人と社会の進歩――個人としての婦人」（翻訳十四枚）
「廃駅の夕」（短歌十首）
同年二月号（六巻二号）
スコット・ニーアリング「生物学より見たる婦人の能力」（翻訳十四枚）
「水仙の花」（短歌二十一首）

原田が発表したのは短歌一五六首、詩一章、小説三篇、翻訳二篇である。彼女は、『青鞜』五十二号中、三十二号目から書き出しており、二十一号中、三分の二に相当する十四号に十七篇を寄稿した。『青鞜』誌後期の主要な執筆者の一人であった。最終号とその前号には原田の翻訳が巻頭に掲げられ、ほかに短歌も収録された。最終号には野上弥生子、吉屋信子、青山菊栄（のち山川姓）ら、のちの名だたる作家・評論家が名を連ね、壮観である。

吉屋は最終号の前号に初登場した。『青鞜』が休刊のまま廃刊したことは原田にとってもきわめて残念なことであったろう。

2 『青鞜』誌唯一の反戦小説「戦禍」

『青鞜』誌掲載の原田の作品のなかから、ここでは「戦禍」を取り上げる。この小説の発表時期は第一次世界大戦中で、二十二歳の作者はその時点から少女期の日露戦争を回想し、戦争と人間を考察し、平和を希求している。文体は「御座います」・「申せませうか」・「存じます」、「私」による所謂語り口調である。しかし、そのことが作品の内容からして効果をあげている。

原田は、まず、「人問の歴史は戦争の連續であると申します」と書き出し、「野蛮だと云ふ昔の虐殺、侵略を一層甚しくするための手段」になっている「文明」に疑問を投げかけ、「戦争の惨禍」が、「幾多の貴い生霊を犠牲」にするだけでなく、「残された人々」に「負ひ難い苦痛」を与えていることを問題にした。そして、戦争を「絶対になくして欲しい」と願う「私」は「自分に近しい人々」のみならず、「人類一同」に「戦争の禍ひ」を及ぼしたくないと書いた。

ついで、原田は「ありふれた事だけに猶一層注意せねばならぬ」との視点で、日露戦争中、「私の郷里で起つた事」を取り上げている。

「私の故郷」である「片田舎の小さな町」からも沢山出征し、小学生の「私」もこれを見送った。「川の家」と呼ばれる「私の祖母の実家」の「老夫婦」も二人の息子を兵役にとられた。「皆が戦争熱に浮かされて、気違ひのやうに騒いでる中」で、「勝つても負けても、只息子さへ助かつたらと思ふのが」「親の心!」、二人の息子を心配している「老夫婦」は「元気のない、生きてるか死んでるか分からないやうな顔付」をしていた。

長男「国次」は出征するおよそ一年前、近在の親類から十六歳（数え）の「おかつ」を嫁に迎えた。かつは夫の出征後に生まれた娘「おきぬ」と義父の父親の世話をしながら、「私」の家に近い「町の家」をまもっていた。大舅は長年中風を病んで精神状態も正常ではなかったが、二人の孫が戦地へ行ってからは更にひどくなった。しきりに「あらぬ事」を言い、かつを困らせた。「私」は、襁褓を洗ったり、畑を耕したりした「いぢらしい」かつをよく見かけた。近所の人たちも彼女に同情した。

「戦争の經過がだん〳〵進んで行くと共に、愛国心、敵愾心を鼓舞させる、種んな方法が行はれ」、「誇張的な文字の大きな活字が毎日の新聞に絶え」ず、戦勝の活字に「萬人が萬人無邪気な子供のやうにはしやいだ」。小学校でも「柔らかい純粋な小い《（ママ）》国民の頭」に「大和魂」、「國體」「皇室」の「尊重」が「激しく注入された」。「当局からの訓令」もあったろうが、「国民の一人である小学校の教師には遺伝的にこの熱狂的な大和魂の血が流れていた」からであろう。

児童たちはしばしば戦死者の葬儀に参列させられた。そうしたなかで、「私」に忘れられない記憶の一つは首都で挙行された「祝捷會」が全国に波及していった時のことである。「私」の町でも、およそ一週間の準備が大変で、「商人」も「百姓」も、皆仕事を休んで「飾り物」造りに熱中した。「私」の家では、叔父の指導で英語辞書の絵図を参考に、「店の者」が皆で万国旗を染めるのに苦労した。

「奉祝」当日の夜、風邪で熱があった「私」は、屋外のにぎやかさに床に就いてはおられず、「女中」に負ぶさって外へ出ようとした。そのとき、家の土間の隅に蹲《うずくま》っているかつを見つけて「ギョッ」とした。「見に行かない?」と声かけた「私」は彼女の頬に「涙のあと」を見た。「子供心」に「気のつかない悪い事」

をした思いだった。「わざと子供らしい調子」で、外へ出るよう「女中」に促した。「勇ましい軍歌」を「先觸れに」、「提灯行列」がすすんでくるところだった。行列が通ったあとはいつもより「寂然」として、「明るいのが殊更に淋しい」ように感じられた。すると、うしろの方から話し声が聞えた。「内地ぢやこんなに騒いでるがなあ、戦争あしてる者の身になつてみろ、祝捷會どころぢや無えんだ」。振り返ると、日清戦争で「不具」になった「意地つ張りの老兵」だった。「一人息子」を兵役に取られた近所の「おかみさん」がこれに合槌を打った。「広つ原によ、血だらけになつて」「末期の水も飲め無えで、もがき死に死んぢまふんだ、なあおかみさん、自分の息子や兄弟がそんな様だと考えたら、こんな馬鹿騒ぎが出来るかい！たらふく飲みやがつて、擧国一致も無えもんだ」。「お爺さん」の声は次第に高く鋭くなった。「私」は恐怖を覚え、見物を中止して帰宅した。「私」には「傷ましいおかつさんの姿と、激昂したお爺さんの声」が今も忘れられない。

かつが看病した大舅は「あ、露助が露助が——國次（息子の名）が——殺される、殺される——」と言い続け、戦争中に「暴れ〳〵て」死んだ。

彼女は「町の家」に幼い娘と二人で暮らした。「大勝利の報」はあるが、出征兵士は誰一人帰らず、「今日は何處の息子が死んだ」といった「恐ろしい噂」だけが耳にはいった。

それどころか、「年老つた人」までもが召集された。そうなると、「戦争はいつ止むだろう」という「暗然」とした疑問が人々の心に浮かんで来て、「絶望の嘆息」が吐かれるのだった。

かつの「若い心」はどんなに「夫の凱旋を待ちあぐねた事」だろう、「冷淡な舅姑の心が悲しかつた事」だろう。かつは切ない気持ちを口外出来ず、遂に発狂した。自殺を企てる度に救助され、実家が看護人を出し、きぬは祖母が世話をすることになった。かつは看護人と二人で「町の家」に住んだ。医者は「過度のヒステリーだ」と言うだけで手当をしてくれなかった。「気違ひ」ということで「肉親の者」も寄り付かない。「狂ひに狂ひ悶えに悶えた果」に、井戸へ身投げして死んだ。

ポーツマス条約が締結され、「休戦」になって、かつの夫も「目出度く凱旋」した。「私」は「あ、おかつさんが居たならば！」と「熱い涙」を流した。一年ほどのち、きぬに近在の親類から「新しいお母さん」が来た。きぬは叔父（國次の弟）と「町の家」に住み、祖父母と父、新しい母は「川の家」に住んだ。きぬが通学する便宜上そうしたとのことだった。彼女に弟と妹が生まれた。しかし、二人は大きくなっても「川の家」から離れなかった。きぬは陰気な「町の家」で細工物の内職を稼ぎ、やがて成人した。

先ごろ、「がんじやうな子」だったきぬが死んだ。「いじけた子」だった。「何と云ふ可哀想な子だらう」、「私」は「胸が一杯」になった。東京から帰省する度に、「私」は土産を持っていってきぬを喜ばしたが、今年はそうした楽しみもなくなった。「十年前の戦争の名残りが今日まで續いた」。「夫が出征の留守中に狂ひ死んだ若い妻、その形見の子の薄幸な運命」を考えると、「あの大きな戦争の影響の極めて小さな一部分さへも誠に恐れられる」。「私は國家と國家との関係を離れた、自由な大きな美しい人間の世界を、まぼろしのやうに思ひ浮かべる」。「何故人は互ひの幸福をはからぬのか？左様想つて、悲しむので御座います」。

原田の思想をひろく考察するために、小説の内容を詳しく取り上げた。彼女の戦争観・人間観は、冒頭の「人類一同」に「戦争の禍ひ」を及ぼしたくないまでの文明批判と、末尾の日露戦争の「名残りが今日まで続いた」以下に要約されていると言える。

「戦禍」の素材は原田自身の経・体験であろう。彼女は日露戦争に熱狂する町民を冷静に見つめながら、戦争犠牲、殊に親類の若い嫁のそれを少女の感性で捉え、同情している。一人の男の出征が妻に精神的・肉体的な過重な負担を強い、挙句の果てに彼女を発狂させ、自殺に追い込み、のみならず、夫が戦場に赴いてから生まれた娘もまた、不幸を背負って生き、早死にした。この作品はその過程を丹念に描いている。かつて筆者は日露戦争中と戦争後における生産点での戦争批判を取り上げたことがある。[6] 同様にこの小説も、一地域、一家族、一人の人間にとって日露戦争が何であったかをとりあげ、筆者とは異なって鋭い目で追及している。そして、原田は戦争犠牲の一典型を取り上げつつ、それを「ありふれた事だけに猶一層注意せねばならぬ」との観点から作品の普遍性を導き出そうと努めているのである。

同時に、こうした観点は、「自分に近い人々」だけでなく、「人類一同」に戦禍を被らせたくないという思想、「自由な大きな美しい人間の世界」、「互ひの幸福」のはかられる平和の世界を希求する思想に繋がっていく。原田は、「戦禍」の半年前に発表した小説「昔の愛人」で、「私」が親元を離れ、自活しなければならなくなって一年足らず、病気で意識不明になった時に外国人伝道師に救われ、「腕力」や「反抗」ではなく、「自分を動かす」「大きな努力」、本物の「やさしい、暖かい人の情」を知ったと書いている。彼女はこの小説で、「両親が私を愛してくれの《（ママ）》は明らかでした、と同時に私の意志を殺そうとしたのも事実でした」と表現される「小さな愛」とは異なった、「萬物と合一する大きな愛」を強調しているのである。

この点に注目して考察すると、「戦禍」に見られる原田の戦争への批判と平和への希求は世界的・人類的視野のものである。それ故に、日本の「戦禍」が直接的にはきわめて軽微だった第一次世界大戦時に日露戦争を取り上げたのだとも言える。同時に「戦禍」は、『青鞜』に発表された他の二つの短篇とともに、「家」制度の不合理を問題にした小説でもあり、二つの長編小説の先触れ的意味を併せ持っている。

３　原田琴子とその周辺

原田琴子は、一八九二（明治二十五）年十二月五日、千葉県市原郡五井町（現市原市）の商家に生まれた。斎賀文太、やゑ夫妻の三女で、戸籍上の名は「𛀺《こ》と」である。国分寺のある五井はよい水が湧き、斎賀氏の「国泉正宗」があった。しかし、戦後、京葉コンビナートの埋立てで湧水が次第に乏しくなり、酒造はなくなった。父の文太は小湊鉄道の創業者であった。長姉は夭折し、車実上次姉と二人姉妹であった。生家は祖父出口五郎八（元久留里藩士。妻の斎賀姓となる）が一代で築いた酒卸商で酒造業を兼ねていた。

琴子は、五井町小学校の高等科卒業後、千葉町（現千葉市）の県立高等女学校への進学が認められず、裁縫塾へ通わされ、家では文学書を読み耽った。一九〇七（明治四十）年、祖父の知人の紹介を機に裁縫女学校ならよかろうと許可され、東京家政女学校に入学した。小学生のころ、天文学者を夢見て、叔父に一笑に付された彼女は、家政女学校在学中は社会的弱者救済のために救世軍の士官になりたいと思った。この女学校の忠君愛国・良妻賢母主義の教育に飽き足らず、二年後、成女高等女学校の四年に編入学した。同校校主の宮田脩《しゅう》（一八七四―一九三七）の文章を読んで感銘を受けたからである。[7]

原田が家政女学校に在学していた一九〇八年三月、平塚明が森田草平と心中未遂と喧伝された所謂塩原事件をおこした。これをスキャンダルとして平塚に対する批判・攻撃が集中するなかで、彼女の知性と能力を高評する人たちが少数ながら存在した。このことは女性の地位向上をめざす新たな動向として注目すべきである。宮田はそうした平塚の人格の理解者の一人であった。

宮田は、東京専門学校（のちの早稲田大学）卒業後、博文館勤務等を経て、成女高女教諭となり、一九〇六年に校主、ついで一一年に三代校長に就任、死去するまでその職にあった。[8] 彼は良妻賢母主義を採らず、所謂女徳に批判的な理論家で、大正期・昭和初期における女子教育の学究的教育家として知られていた。[9]

成女高女は一八九九年の創立で、当時からの「成女学校教条」には「よく時代の趨勢を理解して実際の事務に迂闊ならず、理想を追うて而も労働を厭はず、身を持するに温良快活にして且つ着実勤倹なる女性たらしめんことを期す」とあるが、一九二三年、「独立的精神の下に完全な生活を営み」、「将来公人としての準備」をはかる目的で、「自治共存制」を発足させている。これについて、翌年執筆した「自治共存制設立の由来と経過」において、宮田は「日本女性の独立精神の乏しいこと」は「先天性ではなく永い間四囲の境遇から損はれた後天性である」、「最近婦人参政権の問題は漸く白熱化」しそうであるが、「恐らく世界の大勢から推て普通選挙権の内容が女子の上にも拡げられることは、蓋し明白な順序」であり、「婦人の上にも公民としての教養と訓練とが必要」だと述べている。[10] 婦人参政権獲得運動が高揚する以前の、治安維持法と抱き合わせで男子の普通選挙法がようやく成立した時点で、参政権の男女平等の必然性を説いた先進的発言である。

これより先、一九〇九年九月、宮田は平塚について論評していた。彼は、塩原事件との関連で、平塚を「従来の日本婦人には無い突飛な型」と捉え、彼女の「偽らざる告白」を読んだ感想として、「平塚女史」（傍点筆者）は「明晰な論理的な頭脳と、且つ之を自由に働かせ得る能力とを併有してゐるキビキビとした女性」で、その「文章は雄勁で、字句に抜目がなく、論脚が堂々として一絲亂れた處のない」「近来の名文」であるとし、事件を基にした森田の小説『煤煙』についての叙述を「己の責任は立派に之を承認して、而も之を客観視していかにも冷静に批判して居る」と、禅に関する見解ともども賞讃した。そして、事件のため日本女子大学校（専門学校）の桜楓会（同窓会）から除名された平塚を「女子大学出身者の白眉」と評価するとともに、「この調子で進んだら、確かに明治の婦人界に傑出する事が出来ると思ふ」と、彼女の将来に期待をかけた。そして最後に、宮田は平塚のような「世間の俗見以上に超絶した者」を「普通の道徳眼、特に従来の女徳眼を以て律すべき」ではなく、「斯る人を何處までも発達させることは獨り本人の為ばかりでい《ママ》、広く社會の為にも宜い」、「自分は今後女史が所謂開《ママ》放された婦人として周圍の事情の為に阻害せられず、愈々その天才を發輝《ママ》するやう勇健な発展をなさん事を切望して居る」と結び、「我帝國大學などでも、斯る女性の為に特に混合教育を許すやうにして貰ひたい」と付言している。[11]『青鞜』創刊の二年前のことである。

宮田の文章を読んだ原田は、女性の人格尊重を主張する彼に尊敬の念を抱き、成女へ編入したのである。成女での彼女は、宮田の薫陶を受けて人間的自覚を高め、校友会誌『成女』に盛んに投稿して文学の世界への関心を強めた。一九一一年、原田は成女を卒業し、日本女子大学校教育学部に入学し、一ヵ月余で国文学部に転じた。[12]父も、在学中に「良縁」があったら嫁ぐ条件つきで、日本女子大ならよかろうと許可した。しかし、女子大は自宅からの通学者以外は寮生活が原則で、そこには校長成瀬仁蔵に対する宗教的とも言うべき崇拝と精神修養の半強制の空気があった。彼女はこれに馴染めず、友人の姉宅から通学したが、入学後およそ一年半で中途退学した。[13]原田が翌年の初夏のころから青鞜社の研究会に参加したのは前述の通りである。

中退から程ない一二（大正元）年十一月末、生家の相続人であった姉が死んだ。帰省した原田は亡姉の夫との結婚を当然だとして迫る家父長的「家」制度の重圧に抵抗し続けなければならなくなった。[14]彼女自身、この間の事情を「姉につづいて祖父が亡くなり、私が家出するなどで、父はノイローゼになってしまいました。自分さえがまんすれば親を苦しめないのに、と知りつつも、親のいうとおりにはできないのもつらいことでございました」と述べている。[15] この肉親との「つらい」葛藤様相は後に二つの長篇小説に縷々《るる》描かれる。

家出のあと、一四年初めに出京した彼女は宮田宅に寄寓した。父親もようやくこれを認め、彼女は文芸を志して『青鞜』に短歌・小説等を発表、山田嘉吉の語学塾等で勉学を続け、宮田の仕事の助手も勤めた。

山田は米国で苦学して数ヵ国語を修得し社会学の研鑽を積んだ学究の徒で、「数奇な前半生」を送った女性と米国で結婚、夫妻で帰国後、塾を開設した。山田は尋常小学校を出ただけの妻の学習を自らが死去するまで援助し続けた人で、女性の地位向上をめざす運動に理解があった。彼の妻が山田わかで、三十代半ばで『青鞜』の活動に加わった。原田は彼女とは自らの結婚後も親交があった。原田のあとから山田塾へらいてうも通い、エレン・ケイの洋書講読等を受講した。[16]

原田は『青鞜』と並行して『我等』誌にも短歌を寄稿していた。『我等』は一四年一月創刊、十一月終刊（十月休刊）、全十冊の短命な文芸誌であった。[17] しかし、森鷗外、生田長江、久保田万太郎、阿部次郎、与謝野晶子、高村光太郎、北原白秋、佐藤春夫らが執筆している。原田は三―六号に四十三首を発表した。同誌には彼女のほかに三ケ島葭子《みかしまよしこ》、原田琴子（別人）、原阿佐緒ら、『青鞜』寄稿者の短歌が目立つ。

『我等』終刊の直後に太田水穂主宰の歌誌『潮音』が創刊された。潮音社の発足は一五年七月である。潮音社に参加した原田は太田から短歌を、彼の妻四賀《しが》光子から国文学を学んだ。[18] 翌年二月の『青鞜』終刊後は『潮音』が彼女の主な発表の場となった。『潮音』誌には、水穂のほか、幸田露伴、島崎藤村、阿部次郎らが巻頭文を書いており、与謝野晶子、小宮豊隆、若山牧水、斎藤茂吉、尾上柴舟《さいしゅう》、和辻哲郎、安倍能成《よししげ》、佐佐木信綱、石川淳《じゅん》らが寄稿している。目下、同誌初期のバック・ナンバーは完全には揃わず、正確とは言えないが、原田の初登場はほぼ間違いなく一六年六月の二巻六号である。[19] 彼女は以後、ほとんど毎号短歌を寄稿しており、作歌の所載数は二百九十首を超え、ほかに批評・感想も載せている。初登場の短歌は「師の君よ君が心の片すみに安らかに吾《あ》を住ましたまへ」に始まる「君が心」八首。「師の君」とは宮田脩である。

原田は、一八年十二月半ば、千葉町（現千葉市）生まれの原田実（一八九〇―一九七五）と結婚した。彼はスウェーデンの教育学者で女性解放論者のエレン・ケイの本格的な最初の紹介者として知られる教育学者である。彼は、小学校の臨時教員を勤めたあと、早稲田大学予科から同大学部文学科英文学科にすすみ、後に早稲田露文の祖となる片上伸《のぶる》の指導を受けた。三年次に特殊研究科目として教育学を中島半次郎に学び、一三（大正二）年に卒業した。片上の推薦で、卒業年次に『早稲田講演』誌に翻訳「エレン・ケイの小児教育論」を連載し、一方、予科時代から短歌を作り、金子薫園《くんえん》、若山牧水の知遇を得た。一六年、中島の世話で開発社に入社し、『教育時論』誌の記者、のちに主筆をながく勤めた。[20]

彼は『潮音』一巻四号（一五年十月）に巻頭の随想を執筆し、教育における「人格的感化」を重視して教育者の「人道的修養」を強調、これを体得した者にのみ「教育免状を下附」すべきだと論じた。論調きびしい随想だ。また、彼は創刊年の十一月十九日の潮音社第二〇回金曜研究会（後の土曜研究会か）でエレン・ケイについて講話している。

結婚した年の春、原田実は『早稲田文学』誌に「エレン・ケイ論」を発表、翌々年一月、ケイ著の翻訳『恋愛と結婚』を上梓したあと、ケイ著『婦人運動』、『児童の世紀』等の翻訳、彼女に関する研究書を含む教育学、女性問題の専門学術書を次々に刊行した。二四（大正十三）年、早大第一高等学院教授となり、高等師範部（現教育学部）長、第一高等学院長等を経て、四六（昭和二十一）年文学部教授に就任、六〇年の停年までその職にあった。[21]原田実は、エレン・ケイ翻訳の動機について、教育は被教育者各人の天賦の個性を発達させるためのもので、子どもの個性に干渉してはならないとする彼女の真理と生命に対する愛情に魅力を感じ、多くの人とケイの思想を共有したいと思ったからだと述べている。[22]

原田実は母親の元へ帰郷した折には隣家の農民に土産を持たせて近隣に配り、家へ来るよう伝えてくれと指示したそうである。人びとが集まると、実は小机を前に改まった話をしたという。[23]早稲田大学の要職にある教員が郷里の地主層らしい実家でやりそうなことである。半封建的な匂いがして、エレン・ケイの教育観への共鳴と矛盾している。先の教員免許状「授与」に関する主張も、「人道的」と言いながらも、型にはまった教員育成を助長することになりかねず、ケイの思想に逆行していると言えよう。しかし、ことによると、半封建的な思想から脱皮出来ない実がケイの思想に共感して研究に着手し、深めていったところに彼の新たな前進が示されているとみることも出来る。

琴子と実の間を取り持ったのは水穂である。夫妻の三男斎賀泉氏は「母」に「大正六年春太田水穂氏から一つの縁談が持ちこまれます」と書いている。[24]実は『潮音』誌に創刊時の論考（随想）のほかに、例えば、一九一七（大正六）年二月号（三巻二号）の、芸術活動の自由と独自性を強調し、批評を怖れるなと主張した「歌の批評に就いて」など、短歌論も幾つか発表している。彼は、若山牧水を中心とした文芸誌『創作』以来、水穂と知己であった。[25]『創作』には短歌も多数寄稿している。二人の結婚は『潮音』一九年一月号（五巻一号）の「編輯消息」に記事があり、[26]同号の潮音社在京同人十二人の賀詞のうちに斎賀姓にしている琴子の名も見える。一方、実は同人ではなく、外部からの錚々たる寄稿者の中のもっとも若手であった。

原田琴子自身は、当時の夫について、「雑誌をとおしての知り合いで、顔もみたこともなかったのですが――」と語っている。確かに両人は歌会では擦れ違ってばかりいて、一七年一月の新年歌会でしか一緒になっていない。しかし、成女学園中・高等学校長を勤めた中島保俊《やすとし》は、「弔辞原田実先生」のなかで、当時のことを「令閨琴子氏は歌人であり第十一回卒業生で、その縁は牛込の宮田家で育まれたもので、そのロマンスは国民新聞懸賞小説に当選した『許されぬもの』に美しく描写されている」、「先生の若き日の美しいロマンスの花園であったなき宮田脩先生のお宅で、わずかなグループでカーライルの『サータリザアタス』の講義などを中心にいろいろと教えて頂いたことが今目の前に浮かびます」と追想しているのである。[27]

いずれにせよ、水穂の仲介時から二人が結婚するまでには二年近い期間を要した。原田実は長男であった。彼の生家では戸主の長男を婿養子には出せないと、彼女の実家では戸主の一人娘を嫁にやれないと、それぞれ主張し、当人同士の合意を無視して互いに譲歩しようとしなかった。宮田も「跡取り」同士の結婚は認められないと反対し、彼女を家におけないと言い出した。不合理な法律は壊したらよいとまで思い、両人は旧民法下の家族制度に基づく無理解に抵抗し続けた。その結果、女性の廃嫡は可能だから「結婚後、生まれた子供に、戸籍上、斎賀家を相続させてはどうか」との知人の仲介で、妥協が成立し、二人は結婚に漕ぎ付けた。[28]実の方に、多少、矛盾はあったとしても、二人の守旧的制度への抵抗は、第２章の谷口善太郎『綿』に見る通り、当時の多くの庶民にとっては叶えられ難く、精神と経済との両面における生活上の余裕あってはじめて可能なことなのであった。

「家族制度の重圧とたたか」った原田琴子は、結婚後、「作歌よりも小説を書きたくなり」、二つの長篇を執筆した。[29]

４　二つの長編小説と家族制度批判

最初の長編小説『をとめの頃』は、『万朝報』一九二一（大正十）年九月十五日―二二年五月一日、一四六回連載された。これは同紙の風俗小説募集に応募した五百数十枚の作品である。第二の長編『許されぬもの』は『国民新聞』懸賞に応募して第一位になった。[30] 共に家父長的「家」制度の非人間性、殊に女性の人格無視を追求した二小説が認められたのは、一口で言えば、時代である。

つい先ごろまでは、例えば、らいてうの処女評論集『円窓より』（一九一三年、東雲堂）が「家族制度破壊と風俗壊乱」を理由に発禁になっていた。[31] ところが、第一次世界大戦前後から、海外の思想的影響を受けて個人主義思想が広がり、社会主義思想に関心が持たれ、資本主義の発達を背景とする勤労国民の政治的自覚が高まって、所謂大正デモクラシーの風潮が強まるに至り、「主人」との上下関係を意味しない言葉として「主婦」が登場し、一夫多妻制を容認した「家族」に変わって、一夫一婦制の「家庭」が強調され、核家族が増大し始めたのである。その過程で、大小さまざまな無数の悲劇がおこり、守旧的にもせよ、進歩的にもせよ、矛盾に苦悩する人たちも少なくなかった。原田の二作品は時宜を得た発表だったのである。

原田の考えているところを出来るだけあきらかにするために、「をとめの頃」の内容を、紙幅の許す限り詳細に紹介する。

『をとめの頃』の主人公は「平野操」、C県のある町の酒造家に生まれた女子大生である。彼女の祖父「八郎次」は働き者で、一代で町有数の財産家になった。祖父も祖母「おなみ」も「律儀な道徳的な人」、父「丈二」もやはり「道徳を第一と考へる人」、母「おきみ」は「何よりも子供を可愛がるごく普通の女」であった。

操は、小学校を卒えると、肉親の「女に学問はいらぬ」の考えに逆らえず、姉と裁縫へ通った。一年後、許されて「裁縫専門」の東京牛込の「××学校」へ入学したが、「失望」した。しかし、転校は言い出せず、優等で卒業し、父に許可されて「S女学校」四年の編入試験に合格した。ここでの操は知識欲に燃えた「忠実な生徒」だった。二十歳（数え）の春、一番で卒業し、「目白の女子大学」へ進学、話し合える友人も得た。

彼女は女子大へはＳ女学校の寄宿舎から通学した。しかし、女子大で学ぶよりも自学自習に重点をおいた。その年の秋、二年半前に婿養子を迎えていた姉が急逝した。操は自分を義兄と結婚させようとする肉親の不合理さに反発を覚えた。彼女は自分に理解を示す叔母「おとき」にだけ真意を伝えて出京した。

Ｓ女学校の校長「山地先生」は若者の心の理解できる「慈愛」深い人だった。操は出京した祖父と、山地先生宅で話し合った。しかし、二人の話は平行を辿るだけであった。「私にも無理に義兄さんと結婚なさいとはお勧め出来ません」、先生の言葉に祖父は諦め、家人と相談すると述べて帰った。郷里では親族会が開かれ、義兄に他から嫁を迎え、操は他に嫁がせることに、皆不本意ながら、同意した。

丈二が心労から神経衰弱になった。操は、「自責」の念にかられた。帰省すると、義兄は既に家を出ていた。父を見舞って一ヵ月余、「世は春になった」が、彼女には「操はまあよく気楽に東京に居られる」と「嘆息」する祖母や母の声が聞こえるようであった。

山地先生宅に呼ばれた。「キチンとした風采の小柄な青年」が来ていた。小学校教員の「春本」であった。先生は春本の希望で週に一度ラッセルの英書講読を始めるから来ないかと誘った。操は春本の「キビ〳〵した顔」に接して「憂鬱」を忘れた。

初夏になって、父丈二が発作をおこした。丈二は小学校でいつも一番で、東京の学校で学問をしたいと願ったが、八郎次は「総領に家の商売をさせなければならぬ」と言って奉公に出し、家に呼び戻して結婚させた。「気に入るも入らない」もなかった。息子が商売向きでないとわかつて八郎次は「失望」したが、番頭「順造」を重用して万事をやらせ、丈二は「個性を滅却した生活」を続けた。

祖母なみは夫のお陰で「食う心配」がなく、息子も「仕合せ」だと思っていた。しかし、近ごろ息子が心配で心境に変化が生じた。「是が非でも良人の言葉には従わなければならぬ」との態度を取り続けてきた彼女が八郎次を責め、「信心」を強調するようになった。一方、八郎次は「神仏」を頼らず「自分の力」で「成功」したと信じて来たが、「意気」が衰え出して、息子の病気に「暗い谷底」へ沈むような気持ちになった。

学期末の女子大の文科では、三年生が二年生に「修養」に熱心でない異分子がいると問題にし、二年生の「修養会」では操が暗に攻撃された。操は、「一朝一夕」で高めることの出来るものではない「人格」を何を「基準」にして云々しているのか、理解出来なかった。ある晩、操は山地先生の講義のあと、春本と一緒に帰った。彼女は「自分の方から口を聞くことさへもし得なかった」が、「あすこの学校を好きぢや御座いません、私一人の自由になりますならやめてしまいたいのですけれど」とだけは言った。

春本の示唆で、操は、山地先生の同意も得て、文芸講座に通い出した。ある晩、講座から帰ると、祖父が山地先生宅を訪れ、先生から何度か電話があったと報された。車で先生宅へ急いだ。先生は「貴女を家へ帰したくない」、しかし、「お家の方にも実際お気の毒だと思はれてきた」、「貴女は如何しても家へ帰らなければならない人だ、それが貴女の運命だ」、「運命に乗じて最後の勝利を得ようと努力する」のが、「人生に於ける勇者だ」と言った。操は泣いた。

「私は帰ります」、操はそう言い切ってもう泣かなかった。その晩は先生宅に泊まった。「昔からの家族制度に対する迷信が破れて、家族各《おのおの》の個性が『家』といふ一つの観念よりも遙かに遙かに尊むべきものである事を祖父母や両親が自覚した時でなければ」、「自分を信用して、自分の自由を認めて、好きな事をさせてくれる」ことはないだろう、先生は自分の肉親を「よくご存じない」のだと操は思った。退学届を出してから、操は幾日かを先生宅で過ごした。出発の前の晩、先生は操を呼んで言った。「結婚問題についてはね、それはあく迄も貴女の自由なのだ、たとひお家の方が何と云はれようとも」、「自分の意見を通してもいいとこれだけ云つて置きたいと思ふ」。

操は家に帰った。「浅間様《せんげん》の祈禱者」が来て毎晩祈っていた。操は「父は不幸の犠牲者だ」、だが自らは「決して無意味な犠牲にはなるまい」と自分に言い聞かせながら、山地先生の言葉を思い出した。「祈禱者の声」に、操は悩まされ続けた。医者は「安静が何より必要だと言うのに、父は騒がしいなかにぼんやりと座つていて憐れ」だった。「どういふもんだかのう」と、八郎次は操にだけ「自分の感情」を洩らした。「満願」のあと、暫く丈二に「緊張」がおこらなかったが、ある日、丈二が火事をおこしかけた。操と叔母ときの主張で、夏の終わりごろ、丈二は妻のきみに付き添われてO町の海岸へ転地した。操は父の見舞に行った。彼女は母に帰りに東京へ寄って行きたいと頼んだ。母は躊躇しながら小遣いをくれた。「母は自分を愛してゐる」、だが自分の心を理解出来ない、「母の心はどんなに寂しいことであらう！」と操は思った。「懐しい東京！」。山地先生は体調を崩して伊香保へ静養に行って生憎留守だったが、奥さんと娘が歓待してくれ、一泊した。家に帰って、ある朝、新聞で春本が児童を救おうとして殉職したとの記事を見た。春本とは東京の「ボギー車」のなかで、偶然出会ったばかりだった。翌日も翌々日も春本が新聞に載った。操は彼の「魂を弄んでゐる」ような取り上げ方に「反感」を覚えた。彼女には春本の行為が「平素の人格的修養」によるものと思われた。操は「心の或る部分」が奪われた感じになったが、彼の「追憶」を大切にしたいと思った。

年末に両親が帰宅した。丈二はほぼ全快したとのことだったが、正月三日の朝、井戸に身投げした。今度は千葉町に転地した。操は千葉町でフランス語とお花の稽古を始め、父を見舞った。祖父が肺炎で危篤状態になった。千葉町の洋行帰りのI博士に往診に来てもらった。外聞もあり、「出来るだけの手段」を尽くしたわけである。八郎次は「丈二はどんなだ」と言って涙をこぼしたが、自分のことは一言もせず、遺言もなかった。二十日ばかりで死んだ。

葬儀後、祖母と母は番頭の順造を操の養子にしようなどと話していた。操は「心の底」まで震えた。二人は操には何も言わなかったが、母が父と千葉町へ戻ったあとで、何と、叔母のときが「いつまでも気楽なことは云つて居られないのですよ」と言い出した。操は肉親や山地先生への「執着」を払拭出来なかった。しかし、先生とも「著しい時代の相違」が感じられた。彼女は「自分自身の意思に依つた生活をしなければならぬ」と痛感し、「全く孤独な生活に生きなければ真に人生の味はひが分からない」と最後に考えた。ある日曜日、いつもの通り、稽古に行くと言って家を出、そのまま東京へ行った。十日ばかりかかつて母と叔母に手紙を書いた。投函したとき、「事はきまつたのだ――といふ感じを覚えた」。

『をとめの頃』には祖父母がまだ苦しい生活をしていた若いころのこと、叔母のときが不足がちに成長し、教員を志して八郎次に「女のくせに」と一蹴され、一度の見合いもなく結婚した夫の女道楽に苦労させられていること、操の女子大の友人が家格の違いから恋仲になった青年と結婚出来なかったこと、S女学校の寄宿舎で同室の少女が芸者置屋の娘のため、噂されて悩んでいること、成績一番の操自身が縁談のために卒業が近いのに女学校を中退させられたことなども丹念に描き出されている。作中の主要な人物山地先生には、若者のすぐれた助言者で書籍収集家である点などから実際は二男があって娘はいないが、宮田脩が投影されているし、[32]きびきびして小柄な春本には原田実の実像が少なくともその一部が反映されていると見てよい。

この小説は、少女小説のような場面があるが、女性を主人公とする青春小説の一種だと言える。他の人物の生いたちや日常生活を複雑に絡ませながら、家族制度の重圧に苦悩し、それに抵抗する主人公の内面、思索の軌跡が克明に綴られている。操は一個の人間として自らの人格の尊重を主張しているが、家族制度に縛られて主人公を理解出来ない肉親の守旧的な心情にも思いを致している。そこに作者の純真かつ思慮深い人間性が窺われる。同時にこの小説は、家父長的「家」制度を守ろうとする守旧的な人たちにも不幸を齎《もたら》していることを鮮明に描写している。

もう一つの『許されぬもの』は、「国民新聞」一九二五（大正十四）年一月十二日―七月二十二日、一九〇回連載された七百枚近い小説である。主人公「西堂美知代」（数え二十二歳）が家出して滞在していた伊香保から東京の「上野先生」宅へ行くところから始まる。美知代は前作の操の後身と見てよい。上野先生は山地先生に相当する。

この小説はまず、姉が死んで三年目に肉親が美知代を義兄と結婚させようとしたが、彼女が拒絶し、先生がこれに同意して両親を説得してくれたが、その結果、父「幸吉」は神経衰弱に罹り、義兄は不愉快だと言って実家に戻ったと、回想している。この作品では父の病気は既に治っている。しかし、情緒が不安定である。母「お由」は情の薄い人で主人公は母を嫌っている。この点は前作とは違う。

祖父の他界も出て来るが、美知代は彼に親しみを持っていない。酒という「人に気違ひ水を勧める罪悪的な商売」を営んだためである。祖父の扱い方も前作と異っている。祖母は「お波」と言う。叔母は「おとき」のほかにもう一人いる。父には前作には見えない弟「悌二」がいて、彼が結婚して店を継ぎ、波も同居する。しかし、悌二なる人物は、病身のため、勉学中に東京から帰省し、作者に文学への関心を高めさせた実在の叔父とは異質である。主人公の両親は別の家を建て、本家として祖父の財産を継いだ。その一人娘である美知代の結婚問題が『許されぬもの』のテーマである。

美知代には恋人がいた。「上野夫人」の弟の「志郎」である。彼は、原田実とは異なり、短歌ではなく、俳句をやっている。美知代の両親は婿に来るのでなければ認めないと言い、先方の肉親は養子になることを認めない。しかし、志郎の叔父が、法律上、どうあっても双方が合意し得る打開策があろうと研究に乗り出した。そこへ関東大震災があった。そのリアルな描写は郷里にいた結婚後の作者の実体験を活かし、原田実の精緻で客観性の強い記録を資料にしている。[33] 美知代は上野先生宅を見舞うために東京に向う。山の手にある先生宅は被害がなく、一家は鎌倉へ静養に行っていた。彼女は先生宅で志郎に会った。美知代は、「否定」しているはずの貞淑な「女徳」という「奴隷道徳」に捉われて、志郎に許さなかった。翌朝、志郎が鎌倉へ出発し、美知代は「魂が引き裂かれるやうな苦悩」を感じたところで小説は終わる。実在の斎賀琴子と原田実とは違い、二人は「許されぬもの」なのであり、ハッピー・エンドになっていない。

『をとめの頃』と異なり、『許されぬもの』は、主人公の内面描写が克明ではなく、彼女と春本の恋愛に重点がおかれていて通俗的である。しかし、前作と同様に、家父長的「家」制度がどんなに人間性を無視し、個々人の悲劇を作り出しているかをあきらかにしている。祖父が一代で築いた身代であるだけに矛盾が大きい点は前作よりも巧みに描き出されていると言える。

短篇「戦禍」で戦争が人間に如何に不幸を齎《もたら》しているかを描いた原田琴子は、二つの長篇で家族制度にきびしい批判を加えた。三作に共通して流れる思想は個人の独立と人格の尊重を訴えるヒューマニズムである。

おわりに

原田琴子は大正期を主な創作活動期としたほとんど忘れられている女性作家・歌人である。

小説に「不快」・「嫌い」などの言葉が随所にでてくるように、彼女は感性のすぐれた人であった。実生活とその中で研ぎ澄まされた感性を学習と思索で深め、作品化した。しかし、結婚してから長編小説二編を全国紙に発表しながら、夫が早大の要職に就いたこと、子育てに追われたことなどからであろう、その後、大作を書いていない。

しかし、原田実・琴子夫妻の子息の一人、原田洋氏の教示によると、「文学の非常な愛好者だった琴子は日本文学では、古典は別として、近代の文学者の中で母がもっとも尊敬していたのは、北村透谷でした。島崎藤村には疑問を持ち、武者小路実篤はきらいでした。川端康成は評価しませんでした。母には独自の潔癖さがあったと思います。海外の文学では英語、フランス語を学んだこともあって、英仏の文学に親しみ、一部は原書で読んでいた様ですが、モーパッサンの『女の一生』には強い印象を持っていました。通俗的なものの支配する一九世紀後半のフランスブルジョア社会の中で、懸命に生きながら、夫にも子供にも裏切られていく女性の姿が的確に描かれていることに感銘したのだと思います。又、その当時のイギリスの庶民の生活の実相を描いたディッケンズのものをよく読んでいました。」ということである[34]。

琴子の若き日の短歌を通覧すると、恋する歌、失恋の歌、銀座の歌、旅に思う歌、風景に思う歌など、まことに情感豊かである。これらの短歌は古稀を記念して編まれた彼女自選の『歌集さざ波』には収録されていない。

『さざ波』には一九三〇（昭和五）年からの五百四十首余が選集されている。早い時期の作品のなかに「都恋ひて泣けるをとめのわれなりき思ひは今も新しきかな」などとともに、「百姓のくらしたたずとふるさとのたよりかなしき年の暮かな」と恐慌を詠んだ歌がある。家族との旅の歌、病いがちの子を思う歌、亡き友を偲ぶ歌などあるなかで、とくに目を引くのは第二次世界大戦期の歌である。亡国ポーランドの国民の悲しみに「新聞の日々のニュースを読むたびに心昂ぶりドイツを憎む」ほか二首を歌い、中国東北部（満州）とモンゴルの国境地帯の戦場に思いを馳せて「大君の赤子一萬屠られし記事見て泣かゆ秋風の窓に」、「牛馬《うしうま》のごとくも人の屠られてハルハ河岸《かはぎし》月も泣くならん」と詠んだ。[35] 当時としては稀有な人であった。そして、疎開中の子を思い、さびしくなった銀座を懐かしみ、「いかならん日やは来るべき人類のはてのさばきか相伐ち相死に」、「相討ちてつひにほろびん万邦の人類の中のわれはひとりか」と案じ、「よしあしはのちにいへかしまづ今日の糧をわれらに与えよと呼ぶ」と心の中で叫んだ。「戦禍」の反戦思想を中年の「主婦」は戦争中も持ち続けていたのである。

『さざ波』の末尾で原田琴子はこう書いている。「私はふと前の通りを打ちつれてゆくチンドン屋の一行を眼にし」、「自分もあのやうに、町から町と脚のつづくかぎり歩いてまはりたいと思ひました。ただし、背に商店の広告ではなくて、何か戦争に反対する文字を掲げて」。人を人として尊ぶ彼女のヒューマニズムは古稀になっても一貫して健在であった。原田琴子は、一九七三年九月二十四日、八十歳で生涯を閉じた。その原田が、「すべて国民は、個人として尊重される」（日本国憲法第十三条）、「婚姻は、両性の合意のみに基づいて成立」する（同第二十四条）、「恒久の平和」という「人間相互の関係を支配する崇高な理想」（同前文）を実現するために、「自由獲得の努力」（同第九十七条）を惜しまなかった事実を記録に留めておきたいと思う。

【注】

1　例えば、「戦禍」は小林登美枝編『「青鞜」セレクション』（一九八七年、人文書院）に収録され、平塚らいてう『元始、女性は太陽であった』下巻（一九七一年、大月書店）で回想され（五六七―七〇頁）、堀場清子『青鞜の時代』（一九八八年、岩波書店）にも第一次世界大戦の「反映さえ、誌上にあまりに少ない」なかの「唯一の反戦作品」として取り上げられている（四二・二一九―二二〇頁）。

2　小論で使用した『青鞜』は全て復刻版（一九八〇年、龍渓書舎）である。

3　「原田琴子さんのお話（上）聞き書―母の歴史（四〇四）」（『新婦人しんぶん』一九七一年九月十六日号）。平塚前掲書三五八・三九四頁。

4　『「青鞜」総目次・索引』（一九八〇年、龍渓書舎）、『「青鞜」解説・総目次・索引』（一九八三年、不二出版）。

5　『我等』復刻版（一九七三年、臨川書店）。附「解説」。

6　成澤栄壽「明治期ヒューマニズムの一考察」（部落問題研究所編『近代日本の社会史的分析』一九八九年、部落問題研究所）。

7　原田実「あとがきⅠ」・原田琴子「あとがきⅡ」（原田琴子『歌集　さざ波』〈一九六二年、原田実発行〉）、斎賀泉「母・斎賀琴子のこと」（『いしゅたる』十号）、原田洋「母のこと」（同誌十二号）。

8　『成女六十年』（一九五九年、成女学園中・高等学校）参照。

9　例えば、藤原喜代蔵『明治大正昭和教育思想学説人物史』三巻（一九四八年、東亜政経社）八二四―五頁。

10　『成女二十五年』（一九二四年、成女高等学校此花会）一・四五―八頁。

11　「余が観たる平塚明子」（『女学世界』九巻十一号）。編集者が宮田を校長としているのは校主の誤りである。平塚「偽らざる告白」は『女学世界』九巻七号所載。

12　堀場前掲書二一〇頁。

13　前掲「原田琴子さんのお話（上）」。

14 斎賀泉前掲文章。
15 「原田琴子さんのお話（下）聞き書—母の歴史（四〇五）」（『新婦人しんぶん』一九七一年九月二十三日号）。
16 前掲「原田琴子さんのお話（下）」、平塚前掲書四九八—五〇一・五六三—六七頁、山崎朋子『あめゆきさんの歌』（一九七八年、文芸春秋社）一四〇—五〇・一七九—八七頁。
17 『我等』は前掲復刻版を通覧した。『我等』の編集・発行人は万造寺斎（一八八六〜一九五七）。万造寺は東京帝国大学文科大学英文学科卒業で、大谷大学教授。与謝野鉄幹の新詩社の社友であった関係から、出資者である平出修《しゅう》の頼みで石川啄木のあとを受けて『スバル』の編集に携わったが、一九一三年十二月終刊。終刊号に『我等』創刊を予告し、十二月号から発刊した（前掲『我等』復刻版附「解説」）。
18 前掲「原田琴子さんのお話（下）」。
19 『潮音』の各巻各号の調査は塩尻短歌館及び昭和女子大学図書館、日本近代文学館を併用した。短歌館は一巻一・二号を欠き、一巻三号から存在する。
20 原田実博士古稀記念教育学論文集編纂委員会編『教育学論文集　人間形成の明日』（一九六一年、同編集委員会）七二九—三六頁。唐澤富太郎編著『図説　教育人物事典—日本教育史のなかの教育者群像—』上（一九八四年、ぎょうせい）七六七—八頁。
21 原田実博士古稀記念教育学論文集編纂委員会編前掲書。
22 「『児童の世紀』を訳した思ひ出」（原田実『孤空雑筆』〈一九六〇年、自費出版〉）。
23 原田津「父と私」（『評論』第四〇号〈一九八〇年七月号、日本経済評論社〉）。
24 斎賀泉前掲文章。
25 前掲「原田琴子さんのお話（下）」。短歌中心の文芸誌『創作』は一九一〇年三月創刊（東雲堂書店発行）。同人中、牧水の恩師尾上柴舟とその友人金子薫園以外の五人は牧水の友人で、前田夕暮以外の四人は早大出身である（水穂、白秋、窪田空穂、土岐善麿）。一一年十月、『創作』誌終刊。牧水は翌年五月、原田実ほか一人を編集同人に『自然』誌を創刊したが、一号で終わる。その後、『創作』が一三（大正二）年八月に復刊したが、翌年十月で休刊し、一七年二月に再び復刊。二八（昭和三）年の牧水没後も妻若山喜志子（本名太田喜志）が継承し、主宰した。なお、彼女は同郷の太田水穂に認められて世に出た歌人である。（復刻版『創作』第一期別冊〈臨川書店刊〉「『創作』第一期解説」参照）

26 「編輯消息」には「原田実氏は代議士関和知君の媒酌で本誌の同人たる斎賀琴子氏と結婚せられ去る十二月十八日両国福井楼に於て盛んな披露会を挙げられました。」とある。同じ号に実は感想「宗教に住む心、芸術に活きる心」を寄稿し、琴子は随想「書窓雑筆」及び「冬の海」十二首を掲載している。翌月（五巻二号）には琴子は「新居の朝」十二首を寄せ、「としたつと子らはよろこび野にいで、一日紙鳶をあげてさわげり」、「父母のよろこぶ顔を見るからにさびしと思ふ君と居つゝも」などと詠じている。君とは勿論、実である。この月、実の作品の登載はない。

27 『仄』（一九八四年、自費出版）。

28 前掲「原田琴子さんのお話（下）」、斎賀泉前掲文章。原田実長逝後の令息四氏の挨拶状に見られるように、三男の泉氏が斎賀姓を継承している（次男・長男は乳幼児の時に病歿している）。

29 原田琴子前掲「あとがきⅡ」。

30 二小説は国会図書館マイクロフィルム版を閲覧した。

31 平塚前掲書四五八―五九頁。

32 原田実「宮田脩先生追慕」（前掲『孤窓雑筆』）、斎賀泉前掲文章。

33 「大正震災私記」（前掲『孤窓雑筆』）。

34 原田洋氏書簡。示唆に富むご教示の一部をそのまま掲載させていただいた。感謝申し上げる。

35　一九三九年の通称「ノモンハン事件」（小さく見せかけた）。モンゴル人民共和国の言うハルハ川戦争。帝国日本の関東軍とソ連・モンゴル連合軍の大規模な武力衝突で関東軍がソ連軍に大敗した。戦死者・行方不明者双方凡そ二万。新聞は皇軍の戦死・行方不明を一万と報道した（田中克彦『ノモンハン戦争』〈二〇〇九年、岩波書店〉）。本書第4章「一」節「4藤田嗣治の戦争画」参照）。

【付記】

1　資料の閲覧の便をはかってくださった塩尻短歌館、昭和女子大学図書館近代文庫、日本近代文学館、私学研修福祉会図書室ならびに資料に関してご教示くださった『新婦人しんぶん』編集部に感謝申し上げる。

2　小稿を長野県短大の『紀要』に掲載した際に、抜刷を原田実・琴子ご夫妻の令息方にお贈りした。各氏は拙い小稿に誠実に対応し、ご教示くださった。お礼申しあげる。

第４章　石川達三『生きてゐる兵隊』考

はじめに

石川達三の「生きてゐる兵隊」を読んだのは遅い。一九八〇年のことである。二人の歴史教育者と共編で『明解図録日本史』（一九八二年、一橋出版社、後に『グラフ日本史』と改題）を刊行する準備過程においてである。類書にもない、教科書にもない「戦時体制下の文化」を立項し、私が担当することになった。アジア太平洋戦争期なので、だいぶ遅れて準備した。内容の重要な一部として、言論の統制と弾圧をとりあげることは不可欠である。読まずに書くことは不都合であるから、読んでいない文学作品も読むことにした。その一つに「生きてゐる兵隊」があった。石川作品では、『風にそよぐ葦』（前・後篇、一九五〇・五一年刊）・『四十八歳の抵抗』（一九五六年刊）・『人間の壁』（前・中・後篇、一九五八～五九年刊）は読んでいた。いずれも新聞連載小説である。『人間の壁』は熱心に読んだ。『風にそよぐ葦』は後に少々触れる。

なぜ、いま、「生きてゐる兵隊」をとりあげるのか。日本国民が克服しなければならない課題である皇軍「慰安婦」問題について、問題の存在、即ち罪過を否定する言語道断の言説が横行しているからであり、特定秘密保護法制定の策動もある。「生きてゐる兵隊」を手懸かりに、「慰安婦」及びそれと不可分の関係にある強姦の実態を考え、言論の統制と抑圧に及びたいと思うのである。

「生きてゐる兵隊」は『中央公論』第五三年第三号（通巻第六〇六号、一九三八年三月）の巻末（毛沢東のインタビュー「中国共産党の事変対策」の後）に一〇五頁分が一挙に掲載された。しかし、四〇〇字詰三三〇枚余の全てではなく、編集の最終段階ですこぶる多くの削除と伏字を施し、一二章のうち、最後の二章を丸ごとカットした作品を掲載したのである。にもかかわらず、『中央公論』のこの号は発売頒布禁止処分を受け（石川作品を削除して再発行）、石川とリベラルで反骨精神の旺盛さで知られた当時無職になっていた編集長は刑事罰を科せられた。

国立国会図書館と異なり、その前身である帝国図書館は納本制度による納本を受けてはおらず、『中央公論』のこの号も「購入」したが、発売日以前に送られた模様で、二章分が全面的に削除され、無数と言える程の削除と伏字のある小説を掲載した雑誌が、表紙には「創作欄（全部）削除」と筆記されてはいるものの、国会図書館に所蔵されている。私は国会図書館で傷だらけの小説を通覧し、何がどのように削られているかをノー・カットの「生きている兵隊」と比較・点検してみた。この作業を試みたことも小稿を認めることにした理由の一つである。

「生きてゐる兵隊」と戦後になってノー・カットで刊行された「生きている兵隊」とを区別して言及したが、石川が執筆したのはノー・カットの「生きてゐる兵隊」である。以後は表題をそれに統一して記述する。

なお、小稿の引用は『石川達三作品集』第三巻（一九五七年、新潮社）所収「生きている兵隊」による。発禁処分を受けた「生きてゐる兵隊」は、敗戦直後の一九四五年一二月、『蒼氓・生きてゐる兵隊』として河出書房から刊行されている。

1　石川達三の「生きてゐる兵隊」執筆経緯と弾圧

ブラジル移民を扱った「蒼氓」第一部（一九三五年）で第一回芥川賞を得た石川達三（一九〇五～八五）の「生きてゐる兵隊」（一九三八年）は、長編小説『人間の壁』及び『蒼氓』（一九三五年、改造社）と共に、彼のルポルタージュ的作風の代表作である。

この作品は、石川が一九三七年七月に引き起こされた日中戦争の現地従軍を希望していることを知った『中央公論』編集長雨宮《あめみや》庸蔵がその希望を適え、石川が中央公論社の特派員の資格で従軍し、取材することで実現した。[1] 帰国時のものと想われる彼所持の「従軍許可証」（一月一九日付）が残されているが、石川の身分は同社所属になっている。[2]

石川が特派記者として従軍したいと希望したのは、彼が一九五九年か六〇年に回想的に書いたものによれば、「言論自由の原則をも、すべてかなぐり捨てて政府軍部の求めるがままに、醜い走狗となり果てた」「日本の大新聞」に「憤り」、「本当の戦争の姿を見、それを正確に日本の民衆に伝えたいという気持」をもつに至ったからであった。[3]

同時に、トルストイやアナトール・フランスが戦争や革命を描いて美しいのは、闘争を背景にして人間を書いているからなのだと認識した彼は、「私の書こうとするものは」、「殺人という極限の非行が公然と行われ、それが奨励される世界とはどのようなものであるか。その中で個人はどんな姿をして、どんな心になってそれに耐えているか」を描写した「最下層の人間から見た戦争の姿になった」とも述べている。[4] こうした創作と向き合う彼の態度と手法と作風はその後の小説の一部、例えば『人間の壁』に継承されていく。石川は『人間の壁』で教育二法案の成立過程における教職員組合の闘争をとりあげつつも、苦悩しながら活動に参加して、目覚め、成長していく若い女性教員の心と姿を、教職員の勤務評定反対闘争激化と並行して書き進め、最後に教員も労働者であると、「教師聖職」論否定を主張したのが、それである。

「戦争に取材した小説を書くこと」を中央公論社に「約束した」石川は、一九三七年一二月一三日に皇軍（天皇自らが独立して〈一人だけで〉統帥権を掌握する大日本帝国軍隊）が中国国民政府の首都南京を占領した直後の一二月二一日に東京を発ち、大本営「陸軍報道部によって指定された十二月の某日」（二九日頃）、「神戸から軍用貨物船に乗」り、「三重県の部隊から来た」、「戦死した小隊長中隊長の後任者となるはず」の「五人の補充将校」と一緒に、一月五日、上海に到着し、八日に南京へ赴き、「南京市政府に駐屯中の三重県出身の部隊に行き、そこに仮の宿りの場所を与えられた」[5]。

凡そ二〇日程の南京滞在中、「部隊長に挨拶したのは二度くらい」だと言う彼の取材方法は、「ただ下士官と兵との間に寝泊りし、彼等と共に街をさまよい、酒を飲み、戦いのあとを見て歩き、上海以来の彼等の戦歴を聞くことに終始」するというもので、五人の将校と上海から蘇州《スーチョウ》などを経由して南京に至る「途中、汽車の窓から、人馬の屍体が霜に掩われている姿を到るところに見、人気なき戦場の荒廃の姿に心打たれた」ことも創作に活用された模様である。彼は「ひとりの快活な下士官と満州出身の通訳の青年との部屋に同居」したから、いきおい作品は「下士官兵という最も行動的な、当然もっとも凶暴な登場人物が出てくることになった」[6]。

取材を終えた石川は一月二〇日に上海を発ち、日本に帰国した。二月一日に執筆を開始し、二月一一日正午頃までに脱稿した。「一日平均三十枚」、大変エネルギッシュな執筆である[7]。

しかし、石川はこの作品で弾圧された。戦後の占領軍による場合を加えると、数回に及ぶ彼の最初で最大の筆禍事件である。「長篇小説　生きてゐる兵隊（石川達三）」と表紙に印刷されている「戰時第二年の日本」を特集に組んだ『中央公論』三月号は発売日（二月一九日）の前夜　七時過ぎに内務省警保局（現在の警察庁に当たる）図書課から電話で発行頒布禁止（発禁）を通達され、新聞紙法違反の廉で起訴された。

雨宮の後任編集長となった畑中繁雄は「軍や検察当局の追求は」「印刷工程の」「手違いにより鉛版を削る前に印刷された少数部数がたまたま市販頁分に混入した事実から」（少数部数の一冊が帝国図書館へ送られた）「二種類の雑誌をつくって配布したのではないかという嫌疑がかさんで、いっそう厳しさをくわえた」と記述している。[8]「鉛版を削る」とは該当ページ乃至箇所を削除することである。

畑中の記述から編集部の削除などを含む校正作業（作者のそれも勿論）が短時間で行われたことが推察される。その所為で、本文中にできる限り註記したが、地名の誤りは少なくはなく、肩書の間違いもあり、作者が切角配慮したはずなのに、配慮し忘れた個所も見受けられる。

煩瑣になるので、出版条例とこれを継承した出版法への言及は省く。一九〇九年制定の新聞紙法は、新聞紙条例が一八九七年に廃止した内務大臣に付与していた発禁などの行政処分権を復活させ、警視庁と各道府県警察部の「自由」な裁量に任せるとともに、軍事・外交記事に関しては陸軍・海軍・外務の三大臣の禁止命令権を規定し、記述内容の制限と刑罰を強化した。同時に新聞紙条例時代から存在した、新聞社・出版社等からの内務省などへの納本義務による検閲はすこぶる厳しいものとなった。この言論の統制と弾圧は、一九四〇年一二月、内閣情報部が戦時体制に相応すべく内閣情報局（総裁を閣議メンバー〈大臣〉とする内閣機関）に拡大改組された段階からいっそう厳しさを増した。[9]

石川は、『中央公論』編集部関係者や発行人牧野武夫とともに、警視庁特別高等警察部検閲課の厳しい取調べを受け、一九三八年九月五日、東京区裁判所の第一審判決で禁錮四ヶ月（執行猶予三年）を言い渡された。既に引責退職していた雨宮も同刑で、牧野は罰金一〇〇円であった。[10] なお、石川の弁護人は彼の実弟のほか一人で、中央公論社の弁護人は戦後に首相を務めた片山哲であった（著名な弁護士だった片山は『中央公論』の有力執筆者の一人）。

検察側は石川と前編集長が実刑でないことを不当として控訴した。一審では特別弁護人（証人）の引受け人は一人もいなかったが、第二審では第一次近衛文麿内閣の嘱託だった尾崎秀実《ほつみ》（一九四四年、ゾルゲ事件で死刑）が法廷で特別弁護を行い、二種類の雑誌を出版・配布した事実はないと、事実に基づく説得力のある証言をした。[11]

これにより、石川と雨宮は実刑を免れ、中央公論社は解散の危機から脱出することが出来た。「公判調書」（第一回、三月九日）をもとに一審判事の尋問に対する石川の陳述の一端を記す。[12] 判事が「被告、事件に付き、陳述すべきことありや否《いなや》を問いたる」に答えて、石川が「創作の動機について」述べた一部分を認める。

問　被告はかねてより戦場に派遣されたい希望があったか

答　小説を書くためであります。当時国民一般の緊張味が欠けているのが非常に残念で、日々報道する新聞等でさえも都合の良い事件は書き、真実を報道していないので、国民が暢気《のんき》な気分でいる事が自分は不満でした。国民は出征兵士を神様のように思い、我《わが》軍が占領した土地にはたちまちにして楽土が建設され、支那民衆もこれに協力しているが如く考えているが、戦争とは左様な長閑《のどか》なものではなく、戦争というものの真実を国民に知らせる事が真に国民をして非常時を認識せしめ、この時局に対し確乎たる態度をとらしむるために本当に必要だと信じておりました。殊に南京陥落の際は提灯行列をやりお祭騒ぎをしていたので、憤慨に堪えませんでした。私は戦争の如何なるものであるかを本当に国民に知らさねばならぬと考え、そのために是非一度戦線を視察したい希望を抱いていたのです

問　むこうでは如何なる所を見聞してきたか

答　私は将校に接するより兵士の間に交わり、その話を聞く方がより本当の戦争の姿が掴み得ると考えていましたので、彼地でも　将校とは殆んど接せず、兵士の話を（ママ）多く耳を傾けました。そして戦地に於ける本当の人間の気持を見聞してきました

問　見聞して来たところを如何に創作に表わさんとしたか

答　出来るだけ多くの材料を採り入れ、戦争の本当の姿を写したいと思いました

問　これらは日本兵と（ママ）現地で支那の婦女を殺戮《さつりく》し、物品を掠奪する場面を描写したものだね

答　左様です

問　このようなのは如何なる気持で書いたのか

答　戦争の凄さを書いて伝えたい趣旨で書きました

問　どういう気持で書いたのか

答　徴発は戦争の場合、やむを得ない事であって仕方なくやっているのであると考え、又、一塊《ひとかたまり》の砂糖を盗った支那人を殺すのは、戦争の場合、充分に殺すだけの理由があると認めて書いたのでありま す

問　被告は反戦思想を抱いているのではないか

答　左様なことは絶対にありません

問　「生きてゐる兵隊」の表題の意味はどうか

答　死を目前に扣《ひか》えて生残っている兵隊ということと、更に真実の人間らしき兵隊という二つの意味を含めてあります。[13]

判事は、畑中前掲文章にあるように、削除あるいは伏字にする以前の雑誌の「少数部数がたまたま市販分に混入」していたくらいだから、当然、ノーカットの原作を読んでいる訳で、それをもとに思考し、尋問している筈だ。石川の陳述もまた原作を念頭においているに違いないが、判事の「問」に対する彼の「答」は戦後の回想的文章の内容と殆ど変わらない。「戦地」での「兵士」たちの「本当の人間」としての「気持」を「見聞」したなど、自身の思考していた中味を率直に表現している勇気のある発言である。

しかし、「生きてゐる兵隊」を読んで、私は、石川の陳述にある通り、反戦・非戦思想を感ずることは出来なかった。石川は、激戦の末に上海から南京に向う途中の大都市無錫《ウーシー》を占領した皇軍の、三重県出身者の連隊をモデルにした一部隊の西沢連隊長用の砂糖の一片を盗んだ中国人（「半強制的」に徴発された軍夫の一人）を殺害する件《くだり》でも、写実的に描いてはいても、死者を哀悼する表現は些かもなく、その前段の戦死した連隊旗手の場合と対照的である（第三・六章）。それでいて石川は随所で西沢大佐を尊敬の念をもった筆致で綴っている。例えば「大佐は部下を愛する親のような感情をもつと同時に、敵を愛することを知らない軍人ではなかった」と記している。しかし、同時に例えば「彼は幾千もの捕虜をみなごろしにするだけの決断をもっていた」と認めているのだから、反戦思想は微塵もあるとは言えない（第四章）。けれども、裁判官との問答からは、石川の言論・表現の自由への強い渇望を読み取ることは出来る。

石川は反戦思想を持っていたとは言えない点を戦後の回想的文章のなかでも述べている。極東国際軍事裁判で「米国側の検事団」が「生きてゐる兵隊」を南京虐殺事件の証拠資料に使おうとした時に、「南京虐殺事件の現場を見てはいない。しかし大体のことは知っていた。事件そのものを否定することはできなかったが、私は当時の日本軍の立場を弁護した。つまり虐殺事件にも或る必要性があり、その半分の責任は支那軍にもあるという説明をした。焦土抗戦主義もその一つ。敗残兵が庶民のなかにまぎれ込んだこともその一つ。捕虜を養うだけの物資が無かったこともその一つ。……（原文通り）」[14]。石川は、歴史的に明白な侵略戦争そのものの不当性を多くて半分程度しか認識していなかったようである。彼は皇軍の南京への侵攻、日中両軍の南京攻防戦という局部を矮小的に見ているだけなのだ[15]。

しかし、第一審「判決」文は判決の「理由」を次のように述べている。

雨宮は『中央公論』第六〇六号の「創作欄」に「生きてゐる兵隊」と題し、「今次支那事変に取材し我が出征兵士の戦地に於ける日常の行動を描写するに際し」、「皇軍兵士の非戦闘員の殺戮、掠奪、軍紀弛緩の状況を記述したる安寧秩序を紊乱《びんらん》する事件を編集掲載し」、牧野は「右安寧秩序紊乱の事項を掲載せる」『中央公論』第六〇六号「七万余部を発行し」、石川は「右掲載事項を執筆してこれに署名したるものなり」、この「判示掲載事項が安寧秩序を紊乱する点は、判示掲載事項の行文自体及び今次支那事変が現に継続中なる公知の事実を綜合してこれを認む」とした[16]。

このような「理由」付けで、判事は雨宮と牧野は新聞紙法第四一条に、石川は同法第九条第二号及び第四一条に該当すると判断し、「主文」をもって前掲の通りの判決を言い渡したのであった。

河原理子氏は、石川の令息の言として、警視庁の特高警察官が「生きてゐる兵隊」を読みあげて「この通りのことを見たのか」と問うから、石川が「これは小説でありこの通り見たわけではない」と答えると、「我軍に不利なるのみならず相手国に悪用さるべき造言飛語に相違無き旨自供し居れり」とされたと伝え、こうした特高の「意見書」と「聴取書」をもとに、裁判によって、「軍紀弛緩、非戦闘員の殺戮などの〈虚構〉を書いたことが、犯罪事実とされた」、「まさに『愚劣』だったろう」と記している。[17] その通りである。

2　石川筆禍事件が惹起した時代状況

「生きてゐる兵隊」筆禍事件は、次のような時代状況のなかで捉えることが必要である。

「大正期における社会運動の発展の影響をうけて、勤労大衆の解放を目的とする文学運動が勃興した。1921年創刊の『種蒔く人』を起点とするプロレタリア文学がそれである。一方、都会文化を背景に、感覚によって現実を再構成しようとする理論と手法をもった新感覚派の文学も盛んになった。また、文化全体をみると、昭和初期の恐慌下、都市を中心に虚無的・退廃的な傾向がひろがった」。「政府はこの風潮を一つの口実にして、ファシズムの台頭を背景に、学問・思想、言論・表現の統制を強め、自由主義的な学者・文化人や学生に対してまでも弾圧を加えた。そうしたなかで、国民はいっさいの自由を奪われていったのである」。[18]

この時代状況を文学に限定して年表風に記せば、「生きてゐる兵隊」筆禍事件は次のような動向のなかに位置づけて捉えることが出来る。

1924年　『文芸時代』の創刊（新感覚派）。
1925年　日本プロレタリア文芸連盟の結成。

１９２８年　全日本無産者芸術連盟（ナップ）の結成。『戦旗』の創刊。
１９２９年　日本プロレタリア作家同盟の結成（～34）。小林多喜二『蟹工船』（掲載誌『戦旗』発禁）。徳永直『太陽のない街』。『綴方生活』の創刊（生活綴方運動おこる）※１。
１９３０年　『ナップ』の創刊（～31）。
１９３２年　日本プロレタリア文化連盟（コップ）の結成（ナップの解散）。
１９３３年　小林多喜二検挙、拷問により死亡※２。『文学界』の創刊（～44）。石坂洋次郎『若い人』（翌年不敬罪・軍人誣告罪《ぶこくざい》で告訴される）。広津和郎『風雨強かるべし』※３。学芸自由同盟の結成（会長徳田秋声）。
１９３６年　野上弥生子『迷路』一・二部（以後中断）※４。
１９３７年　島木健作『再建』（ただちに発禁）。
１９３８年　石川達三『生きている兵隊』、戦争の残酷さを強調したとして掲載誌『中央公論』発禁（翌年石川起訴）。火野葦平『麦と兵隊』（戦争文学）。内務省、戸坂潤・宮本百合子らの原稿掲載を停止するよう雑誌社に内示。
１９４１年　徳田秋声『縮図』の連載、情報局の圧力で『都新聞』が中絶。
１９４２年　大日本言論報国会の設立（会長徳富蘇峰。～45）※５。
１９４３年　谷崎潤一郎『細雪』の連載、軍部の圧力で『中央公論』が中止（戦後完結）※６。横浜事件（細川嘉六ら言論人、中央公論社・改造社・岩波書店などの編集者検挙。（～45）。[19]

※１　「生活に根ざしたものの見方・考え方をのばそうとする生活綴方運動は、一九四〇～四二年、中心メンバーが検挙

された」(『綴方生活』誌表紙写真の説明。前掲拙稿「戦時体制下の文化」)。
※2 「2月20日(余の誕生日)に捕へられて死す。警察に殺されたるらし。実に不愉快。」(志賀直哉の日記)(「小林多喜二の通夜」写真の付記。前掲拙稿「戦時体制下の文化」)。
※3 リベラルな知識人としてプロレタリア文学に接近した広津和郎(一八九一~一九六八)がその苦悩を描いた長編小説。
※4 ファシズムへ突き進む日本を活写して中断を余儀なくされ、戦後、敗戦までを多面的に描き切った六部構成のこの超長編小説は、見事な現代史的作品。野上弥生子(一八八五~一九八五)は改作『迷路』の「第一・二部のはしがき」に「私がこれらの作品中の人たちを机上においてきぼりにしてから、すでに十年あまりになる」、「今度の不幸な戦争を頂点とする日本の十数年の歩調には、一度も歩調を合はせた覚えはないが、しかし作品の中の字句の表現や、描写には、なにか地雷火にぶつかるまいとするやうな警戒や、消極的な回避が隠されてをり」、「改作を思ひたつたのはそのためである」と認めている(前掲拙稿「戦時体制下の文化」)。
※5 これより先、同年六月に日本文学報国会(会長徳富蘇峰)が発会した(前掲拙稿『島崎藤村「破戒」を歩く』下)。
※6 谷崎潤一郎(一八八六~一九六五)は『細雪』原稿上巻19章末尾」に「一往《いちおう》掲載を中止し他日これが完成発表に差支《さしつかえ》なき環境の来《きた》るべきことを遠き将来に冀《こひねが》ひつつ、当分続稿を篋底《きやうてい》に秘しおかんとす」と認めた(前掲拙稿「戦時体制下の文化」)。谷崎は連載中止を「時局にそはぬ」との理由で「陸軍報道部」の「忌諱に触れた」ためであると書いており(谷崎「『細雪』回顧」〈『谷崎潤一郎全集』第二二巻、一九八三年、中央公論社〉)、管見ではこれを陸軍省報道部としている文献があるが、正しくは大本営陸軍報道部である(前掲拙著『島崎藤村「破戒」を歩く』下)。谷崎も『細雪』で英米人はとりあげず、同盟国ドイツの家族を描いたが、華やいだ日本の四姉妹の物語を軍部や内閣情報局等が見逃すはずはなかった(同右)。谷崎は翌四四年に中央公論社の援助で私家版『細雪』上巻を上梓したが、警察当局の取締り

を受け、中巻の刊行を断念した（同右）。中央公論社も、改造社とともに、同年、内閣情報局から自発的廃業を「指示」された、解散に追い込まれた（同右）。

谷崎は「遠き将来」と記したが、敗戦後間もなく、上中下巻を刊行することが出来た（一九四六・七・八年、中央公論社）。彼は、一九四七年、『播州平野』（一九四六〜七年）を著した宮本百合子（一八九九〜一九五一）、他界の翌四七年に『自叙伝』が出版された河上肇（一八七九〜一九四六）とともに第一回毎日出版文化賞を受賞した。

まず、プロレタリア文学とその作者が弾圧され、ついで軍部や情報当局に睨まれた作品と著者、リベラルな小説と作家、そして、それらを出版する編集者と雑誌社・出版社が受難を余儀なくされていったのである。その過程でプロレタリア文学団体とその雑誌が絶えず監視と抑圧の中に置かれ、弾圧されたことは言うまでもない。こうした弾圧の一環だった石川の受難は文学で戦争を描くことの困難性と限界点を明らかにし、同時にその方向性を示す重要な出来事となり、軍部の意向に沿った従軍作家の出現と横行の画期となった。

一般に正式の従軍作家の第一陣は一九三八年九月に出陣の久米正雄・川口松太郎・丹羽文雄・尾崎士郎・林芙美子・岸田国士ら（陸軍）とされている（ついで、菊池寛ら海軍）。しかし、その先駆けは現役兵士（伍長）で戦地にあって芥川賞を受賞した火野葦平（一九〇七〜六〇）と見るべきであろう。彼は「中支那」方面軍（司令官松井石根《いわね》大将）の報道部へ転属となり、現地で従軍専属作家にされた。火野は「生きてゐる兵隊」筆禍事件の年に「麦と兵隊」を『改造』八月号に発表し、九月刊行の『麦と兵隊』の発行部数は一〇〇万部を超えた。かつて労働運動で活動し、逮捕され、転向した彼は、戦後、戦争責任を自覚し、その苦悩が自死の要因となった。火野以後、輩出した従軍作家は数々の戦争文学を発表した[20]。

石川も、作品はきわめて少ないものの、例外ではなかった。前掲「第一審公判調書」を見ると、判事の

「このような時期に、かくの如き創作は発表し得ないものと思わなかったか」との尋問に、「後で良く考えて左様に思いました」などと答えた石川は、「今後はどうする考えか」の問いには「矢張り著述業で同じ気持で注意してやる考えで」と、「再度従軍志願しているとの由だがその方はどうか」の問いには「本件が解決すれば考慮される事になっております」と答えている。判決で執行猶予になったことが「解決」であった。彼は執行猶予中に従軍作家として活動し、一九四一年一二月、米英宣戦布告直後には海軍報道部員として徴用された。

3 「生きてゐる兵隊」の皇軍慰安婦記述

「生きてゐる兵隊」の皇軍「慰安婦」記述を見てみよう。皇軍の構造がよくわかるのである。「慰安婦」は従軍記者・従軍作家・従軍画家・従軍芸能人とは性格を異にし、「従軍」とは言えず、日本の軍隊は、国民国家のではなく、天皇の軍隊だから、「日本軍」よりは「皇軍」という呼称の方が妥当だ。「生きてゐる兵隊」では、皇軍「慰安婦」は一九三七年一二月一日に大本営の命令で「中支那」方面軍(上海派遣軍及び第一〇軍で編成)が中華民国の首都南京の攻略を開始し、一三日に南京を占領した直後の箇所に出てくる。

大本営は統帥権を一手に掌握する現人神《あらひとがみ》にして大元帥の天皇に直属する最高統帥機関であり、その幕僚長たる参謀総長(陸軍)と軍令部総長(海軍)が天皇の統帥権を補弼《ほひつ》(補佐)した。「支那事変」と呼ばれた、宣戦布告なしの日中戦争に際し、一一月一八日、戦時大本営条例に変え、大本営令を公布して「事変」にも大本営を設置出来るようにした上で、翌々日、宮中(天皇の日常的住居)に大本営を設置、ここから一二月一日、「中支那」方面軍総司令官に正式に南京攻略を命じた。[21] 戦線不拡大が優勢だった参謀本部とその統率に従わずに拡大させる方面軍との対立及び参謀本部内の対立は大本営の設置によって「克服」され、無謀な戦線拡大が決定されたのである。日清・日露戦争時につぐ、三度目に設置された大本営はアジア太平洋戦争を通して敗戦まで置かれ続けた。皇軍は一方では「事変」だから国際法の適用外だとし、他方では「事変」なのに大本営を設置したのである。ダブル・スタンダードだ。

皇軍は、南京攻防戦と占領直後に、敗残兵や戦闘能力のない負傷兵、更に投降兵・捕虜、そして一般民間人を多数殺害した（南京大虐殺）。その数は極東国際軍事裁判では二〇万人以上とされた。少なくとも数万人以上と推定されている。また、物資の徴発、さらには略奪、略奪前後の殺人があり、女性に対する強姦・輪姦、更には猟奇的殺人や強姦後の殺人も数知れず、ために皇軍当局は「慰安所」設置のピッチをあげた。[22]

「生きてゐる兵隊」はその一端を西沢大佐が率いる一連隊（戦時だから三〇〇〇人程度か）の、殊に三人の兵士（下士官と兵卒）の「慰安所」へ通う行動を第九章に少し描いている。下士官は石川が同居させてもらった部屋の一人がモデルである。二人の兵卒も石川が詳しく取材した相手をモデルまたはヒントにしているであろう。

「日本軍人の為に南京市内二個所に慰安所が開かれた。彼等壮健なしかも無聊《ぶりょう》（退屈—成澤）に苦しむ肉体の欲情を慰めるのである。笠原伍長と近藤一等兵とは連れ立って市政府の宿舎を出た。もう銃を持ってあるかなくてもいゝほどに市内は平穏になっていた。ときおり破れ崩れた家のかげから正規兵が一人二人見つけられ、垢《あか》と埃《ほこり》にまみれて斑《まだら》になった顔に呆心《ほうしん》した表情をうかべて引っ立てられていく他は殆んど危険もない無人の市街、ただ軍人のみが歩いている空虚な都市であった」。

「彼等は酒保（日本人経営の酒場―成澤）に寄って一本のビールを飲み、それから南部慰安所へ出かけて行った。百人ばかりの兵が二列に道に並んでわいわいと笑いあっている。路地の入口に鉄格子をして三人の支那人が立っている。そこの小窓が開いていて、切符売場である。

一、発売時間　日本時間　正午より六時

二、価額　桜花部（コースかまたはランクか―成澤）　一円五十銭　但し軍票を用う

三、心得　各自望みの家屋に至り切符を交付し案内を待つ

彼等は窓口で切符を買い長い列の間に入って待った。一人が鉄格子の間から出て来ると次の一人が入れる。出て来た男はバンドを締め直しながら行列に向ってにやりと笑い、肩を振りふり帰って行く。それが慰安された表情であった。

路地を入ると両側に五六軒の小さな家が並んでいて、そこに一人ずつ女がいる。女は支那姑娘《クーニャン》であった。断髪に頰紅《ほおべに》をつけて、彼女らはこのときに当《あた》ってもなお化粧する心の余裕をもっていたのである。そして言葉も分らない素性も知れない敵国の軍人に対して三十分間のお相手をするのだ。彼女らの身の安全を守るために、鉄格子の入口には憲兵が銃剣をつけて立っていた」。

「却《かえ》って帰り途《みち》は鬱屈《うっくつ》した心になるのであった。

『どうだったお前』笠原伍長は街角のビラを通りすがりに破りながら言った」、「漢奸《かんかん》を殺せというビラ、儞《ニイ》青年学徒よこの時に起《た》たずして何《いず》れの時に起たんとするか！　というビラである。

『つまらんですな』と近藤は憂鬱《ゆううつ》に笑った。

『なぜだい』

『やっぱり情《じょう》が無いですな』

『馬鹿！　当《あた》り前じゃねえか』
笠原はもう少しで躓《つまず》きそうになった死体をとび越してげらげらと笑うのであった。
平尾一等兵は毎日のように慰安所へ通って行った。そして帰って来ると戦友に向《むか》ってこう言うのである。
『俺はな、女を買いに行くんではない。（中略）俺は亡国の女の心境を慰めに行ってやるんだ』」（第九章）。

平尾一等兵の言種《いいぐさ》は、毎日、少なくとも十数人の「素性も知れない敵国」軍人の相手をさせられる中国の若い女性の「心境」を蹂躙する一方的な空言《そらごと》だ。作者は、平尾と異なり、いくらか「姑娘」の立場から表現してはいる。彼女たちを具体的に登場させてもいない。配慮か。しかし、「いくらか」と言うのは、「心の余裕をもっていた」などと皮相的な見方をしているからである。

以上で下士官・兵卒相手の「慰安婦」記述のほぼ全てだ。将校用の「慰安所」は別である。それにしても兵士用の「慰安所」が南京に二ヶ所というのは少ない。占領直後の所為であろう。将校用はまだ未設置であったのかも知れない。なお、平尾が毎日のように通っていたと言うのは、事実からは遠い。兵卒の給与水準は極度に低く、月に二度も通うならば、給与の半分はすっ飛んでしまう。通う頻度が高ければ、憲兵は単なる番兵ではなく、「慰安所」と「慰安婦」の監督・監視者なのだから、怪しまれることは必定である。

それにしても、石川は「慰安婦」をリアルに描いてはいない。兵士たちから取材しているだけだからである。所謂濡事《ぬれごと》にも触れていない。兵士はおそらく語ったに違いないが、石川の作風の所為もあるし、軍部に対する配慮があったからでもあろう。

後に全国商工団体連合会常任理事を務めた村瀬守保は自動車中隊の二等兵として二年半従軍した。中隊の非公式写真班として黙認され、将兵の写真を撮り、彼らに渡して故国の家族へ送らせる一方で、中国人孤児や老婆に温かいレンズを向け、中国兵の死体の山をリアルに写した写真は約三〇〇〇枚。その中から選んで刊行した写真集のうちに「慰安婦」「慰安所」の写真が六枚掲載されている。皇軍直営「慰安所」の看板、その前に並ぶ兵士たち、物同様に無蓋のトラックで前線に運ばれる「慰安婦」たち、民営「慰安所」の女性たちと兵士たち（軍直営は撮ることが困難だったろう―成澤）がそれである。いずれも漢口の写真だが、直営「慰安所」の看板の下には「寿子」とか「光江」とか源氏名の名札が二三枚下がっており、その横に兵站《へいたん》司令官名による「登楼者心得」が貼り出されている。それには次のように記されている。

「一、サックハ必ス使用後洗滌スヘシ
一、慰安所内ニテ飲食スルヘカラス
一、飲酒者ノ登楼ヲ禁ス
一、放歌騒擾《そうじょう》暴行ヲナスヘカラス
一、巡察者ノ命令ヲ遵守《じゅんしゅ》スヘシ
右条項ニ違反スル者ハ法規ニ照シ厳罰に処ス
右諸項示達ス
昭和拾三年拾一月」[23]

兵站とは食糧や馬などの軍需品の供給・輸送などに当たる基地を言う。また、自動車部隊をも隷下とする兵站軍司令部の「慰安所規定」には、次のようにあったと、村瀬は記している。

「1、慰安所外出証を所持すること
2、入場券は下士官、兵、軍属は二円とする
3、入場券に指定された部屋に入ること
4、但し時間は三十分とする
5、用済みの際は直ちに退去すること」[24]

「生きてゐる兵隊」の場合と異同はあるが、具体的な記述は理解を深めさせてくれる。なお、村瀬は反戦思想の持ち主であった。

４　慰安所施設の「意味」するもの――特に兵士の場合

「慰安所」設置の目的が直接的には皇軍軍人の性欲処理にあったことは言うまでもない。しかし、軍当局の大局的な狙いは、陸軍刑法第八六条で厳罰（無期又は七年以上の懲役）をもって禁止しているにもかかわらず、略奪とともに、軍紀では阻止出来ない現地女性に対する強姦を抑止するところにあった。[25] 強姦のおびただしい発生が皇軍の「威信」を失墜させ、住民の反感と抵抗を激化させるからである。同時に性病感染防止のためでもあった。「慰安所」には軍当局の直営と民間経営とがあったが、「生きてゐる兵隊」に記されているように少なくとも直営では軍票が使用されていたようである。軍票とは皇軍発行の軍隊の通貨代用手

形のことである。民間施設の場合も軍当局の厳格な管理下に置かれ、直接の管理は憲兵隊の任務であった。直営・民営を問わず「慰安所」は、当時、わが国に存在していた「公娼」制度が適用されていたから、殊に料金の高かった民間施設では「慰安婦」は娼婦と同様のシステムで経営者から厳しい搾取の対象とされた。「生きてゐる兵隊」に描かれている「慰安所」は小屋程度の建物のようだ。中国軍の焦土作戦による戦災の激しかった南京の、しかも占領直後だったからであろう。「慰安所」は上海事変（第二次）後の上海市のような兵站地帯と通過地域、前線近くのそれぞれによって形態が違う。[26]兵站地帯では兵士用でも少々「立派」な施設もある。

長期にわたる持久戦が続いている地域などでは、石田米子氏らの現地調査・事例研究にあるように、皇軍支配の各地点に小部隊の宿舎の一角や住民を追い払った民家に各集落から徴発した女性や拉致・連行した女性を監禁している小さな「犯罪的慰安所」（「強姦所」）の設けられた場合がある。アジア太平洋戦争へと皇軍の侵攻が拡大するに従って、「慰安所」とともに、「強姦所」も中国以外の東南アジアの侵略地の全域に拡げられていった。[27]

陸軍の「慰安所」設置の提案者、少なくとも提案の中心は、「満洲」事変の翌年（一九三二年）の上海事変（第一次）における上海派遣軍参謀副長の岡村寧次《やすじ》大佐であった。岡村は回想録の中で「昭和七年の上海事変のとき二、三の強姦罪が発生したので、同地海軍に倣《なら》い、長崎県知事に要請して慰安婦団を招き、その後全く強姦罪が止んだ」と述べている。[28]当時は兵士相手を含めて「慰安婦」は日本から呼んでいた。岡村の言によれば、強姦も抑止出来たようである。長崎県知事に依頼したのは、長崎港から上海へ直行便があったからであろう。岡村の右回想から、「慰安所」は海軍の方が先に設置していたこともわかる。

ところで、日中戦争開始前後から兵士の動員が飛躍的に増大した。後藤乾一氏は一九三七年中に約九三万人にも及び、特に七～八月の召集が夥しかったと記し、そのうち現役兵は三三万六〇〇〇人と、非常に少なかったことを言外に示している。[29] 三七年八～一一月の日中戦争開始期の上海戦線における攻防戦は激しく、中国人の死傷者よりは少ないものの、皇軍の人的損害は予想をはるかに超えた。そのため、三七年の晩夏以降の短期間に上海へ上陸した大量の予備役・後備役・補充兵は皇軍部隊の甚大な損失を補充するに止まらず、南京攻略の大半を担うこととなった。[30] このような軍隊編成の構造変化は皇軍部隊の団結を困難にし、軍紀による統制の弛緩をもたらした。[31]

その結果、第一一軍司令官になった岡村（中将）が、三八年八月のこととして、回想録に次のように記している事態になった。[32]

「憲兵隊長報告のため来訪、小池口《シャオチーコウ》における上等兵以下三名の輪姦事件を取調べたところ、娘は大《おお》いなる抵抗もせず、また告訴もしないから、親告罪たる強姦罪は成立せず、よって不起訴とするを至当とするとの意見を平然として述べ」、「軍法務部長もまた同じ意見を述ぶ」、「私は叱咤して云った」、「これは法を作った内地を前提としたものであろうことを深慮しなければならない。抑々《そもそも》われわれの出動は聖戦と称しているではないか」、「銃剣の前に親告などできるものではない」、「憲兵は須《すべか》らく被害者をみな親告せしめよ、そうして犯人はみな厳重に処分すべしと。憲兵隊長、法務部長は、はじめ吉本軍参謀長に対し同様の意見を述べたところ、私が場合と同様に反対されたので、爾来憲兵隊は軍司令官が厳しいからその口実の下に、かなり厳重に取締ったらしい。しかしその後も各地でやはり強姦が頻発し」云々。

要するに強姦を厳重に処分することを司令官が命令しても効果がないという実態になっていたのである。そうであるから、皇軍当局の「慰安所」増設に拍車がかけられたことは言を俟たないが、強姦と「慰安所」とは、軍紀で抑止出来ない強姦があるから「慰安所」が設置され、「慰安所」の存在がさまざまな形態の強姦を蔓延させていく関係にある。やや具体的に記せば、「慰安所」の公認は、低い給与のうちから家族に仕送りをするなどの理由で、その利用料金を支払う能力を欠く兵士たちや施設を設置するに至っていない地域の兵士たちが地域の女性を強姦・輪姦し、拉致して「強姦所」を設置するなどの性的暴力を拡げ、軍上層部がこれら性的暴力を容認する体制が出来ていくのである。[33]

現人神を大元帥とする皇軍には国際的には度外れた厳しい位階秩序があり、それによって生み出される兵士の不満と緊張、戦場で直面する極度の緊張と攻撃的態度を暴力的に解放ないし緩和させることによって、兵士の不満と緊張と攻撃の矛先が上官に向うことを抑止し、兵士をして明日の戦闘に備えた攻撃的態度を再生産させるための施設が「慰安所」であるとするならば、強姦もまた同様の機会と見なされることになろう。[34] 岡村司令官の命令が皇軍の幹部らによって無視ないし等閑に付されたのは、彼らが強姦を承認もしくは黙認していたことにほかならない。

そこで念頭に浮かぶのは「戦陣訓」である。「戦陣訓」は、一九四一年一月、「本書ヲ戦陣道徳昂揚ノ資ニ供スヘシ」と、同年の陸軍省訓令第一号をもって陸軍大臣東条英機中将名で発せられた。作成の中心は陸軍切っての人格者とされる教育総監部のナンバー2《ツー》の今村均中将であった。敗戦時、南方の第八方面軍司令官だった今村（大将）は、戦争犯罪人として囚われ、自ら申告して部下とともに現地で長期服役したことで知られる。島崎藤村の詩文を愛した今村は藤村に「戦陣訓」の校閲を依頼した。「戦陣訓」は、「忠・礼・武・信・質（質素―成澤）」の五徳目を立て、大元帥たる天皇に絶対服従すべきことを軍人に直接命令を下した軍人勅諭（一八八二年公布）の精神を具体的に詳述し、軍人の守るべき大原則を明示した訓戒である。「本訓」の一で皇国・皇軍・軍紀・団結・協同・攻撃精神及び必勝の信念の意義を、二で敬神・孝道・敬礼挙措《きょそ》（立ち居振るまい――成澤）・戦友道・率先躬行《きゅうこう》（実践――成澤）・責任・死生観、更に名を惜しむ、質実剛健・清廉潔白の意義を説き、三で「戦陣の戒《いましめ》」（九項目）・「戦陣の嗜《たしなみ》」（七項目）の実行を命じている。「戦陣訓」には一般国民にとって皇国の行くべき大道を示した「国民訓」にしようとする狙いもあった。「本訓」二の二「孝道」では「尽忠報国こそ最大の孝道」であると、同じく六「責任」で「任務は神聖なり。責任は極めて重し」と説いた上で、同じく七「死生観」で「生死を超絶し一意任務の完遂に邁進すべし、身心一切の力を尽くし、従容《しょうよう》（ゆったり――成澤）として悠久の大義に生くることを悦びとすべし」、八「名を惜しむ」で彼の有名な「生きて虜囚《りょしゅう》（捕虜――成澤）の辱《はずかしめ》を受けず、死して罪禍の汚《けがれ》を残すこと勿れ」に行き着く。「本訓」三の「戦陣の戒」の七の「皇軍の本義に鑑み、仁恕《じんじょ》（情深い思いやり――成澤）の心能《よ》く無辜《むこ》（罪のない――成澤）住民を愛護すべし」や八の「戦陣苟《いやしく》も酒気に心を奪はれ、又欲情に駆られて本心を失」ってはならないの条は、南京大虐殺などの反省が込められているのであろうが、その後の大戦で大勢としては守られなかった。「本訓」二の五「率先躬行」には「幹部は熱誠を以て百行の範たるべし。上正しからざれば下《しも》必ず紊《みだ》る」とあるが、これもまた、同様であった。[35]「名を惜しむ」だけが特に強調されて一人歩きしたと言える。「戦陣訓」は皇軍の実態を知るための貴重な史料である。

　岡村は厳罰をもって処する厳しい法治主義を執って空振りに終わり、東条は自らを顧みることなく、微細に入った厳誡を垂れ、取り返しのつかない大失態を演じ、後世に悪名を残した。人情味の篤い今村にとっては「戦陣訓」にはわが意に沿わない内容が盛り込まれていたようであるが、それは程度問題であり、彼は任務として遂行した責任を免れ得ない。

いずれも、皇軍将兵の実態を見ない観念論の精神主義に陥り、「死生観」を始め、生身の人間に出来る筈のない統制・強制を実行しようとしたのである。人間性を全く無視しているのだ。その根本原因は現人神という個が統帥権を掌握している皇軍の構造そのものにあると言ってよい。「陸軍刑法」・「海軍刑法」を通覧すると、天皇に対する叛乱罪〈第一章〉を始め、司令官への擅権《せんけん》〈専権〉罪・辱職《じょくしょく》罪、部下の上官に対する抗命罪・暴行脅迫罪・侮辱罪等により、法律上、雁字搦めになっている構造がわかる。

更に言えば、天皇を「家長」とし、臣民を「赤子」とする、個人を無視ないし極端に軽視した「家族国家」の構造にあるだろう。家族国家は家長である戸主が絶対の権限を掌握して家族に統制を加え、直系男子の家督相続によって家を存続させる、近世上級武士の家制度を規範とする明治民法に定められた家父長的家族制度の国家版である。非近代的な家父長的家族制度は絶対主義的天皇制の有力な支柱であった。本来、道徳は西田幾多郎（一八七〇～一九四五）が「人生自然の上に根拠をもった者で、何故に善をなさねばならぬかということは人性の内より説明されねばならぬ」と言ったように、人間社会で自然的に生み出されるもので[36]、国家が権力をもって国民の良心に介入し、強制すべき性質のものではない。ところが日本帝国では天皇が教育勅語をもって臣民の良心に介入し、特殊な「徳目」を強制し、臣民を支配・統制しようとした。それに輪を掛けた軍人勅諭の「徳目」を軍人に強制した。しかし、天皇に隷属する軍人も人間であって、人間性無視の「説教」は守れない。そこで皇軍首脳部は天皇制ファシズム体制のもと、度外れて微細に入った「戦陣訓」を誕生させた。しかし、この厳誡は初手から守れる筈のない代物だったのである。守れないものの上により守れないものを作成し、その遵守を強制しようとした神経は異常と言うより外はない。

5 「生きてゐる兵隊」の将校相手の慰安婦記述

兵士相手の「慰安所」に続いて、将校のそれについて「生きてゐる兵隊」はどのように叙述しているだろうか。

平尾・近藤両一等兵は、南京占領後、片山従軍僧及びその従卒二人とともに、所用で一月五日に南京を出発し、八日に上海に到着した。従軍僧は西沢部隊の「遺骨百八十三体のお伴をして上海の西本願寺別院まで」来て、「遺骨と一緒に一度日本へかえって来る」ことになっていたが、「西本願寺別院その他に安置されている各地の戦線から集った遺骨はほとんど二万体に達し」、「あと船に四百五十体ずつ積むとしても西沢部隊の遺骨が日本へ帰るのはまず四月になるだろう」との「話を聞いて」、彼は「元の部隊に戻って居よう」と決め、「沢山の郵便と慰問袋とを探し出し」に来た平尾・近藤と、一月一二日早朝に上海の「北停車場から貨物列車に便乗して南京に向」うことにした。その間、「三日間、平尾と近藤とは遊ぶ暇が出来」たので乍浦路《ウフウリユ》へ遊びに出掛けた。

「生きてゐる兵隊」は、「軒を並べた」日本人経営の「カフェ、喫茶店、キネマ、酒場、おでん屋のあたり」で「夕方から戦《たたかい》を終って前線から帰り休養している」「将校と兵とが群がりさわいでいた」とある件《くだり》で、次のように記述している。

「夜更ける頃には料理屋の暗い門前に軍の自動車がずらりと並んでこゝは将校の慰安所になっていた。酔った兵が夜になってから上ろうとしても満員で上れないほどであった」（第一〇章）。

すこぶる短いが、南京の兵士の「慰安所」との格差がとても大きいことに驚かされる。将校の「慰安所」については、石川の右の叙述内容の七ヶ月後に永井荷風（一八七九～一九五九）が日記『断腸亭日乗』の一九三八年八月八日の条に認めている。ここに借用する。

「八月八日　立秋《りっしゅう》　午後土州橋に行き薬價を拂ひ水天宮裏の待合叶家を訪ふ。主婦語りて言ふ。今春軍部の人の勸めにより北京に料理屋兼業の旅館を開くつもりにて一ヶ月あまり彼地に滞在し歸り來りて賣春婦三四十名を募集せしが妙齢の女來らず。且又北京にて陸軍将校の遊び所をつくるには女の前借を算入せず家屋其他の費用のみにて少くも二萬圓を要す。軍部にては一萬圓は融通してやるから是非とも若き士官を相手にする女を募集せよといはれたれど北支の気候餘りに悪しき故辭退したり。北京にて旅館風の女郎屋を開く爲軍部の役人の周旋にて家屋を見歩きしところは舊二十九軍将校の宿泊せし家なりし由。主婦は猶賣春婦を送ることにつき軍部と内地警察署との聯絡その他の事をかたりぬ。世の中は怪しくも不思議なり。軍人政府はやがて内地全國の舞蹈場を閉鎖すべしと言ひながら戦地には盛に娼婦を送出さんとす。軍人輩の爲す事程勝手次第なるものはなし[37]」。

女将《おかみ》の話から、将校相手の「慰安婦」がどのようにして集められているか、その絡繰《からくり》がよくわかる。軍関与の事実を示している。花柳の巷《ちまた》に入り浸っていた荷風の皇軍の「慰安所」政策に対する厳しい批判である。この荷風日記と照合出来そうな叙述は、片山・平尾・近藤ら一行五人が貨物列車で南京へ移動中の見聞として、「生きてゐる兵隊」の第一〇章にも見える。

上海北停車場を発って間もなく、「乗りこんで来た鉄道警備兵が三、四人」、「軍人でない便乗者」の男と「話しあってい」るのを一行が耳にした。鉄道警備兵たちは予備役兵または後備役兵のようで、彼らは軍人ではない男に尋ねていた。「内地では戦争はもう済むようなことは言うておらんですかいな」とか、「予後備の者はもう交替させるような話は御聞んならんかな」とか。首都が「陥落」したのだから、中国は降伏すると大半の日本臣民は想っていたが、中国は徹底抗戦の方針を貫き、日中戦争は日本の敗戦まで続いた。男は何も知らないと言った。「わし等はもう現役の兵と違うて四十近えような年でからに、家庭もあり商売もあり、なあ、戦争がこの辺でおしまいなら早く交替して貰いてえいうで、みんな言うとりますがなあ」。この発言には男も「左様ですなあ」と言ったが、予・後備役は年齢が高く、あるいは体位が低いのに、交代どころではなかったのだ。

こんな会話を交わしているうちに、「五十近い年齢」のその男は自分の商売の話をし始めた。

「その話によると最近日本人の女たちを連れて渡って来たのであった。突然の命令で僅に三日の間に大阪神戸付近から八十六人の商売女を駆り集め、前借を肩替りして長崎から上海へわたった。それを三つに分けて一班は蘇州、一班は鎮江、他の一班は南京まで連れて行った。契約は三年であるけれども事情によっては一年で帰国するか二年になるかも分らない。厳重な健康診断をして好い条件で連れて来たので、女たちも喜んでいる、という話であった。いずれはそうした夜の商売をしていたであろう狡猾《ずる》そうな男で、うすい外套を着て慄《ふる》えながら話していた。

『南京には三、四日前から芸者が商売をはじめて居ります。四人、五人居ますかなあ。漢口に居た芸者です。一旦長崎まで逃げて戻って、また南京へ行ったのです。わりに若い良い妓《こ》です』

そういう裏のことならば何でも知っているという様子で彼は饒舌りつゞけ、兵隊はほうほうと感心して聞いていた」(第一〇章)。

蘇貞姫《ソーチョンヒー》サラ氏は民間施設の「慰安所」を「指定業者型慰安所」と称し、これを主に将校を顧客とする「料亭」型と下士官以下を対象とする「娼館」型とに分類し、将校専用の「娼館」もあったとしている。いずれにしても宿泊が認められたのは将校のみ。「料亭」型にせよ、「娼館」型にせよ、将校用の「慰安所」の「慰安婦」は主として日本人だったが、妓生《キーセン》(歌舞・伝統楽器など、伎芸を学ぶ、日本の芸者に相当―成澤)学校で教育されたか、またはそれに準ずる朝鮮人の方がはるかに多い所もあったと言う。戦争が東南アジアに拡大してからは、ビルマのラングーンにあった久留米の高級料亭の支店(将校クラブ)では日本人「慰安婦」だけだったが、ジャワ島ではインドネシアを植民地にしていたオランダ女性が高級「娼館」で働かされていた。[38]

将校相手の「慰安婦」が主として日本女性であったことは田村泰次郎が体験をもとに書いている。彼は一九四〇年春に教育「召集」された後、同年秋に再「召集」され、石田米子氏らの調査・研究のある山西省の太行《タイハン》山脈のなかにある遼県《リャオシェン》へ従軍し、四六年に帰還した。その第一声が「日本の女には、七年間の貸しがある」という「放言」で、その訳を「戦地で私たちの相手になったのは、大陸の奥地へ流れてきた朝鮮女性たちで、そんなところでは、日本女性は数すくなく、ほとんど将校によって独占されていた」からだと書いているのが、それである。[39] 日本人「慰安婦」は、当時のわが国にまだ厳存していた家族制度と関連して、原則として娼婦から徴集されていた。所謂素人女性は論外であった。[40] 性的サービスの一時間当たりの料金は、皇軍が一九三二年四月に上海で発令した規則では、軍直営「慰安所」の場合だが、日本人「慰安婦」は一円五〇銭、朝鮮人は中国人と同じく一円とされた。[41]

それにしても田村の文言は、中国で人権を蹂躪されている朝鮮と日本の女性は勿論のこと、日本国内の日本女性をも顧みない、エゴ丸出しの許し難い放言である。「貸しがある」と言うべき相手は正当性皆無の侵略戦争を引き起こし、田村を含む兵士に犠牲を強いた天皇主権の国家とその政府、皇軍の筈だ。

先に見た調査・研究成果を手引きにすると、平尾や近藤が見付けた「料理屋」や荷風日記に登場する「待合」の女将が語った「慰安所」施設は「料亭」型の高級なそれのようであり、「狡猾そうな男」の語りの方はそうではなさそうである。「女たちも喜んでいる」という彼の話は、調査・研究によってもその一半は裏付けられている。[42]けれども、辛酸を前にした束の間のそれである。

6　皇軍一連隊の大移動と上海事変

「生きてゐる兵隊」は「北京陥落の直後」に「高島本部隊」が天津に近い渤海《ホーハイ》湾に面した大沽《タークー》に上陸し、海河《ハイホー》の支流子牙河《ツーヤーホー》沿岸を南下して中国軍を追撃すること二ヶ月、「友軍」が石家荘《シーチアチヨワン》を占領したとの報に接しながら、とある村に集結し、「次の命令を待ちながら十日間の休養をとった」ところから始まる。「高島本部隊」は師団（戦時には二万五〇〇〇人程度）で、西沢連隊はその一翼である。

連隊本部を置いた民家（勿論、居住者を追い出して）の近くで火事があった。笠原伍長と部下の二人が現場にいた中国人青年を逮捕した。笠原は部下を本部に走らせ、中橋通訳を呼んだ。中橋と笠原は共に石川が同居させてもらっていた部屋の者が、モデルないしヒントになっている。笠原「何て言うんだね、通訳さん」。中橋「こいつ奴《め》、自分の家に自分で火をつけたんだから俺の勝手だって言いやがる！」。放火である。笠原は部下二人と中国兵の死骸を幾つか跨ぎながら、青年を村はずれのクリークの畔まで連行し、笠原が日本刀で斬り殺した。作者は冒頭から問答無用の殺人だと書いている。

その間、中隊ごとに慰霊祭を催した。師団では歩兵の一〇分の一を失った。中隊長も二人戦死していた。一師団は通常四連隊、一連隊は三大隊、一大隊は三~四中隊だから、四〇人程の中隊長中の二人という勘定になろう。

笠原が青年を殺害した翌朝、出発命令が届いた。だが、最終的にどこへ行くのか、西沢連隊長はもとより、ことによると高島師団長にさえもわからないのかも知れなかった。まずは石家荘へ一五里程の道を行軍。未明に発ち、夜更けに着き、駅構内の貨車で寝た。翌朝、一大隊ずつ貨物列車で出発。貨物の小窓から大都市石家荘の破壊された家々が連なるのが見え、郊外では皇軍の命令のもと、中国人が何十人もの中国兵の死体を掘った大穴に投げ込み、埋めていた。軍用貨物列車は北上し、涿州《チユオチヨウ》駅に停車して夜明けを待って発車、北京を素通りして、夜、天津に着いた。しかし、兵士たちは（勿論、将校も）二昼夜の「貨車の旅」から解放されなかった。「磁石を見ると」、軍用列車は東へ、塘沽《タンクー》に向かっているのだ。塘沽の海河《ハイホー》対岸は大《ター》沽《クー》港である。「凱旋かも知れない」。だが、列車は塘沽駅で停車せず、北東方向へ。「ソ満国境だ！ その噂は突然に一種の戦慄をもって列車内にひろまった」。「今度の敵はロシアだ」。「また貨車の中で夜明けを迎えた」。平尾一等兵「あゝ！ 顔を洗いたいなあ」。「同じ車の中の四十人の兵は全く同感」。近藤一等兵「俺はゆっくりと糞をたれたいよ」。午後、秦皇島《チンホワンタオ》駅で二時間停車。近藤の「要求は満足させられた」。列車は北東へ向かって走り続け、日本の傀儡国家「満州国」の奉天（現瀋陽《シェンヤン》）に着いた。奉天で休憩後、客車に乗り換えた。汽車は南下。「万歳、凱旋だぞ！」。翌日、大連《ターリエン》に着き、民家に分宿。翌朝、海岸へ行軍し、沢山の小舟に乗って「敵前上陸」の訓練が繰り返し行われた。「兵は始めて」「どこか新しい戦線に向う」ことを知った。「それがどこの戦線であるかは誰も知らない」。

大連に着いて三日目、西沢連隊は軍用船に乗った。連隊長室当番だった近藤は室内に「出港後三時間を経過して開封すべし」と表に朱書きされている封印した書類の包みを目にした。包みの中味は「上海から南京附近に至る長江《チャンチアン》筋一帯の精密極まる地図」「彼等を待っている新しい戦場」の地図である。「船は一声の汽笛も鳴らさずに三隻、前後して大連を出た」。

概略で第一章を見た。だが、地理上の正確さを期すべく、少し説明を加えてある。

既に何回も登場している笠原・平尾・近藤の三兵士は倉田少尉が率いる九〇名程の小隊に所属している。倉田は部下に優しい。郷里の小学校の教員をしていた。三一歳で独身だが、若い兵士を教え子と同じように想っている。何人かのそういう部下を戦死させた。しかし、自分は生き残っている。そのことに苛立《いらだ》ちを感ずる。

「もしかするとこの焦立《いらだ》たしさは死ぬまで続くかも知れない。突然、彼は激しい戦争をしたくなった。今度戦線に立ったならば滅茶苦茶突き進んでやろうと思った」（第一章）。この後、倉田は本当に戦闘で「活躍」する（第三章）。彼は受持（後の担任）だった子どもたちに最後の別れの葉書（軍事郵便）を認めた（第一章）。作者は倉田の心の襞に分け入って彼の内面を描いており、これからも描いていく。

一九三七年八月一五日に編成された「北方部隊」（上海派遣軍。司令官松井大将―成澤）が先に「上海包囲陣を敷」き、一一月五日に杭州《ハンチヨウ》港北岸に上陸した「南方部隊」（第一〇軍。司令官柳川平助中将―成澤）が上海へ背後から迫り、両軍は同月一一日に「相会」して「上海の包囲を完成した」。この時点で高島中将率いる一ヶ師団の船団は長江（揚子江《ヤンツーチアン》）に入り、碇泊した船を一夜の宿とした。「みんな郷里へ手紙を書け。そして船長さんに纏めてあずけて置くんだ。もう最後の手紙になるかも知れんぞ。今度の敵は支那軍の中でも訓練のあるやつだからな」と、倉田は「大変やさしい口調」でそう言った（第二章）。

翌日の夕方、高島師団は無数の小船に乗換え、待機した。倉田小隊は川蒸気のような船に詰め込まれた。半数の兵士たちにまだ冬の外套が支給されておらず、初冬の川の夜風が身に滲みた。午前一時に「進航命令」が発せられ、小船集団は二隻の駆逐艦に護衛されて前進した。「眠っておかなければいけないのに、鼾《いびき》をかいている笠原伍長を除き、一人も眠られなかった。倉田は笠原に感心して「偉いな」と呟いた。小船の行列が未明に白茆江《パイマオチアン》の揚子江への合流点（白茆口《パイマオロウ》——成澤）に達した時、凡そ三〇隻の小型軍艦が並んでいて、夜明けとともに上流から見ての「右岸」に向けて一斉に砲火を浴びせ、対岸の中国軍が主として「機銃」（機関銃）で応戦した。

小船の舷には中国軍が撃つ多くの銃弾が当たった。いよいよ「敵前上陸」だ。倉田小隊は第二次上陸部隊に加わり、冷たい川水に漬かりながら上陸して伏せた。右翼では反撃を受けたが、倉田小隊の属する北島中隊は交戦することなく前進した（第二章）。

逐条的に各章を順に通覧する心算は必ずしもないが、第二章で石川は、倉田小隊を主に、その所属する中隊・連隊・師団に触れ、上海事変（第二次）をとりあげている。「中支那」方面軍の上海派遣軍を北方部隊、第一〇軍を南方部隊と呼称しているのは軍事機密への配慮であろう。上海事変での中国軍の抵抗は激しく、皇軍の戦死者四万を数えたが、高島部隊に相当する師団をその一つとする三次に亘った師団増派により、中国軍を上海から駆逐した（上海には英米仏の租借地が広範に存在し、皇軍は上海市を占領することは出来ない——成澤）。

なお、北島中隊が登場したが、北島中隊長を石川は次のように認めている。

「もう四十過ぎの予備大尉で、激戦のあいだでも朝から水筒の冷酒を飲んではにこにこ笑っている男であった。田舎の町の運送店の主人で、のそのそとした大きな人であった。彼は大声で命令を下すかわりに、癖のような微笑をうかべたま、こう言った。『さあ、出かけるとしましょうか』」（第二章）。

敬意を抱いている倉田の見た北島だが、作者の好意も感じられる。

7　皇軍の略奪・殺戮と軍人の精神構造

皇軍の前線部隊は兵糧や馬など軍需品は、輸送は時間的・物量的に困難なので現地の中国人からの徴発で賄った。早くから侵攻した「北支那」では「宣撫工作」のためにお金を支払ったようだが、「中支」の戦線では「自由な徴発」、即ち略奪を行った。炊事当番兵だったら、勝手に畑から野菜や穀物を徴発し、農家から豚や鶏を略奪する。陸軍刑法で懲役刑に処せられる略奪の「公認」である。となれば、もう片方の強姦だけが厳罰とはいかない理屈となる。徴発は兵士たちの外出のチャンスで、姑娘《クーニャン》探しには「生肉の徴発」なる隠語が用いられていた。若い女性の多くは避難しているので、見付けられなかった場合には女性の所持品を盗んできたりした（第三章）。

中橋通訳が三人の兵士とともに家数五～六〇〇の村へ馬の徴発に行った。歩兵砲隊に頼まれたのだが、村には馬は一頭もいなかったので、農耕生活を維持するために抵抗する老婆を泥田へ突き飛ばして、農家から水牛を徴発した（第二章）。

一一月一四日、西沢連隊は「頑強な敵軍とはげしい戦闘」の末、日暮れ前に支塘鎮《ジタンチェン》を占領した。約一八〇人の北島中隊の戦死者は八人、戦傷者は二三人であった（第二章）。

　一夜明けて、勤務のない兵士たちの小集団（三～四人）が焼けた支塘鎮の街へ姑娘漁りに行った。「町はずれの崩れ残った農家の中に若い女が居るのを」「眼ざとく見つけ出した」近藤一等兵は他の三人と一緒に屋内へ入った。「女は突然ひと足退って」拳銃を撃った。だが「不発」。近藤は「拳銃を奪い取って立ち上った」。「彼女のふくれた胸と腹のあたりが荒い呼吸のたびに波をうっている」。「突然、彼等は凶暴な欲情を感じた。この抵抗する女をできるだけ苛めてみたい野性の衝動を感じた」。彼等は「スパイ」の証拠探しを口実に「服に手をかけびりびりと引き裂」き、「符号を書いた紙片」を「発見」した。近藤「見ろ！　スパイだ」。兵士の一人が「彼女の下着をも引き裂いた」。「眼の前に白い女のあらわな全身が晒された」。「見事に肉づいた胸の両側に丸い乳房がぴんと張っていた。豊かな腰の線がほの暗い土間の上にしらじらと浮き上って見えた」。近藤は「裸の女の上にのっそりと跨が」り、「憤激とも欲情とも区別のつかない」「狂暴な感情がわき上」るままに、「短剣を力の限り」「眼を閉じ」た「女の乳房の下に突き立てた」。彼女は「もがき苦しみながら、やがて動かなくなって死んだ」。後からやってきた笠原伍長は「裸の女を眺めまわし」て言った。「勿体ないことをしたのう」（第三章）。

　近藤は大学出の医学士であった。彼にとっては「女の死体を切り刻むことは珍しくない経験」だったが、「生きている女を殺《や》ったのは始めて《（ママ）》（初めて―成澤）」だった。しかし、彼は「格別に惨酷すぎたとは思わなかった。「たゞ彼が思うのは、生から死への転換がこうも易々と行われるということであった」。戦場で「敵であろうと味方であろうと」生命が「軽蔑され無視されている」ことは、「即ち医学」が「軽蔑されていることだ。自分は医学者でありながらその医学を侮辱したわけだ」。「彼は迷路に落ち混乱を感じはじめた」。「インテリゼンス」が「出征以来ずっと眠っていた」と、近藤は気付き、思った。「そうだ、戦場では一切の知性は要らないのだ」、「思索にふけること」も「場違い」なのだと。そして隣の兵士に言った。「さっき俺が殺した姑娘《クーニャン》は美人だったぞ。うむ。……生かしておけばよかったなあ……」（第三章）。

中隊本部になっている民家の土間で北島大尉・倉田少尉・古家中尉ともう一人の将校が歓談した。北島「倉田少尉は大部奮戦したと見えるなあ」、「何人斬った？」倉田「何人か分らんです。壕の中では、もう、滅茶々々でした」、「久しぶりに、気持よく働きました」、「前線へ出んと気持が暗うていけませんわ」（第三章）。

一一月一七日、西沢部隊は、常熟《チャンシュー》に向かって進軍を開始した。上海市を失った中国軍は首都南京防衛の第二線を敷いた。嘉興《チアシン》・蘇州《スーチョウ》とこれから行く常熟を結ぶ防衛線である。情報では、友軍が嘉興を包囲して攻撃中であり、蘇州を一両日中に陥落させると言う。常熟へ急ぐ西沢部隊の側面に、一九日、友軍が占領した崑《クン》山《シャン》から敗走した中国軍大部隊が「古里村《クーリー》」（古里鎮《クーリーチェン》―成澤）附近で衝突したが、敗退して常熟へ退却していった。西沢連隊は同村で「残敵」掃蕩作戦を展開した後、ここで夜営した（第四章）。

掃蕩作戦に参加した片山従軍僧は、中橋通訳に「何人やったたね」と問われ、「五、六人やったろな」と平然として答えた。逃走し遅れた「敗残兵」が武器を捨て路地を伝って民家に逃げ込み、住人の平服に着替えたものの、「脱ぎすてた制服を処分する暇」がなかったので、「左手に数珠を巻き右手には工兵の持つショベルを握」る片山に見つかり、彼に「ショベル」で「横なぐりに叩きつけ」られ、「次々と叩き殺」されたのである（第四章）。

片山が「北支」戦線に従軍していた際に殺した人数は二十人を下らなかった。当時、「従軍僧はなかなか勇敢に敵を殺すそうだね」と西沢連隊長に問われ、彼は「はあ、そりゃあ、殺《や》ります」と答え、「敵の戦死者はやはり一応弔ってやるのかね」などと問われると、「自分はやりません」、「戦友の仇だと思うと憎いですな」と答えている。「殺戮」を「思い出しても」片山の「良心は少しも病まない」のである。「西沢大佐は国境を越えて行くほどの力と大きさとをもった宗教の存在を希望していた」。片山自身も自坊で「平和に勤行をやっているときには」そうだった。だが「戦場へ来て見るとそういう気にはなれなかった」。「彼は僧衣を脱いで兵の服を着ると同時に、僧の心を失って兵の心に同化していた」。近藤が「インテリゼンスを失ったように」片山もまた「その宗教を失ったもののようであった」。「戦場」は「あらゆる戦闘員をいつの間にか同じ性格にしてしまい、同じ程度のことしか考えない、同じ要求しかもたないものにしてしまう不思議に強力な作用をもっている」ようだと、作者は言う。石川は片山の「兵の心」への「同化」を「必ずしも」彼の「責任とは言えない」とも思った。「戦時にあっては」「宗教が無力になったというよりも、国境が越え難く高いものになって来たのであった」と記す（第四章）。

翌朝、出発前のこと、北島中隊の兵士が大便をトーチカの穴の中でする心算で穴を覗き、拳統で撃たれた。「掃蕩しつくして」「歩哨が立っていた」筈なのに。知らせを聞いて、小隊機銃分隊の笠原伍長が「ようし、機関銃をもって来う！」と叫び、「刀を握って走りだした」。彼は発煙筒を幾つか穴に投げ込み、穴から這い出て逃げ出した中国軍の正規兵「十一匹」を軽機（機銃）で次々と薙ぎ倒した。笠原は穴の口で大刀を抜き、三人の兵士と「煙の下をくぐりながら這いこんだ」。「十一人の敵兵のために」「切りさいなまれ」た「戦友の屍」が三人の兵士の手で「畠の畝の上に横たえられた」。「気をつけ！」、「敬礼！」。笠原の声は「かすれていた」。「彼の両眼は涙でびしょぬれになっていた」。数人の部下に屍を運ばせながら、笠原は足もとの「第八匹目の支那兵の顎のあたりをしたたかに蹴とばした」（第四章）。

後のことだが、笠原は「数珠つなぎにした十三人」の捕虜を「片ぱしから順々に斬って行った」ことがある（一三斬りになっているが、この後の叙述を見ると斬ったのは最初の四人だけで、あとの九人は彼が銃殺しており、矛盾している)。追撃戦では「必死な戦闘にかゝる」のに「捕虜を連れて歩くわけには行か」ず、「始末に困るので」、「捕虜は捕えたらその場で殺せ」が、「特に命令というわけではなかったのに、大体そういう方針が上部から示され」ていたからである。笠原はこの「方針」を「勇敢に」「実行した」のであった[43]（第七章）。

笠原伍長は「戦場へ来るまえから戦争に適した青年であった」。「彼の感情を無慙にゆすぶるものは戦友に対する本能的な愛情」だけであり、「彼の殺戮は全く彼の感情を動かすことなしに行われ」、「要するに彼は戦場で役に立たない鋭敏な感受性も自己批判の知的教養も持ちあわせて」おらず、笠原のような「勇敢で」「忠実な兵士こそ軍の要求している人物であった」（第四章）。作者はずばり、言い切った。笠原は西沢のような「高邁な軍人精神」は勿論持たず、倉田の持つ「繊細な感情に自分の行動を邪魔され」ず、近藤が持つ「戸惑いしたインテリゼンス」も、平尾が持つ「錯乱しがちなロマンティシズム」ももたなかった（第四章）。

平尾は「都会の新聞社で校正係りをしていた」青年で、「感受性の強い」「彼の神経は戦場の荒々しい生活のなかでは」「崩壊しなければな」らず、「新しく彼の全身を動かしはじめた神経は一種すてばちな闘争心で」、「戦場に出」てからは「彼は急に大言壮語する」ようになった。「それが彼の新しいロマンティシズム」なのだが、「戦争が暇なときには元の繊細な感情が甦って来て彼を支離滅裂」にするのであった（第二章）。

笠原の「勇敢さ」は「直ちに乱暴さにも変化し得る」「欠点」があり、倉田のそれは「むしろ感傷的な温和さが表われて来たもの」だが、平尾の場合は「勇敢さ」ではなくて、「ロマンティシズム」「崩壊」の際の「狂暴な悲鳴」なのであった。しかし、平尾や近藤たちも「永い戦場生活のあいだには次第に笠原のような性格になって行くようでもあったし、ならずには居られないものでもあった」（第四章）。

戦場生活における倉田・片山・笠原・近藤・平尾の精神構造についての作者の分析と描出は見事なものがある。だが、その底流にこの侵略戦争に対する半ば肯定観が漂い、西沢の「軍人精神」を「高邁」と見ているることなど、首肯出来ない点がある。しかし、戦場にある皇軍の軍人と軍属（従軍僧と通訳）、殊に下層の兵士の心と姿がリアルに表現されている。

8　皇軍一連隊の常熟攻略と南京への行軍

西沢連隊は古里鎮を発って常熟包囲攻略作戦の正面攻撃を担った。一一月二〇日正午からの総攻撃は「霙《みぞれ》まじりのはげしい雨」に「寒さが加わ」り、「みじめな」「激戦になった」。中国軍の「最前線の壕を占領し」たものの、「絶え間なしに炸裂する手榴弾や迫撃砲」に晒されながら、「水のたまった壕の中から」反撃するのは「砲のひびきも軽機の音も」重苦しく、「憂鬱な苦痛ばかりが」「全戦線」に広がった（第五章）。

こんな消耗の激しい持久戦は「明日の戦闘力を弱める」。北島中隊長は「壕から這い上」り、「長刀をふりあげて突撃命令をくだし」、八〇メートル程向こうの「敵の壕」に向かって「真先に立って走りだした」。「兵の意気が上り」呼吸が「合っているときには中隊長がとび出すと同時に全線の兵が一文字にひろがって」「敵陣に突入して行く」のに、この突撃では「中隊の呼吸は乱れ」、「右翼と左翼とは次第に彼から遅れ」、「突撃線は北島大尉を頂点とした鈍角の二辺をなし」、「敵の機統の射撃は中隊長に」「集中」した。「北島大尉の先頭に立った姿は見事であった」が、彼は戦死した。「中隊はなだれを打って敵陣に突入しこの壕を占領した」が、「中央にあって中隊長と一緒に突撃した兵たちは多く傷つきまたは戦死した。古家中尉がすぐに中隊の指揮をとった」。倉田は二人の兵士を連れて北島の屍を収容し、二人の兵士に「応急の担架を造」

らせ、自ら身繕いを整えた北島をこれに乗せさせ、兵士に早く衛生兵が来るよう指示した上で、丁寧に見送った。そして、もう一人の兵士に負傷者の介抱を命じてから、部下の軍曹が指揮を執っているであろう小隊へ戻った（第五章）。

友軍は、その夜、「三方の城門を突破して」常熟城内に突入、二一日の未明から常熟市内の掃蕩を始め、正午に一応「占領は完成した」。古家中隊は全員で北島と告別し、遺骸を荼毘に付した。倉田の日記には「二十四時間ノ激戦。中隊長殿戦死セラル。哀痛極マリナシ」とある。しかし、倉田はこの激戦、殊に北島の眼前での戦死を境に、「彼の勇敢さ」の根源にある「本能的な恐怖」は「ひとつ、桁はずれたものになった」。倉田は「精神上にある転機を感じ」た。それは「自己の崩壊を本能的に避けるところの一種の適応としての感性の鈍磨」と言えるかも知れない。彼は「無反省な惨虐性」に「眼覚め」、「惨憺たる殺戮にも参加し得る性格を育てはじめた」のだ。即ち「笠原伍長に近づくこと」である（第五章）。作者は、笠原・片山のみならず、近藤・平尾とともに、倉田までが人間性を失い、皇軍の狂気の世界に取り籠められていく様をここに記した。

石川はこの件で北島を中心に激戦の模様を詳細かつリアルに表現している。侵略戦争を大局的に見なければ、戦闘描写の最も秀れた箇所だと私には思える。また、鈍化という心の変化もここで巧みに一段と深められている。反戦・非戦的な内容と読める箇所の一つである。

さて、常熟攻略の主力の大部隊ではなく、南方から崑城《クンチヨン》湖を渡って常熟に迫った別の友軍が中国軍を追って西へ進軍した後、西沢連隊はその後方部隊となった。西沢部隊は常熟攻略でもっとも激戦を強いられた。それ故に後備に廻ることになったと想われる。だが、後方部隊も楽ではない。大砲を積んだ馬や戦車、通信設備を含む軍需品を運搬する軍用自動車、行李を積んだ輜重《しちょう》（幌車）と一緒に行軍する任務がある。

私は石川のこの段の叙述に日本の軍馬について教えられた。

拙著『加藤拓川』で彼の親友秋山好古も少し詳述した。[44] 秋山はわが国の騎兵の育ての親で、日露戦争に騎兵旅団長として従軍した。したがって、私も軍馬を少しは研究した。しかし、石川によれば、日本の軍馬は、訓練の結果、規則正しい生活が続けばきわめて優秀だが、激戦のなかで休息が取れず、例えば飼草を与える時間が不規則になると、弱ってしまうのだそうである。私は知らなかった。西沢部隊は支塘鎮から連行してきた中国人人夫三〇人とともに五〇頭の中国馬と一五頭の水牛と若干の驢馬が同行していたが、中国馬は虐待に慣れていて酷使に強いのだそうだ。石川の記述が正しいのであろうが、後考を俟つ。

閑話休題。中国軍は蘇州・常熟から撤退し、西方の交通の要衝で堅固な城市である無錫《ウーシー》を南京防衛の重要拠点とした。「(十一月)二十日《(ママ)》」、海軍航空隊が無錫を猛爆し、「二十一日《(ママ)》」、地上部隊が攻撃を開始した。[45] 西沢連隊は東方からの攻略に加わった。古家中隊は塹壕の第一線を奪取したが、中国軍の守備が堅く、そのまま膠着状態となり、黄昏時を迎えた。背後には看護兵が戦傷兵を介抱し、片山従軍僧が戦死者の所へ行って合掌しているのが黒く見えた。弾丸が時々とんでくる程度になって、塹壕の近くの屋根の低い農家から「女の泣き声」が聞こえてきた(第五章)。

平尾、続いて笠原が飛び出して行った。「泣き声が止んだ」。二人が塹壕へ戻って来た。母親が弾丸に当たって死に、一七、八歳の姑娘が泣いていたのである。夜が更けて、「敵の気まぐれな射撃」は「全くやみ」、味方も静まり返った。姑娘がまた激しく泣き出した。更に夜が深まると、「泣き声は一層悲痛さを加えて」静かな「戦場の闇をふるわせ」た。兵士たちは「胸にしみ透る哀感にうたれ更に胸苦しい気にさえも」なり、「はげしい同情を感じ、同情を通り越してからは」「焦立たしい気にな」った。「えゝうるせえッ！」と言って平尾が「駆けだした」。数人の兵士が続く。平尾は母親の死体を抱いて放さず、「泣き咽ぶ」姑娘の「襟首を摑んで引きず」り、一人の兵士が彼女を屍から引き離した。平尾が銃剣で彼女の「胸のあたりを三たび突き貫いた」。他の兵士たちがこれに続き、頭や腹、所かまわず「突きまくった」。彼らが塹壕へ戻って来ると、笠原が言った。「勿体ねえことをしやがるなあ、ほんとに！」。第三章の「勿体ない」もそうだが、作者は笠原をして強姦・輪姦を念頭に言わしめたのである。この「図太い放言」が「どんなに倉田少尉の苦しさを救ったか知れなかった」。「士気に関する」という「理由で彼は平尾一等兵の行為をはっきりと是認することが出来た（第五章）。

一方、平尾は「殺戮を終わって壕に戻るとぐったりした。「彼女を殺すことが彼の苦痛を鎮めるものではなくて一層耐え難いものにするであろうことも彼の感受性はよく知っていた」。「たゞ一つ彼が最もうれしかったのは四、五人の兵が彼と一緒に女を殺してくれたことであった」。他方、近藤は「彼の行き詰った論理で考え」ていた。「吾人の生命とは何であろうか。生命とはこの戦場にあってはごみ屑のようなもので」、「医学はごみ屑にたかる蠅のような」ものだ。「支離滅裂」である。「彼はあの女の死によって心に何の衝動をも受け」なかった。彼は「感受性に」「蓋をしてしまう」「護身術を」「体得した」のであった（第五章）。

無錫の守備は堅固で、二日目の攻撃でも皇軍は城門を破れず、「翌二十六日の朝になってようやく無錫は、攻撃軍の手に陥ちた」。友軍はその日のうちに常州に向かったが、西沢連隊は三日間の休養を与えられた。「生き残っている兵隊が最も女を欲しがるのは」休養の時である。兵士たちはまるで「兎を追う犬のように」「女をさがし回った」。「道徳も法律も反省も人情も」無力になっていた（第六章）。

「連隊の大行李」が来ず、物資の欠乏がきわめてひどかった。米や野菜は現地で徴発したが、調味料が極端に不足した。その中で、前述した通り、徴発されて来た中国青年が砂糖を少々盗んで殺害された（「1」）。出発に先立って皇軍は、二〇万都市無錫（現在は四六〇万余）の市街地を焼き払うべく、宿にした民家に火を放ち、あるいは焚き火は消さずに放置して、炎の燃え盛る中を僅かな警備兵を残し、二九日朝、住民がほとんど見当たらない無錫を後にした。西沢連隊は、その日の夜、常州への行軍中の宿泊地横林鎮《ホンリンチェン》で友軍が常州を占領したとの情報を得た。「南京へ、南京へ！」（第六章）。

「白茆江」（地名だから正しくは白茆口―成澤）で上陸してから、日本の軍馬は次第に減り、徴発した中国馬と水牛が増加し、徴用された中国人軍夫も増加していった。皇軍の兵士の「何分ノ一かは戦友の遺骨をもって」行軍した。竹筒や罐詰の空罐に遺骨を納め、背嚢に入れて背負った（第六章）。

「三十日の朝早く」西沢連隊は横林鎮を発ってその大半は「その日の午前中に占領直後」の常州に着いた。城門外の民家は破壊され尽くしていた。城内で軍需の驢馬を徴発し、豚を略奪して食べた。「臨時負傷兵収容所の風景は酸鼻を極めた」。軍医一人、看護兵三人に七六人の負傷兵。暗がりの中で「中々手が回り切らなかった」。翌日、城外での「残敵」掃蕩が行われ、平尾一等兵は九死に一生を得た。西沢部隊は、一二月一日から友軍が戦闘を行って占領した後を行軍し、三日に丹陽《タンヤン》の市街に着いた。その間に友軍による「南京大包囲戦の陣形は日とともにと、のいつつあった」（第七章）。

西沢連隊が「丹陽滞在の二日目」「正午ごろ」、「第三大隊の加奈目少尉が部隊の警備状態を巡視して帰る途中で殺された」。擦れ違った一一、二歳の少女が後から拳銃で射殺したのである。屋内に逃げ込んだ少女ともう一人、老人を日本兵士が「無条件で射殺した」。この事件の直後、「軍の首脳部から」「これから以西は民間にも抗日思想は強いから、女子どもにも油断してはならぬ。抵抗する者は庶民と雖も射殺して宜《よろ》し」との「指令が伝達された」（第七章）。

9　皇軍一連隊を中心に見た南京攻防戦と占領後

中国軍は「浮き足だって南京になだれこみ、丹陽以西」では「第一線部隊にも大きな戦闘はなかった」が、西沢連隊の第一大隊は南京の東五〇キロもない句容《チユーロン》攻撃の先鋒となった。句容は歩兵学校・砲兵学校や飛行場があり、中国軍はさまざまな戦術を執って抗戦した。皇軍の小型戦車は地雷火に飛ばされ、戦車兵は中で即死した。攻略後、砲兵学校に高島師団司令部が置かれた。捕虜は尽《ことごと》く殺した（第七章）。笠原伍長の一三人殺戮はこの時のことである（「７」）。

句容市で平尾と近藤は住宅街に宿営した。二人は大邸宅を「参観」した。二階の部屋の「閑寂さと豪奢」が平尾のロマンティシズムの眼を覚めさせた。「あゝ悠久なる支那、だ。支那は現代にして現代に非ず、昔の文化を夢み昔の文化の中に呼吸をしているんだ。これだけの豪勢な生活をしているんだ。これだけの豪勢な生活をしているのに、この家の大人《たいじん》」は「茶をすゝりながら、この日時計を眺めて楽しんで居やがったんだ」、「黄帝が、文武が、太宗が、揚貴妃が、彼等が生活していた時代から支那は変って居らん。支那は永遠に亡びんのだ。蒋介石あたりが」「かくの如き人民を変えることは絶対に不可能だ」が、「われわれが如何に支那全土を占領しようともだ、彼等を日本流に同化さすなんどということは、夢の夢のまた夢だ」。退屈した近藤が「帰ろう」と大きな肘掛椅子から立ち上がった。階段を下りながら平尾は「支那人というのは、本当の無政府主義なんだ。一人一人がそれを実行しているんだなあ」と言って、近藤に「貴様の理論は群盲象を撫するの図だ」と遣り込められた（第七章）。平尾の言には戦中までの中国観の一つが反映している。

一二月八日、西沢連隊第一大隊は、中国軍がトーチカから抗戦し、地雷を敷設して進撃を阻止しようとする中で猛攻を加え、湯山鎮《タンシヤンチェン》一帯を占領した。その間、西沢連隊の他の部隊は湯水鎮《タンシヨイチェン》という温泉場へ行軍し、旅館の一つに連隊本部を置いた。連隊長以下、ほとんどの将兵が入浴して一ヶ月余の垢を落とし、戦闘の準備をした後、最後のゆっくりした休みに就いた。倉田少尉は「十二月八日、コレが最後ノ日記トナルヤモ知レヌ。一死、悔ユルトコロナシ」と日記に認めた（第八章）。

海軍航空隊の南京爆撃が続く中、一二月九日、皇軍は南京城を包囲した。以後、「生きてゐる兵隊」は南京攻略を西沢連隊の行動を中心に詳述している。

この日の午後、「上海派遣軍総司令官」（「中支那」方面軍司令官とすべきである—成澤）から「南京防衛軍総司令官」（南京防衛軍司令長官と言った—成澤）唐生智《タンションジ》宛に投降勧告状を皇軍機が投下した。回答制限は二四時間。時間稼ぎの間に、皇軍は包囲網を次第に狭め、将兵は南京城壁真近に迫って待機した。一〇日正午、回答なし。午後一時、「総司令官」の南京城内総攻撃の命令が全線に下された。これより先、西沢連隊は景勝の地で知られる紫金山《ツーチーシャン》（第一峯の海抜は四八四メートル）の山頂にある「南京守備の第一の要害」の攻略をめざして午前中から攻撃を開始していた。紫金山攻略なしに南京攻略なしと考えた高島師団長は、師団命令で西沢連隊の二個大隊に北側の難所からの攻撃を担わせた。二個大隊は、まず、第二峯から攻撃した。頂上のトーチカからの砲弾が飛び、幾重にも張巡らされている塹壕からの機銃射撃の中を急峻な山肌を下から攻め登るのだ。当然、多数の犠牲者が出る。その中を西沢連隊長は連隊旗とともに「ずっと前線に進」み「幾度か火戦（最前線—成澤）にはいって行った」。「軍人精神」が「高邁」な西沢はこうして将兵に決死の覚悟をさせた。倉田少尉は「刀を抜いて岩かげを這い上」り、彼の後から「小隊の生きている兵たち」が続く。兵士たちは「十発ほどうち、もう一つ前の岩の下をねらって這いだす」。倉田は手榴弾を兵士から受け取って「先頭に這って行」き、投げて「身を伏せ」、「再び刀をもち直して這って行く岩をさがす」（第八章）。

背負われて下へ行く一人の負傷兵が「俺は」「とても助からないんだ。今ならまだ撃てる。もう少し撃たしてくれ。頼む、おろしてくれ」と喋るのを聞いた西沢大佐は「そのときほど心にしみて、陛下の御稜威と兵の有難さを感じたことはなかった」、「『あれは偉い兵だ！』と彼は唇を慄わせて副官に言った」（第八章）。石川はこの一事を美談として認めているようである。かなり自由に取材させてくれた連隊長に対する感謝の念が反映していようか。

「敵陣の守備」は「最後の全力をあげているだけに」「物凄い抵抗であった」。「普通に攻めていては味方の損失のみあまりに大きい」。「作戦は意外なところに活路を見出した」。「小松と雑草に火を放つのだ」。倉田が「用意して来たマッチが立派に役に立った」（マッチは貴重品なのかな？――成澤）。炎が「一つに連なって」「山頂に向かって燃え上って行った」。「敵軍は尾根つづきの第一峯」へ「総退却」した。第二峯の頂上から眼下の中山門《チョンシャンメン》辺を見ると、激戦中であった。第一峯から中国軍の野砲・山砲が跡切《とぎ》れることなく撃たれ、皇軍はどこの城門も破れないでいた。太平門《タイピンメン》・玄武門《シュアヌウメン》など、然り。しばらくして中華門《ジョンホワメン》は占領したが、城内に一歩も入れない。皇軍の「全線の攻撃」はみな「紫金山の陥落」を待っている（第八章）。

一一日、西沢連隊は第一峯の攻撃を開始した。第一峯は守備がより堅固だ。西沢連隊の工兵隊が活躍し、鉄条網を破っていった。翌日、手榴弾と機銃の攻撃を強め、正午近く、古家中隊が塹壕の第一線を占領した。ただ古家中尉が負傷して後退。代わって倉田少尉が直ちに中隊の指揮を執った。笠原・平尾・近藤は「まだ生き残っていた」。中国軍の逆襲があり、これは撃退したが、反撃を強める余力はなかった。しかし、そこへ師団司令部から西沢連隊へ厳しい命令が下された。「午後六時までに紫金山を完全占領すべし」。西沢大佐は連隊の重大な犠牲を覚悟し、各中隊に「午後六時までに山頂を占領せよ。全線総攻撃」、併せて「予備隊前進。軍旗前へ！」の命令を下した。後備にいる筈の予備役兵をも前線へ出動させ、第二峯攻撃の際にもあったことだが、連隊旗とともに連隊長自らが前線に立つのである。連隊旗は最前線へ出た。間もなく旗手が戦死した。午後五時三五分に紫金山山頂は西沢部隊によって占領された。山頂からの中国軍の砲撃がなくなると同時に各城門真近く迫っていた各部隊が一斉に猛攻を開始し、その夜、多くの城門が開かれ、戦車隊も突入した。紫金山山頂は寒風に凍り、笠原は生温い中国兵の屍を三体積んで倉田に暖を取って休むようにと勧め、自らのために同じく三体を重ねた。眼下に見える南京市内は火の海であった（第八章）。

一三日未明、中国軍の司令長官唐生智は部下とともに広東省《クワントン》出身兵の死守する挹江門《イーチャアメン》を突破し、下関碼頭《シャカンばとう》（埠頭。現南京港）へ逃走した。総司令部の崩壊による混乱は中国側の犠牲をより大きくした。城内の敗残兵のうちの約五万人と数知れない多くの避難民が挹江門へ殺到して下関へ向かい、揚子江対岸の「浦江《フウコー》」（浦口が正しい―成澤）へ渡ろうとした。しかし、船がない。丸太・板戸や木製家具を用いて多数が渡っていった。しかし、対岸には皇軍が待機しており、機銃で射撃してきた。下関埠頭へ戻ろうとすれば、そこには紫金山を下った西沢部隊がいた。漂流者たちは最後には皇軍の駆逐艦に処分された（第八章）。

同じく一三日未明、皇軍は最後に残った中山門を占領し、南京城を陥落させた。皇軍は直ちに城内の掃蕩を徹底的に行った。翌日も続けられた。「生きてゐる兵隊」には「商店街の至るところに正規兵の服がぬぎすててある」、「本当の兵隊だけを処分することは次第に困難になって来た」と、その先どうしたかに触れない控え目な表現があるだけである。

「十五、十六日城外掃蕩。そして西沢部隊は他の部隊と共に十七日正午、中山門外に集結した、《ママ》南京入場式」を挙行し、「騎兵と歩兵と砲と戦車と、中山門を潜って一直線に住民なき都心を進んで行った」（第八章）。「8」の「軍の首脳部」の「指令」を繋ぐと「住民なき」は意味深長である。

西沢連隊は南京市政府を本部とし、師団司令部は中央飯店に置かれた。高島師団長は幕僚たちと蒋介石・

宋美齢夫妻の私邸を使った（第八章）。北進あるいは南進している部隊はあるが、南京駐屯の兵士たちは比較的長閑《のどか》に生活していた。美術品が全てなくなった南京美術館には南京米が山積みになっており、水牛と豚を徴発し、野菜を城外の畠から勝手に採って来れば、食糧は豊富である。中国兵が棄てて行った手榴弾を揚子江や池沼に投げれば鯉が一度に何百尾も獲れる（第九章）。

「南京に残っていた住民はすべて避難民区域内に押しこめられた。その数は二十万というが、正規兵も千人ぐらいはまぎれこんでいるらしい」。市街地には中国人の姿はほとんど見かけられず、物資の徴発・略奪と酒保に行く日本軍人だけが歩いている。ほとんどと言うのは、生活物資に事欠く難民区（「安全区」と言われた──成澤）の金のある住民の中に皇軍当局から「安民証」を貰い、日の丸の腕章を付けて区域外へ出る人たちもいるからである。しかし、市街には中国人の店舗は皆無であり、日本人だけが経営する酒保へ行っても中国紙幣は紙屑同然で買物が出来ない。彼らは難民区の方が増しだと諦めて戻る。酒保は上海の日本人商人が皇軍当局の許可を得て南京に乗り込んで次々に開いたもので、兵士たちに不味い物を食わせた。それでも例えば下関守備兵はトラックで買い出しに来る。しかし、狡猾な日本商人の第一の目的は中国紙幣の買い取りにあった。一〇ドル相当の中国紙幣を二〜三ドルで買って上海へ戻ると、国際都市上海では一ドルは前通り一円一〇銭なのである。「やがて憲兵隊」が「厳重な取締りを行った」ようだが、「武力闘争は」「経済闘争に変化しつつあった」（第九章）。石川はこのように戦争の裏側も書いている。

少し落ち着いてくると、難民区から「所謂良民」（安民）が少なからず市街地に出、稀には姑娘の姿も見かけられるようになったが、笠原と近藤が「慰安所」へ行く件で見たように（「3」）、中国の正規兵を発見したり、五〇人程の敗残兵を捕えたりすることもあった。昼夜を問わず、あちこちで毎日火事があった。いずれも皇軍の駐屯している近くなので、便衣兵（平服で活動する中国の非正規兵）の仕業で、空爆の目標設定のための放火だという噂が広がった。空襲も一日おきぐらいに早朝にあった。城外では地雷の撤去に精を出していた。中国人の人夫を使役して、守備兵は監視しているだけである（第九章）。人夫にはほんの少しはまやかしの賃金を支払っていると、私には想える。下関埠頭では警備兵が中国人人夫一五〇人を荷揚げに使っていて、彼らは「兵隊の残飯を朝夕二度与えられ、五日目ごと五十銭の賃金とバット一箱を支給されていたとの記述があるからだ（第一〇章）。

傷病兵は下関埠頭で病院船に乗り、揚子江を下り、上海経由で遺骨と一緒に日本へ。しかし、揚子江では掃海艇が敷設されている水雷を除去している最中で、航海は未だ安全とは言えない。だが、傷病兵を送る兵士たちは望郷の念に駆られる。「故郷の手紙」の受け取りを命じられて上海へ行ってきた平尾と近藤が南京に戻って聞くのは「血腥《ちなまぐさ》い話ばかり」。城外へ野菜を略奪に行った兵士二人が行方不明になった。五〇人の兵士が探しに行き、一兵士の所持品を発見した。兵士たちは附近の民家の中国人全てを連行して白状しなければ皆殺しだと脅して判明した犯人の男性五人を処刑した。次の日、中橋通訳が首巻が欲しくなって洋服屋の二階へ上った。略奪され尽くして何もなかったが、二人の若い女性の死体があった。裸だった。その一人の乳房は猫に食われていた。中橋は二人の衣服を屍の上に掛けた。「あの女は子持ちなんですよ」と平尾・近藤らに言った（第一〇章）。

作者は何も書いてはいないが、中橋はおそらく無人だと想って二階へ無断で上ったのだろうから、徴発という名の略奪に行った訳である。第一一章には「通訳は徴発品の赤い縞のある婦人用のタオル寝巻を着ていた」とあるから、彼はたびたび泥棒をしていたことになる。作者は若い二人の女性が乱暴されて殺されたと読者が想像出来るような部屋の状況を表現しており、その犯人が日本軍人だと言ってはいないが、「猫」を登場させて「生肉の徴発」とその後の殺人を暗示しているように想われる。

石川は皇軍当局や内閣情報局・警視庁を慮り、強姦・輪姦を直接的に表現してはいない。しかし彼は、例え戦後になってからこの小説を執筆したとしても、山西省へ従軍中の自らの実体験を踏まえたものと想われる田村泰次郎が「肉体の悪魔」（一九四六年）や「春婦伝」（一九四六年）で特定女性、即ち八路軍（国民革命軍陸軍第八路軍。中国共産党指導下の主力軍隊）の女性捕虜張澤民《チャンツオーミン》や朝鮮人「慰安婦」春美（源氏名）との「恋愛」と性的関係、その他の朝鮮人「慰安婦」との性的交渉を扱い、他の作品で、おそらくは見聞をもとに、朝鮮人「慰安婦」たちや性的暴力の犠牲にされた中国人女性たちの悲惨な姿を赤裸々に描いているものとは異なり、[46] そのような内容を書くことは出来なかったであろう。短期間の取材のため、情報量が少ない所為でもあるが、仮に材料を多く持っていたとしても、作風を異にするので、田村のようには表現することはなかったに違いない。

第一〇章は「いよいよ部隊が移動するようであった」、「今度行くところがどこであるか、それは誰にも分らなかった」で終わっている。体裁上は小説が第一〇章で終わってもおかしくない末尾になっている。

10　『中央公論』編集部が全面削除した末尾二章

『中央公論』編集長雨宮庸蔵は、「生きてゐる兵隊」担当の編集者二人の注意もあり、「校了にした部分の印刷を一時止めて、とくに危ないとおもわれる箇所については、やむなく鉛版を削って空白にしたまま、あらためて校了しなおした」[47]。そして、印刷し直して発売したのが、発禁になった『中央公論』第六〇六号である。雨宮を始め、編集部は末尾二章は全てを削除している。

第一一章の書き出しは、近藤の「平尾、芸者買いに行こう」という呼びかけである。編集部が、作品中、最初に削ったのは第一章の笠原の言「芸者をあげて、女郎買って、酒くらって……」の「芸者」と「女郎」であった。

近藤・平尾の「芸者買い」には笠原が割込み、三人で出掛けた。入った「料理屋」の建物は立派だったが、二階の座敷には空きがなく、一階の洋室へ通された。電灯なし。「華やかな和服を着た若い芸者が一人、炭火を持ち酒を捧げ下駄を鳴らしながら入って来た」。料理らしい料理は何も出なかったが、酔うにつれ、近藤も平尾も女性殺しが脳裡で大きくなった。近藤「俺ぁまた女を殺したくなって来た」。芸者「わたしも女よ。こわいこと言わないでよ」。近藤「貴様を殺してやろうか」。一方、平尾は芸者に母の屍から離れない姑娘を殺した話を少し誇張して語り出した。近藤「あゝ、女を殺したくなった」。芸者「女を殺すなんてよくないわ」。近藤「何がよくない」。芸者「だって女は非戦闘員でしょう。それを殺すなんて日本の軍人らしくないわ」。近藤には正論を述べる彼女の言葉が生意気で侮蔑的に聞こえ、盃を投げ付けた。近藤が拳銃を持ったのを見て恐怖を覚えた芸者は室外へ逃げた。逃げたのを見て近藤は反射的に引金を引いた。平尾は廊下に血が点々と落ちているのを見た。奥から彼女の悲鳴が続いた。狼狽した笠原と平尾は近藤を連れて逃げるようにして帰営した（第一一章）。

近藤にとっては「さすがに眠れない夜であった」。この事件で彼は「自分の感情が随分おだやかにな」ったことに気付いた。懲罰が与えられれば甘んじて受ける心算になった。昼食後、近藤は倉田中隊長に呼ばれた。倉田の部屋には憲兵伍長が来ていた。倉田は、女性を拳銃で撃った嫌疑を受けていることについて、近藤に事実確認をした。近藤は事実を認め、後悔の涙を留処《とめど》なく流した。倉田は憲兵隊から呼び出しがあったことを告げ、しばし躊躇した後、明朝、おそらく大隊が移動するであろうことを伝えた。近藤は銃と所持品を詰めた背嚢を持って憲兵隊本部へ出頭することになった。憲兵伍長に付いて。平尾が見送った（第一一章）。

憲兵隊本部に着くと、近藤は直ちに取り調べられた。その時、取調べの憲兵から芸者が軽傷ですぐ治ると聞いた。取調べは簡単で、近藤は小事件として扱われることを期待した。彼は銃や剣は勿論、背嚢まで取り上げられ、小部屋に監禁された。灯のない部屋は寒く、眠れなかった。無性に日本へ帰りたくなり、一時間ほど泣いて、眠った。夜が明けた。すぐ目覚めた。処罰された後、赦されたら、医学の勉強に戻ろうと考えた。窓の下を軍隊が通って行った。「移動だ」。自分の大隊らしかったが、近藤の頭の中は「出征する以前の一医学徒になってしまっていた」。「倉田少尉と思われる人」を先頭に「自分の中隊」が「門の前を過ぎて行った」が、「彼はもう何とも思わな」かった（第一二章）。

呼び出された近藤は取り調べられた部屋で「原隊へ帰って宜し。処分は追って通知があるだろう」と告げられた。憲兵の長い苦言が終わると、近藤は憲兵隊を飛び出し、走って「中山路《チョンシャンルウ》を西へ行った」部隊を追った。途中で軍用トラックに便乗させて貰い、下関へ行く角で下車し、また走り、挹江門《イーチャアメン》の手前で中隊に追い付いた。倉田少尉に原隊復帰許可を報告。倉田は「恐らく大した処分にはなるまい。列にはいれ」と促した。「近藤は平尾の隣りへ割りこんで入った」。「血の色を失っ」た近藤の顔を見て、「平尾は黙って彼の銃をうけとり二つ一緒にかついだ」。部隊は城外へ出た。「新しき戦場へ！　その新しい戦場がどこであるか、誰も知ってはいなかった」で、小説は終わっている。その後に「――一九三七年紀元節――」とある。書き終えた日だ。

ラスト二章は兵卒の日本人女性に対する傷害事件と憲兵隊による取調べ及び原隊復帰を扱っている。軽傷とは言え、近藤は「人ノ身体ヲ傷害シタル者」であるから（刑法第二〇四条）、刑法の「傷害ノ罪」に該当する。[48]しかし、憲兵隊は碌な取り調べもせず、翌日、放免し、原隊復帰させたから、倉田が予測していた通り、近藤の処分はきわめて軽いものであった。負傷者の人格を軽く捉えていることになる。戦闘後間もない占領地へ「流れ」て行った「芸者」だからである。日本人「慰安婦」に準じて見ているとも言えよう。

監禁された近藤は孤独の中で医者に復帰することだけが脳裡にあった。原隊の行進を目撃してもその気分は変わらなかった。しかし、彼の意識は原隊復帰の許可を告げられた途端に変化した。生死の境をともにしてきた戦友から離れられないからである。全面的に削除した第一一・一二章は、したがってこの小説は、皇軍当局の許容を越えた「誤ち」を犯した一兵卒があるべき皇軍兵士に再生したところで終わる。反戦思想など、微塵もない。皇軍の兵卒の実態を描写しているだけである。

にもかかわらず、雨宮ら編集部はなぜラストの二章を全面削除したのか。例え「出稼ぎ」芸者であろうと日本人女性に間違えば殺人になりかねない危害を近藤が加えたからだと推測する。第一〇章まではなかった内容である。このことが削除の第一の要因であろう。第二は近藤が帰国して医学研究に戻りたいとの願望を強く持ったことが読者には伝わるからではなかろうか。近藤の願望は、精神的逃亡である。第一・第二は皇軍兵士にあってはならないとされる最たる行為と意識なのである。第三はどこか不明の新たな戦場に赴く第一〇章でジ・エンドにしても、小説の構成上、大した問題はなさそうで、その方が宜しいと判断したと考えられる。

11　第一〇章までの『中央公論』編集部の自己規制

「生きてゐる兵隊」の概要をある程度見てきたので、第一一・一二章を先にとりあげ、第一〇章までの『中央公論』編集部の自己規制の検討が後になった。

末尾の二章は全面削除なので別途に扱ったが、ここでとりあげる自己規制とは単語・熟語を伏字にし、句・文章を削除している場合を言う。自己規制という用語は『広辞苑』や講談社の『日本語大辞典』にはない。あるのは「自主規制」である。前者には「他人の保護や干渉を受けず、独立して行う」、後者には「権力の介入や干渉によらず、個人や団体が自主的にその活動を規制すること」とある。「自主」とは何か。主体性を持った自分ということである。しかし、ここでとりあげている規制は国家権力の介入・干渉・弾圧を憂慮して回避すべく、その意向を推量・忖度して止むを得ず忍従する行為であって「自主」は馴染まないと考える。そのため、主体性の枠をはめない「自己」とする。

削除には長文が幾つかある。その場合は小考引用の『石川達三全集』第三巻（1頁＝26字×24行×2段＝一二四八字）の行数と必要に応じて梗概を示す。雑誌の「生きてゐる兵隊」（1頁＝52字×18行＝九三六字）の一頁は『作品集』の一段（六二四字）より三一二字多く、丁度一・五倍に相当する。『作品集』の、例えば三〇行は雑誌の二〇行となる。削除された部分は傍線で示し、伏字は原文通り〇〇または××を付す。削除された部分の前後の句・文章の引用は最小限に止める。意味が通じるように「　」の外に字句中文章を補う。

なお、例えば「部隊長殿」（西沢連隊長を指す）を「師団長閣下」に、「最後」を「最期」に改めるなどの訂正や「そのとき」を「突然」などへの改筆も多少はあるが、主要な問題ではないので、省略する。

それでは自己規制の実態を見ることにする。

［第一章］

●「芸者をあげて、女郎買って、酒くらって……」

●「ソ満国境だ！」、「一種の戦慄」「ひろま」り、兵士を「沈黙させしかも焦立たせ」兵士は「じっと唇を噛みしめた」
●「大連」(三ヶ所)
●「大連」(二ヶ所)
〔第二章〕
●「師団参謀が負傷」
●砲車を曳かせる水牛を徴発に行き、抵抗する老婆の言に「息子を四ッん這いにさせて砲車を曳かせるかい」。「どけィ」「老婆を突きとばして」「じたばたすると命にか丶わるぜ」。「しかし彼女は」「抵抗した」。通訳は「後から彼女の襟首をつかみ、力かぎりに引きたおした。彼女は」「道傍の泥田の中にあお向けざまに落ちこんだ」
〔第三章〕
●「無限の富」は「取るがま丶だ。」「住民たちの所有権と私有財産とは」「兵隊の欲するがま丶に」
●「生肉の徴発」は「姑娘を探しに行く」「意味」
●「姑娘」(五ヶ所中、二ヶ所)
●拳銃を撃った女性に兵士たちは「狂暴な欲情を感じた」。「女をできるだけ苛めてみたい野性の衝動を感じた」。近藤は「自分の言葉を欲情的に解釈されることをや丶羞かしく思ったので」。近藤は「腰の短剣を抜いて裸の女の上にのっそりと跨がった。」「再び狂暴な感情がわき上」り「憤激とも欲情とも区別のつかない」「衝動であった。」彼は「短剣を力限りに女の乳房の下に突きたてた。白い肉体は」「がくりと動いた。彼女は短剣に両手ですがりつき呻き苦しんだ」。「ピンで押えつけた蟷螂のようにもがき苦しみながら」「動かなくなって死んだ」。「どす黒い血が」「滲んでいた」。「短剣の血を拭きながら近藤一等兵は」

●近藤は「考えた」。「生命が軽蔑されている」こと「即ち医学」が「軽蔑されていること」、「命の上にある俺の医学」は「より一層軽蔑されている」

［第五章］

●「姑娘が呉れた」と言う笠原の「銀の指輪」を兵士が「拳銃の弾丸と交換にくれたんだろう。なあ笠原」、「そうだよ！」

●「悲痛」な「泣き声」に「あいつ、殺すんだ！」と平尾が「駆けだし」て行くと、「泣き咽ぶ女の姿は夕方のままに蹈っていた。平尾は彼女の襟首を掴んで引きずった。女は母親の死体を抱いて放さなかった。一人の兵が彼女の手を捻じあげて母親の死体を引きはなし」、「下半身を床に引きずりながら彼等は女を表の戸口の外まで持って来た」。「平尾は銃剣をもって女の胸のあたりを三たび突き貫いた。他の兵も各々短剣をもって頭といわず腹といわず突きまくった。ほとんど十秒と女は生きては居なかった。彼女は」「一枚の布団のようになって」「暗い土の上に横たわり」、「生々しい血の臭いが」「流れてきた」。平尾の「殺戮」、「彼女を殺すこと」は「苦痛を」「一層耐え難いものにするであろう」が、「銃剣を振ったのは苦痛から逃れようとする」「本能的な努力であり」「嗜虐的心理でもあった」。彼が「最もうれしかったのは」皆が「一緒に女を殺してくれたこと」。「女は死に、泣き声は絶えた」

●近藤は「また」「考えはじめた」。「生命とはこの戦場にあってはごみ屑のようなもの」、「医学はごみ屑にたかる蠅のような」もの。「彼はあの女の死によって心に何の衝動も受け」なかった

●クリークの向こうに「農家の若い女房」を見つけた平尾と近藤が徴発した舟で「あの百姓女が居たところまで戻」ると、二人は「乳呑み児のはげしい泣き声を聞いた」。母親は死んでいた。近藤が平尾に「あの児も殺してやれよ」と言った

［六章］

●「西沢連隊は」無錫で「三日間の休養をとった」。「生き残っている兵が最も女をほしがるのはこういう場合であった。彼等は」「兎を追う犬のようになって女をさがし回」り、「この無軌道な行為」を「束縛することは困難」。「彼等は」「帝王のように」「我儘」になり、「街の中で目的を達し得ないときは」「城外の民家までも出かけ」た。「道徳も法律も反省も人情も一切がその力を失っ」た。「兵は左の小指に銀の指輪をはめて帰って来」て、「どこから貰ってきたんだい?·」と「戦友に訊ねられ」て答えた。「死んだ女房の形見だよ」

●武井上等兵は「腰の短剣を引きぬくと」「背から彼の胸板を突き貫いた。青年は呻きながら池の中に倒れ」た。近藤が「何をやったですか」と問うと、「ふてえ野郎だ、連隊長殿にな、やっととってあった砂糖を盗んでなめやがったんだ」。近藤は「水に浮いている儞の背中を眺めていた」。「一塊の砂糖は一人の生命と引きかえられるのである」。「雀の生命と人間の生命と何の相違もありはしない」。通訳をしていた炊事場で中橋が「殺ったのかい」と聞くと、「殺ったさ」。「何だ、やらなくてもい丶のになあ」

●出立の朝、兵士たちは「宿営した民家に火をはなった。というよりも焚火を消さないであとから燃え上がることを期待し」た方が「多かった」。「二度とこの町へ退いては来ない覚悟を」「示すものでもあったし」「市街を焼き払うこと」で「占領が最も確実に」なる「気もした」。「黒煙が渦巻き立」ち「燃えあがる炎は」「音をたてて遠くまで聞えて来る」。「殆んど住民の影も見当たらず、炎は燃えあがるま丶に辻から辻、街から街へとひろがり自然に消えて行く」

●中国人軍夫に「儞！　南京、好《ハオ》姑娘、多々有《ターターユウ》?·」

［第七章］

●大連（二ヶ所）

●「前戦で本当に働いている部隊には渡らない」から「結局慰問袋は贅沢袋であるに過ぎんじゃないか」

●「城内の臨時負傷兵収容所の風景は酸鼻を極めた」。「ある兵が」「かたわになりますか?」と問うと、「軍医」は「なるとも」。彼は「そのときはまだ不具者になってから何十年の命をいきながらえて行かなければならない」ことを「全く考えてはいなかった。」

「彼等は」「自分の命と体との大切なことを考える力を失っていた」

●「加奈目少尉が」「十二の少女の前を通りすぎた。」「少女は」「拳銃」で撃ち、彼は「即死した。」「少女は家の中に逃げこんだが」兵士たちは「少女に」「小銃弾をあびせ」て彼女を「斃し」、屋内の「老人」も「無条件で射殺」した。「十二歳の少女である」ことが「支那人という支那人はみな殺しにしてくれる」と「兵たちの感情を赫と憤激させ」「事実そのために幾人の支那人が極めて些細な嫌疑やはっきりしない原因で以て殺されたか分らなかった。」「軍の首脳部から」「抵抗する者は庶民と雖も射殺して宜し」との「指令が伝達された」

●「小型戦車」

●「追撃戦では」「捕虜の始末に困る」。「最も簡単に処置をつける方法は殺すことである」。「一旦つれて来ると殺すのにも骨が折れ」る。「捕虜は捕えたらその場で殺せ」。「特に命令というわけではなかったが、大体そういう方針が上部から示された」。笠原伍長は「数珠つなぎにした十三人を片ぱしから順に斬って行った」。「小川の岸にこの十三人は連れて行かれ並ばせられた」。「笠原は刃こぼれのして斬れなくなった刀を引き抜くや否や第一の男の肩先を深く斬り下げた」。「あとの十二人は」「拝みはじめた」。「殊に下士官らしい二人が一番」「慄えあがっていた」。「笠原は時間をおかずに第二第三番目の兵を斬ってすてた」。「残った者は」「絶望に蒼ざめた顔をし」「黙然とし」た。「笠原はかえって手の力が鈍る気がした」が、「意地を張って今一人を斬った」。しかし、「あと、誰か斬れ」と言った。が、「斬る者はなかった」
●「姑娘」（二ヶ所中、一ヶ所）
●平尾が言う。「支那四億の民」「古きこと長江の如きだ」。「かくの如き人民を変えることは」「不可能だ。それと同時にだ、われわれが如何に支那全土を占領しようともだ、彼等を日本流に同化さすなんどということは、夢の夢のまた夢だ」

［第九章］

●「国富は失われ良民は衣食に苦しみ女たちは散々な眼にあって……」（倉田の言葉）
●深間上等兵は、負傷で入院した時、「敗残兵が五十人ばかり捕えられて」「歩いて来たと聞」いて「よし、殺してやる！　と叫んで跳び起き二階から駈け降りて門に出た」
●深間上等兵の件の後、倉田少尉の人格を叙述して「兵の信望と尊敬とに価する重みをもつようになっていた」と結ぶのに続く四九行（雑誌約三三行）削除。その概要は以下の通り——近藤一等兵は、倉田と違い、「戦場馴れ」して他の兵士の「悪いところばかりに興味をもち、すぐに自堕落さを真似」する「怠惰な兵」になっていった。一方、笠原伍長は「勤勉」で「乱暴に働」くと同時に部下に親しみをもって接する「善良さ」を持っていた。平尾一等兵は「南京に平和が来るともう彼一人の心境に酔いはじめて」、再び「実践的無政府主義」の「支那大人の心境」を夢想した。片山従軍僧は空家の骨董店から「掘出しもの」を、寺院から「古めかしい小さな仏像」を徴発し、「欲張り」出した。
●前出（「9」）「狡猾な日本商人の第一の目的」が「中国紙幣の買い取りにあった」という件（一四行。雑誌約八行）を削除。
●右「日本商人の第一の目的」に続く前出（「3」）「慰安所」の七七行中の二ヶ所三八行〈二行と三六行〉

（雑誌約二五行）削除。即ち、冒頭の「日本軍人の為に……開かれた」の後の「彼等……慰めるのである」を削除。飛んで「彼等は酒保に寄って……南部慰安所へ出かけて行った」の後、「百人ばかり」以下、ラストの平尾一等兵の言種「俺は亡国の女の心境を慰めに行ってやるんだ」まで全てカット。

［第一〇章］

●通信兵たちの部屋の「雑談」。「帰りてえなあ。俺の嬶どうしているだろうなあ」、「馬鹿、心配するな、ちゃんと色男こさえてらあ」、「何をぬかす、俺の嬶は朝に晩に俺の帰りを待ちくらしているよ」

●前出（［5］）「将校の慰安所」。全面的に重複するが、記す。「夜更ける頃には料理屋の暗い門前に軍の自動車がずらりと並んでこゝは将校の慰安所になっていた。酔った兵が夜になってから上ろうとしても満員で上れないほどであった」。平尾と近藤が「映画の間にロシア女の猥雑な踊りを見物し」「その猥雑さに喝采を送った」。「欲情の活発な甦生を娯しむことも出来た」

●右の件に続く酒場で近藤の脳裡に浮かんだ内容。「あゝ、俺は生きていた」、「生きて居られるのは有難い」。戦死者は「彼等の私的生命を楽しむことが出来なくなった。それをどうする？」。「彼は目がくらむような恐怖の戦慄が背筋を走るのを感じ」、「自分の命へのはげしい執着が胸を熱くして甦って来るのを自覚し、恐れた」

●右の件に続く酒場で平尾が隣席の「軍人でない三人の客」から聞こえてきた話（一人は領事館員で、二人は長崎から着いたばかりの商人）。商人は領事館員に「土産ものを沢山用意してひと儲けを目論んできた」。「今夜も酒場で御馳走しておこうという肚」（それにしては兵卒が行くような店で、ケチである――成澤）。「上海の武力闘争は終った」、「元来武力闘争は経済闘争の行き詰まりを打開する目的であった」。「二人の商人は」「今日の午後」「家財道具が沢山に残っている」中国人の「手頃な家を探して来た」。「その釘づけにされた扉を開いて自分の店にしてしまうのだ」。領事館員曰く、「昨日も一人の支那人が開店した」「日本人を訪ね」、「こゝは俺の家だし家財もある。入ってくれては困る」と言ったところ、「日本人は、それに答え」て「ここは占領地区だぞ」「帰れ」。「支那人は後を」「ふりかえりながら」「立ち去って行った」

●大阪鉄道局

●上海から南京へ戻る車中で近藤はまた考える。彼は「生きていることの息苦しさが胸を圧して迫ってきた」、「上海で遊んでから生命への執着を感じはじめたからであった。戦場にあって自分の命を大事にしようと思いだしたからであった。それがいけないことは彼はよく知っていた」

●前出（「5」）鉄道警備兵たちと商人との会話。「予後備の者はもう交替させる話は……」、「わし等はもう現役の兵とは違うて四十近えような年でからに、家庭もあり商売もあり……」。商人の話──「最近日本人の女たちを連れ渡って来た」、「大阪神戸付近から八十六人の商売女を駆り集め」「長崎から上海へ」、「女たちも喜んでいる」と、「夜の商売をしていたであろう狡猾そうな男」が「話していた」

●「城外へ野菜の徴発に行った兵が二人行方不明」、「犯人は五人の男たち」、「その場で処刑」、笠原「まるでお前ゴム毯に水を入れて、棒でぶんなぐったような工合だな。ぼこというような手ごたえでな、血がちゅちゅちゅちゅ！　そして流れた血から湯気が」「昇ってな」

第一一・一二章の全面削除は別として、第一～一〇章には長文削除が三ヶ所、単語・熟語・句・短文削除が一六一ヶ所、伏字が一四ヶ所にある。これらのうち、例えば第三章の初めの方の「従って姑娘を探しに行く兵は多かったが彼女等にめぐり会って帰る兵は少なかった」は、すぐ前に「彼女たちは」「若い女は滅茶々々にされるものであることをよく知っていた」とあるので、削除部分の類推は可能である。このような場合も少しはあるが、全く意味不明になっている場合がほとんどだ。

12 「生きてゐる兵隊」における『中央公論』編集部の自己規制と言論弾圧

「11」で既に読者はお気付きであろうが、第四章と第八章は一ヶ所も削除・伏字がない。第八章は全て戦闘関係に終始しており、第四章も、心の問題に多少は踏み込んではいるが、主に戦闘関係の記述である。他の章を見ても中国軍との戦闘場面を描いている部分の削除は一ヶ所もない。雨宮は、「生きてゐる兵隊」の原稿を見て、「これはドカンとやられるか、大当りをとるか、そのどっちかと思いました。編集長としての野心や賭けがありますから、一つの期待をもって、これを掲載することにしたのです」、「少しぐらい伏字にしても、どうにもならないと」考えましたが、「手を入れて掲載しました」と語っているが[49]、「ドカンとやられ」ないことを「期待」して大幅な削除をしたのである。そして「ドカンとやられる」不安を抱えながらも、戦闘関係の削除は必要ないと判断したと言える。

それでは、些細とも言える伏字は後回しにして、雨宮と編集部が国家権力の意向を慮ってどのような諸点を削除したかを検討する。

まず、兵士たちと二人の軍属の行為について推測する。

第一に、第一一章の近藤が犯した悲劇もそうだが、芸者・娼婦を相手とする行為は建前上から皇軍軍人として相応しくない。第二に、作者と同様に、止むを得ない行為として徴発を認め、多くは削除していないが、老婆から水牛を取り上げる際の惨さは認め難い。第三に拳銃を撃った女性の殺戮は猟奇的で残酷に過ぎる。第四に泣き咽ぶ女性の殺害はあってはならない筈で残虐極まりない。第五に休養中に姑娘漁りをする兵士たちはきわめて動物的で、一兵士が「銀の指輪」を「死んだ女房の形見」だと言うのは強姦後殺人と連想させる。第六に武井が一片の砂糖を盗んだ青年を殺戮するのを石川は容認しているが、残酷だ。第七に出発前に街を焼き払うことも中国人を人間と見ない残酷さがある。第八に加奈目少尉射殺事件は皇軍当局にとってはあってはならない事件で、指令ともども一般に知られては不都合な事実の反映である。第九に捕虜の始末の仕方も一般に知られては困る事実だ。第一〇に武器を持たない深間は門を出て捕虜の一人に平手打ちをし、蹴飛ばして、仕返しの心算だろうが、狂気の沙汰である。

第一一に片山従軍僧の欲張った泥棒（徴発）も（やや婉曲に表現されているので削除されていないが、中橋通訳の泥棒も）、第一二に日本人商人の最大の目的も、第一三に公認の兵士「慰安所」も、第一四に将校の「慰安所」も一般に知られては不都合な事実の反映である。第一五に白系ロシア人女性と想われる女性の猥雑な踊りの見物も、第一と同じことである。第一六に平尾が酒場で耳にした商人と領事館員の話の内容も有り得べからざる事実に基づく創作だと言える。第一七に鉄道警備兵たちと話す商人の皇軍当局からの依頼で行っている「商売女」集めも同様だ。第一八に野菜泥棒に行った二人の兵士を殺害したと思われる五人の中国人の虐殺も極めて残酷で、皇軍では徴発は正当だとされるが、やはり一般には知られたくない事実の反映である。

次に、兵士たちと下級将校の夢想を含む思考と直接行動そのものではない態度について推量する。

第一にソ連の脅威が兵士たちの間で強調されているが、これを緩和する必要がある。第二に中国人の所有権と財産が恣意的に「取るがまゝだ」という徴発の実態の簡潔な表現は当局にとっては不都合である。第三に「生肉の徴発」という隠語は皇軍でも正当行為として公認していない強姦を抜きにしては考えられない言葉だ。第四に近藤の生命と医学が「軽蔑されている」という戦争の本質を突く考えは直截に過ぎて当局としては困る。第五に「銀の指輪」を「拳銃の弾丸と交換」したなどという冗談は殺人または強姦殺人の反映かも知れないが、「冗談はよせ」となることは必定。第六に近藤の生命は戦場の「ごみ屑」、医学はごみに集《たか》る「蠅」との譬喩は第四と同様。第七にクリークを舟で通った近藤が平尾に言った「あの児も殺してやれよ」は野犬に食われるよりは増しだと考えているからなのだが、不穏当である。第八に「好姑娘、多々有?」は南京での姑娘探しを連想させる。第九に慰問袋の問題点の批判的記述を「銃後」で読まれることは当局としては許さない筈だ。第一〇に負傷兵収容所を「酸鼻を極めた」と表現するのも当局には不都合である。

第一一に中国全土を占領しても中国人を支配出来ないという平尾の、今日からすれば、先見の明があるとも言える夢想は侵略途上の皇軍当局には許し難い思考である。第一二に中国人民の苦しみを同僚に語り、強姦に想い至る倉田少尉の言は当局にとっては言語道断だ。第一三に長文の概要に示した「怠惰な兵」になっていった近藤、再び夢想に酔い始める平尾のような兵卒は当局には許せない。第一四に通信兵たちの妻や家族に想いを馳せる「雑談」は建前としては皇軍兵士の本分に悖ることとなる。第一五に近藤がいけないことは知りながら、「自分の命を大事にしようと思」うこともまた、第一四と同様。第一六に鉄道警備兵たちの愚痴話も事実に基づく叙述と想われ、予・後備役兵士の本音だが、第一四と同様である。

伏字について見る。「大連」が全て（七ヶ所）伏字になっている。中国軍と絶えず戦闘状態にある中での小説の発表だから、不測の事態を慮る必要がある。「大阪鉄道局」も然り。「師団参謀」も特定される可能性があるから、同様の配慮が為されることは不可欠だと言えよう。「小型戦車」は貧弱に見えるからだろうか。簡単に破壊されているという叙述からすれば、「小型」を取ると、中国軍の攻撃力が高いことになる。となれば、ソ連の脅威に対する「戦慄」を伏字にすることと矛盾する。この矛盾も、先にも指摘したが、作品が大急ぎで執筆されたことと同様に、校正による削除・伏字の作業もすこぶる慌ただしく行われたようである。

以上、はなはだ粗雑ではあるが、一通り検討した通り、雨宮を始めとする編集部は国家権力、殊に軍事主導体制下の皇軍当局の意向を斟酌して迎合的とも言える程に当局に不都合な部分をカットし、自らの思想に反して作品が陽の目を見るように「努力」している。そうした「努力」は読者を始めとする国民が作品を通して「支那事変」の事態を少しでも正しく理解・認識することが出来るようにとの希求から行ったに相違ない。この点については敬意を禁じ得ない。

国家権力の「生きてゐる兵隊」への弾圧は、端的に言えば、作者石川と雨宮を始めとする『中央公論』編集部の希求している点に対して行われた。

「生きてゐる兵隊」の標題を借りて「生きてゐる画家」を『みづゑ』一九四一年四月号に寄せた画家松本竣介（一九一二〜四八）が、同誌一月号掲載の座談会「国防国家と美術」に出席した陸軍報道部の将校が戦争に奉仕する絵画を描くよう強要しているのに対して、「鈴木少佐」と名指しで反論し、人間らしく生きるために良心に忠実に制作を続けていくのだと言い切り、美術・文化を破壊する権力・軍部に抗議した。[50] 彼にはこれを裏付ける作品と数百冊の蔵書がある。これに対して「本家」の石川は松本のように芸術家としての良心を堅持し続けた訳ではなく、反戦・非戦の思想の持ち主でもなかった。

けれども、石川は、「公判調書」でも陳述している通り、「戦争の本当の姿」と「戦地に於ける本当の人間の気持」を小説で表現しようとした。事実、彼は戦争の非人間的な残酷さやその中で苦悩する軍人、自暴自棄に陥る軍人、開き直る軍人の姿と心をリアルに描いた。

しかし、天皇の下で「東亜」に「楽土」を建設するとの虚構を築き、侵略を強行した国家権力、就中、皇軍当局にとっては、略奪・殺戮・強姦などの悪業を控え目過ぎる程にしか明らかにしていない「生きてゐる兵隊」でさえもほぼ丸ごと不都合極まりない作品だったのである。

事実・真実など、どうでもよいと頽廃し切った国家権力、殊に皇軍当局が許容・推奨する戦争に関する「文学」表現は、石川が「公判調書」でも批判しているような、臣民が能天気になって侵略戦争を「聖戦」として賛美する、兵士たちが守れもしない軍人勅諭路線の、更に言えば「戦陣訓」先取り路線の「忠君愛国」精神を持った架空の軍人像を描くことであった。「生きてゐる兵隊」はそうした路線からは大きく外れた作品だったのである。それ故に徹底的な弾圧を加えられたのであった。

13　敗戦後の占領軍慰安所施設と慰安婦問題の現在

南京大虐殺事件や皇軍「慰安婦」問題について奇妙に感ずるのは、多くの現地調査や実証的研究が為され、事実を証明する資料集が刊行されているにもかかわらず[51]、現在、事実を否定する戦後世代の反動右翼政治家の言説が罷り通らされていることである。

今日ではよく知られている通り、南京大虐殺の事実は南京駐在の各国特派員の送信による報道で世界中に流布していた。また、米国の中国大使館が作成した正確な記録も、本国政府だけでなく、日本大使館にも報告されており、情報を得ていた日本人知識人も少なくなかった。陸軍首脳部も在中国日本外交官の情報があって十分に認知していた。それ故に方面軍司令官松井石根は解任され、教育総監畑俊六大将がその後任となった。しかし、松井の処分は内々に行われたため、国民の多くは何も知らされず、彼を英雄扱いした。

「慰安婦」問題について見ると、強制的だった「証拠はない」という暴言の他に、「公娼」制度が適用されていたから、形式上「自由契約」であったため、合法だとする、甘言を弄して欺したり、拉致したり、手段を選ばない実態から全く乖離した主張がある。また、例え「公娼」制度が公認された制度であっても、だから不法ではないと主張することは時代錯誤も甚だしい暴言である。「公娼」制度は特殊日本的なシステムであって、そのような非人間的な制度の合法性を認める論理は第二次大戦後の国際社会では通用しない。

「慰安所」制度は、国際連合人権委員会差別防止・少数者保護小委員会における戦時性奴隷制特別報告者による公式報告「武力紛争下の組織的強姦、性奴隷制及び奴隷制類似慣行に関する最終報告書」(一九九八年)では「性奴隷制」とされている。[52] 皇軍による性的暴力の加害責任を継承している日本政府は戦時性奴隷制特別報告者から今年(二〇一三年)も無責任な放置を批判され、「慰安婦」問題について誠実な解決を勧告されている。

ところが、最近、安倍晋三首相に奇妙な動きがあった。誤魔化しの女性「登用」政策を打ち出した彼は、二〇一三年九月二六日の国連総会で演説し、あたかも熱心にこの政策に取り組んでいるかのように見せ掛けて、時間の多くを当てたが、皇軍「慰安婦」問題については加害責任の継承者としての反省の弁は一言もせず、「憤激すべきは、二一世紀の今なお、武力紛争のもと、女性に対する性的暴力がやまない現実だ。犯罪を予防し、不幸にも被害を受けた人たちを物心両面で支えると」述べた。[53] 詭弁だ。何と異常な神経の持ち主であろうか。まず、安倍氏が為すべきことは、「慰安婦」問題の被害者に公式に謝罪し、韓国政府との御座なりの「解釈」ではなく、被害者の生存中に同時代性をもって解決しなければならない課題であり、歴代内閣の多くが基本的には拒否してきた賠償を速やかに行うことの筈だ。二〇世紀前半の性的暴力の加害責任をその継承者が放置していることこそ、「憤激すべき」ことである。

これより先、橋下徹大阪市長が二〇一三年五月一三日に皇軍「慰安婦」問題について発言した。彼は女性に強制した「証拠はない」との主張の筆頭格だ。正確には「日本だけが『レイプ国家』だと見られていると ころが一番問題」で、「証拠が出てくれれば認めなければならないが」、「軍や日本政府自体が暴行脅迫をして女性を拉致したという事実はいまのところ証拠で裏付けられていない」と述べた。しかし、事実は彼が調査・研究の成果に基づいた証拠を知らないだけのことである。その橋下氏は「命懸け」で交戦する「精神的にも高ぶっているような集団は、どこかで休息じゃないが」、「慰安婦」制度が「必要なのは」「誰だって分かる」と皇軍の高官のようなことを言った。彼は、そうした時代錯誤の思考内容をもとに、沖縄の普天間基地で司令官に「（沖縄の海兵隊は）もっと風俗を活用してほしい」と直言し、「米軍ではオフリミッツ、禁止だ」と言われ、「話を打ち切」られたと語っている。[54] 近現代的な両性対等の恋愛感情の発展と接客する女性を含む女性の地位向上、男女平等の実現を阻害する多くの「風俗」の実態を私は是としないが、「風俗」と「慰安所」とを同一視していることは、橋下氏の「慰安婦」問題に対する無理解を示すものに他ならない。彼は、「慰安所」を設置すれば万能だとは言っていないが、強姦と「慰安所」の実態分析を通して両者の相関的関係を解明した論文などの存在を知らないのだ。

更に橋下氏は、二〇一三年七月五日、日本維新の会共同代表の立場で沖縄県へ遊説に行った際に、米軍の沖縄占領期に日本政府が沖縄に米軍軍人相手の「特殊慰安施設」を設置し、「米兵のレイプを止めるために一生懸命頑張ってくれた沖縄の女性に感謝の念を表する」と演説した。[55] 向こう受けを狙う心算だったろうが、「慰安所」の必要性を強調し、そこで接客した多くの女性の心情を汲みとろうともせず、彼女たちに犠牲を強いた施策を擁護した発言は多くの沖縄県民、日本国民の顰蹙を買った。彼の発言内容には事実の誤りがある（後述）。

一九四五年八月一八日（日本帝国の無条件降伏の四日後、戦争終結の三日後）、東久邇（宮）稔彦《なるひこ》（王《おう》）内閣成立の翌日、早くも内務大臣山崎巌が、「治安維持」を中心とする内政の方針を発表する談話の中で、占領軍のための特殊性的「慰安」施設の設置を地方長官（東京都長官・道府県知事）宛に「指令」した旨をあきらかにした[56]（当時の都道府県は市町村とは異なって地方自治体ではなく、都長官・知事は内務官僚であるから「指令」―成澤）。「指令」したのは警察・治安の総元締である内務省警保局長である（警保局は警察庁の前身）。正式には「外国軍駐屯地における慰安施設に関する内務省警保局長通牒」と言う。その内容は左の通りである。[57]

「外国軍駐屯地に於ては別記要領に依り之が慰安施設等設備の要あるも本件取扱に付ては極めて慎重を要するに付特に左記事項留意の上遺憾なきを期せられ度。

記

一　外国軍の駐屯地区及時季は目下全く予想し得ざるところなれば必ず貴県に駐屯するが如き感を懐き一般に動揺を来さしむが如きことなかるべきこと。

二　駐屯せる場合は急速に開設を要するものなるに付内部的には予め手害を定め置くこととし外部には絶対に之を漏洩せざること。

三　本件実施に当りて日本人の保護を趣旨とするものなることを理解せしめ地方民をして誤解を生ぜしめざること。

（別記）

外国駐屯軍慰安施設等整備要領

一　外国駐屯軍に対する営業行為は一定の区域を限定して従来の取締標準にかゝわらず之を許可するものとす。

二　前項の区域は警察署長に於て之を設定するものとし日本人の施設利用は之を禁ずるものとす。

三　警察署長は左の営業に付ては積極的に指導を行い設備の急速充実を図るものとする。
性的慰安施設
飲食施設
娯楽場
四　営業に必要なる婦女子は芸妓、公私娼妓、女給、酌婦、常習密売淫犯者等を優先的に之を充足するものとす。」

「留意」「事項」の「二」に「外部」へ「漏洩」させないようにとあるが、おそらく内相が記者会見で報道しないように注意を喚起したにもかかわらず、『読売報知』だけが報じたものと想われる。「四」は「日本人の保護」のためとあり、対象とされる女性は日本人として認められていないことになる。「別記」の「四」を見ると、皇軍「慰安所」や占領地の料理屋と同一ないし酷似の性格をもった施設であることがわかる。人格無視「通牒」である。

「通牒」を受けた都道府県の対応を神奈川県の場合で示すと、次の通りである。[58]

「神奈川県では進駐軍将兵用の慰安施設と娯楽面復興に伴う横浜市内の娯楽所設置地区を次の如く決定した
◇進駐軍将兵慰安施設エキスプレスビル（バー）カナダ汽船ビル（カフェー）船舶無線（カフェー）大阪商船ビル（キャバレー）互楽荘（慰安所）日本商船大丸谷寮（慰安所）その他箱根、江ノ島に慰安所、キャバレーを設置する
◇娯楽所を設置する地区　目下県保安課に娯楽開業申請者が殺到してゐるが県では大体花園橋附近の堀割側を境として大丸谷、本牧までの間を設置場所に指定してどし〳〵許可する方針である（横浜）」

政府の「特殊慰安施設」設置政策と都道府県の設置施策に呼応して、八月に「特殊慰安施設協会（Recreation and Amusement Association. 略称ＲＡＡ）が設立された。まず、その「声明書」を見ると、「邦家三千年山容河相革《かそうあらた》むるなしと雖も、大日本の生命は、昭和二十年八月十五日の慟哭を一期とし、極まりなき悲痛と涯《はて》しなき憂苦とに縛られ、危くも救い難い絶望のどん底に沈淪《ちんりん》せんとす」に始まり、「然りと雖も翻つて考うるに、神州は断じて不滅なり」、「悠久の祖宗（先祖）に詫び、久遠の子孫に謝するの途、只一途《いっと》、天地と薄愁の黒雲を打破り、我等が前途に光明の一道を見出し、承詔必謹《しょうしょうひつきん》（詔書を承っては必ず謹み—成澤）大御心（天皇の心—成澤）に帰一し奉りて、遠き道を孜々《しし》として歩き、民族の生命を悠久の彼方に培養して他日を期するにあるべきなり」、「銘記すべし八月十五日、忘るべからず此《この》痛苦、而《しこう》して溢るる涙を抑え、湧き上る悲しみに堪えて之れを激励と、鼓舞と、隠忍の糧とすべきなり。我等既にして此《この》覚悟をなす。時あり、命《めい》下りて、予て我等が職域を通じ戦後処理の国家的緊急施設の一端として、駐屯軍慰安の難事業を課せらる。命重く且大なり。而《しか》も成功は難中の難たり」、「然りと雖も、我等固《もと》より深く決する処あり」、「只同志結盟して信念の命ずる処に直往し、『昭和のお吉』幾千人かの人柱の上に、狂瀾《きょうらん》（荒れくるった大波—成澤）を阻む防波堤を築《（ママ）》き、民族の純潔を百年の彼方に護持培養すると共に、戦後社会秩序の根本に、見えざる地下の柱たらんとす」、「我等は断じて進駐軍に媚びるものに非ず」、「条約の一端の履行にも貢献し、社会の安寧に寄与し、以て大にして之を言えば国体護持に挺身せんとするに他ならざることを、重ねて直言し、以て声明となす」とある。[59] 内容も口調も時代がかっており、実情と乖離した観念論にして右翼的で且つ空々しい。

同じく八月付の「趣意書」には、「一億の純潔を護り以て国体護持の則り」とあるところは「声明書」と同じだが、「本協会を通じて彼我両国民の意志の疎通を図り、併せて国民外交の円滑なる発展に寄与致しますと共に、平和世界建設への一助ともなれば本会の本懐とする所であります」と大見得を切った大義名分が謳われている。加盟者は東京料理飲食業組合・東京待合業組合連合会・東京接待業組合連合会・全国芸妓置屋同盟東京支部連合会・東京都貸座敷組合・東京慰安所組合・東京練技場組合連盟の七団体の所属組合員とし、営業区域は関東地方とすると「趣意書」にはある。[60] 作家の高見順が八月二九日の日記に、日本文学報国会の最後の理事会に出席した際、事務所で「特殊慰安施設協会って誰がやり出したとおもう?」と××が問い、高見が「さあ」と言ったところ、「国粋同盟の××××」と答えたと書いている。高見は同日の日記に新聞記事から二二日に愛宕山で一〇人が自刃し、その中の三名が国粋同盟員であることも抜き書きしている。[61] 国粋同盟にはこのような者たちがいたが、一方には「平和」へ早変わりした者たちもいたのである。

東京で設立された特殊慰安協会の事務所は東京の銀座七丁目にあった。同協会は九月三日に「特別女子従業員募召」広告を出している。[62] それには「衣食住及高給支給　前借ニモ応ズ　地方ヨリノ応募者ニハ旅費ヲ支給ス」とある。[63] これより先、特殊慰安協会は「男女ヲ問ハズ高給優遇ス」を謳って、事務職員・通訳・雑役の募集も謳っている。[64]

東京・横浜を始めとする関東以外の地域については、吉見義明氏が自著に愛知県・北海道・大阪府・岩手県の場合を紹介しているが、注目すべきは大阪府警察部特別高等第一課の内偵報告「旧国粋同盟の動静」をもとに、元国粋同盟総裁笹川良一が実弟を社長に「アメリカン倶楽部」という名の連合軍「慰安所」を、九月一八日、大阪府南区に開設したと、後に船舶振興会で知られる笹川グループの逸速《いちはや》き暗躍を伝えている。[65] この事実からすると、高見日記の「××××」とは「笹川良一」と見て間違いない。皇軍当局に見られた頽廃がこの右翼グループにも窺うことが出来る。

八月一五日の昭和天皇の詔勅は、アジア諸国民に対する殺戮・惨禍にも、臣民の死傷・辛苦にも触れず、無謀な本格的中国侵略を決断した自責の念を述べず、「敗戦」を言わず、「皇祖皇宗」に謝罪しただけの人間に対して無礼極まりないものであり、同日の東久邇（宮）首相談話の内容は、詔勅に歩調を合わせ、天皇制絶対主義の「国体護持」と「敗戦」の責任が天皇に対する国民の「忠義」の不十分さにあったとする「一億総懺悔」を強調するものであった。[66]

そこで想い出すのは魯迅の「諺語《げんご》」（一九三三年）である。この随想には「専制者の反面は奴隷である」、「主人である時は一切の人を奴隷にするが、主人を持つと必ず甘んじて奴隷となる」（竹内好訳）とある。[67]

敗戦から二年後になるが、片山哲内閣期の一九四七年九月、天皇は側近（宮内庁御用掛《がかり》）を連合国軍最高司令官総司令部（ＧＨＱ）外交部長のもとへ遣わし、米国が「貸与」という「擬制」の上に沖縄を半永久的に軍事占領して欲しいとのメッセージを最高司令官ダグラス・マッカーサーと米国務長官ジョージ・マーシャル宛に送った。天皇は更に側近（宮内式部頭《しきぶのかみ》）を『ニューズ・ウィーク』東京支局長と会見させ、彼を介して同趣旨の内容を米国の外交問題のリーダー、ジョーン・フォスター・ダレスに伝言した。この昭和天皇の工作は体制変革を恐れて行ったものである。[68]片山は右派ではあったが、日本社会党委員長であった。社会党左派の長老には「蟹の横ばい」式の天皇拝謁を拒否し、皇室会議・皇室経済会議委員として赤坂離宮の貧民への開放を主張した参議院副議長の松本治一郎もいた。天皇とその周辺は体制変革阻止に動いたのだ。

こうした事実が示しているように、敗戦直後、侵略戦争遂行の罪過に対する反省がないから、天皇・（宮）首相を始めとする、本来は旧支配層とされるべき筈の人たちが支配者として、居座ろうとし、国民にとっては「専制者」「主人」であり続けようとした。その代わりに、新たな「主人」となった米国政府・米軍に対しては、「奴隷」根性をもって、戦争の最たる犠牲となった沖縄を「人身御供」として提供しようとし（やがては「本土」の「独立」と引替えに提供した）、「特殊慰安施設」を設置し、提供したのである。

侵略戦争と皇軍「慰安婦」問題で誠実に国際社会と対応することを拒む安倍・橋下氏ら反動右翼政治家は、敗戦直後の昭和天皇や（宮）首相の内閣、笹川良一ら右翼から前時代的後進性を思想的に継承し、国民・市民に対しては実質的には「専制者」であろうとしつつ、追従的日米安全保障条約下で、諸矛盾を孕みながらも、国家安全保障会議（ＮＳＣ）設置法と特定秘密保護法とを一体で成立させ、米国に従属的な対応をしていると言えそうだ。

おわりに――本文に入らなかった幾つか

第一に指摘しておきたいことは、「西沢連隊」とその周囲のモデルになった連隊や師団の実像である。作者は「西沢連隊」は三重県人の連隊だと述べている。諸書で上海事変（第二次）前段階から南京占領直後までを見、「生きてゐる兵隊」の記述と照合すると、「高島師団」は京都市で編成の第一六師団（師団長中島今朝吾中将）である。三重県下の全ての兵員が入隊する津市の歩兵第三三連隊（衛戍地は一志郡久居町《ひさい》〈現津市〉。連隊長野田謙吾大佐）に属する。[69] 歩三三連隊は戦時においては約三〇〇〇人規模だったようである。歩三三連隊を含む一六師団の主力は、「６」で見た通り、大移動させられた後に上海事変の戦闘に加わり、以後、師団長と参謀本部から上海派遣軍へ派遣された参謀との人間関係が悪い所為で、特段の苦労をさせられ、時には干された。諸書によると、師団長の中島は松井ら最高首脳部に憤懣を抱いたようだ。「生きてゐる兵隊」には叙述されていないが、松井らの到着を待って南京入城式を挙行する以前に、一六師団だけの入場式を行ってしまつている。彼はその間の経緯を京都府知事宛の手紙に「（一二月）十四日十五日及十六日十七日共ニ附近ノ敗残兵ヲ掃蕩ス師団ハ十五日入場式を行ヒ国民政府庁ヲ占領シ日章旗ヲ掲ケ　大元帥陛下ノ万歳ヲ三唱ス、予ハ政府主席ノ座ヲ占拠シ軍官学校内蒋介石ノ官舎ニ宿ル、十七日方面軍司令官及上海派遣軍司令官宮殿下ノ入場《(ママ)》式アリ」と認めてた。[70] 小説は事実をかなり忠実に描いている。それにしても、中島がかなり好い気になっている様子が窺える。

序でに「中支那」方面軍、殊に歩三三連隊や一六師団が属する上海派遣軍の編成について触れておく。歩三三連隊は他の一歩連隊とともに歩兵第三〇旅団（旅団長佐々木到一少将）に属し、歩三〇旅団は他の一歩兵連隊（歩二連隊）とともに一六師団に属した。一六師団長麾下には他に騎兵・野砲兵・工兵・輜重兵の各連隊が隷属されていた。一六師団は他の一師団・山田支隊（一三師団の一部＝歩一〇三旅団長山田栴二《せんじ》少将指揮下の一歩連隊）及び三師団先遣隊（一歩連隊）とともに上海派遣軍司令官朝香《あさかの》（宮《みや》）鳩彦《やすひこ》（王《おう》）中将隷下にあった。朝香（宮）は、「中支那」方面軍司令官に任命された松井の後任である。同司令官麾下には前記諸隊の他に揚子江北部に配置された一三師団の主力、後備を担った三師団主力、一一師団及び一〇一師団が所属していた。「中支那」方面軍は、この上海派遣軍に、柳川平助中将を司令官とする第一〇軍（三師団・一支隊〈一連隊〉）と合わせ、総勢凡そ二〇万程であった。[71]

第二に問題にしたいのは、なぜ、中国で皇軍による残虐・非道が行われたのかについてである。「慰安婦」問題があるので、植民地朝鮮も視野に入れて考えてみたい。

「生きてゐる兵隊」の記述内容を検討し、この作品を手懸かりに皇軍「慰安婦」や強姦、殺戮と略奪について諸書を参考にして考察すると、取材が十分ではなかった所為もあろうが、作者の叙述が実態よりはかなり控え目になっていることが理解出来る。それでも小考でご覧の通りである。

人間として見ているとは言い難い中国人に対する、日本国内への強制連行を含む不当極まりない蹂躙、皇軍「慰安婦」や過酷な重労働、すこぶる危険な労働を強いる拉致をも含む植民地朝鮮の人民強制連行など、わが国の恥ずべき野蛮な行為がなぜ無数に引起こされたのか。この問題は、人間蔑視という頽廃を抜きにしては考えられないことである。

日本帝国は、明治維新以来、朝鮮・韓国、韓国併合以来、植民地朝鮮に対して、日清戦争以来、中国に対して、一方的に計り知れない犠牲を強い続けてきた。そのことと関連して、関東大震災直後の朝鮮人・中国人に対する警察・治安当局（内務省警保局）の虚偽情報に基づく虐殺など、それぞれの時期における犠牲の強制の累積により、国家権力は勿論のこと、臣民も朝鮮と朝鮮人、中国と中国人に対する蔑視・差別の意識と態度を強めてきた。

殊に侵略戦争の戦場という狂気の漂う世界にあって、「生きてゐる兵隊」によっても垣間見られる、残虐・非道を繰り返す皇軍とその将兵の中国と中国人に対する蔑視・差別の意識と態度はとりわけ厳しいものがあった。蔑視・差別の意識が残虐・非道をエスカレートさせ、残虐・非道が蔑視・差別意識を助長するという関係、悪循環を繰り返してきたのである。

魯迅の『随感録』に収録されている「暴君の臣民」の中に「暴君の治下の臣民は、おおむね暴君よりもさらに暴である」（竹内好訳）という一文がある。[72] 南京大虐殺に見られる皇軍兵士にはまさにその観があると言える。南京大虐殺に代表される日中戦争における残虐・非道は、主として大元帥陛下の下に隷属する軍人の厳しい位階制の末端に位置付けられた兵士によって行われた。兵士、殊に兵卒（特別な任務に就いているものを除く上等兵、一等兵・二等兵。一・二等兵は上等兵の部下ではない）は、事実上、消耗品扱いにされた。その兵士たちが軍人・「慰安婦」を含む中国人や朝鮮人「慰安婦」を蔑視・差別するという構造になっていたのである。小考を草する過程は、平和と人間平等の実現に向けた活動の大切さを再確認するそれであった。

第三に問題にしたいのは、二〇一三年一二月六日に安倍政権が国会を強行突破して成立させた特定秘密保護法についてである。まず、同法を問題にする前に敗戦時までの関係二法を見る。

「生きてゐる兵隊」は新聞紙法で弾圧された。新聞紙法は特に陸軍・海軍・外務三大臣の軍事・外交事項に関する禁止命令権を規定し、記述内容を制限し、命令に違反したと判断した場合には刑罰を科する規制・弾圧法である（[1]）。新聞紙法は、法律とは言えない「無法の法」とも言うべき治安維持法と相俟って、学問・思想、言論・表現に著しい制限と弾圧を加え、国民が事実・真実を知ることを困難にし、やがてほとんど不可能にした。国家権力の各当局、大本営、陸・海・外三省、内閣情報局、内務省（警保局）・警視庁、道府県警察部等の規制と弾圧の基準は曖昧で、各当局の時局推移に対応する仕方によってまちまちであり、恣意の如何による場合がすこぶる多かった。それが却って萎縮効果を高めた。「生きてゐる兵隊」における自己規制作業にもその効果が見受けられる（それでも弾圧された）。

特定秘密保護法の性質と内容を考察する場合に、もう一つ、かつての軍機保護法を吟味する必要がある。「軍機」とは軍事上の機密のことであり、「機密」とは主として政治上・軍事上の重大な機密を指すが、軍機保護法の条文中には「軍機」及び「機密」の語は一切用いられておらず、「軍事上ノ秘密」など、専ら「秘密」の語が使われている。重大であるか、ないかが曖昧になっているのである。

軍事上の「秘密」を保護することを目的とする同法は、日清戦争後、日露戦争前の一八九九年に制定され、日中戦争開始（一九三七年七月）直後（八月）に抜本的に「改正」された。八条から成る同法は「大改正」で二一条に拡充され、軍事上の秘密を要する事項や図書・物件の種類・範囲を陸・海軍両大臣の命令で定めることとされ、これに違反した者の最高刑は重懲役から死刑に引きあげられた。一見すると、軍用航空機の本格的使用、そのための飛行場の整備、空中撮影とその複写・複製を始め、軍用艦船・兵器・軍需工場等の高度化と増強に対する詳細な適用のように窺えるが、条文を通覧すると、犯罪とされる軍事上の秘密の定義、秘密の探知・収集と漏洩・交付などの行為の定義が曖昧である。そのため、恣意的運営が軍人のみならず言論・出版関係者の萎縮傾向を助長した。[73] それどころか、一般民衆の単なる普通の旅行や写真撮影・写生が制限・干渉され、恣意で連行・逮捕され、拷問を加えられることもあった。

さて、特定秘密保護法は「特定秘密の指定」が防衛・外交に関する事項にスパイ活動とテロ活動の防止の二事項を加えており、軍事・外交を最重点事項とした新聞紙法と類似点があり、治安維持法や軍機保護法と共通性のある規制・弾圧法である。指定の有効期限を定めているものの、延長出来る上に、内閣の承認を得れば無期限になり、大臣など行政機関長が指定する「特定秘密」は国民の知る権利の外にあり、出版・報道業務従事者の取材・報道の自由さえ、事実上、奪い取り、政府の統一基準に従って指定すると定めることになってはいるものの、指定者によってどこまで拡大されるかもわからず、取材業務行為の正当・不当の基準は曖昧で行政当局の恣意で行われる可能性が大きく、刑罰の範囲も不明確なので、萎縮効果を生み出すことも必定だ。[74]

弁護士の藤原真由美氏が秘密保護法案反対の談話の中で「何が秘密か、それは秘密です」と同法案の問題点を指摘した。この文言は一九八〇年に国会に提出された国家秘密法案（スパイ防止法案。国民の強い反対で廃案）に対する自由法曹団団長を務めた弁護士上田誠吉氏の口癖だったそうである。[75] 秘密保護法は治安維持法及び軍機保護法と同様に「無法の法」とも言うべき法律である。この種の法はどこまでも際限なく「法」の「適用」範囲を拡大させていく性質を持っている。何をやっても引っ掛けられる恐れがあり、検挙され、告訴され、裁判に掛けられる可能性がある。

『中央公論』編集部関係者は「２」でとりあげた横浜事件で最も多数が弾圧された。横浜事件は、一九四二年から敗戦まで、治安維持法違反の廉で主として神奈川県警察部特別高等課が拷問を手段として捏造した編集者・研究者など、少なくとも六三名（未確認を合わせると九〇名近く）に対する一〇件を超える連続した言論弾圧事件の総称である。[76] この戦時体制下における最大の弾圧事件は主に神奈川の特高警察が検挙し、横浜地方裁判所が裁判を行い、無実の被告に対して有罪の判決を下したので横浜事件と呼ばれる。

横浜事件では、『中央公論』編集部関係者から五事件に跨がって前編集長の畑中繁雄ら八名が検挙された。[77] 雨宮庸蔵は「生きてゐる兵隊」事件で引責辞職しているので、連座を免れている。

一九八六年七月、横浜事件判決に対する再審請求が畑中ら八人によって横浜地裁に申し立てられ（第一次再審請求）、以後、ねばり強い闘いを前進させた。再審請求（第一次）を請求者らが決意したのは、当時、浮上した国家秘密法案を治安維持法の「現代版」と捉えたからであった。現今で言えば、日本国憲法の基本原理と根本的に対立する特定秘密保護法である。畑中ら請求者各位の異議申し立てに心から敬意を表する。

第四は石川達三の敗戦一年前の言動についてである。

石川にとっては、自作「生きてゐる兵隊」の筆禍事件でともにたたかい、刑罰を科せられた『中央公論』編集・発行関係者を普通一般の編集者・出版人と作家との関係で捉えることは不可能であった。だから、一九四四年七月一〇日、横浜事件の進行過程で、「営業方針中に国民思想指導上、黙許し難き事実」ありとして、内閣情報局が中央公論社と改造社に「自発的廃業を申渡すこととなり」[78]、両社は七月末に解散したが、それに先だって石川は「生きてゐる兵隊」裁判で示した言論・表現の自由を擁護し、渇望する立場で（「1」）、両社の社名を伏せながらも、暗に両社を弁護し、情報局や大本営陸・海軍両報道部等、当局を批判する論説「言論を活発に　明るい批判に民意の高揚」を発表した。[79]

曰く、「興亡の岐路に立つ今日国民の戦意必ずしも高揚してゐない事について、当局はしばしば嘆声をもらしてゐるやうである」、「高揚せざる原因は何であるか」、「重要なる原因の一つに言論の萎縮沈滞をあげなくてはならない」、「言論の統制は必要である。しかし統制とは抑圧ではない」、「今日言論統制はその方法を謬《あやま》り」、「言論抑圧の傾向を生じてはゐないか」、「言論を抑圧すれば民心は沈滞する」、「抑圧された言論は流言となり飛語となる」、「今日の指導者の一部は民衆の批判を許さない。ここに大いなる暗さが生じる。海軍報道部長栗原大佐は私に語つて曰く『今日最も純粋なる者は裁判官であろう。何となれば常に弁護士によって厳しき批判を受けてゐるからだ』と。私はこの言葉をそのまま当局にさし上げて御参考に供したい」、「当局は民衆の戦意高揚を要望してゐるが、戦意高揚すれば言論は相関的に活発となり、当局はその批判を受けなくてはならない。批判を抑圧して戦意は高揚しない。この矛盾を当局は考へて貰ひたい。今のままでは民衆の戦意は高揚の道はふさがれてゐるのである」、「戦況不利の場合、当局はきびしい批判を受けなくてはならない」、「戦争の衝に当れる者として」「これを回避してはならない」、「私は敢ていふ、国民を信頼せずして何の総力戦ぞや」、「戦意が高揚しないのは、決して民衆の罪ではない、当局者の対民衆政策の失敗である」、「まず言論を活発化して民衆に声を与へよ」。

海軍報道部長の言質《げんち》もあり、当局は石川と新聞社を弾圧出来なかった。論旨が公判陳述と一致しており、石川らしい勇気ある発言である。

第五は『生きてゐる兵隊』弾圧事件と関連して、半ばドキュメントと言える『風にそよぐ葦』についてである。戦後になって石川は、中央公論社社長嶋中雄作を擬した「新評論社社長」の「葦沢悠平」を主人公とする最長の小説『風にそよぐ葦』を石川の痛烈な批判を掲載させてくれた『毎日新聞』に二度に分けて連載した（前篇＝一九四九年四月一五日～一一月一五日、後篇＝五〇年七月一一日～五一年三月一〇日）。

この小説は、日米開戦の前段階、一九四一年四月から始まった野村・ハル会議（米国での野村吉三郎駐米大使とコーデル・ハル米国務長官との日本の中国からの撤兵などを巡る日米交渉）の行き詰まりから筆を起こし、一九四七年五月の日本国憲法の施行で終わっている。この作品はまさに皇軍独裁の暗黒時期と敗戦後の混乱期とを経て光明が見出せそうな時点までを、先の論説で作者自身が陳述しているような精神を持つリベラルな出版社と社員が東条英機内閣の恐怖政治に抑圧・翻弄されながら、団結して苦闘する様相を中心に、主人公の家族との日常生活を絡ませて、日本という国家とその一時代とをダイナミックに活写している。主人公の親友にして義兄ながら、外交評論家、『暗黒日記』で知られる清沢洌《きよし》を模した「清原節雄」を相方として登場させながら、葦沢・清原を始めとする主な人物の心の内の描き方は実に丁寧である。

『風にそよぐ葦』は石川にとっては書かずにはおられない小説であった。「葦」は人間である。

後篇の冒頭には神奈川県警察部特別高等課が社長に会いたいと、新評論社へ乗り込んで来た様子が出てくる。既に「編集長岡部熊雄をはじめとして五人の記者が神奈川県の特高警察に拘引されている」など、横浜事件の要点が手短かに示されてある。三人の特高刑事と出版部長が会話する記述は、刑事の話の内容が偏見に満ち、彼らの口調がひどく乱暴で、臨場感溢れる描写になっている。特高たちははなはだ無知で、無知な者が権力をもつと、「無法の法」に照らす彼らの手で小さな出来事がとんでもない大事件になってしまう。横浜事件の本質が追求されている作品である。

【注】

1 畑中繁雄「『生きている兵隊』と『細雪』をめぐって」（『文学』第二九巻第一二号〈一九六一年〉）。

2 海軍省「従軍許可証」（秋田市立図書館＝明徳館所蔵。帰国後、「廃」の朱印を捺して石川に「従軍祈念トシテ下付」された）。

3　石川達三『経験的小説論』（一九六〇年、文藝春秋社）。
4　石川前掲『経験的小説論』。
5　東京地方第五刑事部「刑事記録　第一審公判調書」（秋田市立中央図書館所蔵）。石川前掲『経験的小説論』。河原理子「筆禍をたどって」２（『朝日新聞』二〇一三年八月二八日付夕刊）。
6　石川達三前掲。
7　石川達三前掲。
8　畑中前掲「『生きている兵隊』と『細雪』をめぐって」。
9　拙著『島崎藤村「破戒」を歩く』下（二〇〇九年、部落問題研究所）。情報局は戦時下の情報宣伝及びマス・メディアの監視・統制を一本化させた中央情報官庁であったが、日中戦争下で設置された大本営の陸軍報道部・海軍報道部が統帥権を基に別組織として存在し、内務省（警保局）が新聞紙法・出版法に基づく新聞・雑誌・出版の取締り及び処分権を手放さず、通信省も放送取締り権の一部（施設監督権）を譲渡しなかったから、厳密には一本化されてはいなかった（同右）。
10　「判決」文（秋田市立中央図書館所蔵）・前掲「第一審公判調書」。両資料以下の引用は秋田市立中央図書館明徳館の翻刻による『生きている兵隊』事件の判決（抄）」に基づく。「判決（抄）」は旧仮名づかいを現代かなづかいに、漢字を常用漢字に、片仮名を平仮名に改めてある。
11　畑中前掲文章。河原前掲文章４（『朝日新聞』二〇一三年八月三〇日付夕刊）。
12　前掲「第一審公判調書」。
13　前掲「第一審公判調書」。
14　石川前掲『経験的小説論』。友人の田村泰次郎も「生きてゐる兵隊」の筆禍に関連して、この小説を「素朴な正義観からのヒューマニズムの立場に立つもので、決して所謂傾向的なものではなかった」と記している（田村『わが文壇青年記』〈一九六三年、新潮社〉）。

15 近年、石川とほぼ同様に、局部だけをとらえて南京虐殺事件を論ずる中国人の近・現代史研究者の論文が発表されている。ジョージワシントン大学の楊大慶氏の「南京残虐事件——原因論の考察」（吉田裕ほか編『アジア・太平洋戦争』5〈二〇〇六年、岩波書店〉）がそれである。楊氏は、皇軍の「残虐行為」を軽視していないが、中国軍の南京防衛が「単なる戦術上の決定ではなく、抗戦という中国の国家方針に拘束され」ていたことを前提に、中国軍最高指揮官らの後手になった南京放棄戦術の誤り、焦土と建物破壊による避難民の増大、敗残兵小集団の皇軍との交戦などが皇軍に口実を与え、多数の民間人・捕虜の「集団処刑」の要因となったとしている。その通りだが、大局的に捉えることが重要だ。

16 前掲「判決」文。新聞紙法（明治四十二年五月六日　法律第四十一号）第四十一条には「安寧秩序ヲ紊《みだ》シ又ハ風俗ヲ害スル事項ヲ新聞紙ニ掲載シタルトキハ発行人、編輯人ヲ六月以下ノ禁錮又ハ二百円以下ノ罰金ニ処ス」とあり、第九条第二号には「編集人ノ責任ニ関スル本法ノ規定ハ左ニ掲クル者ニ之ヲ準用ス」「二　掲載ノ事項ニ署名シタル者」とある（『六法全書　昭和六年版』一九三一年、岩波書店）。

17 河原前掲文章3（『朝日新聞』二〇一三年八月二九日付夕刊）。

18 拙稿「戦時体制下の文化」（成澤榮壽・松野勝治・加藤直道共編『明解図録日本史』〈一九八二年、一橋出版社〉）。

19 前掲拙稿「戦時体制下の文化」。

20 稲葉正雄編『岡村寧次大将資料』上（戦場回想篇）（一九七〇年、原書房）。二〇一三年八月一四日放映「ＮＨＫスペシャル従軍作家たちの戦争」参照。

21 加藤陽子「総力戦下の政—軍関係」（吉田ほか編『アジア・太平洋戦争』2〈二〇〇五年、岩波書店〉）。笠原十九司『南京事件』（一九九七年、岩波書店）。

22 山下英愛「日本軍による性的暴力の諸相とその雲」（吉田ほか編前掲『アジア・太平洋戦争』５）。

23 村瀬守保『写真集　私の従軍中国戦線』（一九九七年、大日本機関紙出版センター）。

24 村瀬前掲『写真集　私の従軍中国戦線』。

25 陸軍刑法第八六条には「戦地又ハ帝国軍ノ占領地ニ於テ住民ノ財物ヲ掠奪シタル者ハ一年以上ノ有期役ニ処ス　前項ノ罪ヲ犯スニ当リ婦女ヲ強姦シタルトキハ無期又ハ七年以上ノ懲役ニ処ス」とある（『六法全書　昭和六年版』〈一九三一年、岩波書店〉）。

26 山下英愛「日本軍による性的暴力の諸相とその雲」（吉田ほか編前掲『アジア・太平洋戦争』５）。

27 山下前掲論文。蘇貞姫《ソーチョンヒ》サラ「帝国日本の『軍慰安制度』論」（吉田ほか編前掲『アジア・太平洋戦争』２）。石田米子・内田知行「山西省の日本軍『慰安所』と盂県《ユーシエン》の性暴力」（石田・内田編『黄土の村の性暴力―大娘《ターニャン》たちの戦争は終わらない―』〈二〇〇四年、創土社〉）。

28 稲葉編前掲『岡村寧次大将資料』上（戦場回想篇）。

29 後藤乾一「アジア太平洋戦争と『大東亜共栄圏』」（後藤ほか編『東アジア近現代通史』６〈二〇一一年、岩波書店〉）。

30 藤原彰『南京の日本軍――南京大虐殺とその背景』（一九九七年、大月書店）参照。山田朗氏は「一九三八年八月一日の時点で、中国戦線に派遣されている兵士役種区分は、すでに現役（一九三五―三七年徴集）一一・三%、予備役（一九三〇―三四年徴集）二二・六%、後備役（一九二〇―二九年徴集）四五・二%、補充兵（一九二五―三七年徴集）二〇・九%」、「兵力の九割近くは非現役、しかも半数近くが二九歳以上の後備役で」、「兵士の高齢化（それは一般に部隊の弱体化につながる）を意味」していることを伝えている（山田「兵士たちの日中戦争」〈吉田ほか編前掲『アジア・太平洋戦争』５〉）。

31 秦郁彦『南京事件』（一九八六年、中央公論社）。

32 稲葉編前掲『岡村寧次大将資料』上（戦場回想篇）。

33　山下前掲論文。蘇貞姫《ソーチヨンヒ》サラ「帝国日本の『軍慰安制度』論」（吉田ほか編前掲『アジア・太平洋戦争』2）。石田米子・内田知行「山西省の日本軍『慰安所』と盂県《ユーシェン》の性暴力」（石田・内田編『黄土の村の性暴力―大娘《ターニャン》たちの戦争は終わらない―』〈二〇〇四年、創土社〉）。

34　藤原彰「天皇の軍隊の特色―虐殺と性暴力の原因」（池田恵里子・大越愛子編『加害の構造と戦争責任』〈二〇〇〇年、緑風出版〉）参照。石田・内田前掲「山西省の日本軍『慰安所』と盂県の性暴力」。

35　前掲拙著『島崎藤村「破戒」を歩く』下。

36　西田幾多郎『善の研究』（一九七五年、岩波書店）。

37　『荷風全集』第廿一巻（一九六四年、岩波書店）。荷風に断腸亭主人の別号がある。

38　蘇前掲「帝国日本の『軍慰安制度』論」。

39　田村前掲『わが文壇青春記』。

40　山下前掲論文。

41　秦郁彦『慰安婦と戦場の性』（一九九九年、新潮社）。

42　蘇前掲「帝国日本の『軍慰安制度』論」。

43　陸軍刑法第十章「俘虜ニ関スル罪」（第九〇～九四条）に捕虜の逃亡・奪取についての規定があるだけで、殺害に関する条項はない。

44　拙著『伊藤博文を激怒させた硬骨の外交官　加藤拓川』（二〇一二年、高文研）。

45　一一月二〇日に常熟総攻撃が開始されたとある（「8」の冒頭）。そうだとするならば、それに参加した西沢連隊が翌二一日に無錫攻撃に加われる筈はないので、この両日には（ママ）を付し、二六日の無錫占領は正しいのでそれ以後は付さない。

46　田村泰次郎「肉体の悪魔」（『近代文学全集』第九四巻〈一九六八年、講談社〉・「春婦伝」（『昭和戦争文学全集』第三巻〈一九六五年、集英社〉）。池田恵里子「田村泰次郎が描いた戦場の性――山西省・日本軍支配下の買春と強姦」（石田・内田編前掲『黄土の村の性暴力』）参照。

47　畑中前掲「『生きている兵隊』と『細雪』をめぐって」。

48　陸軍刑法には「掠奪ノ罪」を犯し、かつ「人ヲ傷シタルトキ」の規定があるのみで（第八八条）、単なる「傷害ノ罪」に該当する条項はない。

49　畑中前掲「『生きている兵隊』と『細雪』をめぐって」。

50　拙稿「戦時中に美術家の良心を堅持した画家松本竣介」（拙著『美術家の横顔　自由と人権、革新と平和の視点より』〈二〇一一年、花伝社〉）。

51　南京大虐殺事件について言えば、南京事件調査研究会『南京事件現地調査報告書』（一九八五年、一橋大学吉田研究室）。洞富雄編『日中戦争・南京大虐殺事件資料集』第一巻・第二巻（一九八五年、青木書店）。南京事件調査研究会編訳『南京事件資料集』第一巻・第二巻（一九九二年、青木書店）。洞富雄・藤原彰・本多勝一編『南京大虐殺の研究』（一九九二年、晩聲社）。ポピュラーな著作では笠原十九司『南京事件』（一九九七年、岩波書店）。南京事件調査委員会編『南京大虐殺否定論　13のウソ』（一九九九年、柏書房）。皇軍「慰安婦」問題については、根本資料としては吉見義明編『従軍慰安婦資料集』（一九九二年、大月書店）がある他、ポピュラーな著書では吉見義明『従軍慰安婦』（一九九五年、岩波書店）などがある。

52　山下前掲論文所引。

53　『しんぶん赤旗』二〇一三年九月三〇日付。

54　『大阪民主新報』二〇一三年五月一九日付。

55 『大阪民主新報』二〇一三年七月一四日付。
56 『読売報知』一九四六年八月一九日付。
57 市川房枝編集・解説『日本婦人問題資料集成』第一巻（一九七八年、ドメス出版）。
58 『朝日新聞』一九四五年八月三〇日付。
59 市川房枝編集・解説前掲『日本婦人問題資料集成』第一巻。
60 市川房枝編集・解説前掲『日本婦人問題資料集成』第一巻。
61 『高見順日記』第五巻（一九六五年、勁草書房）。
62 市川房枝編集・解説前掲『日本婦人問題資料集成』第一巻。
63 『毎日新聞』一九四五年九月三日付。
64 『朝日新聞』一九四五年八月三一日付「広告」。
65 吉見前掲『従軍慰安婦』。
66 成澤榮壽・山科三郎「戦後日本の思想状況と部落問題解決の道程」（部落問題研究所編・刊『部落問題解決過程の研究』第二巻〈二〇一一年〉）。
67 拙稿「魯迅のこと」（拙著『人権と歴史と教育と』〈一九九五年、花伝社〉）。
68 成澤榮壽・山科三郎前掲「戦後日本の思想状況と部落問題解決の道程」。
69 三重県編・刊『三重県史　資料編　近代』第二巻（一九八八年）。
70 下里正樹「南京攻略と下級兵士」（井口和起他編『南京事件　京都師団関係資料集』一九八九年、青木書店）。
71 笠原前掲『南京事件』。
72 拙稿「魯迅のこと」（拙著『人権と歴史と教育と』〈一九九五年、花伝社〉）。

73 「軍機保護法」（『六法全書　昭和十二年版』〈一九三七年、岩波書店〉）。同（『六法全書　昭和十六年版』〈一九四一年、岩波書店〉）。
74 『しんぶん赤旗』二〇一三年一〇月二六日付。『日本経済新聞』二〇一三年一〇月二五日付夕刊。
75 『しんぶん赤旗』二〇一三年一〇月三〇日付。
76 橋本進「横浜事件―〝特高時代〟の権力犯罪」（橋本進他編『横浜事件・再審裁判とは何だったのか』〈二〇一一年、高文研〉）。
77 中村智子作成「横浜事件関係者人名録」（中村『横浜事件の人びと』〈増補二版。一九八九年、田畑書店〉）による。「人名録」には六三名が登載されている。
78 『毎日新聞』一九四四年七月一一日付。
79 『毎日新聞』一九四四年七月一四日付。

【付記】

1　小考は二〇一四年二月二七日に脱稿、四月に雑誌に発表した作品である。

2　小考の発表直後に鳥飼靖氏らの日本近代史料研究会が一九六七〜八年に聴き取りをした西浦進『昭和陸軍秘録　軍務局軍事課長の幻の証言』（二〇一四年八月、日本経済新聞社）が発行された。事情通の立場にあった西浦によると「戦陣訓」制定を実質的に中心になって推進したのは陸軍次官阿南惟幾《あなみこれちか》であった由。

3　小考は日本民主主義文学会京都文華支部での検討を得た。感謝申しあげる。

第5章　美術展覧会を歩く

一　藤田嗣治の戦争画についての小考

はじめに

二〇一五年九月一九日（土）から一二月一三日（日）に、東京国立近代美術館（以下、東京近美。千代田区）で同館所蔵品を紹介する「ＭＯＭＡＴコレクション」展で藤田嗣治（一八八六〜一九六八）の全所蔵品25点と特別出品１点（京都国立近代美術館所蔵）を展示する特集が組まれた。正確には所蔵品ではなく、一九七〇年に米国から「無期限貸与」の名目で一括して「返還」された一五〇点の戦争記録画（戦争画と略す）の中の藤田作品14点を全て公開した。初めての試みで、話題を呼んだ。

戦争画は権力の要求とこれに迎合する朝日新聞社を始めとする報道機関の要請及び美術家団体と画家の

「自発」的活動と意志により、殊に軍部の強い要求で作戦記録と戦意昂揚を目的に描かれた絵画である。同じ目的で彫刻や写真・映画・演劇・文学・音楽などが制作されたが、絵画はそのもっとも主要なジャンルであった。

　藤田の戦争画を私が最初に取り上げたのは二〇〇九年一一月のことである。『人権と部落問題』誌７９４号掲載の「小磯良平の戦争画」（拙著『美術家の横顔　自由と人権、革新と平和の視点より』〈11年、花伝社〉に収録）においてである。小磯良平（一九〇三〜八八）には戦意昂揚を狙った制作はないと言ってよい程で、42年に第1回帝国芸術院賞を受賞した「娘子関《じょうしかん》を征《ゆ》く」（41年。２６０×１９３㎝）も兵士の休憩を描いた作品だ（同右）。戦闘を描いた作戦記録も殆どなく、管見では1点だけである。オランダ領インドシナ（現インドネシア）を占領した日本軍とオランダ軍の停戦協定の場を描いた「カリジャティ会見記」（42年。１８１×２５９㎝）でも相手の高官・将軍らの堂々とした態度を描写し、彼らの風貌を完成画に活かしている（前掲拙著「小磯良平の戦争画」）。相手に「イエスか、ノーか」と威圧的に詰問して即時降伏を迫ったと伝えられる第25軍司令官山下奉文《ともゆき》を中心に据えて描いた宮本三郎（一九〇五〜七四）の「山下・パーシバル両将軍会見記」（42年。１８０×２２５・５㎝）と対照的だ。このような作品を描けたのは、マルクス主義経済学者河上肇がそうであったように、島崎藤村の詩集を愛読した芸術に造詣のある第16軍司令官今村均の基に派遣されたことにもよるだろう（同右・拙著『島崎藤村「破戒」を歩く』下〈09年、部落問題研究所〉）。藤田の場合も小磯と対比させるために触れたのである。

　これ以上に藤田の戦争画に深入りしない心算でいたところ、一二月七日・二五日、ＮＨＫＢＳプレミアムの「極上美の饗宴」（再放送）が「藤田嗣治　究極の戦争画」を放映し、藤田が「一億玉砕」を「最善」とする国家の方針を背景に、「サイパン島同胞臣節を全うす」（45年）を描いたとする一方、この絵の両義性

（戦争画と反戦画）を強調した。こうした主張は文学批評にもあることだが、我慢がならず、わたしは『しんぶん赤旗』八月三一日付の「朝の風」欄に「藤田嗣治の戦争画」を執筆し、両義性の強調は「当時の『臣民』の意識を見ない見方で」「作品と作者の意図とを分離させたイデオロギー抜きの見方は、一見、公平なようだが、歴史性・時代性の欠如に他ならない」と批判した。

しかし、二〇一五年は戦後七〇年の節目の年であるので、東京近美は所蔵品を基に「誰がためにたたかう?」を特集展示し（私は観る機会を得られなかった）、ついで前掲「特集　藤田嗣治、全所蔵作品展示」を行った。

後者の図録の「まえがき」には「戦後70年」が謳われている。これら特集展示の企画の中心を担った同館の蔵屋美香は「戦争前夜の雰囲気が真に迫って感じられる」との危機感を抱いているようだが（『日本経済新聞』記者窪田直子「『猫』と『アッツ島玉砕』関連探る　戦争画の定義を再考『愛国』『反戦』を超えて〈『日経』一五年七月一一日付〉」、同時に、二者択一を問う評価を見直す姿勢を示した（同右）。

蔵屋の見解は「ＦＯＵＪＩＴＡ」を製作した映画監督小栗康平が言う「戦争法もＴＰＰもそうですが、放っておけばとんでもない社会になる」（インタビュー「藤田嗣治に見た文化の衝突　自身の固有の表現求め続け」〈『しんぶん赤旗』一五年一〇月二六日付〉）、「藤田の戦争画を、好戦的か反戦的かと白黒に分けてしまう見方にくみしたくない。絵から何を感じるかは見る側の問題だ」に通底する（『朝日新聞』記者永井靖二「戦後70年　第二部　戦争のリアル（2）空想の玉砕画に熱狂　戦場『こんなんではねぇ』『美談』に仕立てた軍部　今なお心動かす描写力」〈『朝日』一五年二月一七日付〉）。

前掲「藤田嗣治の戦争画」に述べた認識に私自身は変わりはないが、小栗が言うように、確かに基本的には「絵から何を感じるかは見る側の問題」であり、蔵屋の問題提起を中心に議論する必要性を感じてはいる。

そこで、藤田の戦争画を幅広く戦時中の絵画世界の中で考えてみたいと思うのである。

1　神奈川県立近代美術館「戦争／美術」展図録の「年表」

蔵屋美香の「戦争画だけを取り出して」論ずることを否とする見解には私も首肯できる。戦時中、戦争画は跋扈してはいたが、その存在は絵画全体の一部分であったたし、藤田も戦争画だけを制作していた訳ではないからだ。この点を教えてくれる展示が一三年七〜一〇月、神奈川県立近代美術館（葉山町）で２期に分けて開催された。「戦争／美術　１９４０〜１９５０　モダニズムの連鎖と変貌」展がそれである。わが人生で最も強い印象を受けた展示の一つであった。

図録『戦争／美術』の表紙には展示の趣旨が次のように刷られている。

総動員体制のもと自由が圧縮され戦争に突入し、敗戦をきっかけにしがらみから解放されるという極端な振れ幅の時代のなかで、優れた才能はどのような創造の営みを続けていたのか、あるいは、中断や挫折を余儀なくされたのか。しなやかに、したたかに、ときには強情に生き抜いた画家たちの足跡を辿る。

些か抽象化され過ぎた文章だとは思うが、戦争中を「生き抜いた画家たち」を軸に、多数取り上げられている作品群は、この展示趣旨を具体的に語っている。

図録所収の「関連年表　１９３６〜１９５３」（長門佐季編）は詳細にして丁寧で展示内容の理解を深めさせてくれる年表である。

例えば戦中期も初期の三二年二月には村井正誠（一九〇五〜九九）・山口薫（一九〇七〜六八）らが自由美術家協会を結成し、七月に第1回協会展を開催している。しかし、四〇年には第4回が開催できず、七月に「自由」の用語が「不穏当」だと穏やかならざる禁句のために美術創作家協会と改称せざるを得なくなった。四〇年は一〇月一二日に大政翼賛会が結成されており、挙国一致の新体制が一段と強められた年である。その一環として一〇月〜一一月に紀元二千六百年奉祝美術展覧会が大々的に開催された（東京オリンピックは中止になったが）。

しかし、その一方で、自由主義教育・自由画教育を受けた松本竣介（一九一二〜四八）は、三六年一〇月、羽仁もと子が創設した自由学園出身の連れ合いと共に、藤田や現実の先にあるもう一つの「現実」を視ようとしたシュールレアリズムの福澤一郎（一八九八〜一九九二）らが素描を載せた自由な随筆月刊誌『雑記帳』を創刊（三七年一二月廃刊）した。そして四一年、『みづゑ』1月号の座談会「国防国家と美術」で陸軍省情報部の将校三名が戦争に奉仕する絵画の制作を強要したのに対し、同誌4月号に「生きてゐる画家」を寄稿、必ずしも反戦思想の持ち主とは言えないが、「鈴木少佐」を名指して、人間らしく生きるために良心に忠実に制作し続けていくのだと言い切り、美術、広く文化を破壊する軍部・権力に批判・抗議した（前掲拙著『美術家の横顔』）。前衛美術への圧迫が強まり、四月、福澤らが治安維持法違反容疑で検挙される時期のことである（同右）。

こうした動向の概要は年表に記述されてあり、松本の自省的な「自画像」（41年。33・2×23・8㎝。多数ある自画像の一つ）や「橋（東京駅裏）」（41年。45・5×61㎝）、「橋」と同じく暗褐色の陰鬱さが漂う重々しい「工場」（42年。40・８cm×31・６cm）や孤独に耐えながら個の独立を希求する傑作「立てる像」（42年。１３０×62cm）などの理解を助けてくれる（岩手県立美術館編『生誕　１００年　松本竣介展　図録』〈12年。NHKプラネット〉参照）。村井の抽象画「ウルバン」（37年。１３０×62cm）もまた、然りである（前掲図録『戦争／美術』）。

戦後七〇年の昨年四月、『日本美術全集』（小学館）の第18巻『戦前・戦中　戦争と美術』（河田明久責任編集）が時宜よく刊行された。巻頭に掲げられているのはプロレタリア科学研究所員でもあった柳瀬正夢（一九〇〇～四五）の『無産者新聞』ポスター「五万の読者と手を握れ　全民衆の味方無産者新聞を読め!!」（27年。54・４cm×39・３cm）である。握手を求めた手を大きく新聞の第一面に描き、右下を折って岩波文庫版の河上肇・宮川實共訳『マルクス資本論（全訳）』の広告を芸細かく覗かせてある。このポスターが描かれた翌々年にはプロレタリア美術家同盟（ヤップ）が結成された。次に掲載されているのは黒色テロに斃れた性科学者の代議士山本宣治の葬儀を取り上げた大月源治（一九〇四～七一）の「告別」（29年。１３０×１６２cm）、三番目に載っているのは獄死した詩人にして労働運動家であった山本忠平の追悼集会の模様を描いた望月晴朗《はるお》（一八九八～一九四二）の「同志山忠の思い出」（31年。91・２cm×１１７cm）である。

二七年は金融恐慌と第一次山東出兵及び「対支」不干渉同盟成立の年である。柳瀬はこの情勢を大衆に訴えるべくポスターを制作した。二九年は唯一の無産派代議士とも言うべき山宣が三・一五事件の無法弾圧を議会で追及して暗殺された年であり、世界恐慌が起こった年である。三〇年には昭和恐慌が起こり、三一年は「満州事変」が引き起こされ、十五年戦争が始められた年である。その後の戦中期には、右のようなプロレタリア美術は全く登場出来なくされた。

しかし、松本や靉光《あいみつ》（一九〇七～四六、戦病死）・井上長三郎（一九〇五～九五）・鶴岡政男（一九〇七～

七九）らと戦争迎合の美術界に批判的な新人画会を結成した麻生三郎（一九一三〜二〇〇〇）は、「妹」（42年。73×62㎝）、「女」（43年80・4×53・2㎝）、「自画像」（44年。45・3×37・7㎝）など、窒息しそうな世相の中で家族と自身の肖像を主として描き、その内面を見詰め、戦後の独自的な人物表現を培った。

また、裸婦像を好んで制作していた内田巌（一九〇〇〜五三）は、一方では「母の像」（43年。91×73㎝）で温和さを表現しつつ、他方では日米初戦の「勝利」を鷲が大きな鶴を捕獲するという寓意を込めた「空　東洋画による翻案施策」（41年。193・5×30・5㎝。原題「鷲」）を描き、「高松所見」（36年。65×80・5㎝）で地方都市の近代化の側面を捉えて注目された山下菊二（一九一九〜八六）はグロテスクな「人道の敵米国の崩壊」（43年。97×145㎝。原題「日本の敵米国の崩壊」）を美術文化協会展に出品し、敗戦直後の「敗戦風景（国会議事堂付近）」（46年頃。38×67㎝）や「カマボコ兵舎のある風景」（46年頃。275×38・5㎝）で首都東京中心部の廃墟、権力崩壊の態を写生して、両人ともに戦後のプロレタリア絵画に連なっていく。時代の変遷に翻弄された画家の思想的起伏の大きさに驚かされる。

なお、内田の「空」に「東洋画」とあるのは鷲が東洋画定番のテーマであることによる由（『別冊太陽　画家と戦争　日本美術史の空白』〈14年、平凡社〉）。

図録『戦争／美術』を参考に言及してきたが、麻生を含めて、画家の作風と思想性を辿るうえで、図録の「関連年表」は大いに学べる作品である。

2　図録『戦争／美術』に見る戦争画

図録『戦争／美術』を通覧すると、「平和を守る原爆展」ポスター「戦争はもういやです」（52年。75×1

１８・５㎝）で知られる版画の上野誠（一九〇九〜八〇）の場合でさえ、農民が労働する「肥《こえ》はこび」（42年。29・９×38・９㎝）、「渇《かつ》」（42年。52・２×20・４㎝）から群像の中で労働者の一人が新聞を読んでいる「戦況ニュース１」（44年。37・９×42・１㎝）へ、戦争順応へと微妙な変化を遂げているようである（「戦況」が悪化の一途を辿っている中で）。

　束の間のモダニズム成熟期に大作「丘の上」（２６９×３５５・３㎝）を三六年の文部省美術展覧会鑑査展（文展）に出品し、文部大臣賞を受賞した朝井閑右衛門（一九〇一〜八三）が（この時点ではモダン・アートがまだ受賞していた）、四四年の文部省戦時特別美術展覧会（戦時特別文展）に「豊収（誉ノ家族）（１１７×73㎝）」を寄せた。この作品は藤田らの戦争画24点の中で、広い大地を背景に母子の穏やかな姿を写して異色だ。「誉ノ家族」とあるから戦死者の遺族だ。文部大臣賞の朝井は三八年に従軍記者として上海事変後の上海に派遣され、個人的にも幾度か戦火の中国へ赴いたが、「蘇州風景」（41年頃。61×80・７㎝）もまた、のどかな作品であった。戦争画も多様なのである。

　多様と言えば、小学館の前掲『戦前・戦中　戦争と美術』に収録されている榎本千花俊（一八九八〜一九七八）の「真心を結ぶ（千人針）」（37年。２２０・２×１５４㎝）の意外さにも目を見張った。容姿端麗と言うか、身形《みなり》の整った洋装の若い女性３人が戦地の軍人の「武運長久」を願って千人針を縫っている態が華やかに描かれているのである。日中戦争初期には、まだ、このような戦争画も制作されていたのだ。

　「戦争／美術」展で最も多数取り上げられている洋画家は原精一（一九〇八〜八六）だ。28点。彼は従軍画家としてではなく、兵士として戦地へ赴いた。二度、従軍し「戦友」・「陣中有閑」・「炊爨」（37〜39年）、「語らい」（40年）、「煙草つくり」・「髪飾りの少女」（43〜45年）など、中国や東南アジアの風景や人物像を鉛筆・水彩・パステルで小さな紙に描いたのである。戦闘を描いた作品は見えない。

日本画家で最も取り上げられているのは山口蓬春（一八九三～一九七一）である、9点。図録の巻頭には、彼制作の花の絵「立夏」（35年。128・5×42・5㎝）が掲載されているが、彼は洋画の藤田に対する日本画の代表作家として「戦争／美術」展に登場している。蓬春は藤田と親しく、藤田は年少の彼の精進ぶりに感服していた。〈水沢勉「暴力と沈黙」〈神奈川県近代美術館編・刊『日本の変革者　山口蓬春　伝統とモダンの融合』06年〉〉

蓬春は、まず、前出紀元二千六百年奉祝美術展覧会に、台湾の風俗画「南嶋薄暮」（40年。91×127㎝）を出品して注目を浴び、四二年に陸軍省の派遣で香港・広東などへ赴き、戦争画ではない「香港風景」・「ビクトリア・ピーク、香港」・「九龍碼頭《カオルンまとう》」（いずれも45・5×60・5㎝）などを描き、その上で日本軍が香港を空襲した態を写した「香港島最後の総攻撃図」（154×216㎝）を、同年一二月、朝日新聞社主催の第1回大東亜戦争美術展覧会に出品した。

洋画に日本画の技法を活用した藤田とは逆に、東京美術学校の西洋画科で学び始め、洋画で文展・二科展に入選を果たした後に日本画科に転じた蓬春は鉛筆・ペン・色鉛筆や水彩絵具を駆使して右の作品を制作した。「総攻撃図」は殊に岩絵具でくっきりと色彩豊かに描かれているが、西欧の画法を独自に採り入れているとは言え、日本画の所為もあろう、戦闘場面の描写ではなく、黒煙はあがってはいるものの、倒壊した建造物も見えないから、藤田らの戦争画のような迫力はない。偵察機であろう一機を大写しにした、清少納言の『枕草子』に登場する中国の名山を表題とする大作「香炉峰」（39年。242・4×727・2㎝）も同様である（前掲『別冊太陽　画家と戦争』所載）。

管見によれば、軍部が画家を侵略戦争に本格的に動員したのは日中戦争が始まって一年近く経った三八年五月、陸軍が日本画の川端龍子（一八八五～一九六六）と洋画の中村研一（一八九五～一九六七）・向井潤吉（一九〇一〜九五）・朝井・小磯らを嘱託として中国へ派遣したことをもって嚆矢とする（前掲「戦争／美術」関連年表参照）。龍子・中村・向井らは、帰国後の七月、大日本陸軍従軍画家協会を結成した。しかし、同協会は、翌年四月、南京を攻略した元「中支那」方面軍司令官の陸軍大将松井石根《いわね》を会長に、洋画家藤島武二（一八六七〜一九四三）を副会長にして結成された陸軍美術協会に発展的に解消された（同右参照）。藤島は、日本風油彩画で知られる岡田三郎助（一八六九〜一九三九）と共に、三七年四月、文化勲章を受章していた（第一回）。

軍部は戦争画で協力する日本画家のトップに竹内栖鳳（一八六四〜一九四二）と共に文化勲章の第一回受賞者である横山大観（一八六八〜一九五八）と第二回受賞者の川合玉堂（一八七三〜一九五七）を据えようとした。文化勲章を画家の戦争協力に利用する魂胆なのである。人間本位ではない権力の「文化」重視に碌なことはない。大江健三郎（一九三五〜）が辞退したのは文化勲章の制定過程を認識しているからだ。

大観と玉堂には龍子や蓬春のような戦場を描いた作品はない。しかし、大観は『朝日新聞』四一年一月七〜一〇日付に「日本美術新体制の提案」を寄稿して国策に協力し、大作「日出処日本《ひいづるところにほん》」（40年。２３４×４４９㎝）や尊王攘夷の水戸学者藤田東湖の詩から採った「正気《せいき》放光」（42年。１３９×１８２㎝）を始めとする威圧的な「霊峰」富士を描き続けて戦意昂揚を図り、四三年五月に発足した日本美術報国会の会長に就任した（『朝日新聞』四三年五月五日付）。

美術報国会は全ての美術団体、圧倒的多数の美術家達を糾合し、美術家の資格を認定する組織である。認定された美術家に画材を配給する美術及工芸統制協会も設立された。美術報国会に加わらなければ美術家として認めない体制になったのである。

一方、玉堂は美しい翠を前景にやさしい富士を描いた「三保富嶽」（35年。53・８×86・４㎝）や雨に煙るのどかな山里の風景に働く庶民の姿を配した「彩雨」（40年。88×117cm）など、他者の追随を許さない画境を拓《ひら》いた（拙稿「山水画の近代的大成者　川合玉堂」〈前掲拙著『美術家の横顔』〉）。しかし、国防色の国民服を着なかった玉堂にも「祝捷日《しゅくしょうび》」（42年。58×73cm）という戦争画がある。アジア太平洋戦争開戦直後の「戦勝」を祝して二軒の農家の軒先と通り行く乗合馬車に掲げられている日章旗が描かれてある。「荒海」（44年。85・6cm×117・5cm）も彼としては穏やかならざる特異な作品で、激しい心の揺れが表現されており、彼独自の戦争画であろう（同右）。

「戦争／美術」展で取り上げられている藤田作品は二点のみである。東京近美の「ソロモン海域に於ける米兵の末路」（43年。193×258・5cm）と「ブキテマの夜戦」（44年。130・5×161・5cm）。全展示作品数198点中、159点が神奈川県近美の所蔵で、借用作品は僅かである。この展示の特長の一つである丸木位里《いり》（一九〇一～九五）・俊（一九一二～二〇〇〇）夫妻の合作の大作「原爆の図」第一～四部（50～51年。いずれも180×720cm）を始め、両人の作品13点を除くと、更に僅少だ。藤田の絵が2点だけなのは已むないことである。

3　一九一三年渡仏からの藤田嗣治の足跡

藤田嗣治はアジア太平洋戦争の前段階からの戦争画の第一人者である。

一二年に結婚した藤田は、翌年、二七歳で単身渡仏した。周知の通り、日本画の技法を洋画に採り入れ、乳白色のマチエールに裸婦像などを面相筆による墨線で綿密に描く作風を創り出して効果をあげ、エコール・ド・パリの中心的存在の一人となった。二九年に三人目の連れ合いと共に、一時、帰国し、翌年、再渡仏した。三一年、四人目の妻と南米を旅してメキシコの壁画に強い影響を受け、三三年に妻と共に再帰国した。翌年、石井柏亭（一八八二～一九五八）・坂本繁二郎（一八八二～一九六九）・梅原龍三郎（一八八八～一九八六）らが一四年に創立した二科会に加わった。三五年、東京四谷区（現新宿区）左門町に借家して、メキシコ風のアトリエを建てた。翌年、妻が急逝した。三七年、麹町区下六番町（現千代田区六番町）の因縁深い作家島崎藤村宅の隣に、藤村と同様に数寄屋造りの家を建てて転居し、アトリエも和風に変えた。精神的変化が窺える。新居には四人目の妻マドレーヌがシャンソンのレコーディングのために一時帰国していた時期から交際していた堀内君代と住んだ。マドレーヌの急逝は君代の交際と無関係ではない（「年譜」〈図録『特集　藤田嗣治、全所蔵作品展示』所収〉・「関連年表」〈図録『特集『戦争／美術』所収〉・「藤田嗣治年譜」〈成田均他編『猫と女とモンパルナス　藤田嗣治』68年、ノーベル書房〉・前掲拙著『島崎藤村「破戒」を歩く』下参照）。

その間、藤田は百貨店や喫茶店などの壁画を描いていた。三七年には、前年、秋田の版画家勝平得之の案内で見て回った秋田の年中行事を基に壁画の超大作「秋田の行事（秋田年中行事太平山三吉神社祭礼の図）」を制作した（勝平新一「秋田の暮らし刻んだ父」〈『日本経済新聞』二〇一六年一月八日付〉参照）。祭礼に竿灯やかまくら（雪室）を加え、群衆が躍動的な「日本」を描いた、この大壁画（３６５×２０５０㎝）は二月二一日～三月七日の一七四時間で完成した（林洋子『藤田嗣治　作品をひらく　旅・手仕事・日本』〈08年、名古屋大学出版会〉）。

序に記す。藤村の長編小説『新生』には後に「農民美術」を開拓し、自由画教育を普及させ、それとの関連でクレパスを考案した版画家山本鼎（一八八二～一九四六）を擬した「岡」を始めとする「岸本」（藤村を擬している）がパリや第一次世界大戦で疎開したリモージュで親しくした若い画家達が登場する。藤田はその一人。藤村は彼らから「パリの村長さん」と呼ばれていた。彼らは藤村の下宿を訪問し、御馳走になった。藤村も彼らの下宿へ立ち寄った。藤田は自分の下宿で藤村と山本に火傷を負わせたことがあった。また、麹町の藤田宅では君代の願いでよく響く呼び鈴を付けた。ところが「女中」が不注意で事故がないのにしばしば鳴らしてしまい、その都度、隣人藤村が何事かと箒を持って走り、台所口から入って来たそうだ。それでも藤田はベルを換えようとはしなかった。藤村が超大作『夜明け前』を完成させ、「東方の門」を『中央公論』誌に連載し始め、四三年八月二二日に急逝するまでのことである（前掲拙著『島崎藤村「破戒」を歩く』下）。パリと麹町の二件は藤田の粗忽な性格を示しているのではないだろうか。

藤田は三八年一〇～一一月に海軍省嘱託として漢口《ハンホー》攻略戦に従軍したが、翌年五月、君代と共に米国経由でパリへ向かった。本人の言によれば、短期滞在の予定であった。九月に第二次世界大戦が勃発し、翌春、ナチ・ドイツはフランスへ侵略、藤田夫妻は五月にパリを脱出し、七月に帰国した。翌月、彼は戦時体制に順応してオカッパを切り、丸坊主に豹変した。覚悟の上か、スパイ容疑を避けるためか（林前掲『藤田嗣治作品をひらく』参照）。

同年九月、藤田は陸軍省嘱託の肩書で日本が中国東北地方に侵略して建設した傀儡国家の「満洲国」の首都新京（元・現長春《チャンチュン》）に赴き、マンジュ（満洲）とモンゴル国境を取材した。四一年七月、内閣から帝国芸術院会員に推挙され、一〇月、帝国芸術院・国際文化振興会から文化使節として仏領インドシナ（現ヴェトナム・ラオス・カンボジア）へ派遣された。一二月、日中戦争がアジア太平洋戦争に拡大。四二年五月、陸軍省が戦争画制作のために藤田を首班とする南方従軍画家団を昭南島（元・現シンガポール）へ派遣した。第一弾の同行者に、第二弾及び離日中の参加者を加えると、洋画家の猪熊弦一郎（一九〇二～九三）・宮本・小磯・向井ら、日本画家の龍子・蓬春・堂本印象（一八九一～一九七五）ら、総勢二一名であった（前掲

「藤田嗣治年譜」・前掲「年譜」・前掲「関係年表」）。軍部は藤田の天才的な描写力に着目し、戦争画家の中心に据えたのである。南方従軍の壮行会の写真を見ると、前列中央に坊主頭の彼が芸者と思しき女性に挟まれて座っている（成田他編前掲『猫と女とモンパルナス　藤田嗣治』）。

藤田は、四三年、戦争画展を主導した報道機関朝日新聞社から朝日文化賞を贈られた（前掲「関連年表」）。敗色濃くなった四四年、神奈川県津久井郡小淵村（現藤野町）に疎開し、翌年八月一五日、同地で敗戦を迎えた。空襲で麹町宅が消失したため、四六年になって、疎開先から東京練馬区の小竹町に転居した。同年四月、内田・松本・福澤・村井、彫刻家の本郷新（一九〇五〜八〇）らが日本美術会を結成。同会書記長の内田が藤田を訪問し、戦争協力の責任を負うよう要求する日本美術会の決議を伝達した。その間、四二年一二月、米国による戦争画収集を任務とする連合国総司令部の嘱託に任命された（前掲「年譜」・田中穣『評伝藤田嗣治』〈八八年、芸術新聞社〉・林前掲『藤田嗣治　作品をひらく』）。敗戦直後から日本人女性をモデルとしない裸婦像の制作を再開したことが示しているように、彼は早くからフランスへの回帰を切望する意志があった。心はフランスへ飛んでいた。

藤田は、四六年春か、それ以前にビザを駐日仏領事館に申請したらしいが、四一年一〇月のインドシナ派遣以降の活動が問われ、放置されたのかもしれない（林前掲『藤田嗣治　作品をひらく』参照）。一般に五一年のサンフランシスコ講和条約締結以前は日本人の海外渡航はきわめて困難であったが、彼の場合、それが原因ではなかったようである。四七年二月、連合国総司令部が戦争犯罪審査結果を発表し、リストで洋画家のトップに挙げられていた藤田は、戦争遂行には直接関与していないため、刑事責任はないとされ、正式に容疑を解かれた。しかし、道義的責任を問題にしていたのか、仏領事館から音沙汰はなく、彼は米国へのビザを申請した（同右・成田編『猫と女とモンパルナス　藤田嗣治』参照）。四九年三月一〇日、彼はニューヨークへ向けて羽田空港を出発、「本当に少数の見送り」だったと言う（前掲「藤田嗣治年譜」・藤田光輝〈銀橋画廊社長〉「藤田の日本脱出」〈成田他編前掲『猫と女とモンパルナス』〉）。翌月、君代もニューヨークへ。藤田は同市で二度目の個展を開く（四七年秋にも開催していた）。五〇年二月、夫婦でパリへ（前掲「藤田嗣治年譜」）。

パリに到着した藤田は、サン・ラザール駅頭で新聞記者達に囲まれ、記者達が彼を受け入れるか否かを議論したのに対し、フランス永住の決意を語った。パリのペトリデス画廊と契約を結び、同年三〜四月、同画廊で戦後渡仏第一回個展を開催した。滞米中の作品を中心に展示。五五年二月、藤田夫妻はフランス国籍を取得し、一〇月、日本の国籍法の規定に基づいて籍を抜いた。彼は五月に日本芸術院会員を辞退してもいる。その間、五一年に二〇年代の作品二点と滞米中の代表作、パリでの近作各一点をフランス国立近代美術館に寄贈した（成田他編『猫と女とモンパルナス』・林前掲『藤田嗣治　作品をひらく』）。

藤田は五七年にレジオン・ドヌール勲章を受章し、翌年、ベルギー王室アカデミー会員に推挙された。ベルギーはフランスに次いで藤田のコレクションが多い国である。夫妻は五九年一〇月には北仏シャンパーニュ地方のシャンパンで知られる都市ランスのノートルダム大聖堂でカトリックの洗礼を受けた。洗礼名はレオナルド（フランス語読み＝レオナール）・フジタとマリー・クレール。レオナルドは尊敬するダ・ヴィンチの名から採っている。五〇年代末から宗教画の制作が多くなった藤田は、レオナルド・フジタの第一作「聖母子」（59年。81・5×54・2㎝）をランスのノートルダム大聖堂に献呈した。六一年一一月、藤田夫妻はパリのモンパルナスから郊外の小さな村へ移住した。前年に購入した廃屋同然の農家を大改修して終《つい》の住処《すみか》としたのである。その名はメゾン・アトリエ・フジタ（前掲「藤田嗣治年譜」、林洋子・内呂博之『藤田嗣治　生涯と作品』〈一三年、東京美術〉）。

六五〜六六年、藤田は自らの最期を準備した。六五年二月、ランスに自身で設計した小さな白い石造のノートルダム・ド・ラ・ペ礼拝堂（平和聖母礼拝堂）の建築に着手し、翌六六年秋頃、完成させた。堂内の祭壇の壁画に描かれた母子像を始めとする壁画は全てフレスコ画で、この技法を藤田は七〇歳代後半になって学んでいる。ステンドグラスも自分で制作した。自身と連れ合いは祭壇の下に眠ることにした。藤田の礼拝堂はシャンパン醸造のG・H・マム社の敷地内にある。彼はノートルダム大聖堂の篤志家であるマム社主とは洗礼を受けた頃に親しくなっていた（林・内呂前掲『藤田嗣治　生涯と作品』参照）。

同年末、膀胱炎で入院して手術。翌六七年一月二九日、同病院で永眠。八一歳。二月三日、ランスのノートルダム大聖堂で葬儀（田中前掲『評伝藤田嗣治』・前掲「藤田嗣治年表」）。自ら建てた礼拝堂に葬られたことは言うまでもない。今も君代と共に眠っている。

パリ郊外のメゾン・アトリエ・フジタを時折訪れたシャンソン歌手の石井好子は、藤田の没後、彼の願いで「看病にやつれた白髪のめだつ夫人」が髪を染め、彼が「その髪を胸に抱き」、「君代の名前を呼びながら亡くなった」と君代本人から聞いたことを認めている（石井「君代夫人との晩年」〈成田他編前掲『猫と女とモンパルナス』〉）。パリ留学以前に結婚した最初の日本人妻を除き、異境の女性を遍歴した藤田は麹町宅居住の時点からは君代一筋だったようである。

4　藤田嗣治の戦争画

前項で、主著『藤田嗣治　作品をひらく　旅・手仕事・日本』で二〇〇八年サントリー学芸賞を受賞した林洋子を始めとする諸氏の著作を繙きながら、戦争画の動向を横糸に帰国後の藤田の足取りを辿り、帰化と受礼の事実を重視しつつ、再々渡仏後の彼の生き様を概観した。諸氏の歴史的呼称・記述の誤りを正し、自らの所見・所感を述べながら。

この項と次項では、東京近美の「藤田嗣治、全所蔵作品展示」中の図録掲載の戦争画を通覧する。図録掲載の戦争画は一四点で、前掲「藤田嗣治年譜」で彼の「作品歴」欄所載の題名から推察すると、その凡そ三分の二相当である。藤田作品との関連で他の画家の戦争画も若干取り上げる。

図録掲載の最初の作品は「南昌《ナンチャン》飛行場の焼打」（192×518㎝、油彩、キャンバス。以下、洋画は全て油彩、キャンバス）である。この作品は、海軍省嘱託の藤田が同省の依頼で制作し、三九年六月に海軍館に陳列された（前掲「年譜」・前掲「関連年表」）。前述の通り、彼はこの年の五月に夫妻で米国を経て渡仏し、九月の第二次大戦勃発のため、翌年七月に帰国しているから、この作品の発表は彼の離日中のことである。

作品の舞台である南昌は中国江西省の省都で、中国共産党が二七年に武装蜂起し、紅軍結成の起点となった都市として知られる。藤田は、三八年秋、上海から九江を経てその北西二〇〇㎞の漢口（現武漢《ウーハン》）へ向かった（前掲「関連年表」）。同市は、二九年一～七月、中国国民党・共産党合作時の臨時政府の所在地であった。南昌は九江《チウチャン》の南一〇〇㎞にある。

この絵には、空中に日本海軍機が八機飛び、降下する落下傘が多数見える。既に地上で機銃掃射をしている海軍陸戦隊の兵士の一人も描かれてあり、地上には四機あって、そのうちの一機は画面の右寄りの五分の三を占め、これが絵全体のメインである。機上の兵士二名には厳しい表情が窺われ、その一人は機関銃を構えている。格納庫と思しき数棟や遠景の建物などから硝煙が上がり、中国機一機が炎上している。しかし、この絵には藤田の後年の作品のような迫力はない。彼の戦争画としては駄作と断言できる。

藤田はこの作品を描いた漢口攻略戦従軍から帰国した直後に、自身が中心となった東郷青児（一八九七～

一九七八）ら三五人の前衛画家と二科会のグループ九室会を組織し、東郷と共に会の顧問となる（水沢勉「空虚と充満――１９４０年代美術への一座視として」〈図録『戦争／美術』所収〉・前掲「関連年表」）。この事実に照らすと、当時、藤田は主体性をもって戦争画と取り組んではいなかったと言える。彼の心は揺れていたであろう。

次の作品は「武漢進撃」（１９３×２５９・５㎝）。画面の左下には「ハヤブサ　カササギ　ヒヨドリ　オートリ　クロシマ　トシマ　ハス　クリ　ヤエヤマ　昭和拾参年拾月廿六日午后三時十五分　漢口突入の光景　嗣治（横書きで――成澤）Ｆｏｕｊｉｔａ　１９３１　１９３９　１９４０」と藤田が筆書きしてある。画題にある「武漢」とは揚子江《ヤンツーチャン》（長江《チャンチャン》）を挟んで相対している軍事上の要地、右岸の武昌《ウーチャン》と左岸の漢口・漢《ハン》陽《ヤン》を合わせて武漢三鎮と称していることに基づく（武昌・漢陽も現武漢市）。

この絵には日本の小型軍艦が薄暗い空に茶色く濁った揚子江を遡り、戦闘機三機が右岸に向かって飛び、右岸・左岸共に硝煙が立ち昇っている光景が描かれてある。画面左下の片仮名はその数からして、船名である。この作品も三八年一〇～一一月の従軍での取材を基に制作したに違いないが、前作以上に平凡だ。

なお、日本軍の中国侵略は一九三八年一〇月の武漢占領の段階で膠着状態となり、日本軍はこれを打開すべく、後方の中国臨時首都重慶《チョンチン》に対する大規模な無差別爆撃を開始した（重慶大爆撃）。この空襲は東京大空襲や広島・長崎原爆に繋がる無差別大空襲の本格的な嚆矢であったが、中国を妥協・屈服させることは出来ず、日本敗戦の第一歩となった（潘洵『重慶大爆撃の研究』〈柳英武訳。二〇一六年、岩波書店〉参照）。

三点目はアジア太平洋戦争前夜とも言うべき、四一年七月の第二回聖戦展に出品された「哈爾哈《ハルハ》河畔之戦闘」（41年。１４０×４４８㎝）。ハルハ河はモンゴル東端にあるボイル湖から流れ出る河川（ボイル湖は満洲里《マンチェーリ》から南へ約二〇〇㎞）で、所謂ノモンハン事件の現地である。「所謂」としたのは、手ごろな『角川新版日本史辞典』（九六年）では「ノモンハンじけん」で立項され、「ハルハ河会戦とも」と記されてはいるが、三九年五〜九月、日本の傀儡国家「満洲国《マンチュー》」とモンゴル人民共和国との国境地帯で、領土の帰属を巡って日本・「満洲国」軍とソ連・モンゴル連合軍との間で展開された激しい戦争だったからである。双方が正規軍から二万人前後の死傷者・行方不明者を出しているのに、日本ではシベリア戦争（一八〜二二年）に続く敗戦を見せまいとして「事件」と小さく呼んだ。「大元帥陛下」の命令を得ることもなく、違勅で航空隊がモンゴルの軍用飛行場を爆撃もした。

このノモンハン戦争を、平塚らいてうらの『青鞜』誌唯一の反戦小説である「戦禍」を発表し、『万朝報』と『国民新聞』に「家」制度批判の長編小説を連載した歌人原田琴子（一八九二〜一九七三）は、「大君《おおきみ》の赤子《せきし》一萬屠られし記事みて泣ゆ秋風の窓に」「牛馬《うしうま》のごとくも人の屠られしハルハ河岸《かわぎし》月も泣くらむ」と詠んだ（拙稿「原田琴子の反戦思想と家族制度批判」〈『長野県短期大学紀要』第47号、92年〉）。二万の戦死者・行方不明者が新聞記事では一万になっていたのである。

なお、本来、ノモンハンは地名ではなく、ノモンハーニー（ノモンハーンの）・ブルド・オーボーと呼ばれる塚の主、ノモンハーンという「法王」即ち「旗長《ジャサク》チョブトン」を指している（田中克彦『ノモンハン戦争　モンゴルと満洲国』〈〇九年、岩波新書〉、スチュアート・D・ゴールドマン『ノモンハン　1939　第二次世界大戦の知られざる起点』〈山岡由美訳。一三年。みすず書房〉参照）。

藤田はフランスから三度目の帰国をした四〇年九月、前述の通り、新京でノモンハン戦争の取材をした。ソ連軍の性能のよい戦車の大量出動に、日本軍は多くの場合、苦戦を強いられた（田中前掲『ノモンハン戦争』）。にもかかわらず、藤田はその数少ない場面を描いた。画面にはソ連の戦車は少なくとも一五輌見えるが、その幾つかは炎上している。日本兵の肉薄する火焔瓶攻撃によって。画面の右手に四人の兵士が銃剣で戦車を攻撃している様子が大写しで描かれてある。うち、三人は車上でまさに内部の相手を刺殺・撲殺しようとしている。描かれている戦車はソ連のＢＴ―５戦車（ゴールドマン前掲『ノモンハン』巻末写真参照）。藤田は戦車をよく調べて描いているが、多くの場合、先頭の火炎放射器の戦車に七〇～八〇メートル先から焼き払われ、続く重戦車の長身機関砲に遣付《やっつ》けられ、戦車に接近できても、キャタピラ（無限軌道）に踏み殺されてしまうから、滅多にない光景が描かれているのである（ゴールドマン前掲『ノモンハン』・菅野孝明『吾が青春に悔あり　ある丙種合格一兵卒の涙と怒りの軍隊記録』〈一六年、ふくしま平和のための戦争展実行委員会〉参照）。しかし、這って前進している兵士たちの形相は、あるいは敵愾心に燃え、あるいは真剣そのもの。見事な表現だ。軍部の要求に十分応えた偽りの迫真性漲る作品になっていると言える。

図録の鈴木勝雄「作品解説」によれば、この絵は予備役中将荻洲立兵《おぎすたつべい》が「ノモンハン事件」で戦死した部下の鎮魂を意図して画家に発注したそうである。「解説」は、画商や美術記者の証言として、荻洲は別ヴァージョンの同名作品を所持しており、それには多数の日本兵の死体が描かれていると伝えている。軍部の要求に沿った作品ではないのである。

なお、林前掲『藤田嗣治　作品をひらく』が「ノモンハン事件」に関する近年の歴史的研究を反映していないのは仕方がないが、林・内呂前掲『藤田嗣治　生涯と作品』が自らの学問的成果を踏まえてまとめられているにもかかわらず、田中前掲『ノモンハン戦争　モンゴルと満洲国』というポピュラーな研究成果すら一顧だにしていないのは解せないことである。美術史研究も歴史研究なのであるから。

四点目は、「十二月八日の真珠湾」〈42年。１６０×２６０㎝〉。陸側の上空から湾側を俯瞰している作品である。軍艦が何隻か炎上しており、周辺の六ヵ所から硝煙が立ち昇っているが、軍港手前の空軍基地の航空機は一機も炎上していない。映画で観る真珠湾攻撃のような物凄さはない。日本海軍機も図録では遠景の山際に一機が見えるだけである。

吉田裕『アジア・太平洋戦争』（〇七年、岩波新書）の第2章の「1　日本軍の軍事的勝利」の第1項「南方作戦の展開」に続く「真珠湾攻撃」の項には「六隻の正規空母を集中使用したこの奇襲攻撃によって、日本海軍はアメリカ太平洋艦隊の戦艦群に致命的な攻撃を与え、太平洋艦隊による南方作戦の阻止行動を不可能にした」とある。映画はオーバーなのかもしれないが、藤田作品は余りにも控え目である。

米軍空母が真珠湾に一隻もいなかったことはよく知られているが、「ドックや石油タンクなどへの攻撃を疎かにしたため、真珠湾の基地機能に大きな打撃を与えること」もできなかった（同右）。この作戦を指揮した連合艦隊司令長官山本五十六は真珠湾攻撃が成功とは言えなかったことを自覚していたが、大快挙の報道に接した多くの国民は彼を英雄視した。山本は四三年四月一八日にソロモン群島上空で戦死。軍神として出身地長岡市に山本神社建立も企てられた（『朝日新聞』四三年六月三日付）。しかし、彼の元上司で本人をよく知る海軍大将・元首相、国葬の葬儀委員長を務めた米内光政らの同意が得られず、中止になった。

山本を尊敬していた歴史画、殊に人物画に優れた日本画家安田靫彦（一八八四〜一九七八）は彼の戦死を悼み、写生的に描写したシンプルな肖像画の名作「十二月八日の山本元帥」（250×125・2㎝）を制作し、四四年一一月の戦時特別文展に出品した。安田には四二年に軍部の命令で旗艦の艦橋上の山本を直接に写生して肖像画を制作する予定になっていたが、山本が急に出動することとなり、中止した経緯があった。この作品は艦橋に立つ山本を周囲の多くの人物を省略して、端正に描いてある（今泉篤男「安田靫彦の人と芸術」・同「作品解説」〈『現代日本美術全集』第14巻『安田靫彦』74年、集英社〉参照）。

藤田は「十二月八日の真珠湾」を制作した42年に「シンガポール最後の日（ブキ・テマ高地）」（148×300㎝）を描き、蓬春作品も展示された朝日新聞社主催の第1回大東亜戦争美術展に出品した。シンガポール攻略は初戦における日本軍の南方作戦の重要な一つであった。この年の二月一五日に日本軍はまず、現在、自然保護区になっている高台の森林地帯ブキ・テマ高地を激戦の末に占領し、その日のうちにシンガポール全島を陥落させた。シンガポールは「昭南島」と改称された。

この絵はブキ・テマ高地から市街地に向かって描かれた。遠方のあちこちが炎上し、近景は大写しの兵士が五人、あるいは前方を窺い、あるいは真剣な眼差で会話している。周囲には「敵」の武器その他、遺留品が散乱し、中景には大砲が一門見える。激戦だったのに一門とは解せないが、市街地の向こうには煙と雲の間から僅かに海が遠望出来、全体の構図も卓越している。画家は戦闘の四カ月後に現地入りし、兵士達から聴き取りもしているので、実際の光景は描かれていよう。藤田はこの作品で四三年に朝日文化賞を受賞した。

四三年に藤田と共に朝日文化賞を得た画家は中村研一である。受賞作品は日本軍の主要な南方作戦である英領マレー半島（現マレーシア）攻略の上陸作戦を描いた「コタバル（上陸作戦）」（42年。１５９×３１４cm）。コタ・バルはタイと国境を接する半島北部東岸の都市。この作品も第一回大東亜戦争展に出品された。前掲『別冊太陽　画家と戦争』掲載の図版で見ると、近景は上陸地点。上陸した兵士達が英軍が張り巡らした鉄条網に絡まって苦闘する動きを、写実的に描いてある。一人の兵士は立ち上がって手りゅう弾を投げようとしている。「敵」は目の前なのだ。中景・遠景の海には無数の上陸用舟艇が見え、中景手前の舟艇からは兵士達が海に入り、波打際へ進軍している姿が小さく点在している。画面左手の海岸線では近景から遠景までの所々で火が見える。「敵」の砲弾の破裂である。陸地は全体に暗く、海は荒れ模様で、空は厚い灰色の雲で覆われ、僅かばかり青空が見える。構図も抜群、絵画としては傑作だ。

四三年に藤田は二〇一三年の「戦争／美術」展にも展示された「ソロモン海域に於ける米兵の末路」（１９３×２５８・５cm）を描き、一二月の第二回大東亜戦争美術展に出品した。ソロモン海戦は前年の八月と一一月に三次に亘って展開され、日本海軍が大敗した。

このような日本が敗戦に向かって一途を辿っている時期に、藤田はソロモン海戦で海に投げ出された大勝した側の米兵七人が波荒い海域で当てどもなく漂流している態を描いた。オールもない小舟には横たわる者あり、踞る者あり、考え込む者あり、波間の鮫を見詰めるものもいるが、一人、腕を腰に構えて毅然として立ち、前方を睨んでいる者がある。敗戦に向かう時期の戦意昂揚作品の一つだが、顔の見える各人の表情はさまざまで、表現は豊かだ。

「戦争／美術」展には藤田のこの作品と共に井上長三郎の「魂の生還」（43年。140×192㎝。原題「漂流」）が展示されていた。この絵はソロモン海戦で漂流し、苦難に耐えて帰還した日本兵のエピソードを基に制作された。しかし、四三年九月の陸軍美術協会主催の国民総力決戦美術展で「意図不明瞭」との理由から不採用となった（河田明久「作戦記録画をめぐる思惑のあれこれ」〈前掲図録『戦争／美術』〉）。画面の右上に青空が少し覗いているが、全体に暗く、小舟に乗っている兵士達の表情が全く見えない。戦意昂揚にならないから、不採用になったのであろう。しかし、藤田作品とのレベルの違いも歴然としている。

四二年五月に現地へ赴いて描いた「シンガポール最後の日」とソロモン海戦後に制作した「ソロモン海域に於ける米兵の末路」を発表した時期から藤田の戦争画の技量に著しい向上が窺える。

5　飛躍的な技量向上後の藤田の戦争画

「ソロモン海域に於ける米兵の末路」に先だち、四三年九月の国民総力決戦美術展に出品した「アッツ島玉砕」（193・5×259・5㎝）からサイパン島全滅を描いた「サイパン島同胞臣節を全うす」（45年。

181×362cm。別名「サイパン島在邦人玉砕の図」）に至る、現地の女性を助ける「神兵の救出到る」（44年。192・8×257cm）を挟んだ諸作は従前の藤田の戦争画と飛躍的に質を異にする。

米国のアラスカに連らなるアリューシャン列島西端のアッツ島の日本守備隊約二五〇〇人が、四三年五月、上陸した約一万一〇〇〇人の米軍の猛攻によって、二〇日間の激戦の末、二九日に全滅した様相を写したとされる「アッツ島玉砕」は、「玉が美しく砕けるように、名誉や忠義を重んじて、いさぎよく死ぬ」（『広辞苑』）ことを意味する言葉「玉砕」を普遍化させた作品である。

しかし、この絵は、日米両軍の軍人が折重なるように肉弾戦を展開してはいるが、一将校の指揮の下、日本軍の兵士達が一方的に米軍兵士達を殺戮している様相を画家が目の前にいるような位置から描いている。壮絶さが伝わってくるが、実態を再現している作品とは言えない。

最期の突撃を前に、重い傷病兵を日本兵が処分した上で全滅したのである。大本営は成算なしとして増援計画を中止し、守備隊を見殺しにしたのだが、大本営陸軍報道部長はこれを「美化」して「守備せる全員悉く玉砕し」、「アッツ島は皇軍の神髄発揮の聖地」となったと、三〇日の大本営発表で叫んだ（『朝日新聞』四三年五月三一日付）。リベラルな評論家清沢洌は、八月二八日、アッツ島守備隊長の山崎保代が「二階級飛びで中将となる」、「『鬼神も哭く』式の英雄は、もう充分なり。願わくはもはや『肉弾』的な美談出づるなかれ」、「国民は『責任の所在』を考えないのだろうか」、「一方においては毎日、科学奨励に一生懸命であり、他方において頑愚なる精神主義を高調す。この矛盾は永久に続くものにあらず」と、翌日の日記に書いた（『暗黒日記　1942―1945』〈九〇年、岩波文庫〉）。ところが、彼は四四年三月一七日の日記には「『玉砕』という文字は使わなくなったそうだ」と認めている。

このことについて吉田裕は、タラワ・マキン両島の守備隊全滅を伝えた四三年一一月二〇日の大本営発表では「全員玉砕」の表現が用いられていたが、マーシャル諸島（現マーシャル諸島共和国）のクェゼリン・ルオット両島の守備隊全滅を報じた四四年の大本営発表では「全員壮烈なる戦死」の表現に変わっている事実を示し、「この政策変更は、『玉砕』という表現が、逆に日本軍の無力さを国民に印象づける結果になるという判断に基づいている」と考察している（前掲『アジア・太平洋戦争』）。藤田の戦争画の標題も「玉砕」の文字を付した作品は、「サイパン島同胞臣節を全うす」の別題を除くと、「アッツ島」だけである。

「アッツ島玉砕」と同年に制作された「〇〇部隊の死闘―ニューギニア戦線」（181×362㎝）は、「ソロモン海域に於ける米兵の末路」と同じく、第二回大東亜戦争美術展に出品された。この作品は、米軍陣地に攻め込んだ日本兵の奮戦ぶりを表現しているが、「アッツ島玉砕」同様に、日本兵が銃剣や日本刀で一方的に米兵多数を突き殺し、切り殺している様相を描出している。気迫の籠った帝国軍人の無私の勇敢な戦いぶりに観る者を感服させようとする作品である。

前掲『別冊太陽　画家と戦争』には佐藤敬（一九〇八〜七八）の「ニューギニア戦線―密林の死闘」（43年。182×259・5㎝）の図版が掲載されている。「解説」によれば、前述した四三年一月二日のニューギニア島のブナの交戦を描いている由。日本軍は全滅しているのに、描かれているのは、藤田と同様、形相鋭い日本兵が銃剣・軍刀や短剣で米兵達を殺戮している図である。絵画による「大本営発表」だと言える。林洋子は、このような描き方を「藤田が範を示し、佐藤敬や向井潤吉らの若手がその画風に従うという傾向が見られた」と考察している（前掲『藤田嗣治　作品をひらく』）。

「同様」と記したが、この時点になると、佐藤とは違って、管見では、藤田の戦争画には機関銃を含めて近代的な兵器や大型兵器が登場しなくなっている。出てくるのは種子島以来の鉄砲までの武器である。「アッツ島玉砕」の制作以降、戦況悪化の中で、敗戦を予期した藤田は、日本兵の死闘に無私の「美」を見出し、それを描こうとしたのではないかと思案する。その窮極が「サイパン島同胞臣節を全うす」なのであろう。四四年制作の画面が正方形に近い藤田作品「血戦ガダルカナル」（２６２×２６５㎝）は、「神兵の救出到る」と同じく、三月に朝日新聞社主催の陸軍美術展覧会に出品した作品である。

四二年四月一八日の米軍による不意打ちのような東京への空襲を契機に本土防空哨戒線を拡大すべく、大本営はミッドウェー島攻略を決定し、連合艦隊の主力を米領ミッドウェー沖に派遣したが、六月五～七日、少数の米艦隊に主力空母全滅という大敗を喫した（藤原彰『日本近代史』〈二〇〇七年、岩波全書セレクション〉）。以後、日本は敗勢の一途を辿ることになった。その過程で、同年八月七日、米軍がソロモン諸島（現国名ソロモン諸島）のガダルカナル島に上陸して戦闘が始まり、翌年二月一日、日本軍守備隊が撤退を開始し、七日、戦死五〇〇〇、餓死・戦病死一万五〇〇〇という多大な犠牲の上で、一万一〇〇〇人余の撤退を終えた。（加藤他編『日本総合年表』〈〇一年、吉川弘文館〉・ＮＨＫ取材班『ガダルカナル　学ばざる軍隊』〈九五年、角川書店〉）「血戦ガダルカナル」は「アッツ島玉砕」や「〇〇戦隊の死闘―ニューギニア戦線」と同質の作品である。三作品とも死闘を展開する近景の向こうに中景がなく、高台や森林が、「血戦ガダルカナル」の場合は雷光も遠景に描かれている。戦闘の様子をクローズアップさせる構図になっているのだ。

「戦争／美術」展にも出品された「ブキテマの夜襲」（44年。１３０・５×１６１・５㎝）は戦時特別文展に展示された作品である。取材はおそらく「シンガポール最後の日」と同様、四二年五月のシンガポール行の際に行われたであろう。「シンガポール最後の日」・「ブキ・テマ高地」は日本軍兵士が主体だが、この絵は兵士が去った後の英軍の散乱した遺留品を主として描いている。敗色濃いこの時期に英軍の負けぶりを思い出したように表現した、傑作揃いの中に、かような平凡な作品もあったのである。

同じ戦時特別文展に藤田は「大柿部隊の奮戦」（130・5×162㎝）を出品している。「アッツ島」・「○○部隊」「ガダルカナル」「ブキテマ」と同様、画面は暗褐色であるが、遠景は見られない。森林の中を兵士達は拳銃を片手に這って右手に前進している。左手には斃れているらしい者もいる。中景の右手には、「敵」と刺し違えている兵士があり、左手には相手方の戦車も見える。「哈爾哈河畔之戦闘」より遥かに緊迫感が伝わってくる作品だ。

敗戦の年、藤田は四月の陸軍美術会・朝日新聞社・日本美術報国会主催の戦争記録画展に「薫空挺隊敵陣に強行着陸奮戦す」（194×259・5㎝）と「サイパン島同胞臣節を全うす」を出品した。この二作は彼の戦争画の最後の作品である。

前者は右手奥から左手手前に向かって白襟隊が前進し、左手、先頭の隊長らしい将校が軍刀で「敵」を刺殺した瞬間を臨場感をもって伝えている。右手には相手方の屍体が横たわり、遠景に目をやると、右手に赤く火の手が上がり、左手には飛行場と管制塔らしいタワーが暗闇の中に浮かんで見える。例によって全体としては暗褐色の画面であるが、構図も色彩も卓越した作品だ。

後者は「アッツ島玉砕」と共に、あるいはそれ以上に評判の高い作品である。

アジア太平洋戦争初期の日本軍の最有力前線基地であったマリアナ諸島（現北マリアナ連邦）のサイパン島（現連邦首島）は、時局が悪化してからは、日本本土防衛の最重要な防衛戦線にあったが、B29を開発した米国にとっては日本本土空襲が可能な空軍基地の建設出来る掛け替えのない島であった。事実、サイパン島奪取後、米空軍の日本本土空襲は本格化したのである。藤田の麹町宅も空襲で焼失した。

四四年六月一五日、海兵隊を主力とする米軍約六万六七〇〇人がサイパン島へ上陸した。空母・戦艦を始めとする軍艦・航空機とその乗組員数は日米共に省略するが、対する日本軍守備隊は陸軍を主力に約三万一六〇〇人であった。民間の島民は約四〇〇〇人で、過半数の二万人余が日本人であった。同島はテニアン島と共に南太平洋の島々の中で最大の砂糖の生産地で、南洋唯一の大製糖会社、南洋興発株式会社の事業が振興するに従って日本人移民が増加したのである（今泉裕美子「南洋群島の『玉砕』と日本人移民」〈粂井輝子他編『戦争と日本人移民』九七年、東洋書林〉）。

九日、組織を失ったごく少数の兵士達を含む約四〇〇〇人の日本人が島の北端へ追い詰められた。八日までの戦闘で守備隊の戦没者は凡そ三万人、捕虜となって生存した軍人は僅か約一〇〇人であった。九日午後四時過ぎに占領を声明した米軍の死傷者は一万四一一一人である。九日までに他界した一般「臣民」男女は、乳幼児を含め、一万人以上と見られる（児島襄『太平洋戦争』下〈〇九年、中公新書〉）。

「サイパン島同胞臣節を全うす」は九日か、その直前に島の北端に追い詰められた日本人を描いたフィクション絵画である。

この絵の画面の前景には斃れていると見られる女性四人を含めて四一人が描かれてある。うち、乳幼児など子どもが七～八人。日本人形を抱いている女児もいる。成年男性は一一～一二人。その多くが小銃や軍刀・短剣を持っている。多くが軍人のようである。その他は全て成人女性で、乳飲み子を二人が抱き、もう一人が背負っている。放置されて泣き噦《じゃく》っている丸裸の乳児も一人見える。男性のうち、小銃を持つ一人は画面の左手に立って銃を構えている。頭部に白い包帯をしている上に、立っている人物は他に殆ど見えないので目立つ存在である。右手の銃を持つ他の一人は手足に包帯をしてしゃがんでおり、やや左手のもう一人は銃を手に座り込んでいる。様態から疲労し切った様子が窺える。画面のやや右手の軍刀を持つ両頬を包帯している男は右腕を包帯で釣り、左手で刀を杖のようにして立ち、画面左端の上半身を裸にしている男は左拳を固くし、右手で剣を握り、座して中央手前を睨み、画面やや右手のもう一人は額と後頭部に血が滲んだ包帯をし、短剣を咥《くわ》えている。彼らも皆、疲れ果てた様態である。

女性の多くは画面の中央部に描かれてある。銃を持って座り込んでいる男の左（画面では右。以下、同じ）の女性は正座してやや左を向き、合掌している。彼女の左には、自死したのであろう、短刀を握った女性があり、その向こうのもう一人に両腕で横から抱えられている。合掌している女性の左には一人が横たわっており、彼女も自決したのであろうか。その手前にやや上向きになっている女性を介抱しているやや横向きの女性が描かれており、向かいには放心状態で乳児を抱いている疲労困憊した母親がいる。

その向こうに竹槍を持った女性が立っている。彼女が画面全体の中心である。彼女の右肩に右手を乗せ、彼女に腕を握られ、彼女に右腰を抱えられた女性、彼女の左手前に彼女の腰に寄り掛った女性が描かれている。毅然とした気丈な彼女の描写は実に見事である。尊厳があり、東西「神話」の「女神」のようだ。銃を構える男性は彼女を中心とする女性の群像を護る構図になっている。彼女は「臣節を全う」した「同胞」の典型的な存在なのだ。感動的である。涙を禁じ得ない。

この作品の図版を見開き二頁の図録などで御覧になること勿れ。最も肝心な場面がよく見えてこないからである。図版は大きいばかりが能ではない。

画面の右端は断崖絶壁で、その下は海である。そこに四人の女性がいる。一人は両手を挙げて立ち上がり、その手前の一人はわが子を負って座っている。その向こうの中景には断崖から海へ飛び込む姿がある。四人の女性もこれから断崖から身を投げるのだ。乳児と五人で。

目を画面の左手へ転ずると、この断崖へ左方から追い詰められてくる群像が幾つか、中景として描かれている。遠景の右手の断崖からは火の手が上がり、その左手の高台には壊滅した陣地に取り残されたであろう日章旗が描かれてある。更に左手では砲火が白く無数に点在し、燃煙で空は曇り、画面左端は火災に照らされて明るい。それで銃を構えて立つ男は目立ち、中央に立つ女性と共にメインの人物像の一つになっている。この絵は全体として構図が卓越しており、陰影の中の光が効果的で、観る者を吸い寄せる力がある。宗教画的作品だとも言える。傑作だ。

研究熱心だったと言われる藤田は西欧の戦争その他の殺戮場面などのある歴史画、その一分野である宗教画の類を念頭におき、それを活かして「サイパン島」ほか幾つかの作品を制作したことであろう。林洋子は「サイパン島」の「骨格」がフランスのロマン主義を代表するドラクロワ（一八九八～一八六三）の「キオス島の虐殺」（１８２４年。４１７×３５４㎝）にあると断言している（戦時中、藤田が最も多く名を挙げた西洋画家もドラクロアであった由）（林前掲『藤田嗣治　作品をひらく』）。

『世界美術全集』第二〇巻『ロマン主義』（九三年、小学館）で確認すると、近景の人物の表情や容態は勿論、中景や遠景の状況も「サイパン島」と「キオス島」とは共通性が十分に窺える。「サイパン島」だけでなく、「ソロモン海域に於ける米兵の末路」もまた、ドラクロワの「ドン・ジュアンの難破」（１８４０年。１３５×１９３㎝）にヒントがありそうである。

図録『藤田嗣治、全所蔵作品展示』の蔵屋「作品解説」によれば、わが児も道連れにした女性達の身投げはフランスのアリ・シェフェールの作品「スリオート族の女たち」などを参考にしているそうである。彼女の「解説」を手掛りに、『世界美術大全集』第20巻でシェフェール（一七九五～一八五八）の代表作の１つ「スリオート族の女たち」（１８２７年、１６１×３５９㎝）の図版を見た。彼女の「解説」は首肯出来る。身投げだけでなく、女性達の表情や容態にも類似性が読み取れる。

ドラクロワの「キオス島」・「ドン・ジュアン」も、シェフェールの「スリオート族」もルーブル美術館の所蔵である。若き日の藤田はこれらの絵画を模写などして研究したのではあるまいか。そしてまた、彼の戦争画の優れた技量がランスのノートルダム・ド・ラ・ベ礼拝堂の壁画に活かされているかも知れない。

しかし、蔵屋の「解説」にはいろいろ教えられたが、「解説」の他の部分はいただけない。

蔵屋が「画面に向かって左端では男性が迫る敵に銃を向けて時間を稼ぎ」云々と言っているのは誤っている。米軍の攻撃の的になっている場所で、中央に立っている女性も同様だが、立って射撃する時を待っていては反対に遣られてしまうに違いない。藤田は、その方が絵になるから、虚構の迫真性をもって表現しているのだ。武器・弾薬・食糧など、物量に格段の差があり、圧倒的に多数の米軍の猛攻を受けた日本軍の民間人を巻き込んだ戦闘を理解しない「呑気」で不用意な発言である。そういう人の戦争画観を余り信用することは出来ないのではあるまいか。

おわりに

藤田の戦争画、殊に後半のそれについて、私はレベルが高いとか傑作だとか、僭越なことを述べた。「サイパン島同胞臣節を全うす」を感動！　涙なしには観られないとまで絶賛した。だが、藤田を始め、宮本や中村ら、数人の戦争画を私が特に問題にしたいのは、そこから先のことである。藤田に限定して述べる。

藤田は当初は迷いながらも、第二次世界大戦勃発以降、次第に「聖戦」という集団的狂気に溶け込んで行き、「アッツ島玉砕」など、野獣主義《バーバリズム》の荒れ狂う死闘を凄絶に表現し、「サイパン島同胞臣節を全うす」に至って、自決する「臣民」を「殉教者」の如く美化した。アッツ島全滅を「美」と捉え、作品の標題に「玉砕」の文字を付した彼はサイパン島の日本人、特に女性の自決に「美」を感じ、権力・軍部が「玉砕」の語を原則として使わなくなったにも拘わらず、作品の別題を「サイパン島在留邦人玉砕の図」とした。

藤田の戦争画、殊に描く技量が飛躍的に高まった後半の作品群の大半は残酷さが際立つ。「サイパン島」は戦闘場面はないが、内容的には最も残酷だ。その残酷さを彼は独自の「美」意識で捉え、しかも、想うに、観衆にどうアピール出来るかと、自らは傍観者的な位置に立って、迫真性をもって虚構を描いた。

彼の後半の戦争画は残酷さ故に、戦争文学の場合にも言えるが、厭戦的な印象をもつ、あるいはそのような気分になる鑑賞者が結構多いようであり、反戦的だと捉える人達も少なくないと聴く。殊に「サイパン島」がそうであろう。

また、美術研究者の間には、作品をその作者像と切り離して「作品本位」の「出来」で評価しようとする動きがある。私も右の叙述では藤田らの作品を主として「作品本位」で見てきた心算である。しかし、作者の制作意図や思想と切り離して作品を語ることが果たして出来るだろうか。

「天皇」のためにわが生命を捧げる無私の精神と行動を「最善」であると権力・軍部から強制され、アジア太平洋戦争末期には、権力・軍部の抑制にも拘わらず、「一億玉砕」のスローガンと精神が強調され、流布していた。私も学生時代に清沢の『暗黒日記』（五四年、東洋経済新聞社）を読むまでは「玉砕」の用語にブレーキがかかっていたことを知らなかった。その時代に合致した藤田作品は敗戦に敗戦を重ねる戦争の遂行を鼓舞したのである。彼の作品を観覧して、例えば予科練（海軍飛行予科練習生）を志願するなど、直接的に影響を受けたケースは割合としては少なかっただろうが、青少年を始めとする「臣民」を「死地」に赴かせる上で一定の役割を果たしたことは否めない。

地域環境により、学校、殊に校長や受接訓導（学級担任教諭）により、家庭環境により、及ぼされた影響の差は大きかった。わが家はかなりリベラルな方であったから、私は戦争を斜に見る側面もあったが、国民学校五年生だった敗戦の年に、実態を知らず、憧れていたのだろうか、早く予科練へ志願したいと言う同級生がいた。四歳年長の知人は敗戦の前年に呉鎮守府予科練の乙種を受験して一一月に合格し、待機中に戦争が終わった。乙種とは国民学校高等科卒業（見込み）が受験資格である。彼より三歳上の私の従兄は実業学校三年時に学校から強制と言える程の半強制で受けさせられたそうだ（甲種合格、「出征」、生還）。

帝国日本は天照大神の子孫である「現人神《あらひとがみ》」の天皇が統治する「神国」である。帝国日本は「神聖不可侵」と憲法に定められた天皇を総家長とする「家族」国家で、「家族」たる「臣民」は天皇に忠誠を誓い、あらゆる犠牲を厭わず、奉公しなければならない構造になっていた。帝国日本の軍隊は国民の軍隊ではなく天皇の軍隊、即ち皇軍であった。皇軍の組織は基本的には「臣民」を護るのではなく、究極的には「上《かみ》御一人《ごいちにん》」天皇（制）を護る構造になっていたのである。

富国強兵をスローガンとする帝国日本の教育は、時期により強弱はあったものの、このような国家と軍隊の構造とその精神を児童・生徒・学生の脳裏に注入した。それは更に軍隊内で行われた。「教育勅語」で、「神勅」で、「軍人勅諭」（陸海軍人に賜りたる勅諭）で、「戦陣訓」で。軍人勅諭や戦陣訓は学校教育でも叩き込まれた。そして、重要なことは、多くの国民が、部分的には疑問を抱くにもせよ、信じ込まされ、血肉化（意識化）していった事実である。マインド・コントロールされていたのだ。

「皇室典範」を始め、「軍人勅諭」に先だつ「陸軍訓戒」、「教育勅語」に先だつ「教育聖旨」、「大日本帝国憲法告文」・「憲法発布勅語」等をも繙いて、この事実を詳細に検討することが政治的な重要課題ではあるが、ここでは超概略に留めた。

右に述べた「臣民」の意識と権力・軍部の強制力からすれば、何故、サイパン島で一般「臣民」が乳幼児諸共に自死を遂げなければならなかったのか、沖縄の地上戦でもほぼ同様の惨事が多数引き起こされ、民間人が約一四万人も戦死させられたのは何故か、何故、皇軍は全滅するまで戦うのか、何故、皇軍兵士は降伏してはいけないのか、何故、少年や学生が潜水艦から発射される人間魚雷や零戦闘機に乗った武器となる特別攻撃隊員を志願しなければならなかったのかが、大略あるいは少々、理解出来るのではないかと思う。「臣民」の大半はサイパン島の悲劇の原因を帝国日本と帝国軍隊の構造の中の人間関係に見ることが出来なかった。「大元帥陛下」天皇を頂点とする心ない戦争指導者の責任であると認識する「臣民」も少なかった。「鬼畜米英」の米軍の攻撃に原因を見たのである。そして、多くが米国とその軍隊に敵愾心を強めた。それ故に「サイパン島同胞臣節を全うす」も、安田靫彦の「十二月八日の山本元帥」も戦意昂揚の作品になる。藤田嗣治は思想性豊かであったと言えないが故に、その卓越した力量が侵略戦争に大きく利用され、積極的に協力することになっていったのである。

作品と作者ないし作者の意図との分離は、一見、公平なようだが、歴史認識を欠く時代性の無視であり、国民をしてかつての皇軍の非人間性を認識出来なくさせ、違憲の安保法制のもと、積極的に戦争をしようとする「国つくり」に加担させることに繋がるのではあるまいか。

【付記】

1　小考には、絵画から見たアジア太平洋戦争史の側面がある。そのため、読者各位の便宜をはかりたいとの意図から、戦争史の参考文献はポピュラーな単行本を主とした。

2　藤田の「サイパン島同胞臣節を全うす」を展覧会場の大画面を直接観て、「一」で前景の一人が子どもか大人か判断出来ず、「子どもが七～八人」、「成年男性は一一～一二人」と叙述した（二九五頁）。しかしその後、至近距離から観ることが出来、子どもとした一人が少年と判明。同時に女の子どもの一人も乳幼児ではなく、少女であるとわかった。そのため、「二」の「２」の冒頭で「乳児が三人、幼児三人、少年一人、少女一人」等と改筆した。

二　美術展覧会を歩く――「藤田嗣治の戦争画についての小考」再考を中心に

1　藤田嗣治「秋田の行事」を観て

去年（二〇一六年）は京都に居を移して十五年である。今春にかけての一年間は京都へ来てから一番忙しい年であった。コンサートのチケットを買って行けなくなり、人様に差し上げたことも幾度《いくたび》かあった。学生時代からの友人が主催者の一翼を担う東京での演奏会の期日を一週間間違えていたことを出京の途中で宿泊した湯河原で気付いたが、後の祭り、友人から大目玉を食らってしまったこともある。

美術展覧会の方は一定の会期があるので、京阪神以外でも、東京方面は序でに、あるいは序でをつくってお目当の展示を大抵は観ることが出来た。遠くまでわざわざ観に行った展示もある。その幾つかを順不同で取り上げてみよう。文章の長さも不同である。いずれも、普段、人様にお見せしない筈の舞台裏の話が主である。

今年（二〇一七年）の二月半ば、雪が降り積る秋田市の秋田県立美術館で藤田嗣治（一八八六～一九六八）の超大作「秋田の行事」、正式名「秋田年中行事　太平山三吉神社祭礼の図」を観た。

「秋田の行事」は秋田市の資産家平野政吉（一八九五～一九八九）の支援で制作された。平野は、一九三四年、東京の美術展覧会場で夭逝した弟の師である藤田と邂逅し、それが縁となり、翌年夏、藤田は日本海沿岸を旅して北上する途中で秋田へ寄り、三六年にも自ら制作した映画「現代日本」の撮影の仕事で秋田へ来ていた。同年夏、四人目の妻マドレーヌが急逝。これを機に平野から鎮魂のための美術館建設の提案を受け、藤田は大壁画制作の意志を表明した。そして彼は、八～一一月、月に一度、取材と制作準備のために秋田入りした。取材は秋田の版画家勝平得之の案内で見て回った秋田の年中行事を中心に行われた。

しかし、拙稿「藤田嗣治の戦争画についての小考」（『文華』40号、二〇一六年六月。以下、「小考」と略す）に記した通り、マドレーヌの急死は、彼女がシャンソンのレコーディングのために一時帰仏していた時期から交際していた、後に五人目の連れ合いになる堀内君代の存在と無関係ではなかったから、壁画の超大作の制作を、平野の提案通り、いくら彼でも単純に承諾したとは考えにくい。

藤田は一九一三年に渡仏した後、一九年にサロン・ドートンヌに入選し、モディリアーニやシャガールらと共に、エコール・ド・パリの一人として脚光を浴びた。パリで既に大画面を手掛けていた彼は二九年に一時帰国、翌年、米国経由でパリに戻ったものの、三一年にはブラジルへ渡り、翌年にかけて南米・中米・北米を巡り、三三年に帰国した。

その間、藤田は歴訪各国における「民族」の特質に関心をもち、殊にメキシコで強い刺激を受けた。この点は、帰国後、東京市淀橋区（現新宿区）の次姉の嫁ぎ先に仮寓した際にメキシコ風のアトリエを建てたことに窺える。

帰国後の彼は、積極的に個展を開き、二科展にも毎年出品したが、三四年制作の銀座のブラジル珈琲販売宣伝本部の「大地」を始めとする壁画制作に特に精力を注いだ。メキシコの壁画運動の影響である。これらの体験が超大作「秋田の行事」に繋がっていく。

しかし、その間に藤田なりの精神的変化がある。彼は、マドレーヌの急死後の三七年、麹町区下六番町（現千代田区六番町）の画学生時代にパリで世話になった島崎藤村の隣に藤村と同様に数寄屋造りの家を建てて転居し、アトリエも和風に変え、新妻君代と居住した。そして、日本「民族」の大壁画「秋田の行事」を描いたのである。江戸時代の障壁画や風俗屏風絵の技法も導入して。

「秋田の行事」は縦３６５×横２０５０㎝（油彩、キャンバス）。平野の六〇〇〇俵入るという米蔵で制作された。五面中の右・左端の二面を折り曲げて。藤田は画面の左端に「為秋田　平野政吉　嗣治　昭和十二年　自二月廿一日至三月七日　百七十四時間完成」及び「Foujita 1937」（横書き）と自署している。

「秋田の行事」の縮小版を手元に置いて観ながら、画面の詳細を記述していこう。出来るだけ、文字で絵を描く心算になって。

右端の第一面は秋田市の久保田城址の外町《とまち》の総鎮守、日吉八幡神社の山王祭が描かれている。外町は江戸時代の城下の町人町で、制作当時も現在も秋田市街の中心部である。

大鳥居下に仮設された屋台の舞台では、印半纏の男仕事着姿の芸者らしい女性三人が踊り、着物姿の芸者が三人、楽器を奏でて囃したて、「秋田音頭」を演じている。それを舞台の左袖から見物している男性二人、女性四人の中に毛皮が襟に付けてあるオーバー・コート姿の平野政吉が描かれてある。夏なのに一人だけ変な服装だ。平野の向こうに見える女性の一人は子連れだが、帽子を被った子ども（女の子らしい）は左手の玩具などを並べた屋台店の方に気を取られている。店番をしている女性は二人。いずれも手拭を被った地味な着物姿である。

舞台の正面では坊主頭の少年がもう一人の坊主頭の肩車をしている。音頭がよく見えるようにしているのであろう。上の子は短い着物姿のようであり、下の子はシャツに半ズボンで草履である。

その手前に若いと想われる母親が二人、それぞれ乳児を抱いて舞台を見物しているが、表情は窺い知れない。画家は丸髷や帯を見せたいのだ。その一人は黒襟の暖色と黒っぽい色の格子縞の着物に赤と寒色の模様の付いた帯を、もう一人は涼し気な薄い寒色の地に青紅葉《もみじ》を鏤《ちりば》めた着物に赤と寒色の模様の帯を締めている。二人の左手に薄地の短い着物に靴を履いてダダを捏《こ》ねている幼児を叱っている様子の祖母らしい女性が縞の単衣《ひとえ》に上物と見える単衣帯を締めてしゃがんでいる。三人の女性は共に素足に草履だが、花緒が着物にマッチしているなど、画家の注意深さが垣間見られる。

屋台店の自転車を挟んで左手にも団子などを商う屋台がある。店番は手拭を被った地味な着物の女性が一人。店の手前には菓子を欲しそうに背伸びをして眺めている白いセーラー服の少女がいる。履いているのは皮靴のようだ。平野とこの少女が特別にハイカラであり、ことによると、二人は父と娘かも知れない。

第一面は夏であるが、第二面は冬の太平山《たいへいざん》三吉神社の梵天《ぼんてん》奉納の絵である。神に奉納する大きな御幣《ごへい》が四本、多勢の威勢のよい若者達に担がれている。この神社の梵天奉納が全国で一番有名だと言う（『広辞苑』）。「秋田の行事」の正式名称にこの神社の名が付けられているのは、そのためなのかも知れない。

御幣を担ぐ青年達は秋田の冬なのに薄着の黒っぽい和装にゴム長靴である。

梵天の左側に少し離れて、手拭の鉢巻をした黒装束の男性が祝い酒の菰樽を前に置き、華を醸す銘酒「天の川」を売っている。菰樽の向こうには雪上に座り込んで杓子《ひしゃく》で酒を飲んでいる男がいる。だいぶ酩酊しているようである。酒を売っている方も飲んでいる方も長靴履きだ。

鳥居の柱の手前には女性が四人、熱心に梵天奉納を見物している。そのうちの二人はねんねこ半纏で乳児をおぶっており、他の一人は着物に靴履きの二人の少年を連れてきている。もう一人は温かそうな半纏を着て、長靴履きのようである。彼女をうしろから赤っぽい頭巾を被った着物姿の幼女がしがみ付いている。彼女は子どもを忘れているかの態である。石段の上の方に赤い襟巻をした子どもが一人、鳥居にしがみ付いて梵天担ぎを見ている。いずれかの女性に連れられてきた児であろう。

赤っぽい頭巾の幼女の右に祭に背を向けた総髪に黒マントの大柄な男性が立っている。異様ではあるが、目立つ。

御幣奉納の集団と菰樽の間には、遠く三吉神社の神体山、「霊峰」太平山（１１７０ｍ）が白く見える。真ん中の第三面はこれまた、今日、東北の三大祭の一つとして名高い七夕祭、竿灯である。竿灯に取り掛る大勢の若い男達は勿論、大太鼓を叩く青年達も、梵天奉納と同様、実に躍動的だ。若者達の出で立ちは御幣奉納と同じく手拭のねじり鉢巻や頬被りだが、夏祭なるが故に、もっと薄着の短パン姿で、中には赤褌丸出しの者もいる。

竿灯は三本見える。横に伸びた一本は第四面に食《は》み出している。竿灯の向こうには勇人《いさみ》形の付いた大きな花笠が青空に目立つ。

第四面は伸びた竿灯の先の下に雪を被った橋がある。この橋は、奈良時代の七三三年に秋田郡《ごおり》の高清水《たかしみず》の岡に設置された「蝦夷《えみし》」に対する侵略者側（大和朝廷）の東国経営の最重要拠点秋田城（城柵《じょうき》）の香爐木橋《こうらぎばし》なのだそうだ。古代、秋田は東北地方でもっとも盛んだったと誇りた気《げ》な感じがする。「秋田の行事」はこの橋を境にして、右が秋田の行事、左が秋田の日常生活や生産を描いている。装束など、風俗は左右双方、共通しているが。

橋上を幼児を乗せた箱橇を押して少女が下ってくる。少女は毛系らしい赤の襟巻に着物のようだ。幼児はグレーの頭巾を被っている。箱橇は色を塗っていない木製。その手前の雪室（かまくら）では稚児髷の少女が二人、江戸時代に定着した小正月の子どもの行事（かまくら）通り、一人の友達を接待している。接待された藁製の雪靴を履いた女児も稚児髷を結っている。三人共、前掛に小手袖姿である。かわいらしい光景だ。雪室の上には秋田犬が二匹いる。雪靴の少女のうしろには大きな秋田犬がいる。だが、少女達は気にならない様子。雪室の向こうに一人、防寒頭巾だけが覗いている。性別は不明。

そのまた向こうの屋根には天水甕《てんすいがめ》が見え、その手前には秋田杉の材木が青空に聳えるように並んで立て掛けられてある。その手前に防寒頭巾にマント、モンペ姿の女性が三人、立っている。手前の女性は此方を向いている。若くはない。その隣はこちらに背を向け、もう一人と話し込んでいる様子。年齢はわからないが、二人共、手前の女性と同年配ではなかろうか。手前の人は爪掛付の足駄を履き、あとの二人は長靴だ。

手前に背を向けて話している様子の女性は半身が第五面に描かれてある。背に鮭らしい大きな魚と梅らしい枝を負うている。彼女の手前にマントを被った小柄な老婆が長靴を履いて立っている。彼女の身体の一部は第四面の方にある。彼女の手前に身体は左前の男性の方に向け、顔は老婆に向けている女性がいる。この女性は男性と夫婦のようだ。老婆の左に身体は左前の男性の方に向け、顔は老婆に向けている女性がいる。この女性は男性と夫婦のようだ。老婆は夫妻いずれかの、当時のことだ、男の方の母であろう。男性の方を向いて前に立つ幼児は老婆の孫だろう。男女三人の大人の前にカラフルな雪橇があり、カラフルな毛糸の帽子にカラフルな衣服を纏った赤子が載っている。男性の前には小犬が座っている。老婆以下、五人と一匹は家族であろう。間違いなさそうだ。

だとするならば、気になるのは、各人の身に付けている物のアンバランスなことである。夫とおぼしき男性は頰被りの上に頰や顎の防寒部分を折り畳んだ帽子を被り、茶色の長いコートらしい物を着ている。ボタンが見えず、袖は半袖よりも短く、袖無しと言ってよい程で、寸胴《ずんどう》である。見たことのない防寒着だ。革製かも知れない。画面で手袋が見えるのはこの男だけである。彼に寄り添っているらしい女性は袖無しの綿入れを着た前掛姿。衣服も被り物も見える部分は粗末で、二〜三世代以前のことだとしても、男性ととてもアンバランスだ。

男性の方を向いた帽子を被り、茶の襟巻をし、着物姿の息子らしき幼児と橇に乗った赤子は兄妹のようだが、乳児の方が幼児よりもかなり上物を身に付けている。この乳児と兄らしい幼児、母とおぼしき女性の出で立ちもアンバランスだ。母らしき女性のうしろにねんねこ半纏姿で手拭を被っている女性が乳児を背負っている。襟巻から顔を覗かせている乳児はハイカラな帽子を被っている。この母子の態もアンバランス。なぜだろう?

一家らしい人々の左手に馬が二頭立っている。向こうの栗毛の馬は背に人参・大蕪《おおかぶ》・牛蒡《ごぼう》などの野菜を積み、手前の白馬は馬橇に一〇俵程の米などを積んで、鞍にはコーモリ傘を括り付けてある。それぞれの馬には手拭のねじり鉢巻や頬被りをした馬方が付いている。馬橇の向こうには積んだ薪が見え、その傍で手前に背を向けた防寒頭巾の男性と此方を向いた襟巻のような物を被った男性が話し込んでいる。彼らの向こうに大きな雪達磨がドッシリと鎮座しておわす。

雪達磨の向こうには油井《ゆせい》(石油を採るための井戸)の櫓が見え、その方向から荷物を背負った着物姿の男性が雪道を登ってくるのが見える。荷は石油かな。

白馬の前に防寒頭巾を被った男の幼児が秋田のべらぼう凧を手にしゃがんでいる。

馬橇の前で左端には長い黒マントを着、黒長靴を履き、黒々とした総髪の男性が立つ。黒ずくめと言いたいところだが、大きい襟巻だけはグレーである。御幣奉納に背を向けた男性と共に目立つ存在だ。持っているコーモリ傘が、襟巻の色と共に、小道具として効いている。

そこで、先のクエスチョン(?)に戻る。

画家は風俗がアンバランスになることを避け、均衡を保つことよりも、身に付ける物、風俗の多様性や色彩上のバランスを重視したと言えそうだ。「お大尽」の平野の態も然り。

「秋田の行事」は秋田市の代表的な三つの祭、躍動感のある行事とそれとは対照的な日常生活を一枚の大画面に収めた、超大作である。それなるが故に、藤田の力作中の力作と言える。しかし、日本「民族」を描いたこの作品は、若干の曲折を経て、彼の戦争画に繋がっていったと、私には考えられる。また、「秋田の行事」に登場する群像の動静も彼の戦争画に活かされていると思う。

この作品が完成した後、平野と藤田は超大作を収納し展示する美術館の建設を構想し、一九三八年春に着工したが、日中戦争の長期化とその拡大、アジア太平洋戦争のために中断した。作品は制作場所の米蔵で戦後も一九六七年、藤田他界の前年までねむり続けた。

六七年に財団法人平野政吉美術館が設立され、秋田県立美術館が開館。「秋田の行事」が初めて一般公開され、マドレーヌをモデルにした裸婦像「眠れる女」（一九三一年）など、藤田作品を始めとする平野政吉コレクション（円山応挙、司馬江漢、亜欧堂田善、キヨソーネ、フォンタネージ、五姓田義松、浅井忠他）を展観する展示室が設置された。藤田は開館を知ってから逝ったのであろう。

秋田県立美術館は二〇一三年にリニューアルオープンし、その二階には「藤田嗣治大壁画ギャラリー」のみがある。ギャラリーは三階の展示室の廊下まで吹抜になっていて、そこからも大画面を観ることが出来る。こうして彼最大の力作「秋田の行事」は初めて居場所を得たのだ。

2　再見・藤田嗣治「サイパン島同胞臣節を全うす」――土門拳の藤田評を参考にして

昨年（二〇一六年）の七月下旬、神戸市の兵庫県立美術館で開催中の生誕一三〇年記念「藤田嗣治展　東と西を結ぶ絵画」で「サイパン島同胞臣節を全うす」と再会した。一昨年秋、東京・千代田区の東京国立近代美術館で初見した時には、混雑していたことと少し離れてしか観られなかったことで、大人か子どもか、区別がつかないなど、わからない点があった。兵庫県美では真近で観ることが出来て、わからない点が少し判明した。このことは「アッツ島玉砕」でも言えるが、ここでは「サイパン島」だけを取り上げる。

近景に限るが、総勢は四一人であろう。そのうち、子どもは放置された一人を含めて乳児が三人、幼児三人、少年一人、少女一人の計八人、成年の男性一二人、あとの二一人は成年の女性だと見える。他に、画面右手の断崖から海へ飛び込もうとしている四人の女性（一人は子を背負っている）がおり、その向こうに、海に飛び込んで水面に達する途中の女性が一人描かれてある。断崖に追い詰められつつある人達が中景に見えるが、遠くて人数は不明。

「サイパン島」は藤田の最後の戦争画である。攻撃を主とする戦闘場面を描いた「薫空挺隊敵陣に強行着陸奮戦す」（四五年）までの従前の作品と趣を異にする。

この作品は神奈川県小淵村（現相模原市）藤田の疎開先で制作された。そこへ土門拳（一九〇九～九〇）が幾度か訪ねている。土門は、アジア太平洋戦争中、報道班員として戦地へ赴くのを拒否しつつ、古寺の仏像と文楽を撮り続けると共に、日本近代彫刻の先達荻原碌山の遺作の全てをフィルムに収め、精神性の高いリアリズムに学んでいた（拙著『美術家の横顔　自由と人権、革新と平和の視点より』〈二〇一一年、花伝社）〉。土門が、この時期、もう一人追求していた美術家があった。藤田である。「小考」で少なからず引用した成田均他編『猫と女とモンパルナス　藤田嗣治』（一九六八年、ノーベル書房）では、藤田自身の作品を除くと、巻頭の「藤田の手」（見開き二頁）を始め、土門が藤田と藤田宅内を撮った「土門拳作品　麹町区六番町《（ママ）》十三番地の主」二七枚（三〇頁）プラス土門文章など四頁がメインだ。その他、藤田作品「猫」（一九四七年）を撮った写真（見開き二頁）や敗戦後に住んだ練馬区小竹町宅門前の藤田夫妻を写した作品もある。土門は藤田の制作する姿とその周辺を撮り、藤田芸術の何たるかに迫ろうとしたのである。

土門の藤田評は説得力がある。

土門は藤田から「君には手法を盗まれる心配がないからな」と言われたそうだ。土門は藤田は細かい描写から始めて「全体の展望は、描いているうちに出来あがっていくらしく」「仕事の早いのももっともである」と認めている。だから、「秋田の行事」も短い日数で描けたのであり、群像の風俗のアンバランスも生じたのであろう。「つまるところは偉大なアルティザン」（職人的芸術家—成澤）で、本人もそのことに「誇りを持っていた」が、そこに「藤田の限界をみて、目をそらすこともある」と、土門は彼を批判する。

更に土門は藤田の人物について「本質的にオポチュニスト」（日和見主義者—成澤）で「抵抗精神はない人であった」と厳しく捉えていた。その通りであると思うが、土門だから言えることだ。藤田は「そういう思考や行為」を「あからさまには表に出せないで」自己「韜晦《とうかい》」（本質を包み隠す—成澤）し、自らそれを「面白がっているシャレッ気もあった」とも述べている。藤田の一種の胡麻胴乱に対する的を射た言である。

土門は山奥の疎開先での藤田の生活ぶりも伝えている。「藤田が心から喜んで戦争画を描いていたわけではないだろう」、「五号くらいの裸婦や、静物などをこっそり描いていた。人にはなかなか見せなかった」、「私に見つかると、ニコッと笑って『息ぬきだよ』といった」。「ベタ金の肩章の付いている将官マントを着て」（陸軍の少将待遇―成澤）「肩で風を切って歩き」、村人達が「道をさけて最敬礼する」のを「楽しんでいる茶目っ気があった」。「腹のへっていた時代」なのに「藤田のところでは食い物も豪気であった」、「味噌汁は、実もたくさん入っていて、ドロッとしたしつこいものであった」等々。

旨いものをたらふく食いながら、「臣節を全う」した民間人の「玉砕」を制作していたのである。戦争画を描くことへの遣切れなさが反映しているのかも知れない。しかし、「職人的芸術家」という表現は精魂込めて製作する職人には失敬だろう。だが、藤田は、一定の準備はしたが、「秋田の行事」も同様にして短期間のうちに描き上げた。後述するが、東山魁夷の唐招提寺御影堂障壁画制作と全く態度を異にしていることは確かである。

3　再考・朝井閑右衛門の「豊収」

去年の九月半ば、練馬区立美術館で「朝井閑右衛門展　空想の饗宴」の特別鑑賞会（内覧）へ行った。朝井閑右衛門（一九〇一～八三。本名浅井實）は、生前、画集を出さず、個展も開かず、没後の一九八六年、神奈川県立近代美術館・和歌山県立近代美術館で「独創傑出の画家　朝井閑右衛門の世界」が開催されたのを皮切りに頻繁に取り上げられるようになった画家である。この展覧会は一九三六年からしばらく練馬区（当時は板橋区内）に居住していた縁によるもの。彼は詩人草野心平など、文人との交流が深い画家であった。それが少なからず作品に反映されているようだ。

この展示には彼の最後の戦争画「豊収（誉ノ家族）」（一九四四年）が出品されていた。

この作品は副題が「誉《ほまれ》ノ家族」であるから、戦死者の家族を描いている。しかし、遠景に日本家屋らしからぬ建物が望めるから、大陸の、ことによると「満蒙」（マンジュとモンクー）開拓者の家族かも知れないとも想った。『図録』巻頭の美術評論家原田光氏の文章にも「はてしない大陸というような荒れた大地の中にいる」とある。母娘は画家の妻と長女をモデルにしている由で、構図は聖母子像を踏まえているとの指摘もあるそうだ（「作品解説」〈『図録』〉）。

朝井は、日中戦争期の一九三八年五～七月、「中支那派遣軍」報道部の嘱託の一人として上海に赴いたが、翌年七月の第一回聖戦美術展に出品した南京大虐殺を惹き起こした「中支那」方面軍司令官松井石根を描いた「揚家宅楼上の松井最高司令官」（現存せず）以外に戦争画を描いていないようである。アジア太平洋戦争に拡大してからは「豊収（誉ノ家族）」だけであろう。ファシズムに抵抗してリベラルな文明批評を続けた長谷川如是閑や社会派の画家柳瀬正夢と交際していただけのことはある（喜夛孝臣「韜晦する閑右衛門―若き日の拾遺」〈『図録』〉参照）。しかし、同じく練馬区立美術館に展示されていた、彼を一躍有名にした文部大臣賞受賞のモダン・アートの大作「丘の上」（一九三六年）との落差は大きいものがある。

４　「遙かなる山」展から考える

去年（二〇一六年）の夏、山岳都市松本市の松本市美術館で、山の日（八月一一日）制定記念と銘打って「遙かなる山」展が開催された（七月一六日～九月四日）。明治末からアジア太平洋戦争中までの凡そ半世紀間に描かれた日本の山岳絵画を展示名の副題になっている「発見された風景美」の視点で通覧しようという、見応えのある展示であった。八月半ばに観に行った。

島崎藤村が『破戒』を創作するに当たっての恩人の一人、丸山晩霞（一八六七～一九四二）が、木下藤次郎・吉田博・中村清次郎らと共にメインになっていた。拙著『島崎藤村「破戒」を歩く』上・下（二〇〇七・二〇〇九年、部落問題研究所）で少なからざる紙幅を使って晩霞に触れた。烏帽子岳を描いた晩霞の「高原の秋」（一九〇二〜一〇年）は展示作品中のメインの一つで、「明治期の水彩画─水絵の魅力」展（一九九三年、練馬区立美術館）以来、久しぶりに原画と出会った。

さて、この展覧会を取り上げたのは戦争画との関連からである。「藤田嗣治の戦争画についての小考」では、日本画家では戦争画の代表作家とも言うべき山口蓬春（一八九三〜一九七一）と大家の横山大観（一八六八〜一九五八）・川合玉堂（一八七三〜一九五七）を登場させた。そして、大観や玉堂には蓬春のような戦場を描いた作品はないが、大観は、「威圧的な『霊峰』富士を描き続けて戦意昂揚を図り」、権力に彼と共に「戦争画で協力する日本画家のトップに」「据えよう」とされた玉堂にはそのような作品はないと認めた。

「遙かなる山」展には大観の「楯山遠望」（一九〇二年頃）・「雨後之山」（一九四一年）や玉堂の「妙義雨後図」（一九一一年）が出品されていたが、いずれも日本画絵具の特色を活かして雲や霧が立ち籠める中に山が浮び上がる様態を落ち着いた筆致で描いた秀作だ。大観は師岡倉天心の国粋主義の精神を忠実に継承し、雄渾・剛健な作品を描き、その作風が戦時下の富士図に典型的に具現しているのであるが、そうでない山岳図もあるのだ。「雨後之山」は日中戦争がアジア太平洋戦争に拡大した年の作品である。

他の図録を開いても、「天長地久」・「日本心神」（いずれも一九四〇年頃）や「神州第一峰（正気放光）」（一九四四年）は富士山を神々しく描こうとした作品だが、威圧的ではなく、「三保の不二山」（一九四四年頃）は神々しさもない。

「威圧的な」は「富士を描き続け」には言い過ぎがある。しかし、管見では、富士山を多く描いている洋画家は和田英作（一八七四〜一九五九）だが、威圧的な作品は一点もない。威圧的な富士はやはり大観の特徴ではある。

戦争画がらみでこの展覧会で気付いた三点を挙げる。

その一。藤村の次男島崎鶏二（一九〇七〜四四）は二科会で期待されていた洋画家だった。父祖の地、信州の木曽馬籠（現在は岐阜県中津川市）に近い彼の「恵那山」図（一九三五年）が出品されていた。この作品は馬籠の藤村記念館の所蔵になっている。彼は、一九四四年、海軍の軍属として写生すべく南方へ派遣され、その帰途、飛行機事故で他界した。これも戦争画の所為である。

その二。改めて展示の構成を記すと、第一章は「絶頂への憧れ—山丘美の発見」、第二章は「山への視線—山をめぐるさまざまな風景と表現」で、第三章は「山のかたち」「水のうごき」「人のすがた」に分かれている。

最後の「人のすがた」で気が付いたのは、大正期から登山の大衆化が始まり、昭和初期から「山ガール」が誕生し、登山ブームがピークを迎えたのが日中戦争期であることだ。女性の登山を１１２㎝×１４５㎝の大写しで描いている大久保作次郎（一八九〇〜一九七三）の「山へ」は、白い帽子に赤いチョッキを着た人物を真ん中にして、三人の若い女性が、夏山なのに杖がわりにであろう、ピッケルを持っている。戦争がアジア太平洋戦争に拡大する前年、一九四〇年の作品である。戦時中なのに中産階級はまだ余裕綽々。そんな感じの出ている作品だ。

その三。「小考」で「真心を結ぶ（千人針）」（一九三八年）を制作した榎本千花俊（一八九八〜一九七八）を取り上げた。モダン・ガール三人の戦争協力を描いた作品である。彼はその二と同じ「人のすがた」に、モダン・ガールを大写しにしたスキーに行くことを勧誘している鉄道省のポスター「滑れ銀嶺　歓喜を乗せて」（一九三八年）を制作している。パーマネントを掛けてカラフルなネクタイを締め、赤い帽子に赤い服装で赤っぽいストックを持った若い女性が赤と黒の模様の付いているシャレた毛糸の手袋を持った右手を高々と挙げている宣伝物である。日中戦争酣闌《たけなわ》の頃、鉄道を司る国家機関が、中産階級向けにであろう、こんなプロパガンダをしていたのである。戦争の長期化とその後の展開を全く予想することもなしに。

5 田島奈都子編『プロパガンダ・ポスターにみる日本の戦争』——竹内栖鳳の画業について

プロパガンダ・ポスターに及んだところで、展示ではないが、表題の書籍（二〇一六年七月、勉誠出版）を戦争画の観点から取り上げる。

本書は戦時下の「満蒙」移民で知られる長野県南部の阿智村に保管されてきた日中開戦（一九三七年）から日本の敗戦（四五年）までに制作されたプロパガンダ・ポスター一二一種・一三五枚を編者が分類・分析してカラーで公開し、解説を加えた出版物である。

この本を通覧すると、戦費調達を目的とする国債購入や貯蓄の奨励を筆頭に、海軍の飛行予科練生、陸軍の少年戦車兵などの募集、陸・海軍工廠工員や中島飛行機工員の募集、物資の節約や食糧増産・供出の訴え、金属の供出や補助貨（銅・白銀・ニッケル・銀貨）の引換えの要求、戦意昂揚や銃後の防備の呼びかけ、「満蒙」移民や学童疎開の奨励等々、多岐に亘っている。ポスターの依頼主は大蔵省・逓信省・日本勧業銀行・海軍省・教育総監部（陸軍）・陸軍省・中島飛行機株式会社・長野県・国民精神総動員中央聯盟・大政翼賛会・厚生省・文部省・内務省・商工省・日本銀行・松本聯隊区司令部・日本赤十字社・長野県農会・全国養蚕業組合聯合会・東京都長官他。標語には洗脳調や命令調・懇願調・絶叫調など、さまざまあるが、ここではそうした全般には触れず、ポスターと画家との関係だけを取り上げる。

阿智村のコレクションには、著名な画家に限れば、横山大観の他に、彼と並ぶ日本画の大御所的存在である竹内栖鳳（一八六四～一九四二）の作品もある。

他の主な作家と作品を挙げる。同じく日本画の川端龍子（一八八五～一九六六）が「護れ興亜の兵の家」（一九四〇年。依頼主は軍事保護院）を、洋画の和田三造（一八八三～一九七六）が「国を護った傷兵護れ」（一九三八年。依頼主は傷兵保護院・文部省）を、中村研一（一八九五～一九六七）が「護れ傷兵」（一九四〇年。依頼主は軍事保護院）を描いている。編者の解説によれば、中村はこの他複数の作品を手がけており、彼の他にポスターの原画を制作した画家には藤田嗣治・猪熊弦一郎・宮本三郎・小磯良平・鶴田吾郎ら洋画家達や日本画の安田靫彦（一八八四～一九七八）らがいたと言う。戦争画の制作と重なっている。

このような戦時プロパガンダ・ポスターの原画制作者中で別格だったのが大観と栖鳳である。

栖鳳は円山応挙三代の弟子で四条派の厳格な指導者であった幸野楳嶺（一八四四～九五）の弟子である。楳嶺は京都府画学校創立の中心となった人物で、川合玉堂の師でもあった。栖鳳は他界した師の後任として、一八九五年、画学校の後身、京都市立美術工芸学校の教諭に就任し（大観も助教諭に就任）、岡倉天心の強い勧誘にもかかわらず、東京美術学校行を断り、京都日本画壇近代化の先駆けとして尽力した。一九〇九年、美術工芸学校を前身とする京都市立絵画専門学校（現京都市立芸術大学美術学部）が開校し、栖鳳は専任教諭（後に教授）となった。彼は楳嶺塾の妹弟子の上村松園を始め、西村翠嶂・橋本関雪・小野竹喬・土田麦僊・村上華岳らを自らの塾や美術工芸学校・絵専で育てた。榊原紫峰・堂本印象・福田平八郎は絵専の門下生である。（前掲拙著『美術家の横顔』）

四〇歳代にして京都日本画壇の盟主的存在になりつつあった栖鳳は、一九〇七年、京都派を代表するかのようにして第一回以来、文展（文部省美術展覧会）の審査員に欠かさず選ばれた。一九一九年、文展を解消し、森鷗外を初代院長に帝国美術院が創設されると、栖鳳はその会員に選出され、帝展（帝国美術院展）審査員となり、文展同様、自らもしばしば出品した。その間、一九一五年、再興された在野の日本美術院（一八八九年、岡倉天心中心に創立）の中心的存在たる大観から学術顧問に就任するように要請されたが、辞退し、その一方で一九一八年、文展を離れた弟子の竹喬・麦遷・華岳・紫峰らが在野の国画創作協会を組織した際には顧問となった。一九二四年、絵専移転問題の紛糾で、彼は他の二人と共に教授を辞職した。（『竹内栖鳳展　近代日本画の巨人』〈図録。二〇一三年九月、東京国立近代美術館他〉参照）

京都日本画壇の総帥とも言うべき竹内栖鳳は、全体主義・国家主義的風潮が強まった昭和初期、政府の美術政策による統制強化で圧迫を受け、戸惑わされる。彼は国家機関が主催する文展・帝展に積極的に協力しながらも、これに反旗を翻す弟子達の活動をも支援してきた（同右）。一九三五年、時の文部大臣松田源治が国策に沿って在野展を官展に統合すべく日本美術院の中心たる大観に働きかけ、説得に成功し、栖鳳にも工作したが承諾を得られず、見切り発車で、六月、帝国美術院の改組を断行した（松田改組）（日本芸術院編・刊『日本芸術院史』一九七九年）。翌年、栖鳳は『報知新聞』一月三一日付に「新帝展に対する意見」を発表し、再改組を主張して出品しない意志を明らかにした。第一回改組帝展は二・二六事件の前日にオープン。しかし、不出品の栖鳳は、これに先立ち、帝国美術院会員として審査員には加わっている。（前掲『図録』）

日本美術院の作家達は参加したが、京都画壇や旧帝展無鑑査クラスの画家たちが栖鳳に同調したので改組帝展は紛糾した。五月、栖鳳は紛糾解決のために文相平生釟《はち》三郎に建白書を提出し、翌月、文相官邸で開催された帝国美術院会員懇談会に出席した。九月、帝展は解消となり、新文展を発足させるための文展審査員選定会議が開催された。栖鳳はこの会議にもアトリエと庵のある湯河原温泉の天野屋から出京して出席した。

彼はこれらの会議でリーダーシップを発揮した。（『東京朝日新聞』一九三六年六月四日付、日本芸術院百年史編纂室編『日本芸術院百年史』六巻〈一九九八年、日本芸術院〉）

日中戦争開始の翌三七年四月、栖鳳は大観と共に文化勲章（第一回）を受章した。受章は「帝展騒動」の収束への「功績」と無関係ではあるまい。第一回受章者を順序通りに示すと、長岡半太郎・本多光太郎・木村栄・佐佐木信綱・幸田露伴・岡田三郎助・栖鳳・大観・藤島武二である。六月、帝国美術院にかわって帝国芸術院が設立され、栖鳳も芸術院会員に選ばれた。そして、一一月、大観と共に国民精神総動員運動の発展を期したポスターの原画を描いたのである。（前掲『図録』）

栖鳳は一九四〇年の誕生日に陸・海軍部に各一万円を献金し、没年の四二年二月にも同額の献金を行った。翌月には日本画報国会の軍用機献納作品展に大小二尾の鯛を描いた「海幸」を出品した。六月には病気がちであるにもかかわらず、二度も出京して皇居を写生し、「宮城を拝して」を完成させた。この作品は陸軍関係で賞を与えられた者に天皇が「下賜」する織物の下絵として陸軍省から依頼された絵である。東京から湯河原へ帰った栖鳳は、この年、三度目の病いに臥し、八月二三日に庵で長逝した。「宮城を拝して」は絶筆の作品である。（同右）

彼は国策に翻弄されながらも、戦争に積極的に協力した。

「小考」では栖鳳に触れる機会がなかったから、以上、細かく認めた。

ところで、大観と栖鳳は、川端龍子・中村研一らのように依頼されてプロパガンダ・ポスターの原画を制作したのではなかったらしい。前掲『プロパガンダ・ポスターにみる日本の戦争』の編者の解説によると、その経緯は次のようである。

国民精神総動員運動を支持した大観と栖鳳が運動の趣旨を具体的に示した作品を一点ずつ寄贈したいと文

部省に申し入れたのがそもそも始まりで、両人の心意気を受け取った文部省がポスターに使わせてもらおうと考えて実現したことのようだ。実際には大観は一点ではなく、「国民精神総動員―天壌無窮《てんじょうむきゅう》―」（天地共に永遠に続くこと―成澤）・「国民精神総動員―八紘一宇《はっこういちう》―」（全世界がみな一家の如くあること―成澤）の二点を寄贈し、栖鳳は「国民精神総動員―雄飛報国之秋《とき》―」一点を提出した。二人の行為は文化勲章の受章と無関係ではなく、連動しているに違いない。

両人が提出した先は文部省だが、政府は「帝国政府」の依頼品として扱い、ポスター化すると共に三枚一組の絵葉書にして三銭で発売し、更に大観の「天壌無窮」と栖鳳の「雄飛報国之秋」を大塚巧芸社に複製させ、有力百貨店で一枚一二～三二円で販売させた。抜け目のない政府のやり口である。編者の田島氏の推測では、大観と栖鳳は絵葉書や複製品にして販売されることは勿論、ポスター化されて全国に配布されようとは予期していなかったとのことである。勿論、両人は文句を言える筈もないが、戦時体制下の政府の行政執行がいかに乱暴であったかが窺える。

改めて三点の作品を観ると、「天壌無窮」は二重橋の手前から「宮城」を描き、「八紘一宇」は金地に大きな太陽が光を放っている図である。「雄飛報国之秋」は薄い金地に大きく太陽が左寄りにあり、大きな紅葉《もみじ》の幹乃至太い枝が右上方へ伸び、細い枝には紅と黄と残緑の葉が付いており、幹または太枝に少し羽を広げ気味の大鷲が眼光鋭く前方（左手）を見詰めている態で描いている。いまにも「敵」に向かって飛んでいきそうである。いずれも管見した他の作品とレベルを異にするが、栖鳳作品が最秀作で、さすがは動物画の名人だ。現在、この作品は帝国芸術院の後身、日本芸術院の所蔵になっている。

大観もそうだが、栖鳳も戦闘は描いていない。しかし、「雄飛報国之秋」は戦意昂揚をめざした戦争画だ。「宮城を拝して」もまた然り。

6　唐招提寺の障壁画を広島で観て

昨年（二〇一六年）の一〇月末日、広島市の広島県立美術館で戦後日本画の代表的存在である東山魁夷（一九〇八〜九九）の展覧会を観た。展示名の副題は「自然と人、そして町」であった。最終日とあって、入口は長蛇の列だった。奈良の律宗総本山唐招提寺の御影堂《みえどう》の障壁画六八枚が展示のメインなのである。御影堂には国宝中の国宝である開祖鑑真和上の坐像が安置されている（正確には現在は身代わり像が）。現存するわが国最古の肖像彫刻で、一九七四年に「モナ・リザ」が日本で展示されたお返しに渡仏したのは「鑑真和上像」であった。現在、御影堂が修復中なので、障壁画が特別展示されたのである。この障壁画は唐招提寺でも毎年六月、開山忌の数日しか公開されておらず、修理で今後数年間は拝観出来ない。観客の多くは魁夷作の障壁画がお目当てのようであった。

魁夷の障壁画は、ニューヨーク近代美術館に展示された書院造建築物内の一九五四年創作の作品が最初であった。この障壁画は、書院造建築物の移籍後、汚損が激しかったために撤去された。日本美術のコレクターとして知られ、殊に伊藤若冲が今日のように高く評価されるに至った基《もとい》をつくったと言っても過言ではない米国人ジョー・プライス氏が、目下、連載中の「私の履歴書」23（『日経』二〇一七年三月二三日付）で嘆いているように、日本美術の扱いを知らないこのような事態は、彼の国では間々あると聞く。次いで東宮御所（現赤坂御所）の六〇年制作の大広間壁画、翌年、文化勲章受章の決定打となった六八年制作の皇居新宮殿大壁画と続く。しかし、唐招提寺の障壁画は前三作と少なくとも規模を異にする。「少なくとも」と記したのは芸術的価値が念頭にあるからである。

魁夷は唐招提寺から一九七〇年末に制作を要請された。彼は翌年七月にようやく承諾した。仏法を正しく広めるべく、失明を克服し、六度目の渡航でようやく来日した唐の高僧にして名僧の鑑真和上に痛く崇敬の念を強めた上でのことであった。

彼は一九七二年に和上と唐招提寺の研究を重ね、全体の構想を立て、翌年は全国各地の取材に費やし、度重なる試作を経て、七五年五月に第一期の渋い青を基調とする、視力を失った和上の心に描いていただきたいと想う日本の心象風景を彩色画に描いた。「山雲」（上段の間。床の間。貼付襖絵）・「濤声《とうせい》」（広間。襖絵）の二部屋二六点の完成がそれである。

次いで魁夷は翌七六年から七七年にかけて、中国で取材して構想を練り、試作の後、七九年六月に第二期の本制作に着手し、翌年二月に水墨による中国の名勝「桂林月宵」（梅の間。襖絵）・「黄山暁雲」（桜の間。襖絵）と和上の故地「揚州薫風」（松の間。襖絵）の三部屋四二点を完成させた。

京都に移住する前の一一年余、勤務の関係で大半は長野市に、わずかな期間を上田市に居を構えていたので、私は長野県信濃美術館の、殊に東山魁夷館へしばしば出掛けた。同館には本制作に取り掛る前の大小さまざまな試作が多数所蔵されている。念入りな準備、周到な用意に頭が下がる想いであった。鑑真の「不撓《ふとう》不屈の精神」が魁夷に乗り移ったかのような、一〇年という長い、しかも緻密な創作活動の末に、彼は不朽の大業を成就することが出来たのである。

「唐招提寺御影堂障壁画」のコーナーには信濃美術館の一九七四年制作「夕静寂」、千葉県立美術館の七五年制作「秋深」が展示されていた。共に第一期の本制作の試作であろう。しかし、ことによると、後者は第一期の本制作準備のスケッチを基にして本制作後に描いた作品かも知れない。

同じコーナーに信濃美術館の一九七六年制作の「桂林月夜」と七八年制作の「灕江《りこう》暮色」もある。前者は群青《ぐんじょう》を焼いて作った青みの残る墨で描いた墨絵の試作品であるが、本制作ではこの手法は用いられなかった。後者は中国で開催された東山魁夷展に出品された六曲一双の屏風絵で、洋々たる大河と多くの奇峰が「桂林月宵」に活かされている。信濃美術館出品の三作品は御影堂の障壁画の制作過程の一端を教えてくれる。

とは言うものの、御影堂で例えば日本の風景画である二作品も拝観すると、いつでも、私は鑑真和上と共に、海原の奏でる波の音や海を渡って来る風の音を聞く心象を得る。しかし、美術館で展観してもそうはならない。

なぜか。黒褐色の柱・鴨居などで区切られた障子（襖）・壁に描かれた魁夷の不朽の大作にして最高傑作は、御影堂の深遠な空間にあってこそ、マッチするのである。その構造の外に置かれては、魁夷が心に描いた鑑真和上の心象に近づくことが出来ないのであろう。

魁夷の義弟川崎鈴彦氏（日本画家）は図録『東山魁夷展―自然と人、そして町』（二〇一六年、日本経済新聞社他）に「画家としてこれ以上の好運はない」と短文「魁夷は好運」に記している。その通りだと思う。しかし、同時に魁夷に依頼した唐招提寺もまた、炯眼だったと言える。比較的早く重要文化財になることは間違いなく、遠い将来には、数多い唐招提寺の国宝の仲間入りをする可能性も大きいと、私には思える。

前掲図録『東山魁夷展』の「年譜」を観る限りでは、例えば東京美術学校同期の佐藤敬（一九三一～七八）のように戦争画を積極的に描いてはいないし、画家として従軍もしていない。生計のために細々と内職をし、一九四五年七月に兵卒として「召集」され、間もなく敗戦を迎えている。

佐藤には「ニューギニア戦線―密林の死闘」（一九四三年）という、藤田嗣治の「〇〇部隊の死闘―ニューギニア戦線」（一九四三年）を上廻る出来映えと評される、想像で描いた「傑作」があり、他にも多くの戦闘画がある。彼はポスターの原画「少年飛行兵」（一九四三年）も描いている。従軍画家も二度している。

魁夷の「年譜」には一九四二年に「南方楽土」、翌年に「喇嘛僧」をいずれも新文展に出品しているとあり、この二点は戦争画であるかも知れない。しかし、管見では、彼の戦争画は昨年六月上旬に兵庫県立美術館で観た「一九四五年±五年（45年±〔プラスマイナス〕5年展）」展に展示されていた「戦時下の乙女」（44年。紙・本彩色、48・6×58・2㎝）のみである。この絵は若い女性達が青ばんだ灰色の労働服を着、日の丸の鉢巻を締めて旋盤で作業をしている様態を描いている。一九四四年八月、国民精神総動員法に基づく学徒勤労令及び女子挺身勤労令が公布された前後に制作されたにしては穏やかな絵だ。しかし、一九三五年、ドイツから帰国し、静謐な風景画を探求していた魁夷の作品の中では異質である。

7　再見・小磯良平の戦争画

今春（二〇一七年三～四月）、神戸市の六甲アイランドにある市立小磯記念美術館で小磯良平（一九〇三～八八）の「画家の仕事」展を開催していた。同館のコレクション企画展なので入場料は安く、一般（大人）で二〇〇円であった。

展示室Ⅰの「小磯良平作品選Ⅴ―油彩―」には東京美術学校在学中の「自画像」（一九二六年）があって、意志的な表情が実に魅力的だった。同じ年に彼は第七回帝展に「T嬢の像」を出品し、他の八人と共に最高の賞である特選を得ている。そして翌年、美校を首席で卒業した。

展示室ⅡとⅢが企画展「画家の仕事」である。Ⅱでは、まず、作家の作品集の小磯が装幀したブック・カバーとその原画が目を引いた。トルストイ、ゲーテ、志賀直哉、樋口一葉、正岡子規、芥川龍之介らの本のそれが展示されていた。勿論、同じ系列の作品として数々の文学作品の本の表紙絵もあり、谷崎潤一郎の

『人間の壁』など『中央公論』連載小説『細雪』（軍部の圧力で連載中止）や石川達三の『朝日新聞』連載小説『人間の壁』などの挿絵とその原画もあった。

緞帳《どんちょう》デザインには目を見張った。緞帳は、言うまでもないが、劇場などの客席から舞台を見えなくする幕のことである。宝塚大劇場の緞帳が彼の作品であるとは知らなかった。上等な帯のデザインもあった。東京は赤坂の迎賓館の壁画「絵画」と「音楽」も小磯の作品であることはかなり知られているようだが、その試作や下絵も展示されていた。小磯が東山魁夷の唐招提寺御影堂を始めとする障壁画を描くと同じように誠実な努力をしていたであろうことが窺えた。

小磯は卓越した肖像画家として知られている。肖像画を描くことも彼の主要な「仕事」の一つである。そのうちの八点が展示されていたが、私が観る限りでは、一人だけの女性の肖像画、気品の漂う「宮崎喜美子氏像」がもっとも秀作であった。小磯の作風が反映していると想われた。それと関連して、戦前から一九四一年までの月刊誌『新女苑』や戦後の『婦人公論』の表紙画の女性像が小磯の作品であったこともこの展示で知った。比較的若い女性の理知的な様相を描いているのを、流石だと思ったことである。

しかし、実は「画家の仕事」展を観に行ったのは、以上に認めたことが目的なのではなかった。小磯記念美術館の所蔵資料を閲覧し、小磯の戦争画の全体像を把握したかったのである。

なぜ、把握したいのか。小磯は、藤田嗣治を「別格」として、日本画家の山口蓬春（一八九三〜一九七一）・川端龍子（一八八五〜一九六六）、洋画家の中村研一（一八九五〜一九六七）・鶴田吾郎（一八九〇〜一九六九）・向井潤吉（一九〇一〜九五）・宮本三郎（一九〇五〜七四）らと共に、年齢からして、画家としてもっとも油の乗り切った時期に多数の戦争画を描き、その力量は宮本と共に高く「評価」され、しかも、藤田・宮本らと異質な面があるからだ。異質な面を持つ画家には他者もいる。例えば朝井閑右衛門である。

しかし、朝井は小磯と異なり、制作数が僅少だ。だから追究すべきは小磯ということになるのである。

展示室Ⅲには作戦記録画のエスキースが数点あった。一九四〇年、藤田より先に（藤田は四三年）「南京中華門の戦闘」（39年。油彩・キャンバス）と共に朝日文化賞を受賞した兵士と馬の群像「兵馬」（39年。油彩・キャンバス。行方不明の由）の下絵「馬と兵隊」（39年。パステル・水彩・紙、63・7×45・6㎝）などと並んで、オランダ領インドシナを占領した皇軍第一六軍司令官今村均と蘭印総督スタルケンボルク及びオランダ軍司令官との停戦協定締結の場を描いた「ガルジャティ会見図」（42年。油彩・キャンバス、181・0×259・0㎝）のエスキース「外国兵士」（42年。油彩・キャンバス、65・2×90・6㎝。実際は軍司令官以外の総督他二名は軍人ではない）・「軍人の肖像」（42年。油彩・キャンバス、91・0×65・5㎝。今村司令官）が展示されていた。

なお、この二点以外にも「会見図」の下絵には少なくとも今村が粗末な椅子に半袖姿で軍刀を支えにして、疲れた様子で俯き加減に腰掛けている「軍人」（42年。コンテ・水彩・紙、63・5×48・2㎝）、相手方が到着する以前の皇軍側の群像を描いた「会談の前」（42年。油彩・布、65・5×91・0㎝）、オランダ軍人を写した「外人肖像」（42年。油彩・キャンバス、65・7×91・0㎝）がある。これらは昨年（二〇一六年）六月上旬に兵庫県立美術館の「一九四五±《プラスマイナス》五年」展で観てきた。

小磯はジャワ島のガリジャティ飛行場での停戦協定締結日（三月八日）にはまだ到着していなかった。勅任官待遇であった彼は今村から直接許可を得て、身分上から相手方の高官と面会することが出来、彼らをスケッチし得たのである。そして今村や相手方高官を始めとする双方の群像の個々の人物の風貌・様態をリアリスティックに創造し、大作「会見図」に活かした。「会見図」は臨場感のある作品となっている。

展示室Ⅲにはこの他、高射機関銃三機を中心に描いた「航空母艦龍鳳にて1」（44年。水彩・コンテ・

鉛筆・色鉛筆・紙、22・5×36・4㎝）、戦闘機を大きく中心に括えた同「2」（水彩・色鉛筆・鉛筆・紙、25・5×36・0㎝）も出品されていた。同「3」は展示されていなかった。

展示室Ⅱのブック・カバー装幀と原画の中に、山中峯太郎の作品『燦《きらめ》く真情』（一九四三年、国民社）の装幀と原画があった。戦闘帽を被って銃を持った兵士が一人描かれている。この作品も小磯の戦争画だと言える。

「画家の仕事」展から離れる。

『小磯良平全作品集』（二〇一四年、東京美術倶楽部）を通覧すると、小磯の作戦記録画は、エスキースの類いを除くと、一一点であると想われる。主な作品は朝日文化賞受賞の前掲「南京中華門の戦闘」・「兵馬」、第二回聖戦美術展に出品し、第一回帝国芸術院賞を受賞した「娘子関を征く」（41年。油彩・キャンバス、260・0×193・0㎝）、前掲「ガリジャティ会見図」、一九四一年末の戦闘で絵ハガキになった「香港黄泥高射砲陣地奪取」（43年。油彩・キャンバス、59・5×71・1㎝）、戦時特別文展陸軍省特別出品の「マレー前線における偵察部隊の活躍」（44年。油彩・キャンバス、129・0×193・0㎝）である。「兵馬」と「娘子関を征く」は兵馬がしばし休息している様態を写した作品であり、「会見図」は前述の通りであるが、他の三点は戦闘場面の記録だ。しかし、藤田や宮本・中村・佐藤らに見られる残酷な死闘を描いた作品は皆無であり、戦意昂揚をめざしている筆致も見ることは出来ない。

作戦記録画以外に少し幅を拡げて戦争画を見ると、一一点の他に次の四点がある。軍需工場内を描写している「再起にそなえて」（一九四四年。油彩。キャンバス）、「皇后陛下陸軍病院行啓」（43年。油彩・キャンバス）、ビルマの傀儡政権樹立を描いた「日緬条約調印図」（44年。油彩・キャンバス、191・5×254・7㎝）及び「ビルマ独立式典図」（44年。油彩・キャンバス、257・0×226・5㎝）。「銃後で戦うぞ」、「畏くも皇后陛下が…」、「英国の支配から独立を助け…」と、この方が戦意昂揚になるかも知れない。

しかし、いずれにしても、このような戦争画を描く一方で小磯は、日中戦争がアジア太平洋戦争に拡大した一九四一年に、白襟が見える黒い長袖の制服に素足の清楚な女学生達が歌う「斉唱」（兵庫県立美術館蔵。油彩・キャンバス、103・3×80・8㎝）を第四回新文展に出品し、敗戦濃い一九四四年に、長袖のワンピース姿の戦争色の全くない「婦人像」（神戸市立小磯記念美術館蔵。油彩・キャンバス。73・0×53・0㎝）を制作している。女性像の名手の自由を渇望している意識が窺える。

小磯は、生前、戦争画について語らなかったようである。しかし、本質的には自由を重んじたと言える藤島武二（一八六七～一九四三）の同門下で親しかった友人に宛てた小磯の、自己批判をも含めた、戦争協力批判の戦中の書簡が、戦後、発見された（前掲拙著『美術家の横顔』）。さもありなん、彼は本音では自由を希求していたのだ。友人宛書簡は「斉唱」を制作した精神と通底する。

小磯の戦争画を他の画家と対比させて見よう。その相手は戦争画においても小磯のライバルと目されていた宮本三郎とする。

宮本は小磯が第一回帝国芸術院賞を獲得した翌一九四三年の三月に第二回の受賞をしている。前年末、「香港ニコルソン附近の激戦」と共に第一回大東亜戦争美術展に出品した「山下・パーシバル両司令官会見図」（油彩・キャンバス。180・7×225・5㎝）によってである。この作品はアジア太平洋戦争期における敵方との「会見図」の最高傑作とされていた。他に、小磯の前掲作品や井原宇三郎（一八九四～一九七六）「香港に於ける酒井司令官・ヤング総督の会見」（43年。油彩・キャンバス、186・0×254・3㎝。香港は一九四一年末から敗戦まで日本が占領）及び宮本自身の「本間・ウエインライト両司令官会見図」（一九四三年。皇軍のフィリピン占領は四三年一月のマニラに始まり、五月に全域に及び、翌年一〇月八日、日本軍政下の共和国成立）などがある。「本間・ウエインライト両国将軍会見図」の本間司令官のスケッチはマニラのフィリピン大統領私邸で行われている（神戸市立小磯記念美術館編・刊図録『特別展　没後35年　宮本三郎展―留学・従軍・戦後期を中心に―』〈二〇〇九年〉）。

「山下・パーシバル両司令官会見図」は『朝日新聞』一九四二年二月二〇日付一面トップに掲載された大写しの写真と、細部は別として、大略、そっくりである。ただ、軍司令部参謀部の註文で英国旗と白旗が描き加えられたと言う（前掲図録『宮本三郎展』）。前掲図録掲載のこの作品には戦闘帽一頭を置いたテーブルと椅子七脚を写した無人の下絵の他、英国旗と白旗を担いだ英国将校らを従えたパーシバル将軍が皇軍の幕僚らに連行される様態を描いた「シンガポール英軍の降伏」（逓信総合博物館蔵・43年。油彩・キャンバス、53・０×75・７㎝）が付されている。

この「会見図」が展示された時、『朝日新聞』は山下奉文司令官が「キッと結んだ口辺に漂ふ不屈の意志〝イエスかノーか〟有名な一喝が敵将の面上に吐き出された一瞬の息づまる場面」が描き出されていると書き、一般大衆の喝采を浴びたと伝えている（一九四二年一一月三〇日付）。威圧的だからこそ、一般受けをしたのである。マスメディア中、戦争画展にもっとも力を入れた『朝日』らしい記事であるが、宮本はそうした雰囲気に乗った感があり、作戦記録画、殊に戦闘図の制作に精励した。その結果、彼は戦争画の分野において、藤田に次ぐ評価を得たのである。

しかし、この「会見図」を改めて見ると、報道写真とほぼ瓜二つであることが示す通り、報道記事にもあるように迫真性はあるものの、きわめて単純な画面である。

詳細に見ていこう。皇軍側は正面を向き、山下が左腕で軍刀を上からおさえ、相手方を睨み付けている。テーブル上の戦闘帽の位置が左寄りになり、左腕を水平にして握り拳を固くし、右腕を見えなくしている以外は写真の通りである。写真には見えない高級参謀らしい軍人が山下に向かって左に新たに描き加えられた。実際にはそこに腰掛けていたからであろう。山下の向って右の参謀長らしい軍人は中腰でやや前かがみである。これも写真通り。彼とその右の参謀三人との四人が成り行きをやや心配しているような表情を見せている。写真でも同様の表情である。リアリズムと言えば、その通りだ。参謀長と想われる軍人の右隣は写真では顎に手をやっているが、作品では参謀長らしき軍人同様に中腰にさせている。その右の将校は写真では立っているが、ユニオン・ジャックと白旗を描き加える必要上、中腰にさせた。山下と右の三人は頭の上が少しずつほぼ均等に右へ高くなっている。写真では不揃だが、見場をよくしたのである。正面のうしろに立っている軍人は、写真には三人しか見えないが、絵では五人描き、書類をその一人に持たせて目を通させ、人物の配置も写真と少し変えている。これも外見を考えてのことだろう。

うしろ向きの相手方で画面に見えるのは四人だけで、左から二人目がパーシバル。彼とその右が左横向きの、そのまた向こう、テーブルの横に座した軍人がやや右向きの表情を見せ、パーシバルの左隣はうしろ向きである。パーシバル以外は写真通りである。写真ではパーシバルはうしろ向きだ。うしろ向きでは恰好がつかない。流石に作品では彼の横顔を描いた。写真の左端に書類が写っている。作品では左のテーブル・サイドに英国軍人がテーブルに両手をついて立ち、書類を見ている姿で描かれてある。向う側のテーブル・サイドには皇軍の下級将校が、着席している英国将校と皇軍の参謀とのうしろに立っている。写真と同じである。但し、写真は無帽だが、絵では戦闘帽を被って居る。彼は左のテーブル・サイドに立っている英国軍人の対として描かれており、構図上の効果を出している。英国軍人の中で立っているのは一人だけで、作品に登場している英国側は五人である。少ない。

この「会見図」は、端的に言えば、写真を基に描いており、全体像を見ると、ほぼ写真通りで、構図が悪い。なぜ、双方を横向きにし、それぞれの群像を表情豊かに描写しようとしなかったのか。

序でに記すと、前掲「シンガポール英軍の降伏」は写真と寸分も違わない。強いて言えば、ユニオン・ジャックを担いだ軍人が写真より少し疲れた様子に描かれている程度の相違はあるが、芸のない制作だ。

小磯「会見図」はガラス戸の外から右手の皇軍側、左手の相手側、それぞれの群像の表情など、多様な様態を描き切っていると言えよう。彼がそのように描くことが出来たのは、芸術に造詣のある例外的な陸軍将官であった今村の理解ある態度に負うところがあろうが（前掲拙著『美術家の横顔』。拙著『島崎藤村「破戒」を歩く』下〈二〇〇九年、部落問題研究所〉参照）、あえて作戦記録画の芸術性を問えば、宮本作品とレベルを異にすると言わざるを得ない。

この違いをもう一歩踏み込めば、小磯は降伏した相手方の人間性を尊重して描いたと見ることが出来る。威圧的な宮本作品に比して、小磯作品に「優しさ」が見える所以である。だが、野蛮が横行した時代では宮本作品の方が一般的には好評であった。

「山下・パーシバル両司令官会見記」で人気を博した宮本は、一九四三年、朝日新聞社から献上品「大本営御親臨の大元帥陛下」（昭和天皇）の制作を依頼され、『朝日新聞』連載（全一〇回）の大下宇陀児「海軍聞書帳」の挿絵も頼まれた。そして、同年一二月開催の第二回大東亜戦争美術展に出品した「海軍落下傘部隊メナド奇襲」（油彩・キャンバス、１８９・０×２９７・０㎝）に対して朝日文化賞が贈られた（翌年一月）。四四年には朝日から献上品「大東亜会議」の制作も依頼され、これは翌年の敗戦で中断となったが、戦争画にもっとも力をいれた新聞社、朝日に最大限用いられたのが宮本であった。

おわりに

小磯にしても、藤田や宮本にしても、他の従軍画家にしても、軍部から派遣された戦地で、戦争画や戦争画を描くための風景画だけを制作していたのではない。

宮本の場合で記すと、例えば「マライの娘」（43年。油彩・キャンバス、37・7×45・5㎝）・「マニラ風景」（43年、油彩・キャンバス、53・2×45・6㎝）・「キャバレー椿〈マニラ〉」（43年。鉛筆・水彩・紙・50・0×32・7㎝）・「ターバンの男」（44年。油彩・ボード、40・8×31・8㎝）といった作品がある。

戦争画には戦後になってから描かれた作品も沢山存在する。その代表的作品は丸木位里（一九〇一～九五）・俊（一九一二～二〇〇〇）夫妻の大作の連作「原爆図」である。高増径草（一九〇一～八五）の原爆投下一ヶ月後の広島市の被害地をスケッチした連作も戦争記録画だ。原画のうち、一八点が広島平和記念資料館にある。

戦争画には歴史や仏教をテーマにした作品がある。前者は戦意昂揚を目的とした。後者には戦勝を祈念して制作された作品の他、金剛力士像などのように勇猛果敢の精神や威嚇の相を表わす戦意昂揚の作品もある。歴史画の中には「神武」天皇の「東征」（東方への侵略）のような「神話」も加えられようが、歴史画・仏教画のどちらも日本画に多い。更に絵画だけでなく、彫刻やそれと関連して銅像・塔にも着目しなければならない筈だが、紙幅と時間の都合で割愛する。

第6章　社会運動家難波英夫とその人道主義的源流

はじめに

全国水平社創立の中心となった阪本清一郎は、創立当時の未解放部落外からの「応援者」として、とくに難波英夫（大阪時事新報）・三浦参玄洞（中外日報）・荒木素風（同）・木本凡人（青十字社）の四人を強調した。[1] 筆者は、このうち、三浦をはじめ、荒木・木本、三人の人道主義者の水平運動勃興に果たした役割を評価すべく、すでに論文を発表した。[2] 小論は残された難波に関する研究の一部である。この稿は社会運動家・社会主義者難波英夫の経歴・生育、父親の影響、キリスト教との出会いと影響をあきらかにし、彼の人道主義的言動の源流を考察しようとするものである。

1　社会運動

難波英夫は、一八八八（明治二一）年二月、岡山県に生まれた。わが国における弾圧事件・冤罪事件犠牲者救援運動の「育ての親」として知られている。[3]

新聞記者

少壮の彼は有能な新聞記者で、ジャーナリズムの世界では少し名の通った存在であった。東京の中学を中退したあと、徴兵検査に合格、三ヶ月の兵役を故郷で終え、再び出京して記者生活をおくり、京城の雑誌『朝鮮』や『京城日報』の記者などを経て、一九一八（大正七）年、時事新報社に入社した。『東京時事新報』の同僚には菊池寛・邦枝完二らがいた。折から米騒動が勃発、取材活動を通じて部落問題への関心を強めた。二一年、三十三歳で『大阪時事新報』の社会部長に抜擢され、ジャーナリズムの世界でタブー視されていた部落問題を自らの責任で積極的にとりあげた。当時、この問題に対する関心が高まっていたので、販売部数を伸ばした。

これを機縁として難波は、翌年二月、大阪で融和団体大日本平等会の創立大会を兼ねた同胞差別撤廃大会が開催された際、発起人の一人となった。ところが、全国水平社結成の準備をすすめていた西光万吉らの訪問を受け、難波は恩恵と憐憫の平等会の欺瞞性を説かれて猛省し、要請を容れ、協力することを約束した。大会で、難波は、開会の辞を述べるとともに、彼らに発言を求めた。大会は全水結成の宣伝の場と化した。平等会はそのまま消滅し、三月、全国水平社は京都で盛大な創立大会を開催した。[4] 同時に、このことは後半生を社会主義者・社会運動家としておくる彼に決定的な思想上の転機をあたえた。

難波は、西光や泉野利喜蔵らと親交を深めた。泉野は全国水平社の中心的活動者の一人で大阪に在住していた。難波は、二四年、社宅を全水本部の事務所に提供したが、社の方針に対する不満から、慰留を蹴って時事新報を退社した。これを知った著名なジャーナリスト阿部真之助が重役の承認を得ているからと、大阪毎日新聞への入社を勧誘した。しかし、難波はこれを辞退した。彼は全水の創立に協力した堺利彦・山川均・三浦参玄洞・木本凡人らとも交際するようになっていた。難波は、大阪府南河内郡野田村（現堺市）大字西野に居住し、部落解放と社会主義を旗印に掲げた『ワシラノシンブン』を創刊した。新聞には労働・農民運動や水平運動・社会主義のわかりやすい記事・解説、講座・講演会の案内や講師斡旋の社告を掲載し、自らも水平学校などの講師をつとめた。

同じころ、倉橋仙太郎らの新民衆劇団に参加、戯曲の創作を手がけ、西光の作品を上演した。ついで、新聞を『解放新聞』と改題、細迫兼光・小岩井浄・河野密らと同人を組織し、無産色を一層鮮明にした。翌年、野坂参三を所長とする産業労働調査所（二四年三月設立）の大阪支所が開設され、難波はその責任者となった。また、二六（大正十五）年六月に創立した大山郁夫・鈴木茂三郎・黒田寿男らの政治研究会にも設立直後から参加した。

劇団や調査所の活動は新聞の趣旨に沿うものであったが、劇団は経営が行きづまって解散、新聞も労働運動の分裂の影響で廃刊を余儀なくされた。その間、難波は、二三年の八月に郷里岡山県の佐武清子と結婚した。一時は清子と東京で一緒に売文の浪人生活をおくった。

しかし、二六年、政友会代議士木村政次郎が経営する東京毎夕新聞社に編集局長として招聘された。住居は小石川区小日向町一丁目（現文京区関口一丁目）に構えた。彼は、新居格・大宅壮一らと相談し、プロレタリア作家の連作小説を企画、貴司山治・葉山嘉樹らを執筆陣に加え、文芸欄を充実させた。貴司の連載小説が当たり、これに大正天皇重態のスクープが重なって、ここでも部数を拡大した。

社会運動家〈戦前〉

全水創立に協力して以来、難波の新聞記者生活は社会運動と表裏一体をなしていた。彼は『東京毎夕新聞』の編集局長の任にありながら、調査所や政研の活動を続け、関東俸給生活者組合に参加、一九二七（昭和二）年十月、日本俸給生活者組合連盟が第三回全国大会で日本俸給生活者組合評議会と改称されると、その委員長に推挙された。[5] 同年三月、杉山元治郎を委員長に結成された労働農民党は、右派の脱退後、十二月の第一回党大会で大山が委員長に、細迫が書記長に選出された。難波は同党に加盟した日本俸給生活者組合評議会ほかを代表して中央常任委員となった。

東京毎夕新聞社の方は自身がリーダーになって前年末に「賞与」要求のストライキを敢行、年明けて退社した。退職金代りに数カ月分の給料を得、郷里の家屋敷や田畠・山林も売り、それらを資本金に、マルクス書房を設立した。レーニンの『貧農に与ふ』を皮切りに左翼出版物を刊行、日本プロレタリア芸術連盟機関誌『プロレタリア芸術』の発行所も引き受けた。印刷は銀行研究社編集の雑誌『理論と実際　銀行研究』を発行していた文雅堂の印刷工場に依頼した。この出版社は日本共産党の合法理論雑誌『マルクス主義』（二四年五月創刊、マルクス協会発行〈公然面〉。発売所は二五年十月から希望閣）を印刷していたが、紹介者は難波の次弟の岡田純夫である。

二八年二月、難波は第一回普通選挙に労農党から立候補した。選挙区は岡山第二区である。彼は、実際は日本共産党からの候補者十一人の一人であった。定員五名に七名が立候補し、彼は四三九二票を獲得、一人だけ一万票以下だった。[6] 労農党からは京都の山本宣治・水谷長三郎が当選した。

選挙後の遊説先の水戸から東京への帰途、難波は車中で三・一五事件を知った。純夫から三百円の旅費を融通してもらい、付け髭で重役タイプに変装し、東京から下関まで二等車に乗り、朝鮮・中国東北部を経由してソ連に密航した。この間の事情は松本清張の『昭和史発掘』に詳しく書かれている。[7]
苦労を重ねてモスクワに到着した難波は、コミンテルン常任執行委員だった片山潜を訪ね、モップル（国際赤色救援会）本部で亡命者として保護を受けた。片山は同郷の人である。折しもモスクワではコミンテルン第六回大会が開催中（七〜九月）で、片山のほか、日本共産党代表の市川正一・山本懸蔵らに再会した。
英夫が三・一五事件で亡命・潜行したのち、清子とともにマルクス書房の経営に従事したのは末弟の難波孝夫である。彼は二三年ごろから出生地岡山県の農民組合で活動していたが、出京した。孝夫は社会運動家としては英夫の先輩であった。
十月末、帰国した難波は地下活動にはいった。三・一五事件以後、絶え間ない弾圧を被った日本共産党は市川正一を中心に再建された。彼は、市川の指導のもと、三つの任務を遂行することになった。その一は日本共産党合法機関誌『無産者新聞』の編集、その二は前出『マルクス主義』誌などの出版である。第三は、日本共産党の指導により、太田慶太郎らの尽力ですでに四月に結成されていた解放運動犠牲者救援会（会長安部磯雄）の指導である。
『無新』（二五年九月創刊、無産者新聞社発行〈公然面〉）は終刊（二三八号。二九年八月）まで主筆は佐野学で、主筆代理は市川がつとめ、難波は、三田村四郎・砂間一良のあと、三代目の責任者（非公然）だった。[8]
のちに難波のもっとも主要な活動分野となる救援運動への参加は、彼自身がモップルの庇護を受けた体験から出たものであり、片山の期待と勧告によるものでもあった。[9]また、この分野は彼の人格に適合していたとも言える。モスクワで救援運動を研究した難波はすすんでこの任務に就き、二九年三月、『マルクス主義』第五六号（四月号）に熊谷丑《くまがやうし》太《た》の名で「解放運動犠牲者救援運動の意義と任務」を執筆した。熊谷は出生地の地名から取ったものだが、この論文はわが国の救援運動のその後の指針とされ、古典とも言うべき基本的文献になっている。
そのなかで、彼は、救援会を「同情者のみの組織にせよ」という意見に対して、これを「インテヌゲンテテ《（ママ）》の小ブルジョア的感情と偏見」だとして退け、救援会に「プロレタルア《（ママ）》政党の任務を代行せしめんとする」要求を「一部インテリゲンテチ《（ママ）》の焦燥分子」の「小ブルジョア的誤謬」として排除し、救援会を「労働者農民自身の内部からの大衆的な組織」と規定するとともに、「赤色救援会の国際的組織に加入せしめ、その国際的活動に参加すること、特に朝鮮、台湾及支那に於ける同志の犠牲者救援のために働くやう発展させることが必要」だと力説した[10]。救援会は、三〇年八月、第二回大会でモップル加盟を決定した。

しかし、難波は右の論文を執筆した直後に逮捕され、これを掲載した『マルクス主義』も第五六号が最終号となった。当時、彼は『無新』の責任者であった。二八年十月に台湾の基隆《キールン》で警官隊に襲われて自殺した渡辺政之輔、二九年三月、治安維持法の改悪に反対して右翼テロリストに刺殺された山本宣治の労農葬を三月十五日を期して挙行するなどの活動のあとだった。治安維持法で起訴された。難波は、市川・三田村・佐野ら、日本共産党幹部をはじめとする千人にも及ぶ四・一六事件の逮捕者の一人であった。彼は、二五年九月、出京準備中、ソ連金属労働組合代表の大阪来訪のための予備検束で守口署に留置されたことがあったが、この事件で彼は本格的に「救う身から一転して救われる身になった」[11]。獄中の難波は経済やロシア語などの学習に励んだようである。露英辞典の差入れを求めたりもしている。

三二年十一月、難波に懲役七年の判決があった（求刑は八年）。彼はただちに控訴した。十二月に保釈になり、獄を出た。翌年一月、彼の入獄中、家族を激励してくれていた友人菊池寛経営の文芸春秋社にはいり、控訴審の準備をおこなった。十二月、保釈中の活動を理由に再び検挙されたが、翌一月、釈放になり、また文春に出社した。控訴審判決は懲役三年で執行猶予となった（求刑は三年）[12]。しかし、文春は依願退職せざるを得なかった。

三六年二月、妻清子が急死した。難波は、『東京時事新報』時代の一八（大正七）年十二月、千葉県生まれの富沢清之《すがの》と結婚したが、彼女は翌年九月に死去した。麹町区（現千代田区）三番町での新婚生活は一年足らず、わずか二十年の生涯であった。清子は難波とは従兄妹で、先に記した通り、二三年に結婚した。彼女は寺院の生まれである。一度は有力寺院に嫁いだが、夫の素行の悪さに耐えられず、離婚していた。両人の再婚は難波の『大阪時事新報』社会部長時代である。しかし、彼はすでにあらたな進路を模索していた。清子の身内には二人の結婚に反対する者もあった。おとなしく、神経のこまやかな彼女は相当の覚悟をもって結婚したようである。少女時代から箏曲を得意とし、寺の別棟で奏でる琴の音を石垣の下を通る人たちがいつも耳にしたと言われるが、清子は琴を実家に残したまま大阪へ出た。

難波は亡命から帰国した当時の清子について次のように述べている。「わたしの数カ月の留守中に、ひとかどの婦人活動家に成長し、男の子（次男―成澤註）を背負って、きびしい張り込みを潜って秘密文書を持ってわたしに会いにきた[13]」。

彼女は二男一女を生み（長男は二歳で死去）、育て、義父の面倒を見ながら、関東婦人同盟で活動し、獄中の難波の世話だけでなく、救援会の運動にも積極的に参加した。清子は、満三十五歳を目前に、二子を残し、小石川区雑司ヶ谷町（現文京区目白台二丁目）で死去した。自由主義者でさえ弾圧される情勢のもと、女中を雇ってはいたが、経済生活も楽ではなくなり、苦労知らずの少女時代を過ごした彼女の難波との生活は苦難の連続であった。

当時、小石川区（現文京区）で新生社という印刷屋をやっていた難波は、三七年七月、谷所シナと結婚した。その間の事情を彼は次のように記している。[14]清子の急死で「さすがのヒデさんも、がっくりきてしまった。小さな子供二人――上は小学生で下の女の子は生れて百日も経っていない（実は一年余経っていた―成澤註）――これを抱えて、素人印刷屋のおやじはどうすることもできない。追っかけるように父親が死んでしまう。そういう惨憺たるわたしを激励すべく、現在の妻シナが現われ」た。

印刷屋は倒産した。難波は、菊池と相談の上、菊池の知人が経営していた政界往来社に就職、『政界往来』誌の編輯長になった。四〇年五～六月のことである。[15] しかし、太平洋戦争の敗色が濃くなり、四四年五月号をもって、同誌は廃刊になった。そこで、南洋経済研究所に勤務したが、すぐに馘首された。妻シナが検挙されたためである。

シナは、一九〇四年五月、福岡市に生まれ、東京女子高等師範学校専攻科出身である。東京の私立高等女学校に勤務し、三一年、救援会事務所を手伝い、三三年、救援会の活動で検挙された。三五年、釈放されたのち、城戸幡太郎の紹介で岩波書店の臨時雇となり、『鷗外全集』全三十五冊（一九三六～三九年）の刊行に携わった。彼女は城戸・留岡清男らの教育科学研究会に参加していたから、全集の仕事が終ると、城戸を主任とする岩波の雑誌『教育』の校正を担当した。

同誌は城戸を中心とする岩波講座『教育科学』全二十巻（一九三一～三三年）の付録として刊行され、講座完結後、独立して発行された教育の科学的研究の発展をめざした雑誌である。四四年三月号で廃刊になった。シナは、結婚後、生活が一変したため、研究会にほとんど出席したことがなかった。[16] ところが四四年六月、治安維持法違反容疑で逮捕され、五ヵ月間拘留された。彼女は釈放時に城戸・留岡らが同時に検挙されたと聞き、はじめて研究会への弾圧だったと知った。城戸・留岡は、翌年（敗戦の年）、不起訴になり、釈放された。

難波とその家族は空襲で家を焼かれ、二子は彼の郷里へ疎開し、シナは全国水平社創立の中心だった奈良県の阪本清一郎宅の離れに移った。英夫も敗戦の日を阪本宅で迎えた。

その間、難波夫妻は一部活動者とともに三七年まで救援会事務所をまもり、その後は同事務所に住んでいた渡辺政之輔の母テウの生活を支えるべく努力した。戦争末期、テウは難波宅に滞在し、空襲が激しくなって市川の生家に戻り、四五年七月、死去した。難波夫妻たちは彼女を生家へ送り届けるまで世話を続けた。[17]

社会運動家〈戦後〉

簡単に記す。

難波の戦後の活動は、一九四五年十月、解放運動犠牲者救援会の再建に参加したことにはじまる。翌年一月、救援会が戦災者生活擁護同盟と合併して改組された新組織、勤労者生活擁護協会が設立されると、その常任委員となり、六月、同協会から引揚者団体中央連合会に出向、事務局長に就任し、読売新聞争議、東洋時計上尾争議などの弾圧救援にあたった。その間、同年一月に日本共産党に再入党した。

四七年一月、生活擁護協会が労農運動救援会に改組されると、常任委員となり、機関紙『救援新聞』の編集・発行に当たった。翌年、青山墓地の「無名戦士墓」を救援会が世話をすることが出来るように働きかけ、三月の第一回解放運動犠牲者合葬追悼会開催のために尽力した。四九年十二月、前年改称した日本労農救援会事務局長に就任、五〇年十二月、救援会副委員長に選出され、翌年、日本国民救援会と改称後も留任、五四年、副会長となった。六七年六月、救援会第二十二回全国大会で会長に選出され、死去するまでその任にあった。

四六年七月、部落解放全国委員会が結成され、その後身、部落解放同盟の中央委員となり、五九年十月、同東京都連準備会（台東支部）発足とともに支部長に推された。六七年一月、同都連（六五年三月結成）の委員長に就任、亡くなるまでこれをつとめた。五七年五月、早稲田大学部落問題研究会（五五年六月創立）

の顧問に推された。六一年四月、東京部落問題研究会（五八年六月発足）の会長に選出され、死没するまでその任にあった。また、水平運動の活動者・協力者だった人びとなどを同人とする荊冠友の会（代表・阪本清一郎）に参加し、新日本歌人協会（会長渡辺順三）の会員であった。

その間、松川事件をはじめとする弾圧事件・冤罪事件、鹿地亘監禁事件の救援活動、朝日訴訟をはじめとする生活擁護闘争の中心的役割を果たし続けたことはよく知られている。

七一年五月、東京の芝病院に入院、代々木病院へ転院して末期段階の結腸癌の手術を受け、他に転移はしていたものの、元気を取り戻して、七月、いったん退院した。しかし、十月に再入院し、七二年三月七日、満八十四歳を目前にして亡くなった。九日、港区の平和と労働会館で告別式、二十八日、青山葬儀所で日本国民救援会葬がおこなわれた。

「自宅療養」中の七一年七月、難波は救援会第二十六回大会へ会長挨拶をおくった[18]。彼は、その最後で、片山潜とともにもっとも尊敬していたディミトロフの言葉を引用し、「自戒したい」と述べつつ、「救援会活動家の官僚主義的態度、無情な態度は犯罪と紙一重の害悪であると言っているのであります」「私も全快次第皆さんの驥尾について、今日の諸弾圧と徹底的に闘い、その犠牲者の救援にあたります。皆さん、あくまでがんばりましょう」と、声を大にして録音テープに吹き込んだ[19]。

七五年発行の『モップル資料集』は難波英夫・平野義太郎・藤森成吉・太田慶太郎の監修になる。この資料集刊行と書名の提案者は難波である。戦前のモップル関係資料の散逸を心配した彼が出版の構想を示したのは再入院の直後であった。死去する年のはじめ、刊行のためにと、難波は五万円を寄金した。カンパ第一号だった。遺品のなかに二百字詰三三一枚の筆写原稿があった。モップル関係資料のそれで、「自宅療養」中の仕事だったのである[20]。

刊行の中心になった滝沢一郎は、二月末、資料集の文献目録を持って難波の病室を訪ねた夜のことを次のように記している。[21]「私は耳を口にふれるほど近づけましたが、どうしても聞えません。その時の口惜しそうな難波さんの顔！　私は涙が出そうになりました。しかしその目はまだ生きていました。私の差出した論文目録をジッとにらんでいました。やがて私の顔に目を向け、静かに合掌されたのです。厳粛な顔でした」。難波はすでに喉まで癌に侵されていた。彼は死ぬまで現役の社会運動家、就中、救援運動家であった。同時にまた、卓越した記者魂を持った編集者だったのである。

２　生い立ち

難波英夫は、一八八八（明治二一）年二月五日、岡山県川上郡東成羽村《ひがしなりわ》（現成羽町）大字上日名字《かみひな》熊谷下《くまたにしも》に、難波弥五郎・マサ夫妻の長男として誕生した。熊谷は備中国の中心地高梁から高梁川の二大支流の一つ成羽川を四キロ余り溯り、成羽藩（山崎氏）の陣屋町の入口だった下原から成羽川の支流日名川を四キロほど南に上った地点を右折した谷合いの地域である。日名川の支流熊谷に沿って山裾や山腹に人家が点在する山間僻地である。難波の生家はこの熊谷の入口に近い山腹にあった。

難波家

難波英夫の父弥五郎は養子である。弥五郎は、一八六二（文久二）年八月十四日（旧暦）、備中国小田郡麦草村（現岡山県小田郡美星町大字上高末字麦草）の長谷川藤吉の二男として誕生した。父は成羽藩家臣の小林家の出で手習師匠をしており、母は難波家から嫁した。弥五郎は戸籍では弥五良となっている。養父萬三良の父弥五良の名を継いだもので、出生時の名は清治と言った。[22]

麦草村は一橋家の領地で、長谷川家は藤吉の先代まで与市郎を名のり、代々庄屋を勤めた。長屋門の残る家の裏山に墓地があり、たとえば、一八一三（文化十）年九月に卒した長谷川与五郎夫妻の墓石には院号居士・院号大姉の戒名が刻まれていて、妻には「宇戸谷《うとだに》村　田村市左衛門娘」とあった。長谷川家ともども苗字を許されていたのである。

長谷川家は山林地主であった。麦草村は中国山地の分水嶺に存在し、耕地は狭小ではあったが、百姓の大半は同家の造林・伐採・木出し・炭焼き・運搬や薪炭の販売で日銭を稼ぎ、行商人が持ち来たった物品・食料の購買力は近隣の村々より高かったと言われる。

長谷川家から弥五郎を養子に迎えた難波家は、彼の養祖父弥五良が分家した新宅である。弥五郎の養父萬三良が長男として出生したのが一八二六（文政九）年であるから、これよりさほど溯らない江戸後期のことであろう。明治・大正期、本家の所有農地は田畠それぞれ五反程度で、ほかに山林がおよそ三町あったと言う。末子相続で分家の弥五良家の方が田畠・山林ともに多かったそうである。

難波本家の墓地は屋敷地北方の山中にある。江戸後期の墓石に刻まれた戒名は、子どもを除き、位号は居士・大姉である。判読可能な墓碑文でもっとも早い年号は正徳（十八世紀初め）で、戒名は、一般に中・下級武士もそうであったように、信士・信女号とあるものの立派な石塔である。これより古いと察せられる墓碑もいくつか存在し、難波家が旧家で、江戸後期より中期の方がより経済的に裕福であったと窺える。現在（一九八〇年代後半）、離れの付いた土蔵や下男の居所の付いた納屋が残っている。

分家の居宅は本家裏の山腹の森林を切り開いて建てられた。いまでは荒れた竹林になっている。屋敷神の跡地を除いて、すでに人手に渡って久しい。英夫が父親の許可を得て、本家より多い田畠・山林を、孝夫に売却させ、書店経営や社会運動などの資金にしたためである。墓は英夫が多摩墓地に移した。彼もそこに眠っている。現在、熊谷の墓地には一基が残っているだけで、それとは別に孝夫と妻久代の墓がある。難波姓を名のる娘夫妻が建てたものである。

弥五郎が「養家は資産が豊でない」と言っているように、[23]実家とは家産の格差がきわめて大きかった。にもかかわらず、縁組が成立しているのは難波家の家格が高かったからである。弥五郎自身の結婚もそうであった。

父弥五郎

弥五郎はたいへんな勉強家だった。しかし、家の経済生活が楽ではないため、下等小学八級四年卒業後は、六キロの道程を成羽の上等小学へ通学しては農業の手伝いが出来ず、いったんは親の説得で進学を断念する覚悟を決めた。実家の援助で実家から近隣の小学校へ行くことになった。しかし、算術の学力不足で上等へ進級出来ず、下等三級へ落とされた。[24]弥五郎は、正規の小学校では学力向上ははかれないと、一八七八年春、二度目の下等一級卒業後、成羽の漢学塾育英学舎に入塾した。このときすでに、彼は師範学校を出て教員になる心算だったのである。実家から学費の援助を受けたが、毎朝、成羽までのおよそ六キロ中四キロ、途中の舟着場まで薪炭を担いでの通塾だった。[25]少年期、向学心と家計の乏しさとの矛盾に悩み、苦学したのは、のちの英夫・孝夫と同様であった。

弥五郎は、八一年四月、他の十七名とともに、岡山県師範学校へ入学、八四年二月に中等科を卒業した。[26]当時、師範中等科は二年半で卒業であった。にもかかわらず、弥五郎が三年かかったのは校長排斥運動のためである。

八二年春に着任した新校長が校内規定を改変して生徒を抑圧したので、六十人余が同盟休校にはいり、寮（全寮制）を引き払って旅館に立て籠った。少なからざる脱落者が出たが、彼の級からは復校する者はなかった。しかし、旅館の宿泊費が嵩んで耐えられず、委員五名を残して帰郷した。

学校当局から退校命令書が各生徒に送付され、始末書を出して復校する者が増加した。しかし、弥五郎は生徒間の盟約を守り、犯則の覚えはないと、命令書を学校へ返送した。彼は川上郡から唯一の盟休生徒だったから、情勢の変化がわからなかったのである。郡長の奥書の付いた始末書を二度も提出してようやく復校を許可された。彼らは二～四週間の停学に処せられたが、校長は辞職した。しかし、復校の遅かった者、命令書を返送した者のなかから不合格者を五名出すことになり、弥五郎ら五名は八三年七月の卒業が認められなかったのである。[27]

弥五郎は、師範卒業と同時に、川上郡上大竹村（現川上町大字上大竹）の上大竹小学校に赴任し、八五年二月、下日名村（現成羽町大字下日名）の洗心小学校に転じた。両校とも彼は月俸八円の訓導兼校長であった。[28]

八六年、学校教育の国家主義的再編を目論んだ学校令が制定され、その一環として小学校令が出された。その結果、尋常小学校程度・高等小学校程度がともに四年制となり、前者が義務教育とされたのである。しかし、経済的困難度の高い住民の多い地域では修業年限を三年とする簡易科を設けることが認められた。川上郡では半数以上の小学校が簡易科に変わり、八七年、洗心小も簡易洗心小学校になった。[29]

簡易小の校長は准訓導でも差し支えなく、彼は「自分の抱負を発揮する事は出来ない」と、養家のある上日名村を校区とする洗心小からの転勤を運動し、八八年四月、隣村明治村（現美星町大字明治）の明治尋常小学校に転勤した。しかし、翌々年四月、郡下教員の大異動によって、宇治村（現高梁市宇治町宇治）の宇治尋常小へ転任になった。月俸は前任校以来の九円だった。米価一石十円当時のことである。[30]

宇治小校長時代は弥五郎にとって得意な時期であった。赴任当時は小規模校だったが、他村の小学校への委託を停止したので、児童が百七十人余に増加した。九四年、青年のための夜学会を設立し、一九〇〇年、高等科と裁縫補習学校を併設するとともに、校舎を新築し、運動場の拡張もおこなったのである。宇治小が尋常高等小学校に認可されたのは、弥五郎が教員免状の有効期限の九一年四月に師範学校で試験を受け、師範高等科卒業と同等の免状を取得していたためである。[31]

その間、彼は郡北の児童の学年末試験委員（二名）に互選されるなど、校長間での人望も高まっていた。一九〇四年、宇治村が日本全国優良模範村に選ばれ、翌年、文部省視学官幣原坦が来村・来校した。一九〇六年度には宇治小が郡下小学校中成績最優秀と認められ、一等旗を授与された。また、弥五郎自身も日露戦争中の勤労に対する賞として文部省から三十円を給付された。にもかかわらず、彼は、一九〇七年四月、尋高小校長から尋小校長に左遷されたのである。[32]

母マサ

英夫の母マサは、一八六八（明治元）年十一月十日、川上郡上大竹村（現川上町大字上大竹）の日向都美次の四女として出生した。彼女は、八五年十二月、弥五郎と結婚し、四男三女を産んだ。マサは、教員として単身赴任の多い夫に代わり、子どもたちや義父萬三良やその妹を世話し、農事に励んだ確り者であった。英夫は「母はちょっときついところがあって、お行儀なんかやかましかった」と言っている。[33]

英夫の二度目の妻清子はマサの姉カツヨの長女である。カツヨは浄土真宗（現在は真宗）大谷派の炎明山重源寺の佐武芳丸と結婚、清子は、一九〇一年二月、両人の長女に生まれた。難波は伯母夫妻に可愛がられ、幼少のころ、よく遊びに行った。重源寺は、難波の子どものころの地名で言えば、川上郡手荘村（現川上町）大字地頭にあり、一四三八（永享十）年創立と言われる古刹である。この寺へは犬養毅も帰省中によく立ち寄り、正面玄関からあがった。最有力者以外は脇玄関から出入したが、今日ではそのような差別的風習はなくなった。難波も普選第一回には重源寺で演説会をもった。

弟妹

弥五郎・マサ夫妻の子は、長女は戸籍に記載がないので（恐らく出生してすぐに死亡したのであろう）、英夫と弟妹四人である。そのうち、英夫の生涯と深くかかわったのは次弟純夫と末弟孝夫である。弥五郎・マサの三女訓《くに》は早逝したが、一八九九年生まれの二女於文《おふみ》（文子）は島根県に嫁ぎ、英夫・純夫・孝夫の三兄弟とともに、弥五郎の死に立ち会っている。[34] 彼女は清子と仲がよく、難波の社会運動にも理解があった。

純夫は、一八九三年四月生まれ、一九〇二年三月、岡山県児島郡田ノ口村（現倉敷市）の岡田家の養子になった。彼は関西大学を卒業し、『大阪時事新報』・『山陽新報』などを経て、二二年、中外商業新聞社（現日本経済新聞社）に入社、経済部記者として活躍した。二六年に同社を退社し、その嘱託となった。東京青山に居住していたが、三三年七月、神奈川県国府津の静養先で死去、四十歳の若さであった。死亡記事は「財団法人龍門社に関係する傍ら財政経済時報社主幹として令名あり、前途を嘱目されてゐただけに大いに才幹を惜しまれてゐる」と報じている。[35]

孝夫は、一九〇二年六月に生まれ、高等小学校は卒業せず、講義録などで勉学に励んだ苦学青年であった。[36] 二三年ごろから川上郡で農民組合運動に参加し、小作争議で中心的役割を果たした。のちに日本農民組合岡山県連の書記になったが、英夫の潜行後はマルクス書房の経営に当たった。妻の久代は、一九〇九年三月、岡山県後月《しづき》郡共和村（現芳井町）に生まれた（旧姓山本）。二六〜二八年ごろ、岡山市で日本農民組合の活動に参加、のちに孝夫と結婚した。夫妻は疎開先の久代出生地で、敗戦後、農民組合の組織化につとめ、日本共産党の活動に積極的に参加した。孝夫は各地の農地解放闘争で指導的役割を担った。久代は、四九年十月、四十歳で、孝夫は、五一年八月、四十九歳で、それぞれ亡くなった。[37]

小学校

英夫が尋常成羽東小学校の支校へ入学したのは一八九三年である（同年八月、日名尋常小学校と改称）。五歳であった。弥五郎の宇治尋常小校長時代のことである。[38] 日名校は、九一年の改正小学校令の実施に伴う簡易科の廃止により、尋常小に復していた。五歳で入学したのは、学校が好きで、手続きなしで通学し出したのが認められたためである。

尋小児童時代に英夫は一生忘れることの出来ない経験をした。伯母が嫁いでいる手荘村の重源寺へ遊びに行った数え年九歳のときのことである。近くの地頭尋常小へ行ったところ、教室のうしろの席の床が三十センチほど低くなっていた。寺へ帰って質問すると、「原者《はらもん》」と呼ばれる「新平民」の子どもの席だとの答えであった。やがて彼は、学校だけでなく、寺でも「原者」からの御供物を別扱いにし、参詣人を差別待遇している事実を知った。難波の部落問題との出会いである。

難波は、喜寿の講演記録のなかで、次のように述べている。[39]「私の父は小学校の校長をしていた。だから私は、友だちが『先生はヨコヒキ（えこひいき）する』といっているのを、そんなことはないと争っていた」、しかし、右の経験をして「私は、先生だけでなく学校が世の中が『ヨコヒキ』していることを知って暗黒の世界に落ちて行くような気持ちになった。たいへんなショックであった。この時からものの考え方も少し変ったように思う」。

英夫は、九七年三月、尋常四年を卒業し、成羽村の成羽尋常高等小学校高等科へ入学した。勉学にも積極性が出て来て成績も上がり、四年になると、当然中学へ進学出来ると思い込んでいた。彼があこがれた中学とは岡山県立高梁中学校である。高梁中は板倉氏五万石の旧城下町高梁町（現高梁市）の御根小屋と呼ばれる殿様屋敷跡にあった。しかし、高梁の町は遠い。月謝のほか、寄宿代がかかっては、弥五郎には長男を中学にやる経済力がなかった。

難波の家族は一九〇〇年春に弥五郎の赴任地へ引っ越していた。弥五郎が尋高小校長に昇進した時期のことである。弥五郎の養母は早く亡くなっていたが、九八年に養父が、この年の春になって同居していた実母が死去した。そこで田畠を小作に出し、居宅も小作人に無償で貸して、母と妹と末弟の三人が宇治村に移ったのである。英夫の次弟はすでに養子に行っており、本人は実祖父の生家、成羽の小林家に預けられた。[40]家族は少なくなり、単身赴任は解消したにもかかわらず、校長職にある弥五郎・マサ夫妻は英夫に進学を断念させなければならなかったのである。確り者の母が向学心に燃える長男に詫びた。自らも同じ想いを味わったことのある父もつらかったことであろう。

高等小学校の席次一番〜五番の者が中学へ行けず、十番以下の者がはいれるのはどうしてなのか、難波少年は疑問に思った。彼は、晩年、次のように言っている。[41]「教育者の子が教育をうけられぬことの矛盾に直面した。この体験から私は貧乏ということをおそわった」。

准訓導

英夫は父が通った育英学舎で漢学を学ぶことになった。成羽藩の儒者だった信原藤蔭が師匠で、父が「篤実温厚」「実践躬行」の「当時稀れなる先生」と尊敬していた人物である。[42]彼は父に連れられて入門、小林宅から『日本外史』・『十八史略』などの素読や議義演習に通塾した。「中学生なんかに負けるものか」という気持で勉学に励んだと言う。[43]

翌一九〇二年、難波は小学校教員試験を受けた。この試験は教員不足を補充するために実施されたもので、師範学校卒業以外の者は全員受けなければならなかった。訓導試験は師範でおこなわれ、准訓導試験は各郡ごとに実施され、合格者には学力証明書を授与して教員の資格を認めた。十四歳の彼は五十余人の受験者中、ただ一人だけ合格した。

難波は、同年九月十七日、月俸六円で川上郡阿部村（現高梁市落合町阿部）の阿部尋常小学校（現高梁市立落合小学校）の准訓導に採用された。訓導兼校長と二人、十一月からもう一人の准訓導と三人で、学年末現在、六十一人の児童を教えた。[44]その直後、彼は近似村《ちかのり》（現高梁市落合町近似）の近似尋常小学校へ転勤させられた。一九〇三年四月、阿部小近似分教場が廃止され、五月に独立校になった。難波はそこへ赴任したのである。[45]日露戦争中のことだ。

ところで、彼は近似校を未解放部落の学校（部落学校）であるかのように述べているが、[46]これは誤りである。近似村は山が高梁川に迫った地点にあって、耕地が狭かった。しかし、二、三の山林地主のもとで林業に従事するほか、対岸の高梁町へ日雇や薪炭の販売をする村民も多く、現金収入があった。だから、近隣の山村に比較すると、経済的に低くはなかったようである。しかし、難波は校舎を掘立て小屋のようだったと述べている。[47]だが、彼の父親が、一八九一年、暴風雨による宇治尋小校舎の倒壊を経験しているように、[48]一般に粗末極まりない校舎は少なくなかったのである。また、ここの部落は、一九三五年、中央融和事業協会集計の『全国部落調査』によれば戸数二十七で、手荘村の部落（四十八戸）より少なかった。しかも経済的にはより劣悪で、部落学校が成立する条件はまったくなかった。

難波は自らも「貧乏」を体験したとは言っても、家格の高い、しかも校長の子であった。当時の農山村では恵まれた家庭で生育した。世間知らずの少年教員は、「子供たちは、家庭でいろいろな仕事の手伝いの暇に遊びに来ているのである。授業中に天井裏に這い上る子供。窓から飛び出す子供。殴り合いの喧嘩は毎日絶えない」という状態に、遂に「お手上げ」になってしまった。[49]

彼は、阿部小のときから、貧しい家庭の成績のよくない児童の教育に力を入れた。これは自らの体験を踏まえてのことであり、父親の影響もあった。教育史でペスタロッチの貧民教育のために献身した生涯を知り、理想に燃えていた。しかし、尋常科全学年（一～四年）単級編成の小学校を彼一人で経営しなければならなかった。しかも、児童のなかには二つしか歳の違わない者もいた。苦戦苦闘の末、難波は教員たる自信をすっかり失った。[50]辞職した。一九〇五年五月四日、彼は十七歳、日本海海戦直前のことである。[51]

難波は苦学しても本物の人間にならなければ駄目だと考えた。東京へ行って苦学して大学を出ようと決意した。宇治村寄留の両親を説得し、母から何日分かの弁当を作ってもらって家を出た。

彼は高梁町までおよそ二十キロ歩き、旧城下を流れる小河川、下谷川が高梁川に注ぐ地点にあった高梁河岸で高瀬舟に乗った。伯備線の開通は二八年まで待たなければならなかった。彼はおそらく一九〇四年開通の中国軽便鉄道の終点、湛井《たたい》（総社停車場の北西約二キロ。現在、駅なし）で舟をおり、総社停車場で山陽本線に乗車した。

３　島貫兵太夫と日本力行会

出京した難波英夫は新橋停車場に立った。「駅」第一号の東京駅はまだなかった。停車場から人力車に乗って神田へ行った。まずは旅館に泊まり、次いで駿河台の下宿に変わり、やがて自炊生活をはじめた。彼は中学へ編入し、高等学校へ行って大学を出る心算であったから、最初、神田区美土代町（現千代田区神田美土代町）の正則英語学校へ通学した。

出会い

貯金が底をついてきたころ、難波が半ば職を求めて神田界隈を歩いていると、苦学生に呼びかける貼り紙をした小さな教会があった。プロテスタントの神田日本基督教会である。なかへはいると、牧師の島貫兵太夫が話をしていた。感激した彼は、献金を集めに来たので、二銭銅貨を出す心算が誤って五十銭銀貨を投げ入れてしまった。二銭と五十銭はよく似ていたのである。有り金がなくなった。

難波は島貫に相談し、新聞配達の仕事を紹介してもらった。島貫は東京における難波青年の第一の恩人である。

九月、日比谷公園で日露戦争講和反対国民大会が開かれ、政府寄りの新聞社や交番・市電などの焼き打ちがおこなわれた。号外売りに出た難波は理屈なしにこの焼き打ち事件に巻き込まれた。「畜生！　いまに見ろ」といった鬱憤が爆発したのだろうと、本人は述べている。[52] 彼は新聞売りの鈴を持っているので逮捕を免れた。

夜学で英語を学習した難波は、一九〇六年春、私立京北中学の三年に編入した。新聞配達では通学出来ないので友人の世話で人力車夫になった。しかし、収入が少なく、月謝を滞納した。多くの先生は冷たかったが、東洋史の境野黄洋は月謝を貸し、激励してくれた。しかし、難波は学費が続かず、四年で中途退学した。彼が中退したのは学費のためばかりではない。『ホトトギス』・『文章世界』・『文庫』・『中学世界』などの雑誌に投稿し、文章で身を立てようと考えるようになったからでもある。彼はもう二十歳になろうとしていた。年齢のことも考えたようである。中退すると、早速、境野が京城で発行されていた雑誌『朝鮮』の東京支局担当記者の仕事を世話してくれた。彼は先生に文才を認められたのである。境野は本名哲、一九一九年、東洋大学長になったのちの仏教哲学の権威である。彼は難波青年の第二の恩人である。

一一年初め、大逆事件の判決があった。郷里岡山県の農事研究家・文章家として知られていた森近運平が幸徳秋水らとともに死刑になった。このことについて、難波は次のように述べている。[53]「私も文章をよく書いていたので、それを知っている郷里で『英さんもいまに殺される』と評判をたてられた。有名人をたずねて時事談話をとるなど、人の文章ばかり書いていた私は、『自分の文章を書いて殺されるなら殺されてもよい』と思った」。森近の死刑は文章家として生きようとしていた彼の決意を不動のものにした。満二十二歳になるころのことである。

再び父と母のこと

ところで、難波の父弥五郎は、実績をあげていたにもかかわらず、一九〇七年四月、十七年間勤務した宇治尋高小校長から川上郡湯野村（現備中町）大字西山の西山尋小校長に左遷された。一年前、宇治校へ転務してきた一訓導の不行跡の監督不行届を問責されたのである。この件につき、本人は、文部省から三十円授与された際、「五円位づゝ郡長と視学にお礼として贈つて置いたら左遷もなかつたでせうが、私は上に対して媚び諂う事が大嫌ひで郡視学の自宅などへは一度も行つた事」がなかったと記している。[54]

西山は広島・鳥取両県境に近い猪の辻山麓の寒村で、成羽からは三十キロ余も離れているので、彼は妻子を熊谷に返した。弥五郎は、西山で、青年団の再建をはかり、女子裁縫補習学校を設立し、村内二ヵ所に夜学会を開設するなど、地域社会の教育向上のために尽力し、青年をはじめ、村民のなかに溶け込んで生活した。彼の西山小在勤は五年である。二度転勤を命ぜられそうになったが、村民の留任運動があって留任した。[55]

一〇年九月、青年団の会議中に転勤の辞令が郵送されてきた。かつて英夫が一人で勤務した近似尋小への転任である。同校はすでに一〜三年、四〜六年の二学級編成になり、女子裁縫補習科も設置されていた。[56]ところが翌月、妻マサが中風で倒れた。マサのもとには三人の子があった。弥五郎は、片道十キロあったが、自宅通勤に切り変えたが、ながら続きはせず、東京の英夫を呼び戻した。英夫は母が歩けるようになるまで看病し、再び出京した。[57]

弥五郎は、一二年四月、妻が病気のため、成羽尋常小学校の次席訓導に転じた。月俸二十円。今回も近似小で留任運動がおこったが、間に合わなかった。弥五郎は自宅からおよそ五キロを通勤した。しかし、マサは、一四年一月、急に病状が悪化して亡くなった。弥五郎は三月に退職し、農作業に励み、子育てに従事した。小学校教員在職は三十年、辞職時の月俸は二十四円、年功加俸は六十円であった。[58]

弥五郎は、「公平」に教育するよう、いつも部下の教員に誡めていたそうである。そのため、村長が自分の子どもが優等にならないと不満を述べたこともあった。彼は成績のよくない児童には、放課後、復習をやり、生活実態を「公平」に調査して、貧家の子どもは不成績でも合格にして、富家の子どもは成績不良なら不合格にしたとのことである。[59]これははやく働きに出られるように、進学して学力遅進で困らないようにとの配慮からなされた「公平」であった。こうした「公平」さ故に、総じて彼の学級、彼の学校の学業成績はよかったのである。

弥五郎は、転勤の際、餞別を多く出さないように慮るなど、各家庭の経済生活に注意した心のこもった教育活動をおこなった。文部省から賞金を給付されたのもそのためである。彼はすぐれた教育者であるとともに、地域社会の指導者であった。だから、家族が宇治村から熊谷へ引っ越すとき、十六キロの道程を村民が荷物を担いで送ってくれもしたのである。[60]

島貫兵太夫

難波は、島貫と出会って以後、急速にキリスト教に傾斜していき、入信した。のみならず、キリスト教徒として積極的に活動したのである。このことはほとんど知られていない。[61]彼は、島貫とのかかわりで、どのように考え、どんな活動をしたのだろうか。その解明を試みる前に、島貫について見ておきたい。

島貫兵太夫《ひょうだゆう》は、一八六六（慶応二）年八月、陸前国名取郡岩沼郷（現宮城県岩沼市桜）に伊達藩士の長男として生まれた。島貫家は、仙台藩が戊辰戦争で敗北後、帰農した。父の命で医者になるべく、親類の医師宅に住み込まされていた彼は、七三（明治六）年、岩沼小学校が設立されても就学を許可されなかった。十二歳で下等小学一級に編入し、翌八一年六月、首席で卒業、十四歳になるとすぐ、乞われて近隣の小川小学校の助教になった。[62]

同年十二月、島貫は、前年五月制定の小学教員試験法に基づく資格試験に合格、十八歳以上が有資格者であるのに、翌年十月、十五歳で母校の訓導に就任した。八三年春、宮城師範に入学したが、わずか二ヶ月で退学し、七等訓導になって母校に戻った。師範の授業が平易過ぎて面白くなかったようである。ついで中等科訓導試験に合格し、植松小学校（現名取市）の校長（六等訓導）に着任した。わずか十七歳のことである。同年、増田町高等小学校（現名取市）の首席訓導に転じたが、八六年六月付で退職し、周辺を驚かせた。[63]

彼は二度目の岩沼小在職中にキリスト教に入信していたのである。同地の伝道師菅田勇太郎（のち仙台教会牧師）の導きで、仙台で押川方義から受礼した。八四年のことである。[64] 島貫は、八六年五月、押川らの仙台神学舎（のちの東北学院）に第一期生として入学、九四年三月、「敬神愛人」を身に付けて東北学院神学部を卒業した。その間、彼は東北救世軍の伝道活動に参加し、仙台のスラム街での救済に従事している。また、朝鮮の貧民調査旅行に参加してプロテスタント伝道の必要性を痛感した。[65] これは、出京後、彼が尽力する神田日本基督教会での牧会や日本力行会の事業につながる実践であった。

卒業後、島貫は、各地で伝道をおこなったが、病気になり、回復後、仙台のスラム街での伝道に携ったのち、同年十一月に出京した。彼は、翌年、日本橋元大工町の教会の牧師となり、翌年、教会を神田美土代町二丁目角に移した。ここはやがて出来る中央停車場（東京駅）にも近かった。[66] 出京した難波が訪れたのはこの教会である。

島貫は神田日本基督教会で牧会をした。牧会とは、プロテスタント教会が信徒を精神的に救済し、信仰を導き、生活向上を援助することである。彼はこの教会を拠点に、底辺労働者をはじめとする貧民救済、朝鮮伝道に取り組もうとしたが、ことに苦学生に対する援助を最大課題とした。[67]

日本力行会

日本力行会《りっこうかい》は、まず、一八九七年一月、東京苦学生救助会として設立された。すぐに東京労働会、間もなく東京精励会と改称され、一九〇〇年四月、日本力行会と呼称されることになった。力行とは苦学力行のことである。同会は、最初、麴町区富士見町（現千代田区富士見）の島貫宅に置かれ、のちに小石川区原町（現文京区白山四丁目）に移った[68]。改称時に出された力行会の「方針」によれば、その「目的」は「貧窮なる男女の学生を補助周旋し自給勉学其志を成さしむる」にあった[69]。

力行会の新聞に『救世』がある。創刊号（一八九九年十月発行）に「此新聞を発行する理由《わけ》」が掲載されている。これは力行会設立の根本精神をも伝えるもので、少しながいが、主要箇所を原文で記す。

此新聞は主基督の命令を遵奉して同志のものと共に神国の拡《ひろ》張《む》る為に毎月出版するものである。故に此新聞は或宗派を伝ふるものでもなく又名誉の為でもなく天下国家の為でもなく又或政治実業団体の機関新聞でもなし唯一の目的は基督の福音を我日本四千万同胞に伝へて我等と共に喜び溢れて感謝せんが為のみ（中略）女色に耽らざるもの賄賂を貪らざるもの、酒を嗜まざるもの、人を欺かざるもの、私利を謀らざるもの、名誉を欲せざるもの、而して誠心国家を愛するもの果して幾人かある（中略）天は人を人の上に造らず、又人を人の下に造らず、万人同等と云ふべし、我国古来よりの習慣として労働者を賤む。併しながら労働者の製作せし物品を重宝がる其元を賤んで其末を慕ふ。誤れりと言ふべし。ワシントン（マヽ）は農は国の基と云へし如く労働者は実に我国の基也。されば彼等に同情を表し彼等の精神の発達と身体の便利とを謀りて其幸福を全ふせしむべし（下略）

難波は幼少にして社会的差別を実感し、中学への進学を断念せざるを得なかった体験を通じて貧富の矛盾に目を向けていた。育英学舎で『十八史略』を学び、「王侯宰相あに種あらんや」の文言を覚え、天皇は存在しなくても政治は成立するのだと知り、漠然とではあるが、社会改革を考えるようになっていた。父の「公平」な教育にも学んだが、自らも貧しい子どもの面倒をよくみる少年教員であった。[70]

そうした彼が志を立てて出京し、苦学生への道を歩み出したとき、島貫と出会った。島貫は、「万人同等」を説き、その立場から「労働者」、すなわち、生産に従事する貧困な人びとに「同情」するとともに、その心身（霊肉）の健康の保障と幸福を追求し、苦学生を激励・援助していた。親譲りの真正直さと正義感とを持った難波青年は島貫に思想的に大きな影響を受けないはずはなかった。島貫の少年時代の経歴は二十二歳年少の彼とよく似ていた。同年代の弥五郎とも共通性があった。島貫は難波から生育歴を聴いたであろう。難波は入信し、力行会の活動に積極的に参加した。キリスト教徒難波青年は押川方義の孫弟子である。

力行会の難波

日本力行会における難波の活動は、『救世』を通覧すると、中学を中退し、三カ月の兵役をおえたあとからあきらかになる。たとえば、一九〇九年九月、彼は他の一人と力行青年会の幹事に選出された。[71]また、同年十一月には会長島貫から「六千人六十組ニ分ツ」第九組長に任命されている。「各組長の心得個条」には「百人以上の会員を統轄して其組全体の発展と幸福とを謀るべし」とある。[72]

一〇年二月、難波は力行教会の執事になっている。これは長老三人、執事五人（男三人、女二人）の一人である。[73]力行教会は、苦学生援助という力行会の主目的に沿って、前年、日本基督教会から独立した教会である。

力行会の事業には、力行教会・力行青年会のほかに、力行伝道軍・力行女学校・修養学校などがあり、苦学部・下男下女部・渡米部・記者養成部などが置かれ、無料代筆係のような奉仕活動のセクションもあった。

伝道軍は各小隊から成り、救世軍と似かよっていた。渡米部は、苦学するなら北アメリカへと高唱した島貫の主張に基づき、合衆国などへの移民を斡旋するセクションである。

新島襄・片山潜らをあげるまでもなく、アメリカで苦学することは、福沢の言葉を借れば「独立自尊」を実現する上で最善の道だと、当時、少なからざるキリスト教的人道主義者の考えるところであった。片山潜が、一八九七年、いちはやくキングスレー・ホールを設立し、その事業の一つとして渡米協会を始めたのも、島崎藤村が、一九〇六年、小説『破戒』の主人公をテキサスへ渡らせたのも個人の独立をはかろうとしたからにほかならない。

島貫は、力行会の会員には礼拝を義務づけ、洗礼を奨励した。しかし、同会を単に渡米するために利用する人たちにも、旅券の申請や在米者の紹介など、世話を惜しまなかった。[74] 力行会ではしばしば会員の渡米送別会を開催している。一〇年一月の第一〇七回送別会は「送られし人」八人、「送りし人」九十余人だった。このとき、難波は会長ほか五人とともに送別の辞を述べている。彼は翌年四月の第一〇八回送別会でも会長らと送別のスピーチをやっている。[75]

難波は演説の類いにすぐれていたのであろう。一〇年五月、在カナダ日本人（力行会出身者）の来日歓迎会の際には男子部を代表し、十一月、島貫の合衆国からの帰国歓迎会では苦学部長・女子部代表とともに、それぞれ、歓迎の挨拶をおこなっている。[76] また、慰問大演芸会や大親睦会などでは司会をつとめたり、開会の辞を述べたりもしている。[77]

こうした点だけを見ると、難波は元気一杯のようだが、同時期、可水「淵に臨みて」と題する次の詩を書いている。[78] 可水は彼の号である。

「春の夜である／疲れた頭を垂れて／月に白い……黒い影にはさまれた／田舎の細径を／とぼ〳〵と辿つてゐた……あてどもなく　私はふと／何心なく停んで／足下を……崖の上から見下す……と／月を浮べた暗い淵／何処をどう来たのか何時の間に……　動かない！／淵に浮いた十六夜の月は／そのまゝ……空から落ちた様だ……／然し眼は明い鏡よりも／闇の中から何ものかをしきりに求めた／強い力を！／黙せる水の底から聞える／楽の音《がね》……自分の魂を呼んでゐる様な……／声は三つにも四つにも／七つにも九つにも別れて浮いて来る　慰安はこゝに……魂は来れ／歓楽はこゝに……肉を沈めよ」。

徴兵検査のとき、「まっくらでさびしい市ヶ谷土手で一夜あかした。土手からころげ落ちれば死んでしまう。死んでもかまわぬ気持でひと晩中うろうろしていた」と、難波は回想している。[79] それから二年、青年期の生きる苦悩がこの詩にも窺える。

しかし、難波は積極的な態度で生活していた。『救世』の「会員消息」欄にときどき難波の動静が伝えられている。第八十六号（一九一〇年三月）には「某雑誌記者を兼ね且傍原稿書きに忙し」とあり、次の号（右の詩掲載号）には「大隈伯や林伯と論談したとて得意顔なり」と記されている。「某雑誌記者」とは朝鮮雑誌社東京支局記者のことであり、「大隈伯」云々とあるのは著名人の談話取材を張り切ってやっていたからである。

『救世』の「名家叢談」欄にもしばしば有名人から取材し、執筆している。第九十六号には可水「犬養毅氏を訪ふ」がある。犬養の苦学生への言、「何でも身体を大事にして、無理をせないがよろしい、少々遅れても、身体を痛めては後で何もならんから」を聞き、玄関の外まで送ってきて「又時々おいでなさい話してあげるから」と言った彼に、難波は威張らない親身な態度を見出し、感激している。奇しくも難波はのちに第一回普選で犬養を相手にたたかうことになる。

正直で正義感の強い難波は、感じていること、思ったことを率直に書こうとしたようである。右の犬養訪問記のなかで、彼は、本人が書いた作品が原因である雑誌が発売禁止になったので、某誌に大隈重信・犬養から取材して書くに当たり、「尠からず胸を押へ」たが、再び筆禍に遇い、発売・配布を禁じられ、発行停止処分を被って「自分の筆と眼と口と心とを顧た、疑つた」と述べている。

「苦学訓」

ところで、『救世』第九十二号は「南極探険隊紀念号」となっている。これには、力行会会長島貫の格調高い「送南極探険隊」をはじめ、隊長の白瀬矗《のぶ》、探険隊派遣後援の中心大隈、福本日南・伊澤修二とともに難波の短い文章が掲載されている。力行会のシオンホームで難波とともに自炊生活をしていた親友吉野義忠が隊員に選抜されたからである。彼は「余はたゞ奇異なる神の摂理を信ず」と送別の言葉を送っている。

同時にこの短文には「今又君の為に此紀念号を刊す」とある。難波は一九〇九年十月の第八十一号から『救世』の編集を担当してきていたのである。しかし、はからずも第九十二号から自らのほかにあらたな編集担当者を得た。そこで彼は、早速『救世』誌の「文芸」欄を独立させ、記者部（力行会新聞部・記者養成部と同じか）数名の同人で武蔵野会を発足させ、純文芸雑誌『武蔵野』の創刊準備に着手した[80]。晩年になっても、『モップル資料集』の編集・刊行を提案したのをはじめ、『部落問題資料文献叢書』全十巻十一冊（世界文庫）などの出版を企画・推進した卓越した編集者的能力は、この時期、すでに培われていたのである。同時に、新民衆劇団で戯曲を書く修行もしていたと言える。彼は力行会における積極性に富む記者部のリーダーであった。

難波は自らが『救世』の編集責任者だった時期、第八十五号から毎号、「苦学の友」欄にHN生「苦学訓」を連載している。彼の思想・生活意識・態度が示されているので、コメントを付しながら、そのいくつかをあげてみる。

「苦学生は最も自由を欲するの徒なり。自由を欲するが故に好んで苦学せる也」[81]。第九十二号の『武蔵野』誌の広告にも「本誌は新進作家の為最自由なる舞台也」とある。

「頭を上げて歩め」、「苦学生の癖として自ら困ったらしい顔をして首を垂れて道の片端をとぼ〳〵と歩む何等の意気地なき姿ぞや」、「吾人は云ふ、頭を上げて歩め！路の中央を活歩せよ」[82]。卑屈になるな、「万人同等」だ、自らにも戒めている。

「直進せよ」、「馬車馬的にてよし」、「新聞配達を為せるの時は俥夫がよささうに見え、俥夫になれる時は行商が面白さうに思はる、書生に這入りては無暗と自由を欲し独立立家台店を出しては安楽なる食客生活を欲す、如斯な人情の常也、而して苦学生の前途を誤る最も恐る可き弱点なり」[83]。自らを反省・批判し、周辺を見ての警句である。

「吾人は吾儘也」「苦学生の多くは貧家とは云へ、最貧の家庭に生れたる者には非ず、故に家庭にあれば若様也、坊様也」、「されば親の言は必ず、わざ〳〵東京にまで難儀しに行かずとも吾が家にありて、我が業を継げ、然らば、汝の前途は平穏無事なる也と云ふ也」、「然し一度苦学を志して措く能はざる、吾党の少年青年は、わざ〳〵難儀しに、父母の言に反して迄も、東京に来る也」、「吾儘党の大旗を押したてて進まんかな、吾れに自由を与へよ、然らずんば死を与へよと、叫びて、世の逆流と戦はん哉、進め吾が党の士よ、いざ進まずや！」[84]。難波を含む苦学生の実態と志を立てた彼らの心意気を示し、彼らを勇気づける一文である。

「無抵抗主義は吾人の最大武器也」、「我儘をするにも、自由を得るにも無抵抗主義が最も其の功を奉ずる也」、「吾党の士には小学校を卒業せるのみにして、小壮二十歳にして弁護士になれる者もあり」、「最劣等にして大学を卒業せし者の窮するはあらんも、優等にして自活せる徒は就職を云ふの要なき也」、「之を見れば大学の劣等生こそ笑るべき苦学生也」[85]。劣等感の裏返しの感があるが、これも苦学生勉励の文章である。「個性なき男は、幇間の天才か?」、「個性なき女は、淫売の天分を授けられて生れたるか?」、「そが、男性にもせよ、女性にもせよ、個性なきもの程、醜悪なる者は無し」[86]。今日から見れば表現が古めかしいが、男女ともに個性が大切だと強調しているのである。

　難波の『救世』編集は一九一〇年九月発行の第九十二号で終っている。母の看病のために帰省し、彼女がいったん快方に向った段階で帰京し、間もなく朝鮮に渡った。『救世』第九十五号の「国外会員消息」欄に「岡山県　難波英夫（朝鮮、学生、武蔵野記者）」とあるから、十二月発行のおそらく十一月のことである。

　彼は朝鮮雑誌社編集長になった。八月末の韓国併合の直後である。しかし、間もなく辞職した。難波は、韓国青年に暗殺された韓国統監伊藤博文の政策に反対していた社長にいくらか期待をもっていたが、彼が併合の実務を執行した寺内正毅の朝鮮総督就任を支持し、伊藤の圧政では手ぬるいと、自分とは逆の立場で反対していたのだと知って、失望したからである。

　ついで難波は『京城日報』の記者になり、総督府の朝鮮人に対する圧政と日本人の差別的態度、そして日本から移民した日本人の生活の酷さをつぶさに実見し、帰京してしまった。一七年、ロシア革命の年のことである。彼は「朝鮮人民はひじょうに活気づいていた」ことを「ある程度感じていたが」、一九年の三・一独立運動が「すぐそこまで来ているとは思つていなかつた」[87]。

おわりに

難波の記者生活は、力行会で活動していた東京での朝鮮雑誌社東京支局記者にはじまるが、それは一人で担当していたに過ぎず、植民地になった直後の朝鮮で本格的なものとなった。しかし、彼の記者・編集者としての揺籃は力行会記者部にあったと言えよう。

志を立てて郷関を出た難波は、一般に苦学生がそうであったように、立身出世を夢見た。それは左遷以前の父弥五郎にも見られた。しかし、弥五郎は、得意な時期にも、絶えず児童・村民の生活を慮り、「公平」な態度で、一人一人を大切にする教育実践をおこなった。英夫も父の資質を受け継ぎ、少年ながら、児童本位の教育を実践すべく努力した。権威に迎合せず、右顧左眄せず、正直に生きる。この性格も英夫は父から継承している。彼には世間的な意味での立身出世に徹し切れるはずはなかったのである。

難波の生涯を尋ねて意外に思うのは、政治的関心を持つのが比較的遅いことである。彼の自身に関する著述・直話には日露戦争が出てこない。語っているのは日比谷焼打事件だけである。勉学と教育に打ち込んでいたからだろう。本格的に政治に関心を示すのは朝鮮に渡ってからである。この点は同じ社会運動の道を歩みながら末弟の孝夫と対照的である。英夫は奥手だったと言えよう。

因みに、弥五郎もその著『思ひ出の記』で県政・国政、とくに議会について述べて政治に無関心ではなかった。学生時代に校長排斥運動もやっているし、英夫が家産を食い潰すのを容認していたのもそれを示していると言える。獄中の長男に面会にも行き、裁判の傍聴もし、彼の政治活動に理解を示した。わが子を信じて自らの道を歩ませようとした。次弟の純夫は経済記者として順調に歩み、惜しくも早逝したが、彼が英夫の政治活動を援助したのも、単に実兄だからだということだけではない。

難波の郷里には、難波家は社会運動の血統だと言う人たちがいるが、社会・人民のために生きようとする傾向が彼と身内には少なからず存在していた。

そうした傾向をもっとも大きく開花させたのが英夫である。妻・父母・子・弟に犠牲を払わせ、その情愛と援助に支えられながらのそれであり、親類縁者の少なからざる人たちが言うように、その意味で彼は幸わせ者であった。

大きな開花はどこで培養されたのか。第一は島貫兵太夫と日本力行会、換言すればキリスト教的人道主義との出会いであり、第二は全国水平社の阪本清一郎・西光万吉らを通しての社会主義との出会いだが、ここで主としてとりあげたのは前者である。

もともと、難波の出京は、充分に自覚的であったとは言えないが、自己確立を目ざしたものであった。「苦学訓」に見られる通り、力行会での彼は自由を強調し、人間的誇りを力説し、個性重視を主張している。それらが、たとえ劣等感の裏返しの傾向が見られるにもせよ、平等観に立って展開されている点は重要である。

難波は、力行会で、六十組組織・力行教会・力行青年会・『救世』誌など、自らかかわるあらゆる活動分野で誠意を持ってとりくんだ。こうした奉仕的活動は、彼の能力・資質に負うところも少なくはないが、力行会とかかわって具現した。「苦学訓」でも苦学生に結束を呼びかけ、激励している。また彼は、一方では、若さと生来の我儘な性格故に、取材・編集面で得意がり、多少生意気に見られることもあったが、他方、ひじょうに内省の強い青年であった。これは「苦学訓」の随所に見られるところであるが、強い責任感とともに、力行会で培われたものにほかならない。

彼は、生まれつき、負けず嫌いで正義感が強く、真面目で正直だった。それが力行会で島貫のキリスト教的人道主義に触れ、右のように人格的に陶冶された。そのことが植民地朝鮮で心を痛め、米騒動の本質を見定めようとし、全国水平社の創立と出会い、良心的に生きようと決意し、終生の主要な活動分野たる救援運動での献身的努力へとつながっていったのである。

難波英夫は社会主義者・社会運動家である。共産党員であった。本来、共産主義ひろく社会主義は自由と民主主義の発展の上に築かれるべきものである。本物の自由と民主主義はヒューマニズムだけでは実現しないが、ヒューマニズムが欠如して民主主義も社会主義・共産主義もない。難波は、マルクス、エンゲルスなど、卓越した共産主義者・社会主義者たちと同様、徹底した人道主義者であった。

彼の場合、部落問題で顕著に見られるように、心情的傾向が強いという批判が存在する。科学性にやや乏しい側面があるということである。しかし、彼は、病魔とたたかい、絶命するまで、社会・人民のため、自由と民主主義の実現を願って努力した共産主義者であり社会運動家であった。

一九二〇年代半ばからの旧ソ連や東欧諸国におけるヒューマニズムの欠如した似非《えせ》社会主義の横行とその崩壊は、ヒューマニズムに満ちた社会主義・共産主義を志向する勢力にも打撃を与えたが、大小さまざまな少なからざる試行錯誤があるものの、各国民・各民族の社会主義・共産主義勢力がその克服に努力しているところである。難波の生涯はこの点で資するところ大なるものがあると考える。そうした彼のヒューマニスティックな思想と言動・態度が日本力行会での生活・活動のなかで大きく育てられたことを記して擱筆する。

【付記】

一、小論は一九九〇年一月に発表した。

二、小論には難波英夫の直話を基底した考察が少なくない。難波前掲「部落問題と私」も、講演要旨を私が要点筆記し、本人の校閲を得た文章である。そのほか、難波自筆メモなども利用したが、それらはいちいち注記しなかった。

三、難波の郷里での調査に際しては、難波しなさんに孝夫・久代夫妻の娘とその夫、難波素美恵・金広さんを紹介していただいた。金広・素美恵ご夫妻には宿泊させていただき、金広さんには車で案内していただくなど、たいへんお世話になった。お二方に心から感謝申し上げる。

四、難波本家の新一・富ご夫妻、弥五郎実家の田辺千恵さん（長谷川家が田辺姓に変った）、重源寺住職佐武英昭・志満子ご夫妻は雑談しながらの質問に快く答えてくださった。高梁市立落合小学校ならびに日本力行会には貴重な資料を閲覧させていただいた。川上町の教育長をされた浅野三郎氏、高梁市の郷土史研究者畑勇氏には地域について教えていただいた。また、高梁市教育委員会・成羽町教育委員会・同町立成羽小学校・岡山県総合文化センター郷土資料室にもお世話になった。心からお礼申しあげる。

五、難波前掲『一社会運動家の回想』のうち、小論と直接かかわる個所の誤りは少なからず正したが、指摘を省略したところが多い。高齢の上、死期迫る病床での口述だから、同著にはかつて明言していた事実で失念している部分が少なくない。当然である。むしろ、記憶の鮮明さには驚嘆させられた。同時に、この著の素稿を執筆した河合勇吉氏が、刊行が急がれるなかで、献身的な努力を傾注されたことに敬意と感謝の念を禁じ得ない。

六、校正時になって難波清子『手紙』（一九三七年七月、難波英夫発行）を閲覧する機会を得た。救援活動の友人中野近恵の編で「東京より妹へ」・「夫へ」・「故郷より弟へ」・「東京より故郷へ」に分類された死去するまでの十年間の手紙長短三十四通が収められている。妹とは於文、弟とは孝夫である。清子の人格と難波の獄中生活などを知り得る資料である。

【注】

1　阪本清一郎『扉を開く』（一九三四年八月、全国水平社奈良県聯合会）三二頁。

2　拙稿「水平運動の勃興と人道主義者の役割——三浦参玄洞・荒木素風・木本凡人について——」（部落問題研究所編『部落史の研究　近代篇』〈一九八四年九月、同〉所収）。

3　難波自身は布施辰治を「救援会の育ての親」と呼んでいるが（難波英夫『救援運動物語』〈一九六六年八月、日本国民救援会〉一九九頁）、本人が、太平洋戦争後、ながく日本労農救援会とその後身日本国民救援会の事務局長・副会長・会長として、指導的立場で尽力してきた事実に照らして矛盾しない。

4　難波は平等会創立大会そのものが大混乱に陥ったと述べているが（難波英夫『一社会運動家の回想』〈一九七四年二月、白石書店〉二九―三〇頁）、全水の記録では混乱したのは大会後の演説会である。しかし、歴史学者喜田貞吉は「聞く所によると、午後の大会では可なり激烈な意見の発表もあったといふ」と記し、「夜の講演会」で西光らが発表をしたらしく書いている（喜田貞吉「学窓日誌」〈『民族と歴史』第七巻第四号〉）。喜田の文章は平等会創立大会当日付の日誌である。講演会への出席を承諾したとあるのみで、会の様子は勿論、出席したとも述べてはいないが、講演会が平穏に開催された可能性は高い。したがって、大混乱になったのは大会だと想われるが、断定は出来ない（拙著『日本歴史と部落問題』〈一九八一年十一月、部落問題研究所〉三六〇―六二頁）。しかし、いずれにせよ、平等会がその後活動せず、消滅してしまったことは確かである。

5　『無産者新聞』第三二号・第一〇七号（大原社会問題研究所編『日本社会運動史料』機関紙誌篇『無産者新聞』（1）〈一九七五年九月、法政大学出版局・復刻〉一三二頁・（2）〈同〉一八八頁）。難波前掲『一社会運動家の回想』に関東俸給生活者同盟とあるのは（四〇頁）、組合が正しい。

6 『東京朝日新聞』一九二八年二月二十三日付。難波前掲『一社会運動家の回想』は立候補者を政友会・憲政会・労農党と述べているが（五一頁）、憲政会とあるのは民政党が正しい。難波の立候補によって、苦戦に陥ったのが、翌年、政友会総裁になった犬養毅である（三一年、首相。翌年、五・一五事件で殺害された）。主要地盤が難波と重なったためである。彼は、久々に選挙演説に帰らざるを得なくなり、辛うじて最下位当選を果たした。難波が相手は犬養だったと語っていたのはそのためである。

7 松本清張「三・一五共産党事件」（『昭和史発掘』第二巻〈一九六五年九月、文芸春秋新社〉）。筆者はこれに協力した。

8 二村一夫「解題」（前掲『無産者新聞』（4）〈一九七九年六月〉）。『無新』は、発禁による廃刊の翌九月、『第二無産者新聞』として再刊されたが、弾圧のため、十二月、廃刊の形式をとり、秘密裡に、三二年三月、第九十六号まで発行し続け、日本共産党機関紙『赤旗《せっき》』に合併された。

9 片山は二二年十一月のコミンテルン第四回大会の決議により、翌月、創立されたモップルの副議長に選出され、死去するまで同組織のもっとも中心的な指導者であった（村田陽一「第一部国際編解説」〈モップル資料集刊行会編『モップル資料集――階級的救援運動の原点――』。一九七五年十二月、同刊行会〉）。彼は、三二年十一月、モスクワで開催されたモップル第一回世界大会の開会宣言で、「大会は、超党派組織としてのモップルを強化しなければならない」と演説し（前掲『モップル資料集』四七頁）、論文「日本におけるテロルと日本赤色救援会」（『インプレコル』〈ドイツ語版〉第八九号〈一九三二年十月〉）のなかで、赤色救援会の「主要な義務は、テロルの犠牲者とその家族の救援に、大衆を結集すること」だと述べている（前掲『モップル資料集』一〇八頁）。

10 『マルクス主義』第五六号（大原社会問題研究所編『日本社会運動史料』機関紙誌篇『マルクス主義』（Ⅱ）〈一九七三年六月、法政大学出版局・復刻〉）。

11 末川博「序」（難波前掲『救援運動物語』）。

12　難波は、第一審の保釈や控訴審求刑が軽かったのは、教悔師の働きかけがあったからだと推測している（難波前掲『一社会運動家の回想』八五〜八六頁・九二頁）。彼は知らなかったが、難波宅に居候していた若い女性が教悔師の親類であった。

13　難波前掲『一社会運動家の回想』六五頁。

14　難波前掲『一社会運動家の回想』九三頁。妻と末娘（三女）を亡くし、二女と孝夫が独立したのち、家屋敷・田畠・山林を失った難波の父弥五郎は長男英夫宅で生活をともにしていた。三六年三月（清子の死一ヶ月後）、英夫宅に近い孝夫宅（豊島区雑司ヶ谷町〈現雑司が谷〉）で死去した。

15　『政界往来』誌の七月号（六月十七日印刷）から発行兼印刷兼編輯人が難波になっている（六月号までは社長の木舎幾三郎）。因みに同号は近衛文麿を中心とする「新政治体制特輯号」で、以後、新政治体制論が毎号続く。彼の政界往来社勤務は記者職では時事新報社に次いで長い。『政界往来』は、戦後、木舎が復刊させた。

16　シナ自身は『教育』を読む程度になったとも述べているが、同誌にしなの署名で「謬られた家事科」（第八巻十一号、一九四〇年十一月）・「生活新体制と家事教育」（第九巻第六号、一九四一年六月）・「婦人雑誌に現はれたる国民生活の問題」（第十一巻第三号、一九四三年三月）などを執筆している。

17　難波前掲『一社会運動家の回想』九四〜九五頁（河合勇吉「編注」）。河合勇吉は難波の口述をもとにこの著の素稿を執筆し、難波の足らざる言に「編注」を加え、補足した。

18　難波英夫「救援会第26回大会へのメッセージ」（『難波英夫追悼集』〈一九七二年六月、日本国民救援会〉）。

19　ディミトロフはブルガリアの社会主義者で、一九〇二年、社会民主党へ入党、分裂後、左派（一九年、共産党と改称）に属し、労働総同盟書記をつとめ、二三年の九月蜂起の指導者として死刑を宣告され、ソ連に亡命し、コミンテルン執行委員となった。三三年、旅行中、ドイツ国会議事堂放火の罪を問われ、ナチスに逮捕されたが、公判でナチスの謀略を糾弾し、ナチズム批判を展開、国際的世論の支持を得て無罪になり、三四年、再びソ連入りした。三五年、コミンテルン第七回大会では書記長として「反ファシズムと人民戦線」のテーゼを発表した。第二次世界大戦が勃発すると、ブルガリア祖国戦線を提唱、四五年に帰国、翌年、首相となった（四九年没）。（矢田俊隆編『東欧史』〈一九七〇年六月、山川出版社〉・木戸蓊『バルカン現代史』〈一九七七年一月、山川出版社〉ほか参照）

20 滝沢一郎「編集後記」（前掲『モップル資料集』）。

21 滝沢一郎「遺された言葉」（前掲『難波英夫追悼集』）。

22 難波弥五郎『思ひ出の記』（一九三七年、難波英夫発行）一〜一三頁。この著は、弥五郎の没後、彼が書きためた文章を孝夫が整理し、英夫が出したものである（難波英夫「巻末に」）。当時、英夫は印刷屋を経営していた。

23 難波弥五郎前掲書二〇〜二一頁。

24 難波弥五郎前掲書二〇〜二一頁。

25 難波弥五郎前掲書二二頁・二六〜七頁。

26 難波弥五郎前掲書三二〜三三頁・四八頁。「大正十四年一月現在　同窓会名簿」（岡山県師範学校同窓会編『大正十三年十一月二日　創立五十年記念』〈一九二五年五月、同〉巻末。難波前掲『一社会運動家の回想』は父のことを「岡山県の最初の師範学校を出た人」と述べているが（一一頁）、第一期の卒業は七六年三月である。

27 難波弥五郎前掲書三九〜四八頁。

28 難波弥五郎前掲書六五〜六八頁。

29 私立川上郡教育会編『川上郡誌』（一九七一年六月、名著出版・復刻）三〇九頁。

30 難波弥五郎前掲書七一〜七三頁。

31 難波弥五郎前掲書四八頁・七三〜七四頁・八四〜八六頁。

32　難波弥五郎前掲書九二～九四頁。一等旗を授与されたとは、おそらく一八九八年設定の就学旗授与規定に基づくもので、宇治小は男子就学率九五パーセント、女子九〇パーセント以上の規定に達したのであろう。弥五郎は自らが表彰されたのは、出征軍人の家族の生活調査を数回にわたって実施し、その都度小冊子を製作したためだと理解している。
33　難波前掲『一社会運動家の回想』一四頁。
34　注（14）参照。
35　『中外商業新報』一九三三年七月四日付夕刊。難波は自らのマルクス書房設立時・国外脱出時の純夫を中外商業新報記者だったとしているが（難波前掲『一社会運動家の回想』四三頁・五五頁）、彼はすでに退社し、嘱託になっていた。難波は彼を「養子にいって、ちょっと金持ちだ」とも述べているが（同五五頁）、彼は『理論と実際　銀行研究』誌の常連執筆者の一人で、その印刷を引き受けていた文雅堂から投資家向け経済講座の多数を著していた売っ子経済研究者であった。
36　難波本家の富によれば、彼女の少女時代、帰省中の孝夫は辞書を片手に英書を読んでいたそうである。
37　『解放のいしずえ』刊行委員会編『解放のいしずえ』（一九五六年十月、解放運動犠牲者合葬追悼会世話人会）二三五～六頁。
38　難波前掲『一社会運動家の回想』は、本人が生まれるころから、父が尋常高等小学校校長であったかのように述べているが（一一頁）、弥五郎が尋高小校長になったのは一九〇〇年のことである。
39　難波英夫「部落問題と私」（『部落』一九四号）。
40　難波弥五郎前掲書八七頁。
41　難波英夫「部落問題と私」（『部落』一九四号）。
42　難波弥五郎前掲書二六頁。

43 難波前掲『一社会運動家の回想』一六頁、前掲『川上郡誌』二八六頁。
44 「阿部小学校沿革史」(落合小学校所蔵資料)。難波前掲『一社会運動家の回想』には一九〇三年四月の「奉職」とあるが(一六頁)、前年九月が正しい(「阿部小学校沿革史」)。もう一人「代用教員」がいたと述べているが(同右)、「代用教員」はいなかった。
45 前掲「阿部小学校沿革史」。難波前掲『一社会運動家の回想』が近似分教場と称しているのは(一七頁)、誤りである。
46 難波前掲『一社会運動家の回想』一七頁、難波前掲「部落問題と私」、難波英夫「部落解放運動――あしたのために――」(東京部落問題研究会編『現代日本の差別』〈一九六六年十一月、汐文社〉)。
47 難波前掲「部落問題と私」。
48 難波弥五郎前掲書八一～八二頁。
49 難波前掲「部落解放運動――あしたのために――」。
50 難波前掲「部落解放運動――あしたのために――」。
51 前掲「阿部小学校沿革史」。難波前掲『一社会運動家の回想』では二年間勤務と述べているが(一三頁)、約二年半であった。その間、月俸は一円あがっている(同右)。一八九八年十一月に勅令第三二一号によれば、尋常科准訓導六級下の月俸が六円、上が七円である。
52 難波前掲「部落問題と私」。
53 難波前掲「部落問題と私」。
54 難波弥五郎前掲書九三頁。西山小赴任時の弥五郎の月俸は本科(高等科)正教員(訓導)七級下の十八円であった(私立岡山県教育会編『岡山県学事関係職員録』〈一九〇七年九月、同〉七一頁)。
55 難波弥五郎前掲書九四～九八頁。

56 難波弥五郎前掲書九八〜九九頁。弥五郎は転勤を「明治四十四年」と記しているが、英夫の経歴から見て前年の誤りである。
57 難波弥五郎前掲書九九〜一〇〇頁。
58 難波弥五郎前掲書一〇〇〜一〇二頁。
59 難波弥五郎前掲書一〇二頁。
60 難波弥五郎前掲書九四頁。
61 難波前掲「部落問題と私」に「私はキリスト教に入った。私がキリスト教から学んだことは、正しいことのために生命をすてることだ（その間失恋もしたけれど）」、「雑誌にさかんに投稿した。一方聖書でなぐさめられていた」と、簡単に触れられているに過ぎず、難波前掲『一社会運動家の回想』では島貫との出会いが述べられているだけで入信は書かれていない。
62 島貫兵太夫『力行会とは何ぞや』（一九八〇年四月、宝文堂・復刻、相沢源七改稿）七〜一四頁。
63 島貫前掲『力行会とは何ぞや』一四〜一七頁、相沢源七『日本力行会の創立者　島貫兵太夫伝』（一九八六年四月、教文館）二八頁。
64 相沢前掲『島貫兵太夫伝』二九〜三〇頁。
65 島貫前掲『力行会とは何ぞや』二一頁・三三〜三九頁・四一〜四二頁・四九頁、相沢前掲『島貫兵太夫伝』六〇〜六一頁・一五四頁。
66 島貫前掲『力行会とは何ぞや』四三〜四八頁・五一〜五四頁。
67 島貫前掲『力行会とは何ぞや』五五頁。神田教会開設後、島貫は、日本力行会・力行教会を設立した。山室軍平と親交が深く、自らも東北救世軍に参加した体験のある彼は、終生、救世軍の支援者であった。初期社会主義者との交際があり、労働者に対する理解から友愛会の評議員をつとめたこともある。また、日本亡命中の孫文の援助者の一人でもあった。連れ合いのしか（志賀子）は、横浜共立学校出身で、母校の小学部・高等女学部・神学部の英語・音楽の教員をつとめた。（相沢前掲『島貫兵太夫伝』・立川健治「島貫兵太夫と力行会（1）」〈『力行世界』九五七号〉参照） 島貫の墓は東京の染井霊園にあり、碑銘は師押川の筆である。

68 島貫前掲『力行会とは何ぞや』五七〜六二頁。同会は、翌年一月、いったん造士会と改称したが、間もなく力行会に復した。現在（一九八〇年代後半）、日本力行会は練馬区にあり、キリスト教主義に基づく力行幼稚園・力行国際学園を経営するとともに、力行会館を運営し、在日留学生や来日者に宿泊施設を提供するなどの事業をおこなっている。海外との交流もさかんで、南北米大陸にも多数の会員がおり、ブラジル力行会などがある。

69 『救世』第七号（一九〇〇年四月）。『救世』は救世社が発行する日本力行会（創立時は東京精励会）の月刊新聞である。救世社への寄附者名簿には片山潜・木下尚江・別所梅之助の名も見える。力行会にはもう一紙『力行』があった。同紙は力行会本部の発行で、一九〇〇年の創刊である。編集は同会新聞部で、三号に「顧問相馬愛蔵」と見える。両紙はのちに合併し、月刊『力行世界』となり、現在も隔月刊で発行されている。一九八九年十一月現在、第九五九号である。

70 難波前掲「部落問題と私」。

71 『救世』第八一号（一九〇九年十月）。

72 『救世』第八三号（一九〇九年十二月）。翌年は第三十三組長、ついで第四十組長になっている（『救世』第八八号・第九一号）。

73 『救世』第八六号（一九一〇年三月）。

74 立川前掲「島貫兵太夫と力行会（1）」。

75 『救世』第八六号・第八八号（一九一〇年五月）。

76　『救世』第八九号（一九一〇年六月）・第九五号（一九一〇年十二月）。
77　『救世』第八七号（一九一〇年四月）・第九三号（一九一〇年十月）。
78　『救世』第八七号。……は省略部分。
79　難波前掲「部落問題と私」。
80　難波英夫「編輯室より」（『救世』第九二号）。「小生専ら其任に当り来り候」とあるように、一九一〇年八月ごろまで十ヶ月間、難波は一人で『救世』を編集したようである。
81　『救世』第八五号（一九一〇年二月）。
82　『救世』第八六号。
83　『救世』第八七号。
84　『救世』第八九号。苦学生は家族の経済生活を支えなくてもよい地域の比較的恵まれた階層の青少年である。出郷して自活出来ればよく、だから自由と独立を求めて上京し、苦学した。しかし、さらに「独立自尊」を求めて合衆国本国へ移民するには片道およそ百円を必要とした。したがって、当時の苦学生の場合、家の経済力が上層、中層上位の資産でなければ米国移民はほとんど不可能であった。
85　『救世』第九〇号（一九一〇年七月）。
86　『救世』第九一号（一九一〇年八月）。
87　難波前掲「部落問題と私」。

III

第7章　相馬愛蔵と相馬黒光

一　相馬黒光小考

本学（長野県短期大学）に勤務して五年になろうとしている（一九九五年現在）。「歴史Ⅱ」（歴史ゼミ）で日本近代を中心とした女性史をとりあげ、女性の地位向上、男女平等を念頭に、学生と研究してきた。その間、信州の女性にも目を向けて、毎年巡見を実施したが、一年を除き安曇野の穂高町（現安曇市）へ行き、相馬黒光、研成義塾の女性教員青柳さく子や女生徒の生き方や生活の有様を実地に研究し、学生たちは大学祭（六鈴祭）で展示発表したこともあった。筆者は相馬愛蔵・黒光夫妻や井口喜源治らについて一般教育「歴史Ⅰ」でとりあげたほか、東京都文京区成人学校（後に文京区民大学）の筆者自身の企画による「歴史講座」で二度講義した。[1]

ところが愛蔵・黒光らに関する研究、ことに長野県関係の先学の論述を読み、多くを教えられた一方で、歴史研究の初手である史料批判の欠如、黒光らの回想録を鵜呑みにした事実の誤りや評価への疑問、その他の問題点が気になった。[2] 小論はそれらをとりあげつつ、若干の整理と考察を試みようとするものである。小論は日本近代女性史研究の視点から、黒光の誕生から順次とりあげていき、穂高からの出京を下限とする。

1　星良の生いたち

相馬黒光、旧姓は星、名はりよう、通常良が当てられ、良子とも称した。黒光はペンネーム等に使用された。ここでは良を多用する。

良は、一八七五（明治八）年九月十一日、星喜四郎・巳之治《みのじ》夫妻の三女（四男四女中の）として、仙台は広瀬川畔の崖上に近い本《もと》材木町《まち》西裏末無《すえなし》に誕生した（一九五五年歿）。一八五六～九（安政三～六）年に作成された「安政補正改革仙府絵図」には、[3] 良の生家は「星雄記《ゆうき》」と記載されている。雄記は良の祖父である。良の生家は本材木町・木町間の路地を西にはいり、南に折れた本材木町の町西裏の突き当たりにあって、住所の呼称通りである。その地点は現在の青葉区立町八番地の立町小学校や同九番地のＹＭＣＡの北、十八～十九番地辺りと推定出来る。[4] 現在、そこは仙台市街中心部の一画である。旧藩時代には川畔崖上に並ぶ大身の屋敷に近く、川を隔てて青葉山の城郭が聳えて見えた。

星家は儒家で禄高七十石、大藩の伊達六十万石では小身ではあったが、良が祖母サダ（通常、定と記されている）から聴かされていた通り、雄記は有能な人物で、[5] 抜擢されて評定役・勘定奉行などの要職を歴任した。彼は藩学養賢堂の学頭大槻磐溪と親交があった。磐溪は開明的な儒者で、開国論に与し、藩が奥羽越列藩同盟の主軸となることに反対して敗れ、下獄した。蘭学者大槻玄澤の子、国語学者大槻文彦の父である。[6] 養賢堂学頭は「大番頭格待遇の輩」で、若年寄・評定役等と共に文武行政担当奉行に直属した。勘定奉行は財用取切奉行・出入司に支配された。[7] 雄記が大学者と親交があったことは彼の人物が一廉《ひとかど》であったことを示していよう。雄記は一族と共に青葉区柏木三丁目七番地、曹洞宗微笑山《みしょうざん》江厳寺の墓地に眠る。

喜四郎は養子である。養父の影にあって何事も消極的な態度をとった。彼の実家多田家は砲術をもって藩に仕えたが、黒光自身が子ども心に「奇異」に感じたと回想しているように、多田家からは少なからざるキリスト者が生まれていた。[8] なかでも喜四郎の長姉の長男笹川定吉は明治初年のキリスト教弾圧で投獄されながら信仰を深め、仙台ハリストス教会を主宰し、ながく長司祭を勤めた。喜四郎の長兄の長男多田清介は早逝したが、七三年、仙台カトリック教会の基礎を築いた人である。[9] 黒光はこうした父の実家「一族の血の中からうけついだもの」を吾が身に感じていた。[10]

良の母巳之治は雄記・定夫妻の三女である。彼女は明治維新を境に没落の一途を辿る星家の大黒柱になった。仙台藩は明治新政府に抵抗し、戊辰戦争の際、奥羽越諸藩の盟主となったから、一八六八（明治元）年、二十八万石に減封されるなど、維新改革期に不利な処遇を受けた。士族は下級官職も得られず、没落が顕著であった。雄記は例外的に官途に就いたが、剛直で潔癖な性格は時勢に合わず、間もなく隠居した。一家は貧窮の度を強め、八五年の雄記没後、それは一層深刻なものとなった。巳之治は機織りで稼いだが、売り食い生活を余儀なくされた。やがて良のすぐ上の三兄、少年圭三郎が県庁の給仕に雇われて家計を助けた。喜四郎は一時職に就いて単身赴任したが、九〇年、病を得て帰省し、翌年、死去した。

その間、良は八三年に片平丁小学校（初等科）へ入学した。八二年入学説もあるが、八三年が正しい。諸書に尋常小学校とあり、黒光もそう認めているが、彼女は尋常科（四年制）には通っていない。当時の小学校制度は七二年の最初の学制がそれぞれ四年制の上・下等としていたのを改正し、八一年の小学校教則綱領で初等科三年を義務教育とし、四〜六年を中等科、七〜八年を高等科と定めていた。[11] 良は初等科へ入学したのである。仙台でも東二番丁小学校・木町通小学校などと称し、尋常の文字は見られない。尋常小学校という記述は、黒光の回想では許される、と言うより、煩わしさからして当然でさえあるが、歴史研究の叙述では認め難い。[12]

同小学校は現在も同じ校名で同じ場所に存在する。所在地は現在の青葉区片平一丁目七番地である。良の家からは一〇〇〇メートル余り南の広瀬川畔崖上にあり、彼女は三年間通学した。片平丁小は、開校当時、六八（慶応四）年に養賢堂学頭添役（副学頭に相当）だった岡千仞《せんじん》が開いた麟経堂を校舎とした。麟経堂の学風を受け継いだ同小学校は仙台屈指の所謂名門校で、各界で活躍した人物を輩出し、黒光は志賀潔等と共にその一人に教えられている。[13]因みに道路を隔てた西南に中国の文豪魯迅が在仙時代（一九〇四〜六年）に下宿した陋屋が現存している。

初等科を卒業した良は、[14]貧困のため上級進学を断念させられ、一年間、裁縫を習いに行き、翌八七年、東二番丁小学校へ入学した。前年、学校教育の国家主義的再編を目的に学校令が制定され、その一環として小学校令が公布されて尋常小学校程度・高等小学校程度が共に四年制となり、前者が義務教育とされた。[15]仙台の場合、上杉山通小学校では八七年十月に小学校令を実施、外記丁尋常小学校と改称し、翌月、文部省令第八号学科程度を実施、小学校在学年限を八年に分け、前四年を尋常科、後四年を高等科として、同月「高等科ニ入ルヘキ生徒八十四人ヲ出」した。良が入学した学校は七三年の設立で、七九年から東二番丁小学校と呼称し、八六年、直ちに尋常高等併置校となった。正式の校名は東二番丁尋常高等小学校だったのではなかろうか。[16]いずれにせよ、彼女は初等科三年をおえただけで、高等小学校程度の課程へ入学したのである。

良が通学したその場所に今も東二番丁小学校が存在する。仙台駅から西へ数百メートル、良の家からは約一四〇〇メートルの地点の大通りに面した繁華街にある。現在の地番は青葉区一番町二丁目一番地である。仙台最初の幼稚園を併設した、これまた所謂名門校の小学校で、良は成績抜群、入学年次に飛び級し、高等科の課程を三年間で卒業した。普通八年間要する課程を彼女は六年間でおえたことになる。遅れを取り戻したと言われているが、取り戻して余りがあったのである。

2　キリスト教との出会い

東二番丁小の南隣、現在の一番町二丁目二番地に仙台基督一致教会があった。そこは今、大成火災海上ビルになっている（執筆当時）。良は一八八九年一月六日にこの教会で洗礼を受けた。高等科卒業の前年である。仙台東一番丁教会所蔵の綴「第壱号会員名簿　仙台基督一致教会」を見ると、「仙台市元《ママ》材木町未《ママ》無」の「星巳《ママ》の治」、「仙台市元《ママ》材木町」の「星サダ」、同「星リヨウ」、すなわち良の母・祖母・本人の順に三人続いて綴られている。受洗は同時である。この日、受洗したのは三人のほか、同教会の牧師をしていた押川方義《まさよし》の長男方存《まさあり》（のちに冒険小説家として知られる春浪《しゅんろう》）ら五名であった。[17]

ところで黒光は洗礼式の様子を『広瀬川の畔』で回想し、押川から受洗したと書いている。[18] しかし、右「会員名簿」、さらにその原簿である「明治二十一年四月一日ヨリ」の「受洗入会者扣帳」によっても、良自身や押川の長男を含む右八名への施洗者は押川ではない。「米国人ホーイ」、「ダブリエーホーイ」などとなっていて、W・E・ホーイ（William Edwin Hoy）であることが知られる。[19] 黒光が受洗したのは正式にはホーイなのである。この点を最初にあきらかにしたのは論文では宇津恭子氏である。[20] 少し立ち入って仙台基督一致教会の「会員名簿」を通覧すると、押川に混ってホーイを含む臨時に洗礼を授けた牧師の名が見える。東北学院史料室所蔵「宮城中会記録」の前年十二月十日付記事に「押川氏近日洋行セラレントス」とある。押川が米欧視察のために仙台を発ったのは良受洗の年の三月二日であり、これに先だって牧師を辞任したが、いつかは定かでない。出発まで間があり、ホーイの臨時的な施洗と見るべきであろう。良らの受洗の日に既に辞任していたとしても、この年の早い時期に受洗者がきわめて多いのは押川が出国し、教会主宰の立場を離れることからの「駆け込み」のためであろう。彼は一年余りのちに帰国したが、長老として留まり、牧師に就任しなかった。[21] 黒光の記憶は正しいとは言い難いが、彼女が師と仰ぎ、多大な薫陶を受けた押川の印象が強烈で、誤って叙述したとしても充分理解出来ることである。

良のキリスト教との出会いは、後年、自らが書いているように、小学校（初等科）時代、賛美歌の声に引き付けられたのを契機に、保護者の許可も得ずに日曜学校へ出入りし、祖父をはじめとする家人の反対に逆らって教会の礼拝に通い始めたことにある。[22] 明治初期、キリスト教が発展し出していた仙台で、教会の歌声が感性鋭い少女の琴線に触れ、勝気な彼女が己が意志を通せたことは幸運であった。また、良がキリスト教への関心を強めていったのには、キリスト者を多く出している多田家一族との奇縁にもよるが、母方の著名な叔母の存在にもよる。

多田家一族のうち、良に直接影響を与えたのは父の次姉佐藤かね（通常、兼と記されている）である。彼女は星家三代の女性より早く仙台基督一致教会の会員になっていた。同教会「第二号会員名簿」を見ると、兼の受洗は八四年七月二十五日、授けたのは押川である。[23] 兼は当時もその後も家庭的には背負い切れない程の不幸があったが、良にとって心温かい伯母であったし、巳之治にもやさしい義姉であった。[24] なお、兼について一言すれば、黒光は彼女が教会の長老を勧めたと認めているが、[25] 目下、確実な史料は見当たらない。

一方、母方の叔母には佐々城豊寿がいる。彼女は雄記・定の五女、本名をえん（通常、艶と記されている）と言った。豊寿はキリスト教主義の女性の地位向上をめざす婦人矯風会の中心メンバーとして活動したことで知られる。良は、男女平等を論じ、娼妾全廃を主張し、慈善事業に東奔西走する剛直で能動的な叔母に一種の憧れを抱いた。

二人のおば、佐藤かねと佐々城豊寿は良と彼女の母・祖母に対して直接的にまたは間接的に入信を働きかけた。それを良が積極的に受け留め、三人同時の受洗となったのである。

良は祖母の想い出話を通して星家に誇りを持っていた。士族意識が強かったと言ってもよい。しかし、現実には一家は没落して貧困に喘ぎ、肉親に不幸が絶えなかった。不幸は入信後も続いた。こうした家庭の事情が多感な少女の苦悩を深めさせ、苦悩が彼女をキリスト教と結び付けた。

良が受洗前に教会へ通い始めて掛け替えのない二人の師に恵まれたことは大変な幸運であった。一人は言うまでもなく押川であり、もう一人は彼の愛弟子島貫兵太夫《ひょうだゆう》である。

押川方義（一八五〇～一九二八）は伊予国（愛媛県）松山生まれ。東大の前身開成学校等を経て、一八七一年、横浜英学校に入学、翌年、受洗して日本基督公会創立に参加し、七五年から東日本各地へ伝道に赴き、八〇年、仙台区（仙台市）内に基督教講義所を開設、吉田亀太郎とともに本格的な東北伝道を開始した。翌年、最初の洗礼式がおこなわれ、同日、仙台教会が創立した。八五年、押川のリードで仙台ほか東北の三教会が日本基督一致教会に加入し、八七年、仙台基督一致教会は東二番丁南町通角に移転した[26]。良が受洗したのはこの教会である。

これより先、八五年、押川は吉田とともにホーイを東京に訪問し、仙台にキリスト教主義の学校を創設する必要を説いた。ホーイはアメリカ合衆国のジャーマン・リフォームド教会（ドイツ改革派教会）の三人目の来日宣教師である。彼は仙台視察後、二人の先任者と協議し、翌年、仙台へ赴任した。そして合衆国ドイツ改革派教会の在日宣教師団の日本基督一致教会協力ミッションへの加入を経て、同年五月、仙台神学校が設立された。神学校は仙台基督一致教会の西に隣接して建てられた。押川・ホーイの両名が仙台神学校の創立者で、九一年、神学校は東北学院と改称、翌年、理事会が組織されるに伴って、押川が院長に就任し、ホーイは理事長に相当する局長となった。すでに韓国伝道に乗り出していた押川は、一九〇一年、院長を辞任し、彼の地での宗教活動の資金調達を目的に事業を興して失敗した。晩年は代議士二期を勤めた。一方、ホーイは一九〇〇年に局長を退き、中国へ渡って伝道と教育と社会事業に盡力、二六（大正十五）年、国民革命軍の所謂北伐に巻き込まれ、翌二七（昭和二）年、合衆国政府の命令で本国へ引き揚げる途中、太平洋上で死去した。[27]

一九三八年、黒光は四十数年ぶりに帰省し、故郷を回想して「往年の広瀬川を訪う」を書いているが、押川の墓前に額突いた段はとくに情感が籠められており、恩師に対する彼女の変わらぬ深い敬愛の念が理解される。「共同墓地のある輪王寺に至れば、さらに一段と高きところに、恩師押川先生の、自然石より成るお墓がすぐ眼につきました。あっ先生と、思わず走りより、跪づ」き、押川を中心とするキリスト者の群像に思いを馳せ、「ここには墓碑を繞って涸れざる青春がある」、「維新後ようよう二十年の時代の若き日本、特に暗い東北の天地に、雪解の春の一時に訪れたような、揺りさまさるる魂の感激と」「何やら高い香気のようなものが、ふっくりと私をつつんで残るのです」と記している。そして黒光は「晩年が不遇であった」押川の「事跡を知る人も少ないようです」と、彼の履歴を縷々認め、そのなかで押川が熱誠をもって東北伝道に如何に努力したかを切々と訴えているのである。[28]

東北学院長辞任間もない頃の押川について、松村介石は「今日海外教育其他の事に従ふて猶ほも大望を抱いて居る様だが、如此《かういう》大物に為ると兎角区々硜々たる宗教家や俗人とは相容れぬもので、誠に惜しむべき人物である」、「彼は今後」「如何に変ずるとも彼が愛国憂国の情を懐いて何時でも其の身を殺さんとして居る事丈けは」間違いなく、「縦令ひ失敗を為しても、よしんば少々不都合を為したと言ても、彼は己れ一個の功名利益の為めでなく、其の憂国の大業より打算し来るものである」と紹介した。[29] この人物評は、一方では心を揺り動かす雄弁をもって個人の精神的救済をはかる押川の、自ら成し遂げようとする事業を、困難にぶつかり、失敗しながら、自ら揮毫する言葉「直知直達」の通り、野心的に次々と実行していこうとする性格を欠点を含めて的確にとらえ、国家主義への傾斜を暗示的に、しかも肯定的にあきらかにしている。黒光はこのような傾向をもつ彼のスケールの大きさに英雄的魅力を感じ、尊敬の念を禁じ得なかったのである。

島貫兵太夫（一八六六～一九一三）は陸前国岩沼郷（宮城県岩沼市）生まれ。一八八〇年、十三歳で下等小学校に入学し、翌年卒業、十四歳で近隣の小学校助教となり、小学教員資格試験に合格して、翌年、母校小川小学校の訓導に就任した。八三年、宮城師範学校に入学したが、二ヶ月で退学し、八四年、母校へ戻り、中等科訓導試験に合格して、十七歳で植松小学校（現名取市）の校長（六等訓導）に着任した。同年、増田町高等小学校（現名取市）の首席訓導に転じたが、八六年に退職して周囲を驚かせた。二度目の母校在職中に仙台で押川から受洗していた。彼は、同年、仙台神学校へ第一期生として入学したのである。そして九四年、東北学院英語神学部を卒業した。[30] 彼と良との出会いはその間のことである。

卒業後、島貫は在学中から携わっていた仙台のスラム街での伝道と救済に従事したのち、出京し、九五年、日本橋元大工町基督教会牧師となった。九六年、教会を神田へ移し、神田基督教会と改称、彼はここを拠点に、底辺労働者をはじめとする貧民救済、韓国伝道にとりくもうとしたが、地域性がらみで苦学生援助を最大の課題とした。そのため、島貫は翌年、東京苦学生救助会を設立、これは二度の改称を経て、一九〇〇年から日本力行会《りっこうかい》と呼称された。力行会の目的は「貧窮なる男女の学生を補助周旋し自給勉学其志を成さしむる」ところにあった。力行会は自らの意志と実力で生涯を切り開いていくための移民にも力を入れた。[31]

黒光は「神学生たちの総元締という格」の「島貫さん」に「二、三歳から」「押川先生の厳然と控えられる前で」「キリスト教の教育を受けた」、「親も及ばぬほどの世話」になった。[32] 島貫歿後十年目、島貫の建碑記念会が開催された頃、黒光は「兄なる島貫師」なる追憶文を書いている。[33] 島貫の良宛書翰（一八九一年）を紹介しつつ、「此夏休暇、私は、子供としては堪え難い程の重荷を負って悩んでゐたので、兄は殊に多大の注意を払はれたのです。一日一回或は二回位の割合で書かれたのです。僅か小学校を卒へた許りの十五六才の一少女を、かく迄信じ且重んじて凝視してゐて下さつたといふことは、如何して私の魂を動かさずにゐられませう」と認めた。早熟の黒光は島貫に兄事しているが、彼女にとって島貫は事実上の師であった。

押川と島貫は感受性の強い良が折れ、曲がらないように親身に相談に乗り、導いた。筆者がこの項で良について二度まで幸運と書いたのは、彼女が生きる道を見出し得たのも、幾度となく躓いて起きあがれたのも、キリスト教と出会い、二人の師に巡り合えたからである。そして良が、愛蔵と共に、社会的弱者を含めて困難を抱えている人たちに対し、慈善の域を超えて援助し、社会的・文化的に意義あり価値ありと認めた活動に対し、ときには危険をも省みず、惜みなく協力したことには、両師の精神を継承した側面がある。しかし、黒光に倣って押川を一面的に高く評価している論考があるが、それは、歴史研究として問題だと言わざるを得ない。

3　三つの女学校――とくに宮城女学校

良は一八九一年創立五年目の宮城女学校へ入学した。高等科卒業一年後、父親生前のことである。黒光は最初、東京の明治女学校への入学を熱望していたと書いている。しかし、良は「あんなに勉強したがるものを遊ばせておいては可愛相だ」という両親の温情で地元の女学校への入学を許可された。[34]

宮城女学校（現宮城学院）は八六年九月、東二番丁五十一番地に誕生した。神学校と兄妹校である。創立の契機は、押川と吉田が新しく来日したホーイと会見し、彼の先任宣教師とも会談して、神学校と共に女学校の設立を合意したことにある。合衆国ドイツ改革派教会の在日宣教師たちの連絡を受けた本国外国伝道局は女学校設立に協賛すると共に、二人の女性宣教師の派遣を決定した。プールボー（E.R.Poorbaugh）とモール（J. P. Moore）である。プールボーが校長に就任した（モールがのちに第二代校長となる）。このうち宮城女学校の設立に参画したのはホーイとモールで、日本人関係者は押川ほか二名である。押川が理事長に当たる設置者（のちの校主）となった。[35] こうして宮城県最初の女学校が発足したのである。

八八年、宮城女学校は合衆国外国伝道局の協賛を得て東三番丁七十五番地に二千余坪を購入し、翌年、移転した。[36] この地は現在青葉区中央四丁目六番地で、仙台一の高層ビル住友生命仙台中央ビルが建ち、その前に小さな記念碑がある。良はここに通学したが、一年足らずで退学した。黒光の言う「ストライキ」事件が惹起したためである。黒光は事件の概要を次のように書いている。[37]

校長プールボーをはじめとするアメリカ人教員が「日本の伝統を無視して」「何から何までアメリカ式に教育」した。「この無理に学校当局は全く気がつかなかった」。これを問題にした小平小雪が明治二十四年八月、校長に英文の建白書を提出、これに賛成した斎藤冬ら四人が改革案を当局に差し出した。校長と五人の対立は尖鋭化し、押川（すでに八九年に設置者を辞任している）らが仲介にはいったが、埒あかず、翌年二月、校長が全校生徒を前に「自制を失った」口調で五人の退学処分を発表した。

五人は「落ち着いた態度」で退場した。

こうした黒光の回想は狭い自らの体験と見聞を伝えているに過ぎない。宮城女学校の学園史もこの事件を僅か四行しか記述していない。事件の原因について、生徒の「日本精神を基調として教育して欲しい」という要求と共に、「プールボーの報告によると『学校の管理運営を全面的に日本人に委ねる事を求めた』ものの様である」と書いているだけである。[38] しかし同時に、九〇年、宮城女学校の「規則変更」がおこなわれ、「学科から聖書を除き体操が加わり、倫理・国漢・英学・数学・理科・地歴・家事・図画・音楽が強化されている」と叙述しているのは、[39] 事件を知る重要な手懸りになる。

一九八六年に刊行された『ウィリアム・ホーイ伝』は、ホーイとプールボーが本国の外国伝道局に宛てた手紙類を丁寧に掲載し、事件の背景を考察する上での貴重な史料を提供してくれている。プールボーの手紙三通から抜粋する。[40]

「日本人は外国の影響に対し妬みの気持が強いので、外国からの援助は熱望しながらも、これを自分たちの目的に従わせようとします。日本人はまた権力を持つことが大好きです。（中略）もしも日本人に学校の中でわたしたちと対等の権利を与えてしまうなら、わたしたちの本来の意図はとても実現できないでしょう」。（八八年、校地購入当時の書翰）

「押川は女学校を日本人の支配下に置くという提案を持ち出しました。（中略）わたしには日本の男性が、女子教育に配慮することができるとは思えません。（中略）もしも彼らの主張が通るようなことであれば、外国人教師の影響力は皆無に近くなり、効果も失われてしまうでしょう。そのようになった学校に、わたしは留まりたくありません。(中略) 日本人は自分の国の文明開化が外国人の指導のもとになされることに、我慢がならないのです」。「仙台では、男子校が日本人の支配下にあります。だからわたしたちも困難な状況にあるのです。(中略) わたしたちに向けられている不満は、わたしたちが彼らに対し十分な愛国心を鼓吹していない、ということなのです。(中略) 新聞はミッション・スクールに対する批判に満ちております。それを読むと日本に来ている宣教師は一致して、この国を非国民化し、腐敗させようとしていると思い込んでしまうほどです」。「女のわたしが、押川先生の勧める方策に異を唱えるとなると、(中略) 女としてわたしがまさっているといった思い上がりこそ、まことに女らしくないと説明されるのです」。(三通は、九一年、事件本格化前の書翰)

黒光は事件の発端をつくった小平の積極性を認め、「突飛な小雪さん」と表現している。[41] しかし、仮に小平が自らの発意で「建白書」なるものを出し、他の生徒達が主体的にこれに賛同したとしても、押川とプールボーを軸とする対立や国民思想を国家主義へ方向づける動向に刺激・影響されての行動と見て間違いない。条約改正を有利にしようとの発想で採られた極端な欧化政策に対して、一八八〇年代後半、国家主義・国枠主義の思想が強まった。九〇年、前年の大日本帝国憲法の制定を基礎に、国民に忠君愛国の精神を涵養することを目的として教育勅語が渙発された。教育勅語は国民間に国家主義思想を普及するのに大きな役割を果たした。こうした風潮のなかで、宮城女学校でも聖書を学科から外す「規則変更」が実施された。小平の単独行動の前年である。激しい対立と議論があったであろう。

プールボーの外国伝道局宛報告を分析すると四点の指摘が出来る。一つはキリスト教文化を「文明」と理解し、異文化を認めず、「文明」の遅れた日本人を教化しようとする「正義感」が見られることである。手紙を読んで、筆者は内村鑑三の英論文「日清戦争の義」（義戦論）が北米知識層の支持を得たことを想起させられた。[42] 第二点は彼女が日本人の負の特徴を的確にとらえていることである。「日本人というものは外国人との約束は、守った方が得だと思うとき以外は、決して守ろうとしないのです」と言い切ってもいるが、これは現在でも問題にされている。第三点は国家主義が台頭するなかで、押川らがこれに即応した、あるいは少なくとも対立しない日本のキリスト教の「発展」を追求し出したことである。元来、押川には学校教育を含めて教会を基礎とした事業の拡大がキリスト教の「発展」だと理解する面があったから、それは彼にすれば当然の方向であった。第四点は第三と関連して仙台のドイツ改革派宣教師らが彼らの考えるキリスト教主義に基づく教育方針をまもろうとして、苦しい立場に追い込まれたことである。「ストライキ」事件は彼らの困難を一層深刻なものにした。

事件そのものは五人の退学処分で一件落着した。ホーイらが校長を支持し、押川は東北学院の教員が女学校に対して干渉がましいことは何もしないと約束した。しかし、プールボーは仙台基督一致教会の会員たちからきびしい批判を受けた。[43] 押川に事件と係る策動ありとの疑念を抱くプールボーは彼に対する不信感を氷解出来なかった。彼女は事件後も「押川氏は男子校の校長としての自分に課せられている大変な責任感について、得々として語るのですが、女子校で同じ立場にいるわたしに帰属する責任感については、徹底的に無視します」と外国伝道局へ書き送っている。[44]

ホーイは「学校経営を日本人の手に任せるまでは、事業に成功したとは言えない」と主張し、[45] 押川らに一定の理解を示している。しかし事件後、その彼さえも「押川兄弟は立派な人物です。それだけに、どうも少しばかり多すぎる個人的野心を彼に吹き込む日本の友人たちから、彼が救い出されることは彼自身にとっても、わたしたちにとってもきわめて好ましいことと申せましょう」と外国伝道局に手紙を出すに至った。[46] 押川の野心的な行動は、松村介石が評したように、たとえ「己れ一個の功名利益の為」ではなかったとしても、客観的にはホーイのように理解されても仕方なかった。押川の国家主義への傾斜とこれに批判的なホーイとの不和は拡大し、日清戦後、前後して東北学院を去った。その後、ホーイは活動の場を中国へ移した。プールボーは彼の妻となり、行動を共にした。[47] 彼らと押川とは信仰の有り様や生き方を異にしていたのである。

事件で退学処分となった小平を含む三人は押川の計らいで明治女学校へ、他の一人は青山女学校へ転学し、もう一人は押川の媒酌で婚約者松村介石と結婚した。彼女たちに一味同心した良は、引き留められたが、自主退学した。家庭の事情で出京するわけにはいかず、「焦燥」しているところを母親が察し、これを許可した。良は母親の「苦心」を思い「自分は不孝な娘」だと気が咎めもしたが、一方「古い家」の「重圧」からの「解放」を喜んだ。押川の配慮でフェリス女学校へ入学し、とくに英語の修得に励む心算を固め、九三年の春「出郷」した。[48] 内心の葛藤はあったが、良は叔母豊寿と同様に前へ進んだ。奇しくも豊寿が学んだミス・キダーの英語塾の後身フェリスで学ぶことになった。保証人は島貫である。

フェリス女学校は当時の横浜停車場から南東へ二千メートル余りの地点にあった。[49] 現地番で横浜市中区山手町三十七番地、そこにフェリス女学院が現存する。良にとってフェリスは「ずいぶん西洋風」で「洗練」されており、設備は、冬にはスチームが通っている上、教室にはストーブが置かれ、蛇口からは湯が出[50]、至れり盡せりであった。

これより先、出京した良はひとまず神田の豊寿宅に寄居した。作家の清水紫琴《しきん》（古在豊子）の来訪があって目を見張った。火災に遭って佐々城家が豊寿の夫本支《もとえ》経営の日本橋の医院に転居した。良はそれを機に、入学と同時に寄宿舎生活を始めた。寄宿舎は食事も内容豊富で、食パン・牛乳・砂糖・鶏卵・食肉が出た。フェリスは各学科とも宮城女学校より程度が高く、とくに英語がむずかしかったが、良の学力は増進した。良はフェリスで脚気に罹り、誠意あふれる待遇の転地療養を体験し、音楽の女性教員から例外的に無償で一対一のオルガン教授も受けた。[51] 経済的には苦しくとも、良のフェリスでの生活は充実していた。合衆国の援助を受けた学校の補助のお蔭である。

しかし、良には、安息日には編物もしてはならないはずなのに、校長家族が日曜日毎に教会へ行くとき、人力車に乗り、車夫を働かせていることが不可解であった。そうした折、文学への関心を強めていた良は小平に誘われて星野天知を訪問し、彼の鎌倉笹目ヶ谷《やつ》の別荘への出入りを許された。そして良はこれを機縁にフェリスを中途退学し、天知の紹介で、黒光が当初から入学を念願していたと述べている明治女学校（高等科一年）へ転学した。九五年秋のことである。この年の初め、島貫は日本橋の教会の牧師に就任していた。保証人の島貫にも無断であった。意表をつく良の特性発揮に母親や兄をも驚かせた。彼女が如何に生活費を切り詰めても、母や兄は経済的負担増を強いられることになる。本当に困った良なのであった。

明治女学校は八五年九月、麹町区飯田町一丁目七番地（現千代田区九段南一丁目六番地）、九段下の牛ヶ淵端に創立した。創立の発起人はオランダ改革派宣教師の木村熊二のほか、田口卯吉・植村正久・島田三郎・巖本善治《よしはる》で、教員は木村・津田梅子ら四人であった。翌年、木村の妻鐙子《とうこ》（田口の姉）が取締に就任した。鐙子は熊二の留学中、田口経営の経済雑誌社の庶務・会計を担当した働く女性の先駆者である。明治女学校は外国ミッションを頼らずに、日本人の手で設立された最初のキリスト教主義の女学校である。僅か二ヶ月で鐙子が急逝し、八七年に熊二を助けて巖本が教頭に就任、一度移転してのち、九〇年に麹町区下六番町六番地（現千代田区六番町三番地）に再移転した。現在の日本テレビの筋向いに当たる。九二年、巖本が校長に就任、最盛期を迎えた。

巖本善治（一八六三～一九四三）は但馬国出石（後に兵庫県出石町。現豊岡市）生まれ。中村正直の同人社、津田仙の学農社に学び、木村熊二から受洗した。八四年、『女学新誌』を創刊（翌年『女学雑誌』と改題）、女性の地位向上をめざして論陣を張った。八九年にフェリス女学校教員島田甲子《かし》（文学者若松賤子）と結婚した。良が転学した年の教授陣には北村透谷は既になく、賤子や天知も退いていて、呉久美（第三代校長）・大和田建樹・青柳猛らがいた。彼女は短期間、島崎藤村の講義も聴いた。良が入学して半年後、校舎が全焼し、その五日後、賤子が急逝した。[52] 良は仮校舎で一年、九七年春まで都合一年半学んだ。彼女の学校生活は物質的環境では恵まれなかったが、憧れの巖本の薫陶を受け、充実感を味わったことは、大旨、『黙移』・『広瀬川の畔』に回想されている通りであろう。

明治女学校は九七年四月、東京府豊多摩郡巣鴨庚申塚六六〇番地、現在の豊島区西巣鴨二丁目十四番地附近に五千六百坪を得て移転した。西巣鴨幼稚園前に記念碑が建っている。キリスト教人道主義を基調とする自由主義を理想とするこの女学校は校舎焼失、賤子の病死などの不幸が重なった上、日本女子大学校など女子高等教育機関の誕生、府県高等女学校の開設、キリスト教主義学校への圧迫の強まりという情勢の変化のために衰退し、一九〇九年廃校した。[53] 加えて賤子他界後における巖本の背信行為も影響しているが、[54] 黒光は『黙移』で徹底的且恣意的に彼を弁護している。巖本の所業はキリスト教人道主義や女性の地位向上と無縁であり、思光の評価に同調した、あるいは無批判に巖本を美化した文章も見受けられるが、首肯出来ない。

４　相馬愛蔵との結婚とその後

良が明治女学校に転学した年、島貫は世話をする苦学生の一人でもあった彼女に結婚話を持ち掛けた。相手は長野県南安曇郡東穂高村（後に穂高町。現安曇野市）の青年相馬愛蔵（一八七〇～一九五四）である。彼は一八九〇年に東京専門学校（早稲田大学の前身）を卒業した。その間、押川・植村・内村ら明治期を代表するキリスト者の教示を受け、津田・島田・巖本らの知遇を得、同郷の木下尚江と親交を深めた。愛蔵は生家の当主相馬安兵衛の養嗣子に決定して翌九一年に帰郷、養蚕の改良にとりくむと共に地元の禁酒運動で中心的に活動していた。自由に振る舞い、才気溢れる良にかってアンビシャス・ガールと綽名した島貫は、那須野原孤児院の援助に盡力する愛蔵の人格を見込み、押川と共に両人に結婚を勧めたのである。[55]

その頃、良の知己である若い女性たちの間で一種の「恋愛至上主義」が流行していた。彼女もその一人だったが、それに飽きて「楽な結婚の方へ歩んで行く人も少なくなかった」。しかし、彼女は「易々と片付かない」「性分」で、島貫からの縁談だとて「一も二もなく服すること」が出来なかった。そこへ二つの出来事があった。一つは親しかった布施淡《あわし》が婚約したこと、もう一つは彼女の雑誌小説をもとにして新聞に中傷記事を書かれたことである。[56]

布施淡（一八七三～一九〇一）は小山正太郎の不同舎に学んだ洋画家である。彼は仙台藩の大身（二千石）の布施備前の嫡孫であったが、藩が明治維新期に「朝敵」の筆頭であったため、新政府から不利にあつかわれ、苦学を強いられた。[57] しかし、のちに東北学院教授になった。[58] 在仙時代の島崎藤村と同僚である。良とは祖父同士が知己であり、教会で一緒であった。[59] 良が彼から受けた芸術上の影響は、愛蔵と共に新宿の中村屋を開業したのちに開花する。布施の絵は管見の限りではやさしさに満ちている。
良は布施について『広瀬川の畔』の其所彼所で回想しているが、彼の婚約問題に限れば、「あれほど親しくしていた淡さんと私が結婚しないで、他の女性と結婚するといっても、そこに不思議はない」と認め、彼の「友情には感謝し」「清らかな人柄には深く敬服していた」が「私はもっと精神を打ち込み、生命を焼きつくすような激しさが欲しい」、「やさしい性格」では「ぴったり寄り添えない」と記し、「妙に淡さんもかくしたものです。『裏切られた』とこれがその当時の偽らざる気持ちでした」と述べている。淡の婚約者は良が紹介したフェリス時代の友人である。それなのに「どうして報せてくれないのか」、だから「裏切られた」と実感したと良は言うのである。[60]

　しかし一方で、良は結婚後三年の一九〇〇年一月、「夜叉鏡」に「昔より男心を秋の空にたとへて、変り易き物の張本に数へおくもげに理りなり」の書き出しで、「甘き露を吸ひ盡せば、後は用なしと弊履を捨つるが如く、能く彼が愛人を捨つるなり」と一般論を述べつつ、「奥州男子は、男は好くて真面目なれ共、武骨で、無風流で、気転がきかず。其上間がぬけて、小胆で、宝の山に入りながら、ミス〳〵人に渡して、至つて平気なり」と記している。これは続けて「信州男子は、金もうけに巧みなり、殊に妙を得たるは、とぼけた真似をするヿ《こと》也」とあるから、「奥州男子」は布施と見て誤りはない。[61]こうした本音が四十年程後年には『広瀬川の畔』の叙述のように整えられたと思われるが、この著にも布施の婚約に「刺激」されて「一足さきに、あの人たちを出しぬいてやろう」と、「今思えばあさはかな」ことを考えたとも回想している。[62]矛盾と見える程に複雑なのがこの道で、二者択一するような論調には与みし難い。

　良の心は複雑であったが、彼女は、件の記事で「誰よりも先に」「交渉を差し控えるはず」の人が「事件を明確に判断し、いささかも、そこに疑いや迷いの色がない」ことに気付き、「はっとしてはじめて信濃の方へ向き直り」「どういう人なのだろうと真剣に考え出した」。そして先の事件とも係って才能や作風を自己評価し、小説家志望の夢を棄てて結婚を決意したのである。[63]

良と「とぼけた真似をする」人との結婚式は新郎がかつて受洗した日本基督教会の牛込払方教会できわめて簡素に挙行された。九七年三月二十日である。結婚式前後の様子は島貫の「牧会日誌」に詳しい。三月八日午前、島貫は「佐々木春寿《ママ》氏、良子」の「来訪」を受けた。同日午後、押川を訪問して「三時間余り談話」したのには良の結婚式のことも含まれているだろう。十八日午後「星良子の結婚に付て」「佐々木春寿《ママ》氏を訪」ねた。十九日の条には夜「相馬氏も来訪したる由」とあり、出京した愛蔵は先客と「応接」中の島貫と面会せずに帰ったようである。同日の「明日の課程」には「相馬氏の結婚式の為めに六時間を費やすべし」とある。[64]

巌本・豊寿・島貫連名の結婚式案内状には「相馬愛蔵星良子両名契約被㆓相整㆒」「押川方義氏司式の下に結婚式挙行候間」云々とあり、[65]押川が司式することになっていたが、突然のように良も所縁のあるモールに代った。三月一日「上野に迎」えて以来二十六日の帰仙まで、押川の二十六日間の在京中、島貫は少なくとも半分の十三回は面談しているが、十九・二十日の両日は同席した形跡がない。島貫の日誌二十日の条には「午前九時より相馬氏結婚に付てモール氏に往き司会者を頼む」とあり、司式が急遽変更になったことが知られる。島貫は一旦帰って教会の「雑務」を処理し、「相馬氏の結婚の為めに牛込教会に往」った。「式後富素軒」で晩餐会があった。[66]祝宴には佐々城豊寿夫妻や潮田千勢子ら数十人が出席、酒抜きで一人前五十銭の定食が出された。式・祝宴共、愛蔵・良の親・きょうだいは出ていない。[67]『広瀬川の畔』には祝宴の会場は「富士見軒」とある。

黒光も諸書も仲人なる語を使用しているが、案内状にもある通り、結婚という「契約」に神の前で立ち会うのだから、巖本と若松賤子の結婚式における中島俊子（湘煙）・信行の場合と同様、証人だったのではあるまいか。ともあれ、島貫の妻は産後間もないとのことで巖本が彼女に代って良の介添えをした。ただし、島貫の日誌は月半ば前、数日にわたって妻の病気に触れているが、出産は記されていない。「牧会日誌」のためか。また黒光は「思い出多い東京を離れて、信州へ立つ日、島貫さんと私達二人は上野で落ち合い、上田まで島貫さんに送られ」、「翌朝は、名残り惜しくも、島貫さんとお別れし」たと書いている。[68]しかし、牧会を開始し、力行会を創立したこの年、島貫は実に多忙で日誌を通覧し、黒光はいとも簡単に「島貫さんは上田駅から再び汽車で東京に帰る」と記しているが、[69]上田まで同行する寸暇をよく見出したものだと、彼の誠実な態度を想う。

愛蔵・良は上田で一泊し、妻は人力車と馬を乗り継ぎ、夫は徒歩で保福寺峠を越えた。黒光は『広瀬川の畔』を「保福寺峠に立ちて」で終わり、次作『穂高高原』を「保福寺峠」から書き始めている。両著とも「人生行路難を暗示する」ような「重畳として連なる高山大嶽」に愕然とした心情を認めているが、[70]これは四囲の山々がまだ真冬だった所為もあり、とくに『穂高高原』の叙述は穂高での田園の憂鬱を反映させたものであろう。夫妻は松本の木下尚江宅で一泊した。木下の母に良の「里代り」を頼んであった。良は木下尚江と初対面である。翌日、先着の蒲団包み二個と人力車で持参した行李二個とが相馬家から迎えの荷車に積まれた。両人は二台の俥の人となり、糸魚川街道を走って穂高入りした。[71]

東穂高村は白金耕地にはいると、良は「男女老幼いろいろの顔」に「見られ」た。数回にわたって「婚筵」が催された。婚宴で良が着たのは「喪服と変りがない」ような教会で着た「式服」だけだった。「簞笥長持、そして衣裳の数が嫁の資格を決定する」「土地」の「通念を破る」二人の結婚を可能にしたのは長兄・義兄にして養父・義父に当たる十二代安兵衛の存在であった。[72]最初に良を驚かせたのは玄関右隣の十八畳の洋室であった。暖炉があり、天井中央には大洋灯がさがっていて、彼女は「一種剛健な浪漫的のにおい」を感じた。[73] 中島博昭氏が言うように、洋室は安兵衛が「村の青年たちの語らいの場を望む愛蔵の意向を汲んで」自ら設計したものである。[74] 黒光のために洋間を増築したとする「伝説」は臼井吉見の長篇小説によって流布されたが、既に一八八九年頃に建てられ、禁酒運動の会合などに利用されていた。[75] 良が持ってきた不同社出身の長尾杢太郎画「亀戸風景」は彼女が荻原守衛（碌山）に与えた一種のカルチャー・ショックの象徴だが、今も洋室に懸けられており、同じく良持参のオルガンもここに置かれたが、これは研成義塾に寄贈され、のちに現在は閉館になってしまった井口喜源治記念館に展観された。

　油彩画とオルガンのほかに良の持参品で価値あるものがもう一つあった。巌本が木村熊二と明治女学校の有力な後援者だった勝海舟に良のために揮毫してもらった書「浩歌待名月」である。李白の詩「春日酔起言志」の一節で、[76]「春日に酔いから起き」、新たな「志」を持った良に、田園で「浩歌して名月を待」とうと激励したのであろう。海舟は佐久間象山ら先覚者の犠牲を「為ッ二残霜ノ所レ傷トツクル一」た「先ダ二於春一ニ」つ「花」に譬え、これを称えたように、[77] 譬喩《ひゆ》の名手であった。しかし、良は夫の養蚕を理解しようと桑摘みにも出、蚕の飼育を手伝ったりもしたが、彼女にとって田園生活はきびしく、村人とも馴染めなかった。

　悩みに悩んだあげく、体調を崩した良は一旦帰仙したあと、一九〇一年、愛蔵とともに出京することになった。自分の「求めてやまぬものは都会を離れた遠き田園の中にあるのではあるまいか」、「塵を払ってその田園に隠れよう」、「心を虚しうして世の慣わしに従い、人の妻となろう」と決意した良であったが、四年にして夫と共に再び東京の人となった。この件について良は手前勝手に「故郷の舅姑は」「年もまだまだ若うございましたし、私どもがいなくても何の不自由もないのでした」と大変呑気なことを言っている。[78]

　十二代安兵衛は末弟の廃嫡を認め、のちに次弟相馬宗次が本家を継いだ。宗次は街道沿いに分家して商売を発展させていた。九四～七年、愛蔵や井口らの禁酒会が芸妓置屋設置反対運動を展開していた際[79]、彼は激しい妨害のなかで自宅を演説会場に提供するなど、彼らの運動に協力した[80]。宗次は本家を継ぐ段になると、「本家を凌ぐ産を成した」にもかかわらず、商売をやめて「農業一本の本家の保持に一向に挺身」した[81]。宗次も兄と同様に素封家を守ろうとしたのである。廃嫡は兄弟三人で協議した。激論があったかも知れない。良は二人の兄嫁と同様に協議には加えられなかった。明治憲法に基づく民法が施行されて三年、女性がその第十四・十六条等で無能力に近い者扱いされているなかでのことである。しかし、愛蔵と黒光、若い二人の自由を容認していったところに、徐々にではあるが、安兵衛と宗次の自らの内心の近代化をはかろうとする努力が窺えると言ってよい[82]。

それは明治初期以来の穂高の思想的環境とも係っていようが、別の課題である。精神の近代化がジグザクを辿りながら進んでいく様の一端を垣間見て、擱筆する。

二　相馬愛蔵小考

一九九三年三～四月、東京・新宿区の早稲田大学・大隈記念展示室で「東京専門学校のころ　揺籃期の早稲田大学」展が開催された。そのコーナーの一つ、「各界に活躍した東京専門学校出身の人びと」で、新宿・中村屋の創立者相馬愛蔵が他の十九人と共に取り上げられていた[83]。また、日本経済史の泰斗土屋喬雄がその著で渋沢栄一、金原明善、大原孫三郎ら九人の日本近代の経営者と共に愛蔵を取り上げ、一章を設け、六十頁にわたって叙述している[84]。愛蔵のキリスト教的人道主義に裏付けられた〝新商人道〟は、大原の経営理念と共に、明治・大正期の経済界ではユニークなものであった。

「東京専門学校」展の半年後の十～十一月、鎌倉市の鎌倉文学館で「鎌倉と明治文学者―漱石　独歩　樗牛　天知―」が開催された。その「国木田独歩」と「星野天知」のコーナーに、愛蔵の妻黒光が登場していた。前述の通り、黒光は天知に鎌倉の別荘への出入りを認められ、彼の紹介で明治女学校へ転学した。独歩は黒光の従姉妹佐々城信子と結婚し、『欺かざるの記』に叙述されている通り、天知の別荘滞在中の黒光を夫妻で訪ね、彼女に好感を抱くようになったのである。[85] それらが黒光の回想録の記述を混えながら展示されていた。同書の「序」で河井酔茗は「明治文学の史料ともなるであろう」と認めているが、この著書が日本近代文学史上の意義あり価値ある資料であることが「鎌倉と明治文学者」展からも窺えた。

相馬愛蔵・黒光夫妻の足跡の一端をたまたま観た二つの展示会にかかわらせて紹介したが、筆者は既に「相馬黒光小考」で黒光の出生から愛蔵・黒光夫妻の出京までを黒光サイドから瞥見している。小論はその続篇である。愛蔵の誕生から順次取り上げるが、続々篇で新宿・中村屋を中心に取り上げる心算なので、前篇と違い、下限をあまりこだわらないこととする。愛蔵の妻相馬りよう（通常、良。良子とも）の名は便宜的に黒光を用いる。前篇同様に事実の誤りなど、気に懸る過去の研究・叙述の問題点に言及すると共に、仮説を幾つか提示したい。

１　相馬愛蔵の生いたち

相馬愛蔵は一八七〇（明治三）年十月二十五日、相馬安兵衛（十一代）・ちか夫妻の三男中の三男として信州は松本藩領の安曇郡白金村に出生した（一九五四年歿）。[86] 一八七一年の廃藩置県で松本藩は松本県になり、同年十一月、筑摩県の成立と共に同県に編入され、一八七六年、筑摩県の信濃四郡が長野県に、飛騨三郡が岐阜県に合併され、旧松本県は長野県に属することとなった。これより先、白金村は、一八七四年、保高組に所属していた近隣六ヶ村と合併して東穂高村に編入された。同村は、一九二一（大正十）年、町制を施行して穂高町となり、同町は、一九五四（昭和二十九）年、北穂高村、西穂高村、有明村を合併した。その間、一八六七年の郡区編成法の成立で翌年安曇郡が南北に二分され、東穂高村は南安曇郡所属となった。愛蔵の出生地は後の長野県南安曇郡穂高町大字穂高・白金区である（現安曇野市）。白金区はかつては白金耕地と称した。

　穂高町の中心部は松本から十数キロほど北にあり、白金はそこから二キロ余り東南の地点にある。現存している愛蔵の生家は白金の奥にあり、屋敷の裏手を満々と水を湛えた万水《よろずい》川がゆっくりと流れている。白金から万水川を渡ると明科町（現安曇野市）で、犀川の向う、明科町の中心部も近い。南は豊科町（現安曇野市）の南穂高である。西には常念岳や有明山が十数キロ彼方に聳え、その向うに日本アルプスの主峰が隠れている。愛蔵の出生地は信州有数の穀倉地帯安曇野の一郭に位置し、万水川に注ぐ清く豊かな湧水を利用した山葵《わさび》栽培は全国的に知られている。

　愛蔵の生家相馬家は、本人の記述によると、祖父十代安兵衛まで代々庄屋を勤め、苗字帯刀を許されていた所謂旧家である。[87] 黒光回想録三部の最後の作品には二〜三代前まで豪農であったとあり、それが大様な生活ぶりから衰退したが、父十一代安兵衛が剛毅な気性の母と妻の協力を得て家運を次第に挽回したと記されている。[88]

　愛蔵は満一歳の誕生日を目前にして父を失った。長兄安兵江（一八八九年に安兵衛と改名）が家督相続した。[89] 彼は一八五五（安政二）年十二月生まれで、愛蔵より十五歳の年長である。十二代安兵衛は一八七七年に筑摩郡中川手村（後に東筑摩郡明科町大字中川手。現安曇野市）の滝澤以し（いし）と結婚した。彼女は一八六〇（万延元）年九月生まれ、愛蔵より十歳年長である。愛蔵の次兄宗次も一八六〇年の生まれである（十二月）。彼は一八九三年に分家した。愛蔵は母と長兄夫妻、それに祖母に養育された。しかし、数え七歳にして母とも死別したから、長兄と嫂以しに育てられたと言ってもよい。愛蔵は簡潔な思い出の手記の中でも二人に感謝の念を繰り返している。[90]

一八七八年、愛蔵は西穂高村柏原耕地の穂高学校に入学した。彼の入学当時の「尋常小学」は、一八七二年公布の学制で「上下二等」に分けられ、原則として下等が満六〜九歳、上等が満十〜十三歳で学ぶとされ（第二十七条）、同年布告の小学教則で「下等小学」も「上等小学」も課程を八級に分け、毎級六ヶ月の修業とし、「次第ニ進テ第一級ニ至ル」ものとされていた（第二・三条）[91]。「長野県平民　安衛（ママ）弟　相馬愛三（ママ）（ママ）　九年二ヶ月」はまず入学年の十二月に「下等小学第八級卒業候事」という穂高学校の「卒業」証書を与えられた。[92]「九年二ヶ月」は単なる誤りか、九年目の意か。彼は満七歳で入学した訳である。しかし、翌年五月に第六級を「卒業」しているから、第七級は飛び級したことになる。そして同年十月に第五級を「卒業」しているが、次の年の四月「東穂高村今朝（ママ）太弟　相馬愛三（ママ）　九年六ヶ月」は「第一教則十二級」の「卒業」証書を穂高学校から授与された。

この教育制度の改変は一八七九年九月の教育令発布に基づく。「明治十三年三月編定　長野県公立小学校模範教則」には「小学教則ヲ第一・第二ノ二種トシ、第一教則ハ就学期ヲ八ヶ年トシ、第二教則ハ就学期ヲ六ヶ年トス」（第壱条）、「課程ハ第一教則ヲ十六級ニ第二教則ヲ十二級ニ分チ毎級ヲ六ヶ月ノ習業トス」（第三条）とあり[93]、したがって第一教則第十二級が改変前の下等小学第四級に相当する。

かくして一八八二年四月、第一教則第六級の課程を「卒業」した愛蔵はまたも教育制度の改変に遭遇した。

即ち前年に小学校教則綱領が布告され、その第一条で「小学校ヲ分テ初等中等高等ノ三等トス」と定められ、小学初等科が第一～三年、中等科が第四～六年、高等科が第七～八年となったのに基づき、一八八三年一月、「小学中等科第一級」、即ち中等科第六年を「卒業」した。ついで彼は同年八月に「小学高等科第四級」の、翌年二月に同「第三級」の、同五月に「第二級」の課程をそれぞれ穂高学校で「卒業」した。そしておそらく第一級、即ち八年後半の課程に進まず、少なくとも「卒業」せずに同年九月に創立した長野県中学校へ入学した。

ところで愛蔵は、例えば自らが数え十三歳のときに長兄夫妻が「研成学校の寄宿舎へ入れてくれた」と書き、[94]穂高学校に学んだとは認めていない。管見では諸書にも彼が研成学校に学んだと見える。[95]ただその点黒光の記述は曖昧でどちらとも受け取れる。[96]しかし、既に相馬家所蔵の愛蔵「卒業」証書等からあきらかな通り、彼が入学したのも「卒業」したすべての課程も研成学校ではなく、穂高学校である。

少し分析・検討を加えてみよう。

学制公布の翌一八七三年、穂高組十五ヶ村が柏原村に研成学校を設立した。研成学校は柏原、矢原、白金三ヶ村の下等小学課程と十五ヶ村の上等小学課程を設置した尋常小学校であった。右三ヶ村を除く十二ヶ村のうち、保高町、等々力町、橋爪の三ヶ村の下等小学に学ぼうとする生徒は等々力町村所在の保等学校に入学し、他の九ヶ村の生徒はそれぞれ村内に設立された下等小学校へ通学することになった。のちに愛蔵の親友となる東穂高村等々力町耕地の井口喜源治は彼と同じ歳だが、二年早く、満五歳で保等学校へ入学している。[97]研成学校は保等学校を含む下等小学校の本校であった。

一八七五年、研成学校は穂高学校と改称された。理由はわからない。それにしても愛蔵はなぜ出身校の前身である研成学校へ行ったと書いているのだろうか。黒光の記述はどうして曖昧なのか。単なる記憶違いや記憶の不確かさによるものではなく、一種のこだわりが見える。この問題を解く鍵の一つが黒光の叙述とその仕方の中にありそうである。彼女は研成学校や自身が「研成という代りに」「自然に称びならわすに至った」とする穂高学校、それに保等学校、手放しで称えた教員たちのことを「研成義塾創立」の項で認めている。そうした記述は研成義塾の意義や価値を高からしめるために活用されているのである。愛蔵・黒光夫妻は研成義塾の熱誠ある協力者・支持者であった。愛蔵はどうしても研成学校と研成義塾を結合させたかったのであろう。黒光は夫の思念に半ば同調したのではなかろうか。熱い思念は中村屋が一九三七（昭和一二）年に店員の〝人間教育〟のために設立した学校に研成学院と命名したことにも示されている。[98]愛蔵の脳裡では三つの〝研成〟は一体のものになっていたと言えよう。

一八九八年、井口が開学した私塾が研成義塾と呼称されたのは、かつて穂高の地に研成学校が存在したことに由来すると見て間違いない。黒光は「研成義塾と称ぶことになったのは、かつて当村の誇りであった研成学校を記念するもの」云々と述べている。[99]愛蔵・黒光夫妻のみならず、穂高の小私塾の創立とかかわった井口そのほかの人たちの間には研成学校に対する共通した思念が存在していたと言ってよいだろう。

ところで改称は保高組の解体、村の統廃合の翌年のことである。自治の改変とかかわる動揺の反映か。まず、簡単に学校の独立・統廃合の事実を少し追うと、改称の前年、南穂高村（現豊科町）になった高柳耕地（旧高柳村）の高柳学校（下等小）が廃校になり、同校の生徒が研成学校へ転籍し、[100]校名変更の年には有明村（現穂高町）になった橋爪耕地（旧橋爪村）が通学不便を理由に保等学校から橋爪学校を分離独立させた。ついで愛蔵在学中の一八八三年、東穂高校の保高町、等々力町、等々力の三耕地が穂高学校から中・高等科課程を分離させて東穂高学校を設立し、同村の保高耕地が同校から穂高美学校を独立させた。両校は一八八六年に穂高学校に統合されるが、その分離独立は穂高地方の中心校・本校の動揺を示している。

研成学校とその後身の穂高学校は穂高地方の中心校であると同時に、開智学校（松本町）につぐ有力学校、所謂名門校であった。創立時の生徒数は五百四名（男四二六、女七八）、例外的に大規模だった。初代校長高橋敬十郎（白山と号す）は筑摩県下三人しかいない三等訓導で、県外出身二人の一等訓導につぐ有力教員であった。県下の訓導はこの五人以外はみな四等以下だった。彼は一八七三年に教授法を「略知」するために東京師範学校に派遣された。支校で教える授業生らに教授法を教えてもいた。[101] 穂高では彼に比肩する教員はいなかった。実力者だったのである。

旧来の生活共同体の結合を基礎に設立された研成学校は、先に見たように校名変更前後から幾つかの問題に直面した。当時、学事は財政負担が大きく、今日とは比較にならない程、村政上の重要事項であった。絶対主義的天皇制確立の前段階で、藩閥専制政府は憲法制定・国会開設に先だって、試行錯誤を繰り返しながら地方制度の整備を図った。組の解体と小村の統合は、一時期、地域の旧秩序を動揺させ、新しい地域指導者層を生み出した。穂高地方でも新指導者層を中心に新たな自治秩序が模索され、学校問題がそのための争点とされ、あるいは争点として利用された。

この点について穂高地方の動向を実証的にあきらかにしたのは名倉英三郎氏である。氏の研究の要点を記す。[102]

まず、一八七六年九月、矢原耕地惣代四名が「盛大之道ヲ失」った穂高学校では生徒が「進歩」しないから「独立」させたいと、長野県当局へ口上書を提出した。筑摩県信濃四郡の分県合併の翌日である。口上書は「不都合の廉々」として教員・職員給料の過当、元資金負担の過重、その調達の厳重さと方法の不合理さ、幼年生徒の通学困難などを挙げている。ついで保等学校ほか四支校から分離願が県に提出されるなどの動きがあった十月、遂に分離派が団結し、十二耕地の学校世話役が連署して各支校の独立を訴える口上書を県権令に提出した。県当局が現地調査をおこない、本支関係のみの問題として処理しようとしたことから、各耕地は本音の「穂高学校束縛啓表」を十一耕地学校世話役連名で県当局に届出た。「束縛啓表」は学校の「百般司る」教員高橋敬十郎、兼務幹事轟伝（第十大区長、元保高組大庄屋）、事務幹事臼井直門（戸長）の三名が「下民を束縛壅蔽」し、「圧制」をおこなっているとして、轟は主務（区長）と月給を「重複」させており、臼井は「不学ノ贅物」なのに「下民エ聊《いささかも》協議ニ不レ及バ」、高橋は月給のほかに「下民ニ協議ニ不レ及バ」に「月々拾円加増」しているなど、具体的に列挙している。この文書の真意は幹部の退陣要求にある。かくして学校幹事が廃止され、執事が公選されることになり、翌年一月、矢原耕地の臼井喜代が穂高学校執事に、柏原耕地の村田安衛が同副執事に当選した。臼井は病気を理由に辞任し、代って別の者が就任した。そして各地に見られた学校会計の贅費がここでも問題にされ、高橋も辞表を余儀なくされた。

ところで、名倉氏はあきらかにしていないが、公選は全県で実施されたものである。即ち一八七六年十一月、長野県権令は、「小学校執事公選投票規則」制定について、「本年ヲ限リ従前申付候学校事務担当并ニ旧筑摩県ニ於テ申付候学校主管人・幹事等ヲ廃シ、更ニ規則ニ拠リ全管公立学校ニ執事ヲ置キ明治十年一月ヨリ各校事務取扱候条、其旨相心得同年一月十五日迄ニ小区扱所ニ於テ入札取纏メ、受持学区取締へ可ニ差出一ス」く布達した。「規則」によれば、執事は学校事務担当者として学事改良の方策を区戸長、学区取締と協議し、校費出納・計算に責任を持つものとされ、その職務は専任で正副区戸長、学校取締、教員、神官、僧侶等の兼務を認めず、学資金を寄附した戸主中より公選することとされた。執事の定員は一名で、学童五百人以上一千人未満に一名、一千人以上に二名の副執事を置くとされた。[103] 穂高地方に惹起したような問題が各地にあったと窺える。

注目すべきは公選された執事が新しい地域指導者層となった点である。彼らが従来からの地域支配者層に取って代わり、彼らを中心に旧地域秩序によって設立された新しい教育の学校研成学校、改め穂高学校がジグザグを辿りながら本校でなくなっていく端緒が開かれた。

ところで臼井喜代は間もなく自由民権運動に参加し、後に安兵衛（十二代）及び井口と共に研成義塾設立趣意書に名を連ねる人物である。臼井や愛蔵を含めて義塾の創立にかかわった人たちは矛盾が顕在化して問題が続出した穂高学校以前の、学制公布直後に地域の人びとが新しい教育に意欲をもって創設した研成学校に理想を求め、研成義塾と命名したと言えよう。黒光は記している。研成学校は「間口十八間、奥行七間の二階建てであったが、いわゆるその頃の西洋建ちで、窓、腰掛、その他きわめて粗末ながら、寺小《ママ》屋式の学校とは全く面目を新たにして、創立の当初から明治の新教育の理想をもって発足していた」と。[104] それ故に、理想主義者愛蔵は〝研成学校〟に学んだことにしたのであろう。

2　長野県中学校・東京専門学校時代——キリスト教との出会い

愛蔵は、一八八四年九月、長野県中学校に入学した。このことは「長野県平民　相馬愛蔵　十四年五月」が「初等中学科第八級卒業候事」とある翌年二月十四日付の「長野県中学校」の「証」によって間違いない。一八八一年制定の中学校教則大綱に「中学科ヲ分テ初等高等ノ二等トス」（第二条）、「中学校ノ修業年限ハ初等科ヲ四箇年トシ高等科ヲ二箇年トシ通シテ六箇年トス」（第十一条）とあり、一年を前記・後期の二課程に分けていたから、愛蔵の右「卒業」証書は初等中学科第一年前期のものである。

長野県中学校は愛蔵の入学時に創立した。彼が入学したのは長野町（現長野市）の本校ではなく、松本町（現松本市）の松本支校である。[105] 三年上級（一八八六年卒）に一歳年長の松本町の少年木下尚江（一八六九

〜一九三七）がいた。[106] 同村・同年の井口喜源治（一八七〇〜一九三八）は同級生であった。井口の中学校に関する確かな史料は卒業年（一八八九年）を記した自筆履歴があるのみである。[107] 研成義塾の正式な設立認可を得ようと、一九〇一年一月、県知事宛に提出した「私立学校教員認可願」添付の履歴書には「明治二十二年六月長野県尋常中学校卒業」と見える。一八八六年の中学校令で高等中学校三年、尋常中学校五年に教育制度が改正されたから、逆算すると長野県中学校創立時の入学となる。愛蔵も「井口君は中学での同級生」だと記している。[108]

愛蔵は井口の中学入学について別の文章で「氏の父は裁縫師で」「腕前の優秀なことは遠方までもよく知られてゐた」が、「金のための仕事はしないといふ名人肌」だったので、「井口家の生活はゆたかであらう筈はなかった」、にもかかわらず、彼が「有産階級の子弟をしのぐ教育を受けることが出来た」のは、「一面父の見識を示すもの」だったと述べている。[109] 明治中期の仕立屋は時代の先端をいく職業で、井口の父は仕事の修行を通して広い視野を持つに至ったのであろう。しかし、愛蔵の井口の父に対する評価はそのまま彼の長兄にも妥当する。彼が同じ文章で書いている通り、当時中学校で学んだのは広い穂高地方で彼ら二人を含めて僅か四人に過ぎなかったと推定されるからである。

愛蔵は中学校で二つの問題に悩まされた。一つは寄宿舎生活である。彼は穂高学校の寮生活について「さまざまな悪習慣を身に持っている」年長者がいて、「いろいろ思いのほかのことが行われ」、「健全なものではなかった」と書いており、「年少の身にとって決して幸福とはいえるものではなかった」と記している。彼の生来の真面目さが窺える。もう一つは学業で、愛蔵は数学はずば抜けて成績優秀だったが、英語は極めて不得意であった。三年の終わり近くになって「進級出来そうもない」と知り、中途退学したと言う。[110] 一八八七年の夏頃のことである。

それから愛蔵は出京し、東京専門学校（現早稲田大学）に入学、一八九〇年、法律科邦語第二法律科を卒業した。彼の卒業年末調べの校友会名簿には「明治二十三年」の「第二法律科（行政）得業生」の中に「北海道札幌区桑園内金子半蔵方　蚕業　相馬愛三《（ママ）》　長野県」とある。愛蔵は同科の「得業生」四四名中三八番目に記載されているから後から七番目の成績で卒業したことになる。[111] 一八八二年創立の東京専門学校は、開講式で事実上開学の中心だった小野梓が「邦語ヲ以テ専門ノ学科ヲ教授シ」「学問ヲ独立セシムル」と演説したように、日本語で講義をおこなった。[112] その点、愛蔵には好都合だった訳だが、実際には英語でも学習させられたから成績は余り芳しくなかったのであろう。

愛蔵在学当時の「東京専門学校規則要領」には「修学年限ヲ三ヶ年ト定メ」（第二章）、「前期ハ毎年九月十日ヨリ翌年二月廿日ニ至リ後期ハ毎年三月一日ヨリ七月廿日ニ至ル」（第一章）とあるから、[113] 卒業年から逆算すれば、彼が入学したのは中学を中退した年の九月のことである。

ところで、東京専門学校は開学時に政治経済学科、法律学科、理学科を設置し、英語の勉学を希望する学生を対象とする英学科を併設していた。小野が邦語による教授を強調したものの、入学生の語学力不足がすべての専門科目の学力不足を来すことは否定出来ず、創立以来、矢継早に科とカリキュラムの改正がおこなわれた。愛蔵は法律学科改めの法学部に入学したが、翌年、これは法律科に変わり、同科が英語第一法律科、同第二法律科、邦語第一法律科、同第二法律科に分れたので、彼は邦語第二法律科に籍をおいた。第二法律科は行政科とも称された。

右に少し見た通り、愛蔵の入学は科とカリキュラムの抜本的改正が断行される前年であり、極めて楽に入学出来た草創期の最後だった訳である。一八八八年、東京専門学校は従来の邦語による専門三科のほかに新たに予科、英語普通科、英語専門科（三科）の五科を設置した（「新設諸科規則要領」[114]）。予科は邦語専門科、英語普通科への入学準備のために設置された科で、卒業年限は二年、受験資格は満十四歳以上で高等小学科卒業またはこれと同等の学力を有する者とされた。英語普通科は英語専門科へ入学を希望する者または英語専修を希望する者のための科で、卒業年限は二年、予科の卒業者またはこれと同等の学力を有する者とされた。両科とも入試成績の如何で学力相当の級へ編入されることもあるとされた。英語専門科は英語で教授する専門科で政治、法律、行政の三科が設置されることになった。卒業年限は三年で、入学資格は英語普通科卒業者またはこれと同等の学力のある者とされ、邦語専門科卒業者で英語兼修科を修了した者も入学を可とされた。

このような大改正がなされた段階でも、東京専門学校は「尋常中学校卒業証書ヲ有スル者」等に無試験で入学を許可していたし、「尋常中学校卒業相当ノ程度」の甲種入学試験のほかに、受験科目に英語も数学もなく、国語と漢文だけの乙種も設けていた（「学校規則要領」第十一章）[115]。愛蔵自身はどんな受験をしたのだろうか。一八八六年～七年度の「学校規約」の「入学手続」に入試について「甲」＝「一文章軌範（訓点及ヒ解釈）一日本政記（同前）論文（仮名交り）」、「乙」＝「スウ井トン氏万国史（訳読及ヒ翻訳）ナショナル第五読本（同前）一英文典（大意）」の「二種ノ内ニテ其一ヲ撰ヒ試験ヲ乞フ可シ」とある[116]。愛蔵は「甲」で受験したのであろう。

入学試験は七月・九月に実施された（翌年から二月にもおこなわれることになった）。愛蔵の受験がどちらであったかはわからない。彼は中学中退後の受験と入学の経緯をいとも簡単に認めている。「兄夫婦は私の願いを容れて早稲田に学ぶことを許し、私は家から二十余里の道を歩いて途中一泊し、碓氷峠の麓のたしか横川駅から、生れて初めて汽車に乗って上京した。汽車はまだあれまでしか来ていなかったのである」[117]。安兵衛（十二代）・以し夫妻の受験・入学許可を一言で片付けている。学費は前期一〇円、後期九円だったが（「規則要領」第九章）、家が火災で母屋を全焼した後でもあり、東京に遊学させ、月々九円宛仕送りする経済的負担はそれ程容易ではなかったはずである。長兄安兵衛が寛大で高い見識をもっていたからか、愛蔵のそれに対する信頼と甘え、更に人間が淡泊な故か。両方の所為だろう。

愛蔵は出京の苦労も淡泊に表現している。感情移入がほとんどない。当時、穂高や松本から東京へ行くには保福寺峠を越えて上田で一泊し、もう一つ碓氷峠を越えなければならなかった。並大抵なことではなかったはずである。愛蔵と結婚して穂高入りした黒光は上田まで汽車で来て馬で保福寺峠越えをしただけなのに、大変な筆致であり、[118]愛蔵の表現と対照的である。

東京専門学校で愛蔵はどんな講義を聴いたのだろうか。彼は高田早苗、坪内雄蔵（逍遙）、天野為之、三宅恒徳の名を挙げている。[119]彼の在学中の科目と受持講師を見ると、高田からは「英国憲法」を、逍遙からは「歴史」（西洋史）を、天野からは「経済原論」や「為替論」を、三宅からは「商船法」を学んだ。[120]愛蔵が逍遙からシュークスピアを聴いたのは文学ではなく歴史の講義だったのである。校長は高田の岳父前島密であった。

愛蔵は「同時代に在学した人」として木下のほか、津田左右吉、金子馬治、坪谷善四郎、宮崎湖處子《こしょし》らを挙げている。[121]木下は一八八八年法学部卒業だから愛蔵と同じ時期に在学しており、坪谷は同科の一年先輩である。しかし、湖處子は一八六四（元治元）生まれの年長で一八八七年政治学部の卒業、金子は愛蔵卒業時に設立された文学科の第一回生（一八九三年首席で卒業）だから共に愛蔵とは擦れ違いである。湖處子と金子は教会における同窓の友人であった。津田は愛蔵の一年後に邦語政治科を一番で卒業した。同期・同級説があるが、正しくない。のみならず、同時に通学したのは僅か二〜三ヶ月である。関田かおる氏があきらかにしたように津田は中学中退後およそ一年間東京専門学校の校外生として講義録で勉強し、一八九〇年二月に編入試験を受けて合格、四月から正規生になったのである。[122] 二人が昵懇になったのは後に愛蔵が津田の学問に共鳴し、尊敬の念を強めてからのことである。津田とその弟子たちは愛蔵に研究の援助を受けた。

東京専門学校時代の愛蔵は足繁く教会に通った。彼は「早稲田に入ると、その一七歳の夏頃から友人に誘われて、牛込市ヶ谷の牛込教会へ行くようになった」と書いており、「私に最も大きな影響を与えたのは、学校よりも教会にあった」とも述懐している。[123] 愛蔵を誘った友人は後に牧師になった湖處子だったと思われる。愛蔵は在学中「兄弟のように親しくした」友人の筆頭に彼を挙げている。[124] 愛蔵が通った教会は牛込区払方町二四番地、現在新宿区だが、同町名同番地の日本基督一致教会牛込教会（現日本基督教団牛込払方町教会）である。市ヶ谷見附の外濠方面から鰻坂を登った場所に今も教会が建っている。牛込教会は後に黒光と結婚式を挙行した所である。そこは学校からも下宿先からも近い。[125] 神楽坂界隈は教会の目と鼻の先だが、生真面目な愛蔵はそちら方面へは行かなかったようである。

彼は教会で精神的に潤いのある人間関係を得た。牛込教会に所属する矢島楫子と知己となり、同教会で植村正久、内村鑑三、押川方義、松村介石らに教えを受け、島田三郎、津田仙、巌本善治、山室軍平らにも導かれた。[126] プロテスタントとの出会いは、東穂高禁酒会をはじめ、愛蔵の活動にとって大きな財産を与えることになった。

３　養蚕研究と蚕種製造――中村屋経営の原形

東京専門学校を卒業した愛蔵は北海道へ渡った。「月給取りになるのがいやで、開墾最中の北海道なら何か面白い仕事があるだろうと、はるばる求めに行った」と言う。約一年の滞在は「実地見学」、調査が目的であった。[127]

明治政府の北海道政策は、当初、北方を防衛し、旧幕時代からの海産物に加え、開拓で食糧・原料を獲得すると共に、開拓のために困窮した下級士族と農民を移民させ、同時に彼らをも対象とした販売市場を拡大することを目的としたものであった。そのため、アイヌ系住民の民族文化を無視して彼らの生活の場である山林原野を奪い取り、彼らを性急に農民化しようとした。愛蔵が渡道したのは、没落士族、農民を主とする移民の保護を打ち切り、一八九七年、北海道国有未開地処分法を制定し、日清戦後、農村への資本主義の浸潤による農民の階層分解の激化で生み出された貧困層を労働力とする大規模な農場・牧場・森林の資本主義的経営が展開される前段階のことであった。即ち当初の開拓政策の転換がはかられて、一八八六年、北海道土地払下規則が制定され、希望者が土地の貸与を受けるべく申請して貸与期限内（十万坪以下は十年以内、六万坪以下は八年以内）に開拓し、しかる後に代価を支払って私有地に出来るとされた時期である。[128]

したがって、愛蔵のような多少資産のある中小地主層の独立の精神、進取の気象に富むインテリ青年層にとって、北海道は大いに一種の魅力ある土地であったに違いない。先に見たように、彼の北海道の住所は札幌の桑園で職業は蚕業となっている。寄留先は同県人の所であった。彼は北海道でおそらく養蚕、殊に蚕種製造をやろうとしたのだろう。[129] いずれにせよ、彼は「北海道が将来有望の地である」と確信し、「相当の土地を札幌郊外に購入」すべく、長兄を説得する心算で穂高へ戻った。ところが子どものいない長兄夫妻は愛蔵を相続人にすることにしていて安兵衛は彼の北海道移住を断乎反対した。愛蔵は「すべて米国式で思い切って目新しい」「全くの新天地」北海道で羽搏く志を断念して帰省せざるを得なかった。[130]

愛蔵は穂高で養蚕研究に精を出した。穂高は秋蚕飼育と蚕種製造に適した地域だった。彼が研究に着手した時点（一八八八～九二年）を一〇〇とする生糸生産指数は急カーブで上昇し、一九〇〇年には二五〇を越え、一九一〇年には六〇〇に達する勢いであった。[131] 信州は養蚕・生糸で「一大天国」になりつつあった。愛蔵は生糸輸出の急速な増加を見通しながら養蚕を根本から研究し直そうとした。各地の蚕業を見学し、優秀な養蚕家や学者・研究者から教示を得、自家の生産を通して実地に研究を深め、二年余り後の一八九四年二月『蚕種製造論』を上梓した。[132] 出版を引き受けたのは宮崎湖處子が紹介した彼の知友田口卯吉の経済雑誌社であった。[133] 周知の通り、田口はその著『日本開化小史』で知られる経済学者である。彼は奇しくも、翌年、黒光が転入学した明治女学院の創立発起人の一人であった。田口は愛蔵のために「叙」まで書いている。

愛蔵は『蚕種製造論』についで一九〇〇年三月『秋蚕飼育法』を蚕業新報社から出版した。同著は書名通り、実際的な飼育法に絞って論じた本だから前者以上によく売れた。前書も一九〇九年まで五版を重ねたが、後書は十年間で六版まで出された（丸山舎書籍部発行）。一九〇四年の増補第三版の広告には既に二万部を発行し、夏秋蚕教科書として数校の農業学校で教科書として使用されているとある。愛蔵の研究は年三回の養蚕が一般化される上で功績大なるものがあった。

『蚕種製造論』執筆の動機について愛蔵は、わが国は土地が狭く人口が多く温帯に位置して多雨であり、多くの労力と温暖な気候と大量の桑葉を必要とする養蚕に最適であるのに、良質の蚕種を製造する理論・方法をはじめ、養蚕に関する根本問題を解明した著作がないからだと述べている（「緒言」）。そして本論では、まず「善美なる糸量の多き繭」取りと「健全良質の種」取りの目的の別をあきらかにして各々適応した飼育法を研究する必要があると説き、良質蚕種製造論に移っている。良質な繭の条件として強壮な性質、糸量の多さ、繊維のむらのない細さと弾力の強さなど六点を挙げてその理由を述べ、そうした蚕種を得る飼育法を気候、光線、地理、空気、桑葉、肥料などとの関係から詳細に論じているのである。桑葉については乾燥地に成育した小さめの薄葉で肥料を多く必要とする葉が良だとある。そして更に蚕病、蚕種の進化と退化、蚕種の優劣と鑑別、蛆害などを解説し、従来の蚕書になかった夏・秋蚕種製造論に及んでいる。

この著書を通覧すると、愛蔵が近世日本の農書・経世書を読み、自然科学を学んで研究し、創意と緻密さをもって理論を構築していることが理解される。『蚕種製造論』は単なる製種論ではなく蚕業論でもないが、ポイントが本論冒頭に論述されている繭取り養蚕と種取り養蚕の飼育法を峻別する点にあったのは言うまでもない。この点について彼は一九〇〇年十一月「再版序」で、自分がこの著書を刊行すると「当時未だ種用、絲用の区別を論する者なく却て余を以て奇言を弄すと為せし者多かりしが真理は最後《(ママ)》勝利者なりとの諺に漏れず終に蚕界の潮流一変して今や此の二大区別を拒む者は一人も認めざるに至れり」と、めずらしく自負の念を披瀝している。

『秋蚕飼育法』は「秋蚕に失敗者の多きは独り蚕種の罪にあらずして其の飼育法の拙なるに依る」との観点から、愛蔵自身が品評会に秋蚕繭を出品して一等を受賞した実績を踏まえて著述した書である（「緒言」）。秋蚕失敗の原因となる空頭病を防ぐには蚕に充分な栄養を与えることが必要であり、そのためにどうしたらよいかを追究している。少し内容を紹介すると、まず温度の相違による春蚕と秋蚕の飼育上の概括的な注意を促し、次に温度によって一眠までの日数が異なるから、蚕児に充分な栄養を与えるためには給桑の回数と時刻の調節が必要で、更に蚕は温度の上下に伴って成長するから一生の成長に要する積算温度が問題だとこまごま解説している。そして積算温度の計算法三つを紹介し、自ら案出した方法、即ち各種蚕の成長しはじめる平均温度以下を切り捨てて有効温度だけを加算するのが良法であり、この方法によれば春蚕・秋蚕共に積算温度は同じだと結論している。

両著の一部を紹介したが、主として両著に依拠して愛蔵の蚕業論の特徴を挙げる。

第一は前著の「緒言」に見える通り、蚕業立国論とも言うべき国家的見地から叙述されている点である。しかし、第二にそれがあくまでも農民の生活を安定させる立場で論じられている点である。例えば自らが尊敬している内村が共に人間同志だと説く労資協調主義の農村版とも言うべき地主・小作人論を取り上げながら「農村救済の実例」を紹介し、東北地方の大凶作の調査に基づいて土地の相違、気候の変化、経済の動向に見合った「百人百種」の養蚕法を案出することの必要性を強調しているなど、それである。

第三は養蚕農家の経営上の留意点について、相場の変動が特にはなはだしい産業だから、「稲田を尽く廃して桑園と為す」が如きは破産を招くこと、広い桑園を持ち、新たに蚕室を建てて多数の雇人を使用する「大養蚕」の経営より、狭い桑園で肥料を充分施して居宅を蚕室に家族労働だけで「小養蚕」を春夏秋三回営む方が遙かに利益が上がること、養蚕は農家の副業として有利な産業で専業にすべきでないことなど、具体的に示していることである。

第四に養蚕家として好成績を収めた者が往々にして蚕種《たね》屋を志すが、蚕種製造業は薄利の事業である上に不良の蚕種を産出する危険が多く、違作者に対する責任は重大だから、軽々に着手して「祖先の遺産を蕩す」ことのないようにと、注意を促している点である。第五に養蚕研究は「趣味」の多い仕事だが、そのため「無趣味」の農業を嫌う青年を生み出す傾向があると、これまた注意を喚起している点である。そして第六は違作者の損害をすべて賠償出来れば「本望」だが、そうは望むべくもないので、「余輩」の場合は次年の蚕種を半値で提供するなどの措置を講じていると、良心的に蚕種業を経営する態度をあきらかにしていることである。

新宿・中村屋の実際を踏まえた経営理念の著作の冒頭で愛蔵が認めているように[134]、彼は独立自尊の精神が頗る旺盛であった。自らは「月給取りになるのがいや」だと言い、養蚕家には「百人百種」の飼育法を説いた。主体性・独創性を重んじた。個我の確立と尊重である。愛蔵の蚕業論の根底に流れているのはキリスト教によって培われた人間本位の思想、ヒューマニズムである。

右両書の蚕業経営論に反映している愛蔵の蚕種製造・養蚕業の経営の仕方は良心的で研究熱心で創造的・合理的で堅実な中村屋の経営の原形をなしている。しかし、彼の経営理念の基礎になっている思想はカルヴァン的なキリスト教精神だけではない。愛蔵の愛読書の中には『論語』と『報徳記』があるが、その道徳論や経営論も彼の経営の堅実さに大きな影響を与えていると思われる。殊に報徳教の愛蔵の経営理念への影響は甚大だったと考えられる。また、東京専門学校で学んだ経済学・統計学等の学問も彼の合理的経営に役立っていたに違いない。

両著巻末に掲載されたユニークな広告「稟告」の中に「養蚕は薄利なれども興味多き業なり相来往して互いに経験を交換せば快云ふ可からず偏に各位の来訪を待つ順路左の如し　東京前六時発の滊車は夕四時半に明科駅に着す之より僅かに里余にして相馬養蚕場に達す」、「夏秋蚕研究志望者は六月十日より来場を許す但し麦飯を喫して充分働くの覚悟を要す」とある。

研究成果を著書として発刊したこと自体がそうだが、横並びになって経験を互ひに交換しようと呼びかけているところに新しい経営理念が窺える。同時にこうした呼びかけが秋蚕種の販路拡大にも役立ったことであろう。『秋蚕飼育法』の刊行は愛蔵・黒光夫妻結婚の三年後だから、黒光も「秋蚕飼育の研究生たち」と生活した体験がある。研究生は関東や四国・九州から大勢集まった。相馬養蚕場は、食費その他を徴収せず、研究生の「実習」による労働力提供に対して「多少の小遣い」を支給したが、「村の雇いを減らせるわけで好都合であった」[135]。研究生は決して使用人ではなく、愛蔵らと対等の人間関係にあった。しかし、この事業は志ある青年を育てる奉仕でもあったが、実利も上ったので極めて合理的で堅実な経営だった訳である。

『早稲田大学校友会誌（第十七回報告及び名簿）』の「邦語行政科」「明治二十三年得業」の中に愛蔵の名があり、住所と職業が記載されている。一九〇二年末発行の名簿だから、夫妻で出京して東京は本郷の東京帝国大学前で中村屋を開業した翌年のものであるが、愛蔵の住所は東穂高村一七九となっており、職業は「秋蚕製造業蚕種予約会社長」である。[136] 愛蔵は中村屋「創立当時私は郷里に蚕種製造の仕事を残して来ており、これがために毎年三ヶ月は郷里に帰り、パン屋として最も忙しい夏期をいつも留守にしていた」と記している。[137] 少なくとも六〜九月は東京を離れていたのである。『秋蚕飼育法』第六版（一九一〇年）の中村屋の広告にも「東京市本郷区森川町一番地　中村屋本店　相馬良（中略）府下新宿角筈十一番地　中村屋分室」とある。実質を重んじて妻黒光の名前になっている。中村屋創立当初、愛蔵の仕事上の重点が穂高にあったとは必ずしも言えないが、蚕業に頗る力を入れていたのは事実である。

そのことは愛蔵の文章があきらかにしている。即ち一九〇一年中村屋創業時、夫妻は親子三人の生活費を月五十円と決め、「郷里における養蚕を継続し、その収益から」三年間これを支出することにしたが、売上げが伸びて一年で「国元の養蚕収益から支出する」ことが不要となり、「一個のパン屋として、苦しいなりにも独立自営の目途がついた」とある。[138] 愛蔵は穂高の仕事を畳んで出京したのではないどころか、僅か一年間とはいえ、養蚕・蚕種製造業が東京の生活を、したがってパン屋経営をも支えていたのである。

4　東穂高禁酒会と研成義塾

相馬愛蔵は牛込教会に通っていた当時、津田仙らの禁酒運動に賛同して禁酒会の会員になっていたが、渡道に際して禁酒運動にも力を入れていた東京婦人矯風会創立の中心矢島楫子の紹介で札幌の北星女学校の教員藤村頴子と知己となり、彼女とその夫藤村信吉の縁で伊藤一隆ら北海道の禁酒運動の有力メンバーと親しく交際した。[139] ウィリアム・S・クラーク主唱の禁酒会発祥の地である北海道での経験から、彼は禁酒運動の意義を深く認識したのである。

穂高に帰省した愛蔵の周囲に近在の青年たちが集まった。東京専門学校を出て一年後、郷里で養蚕研究に着手した彼のもとに皆が集うのは当然であった。愛蔵が話すキリスト教やこれとかかわる欧米的ないし近代的思想、そして禁酒運動に少なからざる真面目な青年たちが共鳴した。[140] 一九〇一年、飲酒の機会の多い年末年始を真近にした十二月、愛蔵を中心に東穂高禁酒会が設立された。[141] 創立時の「中合規約」には「本会員は禁酒を主として且品行を慎しみ職業を勉強し節倹を行ひ他人の為を計ることを誓約すべし」とある（第一条）[142]。以後、同会は青少年の生活浄化を中心に運動を展開していくことになる。[143] 禁酒会は青少年の自己確立と地域社会の精神的近代化をめざした。林文雄氏が指摘する通り、会の目標は「小作農を解放するという明白な綱領」を持ってはいなかったが、[144] 守旧的な農村支配者層は封建性批判の動きに危惧の念を募らせた。

禁酒運動展開の前提として穂高地方、ひろく松本を中心とする中信地方における自由民権運動の勃興があると考えられる。これを瞥見する。

民権運動の勃興期、中信地方では窪田畔夫《くろお》、市川量三らインテリ豪農層が民権思想を宣伝し、長野県師範学校松本支校でも民権思想が相当に普及していた。安曇野では豊科学校の教員武居用拙《たけいようせつ》が塾を開いて民権思想をも紹介していた。後に民権運動で全国的に活動した松沢求策も武居の塾に学んだことがある。[145]

いずこでもそうだが、民権思想の鼓吹に新聞の果たした役割は極めて大きく、一八七二年秋、松本に創刊された信州最初の新聞『信飛新聞』は市川、窪田らを新聞掛（記者）にしていた。同紙は次第に藩閥政府批判を強めて積極的に民権論を唱え、一八七六年、『松本新聞』と改題された。[146] 松本裁判所判事から『松本新聞』編集長となった土佐出身の坂崎斌《さかん》は、一八七七年、長野県下で最初の政談演説会を開催し、紙面と演説の両方で民権思想を宣伝した。翌年、坂崎の出京後、同紙編集長を引き継いだ松沢は各地で民権結社を設立するようにと紙面を通じて呼びかけた。この時期、中信地方に続々と民権結社が組織され、安曇野でも豊科村（現豊科町）の旋坤社《せんこんしゃ》、大町（現大町市）の洋々社などが結成された。[147] こうした民権結社の活動を基礎にして、一八七九年、まず市川、松沢、三上忠貞、上条螘司《ありじ》らによって猶興社が誕生し、これを母胎にして長野県における国会開設を目ざす全県的な民権政社、奨匡社《しょうきょうしゃ》が創立される。奨匡社は県会議員の市川らを発起人として、一八八〇年四月、松本で発会した。社員は中南信に多く、特徴的なのは師範松本支校出身者をはじめとする教員の参加が目立ったことである。これには『松本新聞』のほか、市川を社主として松沢、三上らが編集長をつとめた月桂社の「啓蒙」教育雑誌『月桂新誌』の影響が大きかった。[148] 奨匡社は松沢、上条を「惣代人」に全国有数の国会開設請願運動を展開していった。[149]

穂高地方に限定すると、穂高学校の支校等々力学校教員澤柳真楯《まだて》を中心に、一八七五年頃、民権結社友愛社が結成されている。澤柳は長野県師範学校の第一回卒業生であった（一八七五年）。友愛社のメンバーはおよそ五十人、その中には教員の太田幹、下条貞淹、臼井喜代らがいた。太田は高橋の後任、愛蔵在学中の穂高学校教員（二代校長）であり、下条は保等学校教員（初代校長）で井口喜源治は彼の教え子である。臼井は彼ら教員たちと共に論陣を張った。東穂高村から奨匡社員になったのは松沢、澤柳、太田、下条、臼井ら二十五人と、安曇野からの参加各村中ではもっとも多く、太田は発会呼びかけの賛同者の一人であった。[150] 後のことになるが、専制政府が豪農・豪商など地域支配者層と妥協して彼らを支配体制の末端に組み込んでから、国会開設運動の発展的後身とも言うべき普通選挙運動が勃興した。普選運動で愛蔵の友人木下尚江は松本に隣接する山形村（現山形村）出身の中村太八郎らと共に全国で先駆的役割を果したが、一八九七年、中村が松本でこの運動の同志を募り、二十人足らずで普通選挙同盟会を発足させた時、愛蔵は木下らと参加している。[151] 愛蔵は全国組織普通選挙期成同盟会の母胎とも言うべき団体の結成にかかわっていたのである。

このように見てくると、地域刷新運動でもあった先の穂高学校の事件も師範松本支校で民権思想に触れた教員らが新地域指導者層と結合して引きおこし、[152] その運動の中から友愛社が組織された可能性がある。彼らの民権運動の後、穂高地方で地域刷新に取り組んだのがキリスト教の精神に基づく愛蔵らの禁酒運動であり、研成義塾に結実された教育運動であった。臼井と相馬安兵衛は穂高学校の事件で校長高橋敬十郎と争い、[153] 研成義塾設立を支援した。

宮沢正興氏が指摘しているように、東穂高禁酒会が発足当初、キリスト教を標榜していなかった点は注目してよい。[154]「中合規約」の最後には「本会は決して宗教及び政治活動に関係せず」とさえある（第八条）。[155] 愛蔵はキリスト教の精神を人生の重要な指針の一つとし、郷里の青年たちにも紹介したが、彼自身が「基督教を一つの精神運動として、これが文化的の面には大いに感化せられるが、自ら宗教的感激に身を入れるといふうまれつきではなかつた」と言っている通り、[156] キリスト教に漬かり切ってはいなかったのである。それに禁酒会の創立に参加した十名の青年たちのほとんどはキリスト教と直接的に無関係だったから、これを掲げなかったことは賢明であった。経営的手腕にすぐれ、組織能力の高い愛蔵は狭量にならず、所期の目的を果たそうとしたのである。

そのことと関連して「禁酒会記録」を通覧すると、例会における会員各人の演説・談話、読後感の発表などの内容は実に多種多様だが、少なからざる愛蔵の話がそうであるように、「中合規約」の目的に合致した道徳的内容のものが目立つ。討論でも例えば「再婚は人道に反するや如何」について意見を交し、大多数で人道に反するとの説に決定するという工合である。禁酒会は教養サークルの態があり、一八九六年から夜学会が開催されることになったのも当然である。肝腎の禁酒は例会の要所要所で取り上げられ、創立記念式等に組み込まれ、特別に幻燈会が催されることもあった。

会外からは一八九三年、松本町で法律事務所を開設した木下尚江、かつて友愛社の中心メンバーであった澤柳真楯らが夜学会だけでなく、例会に出席して演説することもあった。一九〇一年五月、木下も参加してわが国最初の社会主義政党社会民主党が結成されると（即日禁止ではなく、翌日届出、翌々日禁止）、愛蔵は早速その月の例会で同党の綱領を紹介している。この綱領の内容の多くは、今日、日本国憲法、労働基準法、教育基本法などに盛り込まれているから、愛蔵はかなり肯定的に論評したものと思われる。そして同綱領の少なからざる部分、殊に労働条件とかかわる条項は、同年、第一回例会で主張した日曜休日論（週休一日）と共に、中村屋の経営等で実践されている。

ところで、井口は長野県尋常中学校（松本本校）を卒業後、明治法律学校（現明治大学）へ入学したが、一八九〇年、中退して上高井高等小学校小布施分教場の助手を振り出しに小学校教員となり、一八九三年、松本尋常高等小学校（准訓導）から東穂高組合高等小学校に転じ、一八九五年、正教員（訓導）に昇格した[157]。彼が禁酒会に入会したのは郷里に戻ってからのことである。愛蔵が「非常に強力な会員を加へたことになつて幸ひであつた」と記しているように[158]、入会後の井口は愛蔵と共に禁酒会の運動に大きな影響を与えることになった。実直・誠実で学識豊かな人格と相俟って地元の高小の首席訓導であったことにもよろう。

彼のキリスト教との出会いは、自身が書いているように、中学時代の米人英語教員エルマー（宣教師）とその妻の教示を受けたことにあるが[159]、敬虔なキリスト者となったのは遅い。愛蔵は、井口はキリスト教的な精神運動（具体的には禁酒運動）を一緒にやろうとの「私の呼びかけに先づ同感し、次いで内村鑑三氏の偉大な迫力に触れて、遂にその熱情を白熱せしめたものと信ぜられる」と書き、東穂高禁酒会の運動が内村、山室軍平らの耳に入って「知名の士がはるばる応援に来られる。井口氏が内村師に傾倒してキリスト信者になつたのは、かういふ機会によるものであつた」とも記している。[160] 本人も愛蔵が「日本基督教会の信者となつて郷里に帰り」「信仰並に禁酒主義を鼓吹し」、妻の黒光が「明治女学校の俊才であつたので、私共も自然明治女学校長巌本善治先生に接近するやうになつた」と認めている。[161] 井口は一八九九年、荻原守衛（碌山）ほか一人と出京し巌本、松村介石を訪問した。[162] 碌山は東穂高小における井口の教え子であり、碌山の禁酒会入会は井口の感化である。[163] 碌山は夜学会の熱心な生徒であり、井口からは英語を学んだ、この出京を契機に碌山は明治女学校に寄居して小山正太郎の不同舎に学び、美術家への道の第一歩を踏み出すが、井口が内村に初めて会ったのは翌年七月で、[164] 以後彼は内村を本格的に師と仰ぎ、その人格と思想に傾倒していくのである。

一八九四年のまだ春にならない農閑期、愛蔵は栃木県那須野ヶ原の孤児院を訪ねた。本郷定次郎夫妻が全財産を投じて経営している施設である。そこで愛蔵は子どもたちが食事に事欠いている窮状に心を痛め、孤児院に義捐金を集めることを決意し、その足で押川のいる仙台へ向った。彼は牛込教会で押川の説教を聴き感銘を受けてはいたが、交際はなかった。愛蔵は仙台基督一致教会を訪問し、押川の説教の後、基金を訴えた。大口の寄付もあり、かなりの額が集まった。このことが機縁となって愛蔵は押川や仙台教会の人々と親しくなった。[165]

愛蔵は押川の愛弟子島貫兵太夫を知った。二人は正義感が強く誠実な点で人格的に共通している。一八九一年内村の〝不敬〟事件が起き、押川、植村、巌本ら五名が連署して御真影と教育勅語の礼拝に関する共同声明を発表した時、東北学院神学生がこれを支持し、内村擁護の論陣を張った。島貫はその中心となって活動した人物である。[166] 押川は後に国家主義への傾斜を強めたが、島貫は貧民救済など地道な活動を続け、後に苦学生を援助する日本力行会を主宰した。愛蔵は力行会の顧問になっている。[167]黒光のキリスト教における兄弟子であり、師でもあった島貫は愛蔵の人物を見込んで二人の縁談をすすめた。押川は島貫に相談された程度で、黒光が押川、島貫両名が積極的だったように認めているのは彼女の思い込みか、創作か、島貫の彼女への話し方の所為かである。

愛蔵は足尾鉱毒事件でもその惨状を訴え、人々に支援を要請している。山田貞光氏が紹介している一九〇二年の年賀状にも被害者救援のことが認められている。[168]そのような愛蔵だから田中正造の日記にも登場する。一九一一年六月二十一日の条である。自分に作品を贈呈したいとの碌山の意向が愛蔵、木下、逸見斧吉を経由して自分に伝えられた時に辞退してしまった、新宿で愛蔵に会った時も失礼な態度をとった、後日、これに気付いて木下と逸見に詫びを頼んだが、碌山の急死を知って驚いた、斎藤與里が碌山の「意を継続せんとの誠」を示した、ただ恐れ入り、反省している、という内容である。[169]碌山は被害者救援の資金づくりに役立ててもらおうと、作品を寄贈しようとしたのであろうし、その意志を正造の支援者木下、逸見と親しい愛蔵に伝えたのだろう。正造は碌山を識らなかったが、愛蔵とは知己の間柄であった。

愛蔵が孤児院救援に奔走した年、地域支配者層が地元の「発展」を口実に芸妓置屋設置を画策し出した。禁酒会は反対運動の先頭に立ってたたかった。「非芸妓設置請願書」を豊科警察署や県知事宛にそれぞれ数回に亘って提出し、地元の世論に訴えるべく演説会を積極的に開催した。前年受洗した代言人の木下も応援に来た。妨害のため、演説会場が借りられず、一八九六年春、東穂高村の中心部（乙一五七番地）へ分家した愛蔵の次兄宗次宅がしばしば会場に使われた。宗次宅は石や汚物を投げ入れられるなど、被害を蒙った。彼も正義感のある人物だった。禁酒会の例会は活気があり、反対運動は盛り上ったが、警察署までが設置推進に協力するようになり、一八九七年末、芸妓設置は認可された。その間、愛蔵は黒光と東京で結婚式を挙げ、相馬家で一週間に及ぶ披露宴をおこなったが（一八九七年三月）、請願書提出や演説では禁酒会の代表的存在として先頭になって奮闘していた。大いに燃えていたのである。

一八九八年一月二日、禁酒会例会が開催された。前年十二月二十日の満六年記念会で一月二～三日、諏訪へ一泊旅行をすると決定していたが、芸妓設置が認可されたので予定を変更しての集会であった。例会では愛蔵が「芸妓運動失敗に付本会は今後十倍の覚悟を要す」と演説した。出席者は五十有余名の盛会であった。[170]しかし、芸妓設置を起因として地域に頽廃的な空気が拡がると共に、教員間でもキリスト者排斥が強まり、これが直接的な原因となって、設置反対運動で中心的役割を果たしていた井口は十月に、望月直弥も同じ頃に転任させられることになった。望月は愛蔵、井口と同年の生まれである。早くからキリスト者で禁酒会創立に積極的な役割を果たした。当時、東穂高小学校教員であったが、井口と同時に東穂高高小に転じていた。[171]

望月は更に十一月、北安曇郡北城尋常高等小学校に転任した。十一月二十日の例会が彼の送別会となった。愛蔵や井口が激励や希望の言葉を述べた。[172]しかしこの時、既に井口は転任を拒絶して辞職し、研成義塾を発足させていた。彼の転任先は豊科組合高等小学校とされていた。身分は訓導のままだが、月給は六円であった。彼は一八九六年に十一円から十五円に昇給したが、芸妓設置認可後の翌年四月、六円に降給されていた。[173]転任以前から侮蔑的な取り扱いがされていたのである。

二人に対する排斥と転任の仕打ちは芸妓設置反対運動だけが原因ではない。碌山がよい例だが、井口の教育的感化が強く生徒たちに及び、愛蔵の言を借りれば「生徒の殆ど凡てが親のいふことをきかず、親達のすることを批判し、凡そ飲酒の風習のあるところには」祭でも婚礼でも法事でも出席せず、「従来のよしみにそむき、村のしきたりを破つてかへりみない」有様であった。[174]これでは多少とも封建的・守旧的な意識をもつ親や兄たちが反対するのは大いにあり得ることであった。井口らキリスト者教員の真面目なるが故の〝行き過ぎ〟は芸妓設置推進派び反対派に対する攻撃的宣伝に利用されたことであろう。

井口の転勤先の学校では彼を忌避した。井口はこれを神の与えた試練と理解したようである。これに対して愛蔵やその長兄安兵衛、臼井らが「今日の文部省直轄以外に於て理想的の小村塾的教育を施さは如何」と井口に勧めた。[175] かくして十一月、矢原耕地の集会所を仮教室に研成義塾が開校した。臼井は早速二女を入学させ、愛蔵・黒光夫妻は前月に誕生した長女俊（通称、俊子）を後に入学させている。開校式には愛蔵、碌山らが参列した。[176]「主唱者」臼井・安兵衛・井口連名の一九〇一年一月付「研成義塾設立趣意書」に曰く、「一、吾塾は家庭的ならんことを期す」、「二、吾塾は感化を永遠に期す」、「三、吾塾は天賦の特性を発達せしめんことを期す」、「四、吾塾は宗派の如何に干渉せず」、「五、吾塾は新旧思想の調和を期す」「六、吾塾は社会との連絡に注意す」。一で少人数の行き届いた教育を謳い、二で退塾後親身に相談相手になると言い、三で個性の尊重と長所の発達を強調し、四で信教の自由の尊重を約束し、五で、守旧・急進に偏重しないと宣言し、最後に六で「文明風の村塾」と位置づけて賛助・協力を呼びかけている。[177] この「趣意書」は新校舎落成を期して改めて表明したものであろうが、井口は決意新たにキリスト教的人格主義を基調に個我の確立をめざす教育につとめた。

多くの禁酒会員が学校建設費等の捻出をしたが、臼井、安兵衛が最大の支援者であった。中でも安兵衛は校舎建築に五百円も寄付している。自家の火災後間もないのにである。このことを愛蔵は彼が「無論井口氏の教育に共鳴し、義塾の出発に祝意を寄せてのことであったには違ひないが」「新思想を鼓吹して井口氏をかういふことに立《たち》到らしめた私のために善処してくれた」ものだと理解し、感謝していると述べている。[178]

それにしても井口の経済生活は大変であった。相馬兄弟らからの援助は受けたが、公的補助金はほとんど謝絶し、農耕・養蚕・機織に励む妻きくのに支えられて赤貧に甘んじた。一九二七（昭和二）年の長野県学務部長への回答には「校長兼教員俸給不足」とある。[179] そして長野県当局から圧力を加えられ、あるいは銀行に相当な借財が出来て担保に入れた田畑・家屋敷を取られかねない事態になって、動揺したこともあったが、彼は一九三二（昭和七）年病いに倒れ、再起不能となり、事実上、廃校されるまで、教育の独立を堅持すべくつとめた。

研成義塾の「備忘録　第一」・「同　第二」を通覧すると、記載の仕方がさまざまでよくわからないが、証書授与式の際も讃美歌に始まり、讃美歌に終わる場合があり、君が代に始まり、讃美歌に終わる場合もある。四方拝（「新年式」と呼称）・紀元節の記事も散見され、極めて簡単で不明だが、授与式の情況から推測すると、君が代が歌われていた可能性がある。事実上の廃校（正式には一九三八年三月）に近い時代の塾生によれば、三大節（四方拝・紀元節・天長節）には井口は式服を着用して来塾し、君が代は歌ったそうである。しかし、教育勅語は読まれず、日の丸は掲揚されなかったと言う。明治節は祝わなかったようである。[180] 時代はずれるが、巌本の明治女学校の君が代・日の丸・教育勅語なしと比較すると徹底さはないが、禁酒会が例えば創立記念会で日の丸を掲げ、君が代を歌い、天皇陛下万歳を唱えていたのを見れば、研成義塾は国家主義教育から程遠い存在であったと言える。

義塾の第一回卒業記念写真には二十二名の塾生が写っているが、臼井の娘ともう一人の女生徒が前列中央におり、井口と愛蔵、望月、碌山らは最後列に並んでいる。教育姿勢が窺える。井口直筆の時間表を見ると、英語を週六時間毎日教えた中等教育であることが理解される。井口は英数国理、地歴、図画等、すべてを一人で教えたが、「趣意書」の六に則って一九一二年からは女生徒には裁縫科を設置し、女性教員一人が担当した。廃校までの三十数年間の卒業生は七百人余、そのうち、個人の独立と自由を求めて渡米した者はおよそ一割を数えた。その中には硬骨にして開明的な評論家清沢洌らがいる。

軍国主義が台頭する時期になると、研成義塾のこのような校風が世人のきびしい批判の対象となることは避けられなかった。この点について黒光は一九四四年に著した回想録で、一方では井口を称えつつ、もう一方で内村が「人格あまりに峻厳に過ぎて他と和し難く」「悲劇的相貌を帯びて痛ましかった」が、彼を「小規模」にした井口は「物に接するごとに大小を問わず苟《いやしく》もせず、いかなる時も信念をもって臨み、寛大を欠くといえばたしかにあまりにも強烈に過ぎた」と批判し、彼は「実世間」と「矛盾」した「狭量の最も代表的」な人で「一個の悲しい犠牲」となったと、太平洋戦争中の叙述の所為もあろうが、極めてきびしくこきおろした。[181]

井口は一九〇七年夏、内村主催の集会に参加し、「内村先生談片」を筆記している。その中に「日本の将来に於ける非常に厄介物は朝鮮だ」、「日本人の朝鮮人に為せる罪悪吾々が見てさへも……況して外国人から見れば一層ひどく感ずるに相違ない」、「日露戦争に賛成するは日本の亡国に賛成するのである、といった予言はまだとりけすことは出来ぬし、まだこれからだ」などの文言がある。[182]多くを筆写しているのは共感したからだろうが、井口は日本の少数派に属する内村の思想やその教示をまもり、実践しようとした。彼もまた一貫性をもった少数派であった。それを内心の葛藤と変転の黒光に自らを省みない批判をされたのである。

一方、夫の愛蔵の井口評はどうか。「もともと設立者のひとりでありながら、間もなく郷里を去つて井口氏一人に塾を負はせた私は」「若き日の理想が、魂が、そのまゝ少しの衰へも見せないで生きてゐるのを見」、「殆ど謝するところを知らないのであつた」、「『彼は潔癖にすぎた』世間にはかう見る向きもあることであらうが、私は殉教者井口氏をそのやうな打算をもつて見ることは出来ない」と、反省の上で最大限に称え、「穂高の聖者」と呼ぶことを躊躇しないと認めている。[183]黒光の評と対照的である。

井口は愛蔵の死去に際し、「性不羈」「明敏」にして「理財の才に富、又潔白なりき」と評した。[184] しかし、愛蔵は、ブルジョアジーとして成長し、自らが首唱した禁酒会から次第に離れていき、若い日に掲げた理想とはすっかりかけ離れた存在になっていた。それを自覚していることを示しているのが、愛蔵の井口賛辞なのである。その自覚があるが故に、彼は異色な実業家たり得たと言える。

三　新宿・中村屋に関する若干の歴史的覚書

はじめに

先に「相馬黒光小考」・「相馬愛蔵小考」を認めた。これを目にされた少なからざる方がたからご教示を頂いた。

この覚書は右二篇の続篇であるが、相馬愛蔵・黒光夫妻、特に愛蔵のアジア・太平洋戦争前における新宿・中村屋の経営について、若干の問題を断片的に考察するものである。

中村屋の新宿移転

相馬愛蔵・黒光夫妻が東京帝国大学（現東京大学）の正門前のパン屋中村屋（東京市本郷区森川町一番地、現文京区本郷六丁目十八番十一号）を買取り、開業したのは一九〇一（明治三十四）年末のことである。奇しくも東穂高禁酒会の創立から満十年（プラス十日）であった。夫妻は六年後の一九〇六年末、新宿追分の市街電車終点前に支店を出し、翌々年春、一年余にして本店を青梅街道に面した新宿停車場前の現在地（東京府豊多摩郡淀橋町大字角筈十二番地、現新宿区新宿三丁目二十六番十三号）へ移した。[185] 新宿移転は一口で言えば営業成績が新宿で順調に伸びたからである。

移転と共に、夫妻は本郷の店を創業時に新規採用した最初の店員に譲渡し、新宿の支店を閉じた。[186] これはのちに少し曲折があり、確立したのは一九二七（昭和二）年と言えるが、愛蔵の一人一店主義の開始であった。[187]〝一人〟とは一経営者（経営体）のことである。一人一店主義は、小売商人として、顧客に誠意をもって責任ある対応の出来る限度を心得た愛蔵の堅実さから生まれた一種の経営哲学だと言える。

愛蔵が新宿移転を決断したのは、パンの販売活動と売上げの実績を合理的に分析した結論に基づく。堅実な経験をもとにした判断の結果である。

彼は、まず、少なからざる知識人が居住し始めたばかりの新開地新宿とその周辺に着目し、本郷から店員を行商に出した。そして師である内村鑑三を始め、伝を頼って御用聞きをおこない、口コミで次第に評判があがり、行商では賄い切れない程に販路が拡大したので、支店を開設した。その上で支店の営業成績のほか、地価の伸び率などの分析から新宿の将来性を見定め、本店の拡張・移転に踏み切ったのである。[188]

今日、新宿は東京と日本全国の一、二を競う繁華街である。新宿の盛り場としての発展は関東大地震後における巨大都市東京の重心移動を契機としており、新宿が日本有数の繁華街になったのは昭和十年前後からのことである。愛蔵が大地震の十数年前に中村屋の新宿移転を決断し、商業経営で成功をおさめ得たのは、先見の明があったと言うべきであろう。

哲学のある経営方針

愛蔵の中村屋経営は独立自尊（彼の人生のモットー）の精神に富み、創造的・良心的かつ合理的で堅実そのものであった。かような経営方針の原形は、前稿「相馬愛蔵小考」で指摘した通り、既に郷里における蚕種製造業経営に見られた。その思想的基礎は東京遊学中から培われたキリスト教人道主義、およびこれと分ち難い個人の人格尊重の近代精神にある。愛蔵が近代精神を身に付けていけたのは、遊学前に間接的に触れた自由民権運動や遊学後に直接参加した普通選挙運動の影響に負うところが大きい。また、数学をもっとも得意とした点に示されているような明晰な論理的思考の能力も、彼の経営方針形成の無視出来ない要因である。愛蔵は何ごとによらず、細かい数字を駆使して分析・比較検討し、方針を立てている。

経済史家の土屋喬雄は自著に一章を設けて愛蔵の経営理念を紹介している。そのなかで「商人で愛蔵ほど理論的に商業の社会的役割あるいは本質について深く考えた人は稀であろう」と述べている。[189] 相馬愛蔵は商業経営に一種の哲学をもっていたと言うことが出来る。

愛蔵によれば、客と商人は対等である。曰く、「お客様が理のないことを言えば買って頂かなくてもよい。いやこちらで売ってあげない」[190]。なぜ、対等なのか。曰く、「物を買ってもらう」のは「恩恵ではない」、「人様の必要に応じて売る」のだから、「卑屈になったり」「恐縮したりすべきものでは全然ない」。なぜ、そう言えるのか。「商売の基本は」「手数」を「成るべく少くして、お客様に良い品物を格安に売る」ことで、「それが人に対する厚意であり」、「社会奉仕」だからである。[191]

要するに「社会奉仕」となる商売でなければならないと愛蔵は主張したのである。これは客を人間として真に大切にすべきだという思想だと言える。同時に彼は商人も人間としての誇りをもつ必要があると思考した。福沢諭吉の言葉〝独立自尊〟を好んで用いる愛蔵であった。

店員の人格尊重

愛蔵は店員の人格を尊重し、店員の教養を出来るだけ高め、彼らを紳士として待遇し、世間からも紳士として遇されるようにしたかった。大切にすべき相手は客だけではなく、対等であろうとしたのも客だけではなかったのである。黒光の態度は必ずしもそうとは言えなかったが、愛蔵は店員たちと人間として対等であろうとし、店員たちの人間関係もそのようにあるべく経営者として指導に腐心した。

例えば愛蔵は自己及び家族と店貞とで食事に差をつけなかった。当時、極端に稀有なことであった。彼は「食物だけは特別御馳走はしなくても、家族一統平等に腹一杯与えて」「当然」で、「これをせぬ主人は非道不法の者」だと断じている。[192] 食物の平等は既に養蚕業経営で実践していたが、経営規模が拡大し、税金対策がらみで、一九二三（大正十二）年春、個人商店を株式会社に改組したのちも、[193] 平等の精神は基本的には変らなかった。

とは言え、給料には別があった。一九三一（昭和六）年に招聘されたロシア人製菓技師スタンレー・オホッキーの年棒は四千円、大評判になった程の高給だったが、[194] 昭和初期に高等小学校を卒業して入社した店員（小店員）は、徴兵検査までの凡そ六年間は少年組で、月給は小遣い程度、但し、衣類その他一切を店負担で、五、六円から漸次昇給して三十円位までであった。[195] しかし、職長であれ、新入店員であれ、寄宿舎生活の単身者を例にとれば、居室や寝具など一切に差別はなかった。この点は、外での食事招待の際にも芝居・相撲見物の際にも、幹部から小店員まで同一の厚待遇であった。[196]

それと関連して、従業員百人前後の昭和初期まで、中村屋には店に規則がなかった（規則は最盛期になって出来た）。問題は社長と店員の間で解決した。一人一店主義の所以である。寄宿舎の場合、入社から数年間の少年組は入寮制で、然るのちはほとんど自治制で、但し、衣類は自弁の青年組寄宿舎に移ることになっていた。[197]少年組の寮には舎監がいた。キリスト教界で三傑の一人と言われていた植村正久の弟子三松俊平である。彼は妻と共に住み込み、親身になって小店員たちの生活上の助言をしたが、宗教色のある指導は一切せず、少年たちの自主と自由を保障したようである。[198]愛蔵は自らの少年時代の寄宿舎経験を顧みて、「少年諸君の寮の生活を家庭的にあたたかに、また清浄にと願」ったと認めている。[199]そうであったに違いない。

寄宿舎の経営方針であきらかなように、愛蔵は店員を信頼していた。しかし、時には不心得なことをする店員もあった。けれども愛蔵は少なくとも一半の責任を己れに帰し、「前途有望な男一人」を活かすべく懇切に指導した。そして本人が不心得を繰り返し、「反省の見込みなし」と見定められない限り、退社という「強硬手段」を採らなかった。[200]一面、店員に対してかなりのきびしさのあった黒光には、愛蔵の処置が寛大に過ぎると思えたこともあったが、彼は自らの意志を貫いた。[201]

しかし、愛蔵の寛大さには例外が一つあった。鉄拳制裁である。この旧弊の残存が中村屋の店員間にも見られたからであろう、彼は「暴力を以て自分より弱い者にいうことをきかせる」「野蛮の極み」だとして、これを厳禁した。違反者は理由の如何を問わず、即時退社であった。[202]愛蔵は人格無視・人間蔑視の暴力を絶対に許さない態度をとったのである。これにも彼の少年時代の寮経験が踏まえられていよう。愛蔵の方針によって、中村屋は店員の腕力による喧嘩もない職場となり、店員たちの連帯と切磋琢磨は営業成績の向上に繋った。

一人一人の店員を人間として大切にしたいと願う愛蔵は、店員の誕生日を掲示し、昼食または晩食を平素より少し〝豪華〟にして、店員数凡そ二百人の昭和十年前後ならば、三日に一度位にまとめ、該当者を皆で祝った。この点につき、彼は「人格尊重の微志から出たもの」だと述べている。愛蔵が些事として事もなげに片付ける、このような人間関係に対する心づかいは、店員一人一人をして自らが「認識され、尊重されているという気持」にさせると共に、「店員相互の親しみをわかせ、忙しい仕事の間に一種のなごみを醸し」出させることにもなって、少なくとも結果的には、経営上プラスに作用したのである。[203]

中村屋の労働条件

中村屋の給料は、昭和十年前後の例では、少年組は、前述の通り、月給五、六円から三十円、青年組は四十四、五円から七十円、二十八歳以上の結婚した家持店員は七十五円から二百円であったと言う。オホッキーを始め、幹部技師は愛蔵及び一族の者より高給だったようである。

愛蔵は三越百貨店よりよいと言われる給料が、売上高との割合で比較すると、米国やドイツの百貨店の半分以下である点に言及し、「店員への給与を世界の水準まで引き上ぐべきで」、「重役だけが生活を向上して労務者の生活を改善し得ないならば、我々実業家の恥と言わねばなるまい」、「いわゆる重役連の労せずして高級《（ママ）》を食む不合理を憎む」と述べている。[204]

給料には固定給（本給）のほかに利益配当給があった。これは月々の「営業の繁閑並びに収益の多少に準じ」て支給された。給料以外の金銭的待遇を見ると、中元・歳暮期に手当を出し、年一回の決算期には純益の一部を店員に配当した。これは現在の夏期・年末・年度末手当に相当する。また、家持店員には本給の三割を家持手当（住宅手当）として、家族中に高齢者（七十歳以上）や子どものいる店員には家族手当（老人手当・子供手当）を一人四円宛、それぞれ支給した。愛蔵に言わせると家族手当の導入は、ドイツにおける官吏の待遇に関する法律の制定に際し、ビスマルクが家族手当の規定を加えて職務上の能率を高めたと、東京専門学校の経済学の講義で聴いて共鳴し、「時至って実行したもの」だそうである。[205]

更に家持店員には夕食手当が支給された。これについて愛蔵は、中村屋では業種の関係から三食とも店で食事をしてよいことになっていたが、既婚者のなかにも家庭で夕食を摂らない店員がいたので、「家持店員は夕食だけは家に帰って家族と共に食事をする義務」があるとして、出すことにしたものだと言っている。[206]

黒光によれば、次女四方千香（千香子）が記載した店員の給料・諸手当を夫と二人でチェックし、時には愛蔵が病気見舞などの補給を加えて、余人を混じえず、夫妻で「満腔の感謝と希望と祝福とをこめて」月給を袋に入れ、「一つ一つ押し戴くようにして封」を閉じたということである。[207] 黒光の一文全体から斟酌すると、〝希望〟とは成績の余り芳しくない店員の月給を若干差し引くという、形で示された主人側の要望、〝祝福〟とはその逆のように思われる。彼女の用語は含蓄があると言うべきか。

中村屋には、住宅手当・家族手当などのほか、社会保障的な配慮が二つあった。一つは少年組と青年組の店員の強制貯蓄である。少年組は給料の三分の二、青年組は半分を差し引かれ、主人が本人に代ってこれを銀行に預金した。[208] 少年組は生活必需品の一切を、青年組は衣類を除くその多くを支給される代わりに、将来のために備蓄させられた訳である。もう一つは老後の生活保障のために十年以上勤続の店員に全額店負担で保険を付けたことである。これは早稲田大学が官公立の恩給の代わりにと、校費負担で教員に保険を掛けたのに倣ったもので、早大同様、十年以上を千円、二十年以上を二千円とした。愛蔵は時代の趨勢を読み、暖簾分けをしない方針だったから、保険はその代替の一つであった。一九三七（昭和一二）年から実施された。[209]

金銭面以外の店員の待遇に目を向ければ、その第一は愛蔵が労働時間の短縮に留意した点である。彼はこれを、店員の人格尊重の面と同時に、労働効率の面から追求した。昭和十年前後で就業時間は十時間、当時の店員や職人の間では例外的に短かった。にもかかわらず、和菓子製造高の場合、他所では一日職人一人平均十五円前後、多くて二十円止まりだが、中村屋では四十円以上（記述している時期が多少違うのか、別には四十四、五円、他には四十三円、五十円とある）であった。中村屋喫茶部の売上高も一日店員一人平均二十一円で、丸の内の有名レストランの三倍だと言う。この点について愛蔵は「待遇改善から自然にこの好成績がもたらされたのだ」との「確信」を披瀝している。[210] 賃金・労働時間その他、労働条件・生活条件がよいから、有能で真面目な人材を採用することが出来、そうした従業員が勤労意欲をもって労働するから成績があがったのである。

また、愛蔵は次のようにも指摘する。

機械化の進んだ米国では労働密度が高いから八時間労働が限度だが、それは大体日本の十二時間労働に相当する。これを基準に繁忙日の超過労働時間を考察すると、経営の安全を保つために閑暇日にも労働時間が平日の三分の二以下にならないように注意しつつ、週一日、平日の五割増程度に止めないと、他日の能率に支障が出る。[211]

愛蔵は拘束時間を無闇に長くする愚をきびしく批判した。拘束時間が長いから「半ば遊び半ば働く」職場が多いのだと述べている。批判は、小僧が大勢自転車を横に草野球の見物をしている光景を語りながら認められているから、[212] 読者の実見と重なり、説得力があった。

第二は勤務時間帯と休日の問題だが、愛蔵は、中村屋の業種の性質上から、どうしても店員の労働強化になりがちになる点に苦慮した。師であり、顧客でもある内村鑑三から、日曜日は休日にして教会へ行けと忠告され、愛蔵はさすがにこれには従わなかったが、中村屋は平日午後七時閉店を日曜・大祭日には午後五時で閉店にしていた。新宿は夕方からの客が多く、得意に不便をかけるが、彼は、多忙な日曜日のこと、店員に夜はゆっくり過ごさせたいと考えたのである。ところが一九二六年秋、日本橋の三越百貨店が新宿に進出し、他店同様、中村屋の売上高も激減した。そこで中村屋は、有力な一店だけが早仕舞されては困る、しないで欲しいとの商店街の要請もあって、翌年初め、日曜・祭日の閉店時刻を平日と同一にした。その代わり、愛蔵は五時以後を二班に分けて交替制にし、五〜七時の売上高の五パーセントを当番店員に特別手当として支給することに決定した。[213] これはのちに営業時間を夜十時までに延長し、午前七時〜午後五時、午前九時〜午後七時、正午〜十時の三部に改め、月三回の休日と新年休暇・暑中休暇を店員に与える契機となった。[214]

中村屋の商標の意味するもの

新宿・中村屋店頭の袖看板に中村屋の商標が付いている。よく知られているマークだ。商標は楯形で四区分され、上半分の左には黒地に白馬が、右には白地に黒馬が、下半分の左には白地に黒い天秤が描かれており、下右は赤と黒のチェック模様である。二頭の馬は双（相）馬である。白馬の上部に相馬家紋（亀甲花菱）が、黒馬の上部に黒光実家星家紋（九曜星）が表示されている。これは相馬・星両家の愛蔵・黒光両名が中村屋を創業したことを示す。チェックは貨幣を数える盤で、水平になった天秤は正確と公平・正直の図案化である。したがって商標は正確で正直であろうとした経営方針を象徴していると言える。[215]

中村屋の商標は上半分が示す通り、主人愛蔵と主婦黒光を対等に表現している。本郷・中村屋の名義が黒光（相馬良）となっていたことは先に「二」で触れたが、実は開業以来、株式会社への改組までの二十余年、中村屋の名義人は黒光であった。愛蔵は「中村屋の基礎を築いた創業以来の十五ヶ年は、店は全く妻の双肩にあった」、自らが「中村屋のために専心働いたのは後の五年だけであった」、「中村屋の今日を成したものは大部分彼女の力である」と言った。そして改組に当たり、資本金十五万円の半分を黒光の名義にし、残りの株を自身や娘婿のインド人ビバリ・ボースら、子どもや有力店員に分配した。[216]

彼は自ら社長（取締役代表）になったが、ボースと共に黒光を取締役にした。草創以来、苦楽を共にし、殊にながく日常的な実務の多くを担ってきた妻を実質的に評価したのである。経営の中心は愛蔵だったのだから、彼は労働本位に考えたと言えそうだ。とは言え、一年の大半を穂高で生活していた時期に、彼は一時《いっとき》ではあったが、妻以外の女性と関係があった。その罪意識が黒光を筆頭株主にしたのかも知れない。しかし、明治民法が第十四条で妻を準禁治産者と同様に扱い、制定期とは実態が変化してきていたとは言え、妻は夫に従属すべきものとされていた時代である。大雑把に見て、彼は家父長的支配には余り囚われてはいなかったと言える。

中村屋経営の基本

正確で正直な商売は中村屋経営のモットーである。その基本は良い品を廉く販売することだ。愛蔵は廉価は「必ずしも多売を目的としなかった」と言う。品質を落さないために製品を控え目に見積り、その日の売れ残りを出さないように製造した。生菓子の場合、午後三時までに売り切れる程の製造にした。万一、それでも残ったら、平素、世話になっている機関や社会的弱者の施設などに寄贈した。[217] そして、良品廉価の信用が結果的に薄利多売になったのである。

良品を廉価で販売するために愛蔵はどうしたか。結論的に言えば、徹底的な経営の合理化をはかった。販売面では割引も特売・大売出しもせず、福引もやらず、中元・歳暮の商品に景品も付けず、草創期には積極的にやっていた御用聞きは廃止し、無料配達もやめて有料に切り換えた。どんな些細なコミッションも出さず、中元・歳暮は仕入先の番頭・小僧には僅少の品を贈っているが、得意先には廃止した。広告費も極力抑えた。[218] 仕入面では材料の品質・産地・価格等を念入りに吟味・調査し、現金仕入を原則とし、それが不可能な場合も絶対に翌月に繰り返さないことにした。[219] 仕入先の信用を得て、よい材料を廉価で仕入れたのである。

仕入・販売の両面から良品廉価を追求すると、究竟のところ、正札主義以外にはないことになる。[220]愛蔵は、開業以来、正札販売を徹底的に実践してきた。したがって、右の両面からの追求は廉価の正札主義を貫徹しようとの方針から逐次実行されたとも言えよう。これ以上廉価に出来ないとして決定した正札による販売は、顧客をいつでも誰でも無差別・平等にサービスするということである。これは顧客は全て平等で商売は「社会奉仕」だということにほかならない。このような論理と精神で中村屋は信用を獲得していった。

佳良な食品の製造に不可欠な良質な食材の入手が困難な場合がある。愛蔵はどうしたか。カリーライス用の米の場合、収穫高の少ない白目米を一等米より二割高で仕入れる条件で、十人余の特定生産者と契約を結んで確保した。ケーキ用鶏卵の場合、産量の多い廉価な改良種が普及し、在来種の飼育者が激減したが、栄養や味の点でも優れ、黄味も濃い、したがって着色の不必要な在来種の卵を高価で集荷するのに腐心した。[221]のみならず、資本を投じて直営の農場や、生乳と生クリームを供給する乳牛牧場、カリーライス用軍鶏を飼育する養鶏場まで設置して、良質な食材の確保に努めた。[222]中村屋の経営の基本である良品の廉価販売とは、実は良い品を追求して出来るだけ廉く売ることで、より本質的には良品販売だったと言える。

独創的な製品の開発

創造性に富む愛蔵は次々に新製品を開発した。勿論、多くの製品は中村屋の一流技師が歳月をかけて研究した結果、工案され、商品化された。黒光は「新しい製品を売り出すまでには、少なくも三、四年の月日を研究のためかけている」と記している。しかし、黒光も認めているように、咄嗟の出来事に愛蔵が機転を利かせて商品化に成功した場合もあった。[223]

今日、全国的に一般化している桜餅は、大正末期のこと、赤飯の大口註文が急にキャンセルになって水に浸した糯米の処分に困り、愛蔵が考案し、「新菓葉桜餅」として売り始めたものである。季節感のある菓子として大変好評で、柏餅に続く晩春の餅菓子として定着した。[224]

パン屋の中村屋が和菓子を製造することになったのは、最初に製造・販売した味付パンの売れ行きが春から夏にかけて良好で、秋から冬にかけて著しく減少するので、餅菓子がその逆の傾向にあることを掴み、これを売り出し、商売に閑暇期をつくらず、一年中、製造・販売の能力を発揮出来るように兼営に踏み切ったためである。創業六年目の秋のことである。のちに洋菓子に着手した際には、同様の考慮により、食パンの製造を開始した。こうして中村屋は年間を通して繁閑による大きな変動はなく、着実に売上げを伸ばしていくことが出来たのである。[225]

ところで、愛蔵はいきなり餅菓子を売出したのではない。和菓子の経験のない愛蔵は、パン屋が売始めた和菓子に顧客が付くように、一つの工夫をした。十二月に最上等の糯米を使用した賃餅の予約販売を実費でおこなって凡そ六百軒の顧客を得て評判を呼び、餅菓子屋としての信用を高めた。一年後には中村屋の総売り上げは倍増したと言う。[226] 愛蔵の商売と製品開発の堅実さと独創性を窺うことが出来る。

製パン業界では、木村屋の小豆入り餡パン及びジャムパンと共に、中村屋発明のクリームパンが餡パンの画期的な製品とされている。[227] クリームパンはシュークリームを初めて食べた愛蔵がこの美味をパンに取り入れようと考え、開発された製品である。クリームパンのクリームをワッフルに応用したのが、ジャムワッフルに代わるクリームワッフルである。[228] 二つの製品は一九〇四年に発売され、のちに全国的に普及した普通のパンと洋菓子になった。

今日でも、月餅は中村屋の代表的な菓子として知られている。これは一九二六年秋、夫妻が中国を旅行して日本人のラマ僧に会い、中国には古くから八月十五日に月餅を作って名月に供え、人びとが贈物を交換する風習があると聞き、翌年、日本人の嗜好に合うように工夫が凝らされ、商品化されたものである。最初は八月にだけ販売したが、売れ行き上々の中華饅頭と平行して需要が多くなり、一年中、製造・販売されることになった。中国人職人の手になる中華饅頭も同年に発売された。これも中国で包子を食べた愛蔵の意見で、油気を少なくするなど、日本人の口に合うように相当苦心した。[229]

月餅だけでなく、ロシアチョコレートなど、外国旅行を契機に、製品化して販売を開始した商品は少なくない。松の実入りカステラは、一九二一年、夫妻が植民地朝鮮を旅行して朝鮮人の家庭料理で松の実を食し、その滋味に感動すると共に、これが中国で〝不老長寿の仙薬〟として珍重されていると知ったことを契機に開発された菓子である。まず、ヴィタミンB_1抽出で知られる生化学者鈴木梅太郎に研究を依頼して、朝鮮産松の実が嗜好品としてだけでなく、栄養的にも価値あることを証明し、瓶詰として売出すと共に、数年間の工夫を重ね、さまざまな菓子のなかでカステラがもっとも調和するとの結論を得、製造に踏み切った商品である。[230]先のカリーライス用軍鶏飼育もヨーロッパ旅行でヒントを得て実行した。[231]

愛蔵は早くから菓子の缶詰にこだわっていた。果物やジャムの缶詰に着目して研究していたが、最初に缶詰にしたのは、何とかりん糖だった。かりん糖は見栄えがせず、贈答品としての需要が少なかった。愛蔵はこれをデザインの優れた缶入りにした。この工夫で売上げは大幅に伸びた。次に愛蔵は、ある菓子店が羊羹を輸出して評判だったが、防腐に砂糖を多量に使用していて味がよくない点に着目し、羊羹の缶詰化を課題にした。十年がかりの苦心の結果、一九三七年、缶詰水羊羹が開発された。開発を担当したのは日本屈指の和菓子職人荒井公平である。[232]

愛蔵は店員の能率を重視したが、それ以上に食材を始め、物を無駄にすることを戒めた。「能率より無駄を省け」と強調した。そして仕事場を清潔にし、仕事に集中するオホッキーが物を粗末にしない点でも徹底していることを賞賛し、店員たちが彼の強い影響を受けて物を大切にするようになったと喜び、四千円の年俸は安かったと述べている。[233]

彼の経済的合理主義は商品開発にも活かされた。例えば仕込んでおいたパンの原料が、翌日、悪天候で使い切れない場合のこと、愛蔵はあれこれ工夫の末、余った分だけで乾パンを製造し、原料費プラス雑費の超安価で販売した。彼は余剰物の処分だから普通の商品扱いにするのは不当だと考えたのである。そして余剰処分以外に製造しなかったから乾パン業者に「甚だしい迷惑」を及ぼさなかったし、大雨・大雪のあと、乾パンをわざわざ買いに来る顧客を迎えるのは「心楽し」いことだと澄し顔であった。[234] 尋常な商人ではない愛蔵の一面が窺える。

同様にパン屑を利用して研究を重ね、犬ビスケットを開発した。昭和初期のことである。当時、ドッグフードはイギリス・ドイツからの輸入品が一般だった。中村屋は輸入品の四割以下の価格でより良質の商品を発売したのである。商品名は〝インネンドルフ〟、ドイツ語の〝中村〟であった。[235]

余剰物利用ではなく、舶来品崇拝を克服した商品の開発だが、イチゴジャムの製造がある。世界に冠たる日本産イチゴなのに、なぜ、日本のイチゴジャムは品質が悪いのか。原因は問屋が製造業者に安価供給を要求し過ぎる点にあると愛蔵は分析した。そこで中村屋は例によって研究を重ね、選りすぐりのイチゴに最上等の粗目糖を使い、従来の国産品より少し余計経費をかけて凡そ六倍も高価の米国産に劣らない製品を開発した。昭和十年代初めのことである。中村屋店頭での売行きは従前の十倍以上になったと言う。[236] 愛蔵は世界に目を向け、創意ある工夫と研究の努力を惜しまない小売商であった。

苦境をバネに飛躍

ところで、愛蔵は苦境や失敗をバネに次なる飛躍をかち取った経営者である。

一九二六年秋の三越新宿支店開設は前述した。中村屋を含め、新宿商店街の打撃は大きく、愛蔵はその対策に盡力し、殊に理論的にリードした模様である。

彼は百貨店の経営法を分析し、もっとも改良された新商法だとして、閑暇期をつくらない経営法から小売商店は大いに学ぶべきだと説いたが、店員一人一人が専門的な確たる商品知識を持たない、エレベーターやエスカレーターにかかった資本や費用は商品価格に上乗せになっているなど、百貨店の弱点を指摘した。そして米国の「連鎖店」のように経費を合理的に削減すると共に、専門性を発揮し、時期によって機敏に商品の種類を取り変えるなど、独自的な経営法を工夫していけば、百貨店に十分対抗していけると強調した。百貨店の戦略への同調・追随に対しては「愚の至り」と批判を加えた[237]。

こうした愛蔵の主張の多くは彼が従来から実践してきた内容である。しかし、一九二八年に単身ヨーロッパ視察に出掛け、彼の地の百貨店と専門店について観察し、研究した成果が踏まえられている。米国で出現して間もないチェーン店に既に注目していることは彼の先見性を示すものである。

三越の進出のあと、愛蔵は新宿の各商店に連帯を呼びかけ、累進課税を要請する活動を展開した。彼自身、かつて正直に所得を申告して理不盡な重税を課せられた苦い経験がある（そのことが株式会社改組の契機になったが[238]）。愛蔵は昭和大恐慌の荒波のなかで、大企業三越の圧迫から中村屋を含む中小企業を擁護すべく、共同して努力しようと訴えたのである。敗戦直後にも愛蔵は、中村屋周辺一帯の焼跡を暴力団が不法占拠し、〝闇〟物資のマーケットを開設した事件で、地権者の先頭に立って訴訟をおこし、勝訴した。暴力団から地代を取る代わりに、〝闇市〟で生計を立てている人たちの立退きに一定期間の猶予を与える判決を引き出し、円満な解決を図ったのである。[239]

愛蔵は自己や自社の利益だけを優先する企業家ではなかった。右の態度と行動には若い日に穂高という地域で禁酒運動に情熱を燃やした片鱗が見える。

三越の新宿進出で中村屋の経営上、愛蔵は多くを学び、刺激を受けた。多様な営業部門を持って多角経営するなど、それである。多角経営は一九三七年に具体化した。まず、日本菓子部の荒井を始め、洋菓子部・食パン部に日本有数の職人を職長として招聘し（愛蔵は招聘と言っている）、ついで喫茶部を開設した。営業成績は順調に伸び、翌年、愛蔵がヨーロッパへ長期旅行をした年には三越支店開業当時の二倍以上の売上げ高を記録した。彼は三越進出を「中村屋を一人前に育ててくれた」と評価し、「感謝」すると述べている。[240]こうして中村屋は、一九三九年、従業員は三三〇人以上を数え、最盛期を迎えた。

喫茶部の開設

喫茶部は以前から開設を求める動きがあったが、愛蔵は決断出来ずにいた。開設の契機になったのは、喫茶部を設けるならばぜひ上等な純印度式のカリーライスを紹介したいというボースの希望であった。祖国に対する日本人の認識不足を歎く彼の言に、彼と結婚した長女俊（俊子）の早逝後、インドに「親愛の情」をいっそう深めた愛蔵が開設を決断したのである。六月開設。同時に純印度式カリーライスが発売された。[241]

新商品は後述する一九一五年のボース潜行事件と係って、知識人層を中心に評判を呼び、日本人の口に合うように改良の苦心が重ねられ、〝東京名物カリー料理（純印度式）〟と称された。昭和十年前後の値段は白目種のライス付で肥育軍鶏肉または鴨肉使用が一円、普通の軍鶏使用が八十銭だった。[242]東京における標準米の小売価格が白米十キログラム当たり二円五十銭、同じく東京における大工の一日当り平均手間賃が二円二十銭、ライスカレーは二十銭前後の時代のことで、大変な高級料理であった。[243] しかし、中村屋の人気商品となり、今日でも〝印度カリー〟の名で顧客に親しまれている。

中村屋喫茶部はロシアのスープ、ボルシチュも供した。これはロシア生まれの盲目の詩人エロシェンコが、一九一九〜二一年中村屋のアトリエに滞在し、夫妻がロシアの衣食に関心を強めたことを契機としている。衣の方ではエロシェンコがロシアのルパシカを着ていたので、愛蔵は便利で経済的なこの服を店の制服に採用した。ロシア革命間もない頃である。店員が警察に連行されたこともあった。ロシア菓子もそうだが、ロシア料理は一九二二年の夏、夫妻が中国東北部（満洲）のハルビンで美味に感嘆し、開設時から喫茶部のメニューに加えたものである。[244]

喫茶部では中華料理も出した。一九三二年末からのことで、しかも偶然の結果であった。中華饅頭担当の中国人が帰国するに当たり、代わりの職人を採用しようとしたところ、警視庁は中国人には理髪と料理以外の就業を許可しないと言う。そこで中村屋では中華料理の中国人職人を雇用し、中華饅頭をも作らせて販売を休みなく続けると共に、中華料理を喫茶部に加えた訳である。[245]

愛蔵はヨーロッパ旅行の際、ロンドンやパリの喫茶店（カフェー）を丹念に観察した。そしてコーヒーもアイスクリームもサンドウィッチも高価だが、立派な椅子を揃え、客に音楽家の演奏を聴かせて長時間ねばられては内情は苦しいに違いないと分析し、確認している。彼は、ヨーロッパの大都市では多くの市民が高層住宅に居住していて、彼らが公園と同じように喫茶店を利用するから、外見上、繁昌しているように見えるだけなのだと言い、日本の所謂中流以上の人たちは構造上、自宅で休息出来るから、ヨーロッパ式の喫茶店は不必要だと結論する。[246] それで中村屋の喫茶部はコーヒーやケーキを出し、食事も供することで定着したのである。但し、酒類は一時期出したが、中止したようで、やはり愛蔵だと言うべきか。

中村屋の店員雇用

雑誌『中村屋』の創刊号（一九三〇年）から各号の、殊に「店員名簿」を通覧して気付くのは店員に朝鮮人が多いことである。愛蔵は従業員のなかに「半島人はいうまでもなく」「支那人、ロシア人、ギリシャ人などといった国籍の異なった人々がいます。だがこれらの人々に対する待遇は」「ことごとく同一」だと記している。[247]中国人・ロシア人は料理の関係から雇用されているのは当然で、ギリシャ人は〝パンはギリシャ〟と言われていたから理解出来るとして、日本帝国主義の過酷な植民地支配下で蔑視・差別されていた朝鮮人の被雇用者が少なくないことは注目すべき事実である。

『中村屋』誌を少し注意深く見ると、朝鮮人を差別待遇している点は全く認められない。黒光は書いている。「始めて中村屋に入って来た人がすぐに気の付く事は何でありませう。恐らく誰でも国籍や民族のちがってゐる店員が可成り沢山入り交ってゐることだろうと思ひます」、「共同共存の生活に慣れて来たものには全く何等の差別はないのであります。一切平等なのであります[248]」。愛蔵が記している通りだと言えそうである。

一九三七年の「中村屋小店員募集規定」によれば、応募資格は高等小学校卒業者で、まず、学業成績や学級担任の批評などで書類審査をおこない、ついで、第一次合格者につき、中村屋で試験及び体格検査を実施して採用者を決定することになっていたが、一人前の職人の場合と同じく、朝鮮人は規定に基づく小店員採用とは別途に、若しくは別途にも募集していた模様である。[249]『中村屋』誌に投稿されている随筆その他の作品に目を通すと、日本人の青少年も同様だが、多くの朝鮮人青年は向学心・向上心に燃えた店員だった。

中村屋は女性店員を採用しなかった。夫妻の家族・親類以外に女性の従業員はいなかった。創業間もない頃、一度一人雇用してトラブルがあったことが契機で、この方針には黒光の意志が強く作用していると考えられる。しかし、彼女も昭和十年代になると、「時代も進み、婦人の職業も広くなり、それだけ自覚も出来て来たものとすれば、この鉄則も将来は破られる時が来るかも知れません」と述べるに至った。[250]

女性店員の採用は一九四一年から始まった。店の発展とそれに続く日中戦争の激化のためである。「女店員募集」の要項を見ると、資格は高等女学校卒業、職種はレジスターと販売係で、「女子部寄宿舎黒光寮」にはいり、舎監の「厳重なる保護を加」えられ、「作法茶道書道を学ば」せられることになっていた。[251] すこぶる厳格な内容だが、若い女性を本格的に預かる覚悟が伝わってくる。これにも黒光の意見が強く反映していよう。

二宮尊徳の報徳主義と愛蔵の経営

愛蔵の愛読書に二宮尊徳の事業復興・経理の精神と実際を詳述した『報徳記』（全八巻）がある。管見では、彼が尊徳に言及しているのはわずかに数行だが、尊徳の報徳主義のキーワード「分度」を店員たちにわかりやすく解説している。[252] 報徳主義は独立自営を精神とし、経済は至誠の道徳と融合していなければならないとする尊徳の思想であるが、その基礎は勤労・倹約・分度・推譲を原理とする尊徳を始祖として弟子たちが普及させた報徳仕法にある。〝分度〟とは収入・分限に見合うべく設定された支出の限度、〝推譲〟とは自己の利益を図らず他人や社会に利益を譲渡する他愛を言う。[253]

報徳主義の独立自営の精神も四つの原理も、全て愛蔵が中村屋経営で実践しているところであった。関東大地震の際、「商人の義務」だと苦労して原料を調達し、ガス・水道・電気が止まっているなかで食品を製造して原価で販売したのは〝推譲〟の一例である。[254]

報徳主義に基づく報徳運動は絶対主義的天皇制確立期から明治政府の手で普及され始めた。中央集権強化のもとにある国民生活の困難を地域の共同・自治で緩和するところにその狙いがあった。報徳運動は第二次桂太郎内閣が開始した地方改良運動と結合して飛躍的に発展した。政府は日露戦後における国家と地方自治体の財政危機を克服し、かつ社会主義勢力の伸張と享楽主義的風潮の瀰漫《びまん》を抑止しようと、この運動を活用したのである。[255]

愛蔵の『報徳記』愛読は遅くとも蚕種製造業従事の初期からであるが、管見では、彼は生涯を通じて右の報徳運動との直接的な結び付きはない。しかし、失敗を含めて計画と過程と結果を分析し、ねばり強く研究を重ね、事業を推進していく経験主義の点でも、愛蔵は尊徳と類似している。思うに、愛蔵は自らの経営方針とその実際を報徳主義に照らして確認し、時には啓示を得たのであろう。同じく愛読書の『聖書』や『論語』もそうだったが、彼は『報徳記』の教示に盲従することはなかった。愛蔵は合理主義者なのである。

経営者愛蔵が範とした人物、愛蔵を範とした経営者

愛蔵が尊敬した経営者に旧幕臣の佐久間貞一（一八四六～九八）がいる。佐久間は一八七六年に活版印刷会社秀英舎（大日本印刷の前身）を創立した。彼は労働問題に関心を強め、同社で、一八八九年、八時間労働制を、のちに年金制を実施した。また、彼は一八九七年結成の労働組合期成会に参加し、実業家で唯一人評議員に選出されると共に、工場法や職工組合の必要性を主張して改良主義的な社会政策論を新聞・雑誌に発表した。[256] 愛蔵は労働条件の改善という点で佐久間を「その理想に忠実なる、私は実に頭が下がります」と書いている。[257]

愛蔵は戦後『早稲田学報』誌に稲門出身の尊敬する人物四人をあげ、実業家では大原孫三郎（一八八〇～一九四三）を紹介している。愛蔵は彼について「商売以外に目のない日本の多くの実業家の範となるべき人

物」だと評価した。[258] 大原は創業者の父から倉敷紡績（倉敷レーヨンの前身）を継承して事業を発展させると共に、キリスト教的人道主義の立場から労働条件・小作条件の改善を図って大原社会問題研究所・大原奨農会を設立し、融和団体岡山県協和会・大原美術館など、社会事業・文化事業に盡力した。[259]

佐久間・大原は共に報徳主義で言えば「推譲」の積極的な実践者であり、愛蔵と共通している。三人は共に労資協調主義を採る、当時としては進歩的な経営者であった。愛蔵が佐久間・大原の両人を尊敬しているのは彼の経営理念と合致するからである。

愛蔵を範とした経営者の一人に岩波茂雄（一八八一〜一九四六）がいる。彼は教育本位でない東京のある私立高等女学校に不満を抱いて退職し、生き方を転換して商業を始めようと相馬夫妻を訪ね、同郷の愛蔵から「商売も新知識を必要とする時代故、旧慣を打破して全く新しい方法を採用するには、却て学校出の素人の方がよろしいとさへ考へられるから、一奮発してごらんなさい」と激励された。[260] 岩波書店を創業したのは周知の通りである。

岩波は愛蔵について「私が敬服する所以のものは氏が稜々たる気骨と堂々たる風格を以て官辺にたよらず、商売気質に墮せず志業を大成したことである」、「氏の如く独立独歩自由誠実の大道を闊歩して所信を貫くことは至難である」と認めている。[261] 岩波書店創業期の古本正札販売は愛蔵の経営理念を範としたものである。岩波は愛蔵の経営理念を普及すべく、一九三八年、愛蔵著『一商人として』の原本を出版した。彼は愛蔵を深く理解し得た人であった。

戦後の中村屋は暴力団の不法占拠の解消後、焼跡の仮店舗で営業が開始され、一九四八年春、新社屋が復興した。その前年、夫妻の長男安雄が社長に就任し、会長となった愛蔵は第一線を退いた。安雄を中心とする経営陣は時代の変化に対応し、例えば愛蔵の一人一店主義を墨守しなかった。一九五三年には同じ商店街にある伊勢丹デパートが開設した老舗街に出店した。本店の売上げは減少しなかった。前年、東横デパートがわが国最初の百貨店名店街への出店を要請してきたのに対して、中村屋は愛蔵の意向で謝絶したが、翌年、逆に出店させて欲しいと希望した。その実現を機に出張店（直売店）制度と特約店制度が実施された。一九七一年には直売店一四二、特約店約一一〇〇店舗を数え、従業員数は凡そ二九〇〇人に達した。[262] 規模の拡大が多角的に図られた。時代の動きへの対応であろう。

一九七一年春に創刊された『千客万来』（主として特約店を対象にした中村屋のＰＲ誌）を通覧すると、小売菓子店経営に関する丁寧なアドバイスが毎号掲載されている。愛蔵の顧客本位の経営の精神の反映である。時折中村屋の歴史が連載され、愛蔵の経営理念が省みられているが、これを継承しようとする姿勢の反映であろうか。

中村屋の企業内雑誌と企業内学校――ビバリ・ボースに触れて

昭和初期、一九三〇年からアジア・太平洋戦争中の一九四二年まで中村屋店員の雑誌『中村屋』が第十号まで発行されている。創刊号の「編輯後記」を見ると、「九十九名の全店員残らず御寄稿」、「皆様の協調精神の発露を見ました次第」とあって、協調・親睦のための企業内雑誌であることが理解される。

通覧すると、第一に店員各自が自由に書いていることに意義がある。入店の挨拶文、入店時の思い出、随想・旅行記（紀行文）・短篇小説・戯曲・詩・短歌・俳句・川柳・漢詩、小論文、研究レポート等々。小論文には、例えば「自由と自治」・「音楽の家庭民衆化」（共に第一号）などがある。また、「混合珈琲に関する興味深き考察　珈琲良否の識別法」（第一号）、「一二食嗜好品の化学的考察」（第二号）といった研究も掲載されている。後者には化学式や栄養分析が見える。

中村屋の店員は小店員として入社した多くの場合は高等小学校卒である。昭和初期の高小卒は農村出身の場合には中農下位の階層である。その向学心と体力のある青少年が入社した。『中村屋』は彼らに打って付けの雑誌であったと言ってよい。

愛蔵は毎号登場している。第一号には「還暦に際して」。例によって出生から叙述して新宿進出に及んで売上げ二〇〇倍を語り、「店員諸君が忠実に業務に勉強して呉れたのがその最も大きな原因」だと感謝の言葉で結んでそつがない。彼の寄稿は多くが小売店経営論で、のちに著書に収録されている。黒光も一回を除き毎号書いている。店の常連の一人西条八十も詩「新宿回顧」（第一号）などを特別寄稿しており、さすがに中村屋である。

第二の意義は、例えば第五号（一九三七年）は「工場新築落成」記念号だが、店員教育の企業内学校研成学院開院式の模様を伝えるなど、中村屋経営の動向が把握出来、史料的価値が高いことである。第四号の「中村屋日誌」には「新購入の乗用車レオ、本日使用し始む」とある。初めて自動車を使用したのは一九三五年十一月十二日であった。

第三は店員一人一人の様子が理解出来る点である。例えば食堂部で働く朝鮮人青年は「私の生い立ち」を書いている（第二号）。各号巻末掲載の「店員名簿」には入店年月日・勤務年数などのほか、「別型」とその「理由（人物評）」や趣味が記されていることもある。「別型」には「アダナとして通用を厳禁す」とあって優等生の多い中村屋らしいが、「ボルガ」十四名の筆頭オホッキーの「別型」は「ガソリン」。「理由」には「良く燃える」とあり（第二号）、仕事熱心で叱り飛ばす彼を適切に表現している。「店員名簿」が入店順になっているのは平等の精神によろう。

店員の文章や「店員名簿」・「中村屋日誌」から、多くの従業員がヴァイオリン・ハーモニカ・登山・野球・テニス・乗馬・ビリヤード・マージャン・カメラ・俳句・民謡など、多様な趣味を持っていることが理解される。ハイカラで高級な趣味も少なくはなく、店員たちの上昇志向が窺える。野球部や陸上競技部もあった。

こうした『中村屋』誌の傾向は戦時体制下になって変化する。まず、日中全面戦争が開始される時期から中国名は勿論、朝鮮名・片仮名名の従業員が「店員名簿」（一九三六年九月以降）から消える（第五号）。第六号（一九三八年）には「亜細亜に於ける欧羅巴の侵略主義と支那事変」が、第七号（一九三九年）には「英国を東洋より駆逐せよ」なる論文が掲載される。執筆者は両論文共にボースである。

最後にビバリ・ボースと中村屋との関係について少し触れる。

ボースはインドの特権階級の出身で、一九一五年、H・L・グプタと共に大英帝国インド総督に爆弾を投じ、イギリス官憲に追われて日本に亡命した。時の第二次大隈重信内閣はイギリス政府の要求を受諾し、二人のインド独立革命家に対し、五日以内に国外へ退去するよう命じた。これは当時の船便の関係からして、イギリス官憲が両名を逮捕出来ることを意味した。[263]

そこで、グプタの知人大川周明が日本に亡命していた元中華民国臨時大統領で中華革命党の孫文と共に頭山満と右翼の大立者である押川方義を訪問し、両人の協力を得て政府を説得し、退去命令を延期させようとした。当時、大川は松村介石を会長とする道会（日本的キリスト教を標榜する日本教会の後身）の幹部であった。[264]押川は黒光のキリスト教の師であり、愛蔵の尊敬する人物である。松村も二人の知己である。

しかし、大川らの退去命令の延期工作は不首尾におわった。そこで大川らは押川・頭山らに相談し、頭山邸滞在の両名を密かに脱出させ、頭山の要請に意気を感じて承知した愛蔵の中村屋に匿ってもらった。グプタは翌年、中村屋に潜伏中のところを無断で出奔したが、大川が押川・頭山と相談して日本政府の方針が保護に変更になるまで中村屋にボースを密かに保護してもらった。[265] この事件で愛蔵が主導的な役割を果たしているかのように表現している著述があるが、それは誤りで、奔走した中心はあくまでも大川である。

ボースとグプタ両名の頭山邸からの脱出と愛蔵のボース保護の苦心は愛蔵の『一商人として』、殊に黒光の『黙移』に詳しい。黒光の叙述は同著のなかでも圧巻で、愛蔵の決断と実行が活写されている。一九一八年、頭山の強い要望で夫妻の長女俊がボースと結婚、ボースは日本国籍を得た。イギリス官憲は彼を逮捕出来なくなった。しかし、俊は心労が重なり、一九二五年に早世した。[266]

ボースは前掲二論文のその一で、古典的大アジア主義に基づき、日露戦争を「東洋精神を代表するところの日本」と「西洋精神を代表するところのロシア」との戦争ととらえてその「勝利」を合理化し、蔣介石の背後にイギリスありの論法を立て、日本軍国主義の中国侵略を正当化している。[267] このような思想の持ち主の彼は日本のアジア侵略を批判しない日本とアジアとの連帯、そのなかでのインドの独立を主張したから、やがて日本帝国主義の〝東洋新秩序〟・〝大東亜共栄圏〟建設に組みすることとなった（高級インドカリーを作りながら）。愛蔵の行動もボースの大アジア主義との関係で批判的に把握する必要がある。

『中村屋』は三百数十頁の雑誌だったが、第八号（一九四〇年）から次第に薄くなり、第十号は百五十二頁であった。この号はアジア・太平洋戦争開戦満一年の一九四二年十二月八日発行で、「開店満四十周年並に防須《ボース》先生決起記念」号である。題字は頭山満筆に代わっている。しかし、そうしたなかにあって愛蔵は、一方では、「軍需工業の労働時間について」を執筆、「滅私奉公」と言って十時間労働に二時間増加させては「労務者の健康が懸念される」と政府・軍部の精神主義に批判的な発言をすることを忘れなかった。

一九三七年五月、中村屋に研成学院と称する企業内学校が設立された。これは向学心に燃える青少年店員に実用と教養の科目を教授する中村屋ならではの学校であった。〝研成〟の二字は自らが青年時代に創立のために尽力した穂高の研成義塾、親友井口喜源治が薫陶するキリスト教主義の私塾の名に由来することは言うまでもない。愛蔵は早くから店員に上等の席で芝居を観せ、店員を一流の料理店に招待して紳士たれと指導していた。研成学院は、本来、紳士を育てようとする企業内学校であった。しかし、既に戦時体制下にはいり、その実体は愛蔵の理想とするところからは遠いものとなっていた。[268]

おわりに

相馬愛蔵は、企業経営を含めた人間の経済活動が何のためにあるのかの本質を極力守ろうとしながら、中村屋を経営した。顧客を大切にし、店員の人格を尊重する経営の基礎には彼が青年期までに身につけたヒューマニズムがあった。彼の経営理念は、企業だけではなく、今日のさまざまな組織に〝良心的たれ〟と教えている。しかし、愛蔵の経営の哲学と方針は小売業の小企業、発展して中企業だったから実行出来たのだと言える。それもアジア・太平洋戦争前だったから可能なのであった。しかし、戦時体制における愛蔵の言動は、軍国主義を批判する一方で、わが国の大陸進出に呼応した大アジア主義を標榜するボースを支持し、矛盾に満ちていた。

黒光は愛蔵の中村屋経営の単なる補助者ではなかった。中村屋の経営とも係わる文化面でも大きな役割を果たした。しかし、彼女が芸術にとってプラスの役割だけを果たしたとは、必ずしも言えない。荻原碌山が書いた記録類を燃やして廃棄処分にしたなどの行為があるからである。

【付記】

1　十五代相馬安兵衛氏、東北学院広報室長（取材当時）松浦平蔵氏、株式会社中村屋広報課長（同上）田

嶋和彦氏、仙台市立東二番丁小学校教諭（同上）伊深正文氏、東洋英和女学院大学元教務課長宮坂育子氏、井口喜源治記念館・宮城県図書館にお世話になった。心からお礼申しあげる、

2　相馬黒光の著書は郷土出版社発行の『相馬愛蔵・黒光著作集』を使用した。黒光は愛蔵が自らの業績を控え目に記している多くの点を補い、ややもすれば誇らしく語っているのは微笑ましく、許されよう。

3　引用句・引用文には現代仮名遣と歴史的仮名遣が混在している場合が少なくない。お許しの程を。

【注】

1　「穂高を歩く――相馬黒光を中心に」（一九九三年一月十二日）、「相馬愛蔵・黒光夫妻と二人をめぐる人びと」（九四年一月十四日）。後者は文京シティテレビで放映した（CM込み二時間。九四年六月十四日）。

2　煩瑣になるので、一々該当文献を挙げない。

3　宮城県立図書館所蔵。宮城学院史料室の複製に拠った。

4　青葉区支倉町四番地の仙台市民会館附近との推定があるが、大幅なずれがある。

5　相馬黒光『広瀬川の畔』（一九八一年、郷土出版社）一一～一三頁。

6　雄記・盤渓とも菊田定郷編『仙台人名大辞書』（一九七四年、歴史図書社）参照。この辞書は誤りが多く注意を要する。

7　近世村落研究会編『仙台藩農政の研究』（一九五八年、日本学術振興会）三一～三三頁。

8　相馬黒光前掲『広瀬川の畔』一九・七四頁。

9　相馬黒光前掲『広瀬川の畔』一九～二〇頁、宇津恭子『才藻より、より深き魂に――相馬黒光・若き日の遍歴――』

一七〜二三・三〇・一〇二頁。
10　相馬黒光前掲『広瀬川の畔』二〇頁。
11　成澤榮壽・馬原鉄男『部落の歴史と解放運動　近現代篇』（一九八六年、部落問題研究所）一六五〜六頁。
12　仙台市教育委員会編『仙台の教育一〇〇年』（一九七三年、仙台教育委員会）一八頁。
13　前掲『仙台の教育一〇〇年』九〜一〇頁。岡千仭は尊王論の立場から奥羽越列藩同盟に反対して下獄、維新後、国会図書館の前進である東京書籍館（七五年改め、東京府書籍館）の館長を勤め、七〇年、東京に開いた綏猷塾で原敬・片山潜・尾崎紅葉・北村透谷らに教授した（成澤榮壽「加藤拓川小伝」『長野県短期大学紀要』第四八号、一九九三年）。
14　当時は初等科を修了とは言わず、卒業の語を用いた。のみならず、学年・学期（半年）毎に卒業であった。
15　成澤・馬原前掲『部落の歴史と解放運動　近現代篇』一六六頁。
16　仙台市教育委員会編前掲『仙台の教育一〇〇年』二一頁、仙台市立東二番丁小学校編『伝統　東二番丁小学校創立百年記念』（一九七三年、東二番丁小学校）参照。
17　仙台基督一致教会「会員名簿」は東北学院史料室の複製に処った。
18　相馬黒光前掲『広瀬川の畔』八七頁。
19　仙台基督一致教会「明治二十一年四月一日ヨリ　受洗入会者扣帳」（仙台東一番丁教会所蔵）は東北学院史料室の複製に処った。
20　宇津前掲『才藻より、より深き魂に――相馬黒光・若き日の遍歴――』一一三頁。氏は授洗者が押川でないと断定せず、慎重である。
21　「仙台東一番丁教会史」編集委員会編『日本基督教団仙台東一番丁教会史』（一九九一年、仙台東一番丁教会）二四六頁。
22　相馬黒光『黙移　明治・大正文学史回想』（一九八一年、郷土出版社）一八頁。

23 前掲仙台基督一致教会「会員名簿」。
24 相馬黒光前掲『広瀬川の畔』二〇頁。
25 相馬黒光前掲『広瀬川の畔』一九頁。
26 前掲『日本基督教団仙台一番丁教会史』参照。仙台基督教一致教会は、その後、仙台日本基督教会などと改称し、現在は東一番丁教会である。同教会は片平一丁目十三番地に存在する。
27 東北学院百年史編集委員会編『東北学院百年史』資料篇・各論篇（一九九〇年、東北学院）、前掲『日本基督教団仙台東一番丁教会』、ウイリアム・メンセンディク『ウイリアム・ホーイ伝——苦闘の生涯と東北学院の設立』（出村彰訳。一九八六年、東北学院）参照。
28 相馬黒光前掲『広瀬川の畔』一一四〜五頁。押川の墓は東京の雑司ケ谷墓地にある。仙台市青葉区北山一丁目十四番地曹洞宗金剛山輪王寺のキリスト教墓地に分骨されている。
29 松村介石「基督教界の人物　押川方義君」（『警世』第二九号）。『警世』は松村主宰のキリスト教人道主義の雑誌。
30 成澤榮壽「社会運動家難波英夫とその人道主義的源流」（『部落問題研究』第一〇三輯〈一九九〇年〉）。
31 成澤前掲「社会運動家難波英夫とその人道主義的源流」。
32 相馬黒光前掲『広瀬川の畔』二〇頁。
33 『力行世界』第二一七号（島貫先生記念号）。島貫の墓は東京の染井墓地にあり、碑銘は押川の筆である。巌本善治・若松賤子夫妻の墓、夫妻の孫、ヴァイオリニストの巌本真理の墓もここにある。
34 相馬黒光前掲『黙移』二〇頁。
35 宮城学院八十年小誌編集委員会編『宮城学院八十年小誌』（一九六六年、宮城学院）一五〜六頁。
36 前掲『宮城学院八十年小誌』一八頁。

37　相馬黒光前掲『黙移』二一～五頁。

38　前掲『宮城学院八十年小誌』一九頁。

39　前掲『宮城学院八十年小誌』一九頁。国・漢も強化されたとあるが、「規則変更」の翌年に入学した黒光は「それは単に科目としてあるだけで、上級も下級も同じ本を読まされているという状態」だったと書いている（前掲『黙移』二三頁）。

40　メンセンディク前掲『ウィリアム・ホーイ伝』一一八～二一頁。

41　相馬黒光前掲『黙移』一〇〇～一頁。

42　『内村鑑三選集』第二巻（一九九〇年、岩波書店）所収。のちに日露戦争における代表的非戦論者となったキリスト者内村は「新文明を代表する」日本が「旧文明を代表する」中国と戦うことは「実に義戦なり」と論じた。

43　メンセンディク前掲『ウィリアム・ホーイ伝』一二三頁。

44　メンセンディク前掲『ウィリアム・ホーイ伝』一二二頁。

45　プールボーの事件勃発後の二通目の書翰（前掲メンセンディク『ウィリアム・ホーイ伝』一二〇頁）。ホーイの主張に対し、プールボーは、「成功」が多くの生徒を集めることを意味するならそうかも知れないが、「しっかりしたキリスト教的生きた方」で育てることを意味するなら否であると、「異論」を唱えた。この点でプールボーは押川と意見を全く異にしていた。

46　メンセンディク前掲『ウィリアム・ホーイ伝』一一六頁。

47　前掲『宮城学院八十年小誌』一六頁。

48　相馬黒光前掲『黙移』二六・三〇～三二頁。なお、仙台基督一致教会の前掲「第壱号会員名簿」に小平小雪の名がある。札幌から「廿三年二月一九日転入」とあり、前掲「受洗入会者掴帳」には「札幌教会ヨリ二月十九日附ニテ移籍」とある。明治女学校在学中のことである。

49 一八七五年、新橋・横浜間にわが国最初の鉄道が開通した。横浜停車場は現在の桜木町駅である。「駅」の呼称は一九一四年二月に開業した東京駅が最初である。(成澤榮壽『島崎藤村「破戒」を歩く』下、二〇〇九年、部落問題研究所)

50 相馬黒光前掲『黙移』三二～三頁。

51 相馬黒光『広瀬川の畔』一四三・一四五・一五三・一五七頁。

52 相馬黒光前掲『黙移』三六～九頁。

53 青山なを『明治女学校の研究』(一九七〇年、慶応通信)参照。

54 青山前掲『明治女学校の研究』。

55 相馬黒光前掲『黙移』四二～三頁。

56 成澤榮壽「穂高を歩く」(『月刊どの子も伸びる』一九九三年二月号)。

57 相馬黒光前掲『黙移』五四～六〇頁。

58 『大正期美術の煌き――相馬黒光と芸術家たち』(一九九〇年、宮城美術館)、「教育会記録」(東北学院所蔵)参照。

59 前掲「教育会記録」。

60 相馬黒光前掲『広瀬川の畔』二〇七頁。

61 『女学雑誌』第五〇四号(一九八四年復刻再販、臨川書店)。「夜叉鏡」は黒光の筆名で書かれた最初の文章であろう。これは前年の春から夏にかけて青柳(猛)が連載した女性評「鬼面百相」(十回プラス「鬼面百相の弁」)を念頭に書かれているから、全体的には一般論の、あるいは一般論を装った文章である。

62 相馬黒光前掲『広瀬川の畔』二〇八頁。

63 『女学雑誌』第五〇六号。「夜叉鏡」(第二回)が掲載されている。

64　相馬黒光前掲『黙移』一四八～九頁。相沢源七「史料紹介　島貫兵太夫『牧会日誌』と『家庭日誌』上（『東北文化研究所紀要』第二四号）
65　井口喜源治宛結婚式案内状（井口喜源治記念館所蔵）。
66　相沢前掲「史料紹介　島貫兵太夫『牧会日誌』と『家庭日誌』」上（『東北文化研究所紀要』第二四号）。
67　相馬黒光前掲『広瀬川の畔』二一五頁。
68　相馬黒光前掲『広瀬川の畔』一九・七四頁。相馬黒光前掲『黙移』一五一頁。
69　相馬黒光前掲『広瀬川の畔』一九・七四頁。相馬黒光前掲『黙移』一五一頁。
70　相馬黒光『穂高高原』（一九八〇年、郷土出版社）十三・十四頁。
71　相馬黒光前掲『広瀬川の畔』二一八頁、相馬黒光前掲『穂高高原』一四～五頁。
72　相馬黒光前掲『穂高高原』一八・二〇～二一頁。
73　相馬黒光前掲『穂高高原』二七～二九頁。
74　相馬黒光前掲『穂高高原』四〇頁、二五〇～五一頁。
75　「解説」（相馬黒光前掲『穂高高原』所収）。
76　相馬安兵衛氏（十五代）教示。
77　『李白全詩集』下（『続国訳漢文大成』一九七八年、日本図書センター）四三九～四〇頁。
78　相馬黒光前掲『黙移』一五三～五頁。
79　相馬黒光前掲『黙移』一五五頁、一五九頁。
80　成澤前掲「穂高を歩く」。
81　相馬安兵衛氏（十五代）の教示参照。

82 相馬安兵衛氏（十五代）教示。

83 政官界では斎藤隆夫ら三人、新聞・出版界では三浦銕太郎ら三人、学界では津田左右吉ら六人、文芸・評論界では北村透谷ら五名、実業界では相馬愛蔵、上遠野《かどの》富之助（名古屋鉄道社長）、大原孫三郎（倉敷紡績社長）。

84 土屋喬雄『続日本経営理念史』（一九六七年、日本経済新聞社）。同著者の正篇の『日本経営理念史』（一九六四年、同社）は近世の商人を取り扱っているが、著者の力点は続篇にある。

85 相馬黒光前掲「黙移」。

86 除籍謄本。以下、この種の註記は省く。

87 「研成学院《（ママ）》と往年の思い出」（相馬愛蔵『一商人として』〈一九八一年、郷土出版社〉所収）。

88 相馬黒光『穂高高原』（一九八〇年、郷土出版社）二九〜三〇頁。

89 愛蔵の小・中学校各級課程の「卒業」証書の中に幾つか「今朝太弟」となっているものがあり、愛蔵が「愛三」になっているものもある。長兄は最初「今朝太」と称し、愛蔵の幼名も「愛三」であったのではなかろうか。長男に「太」が、次男に「次」が、三男に「三」が付けられたと思われる。

90 相馬愛蔵前掲「研成学院《（ママ）》と往年の思い出」。

91 学制・小学教則は細谷俊雄他編『新教育学大事典』第七巻（資料）（一九九〇年、第一法規出版）所引。以下、教育法規は断わりのない限り、同事典第七巻所引である。

92 相馬安兵衛氏（十五代）所蔵資料。以下、「卒業」証書はすべて同氏所蔵資料である。「卒業」は今日の修了に相当する。

93 長野県編『長野県史』近代史料篇第九巻（教育）（一九八五年、長野県史刊行会）二一二頁。

94 相馬愛蔵前掲「研成学院《（ママ）》と往年の思い出」。

95 煩瑣になるので、一々該当文献を挙げない。以下、同じ。

96 相馬黒光前掲『穂高高原』五〇～三頁。
97 穂高町誌編纂委員会編『穂高町誌』歴史編下（一九九一年、穂高町誌刊行会）三七三・三七五頁。
98 中村屋編・刊『相馬愛蔵・黒光のあゆみ』（一九六八年）三八頁。
99 相馬黒光前掲『穂高高原』一一六頁。
100 史料を管見する限りでは児童の用語は見当たらず（「幼童」はある）、多く見られる生徒の語を用いた。下等小学校にも児童の語に該当しない少年も沢山いた。
101 名倉英三郎「研成学校記―教員　高橋敬十郎―」（『比較文化』第一一号）。
102 名倉英三郎「研成学校記　穂高学校事件」（『比較文化』第一二号）。
103 前掲『長野県史』近代史料篇第九巻（教育）一九～二〇頁。
104 相馬黒光前掲『穂高高原』一一三～二九頁。
105 前掲『長野県史』近代史料篇第九巻（教育）一五二～三頁。
106 相馬愛蔵前掲「研成学院《（ママ）》と往年の思い出」。
107 井口喜源治記念館所蔵資料。
108 相馬愛蔵前掲「研成学院《（ママ）》と往年の思い出」。
109 相馬愛蔵「穂高の聖者」（『井口喜源治』〈一九五三年、研成義塾教友会編・刊〉所収）。
110 相馬愛蔵前掲「研成学院《（ママ）》と往年の思い出」。
111 「明治廿三年十二月調　第五回報告　校友会名簿」（早稲田大学大学史編集所所蔵資料）。
112 早稲田大学大学史編集所編『早稲田大学百年史』第一巻（一九七八年、早稲田大学）四六三頁。
113 早稲田大学校友会所蔵資料。

114 同右書。

115 同右書。

116 同右書。

117 相馬愛蔵前掲「研成学院（ママ）と往年の思い出」。上野・横川間の鉄道が開通したのは一八八五年、愛蔵が初めて汽車に乗った前々年である。直江津・軽井沢間開通は愛蔵出京の翌年末のことだが、軽井沢・横川間の開通は一八九三年まで待たなければならなかった。

118 相馬黒光前掲『広瀬川の畔』二一七～八頁（「保福寺峠に立ちて」）、同じく前掲『穂高高原』一三～七頁（「保福寺峠」）。

119 相馬愛蔵前掲「研成学院（ママ）と往年の思い出」。

120 早稲田大学大学史編集所所蔵資料。

121 相馬愛蔵前掲「研成学院（ママ）と往年の思い出」。

122 関田かおる「東京専門学校時代の津田左右吉」（『津田左右吉全集　第十四巻　月報』〈一九八七年、岩波書店〉所収）。

123 相馬愛蔵前掲「研成学院（ママ）と往年の思い出」。

124 相馬愛蔵前掲「研成学院（ママ）と往年の思い出」。

125 『松本親睦会雑誌』第一八号（一八八七年一一月）に「牛込区菊井町二番地松岡磯七方」居住の愛蔵の通知が掲載されている（山田貞光「相馬家の人たち」〈同志社大学人文科学研究所編『松本平におけるキリスト教　井口喜源治と研成義塾』一九七九年、同朋舎出版〉所引）。「菊井町」は正しくは喜久井町で町名の由来は地元の名主夏目小兵衛（漱石父）の家紋（菊花に井桁）にちなむ。現在も町の呼称は同じである。

126 相馬愛蔵前掲「研成学院（ママ）と往年の思い出」。

127 相馬愛蔵前掲「研成学院（ママ）と往年の思い出」。

128　成澤榮壽『人権と歴史と教育と』（一九九五年、花伝社）一八三〜四頁、『新北海道史』第四巻（一九七三年、北海道編・刊）二六二・二六四・二六八〜九・二七二〜三頁。

129　相馬愛蔵『蚕種製造論』（増補三版、一九〇五年、丸山舎書籍部）の「将来の蚕種製造地」の章に「付」として「北海道の蚕種」を設け、「冷清の地に育ちし種類なるが故に、高温の内地に養はるゝときは其の発達迅速にして違作少し」と利点を挙げつつ、その飼育法の問題点を残念そうに指摘して良質蚕種製造のために改善すべきことを提起している（八六〜七頁）。

130　相馬愛蔵前掲「研成学院《（ママ）》と往年の思い出」。

131　古島敏雄「産業資本の確立」（『岩波講座　日本歴史』第一七巻〈一九六二年、岩波書店〉所収）。

132　相馬愛蔵前掲「研成学院《（ママ）》と往年の思い出」。

133　田口卯吉「叙」（前掲『蚕種製造論』所収）。愛蔵は田口と知己になったのは島田三郎との縁によると述べている（前掲「研成学院《（ママ）》と往年の思い出」）。

134　相馬愛蔵『私の小売商道』（一九八一年、郷土出版社）一一〜一二頁。

135　相馬黒光前掲『穂高高原』七九頁。

136　『早稲田学報』臨時増刊第七七号（一九〇二年、早稲田学会）（早稲田大学大学史編集所所蔵）。早稲田大学が正式の大学になったのは一九二〇年で、それ以前は一九〇二年に、文部省の許可を得て大学を呼称する専門学校であった。

137　『相馬愛蔵・黒光著作集』2（一九八一年、郷土出版社）六五頁（前掲『一商人として』の一部）。

138　同右書一八〜九頁（前掲『一商人として』の一部）。

139　相馬愛蔵前掲「研成学院《（ママ）》と往年の思い出」。

140　相馬愛蔵前掲「研成学院《（ママ）》と往年の思い出」。

141 「会員名溥」(「明治二十四年十二月二十日創立　禁酒会記録」〈東穂高禁酒会〉井口喜源治記念館所蔵資料)を見ると、創立日入会の会員から順に記載されているが、冒頭は等々力耕地の四人で筆頭は望月直弥である。愛蔵の名は七番目にあっていささかの特別扱いは見られず、少なくとも名簿上は彼も単なる一員である。

142 「東穂高禁酒会」(綴)(井口喜源治記念館所蔵資料)。

143 相馬愛蔵前掲「研成学院《ママ》と往年の思い出」。

144 林文雄『荻原守衛　忘れえぬ芸術家』上(一九九〇年、新日本出版社)二九頁。

145 長野県編『長野県史　通史篇』第七巻(一九八八年、長野県史刊行会)。

146 同右書、一九七～二〇〇頁。

147 同右書、三七六～七頁。

148 同右書、三八一～・二〇一頁。

149 長野県編『長野県史　近代史料篇』第三巻(一)(一九八三年、長野県史刊行会)三八～五〇頁参照。

150 穂高町誌編纂委員会編前掲『穂高町誌』歴史編下一一三～七・三七四～五頁。

151 同右書、一一九頁。

152 『月桂新誌』第一〇三号(一八八〇年一一月)に「開智学校と東西に分立し一時雌雄も争ふ勢」だった穂高学校は「不図つまづき柄頓に(勢にぶり—成澤)衰頽しはしめたが太田務先生が教授に粉骨で挽回の兆あれは悦はしき限なし」との記事があり(前掲「研成学校記　穂高学校事件」所引)、その間の事情を推察させる。

153 名倉前掲「研成学校記　穂高学校事件」(『比較文化』第一二号)。

154 宮沢正興「研成義塾」(前掲『松本平におけるキリスト教』所収)。

155 宮沢前掲「東穂高禁酒会」。

156 相馬愛蔵前掲「穂高の聖者」。
157 「井口喜源治公立学校教員時代資料」（南安曇郡教育会井口喜源治研究委員会編『井口喜源治と研成義塾』〈一九八一年、南安曇教育会〉所収）。
158 相馬愛蔵前掲「穂高の聖者」。
159 井口喜源治「丸山乙一宛書簡」（一九〇九年。井口喜源治記念館所蔵資料）。
160 相馬愛蔵前掲「穂高の聖者」。
161 井口前掲「荻原守衛君小伝」。
162 井口喜源治「備忘録　第一」（井口喜源治記念館所蔵資料）。
163 相馬愛蔵前掲「研成学院《ママ》と往年の思い出」。
164 井口前掲「備忘録　第一」。
165 相馬愛蔵前掲『一商人として』一二～四頁。
166 相沢前掲「史料紹介　内村鑑三不敬事件と島貫兵太夫」。
167 成澤前掲「社会運動家難波英夫とその人道主義的源流」。
168 山田貞光前掲「相馬愛蔵・黒光伝」（相馬黒光前掲『広瀬川の畔』所載）。
169 田中正造全集編纂会編『田中正造全集』第一二巻（一九七八年、岩波書店）二五八～九頁。
170 宮沢前掲「東穂高禁酒会」。
171 井口前掲「丸山乙一宛書簡」には「解職」とあるが、誤りである。
172 井口前掲「備忘録　第一」では一一月二〇日に送別会の記事と共に「北城学校へ赴任せらる」とある。赴任と送別会が同日か。

173 前掲「井口喜源治公立学校教員時代資料」。
174 井口前掲「丸山乙一宛書簡」。
175 相馬愛蔵前掲「穂高の聖者」。
176 井口喜源治前掲「備忘録　第一」。
177 井口喜源治記念館所蔵資料。
178 相馬愛蔵前掲「穂高の聖者」。
179 井口喜源治「備忘録　第二」（井口喜源治記念館所蔵資料）。
180 井口喜源治記念館館長(取材当時)丸山毅氏教示。一九〇〇年の紀元節の日、「国旗の寄付」があったと言う(井口前掲「備忘録　第一」)。
181 相馬黒光前掲『穂高高原』二三七～八頁。
182 「第二回夏季懇話記事大略」（前掲『井口喜源治と研成義塾』所収）。
183 相馬愛蔵前掲「穂高の聖者」。
184 井口前掲「備忘録　第二」。
185 相馬愛蔵前掲『一商人として』一六・四九～五〇頁。
186 相馬愛蔵前掲『一商人として』一六頁。
187 相馬愛蔵『私の小売商道』（前掲『著作集4』〈同右〉）一〇二～三頁、相馬黒光『主婦の言葉』（前掲『一商人として』付〈前掲『著作集2』〉）一五六～九頁。
188 相馬愛蔵前掲『一商人として』四七～五〇頁。
189 土屋前掲『続日本経営理念史』二八九頁。

190 相馬愛蔵前掲『私の小売商道』一二頁。
191 相馬愛蔵「商業道と我が経営方針」（『中村屋』二号）。
192 相馬愛蔵前掲『私の小売商道』二三四～五頁。
193 相馬愛蔵前掲『一商人として』。
194 相馬愛蔵前掲『私の小売商道』一三八～九頁。オホッキーの年俸が内閣総理大臣と同額だとの噂が立ったと言われているが、『職員録（昭和六年七月一日現在）』（一九三一年、内閣印刷局）によると首相の年俸は九六〇〇円であった（前年までは一万二〇〇〇円）。
195 相馬愛蔵前掲『私の小売商道』一三〇頁、相馬愛蔵前掲『一商人として』一〇九頁。
196 相馬愛蔵前掲『私の小売商道』一二〇頁、相馬愛蔵前掲『一商人として』三一頁。
197 相馬黒光前掲『主婦の言葉』一七三、一五七～八、一七一、一四七～八頁。
198 相馬愛蔵前掲『私の小売商道』一二五～八頁、相馬愛蔵前掲『一商人として』一〇九頁。
199 相馬愛蔵前掲『一商人として』六四頁。
200 相馬愛蔵前掲『私の小売商道』二三四～五頁。
201 相馬黒光前掲『主婦の言葉』一五七～八頁。
202 相馬愛蔵前掲『私の小売商道』一三二～三頁。
203 相馬愛蔵前掲『私の小売商道』一二〇～一頁。
204 相馬愛蔵前掲『一商人として』一〇九・一一一～二頁、相馬愛蔵前掲『私の小売商道』一三一頁。
205 相馬愛蔵前掲『私の小売商道』一二〇・一五二～四頁。
206 相馬愛蔵前掲『私の小売商道』一二二～三・八六頁。

207 相馬黒光前掲『主婦の言葉』一七一頁。
208 相馬愛蔵前掲『一商人として』一二九頁。
209 相馬愛蔵前掲『一商人として』一一一頁、相馬愛蔵前掲『私の小売商道』六八・一三四頁。
210 相馬愛蔵前掲『私の小売商道』一三六・四三・一六〇頁、相馬愛蔵前掲『一商人として』一〇七頁。
211 相馬愛蔵前掲『一商人として』。
212 相馬愛蔵前掲『一商人として』一〇六頁、相馬愛蔵前掲『私の小売商道』一四七頁。一〇九頁。
213 相馬愛蔵前掲『一商人として』三四〜五頁。
214 相馬愛蔵前掲『私の小売商売』一二三〜四頁。元中村屋ロシア菓子職人関口保氏の『ピロシキとチョコレート』(一九九四年、鱒書房)には休日が「改善され週一回火曜日となった」とある(一四五頁)。
215 「中村屋の商標」(『中村屋』九号)。
216 相馬愛蔵前掲『一商人として』三一・七〇〜一頁。
217 相馬愛蔵前掲『一商人として』六四〜五頁。
218 相馬愛蔵前掲『私の小売商道』一〇七〜一〇・九二〜三頁、相馬愛蔵前掲『一商人として』九九〜一〇二・四〇〜一・二〇〜四頁。
219 相馬愛蔵前掲『私の小売商道』八六〜七頁。
220 相馬愛蔵前掲『私の小売商道』八九頁。
221 相馬愛蔵前掲『私の小売商道』九〇頁、相馬愛蔵前掲『一商人として』七四頁。
222 相馬黒光前掲『主婦の言葉』一六七〜九頁、相馬愛蔵前掲『一商人として』七四〜六頁。『中村屋』各号参照。中村屋の牛乳は毎日直接家庭へ配達する分もあった。

223 相馬黒光前掲『主婦の言葉』一四七～八頁。
224 相馬愛蔵前掲『一商人として』三九頁、相馬黒光前掲『主婦の言葉』一七一頁。
225 相馬愛蔵前掲『私の小売商道』八二～三頁。
226 相馬愛蔵前掲『一商人として』五二～三頁。
227 『パンの明治百年史』刊行会編・刊『パンの明治百年史』一九七〇年、二六一頁。
228 相馬愛蔵前掲『一商人として』三七頁、「中村屋の歩み　4」（『千客万来』一三四号）。
229 相馬愛蔵前掲『一商人として』八四～五頁、相馬黒光前掲『默移』一七二頁、「中村屋の歩み　5」（『千客万来』一三五号）。
230 相馬愛蔵前掲『一商人として』六二～三頁。
231 相馬愛蔵前掲『一商人として』七五頁。
232 相馬愛蔵前掲『一商人として』三八～九頁、相馬愛蔵前掲『私の小売商道』九六～七頁、「中村屋の歩み　8」（『千客万来』一三八号）。
233 相馬愛蔵前掲『私の小売商道』九八～九・一三九～四〇頁、相馬黒光前掲『默移』一七一～二頁。
234 相馬愛蔵前掲『一商人として』五七～八頁。
235 相馬愛蔵前掲『私の小売商道』六四・一〇一～二頁、関口前掲『ピロシキとチョコレート』一七二頁。
236 相馬愛蔵前掲『私の小売商道』一一二～三頁。
237 相馬愛蔵前掲『私の小売商道』一四～五頁。
238 相馬黒光前掲『默移』一六二～三頁。
239 相馬愛蔵・黒光『晩霜』（一九五二年、東西文明社）三九一～四、三三七頁。
240 相馬愛蔵前掲『一商人として』七一～二頁。

241 相馬愛蔵前掲『一商人として』七二～三頁。
242 相馬愛蔵前掲『一商人として』七三～四頁、関口前掲七〇頁。
243 成澤榮壽ほか編『グラフ日本史』（一九九〇年、一橋出版）一六二～三頁。
244 相馬愛蔵前掲『一商人として』八〇～一頁。
245 相馬黒光前掲『黙移』一七二～三頁。
246 相馬愛蔵前掲『私の小売商道』六九～七七頁。
247 相馬愛蔵前掲『私の小売商道』一八〇～二頁。
248 相馬黒光「一切平等の観念」（『中村屋』三号）。
249 関口前掲『ピロシキとチョコレート』一七七・一八八～九頁。
250 相馬黒光前掲『主婦の言葉』。
251 「女店員募集」（『中村屋』九号）。
252 相馬愛蔵前掲『私の小売商道』六〇頁。
253 富田高慶述『報徳記』（一九三三年、岩波書店）参照。
254 相馬愛蔵前掲『一商人として』六六～七頁。
255 八木繁樹『報徳運動一〇〇年の歩み』（一九八〇年、龍溪書舎）、成澤榮壽『日本歴史と部落問題』（一九八一年、部落問題研究所）参照。
256 大日本印刷株式会社編・刊『七十五年の歩み―大日本印刷株式会社史』一九五二年参照。
257 相馬愛蔵前掲『私の小売商道』一二四頁。
258 相馬愛蔵「私の歩んだ道」（『早稲田学報』一九五一年三月号）。

259　大原孫三郎伝刊行会編『大原孫三郎伝』（一九八三年、中央公論事業出版）、法政大学大原社会問題研究所編・刊『大原社会問題研究所三十年史』（一九五四年）、成澤前掲『日本歴史と部落問題』参照。

260　安倍能成『岩波茂雄伝』（一九五七年、岩波書店）一一四～六頁。

261　岩波茂雄「『一商人として』発刊に際して」（『回顧三十年』〈一九四二年、岩波書店〉）。パン業界のトップメーカー山崎製パンの創立者飯島藤十郎は愛蔵を尊敬する戦後の代表的な経営者である。彼は父の死で中学中退し、夜学に通いつつ、約二年半、中村屋に勤務した。苦学を続けて中等学校の教員になったが、戦後、開拓農民として再出発し、その傍ら一九四八年、山崎製パンを創業した。飯島は愛蔵の〝商人道〟に感銘して「良品廉価」「顧客本位」を自社の方針に掲げ、社の「綱領」には「個人の尊厳と自由平等の原理に基づき」「高い倫理的水準に導かれる事業を永続させる」などとある。創立当時、事情があって妹の姓を社名にしたが、その後、改称しなかったのも愛蔵に倣ってのことである。（山崎製パン株式会社社史編纂委員会編・刊『ひとつぶの麦から』一九八四年、参照）

262　「中村屋の歩み　2」（『千客万来』一三二号）、浅田慶一郎「良い品を廉く」（『千客万来』一号）。

263　大塚健洋『大川周明と近代日本』（一九九〇年、木鐸社）一〇六頁、相馬愛蔵前掲『一商人として』七七～八頁。

264　大塚前掲『大川周明と近代日本』七三・八一～二・一〇五～六、一〇七頁。

265　大塚前掲『大川周明と近代日本』一〇七頁。

266　相馬愛蔵前掲『一商人として』八〇頁、相馬黒光前掲『默移』一九五～七頁。

267　ビバリ・ボース「亜細亜に於ける欧羅巴の侵略主義と支那事変」（『中村屋』第六号〈一九三八年〉）・「英国を東京から駆逐せよ」（同第七号〈一九三九年〉）。

268　相馬愛蔵前掲『一商人として』一〇九・一二八～九頁、『中村屋』五号。

あとがき

本書は、一九九〇年以降に幾つかの紀要雑誌に認めた文章のなかから標題に収まると想われる作品を収録した論評集である。

収録した作品のうち、第1章から第4章までは小説を取り上げているので、広義で言えば、文学評論に入るであろう。

しかし、私は小説の全体もしくはその特徴ある部分をコンパクトに批評する能力をもたない。それ故に、作品の要旨を詳細に記述し、あるいは本文を沢山引用して、その小説を読まなくとも拙稿を読んでくださる方が作品の大要を把握出来るように叙述してしまう。また、取り上げた小説と関連して、作者の人生は勿論、小説の歴史的背景ないしは歴史的現在の社会状況を記述することが少なくない。煩瑣になっていて申し訳なく思う。ご寛恕を乞う。

歴史研究者である私は文学の素人である。素人の私は自らの歴史意識で文学を読み、美術を観る。記述が前後するが、私は美術も素人である。しかし、子ども時代から高等学校一年の初めまでは、将来、画家になりたいと思っていた。だが、級友にモダンアートのタマゴではなく、すごい画家が現われた。衝撃を受けて、それ以後、絵筆を手にしたことはない。苦い思い出を抱きながら、いまも美術展覧会に足繁く出掛けている。第5章はその反映である。

第6章は卓越した社会運動家の、第7章は類稀な特徴ある実業家夫妻の評伝的内容の多い文章であるが、三人共、文芸との関わりは深い。難波は新日本歌人協会リーダーの渡辺順三門下の歌人であった。

本書の構成と内容について若干のコメントを加える。

Ⅰの序章・第1章・第2章は、二〇一〇年秋に日本民主主義文学会の文学教室で講話した「歴史と文学 島崎藤村を中心に」を下敷に文章化した論考である。

第1章の「一」節は「二」・「三」節及び第2章より後に執筆・発表した概論である。

第1章の「二」節の「5」項と「6」項の間に、出典には「瀬川丑松の開眼・告白と風間志保の不変の態度及び生徒集団と土屋銀之助の意識変革」、「部落問題解決の展望を示す新たな出発」の2項が存在していた。しかし、これらの内容は「一」節で概観しているので、重複を避けて削除した。更に「1」、「3」項にも部分的に削除した個所があり、「5」項では大幅に省いた部分がある。

「三」節にも「一」節と重複している個所が少なからずある。しかし、『破戒』評に対する論評を主な目的としている文章なので、必要上から重複を厭わないことにした。

第2章は、序章・第1章「二」節と共に、「歴史と文学を考える——島崎藤村『破戒』と谷口善太郎『綿』を通して」と題する作品を基にして執筆した論考である。

初出には『綿』に描かれた虚構の社会的背景」と題した「付《つけたり》」がある。『綿』の虚構の同時代的な実態や背景に関する考察だが、社会経済史的考察そのものなので、部分的に第2章に取り入れたものの、大半は本書ではカットした。

Ⅱの冒頭に掲載した第3章は「歴史と文学」を考察した私の最初の作品である。私事を憚らずに一言する。この章の主人公、原田琴子の連れ合いである原田実は私の恩師である。先生は、早稲田大学文学部教授を退職後、私学教育研究所の初代所長に就任した。その凡そ一年後、私は先生に就職のお世話にも随分なった。それから一年足らずして、琴子が先生の連れ合いであるとは知らないまま、歴史教育で彼女の小説「戦禍」を教材として使用した。

二人が夫妻であると知ったのは、『新婦人新聞』に琴子の談話が連載された時のことである。しかし、その時はまだ、明治・大正期のヒューマニズム研究の一環として、「原田琴子」を論考として取り上げることになるとは、夢にも思っていなかった。

第4章は皇軍の中国に対する侵略戦争の実態を克明に描いた「戦争文学」の代表的な作品の一つである。この作品を反戦・非戦文学と捉える人がいる。『生きてゐる兵隊』を読んで反戦・非戦を感得するのは自由であるが、私は何度読んでも、反戦・非戦文学だとは思えない。「兵隊」の心の内に分け入って書いてはいるが、作者自身が戦時中の官憲の取調べで陳述した内容を戦後になっても維持している通り、反戦・非戦の思想・意識をもって叙述してはいない。

石川達三は現地で主として兵士から詳細に取材し、帰国後、きわめてリアリスティックな虚構を一気に書き上げた。しかし、国家権力にとっては戦争・戦闘のリアリズムは不都合なのである。戦争は連戦連勝、万々歳でなければ書くことを許さなかった。それ故に、石川と編集者らは、当然のこととして、処罰された。石川が「南京大虐殺」に配慮を加え、編集部が末尾二章を削除したが、そのような姑息な手段は焼石に水で、元よりそれが通じる相手ではなかったのである。

第5章は「歴史と文学」の周辺に当たる美術展覧会関係の小篇を二つ掲載した。

「一」節は、藤田嗣治を中心に、戦争画について考察している。他の多くの画家に言及しているが、その第一人者である藤田を詳述し、殊に彼の戦争画を描く技量の飛躍的な発展の過程を重視した。しかし、戦争文学もそうだが、戦争画は画家が如何なる意図・意識をもって作品を創作したかを問うことがもっとも重要だと考える。この自論を「一」節で表現出来ているであろうか。この点には自問する。

藤田は戦争画の第一人者であり、作品数も多いが、彼でさえ、戦争画は作品のごく一部に過ぎない。戦争画は画家の作品全体の中で捉えることが必要不可欠である。そう思考して生まれたのが「二」節である「二」節は二〇一六・一七年の美術展覧会巡りの記録である。私は、歴史散歩、文学散歩が好きでしばしばガイドをしたことがあるが、美術散歩も大好きだ。この節は美術散歩だと言ってもよい。

藤田の超大作「秋田の行事」を秋田市へ観に行って、すごいなあと驚嘆した。量的・質的な力量に感服した。東山魁夷の、遠い将来、国宝になるであろう唐招提寺の障壁画を広島の美術館で観て、唐招提寺内で覚えた感動がないことを新発見した。錯覚だが、鑑真和上と共に聴える波の音が聴えないのである。「2」節では、このような美術館巡りを通して、気になる戦争画を多面的に取り上げるべく試みたのである。

第6章の主人公は、私の社会問題関係の活動の先達・恩師の小伝である。標題の通り、難波の社会的な諸活動の源流は人道主義である。彼をその道へ導いたのはキリスト者の島貫兵太夫であった。この章はそのことをやや学問的にあきらかにしたおそらく最初の論文であろう。

島貫は第7章の主要な登場人物でもあり、すでに第1章にも登場している。人と人とのつながりを重視するのは私の流儀であるが、人間関係の認識を深めることの出来る人物研究は実に面白い。

第7章は長編なので一章だけでⅢとした。

信州で島崎藤村が教員をした木村熊二塾頭の小諸義塾と並ぶ研成義塾の井口喜源治に関心を抱き、勤務先のゼミや一般教育の「歴史」で取り上げているうちに、相馬愛蔵・黒光夫妻に魅力を感じて調査を始めた。この章はその結果のレポートである。

夫妻の生涯を通覧すると、難波と同じく、若き日のキリスト教との出会いが重要であることに気付かされる。その精神は新宿「中村屋」の経営に実に見事に活かされている。

しかし、その点を一面的に強調すると、夫妻の思想と行動に係わる問題点が見えなくなる。「三」節の「おわりに」に問題点を認めた心算である。

本書づくりがおわりに近づいた四月二十四日、長野県上田市から東京経由で帰洛する途中、群馬県桐生市に寄り道をした。同市の大川美術館へ没後70年記念「松本竣介展」を観に行ったのである。同館では四次にわたる松本竣介の企画展の第三次「子どもの時間」を開催中であった。

松本が一九三九年生まれの愛児莞《かん》(後に建築家)を描いた子ども像には戦争の影が全く見えなかった。健やかに育って欲しいと願う親心が滲み出ていて優しさに満ちていた。

本文でも触れたが、アジア太平洋戦争開戦の一九四一年、『みずゑ』一月号の座談会「国防国家と美術」に出席していた陸軍省情報部の将校が戦争協力を強要したのに対して、松本は同誌四月号に「生きてゐる画家」を執筆し、「鈴木少佐」と名指しで反論した。彼は人間らしく良心に忠実に制作していくと言い切り、美術・文化を蹂躙する軍部・権力に抗議したのである。

彼は反戦・非戦思想の持ち主ではないが、美術家の自主・自立性を擁護した。しかし、その一方で、同時期には前衛美術への圧迫が強められ、シュールレアリズムの福澤一郎らが検挙され、『美術文化』誌が福澤や麻生三郎、靉光《あいみつ》らの作品図版を誌面から削除を余儀なくされていた。

大川美術館は桐生市出身の実業家大川栄二が収集した作品を公開すべく一九八九年に開館した。所蔵数近代日本洋画を主体に六五〇〇余。メインは松本作品である。

展覧会場には子どもの絵のほかに、松江市へ母と共に疎開していた愛児に宛てた松本の片仮名の便りも沢山展示されていた。二人の、いや、三人のあたたかい心の交流が窺えた。

観客の殆どは会場内に置かれたソファで休み、数々の資料を手に取りながら、飽かず観覧していた。寛げる美術館である。文化施設はかくありたい。

会場には凡そ千点に及ぶ松本の蔵書の一部も展示されていて、彼の思想と制作、行動の背景を知ることも出来た。そこで忘れてはいけないと思ったことは、妻禎子《ていこ》の協力である。

中学入学直後に病で聴力を失った彼が知性を豊かに育んで制作に活かせたのは、慶應義塾教授を父とする「御嬢様」の禎子が出版社に勤務し、資金難のために短期間で廃刊になったが、月刊雑誌『雑記帳』の編集・発行の同志として精神的・経済的助力をしていたからである。経済的には楽ではなかったが、彼は幸福であった。

敗戦間もない松本の早逝は惜しまれる。

本書刊行後もこのような心の旅を続けていきたい。

本書の校正の殆どは友人木全久子氏（元部落問題研究所理事・『人権と部落問題』編集長）にお願いした。また、花伝社の平田勝氏、近藤志乃氏にはなかなか校了に至らず大変ご面倒をおかけした。共に心から御礼申し上げる。

二〇一九年四月二十五日

東京・市ヶ谷の宿舎にて　成澤　榮壽

初出一覧

Ⅰ

序章　「歴史と文学」を先達に学ぶ――第１章・２章のプロローグ　＊『文華』第38号（二〇一四年一一月）

第１章　島崎藤村の『破戒』をめぐって

一　島崎藤村『破戒』の分析と実証　＊『民主文学』第628号（二〇一八年一月）

二　島崎藤村『破戒』の写実性と同時代性　＊『文華』第38号（二〇一四年一一月）

三　島崎藤村『破戒』の批評について　＊『民主文学』第575号（二〇一三年九月）

第２章　谷口善太郎『綿』の普遍性と科学性　＊『文華』第38号（二〇一四年一一月）・『文華』第39号（二〇一五年七月。抜粋）

終章　第１章・２章のエピローグ　＊『文華』第38号（二〇一四年一一月）

Ⅱ

第３章　原田琴子の反戦思想と家族制度批判　＊『長野県短期大学紀要』第47号（一九九二年一二月）

第４章　石川達三『生きてゐる兵隊』考　＊『文華』第37号（二〇一四年四月）

第５章　美術展覧会を歩く

一　藤田嗣治の戦争画についての小考　＊『文華』第40号（二〇一六年六月）

二　美術展覧会を歩く　＊『文華』第41号（二〇一七年六月）

第６章　社会運動家難波英夫とその人道主義的源流　＊『部落問題研究』第103輯（一九九〇年一月）

Ⅲ

第７章　相馬愛蔵と相馬黒光

一　相馬黒光小考　＊『長野県短期大学紀要』第49号（一九九四年一二月）

二　相馬愛蔵小考　＊『長野県短期大学紀要』第50号（一九九五年一二月）

三　新宿・中村屋に関する若干の歴史的覚書　＊『長野県短期大学紀要』第51号（一九九六年一二月）

人名索引

〔凡例〕

1．第5章以外の各章の作者または主人公、すなわち島崎藤村、谷口善太郎（筆名＝須井一、加賀耿二など）、原田琴子（斎賀琴子・琴）、石川達三、難波英夫、相馬愛蔵、相馬黒光（星良・りょう、良、良子）については、当該章における掲載頁は省略した。

2．頻度と関係なく、難波英夫の遠い縁戚を一部省いたが、ほとんど全てに近い登場人物を網羅した。ただし、「注」の人名は省いた。

3．読み方のわからない人名は有識者に教えていただいたが、それでも不明な場合には——とした。

4．本書の叙述内容に則して、それぞれの人物像について一言を付した。

あ

靉光（あい・みつ）洋画家　*273, 480*

亜欧堂田善（あおうどう・でんぜん）洋風画家　*309*

青柳さく子（あおやぎ・さくこ）研成義塾教員　*380*

青柳猛（あおやぎ・たけし）フェリス女学院教員　*396*

青山菊栄（あおやま・きくえ）→山川菊栄（やまかわ・きくえ）を見よ

秋山好古（あきやま・よしふる）軍人（陸軍）　*220*

芥川龍之介（あくたがわ・りゅうのすけ）作家　*324*

朝井閑右衛門（あさい・かんえもん）洋画家　*275, 277, 312, 313, 325, 326*

浅井忠（あさい・ちゅう）洋画家　*22, 309*

朝香（宮）鳩彦（あさか〈のみや〉やすひこ）軍人（陸軍）　*254*

朝田善之助（あさだ・ぜんのすけ）部落解放運動活動者　*57*

浅野三郎（あさの・さぶろう）元川上町教育長（1990年現在）　*368*

麻生三郎（あそう．さぶろう）洋画家　*274, 480*

アナトール・フランス　作家・評論家（仏）　*183*

阿南惟幾（あなみ・これちか）軍人（陸軍）・自決　*267*

安部磯雄（あべ・いそお）社会運動家　*337*

阿部次郎（あべ・じろう）哲学者　*153, 164*

安倍晋三（あべ・しんぞう）政治家　*246, 253, 256*

阿部真之助（あべ・しんのすけ）ジャーナリスト　*334*

安倍能成（あべ・よししげ）哲学者・教育者　*164*

天野為之（あまの・ためゆき）経済学者　*414*

雨宮庸蔵（あめみや・ようぞう）編集者　*183, 186, 189, 229, 241, 244*

荒井公平（あらい・こうへい）新宿「中村屋」和菓子職人　*444, 447*

荒木素風（あらき・そふう）社会運動活動者　*333*

荒木田麗女（あらきだ・れいじょ）作家（近世）　*14*

い

生田長江（いくた・ちょうこう）評論家・作家・翻訳家　*153, 164*

井口喜源治（いぐち・きげんじ）教育者・研成義塾創立者　*67, 380, 401, 402, 406, 407, 410, 411, 423, 425, 426, 428, 429, 430, 431, 457, 479*

伊澤修二（いざわ・しゅうじ）教育者・近代音楽教育制度創設者　*362*

石井柏亭（いしい・はくてい）洋画家　*279*

石井好子（いしい・よしこ）歌手　*283*

石川淳（いしかわ・じゅん）作家　*164*

石川達三（いしかわ・たつぞう）作家　*325, 478*

石坂洋次郎（いしざか・ようじろう）作家　*191*

石田米子（いしだ・よねこ）歴史研究者　*200, 208*

石塚猪男蔵（いしづか・いおぞう）渡米案内書著者　*63*

泉野利喜蔵（いずの・りきぞう）部落解放運動活動者　*334*

泉鏡花（いずみ・きょうか）作家　*122*

板垣直子（いたがき・なおこ）文芸評論家　*78, 79*

イチオカ（＝ユウジ・イチオカ）日本人渡米史研究者　*62*

市川正一（いちかわ・しょういち）日本共産党指導者　*337, 338*

市川量三（いちかわ・りょうぞう）中信地方の自由民権活動者　*422, 423*

逸見斧吉（いつみ・おのきち）田中正造支援者　*427*

出口五郎八（いでぐち・ごろはち）→斎賀五郎八（さいが・ごろはち）を見よ

伊藤一隆（いとう・かずたか）北海道禁酒運動有力者　*422*

伊藤若冲（いとう・じゃくちゅう）画家（近世）　*321*

伊藤信吉（いとう・しんきち）文芸評論家　*75, 76, 77, 78, 81, 83*
伊藤博文（いとう・ひろぶみ）政治家　*364*
犬養毅（いぬかい・つよし）政治家　*348, 361, 362*
井上寂英（いのうえ・じゃくえい）僧・『破戒』の「蓮華寺」のモデルになった寺の住職　*41, 49*
井上長三郎（いのうえ・ちょうざぶろう）洋画家　*273, 290*
猪熊弦一郎（いのくま・げんいちろう）洋画家　*280, 317*
猪俣津南雄（いのまた・つなお）社会主義者・日本近現代経済史研究者　*132*
井原宇三郎（いはら・うさぶろう）洋画家　*328*
井原西鶴（いはら・さいかく）作家（近世）　*10, 11*
伊深正文（いぶか・まさふみ）小学校教員（黒光関係教示）*458*
今泉篤男（いまいずみ・あつお）美術評論家　*288*
今泉裕美子（いまいずみ・ゆみこ）移民史研究者　*295*
今村均（いまむら・ひとし）軍人（陸軍）　*202, 203, 269, 326, 331*
岩波茂雄（いわなみ・しげお）出版者・岩波書店創業者　*452*
巌本嘉志子（いわもと・かしこ）→若松賤子（わかまつ・しずこ）を見よ
巌本善治（いわもと・よしはる）女子教育者・『女学雑誌』主宰・若松賤子夫　*39, 66, 395, 396, 397, 399, 400, 401, 415, 426, 430*

う

ヴィルヘルム二世　ドイツ最後の皇帝・プロイセン王　*146*
ウエインライト（司令官）　軍人（米）　*328*
上田音市（うえだ・おといち）部落解放運動・農民運動活動者　*136*
上田誠吉（うえだ・せいきち）法律家　*257*
上野誠（うえの・まこと）洋画家　*275*
上原専禄（うえはら・せんろく）歴史学者　12
上村松園（うえむら・しょうえん）日本画家　*317*
植村正久（うえむら・まさひさ）キリスト教伝道者・『六合《りくごう》雑誌』主宰者　*395, 397, 415, 426, 436*
潮田千勢子（うしおだ・ちせこ）日本婦人矯風会活動者　*399*
臼井喜代（うすい・きよ）穂高地方自由民権運動活動者・教員　*409, 410, 423, 424, 429, 430*
臼井吉見（うすい・よしみ）評論家　*401*
臼井直門（うすい・――）穂高地方有力者　*409*
内田巌（うちだ・いわお）洋画家　*274, 281*
内村鑑三（うちむら・かんぞう）キリスト教伝道者・評論家　*23, 49, 393, 397, 415, 425, 426, 431, 433, 439*
内呂博之（うちろ・ひろゆき）美術評論家　*282, 283, 287*
宇津恭子（うつ・きょうこ）相馬黒光評伝著者　*384*
梅原龍三郎（うめはら・りゅうざぶろう）洋画家　*279*

え

恵端禅師（えたんぜんじ）僧（近世）　*49*
榎本千花俊（えのもと・ちかとし）洋画家　*275, 315*
江原素六（えはら・そろく）教育者　*30, 65, 66, 67*
エルマー　宣教師・長野県尋常中学校（松本本校）英語教員（米）　*425*
エレン・ケイ　女性解放論者・個性尊重教育者（スウェーデン）　*164, 165, 166*
エロシェンコ　詩人（露）　*448*
エンゲルス　社会主義者・「共産党宣言」共同執筆者（独）　*367*

お

大内兵衛（おおうち・ひょうえ）経済学者・教育者　*84*
大江磯吉（おおえ・いそきち）教育者　*37*
大江健三郎（おおえ・けんざぶろう）作家　*277*
大川栄二（おおかわ・えいじ）実業家・大川美術館創立者　*480*
大川周明（おおかわ・しゅうめい）国家主義者（直接行動派）　*455, 456*
大久保作次郎（おおくぼ・さくじろう）洋画家　*315*
大隈重信（おおくま・しげのぶ）政治家　*65, 361, 362*
大下宇陀児（おおした・うだる）ジャーナリスト　*331*
太田幹（おおた・――）穂高地方の自由民権運動活動者・教員　*423*
太田慶太郎（おおた・けいたろう）社会運動家　*337, 342*
太田水穂（おおた・みずほ）歌人　*164, 166, 167*
大月源治（おおつき・げんじ）洋画家　*273*
大槻玄澤（おおつき・げんたく）蘭学者・磐渓父　*381*
大槻磐渓（おおつき・ばんけい）仙台藩学学頭・黒光祖父星雄記友人　*381*
大槻文彦（おおつき・ふみひこ）国語学者・磐渓子息　*381*
大西利平（おおにし・りへい）日本人渡米先駆者　*65*

大原孫三郎（おおはら・まごさぶろう）企業経営者・大原美術館創立者　*402, 451, 452*
大宅壮一（おおや・そういち）評論家　*335*
大山郁夫（おおやま・いくお）社会運動家　*335, 336*
大和田建樹（おおわだ・たてき）フェリス・明治女学院教員、国文学者・詩人　*21, 396*
岡倉天心（おかくら・てんしん）美術思想家　*314, 317, 318*
岡千仭（おか・せんじん）仙台藩学学頭添役（副学頭相当）*383*
岡田三郎助（おかだ・さぶろうすけ）洋画家　*277, 319*
岡田純夫（おかだ・すみお）評論家・難波英夫弟　*336, 348*
岡村寧次（おかむら・やすじ）軍人（陸軍）*200, 201, 202, 203*
荻洲立兵（おぎす・たつぺい）軍人（陸軍）*287*
荻原碌山（守衛《もりえ》）（おぎわら・ろくざん）彫刻家　*310, 401, 426, 427, 428, 457*
小栗康平（おぐり・こうへい）映画監督　*270*
尾崎紅葉（おざき・こうよう）作家　*33*
尾崎士郎（おざき・しろう）作家　*193*
尾崎秀実（おざき・ほつみ）ジャーナリスト・ゾルゲ事件で死刑　*186*
押川方存（春浪《しゅんろう》）（おしかわ・まさあり）作家・押川方義子息　*384*
押川方義（おしかわ・まさよし）キリスト教伝道者・仙台神学舎（東北学院前身）創立者　*357, 359, 384, 385, 386, 387, 389, 390, 392, 393, 394, 397, 399, 415, 426, 427, 455*
小野梓（おの・あずさ）啓蒙思想家・政治家・東京専門学校（早稲田大学前身）実質的創立者　*412*
小野竹喬（おの・ちくきょう）日本画家　*317, 318*
尾上柴舟（おのえ・さいしゅう）歌人　*164*
オホッキー（スタンレー・オホッキー）新宿区「中村屋」製菓技師（露）*435, 445, 454*

か

カーライル 評論家・歴史家（英）*167*
鹿地亘（かじ・わたる）社会運動家　*342*
片上伸（かたがみ・のぶる）ロシア文学者・評論家　*165*
片山潜（かたやま・せん）社会主義者・労働運動家　*28, 29, 61, 62, 63, 64, 67, 337, 342, 360*
片山哲（かたやま・てつ）政治家　*186, 252*
勝海舟（かつ・かいしゅう）幕末・明治期の政治家　*401*
勝平得之（かつひら・とくし）版画家　*279, 303*
桂太郎（かつら・たろう）軍人（陸軍）・首相　*451*
加藤拓川（かとう・たくせん）外交官・政治家・正岡子規叔父　*220*
金子馬治（かねこ・うまじ）東京専門学校・早稲田大学教授　*414*
金子薫園（かねこ・くんえん）歌人　*165*
金子半蔵（かねこ・はんぞう）相馬愛蔵が養蚕業を学んだ札幌の養蜂家　*412*
鹿野政直（かの・まさなお）歴史学者　*11*
上条螘司（かみじょう・ありじ）中信地方の自由民権活動者　*423*
亀井勝一郎（かめい・かついちろう）文芸評論家　*79*
カルヴァン 神学者・宗教改革者（仏）*420*
川合玉堂（かわい・ぎょくどう）日本画家　*277, 278, 314, 317*
河井酔茗（かわい・すいめい）詩人　*403*
河合勇吉（かわい・ゆうきち）難波英夫『一社会運動家の回想』協力者　*368*
河上肇（かわかみ・はじめ）経済学者　*128, 193, 269, 273*
川口松太郎（かわぐち・まつたろう）作家　*193*
川崎鈴彦（かわさき・すずひこ）日本画家　*323*
河田明久（かわだ・あきひさ）美術研究者　*290*
河原理子（かわはら・みちこ）ジャーナリスト　*189*
川端俊英（かわばた・としひで）近代文学研究者　*126*
川端康成（かわばた・やすなり）作家　*175*
川端龍子（かわばた・りゅうし）日本画家　*276, 277, 280, 317, 319, 325*
鑑真（がんじん）僧・日本律宗宗祖　*321, 322, 479*

き

菊池寛（きくち・かん）作家　*193, 334, 338, 340*
岸田国士（きしだ・くにお）劇作家　*193*
岸田俊子（きしだ・としこ）→中島湘煙（なかじま・しょうえん）を見よ
貴司山治（きし・やまじ）作家　*335*
キダー（メアリー・キダー）フェリス女学院創立者　*394*

喜多孝臣（きた・たかおみ）美術評論家　313
北小路健（きたこうじ・けん）国文学者　79, 83
北原白秋（きたはら・はくしゅう）詩人・歌人　164
北村透谷（きたむら・とうこく）詩人・評論家　175, 396
城戸幡太郎（きど・まんたろう）教育学者　340
木下藤次郎（きのした・とうじろう）洋画家　313
木下尚江（きのした・なおえ）社会運動活動者・ジャーナリスト・普通選挙期成同盟会創立者　397, 400, 410, 414, 423, 424, 425, 427
木全久子（きまた・ひさこ）元部落問題研究所理事・元『人権と部落問題』編集長　481
木村京太郎（きむら・きょうたろう）部落解放運動活動者、部落問題研究所創立の中心人物　52
木村熊二（きむら・くまじ）明治女学校創立者・小諸義塾塾頭・島崎藤村恩人　23, 24, 28, 39, 66, 67, 69, 395, 396, 401, 479
木村栄（きむら・さかえ）天文学者　319
木村鐙子（きむら・とうこ）女性自立先覚者・木村熊二妻・田口卯吉姉　43, 66, 395
木村政次郎（きむら・まさじろう）新聞社主・政治家　335
木本凡人（きもと・ぼんじん）社会運動活動者　333, 334
清沢洌（きよさわ・きよし）評論家・ジャーナリスト　260, 291, 299, 431
清沢満之（きよさわ・まんし）僧・真宗教団改革者　49
キヨソーネ（キヨッソーネ）銅版画家　309
金原明善（きんばら・めいぜん）実業家　402

く

草野心平（くさの・しんぺい）詩人　312
邦枝完二（くにえだ・かんじ）作家　334
国木田独歩（くにきだ・どっぽ）作家　403
グプタ（H・L・グプタ）インド独立運動活動者　455, 456
窪田畔夫（くぼた・くろお）中信地方の自由民権運動の活動者　422
窪田直子（くぼた・なおこ）美術評論家　270
久保田万太郎（くぼた・まんたろう）作家・俳人　164
粂井輝子（くめい・てるこ）移民史研究者　62, 67, 295
久米正雄（くめ・まさお）作家　193
クラーク（ウィリアム・S・クラーク）教育者・札幌農学校設立に奮励・禁酒会創立　422
倉田百三（くらた・ひゃくぞう）劇作家・評論家　130
倉橋仙太郎（くらはし・せんたろう）演出家　335
蔵原惟人（くらはら・これひと）文芸評論家　71,79, 81, 103, 123, 147
蔵屋美香（くらや・みか）美術館学芸員　270, 271, 297, 298
栗田直躬（くりた・なおみ）中国思想研究家　11, 12
呉久美（くれ・くみ）フェリス女学院教員　396
黒田寿男（くろだ・ひさお）社会運動活動者・政治家　335

け

ゲーテ 作家（独）　324

こ

小泉八雲（こいずみ・やくも、ラフカディオ・ハーン）英文学者　50
小磯良平（こいそ・りょうへい）洋画家　269, 277, 280, 317, 324, 325, 326, 327, 328, 331, 332
小岩井浄（こいわい・じょう）社会運動活動者　335
幸田露伴（こうだ・ろはん）作家・文芸考証家　164, 319
神津猛（こうづ・たけし）島崎藤村の経済的支援者　53, 74
幸徳秋水（こうとく・しゅうすい）社会主義者（死刑・明治期）354
幸野楳嶺（こうの・ばいれい）日本画家　317
河野密（こうの・みつ）政治家　335
ゴールドマン（スチュアート・D・ゴールドマン）　286, 287
古在豊子（こざい・とよこ）→清水紫琴（しみず・しきん）を見よ
児島襄（こじま・じょう）日本近現代史研究者　295
五姓田義松（ごせだ・よしまつ）洋画家　309
小平小雪（こだいら・こゆき）宮城女学校「ストライキ」事件発頭人　390, 392, 394
後藤乾一（ごとう・かんいち）近現代史研究者　200
小林多喜二（こばやし・たきじ）作家・日本共産党活動者　127, 191, 192
小宮豊隆（こみや・とよたか）評論家　164
小山正太郎（こやま・しょうたろう）洋画家　21, 397, 426
近藤志乃（こんどう・しの）花伝社編集者　481

さ

斎賀泉（さいが・いずみ）原田実・琴子子息　166

斎賀五郎八（さいが・ごろはち）原田琴子祖父（旧姓 出口） *161*
斎賀文太（さいが・ぶんた）原田琴子父 *161*
斎賀やゑ（さいが・やゑ）原田琴子母 *161*
西郷隆盛（さいごう・たかもり）軍人・政治家 *17*
西光万吉（さいこう・まんきち）全国水平社創立者 *334, 335, 366*
斎藤茂吉（さいとう・もきち）歌人 *164*
斎藤與里（さいとう・より）洋画家・荻原碌山友人 *427*
酒井隆（さかい・たかし）第23軍司令官（刑死） *328*
堺利彦（さかい・としひこ）社会運動家 *334*
境野黄洋（さかい・こうよう）仏教史家・教育者 *48, 354*
榊原紫峰（さかきばら・しほう）日本画家 *317, 318*
坂崎斌（さかさき・さかん）自由民権活動者 *423*
阪本清一郎（さかもと・せいいちろう）全国水平社創立者 *333, 341, 342, 366*
坂本繁二郎（さかもと・はんじろう）洋画家 *279*
佐久間象山（さくま・しょうざん）幕末の兵学者・経世家 *401*
佐久間貞一（さくま・ていいち）活版印刷会社秀英舎（大日本印刷前身）創立者・旧幕臣 *451, 452*
笹川定吉（ささがわ・さだきち）星喜四郎次姉長男・キリスト教弾圧で投獄 *382*
笹川良一（ささがわ・りょういち）右翼大立者 *251, 253*
佐々城えん（艶）（ささき・えん）→佐々城豊寿（ささき・とよじゅ）を見よ
佐々木到一（ささき・とういち）軍人（陸軍） *254*
佐々城豊寿（ささき・とよじゅ・えん・艶）星雄記・サダ五女・矯風会有力者 *385, 386, 394, 399*
佐々城信子（ささき・のぶこ）佐々城本支・豊寿娘 *403*
佐佐木信綱（ささき・のぶつな）歌人 *164, 319*
佐々城本支（ささき・もとえ）佐々城豊寿夫 *394*
佐武カツヨ（さたけ・かつよ） 難波清子母・佐武芳丸妻 *347*
佐武清子（さたけ・きよこ）→難波清子（なんば・きよこ）を見よ
佐武志満子（さたけ・しまこ）佐武家主婦（1990年現在） *368*
佐武英昭（さたけ・えいしょう）佐武家当主（1990年現在） *368*
佐武芳丸（さたけ・よしまる） 難波清子父・佐武カツヨ夫 *348*
佐藤一斎（さとう・いっさい）儒者（近世） *66*
佐藤かね（兼）（さとう・かね）星喜四郎次姉・早くからの仙台基督一致教会会員 *385, 386*
佐藤敬（さとう・けい）洋画家 *292, 323, 327*
佐藤春夫（さとう・はるお）作家 *164*
佐野学（さの・まなぶ）社会運動家 *337, 338*
鮫島晋（さめじま・すすむ）小諸義塾教員・日本の理科教育創設者の1人 *21, 37 ,48*
澤柳真楯（さわやなぎ・まだて）穂高地方の自由民権活動者 *423, 425*

し

四方千香（千香子）（しかた・ちか）相馬愛蔵・黒光次女 *438*
志賀直哉（しが・なおや）作家 *192, 324*
四賀光子（しが・みつこ）歌人 *164*
幣原坦（しではら・たいら）文部官僚・幣原喜重郎兄 *347*
司馬江漢（しば・こうかん）洋風画家（近世） *309*
渋沢栄一（しぶさわ・えいいち）実業家 *402*
島木健作（しまき・けんさく）作家 *191*
島崎鶏二（しまざき・けいじ）洋画家・島崎藤村次男 *315*
島崎藤村（しまざき・とうそん）作家 *95, 137, 145, 146, 147, 164, 175, 192, 202, 269, 279, 280, 304, 313, 314, 331, 360, 396, 397, 477, 479*
島田甲子（しまだ・かし）→若松賤子（わかまつ・しずこ）を見よ
島田三郎（しまだ・さぶろう）ジャーナリスト・評論家・政治家 *65, 395, 397, 415*
嶋中雄作（しまなか・ゆうさく）出版者 *259*
島貫兵太夫（しまぬき・ひょうだゆう）キリスト教伝道者・日本力行会設立者 *28, 62, 67, 353, 356, 357, 358, 359, 366, 367, 386, 388, 389, 394, 395, 397, 399, 400, 426, 479*
清水紫琴（しみず・しきん）作家 *43, 52, 394*
下条貞淹（しもじょう・さだひろ）穂高地方の自由民権活動者・教員 *423*
シャガール 画家（仏） *303*
蒋介石（しょう・かいせき）政治家（中国） *226*
昭和天皇（しょうわてんのう）元首のちに象徴 *251, 331*
白瀬矗（しらせ・のぶ）探検家 *362*

す

菅田勇太郎（すがた・ゆうたろう）仙台教会牧師　*357*
杉山元治郎（すぎやま・げんじろう）農民運動活動家・政治家　*336*
鈴木梅太郎（すずき・うめたろう）生化学者　*444*
鈴木茂三郎（すずき・もさぶろう）社会主義者・政治家　*335*
スターリン　政治家（ソ連）　*121*
スタルケンボルク　オランダ領インドシナ総督　*326*
砂間一良（すなま・いちろう）日本共産党幹部　*337*
住井すゑ（すみい・すえ）作家・『橋のない川』作者　*11, 52, 146*

せ

関田かおる（せきた・かおる）小泉八雲研究者　*414*
瀬沼茂樹（せぬま・しげき）文芸評論家　*79*
千秋有磯（せんしゅう・ありそ）加賀藩の幕末の尊王論者・穢多身分還元論を主張　*12, 122*

そ

宋美齢（そう・びれい）蔣介石妻・宋慶齢妹（中国）　*227*
相馬愛蔵（そうま・あいぞう）中村屋（新宿）創立者　*67, 479, 480*
相馬黒光（そうま・こっこう）中村屋（新宿）主婦　*67, 479, 480*
相馬宗次（そうま・そうじ）相馬愛蔵次兄　*401, 402, 405, 427*
相馬ちか（そうま・ちか）相馬安兵衛（十一代）妻・相馬愛蔵母　*403, 405*
相馬俊（俊子）（そうま・とし）相馬愛蔵・黒光長女　*429, 447, 456*
相馬安雄（そうま・やすお）相馬愛蔵・黒光長男・新宿「中村屋」社長　*452*
相馬安兵衛（十一代）（そうま・やすべえ）相馬愛蔵父　*403, 404*
相馬安兵衛（十二代）（そうま・やすべえ）相馬愛蔵長兄　*400, 401, 402, 404, 405, 406, 410, 413, 416, 424, 429, 431*
相馬安兵衛（十五代）　*457*
相馬以し（そうま・いし）相馬安兵衛（十二代）妻　*405, 406, 413, 416*
蘇貞姫サラ（ソー・チョンヒ・サラ）歴史研究者　*208*
孫文（そん・ぶん）中国の「国父」（中国近代革命家）　*455*

た

平政子（たいらのまさこ）→北条政子（ほうじょう・まさこ）を見よ
高嶋米峰（たかしま・べいほう）僧・真宗教団改革者　*24, 36, 48, 49*
高田早苗（たかだ・さなえ）政治家・早稲田大学学長　*414*
高野辰之（たかの・たつゆき）音楽教育者・国文学者　*30, 42*
高橋敬十郎（たかはし・けいじゅうろう）穂高地方有力教員　*408, 409, 423, 424*
高増径草（たかます・けいそう）洋画家　*332*
高見順（たかみ・じゅん）作家　*251*
高村光太郎（たかむら・こうたろう）彫刻家・詩人　*26, 164*
滝澤以し（たきざわ・いし）→相馬以し（そうま・いし）を見よ
滝沢一郎（たきざわ・いちろう）国民救援運動活動者・『モップル資料集』編纂者　*343*
田口卯吉（たぐち・うきち）経済学者・歴史家　*395, 417*
田口鐙子（たぐち・とうこ）→木村鐙子（きむら・とうこ）を見よ
武居用拙（たけい・ようせつ）教育者、中信地方で民権思想を主張　*422*
竹内栖鳳（たけうち・せいほう）日本画家　*277, 316, 317, 318, 319, 320*
竹内好（たけうち・よしみ）中国文学者・評論家　*252, 255*
田嶋和彦（たじま・かずひこ）中村屋（新宿）社員　*457*
田島奈都子（たじま・なつこ）美術研究者　*316*
多田喜四郎（ただ・きしろう）→星喜四郎（ほし・きしろう）を見よ
多田清介（ただ・せいすけ）星喜四郎長兄の長男　*382*
多田留治（ただ・とめじ）日本共産党活動者　*96*
立川雲平（たつかわ・うんぺい）政治家　*39*
田中克彦（たなか・かつひこ）言語学者・近代史研究者　*286, 287*
田中貢一（たなか・こういち）『破戒』の「銀之助」のヒントになった人物　*40*

田中正造（たなか・しょうぞう）社会運動家・思想家・政治家 *427*
田中穣（たなか・ゆずる）美術評論家 *281, 283*
田辺千恵（たなべ・ちえ）難波弥五郎実家の世帯主（1990 年現在） *368*
谷崎潤一郎（たにざき・じゅんいちろう）作家 *191, 192, 193, 324*
谷口善太郎（たにぐち・ぜんたろう）労働運動活動者・作家・政治家 *167*
谷口そと（たにぐち・そと）谷口善太郎妻 *116, 118*
谷所シナ（たにしょ・しな）→難波シナ（なんば・しな）を見よ
田村泰次郎（たむら・たいじろう）作家 *208, 209, 229*
田山花袋（たやま・かたい）作家 *70*
ダレス（ジョーン・フォスター・ダレス）政治家（米） *252*
唐生智（タン・ションジ）軍人（中国） *224, 226*
ダンテ 詩人（伊） *153*

ち

張澤民（チャン・ツオー・ミン）八路軍女性捕虜（中国） *229*

つ

津田梅子（つだ・うめこ）女子教育者・津田仙次女 *395, 397*
津田仙（つだ・せん）教育者・最初の西洋農業紹介者・学農社農学校創立者・津田梅子父 *396, 415, 421*
津田左右吉（つだ・そうきち）思想史家 *11, 17, 414, 415*
土田麦僊（つちだ・ばくせん）日本画家 *317, 318*
土屋喬雄（つちや・たかお）日本経済史家 *434*
土屋文明（つちや・ぶんめい）歌人 *78*
坪内逍遙（つぼうち・しょうよう）作家・評論家・翻訳家 *13, 414*
坪谷善四郎（つぼや・ぜんしろう）編集者 *414*
鶴岡政男（つるおか・まさお）洋画家 *273*
鶴田吾郎（つるた・ごろう）洋画家 *317, 325*

て

ディッケンズ（チャールズ・ディケンズ）作家（英） *175*
ディミトロフ（ブルガリア）コミンテルン書記長 *342*
寺内正毅（てらうち・まさたけ）軍人（陸軍） *364*
暉峻康隆（てるおか・やすたか）国文学者 *11, 12, 17*

と

東郷青児（とうごう・せいじ）洋画家 *284*
東条英機（とうじょう・ひでき）軍人（陸軍）・政治家（刑死） *202, 203*
堂本印象（どうもと・いんしょう）日本画家 *280, 317*
頭山満（とうやま・みつる）右翼巨頭・大アジア主義者 *455, 456*
徳田秋声（とくだ・しゅうせい）作家 *77, 122, 191*
徳富蘇峰（とくとみ・そほう）文筆家・思想家 *191, 192*
徳永直（とくなが・すなお）作家 *191*
徳野そと（とくの・そと）→谷口そと（たにぐち・そと）を見よ
戸坂潤（とさか・じゅん）哲学者・評論家 *191*
ドストエフスキー 作家（露） *22, 70*
轟伝（とどろき・でん）穂高地方有力者 *409*
富沢清之（とみざわ・すがの）難波英夫最初の妻 *339*
留岡清男（とめおか・きよお）教育学者 *340*
土門拳（どもん・けん）写真家 *310, 311*
ドラクロワ 画家（仏） *297*
鳥飼靖（とりがい・やすし）日本近現代史研究者 *267*
トルストイ 作家（露） *39, 183, 324*

な

永井荷風（ながい・かふう）作家 *206*
中江兆民（なかえ・ちょうみん）思想家・哲学者 *28, 32, 35, 53, 73, 145*
長岡半太郎（ながおか・はんたろう）物理学者 *319*
長尾杢太郎（ながお・もくたろう）洋画家 *401*
中川忠次（なかがわ・ちゅうじ）朝田善之助支援者 *57*
中島今朝吾（なかがわ・けさご）軍人（陸軍） *253*
中島湘煙（俊子）（なかじま・しょうえん・としこ）女権拡張運動家・中島信行妻 *400*
中島信行（なかじま・のぶゆき）政治家・自由民権運動家・中島湘煙夫 *400*
中島半次郎（なかじま・はんじろう）教育学者 *165*
中島博昭（なかじま・ひろあき）郷土史研究者 *401*
中島保俊（なかじま・やすとし）女子教育者 *166*
長門佐季（ながと・さき）美術館学芸員 *272*
中野近恵（なかの・ちかえ）難波清子『手紙』（34 通）編者・

国民救援運動活動者　368
中村研一（なかむら・けんいち）洋画家　276, 277, 289, 298, 317, 319, 325, 327
中村清次郎（なかむら・せいじろう）洋画家　314
中村太八郎（なかむら・たはちろう）社会運動活動者・普通選挙期成同盟会創立者　423, 424
中村正直（なかむら・まさなお）教育者・啓蒙思想家　396
中村光夫（なかむら・みつお）文芸評論家　78, 82
名倉英三郎（なくら・えいざぶろう）郷土史研究者　408, 409
夏目漱石（なつめ・そうせき）作家　20, 32, 33, 34, 54, 85
成田均（なりた・ひとし）美術評論家　279, 281, 282, 283, 311
成瀬仁蔵（なるせ・じんぞう）日本女子大学校長　163
難波於文（なんば・おふみ・文子）難波弥五郎・マサ次女　348, 368
難波金広（なんば・かねひろ）難波孝夫・久代の娘の夫　368
難波清子（なんば・きよこ）難波英夫２度目の妻　335, 339, 347, 368
難波訓（なんば・くに）難波弥五郎・マサ三女（早逝）　348
難波しな（なんば・しな）難波英夫妻　339, 340, 368
難波新一（なんば・しんいち）難波本家の当主（1990年現在）　368
難波素美恵（なんば・そびえ）難波孝夫・久代娘　368
難波孝夫（なんば・たかお）社会運動活動者・難波英夫弟　337, 345, 348, 349, 365, 368
難波富（なんば・とみ）難波本家当主の妻　368
難波久代（なんば・ひさよ）難波孝夫妻・難波英夫義妹　345, 349, 368
難波英夫（なんば・ひでお）社会運動活動家　477, 479, 480
難波マサ（なんば・まさ）難波英夫母　343, 347, 348, 350, 355
難波萬三良（なんば・まんざぶろう）難波英夫養祖父　344, 347
難波弥五郎（なんば・やごろう）難波英夫父　343, 344, 345, 346, 347, 348, 349, 350, 352, 354, 355, 356, 365

に

新居格（にい・いたる）評論家　335
新島襄（にいじま・じょう）キリスト教伝道者・同志社創立者　360
丹生都比売神（にうずひめのかみ）巫女（古代）　93
西浦進（にしうら・すすむ）軍人（陸軍）　267
西尾実（にしお・みのる）国語・国文学者　10, 12, 13, 17, 93
西岡虎之助（にしおか・とらのすけ）歴史学者　11, 12, 14, 15, 16, 17, 93, 94, 95
西田幾多郎（にしだ・きたろう）哲学者　49, 204
西田千太郎（にしだ・せんたろう）小泉八雲の支援者　50
西村翠嶂（にしむら・すいしょう）日本画家　317
西村清東（にしむら・せいとう）日本人渡米先駆者　65
二宮尊徳（にのみや・そんとく）思想家・農政家・（近世）　450
二村一夫（にむら・かずお）労働運動史研究者　129
丹羽文雄（にわ・ふみお）作家　193

の

野上弥生子（のがみ・やえこ）作家　152, 155, 191, 192
野坂参三（のさか・さんぞう）日本共産党指導者のちに除名　335
野田宇太郎（のだ・うたろう）評論家・詩人　153
野田謙吾（のだ・けんご）軍人（陸軍）　253
野田律太（のだ・りった）労働運動活動者　128
信原藤蔭（のぶはら・とういん）儒者・難波英夫の師　351
野間宏（のま・ひろし）作家　57, 79, 80, 81, 82, 83
野村吉三郎（のむら・きちさぶろう）軍人（海軍）・外交官　259

は

パーシバル 軍人（英）　328, 329, 330, 331
ハーン（ラフカディオ・ハーン）→小泉八雲（こいずみ・やくも）を見よ
萩原朔太郎（はぎわら・さくたろう）詩人　75
白隠（はくいん）僧（近世）　49
橋本関雪（はしもと・かんせつ）日本画家　317
橋下徹（はしもと・とおる）政治家　246, 247, 253
長谷川藤吉（はせがわ・とうきち）難波英夫祖父・弥五郎父

343
長谷川如是閑（はせがわ・にょぜかん）評論家　*313*
畑勇（はた・いさむ）郷土史研究者　*368*
畑俊六（はた・しゅんろく）軍人（陸軍）　*245*
畑中繁雄（はたなか・しげお）編集者　*185, 258*
羽仁もと子（はに・もとこ）自由主義教育者　*272*
林文雄（はやし・ふみお）教育者・美術評論家　*422*
林芙美子（はやし・ふみこ）作家　*193*
林洋子（はやし・ようこ）美術評論家　*279, 280, 281, 282, 283, 287, 292, 297*
葉山嘉樹（はやま・しげき）作家　*335*
原阿佐緒（はら・あさお）歌人　*164*
原精一（はら・せいいち）洋画家　*275*
原田琴子（はらだ・ことこ）歌人・作家　*286, 477, 478*
原田琴子（はらだことこ・別人）『青踏』活動参加者　*164*
原田光（はらだ・ひかる）美術評論家　*313*
原田洋（はらだ・ひろし）原田実・琴子子息　*175*
原田実（はらだ・みのる）教育学者・原田琴子夫　*165, 166, 167, 172, 174, 175, 477, 478*
ハル（コーデル・ハル）政治家（米）　*260*
潘洵（ぱん・じゅん）近現代史研究者（中国）　*285*
半田辰太郎（はんだ・たつたろう）小諸義塾「小使」　*22, 38, 43*

ひ

東久邇（宮）稔彦（ひがしくに〈のみや〉なるひこ）軍人（陸軍）・首相　*247, 252*
東山魁夷（ひがしやま・かいい）日本画家　*312, 321, 322, 323, 324, 325, 479*
樋口一葉（ひぐち・いちよう）作家　*324*
ビスマルク　プロイセン・ドイツの首相　*437*
火野葦平（ひの・あしへい）作家　*191, 193*
平生釟三郎（ひらお・はちさぶろう）文部大臣経験者　*318*
平岡敏夫（ひらおか・としお）文学研究者　*74, 75, 79, 81*
平田勝（ひらた・まさる）花伝社代表　*481*
平塚明（ひらつか・はる）→平塚らいてうを見よ
平塚らいてう（明）（ひらつか・らいてう）社会運動家　*153, 161, 162, 163, 164, 168, 286*
平野謙（ひらの・けん）文芸評論家　*73, 74, 75, 76, 79, 81, 82, 83*
平野政吉（ひらの・まさきち）絵画コレクター・藤田嗣治支援者　*303, 304, 305, 309*
平野義太郎（ひらの・よしたろう）法学者・平和運動活動家　*342*
広津和郎（ひろつ・かずお）作家・柳浪子息　*191, 192*
広津柳浪（ひろつ・りゅうろう）作家・和郎父　*10*

ふ

プールボー（L.R. プールボー）宮城女学校初代校長　*391, 392, 393*
フォンタネージ　画家（伊）　*309*
福澤一郎（ふくざわ・いちろう）洋画家　*272, 281, 480*
福沢諭吉（ふくざわ・ゆきち）啓蒙思想家・慶応義塾創立者　*26, 28, 61, 67, 70, 360, 434*
福田平八郎（ふくだ・へいはちろう）日本画家　*317*
福本日南（ふくもと・にちなん）歴史教育者・ジャーナリスト　*362*
藤島武二（ふじしま・たけじ）洋画家　*277, 319, 328*
藤田君代（ふじた・きみよ）藤田嗣治妻　*282, 283, 304*
藤田嗣治（＝レオナルド〈レオナール〉・フジタ）（ふじた・つぐはる）洋画家　*268, 269, 270, 271, 272, 275, 276, 278, 280, 281, 282, 283, 284, 285, 288, 289, 290, 291, 292, 293, 294, 298, 299, 301, 302, 303, 304, 309, 310, 311, 312, 314, 317, 323, 325, 326, 327, 332, 478, 479*
藤田東湖（ふじた・とうこ）水戸学推進者・政治家（近世末）　*277*
藤村潁子（ふじむら・えいこ）北星女学校（札幌）教員　*422*
藤村信吉（ふじむら・しんきち）藤村潁子夫・伊藤一隆知人　*422*
藤森成吉（ふじもり・せいきち）作家　*342*
藤原彰（ふじわら・あきら）日本近代史研究家　*293*
藤原（西園寺）公経（ふじわらの〈さいおんじ〉きんつね）鎌倉初期の太政大臣・源頼朝の外戚　*15*
藤原真由美（ふじわら・まゆみ）法律家　*257*
藤原（九条）道家（ふじわら〈くじょう〉のみちいえ）鎌倉前期の摂政・関白　*15*
藤原（九条）頼経（ふじわら〈くじょう〉のよりつね）鎌倉幕府4代将軍・のちの関白道家の子　*15, 16*
布施淡（ふせ・あわし）洋画家　*20, 397, 398*
二葉亭四迷（ふたばてい・しめい）作家　*13, 33, 34*
プライス（ジョー・プライス）日本美術コレクター（米）　*321*

へ

ペスタロッチ 自由主義教育学者（スイス） *352*

ほ

帆足万里（ほあし・ばんり）豊後日《ひ》出《じ》藩家老・理学者・儒者 *12*
ホーイ（W・E・ホーイ）仙台神学校（東北学院前身）創立者 *384, 385, 386, 387, 390, 391, 393, 394*
ボース（ビバリ・ボース）新宿「中村屋」取締役・相馬俊夫・元インド独立運動活動者） *440, 447, 455, 456*
北条政子（ほうじょう・まさこ）源頼朝妻・尼将軍、源頼家・実朝の母 *15*
星喜四郎（ほし・きしろう）相馬黒光父（旧姓多田） *381, 382*
星圭三郎（ほし・けいざぶろう）相馬黒光兄、星喜四郎・巳之治三男 *382*
星サダ（定）（ほし・さだ）相馬黒光祖母 *381, 382, 384, 385*
星野天知（ほしの・てんち）評論家・作家、『文學界』における島崎藤村らのリーダー *395, 403*
星巳之治（ほし・みのじ）相馬黒光母、星雄記・サダ三女 *381, 382, 385*
星雄記（ほし・ゆうき）相馬黒光祖父 *381, 382, 385*
細川嘉六（ほそかわ・かろく）社会評論家・横浜事件検挙者の中心人物 *191*
細迫兼光（ほそさこ・かねみつ）社会運動家・政治家 *335, 336*
堀内君代（ほりうち・きみよ）→藤田君代（ふじた・きみよ）を見よ
本郷定次郎（ほんごう・さだじろう）慈善事業家 *426*
本郷新（ほんごう・しん）彫刻家 *281*
本多光太郎（ほんだ・こうたろう）物理学者 *319*
本間雅晴（ほんま・まさはる）第14軍（南方軍）司令官（刑死） *328*

ま

マーシャル（ジョージ・マーシャル）軍人・政治家（米） *252*
前島密（まえじま・ひそか）官僚・政治家 *414*
牧野武夫（まきの・たけお）出版者 *185, 186, 189*
牧野富太郎（まきの・とみたろう）植物学者 *40*
正岡子規（まさおか・しき）俳人・歌人 *324*
松井石根（まつい・いわね）中支那方面軍司令官（刑死） *193, 211, 245, 253, 277, 313*
松浦平蔵（まつうら・へいぞう）東北学院職員 *457*
マッカーサー（ダグラス・マッカーサー）軍人（米） *118, 252*
松沢求策（まつざわ・きゅうさく）自由民権活動者 *422, 423*
松田源治（まつだ・げんじ）文部大臣経験者 *318*
松の家みどり（まつのや・みどり）作家（男性） *52*
松原岩五郎（まつばら・いわごろう）ジャーナリスト・作家 *10*
松村介石（まつむら・かいせき）キリスト教伝道者・道会（日本的キリスト教）会長 *387, 394, 415, 426, 455*
松本莞（まつもと・かん）松本竣介次男・建築家 *480, 481*
松本治一郎（まつもと・じいちろう）部落解放運動活動者・政治家 *252*
松本竣介（まつもと・しゅんすけ）洋画家・国家主義・軍国主義批判者 *244, 272, 273, 281, 480, 481*
松本清張（まつもと・せいちょう）作家 *337*
松本禎子（まつもと・ていこ）松本竣介妻 *481*
マドレーヌ（マドレーヌ・ルーク）藤田嗣治妻 *279, 303, 304*
マリー・クレール→藤田君代（ふじた・きみよ）を見よ
丸木位里（まるき・いり）洋画家・丸木俊夫 *278, 332*
丸木俊（まるき・とし）洋画家・丸木位里妻 *278, 332*
マルクス 社会主義者・『共産党宣言』共同執筆者（独） *367*
円山応挙（まるやま・おうきょ）日本画家（近世） *309, 317*
丸山晩霞（まるやま・ばんか）洋画家 *20, 41, 42, 313*

み

三浦参玄洞（みうら・さんげんどう）社会運動活動者 *333, 334*
三浦光則（みうら・みつのり）文芸評論家 *126*
三ケ島葭子（みかしま・よしこ）『青踏』活動参加者 *164*
三上忠貞（みかみ・ただまさ）中信地方自由民権活動者 *423*
水沢勉（みずさわ・つとむ）美術評論家 *285*
水谷長三郎（みずたに・ちょうざぶろう）政治家 *336*

水野都沚生（みずの・としお）『破戒』の土屋銀之助の考証者　*40*
三田村四郎（みたむら・しろう）労働運動活動者　*337, 338*
源実朝（みなもとのさねとも）鎌倉幕府３代将軍・頼朝の子　*15*
源義経（みなもとのよしつね）武将（古代末・中世初期）　*16*
三松俊平（みまつ・としへい）新宿「中村屋」寮舎監・植村正久弟子　*436*
宮川實（みやかわ・みのる）マルクス主義経済学者　*273*
三宅克己（みやけ・こっく）洋画家　*20*
三宅恒徳（みやけ・つねのり）東京専門学校・早稲田大学教授　*414*
宮坂育子（みやさか・いくこ）東洋英和女学院大学職員（黒光関係教示）　*458*
宮崎湖處子（みやざき・こしょし）詩人・作家・評論家　*414, 415, 417*
宮沢正興（みやざわ・まさおき）郷土史研究者　*424*
宮田脩（みやた・しゅう）女子教育者　*161, 162, 163, 167, 172*
宮本顕治（みやもと・けんじ）日本共産党指導者・宮本百合子夫　*123, 124, 125, 126, 127*
宮本三郎（みやもと・さぶろう）洋画家　*269, 280, 298, 317, 325, 327, 328, 329, 331, 332*
宮本百合子（みやもと・ゆりこ）作家・宮本顕治妻　*191, 193*
ミレー　画家（仏）　*22*

む

向井潤吉（むかい・じゅんきち）洋画家　*276, 277, 280, 292, 325*
武者小路実篤（むしゃのこうじ・さねあつ）作家　*175*
村井正誠（むらい・まさなり）洋画家　*272, 273, 281*
村上華岳（むらかみ・かがく）日本画家　*317, 318*
紫式部（むらさきしきぶ）作家（古代）　*10*
村瀬守保（むらせ・もりやす）皇軍の「非公式写真班」員　*198, 199*
村田安衛（むらた・やすえ）穂高地方有力者　*409*
室生犀星（むろう・さいせい）詩人・作家　*122*

め

メレジコフスキー　評論『トルストイとドストエフスキー』著者（露）　*70*

も

モーパッサン　自然主義文学者（仏）　*153, 175*
モール（J.P. モール）宮城女学校創立者（米）　*390*
望月直弥（もちづき・なおや）穂高地方教員・禁酒会創立メンバー　*428*
望月晴朗（もちづき・はるお）洋画家　*273*
モディリアーニ　画家（伊）　*303*
森有礼（もり・ありのり）政治家・国家主義的教育推進者　*21, 66*
森鷗外（もり・おうがい）軍医・作家　*20, 164, 318*
森田草平（もりた・そうへい）作家・翻訳家　*33, 161, 162*
森近運平（もりちか・うんぺい）社会主義者（死刑・明治期）　*354*

や

弥右衛門（やえもん）穢多頭世襲名　*35, 38*
矢島楫子（やじま・かじこ）日本基督教婦人矯風会会長、婦人参政権・廃娼運動などで活動　*415, 421*
安田靫彦（やすだ・ゆきひこ）日本画家　*288, 301, 317*
柳川平助（やながわ・へいすけ）軍人（陸軍）　*211, 254*
柳田国男（やなぎだ・くにお）日本民俗学創始者　*72, 73, 77*
柳瀬正夢（やなせ・まさむ）洋画家　*273, 313*
山岡由美（やまおか・ゆみ）翻訳家　*286*
山川菊栄（やまかわ・きくえ）婦人運動家・初代労働省婦人少年局長・山川均妻　*155*
山川均（やまかわ・ひとし）社会主義者・思想家・山川菊栄夫　*334*
山口薫（やまぐち・かおる）洋画家　*272*
山口蓬春（やまぐち・ほうしゅん）日本画家　*276, 280, 288, 314, 325*
山崎巌（やまざき・いわお）内務大臣経験者　*247*
山崎保代（やまざき・やすよ）アッツ島守備隊長（戦死）　*291*
山下菊二（やました・きくじ）洋画家　*274*

山下奉文（やました・ともゆき）第1・第14方面軍司令官（刑死）　*269, 328, 329, 330*
山田嘉吉（やまだ・かきち）語学教育者・山田わか夫　*164*
山田貞光（やまだ・さだみつ）相馬愛蔵・黒光研究者　*427*
山田梅二（やまだ・せんじ）軍人（陸軍）　*254*
山田わか（やまだ・わか）『青踏』活動参加者・山田嘉吉妻　*164*
山中峯太郎（やまなか・みねたろう）作家　*327*
山室軍平（やまむろ・ぐんぺい）キリスト教伝道者・日本救世軍創設者　*415, 426*
山本五十六（やまもと・いそろく）連合艦隊司令長官（戦死）　*288*
山本鼎（やまもと・かなえ）洋画家・版画家・農民美術指導者　*279, 280*
山本懸蔵（やまもと・けんぞう）労働運動活動者・スターリン「粛清」犠牲者　*337*
山本宣治（やまもと・せんじ）性科学者・社会運動家・政治家　*117, 273, 336, 338*
山本忠平（やまもと・ちゅうへい）労働運動活動者・詩人　*273*
ヤング 香港総督（英）　*328*

ゆ

ユウジ・イチオカ→イチオカを見よ

よ

与右衛門（よえもん）穢多頭世襲名　*41*
横山源之助（よこやま・げんのすけ）社会問題研究者　*10*
横山大観（よこやま・たいかん）日本画家　*277, 314, 317, 318, 319, 320*
横山憲長（よこやま・のりなが）日本経済史研究者　*130*
与謝野晶子（よさの・あきこ）歌人・詩人　*11, 164*
吉田亀太郎（よしだ・かめたろう）キリスト教伝道者　*386, 390*
吉田精一（よしだ・せいいち）国文学者　*73, 74, 75, 76, 79, 81, 82*
吉田博（よしだ・ひろし）洋画家　*314*
吉田裕（よしだ・ゆたか）日本近現代史研究家　*288, 291*
吉野義忠（よしの・よしただ）白瀬南極探検隊員、難波英夫の日本力行会での親友　*362*
吉見義明（よしみ・よしあき）歴史研究者　*251*
吉村大次郎（よしむら・だいじろう）渡米案内書著者　*63, 64*
吉屋信子（よしや・のぶこ）作家　*155, 156*
米内光政（よない・みつまさ）軍人（海軍）・首相　*288*

ら

ラスキン（ジョン・ラスキン）評論家（英）　*20*
ラフカディオ・ハーン→小泉八雲（こいずみ・やくも）を見よ

り

李白（りはく）詩人（中国）　*401*

る

ルソー（ジャン・ジャック・ルソー）人間の自由・平等を説いた思想家（仏）　*22, 26, 70*

れ

レオナルド（レオナール）・フジタ→藤田嗣治（ふじた・つぐはる）を見よ

ろ

魯迅（ろじん）文学者・思想家（中国）　*252, 255, 383*

わ

若松賤子（わかまつ・しずこ）翻訳家・女子教育者・巌本善治妻　*43, 396, 400*
若山牧水（わかやま・ぼくすい）歌人　*164, 165, 166*
ワシントン 米国初代大統領　*358*
和田英作（わだ・えいさく）洋画家　*314*
和田三次郎（わだ・さんじろう）農民運動活動者　*136*
和田三造（わたなべ・さんぞう）洋画家　*317*
渡辺順三（わたなべ・じゅんぞう）歌人　*342, 477*
渡辺政之輔（わたなべ・まさのすけ）労働運動活動家・日本共産党委員長（戦前）　*338, 341*
渡辺テウ（わたなべ・てう）渡辺政之輔母　*341*
和辻哲郎（わつじ・てつろう）倫理学者・文化史学者　*164*

成澤榮壽（なるさわ・えいじゅ）
1934年　東京市生まれ
現　在　公益社団法人部落問題研究所会員・日本ペンクラブ会員・日本民主主義文学会会員
早稲田大学大学院文学研究科（史学専攻）修了　日本近代史
元長野県短期大学長・部落問題研究所前理事長

著書
『日本歴史と部落問題』（1981年、部落問題研究所。日本図書館協会選定図書）、『人権と歴史と教育と』（1995年、花伝社）、『部落の歴史と解放運動　近代篇』（1995年、部落問題研究所）、『歴史と教育　部落問題の周辺』（2000年、文理閣）、『島崎藤村「破戒」を歩く』上・下（2008年・2009年、部落問題研究所）、『美術家の横顔　自由と人権、革新と平和の視点より』（2011年、花伝社）、『伊藤博文を激怒させた硬骨の外交官加藤拓川』（2012年、高文研）、『小泉八雲のヒューマニズム精神とその変容―部落問題記述を中心に―』（2018年、部落問題研究所。ブックレット）ほか
編著
『融和運動論叢』（1972年、世界文庫）、『表現の自由と「差別用語」』（1985年、部落問題研究所）、『表現の自由と部落問題』（1993年、部落問題研究所）ほか
共編著
『明解　日本史図録』（1982年、一橋出版。のちに『グラフ日本史』と改題）ほか

歴史と文学――歴史家が描く日本近代文化論

2019年7月25日　初版第1刷発行

著者――――成澤榮壽
発行者―――平田　勝
発行――――花伝社
発売――――共栄書房
〒101-0065　東京都千代田区西神田2-5-11 出版輸送ビル2F
電話　03-3263-3813
FAX　03-3239-8272
E-mail　info@kadensha.net
URL　http://www.kadensha.net
振替　00140-6-59661
装幀――――佐々木正見
印刷・製本――中央精版印刷株式会社

©2019　成澤榮壽
本書の内容の一部あるいは全部を無断で複写複製（コピー）することは法律で認められた場合を除き、著作者および出版社の権利の侵害となりますので、その場合にはあらかじめ小社あて許諾を求めてください
ISBN978-4-7634-0891-4　C0091

美術家の横顔
――自由と人権、革新と平和の視点より

成澤榮壽 著
本体価格　2000 円

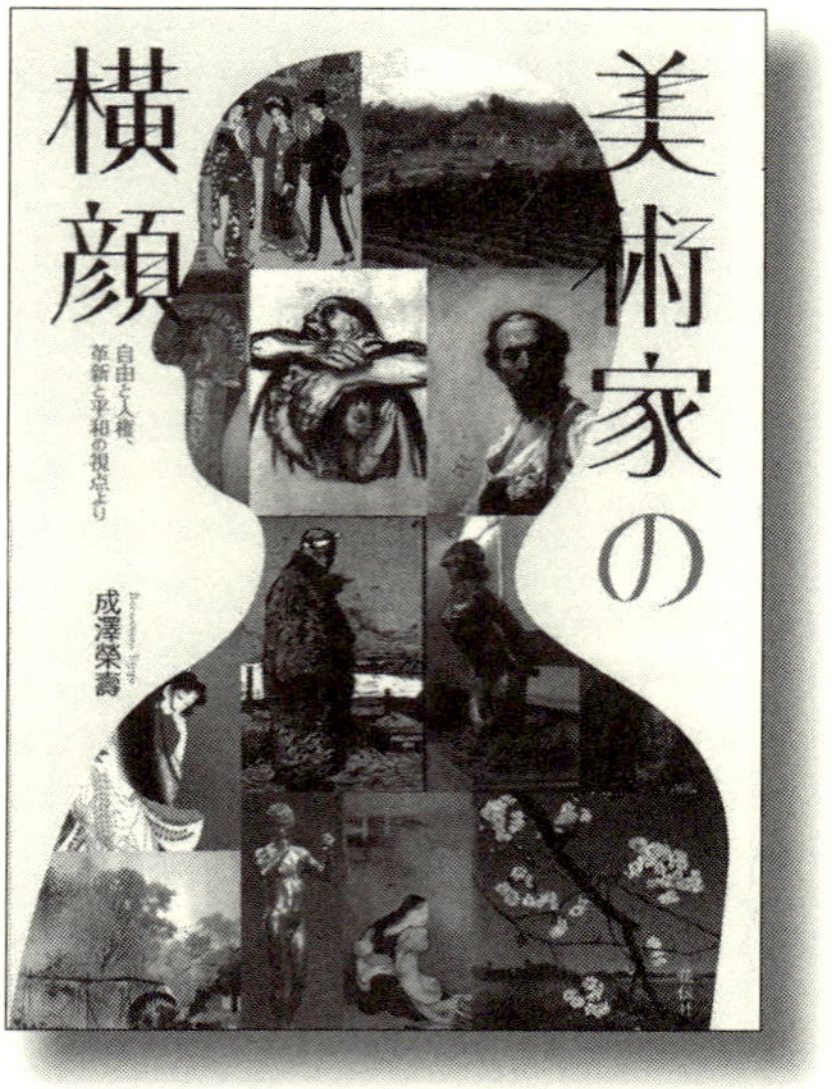

自由と革新を求めた芸術家たちの人生と時代

近現代芸術家たちの自立と苦闘――。19 世紀から 20 世紀にわたる東西・芸術家たちの自由への志向を軽やかに描く異色の芸術論。

コルヴィッツ、マネ、ピカソ……カミーユ・クローデル、ベルト・モリゾ、ルーシー・リー、ゴッホ、セザンヌ、岸田劉生、本郷新、松本竣介、山下りん、三岸節子、上村松園、土門拳……総勢約 100 名の芸術家たちが登場。図版多数・カラー口絵付き。